U0579002

孙绍振诗学思想研究文集

汪文顶　王光明　骆英／主编

社会科学文献出版社
SOCIAL SCIENCES ACADEMIC PRESS (CHINA)

目　录

在一个美丽的地方开一个美丽的会

——黄山奇墅湖祝词（代序） …………………………… 谢　冕 / 1

评孙绍振及其文艺观 ………………………………………… 张　炯 / 5

文艺理论何以可能？

——读孙绍振诗学一得 ……………………………………… 阎国忠 / 11

孙绍振《新的美学原则在崛起》的诗学史意义 …………… 吴思敬 / 19

迷途：成因及其后果

——《新的美学原则在崛起》的问题意识与审美现代性批判 … 黄怒波 / 31

《新的美学原则在崛起》修改及发表始末 ………………… 连　敏 / 60

孙绍振诗学体系的哲学底蕴 ………………………………… 俞兆平 / 73

始终开拓心灵的处女地

——简论孙绍振的诗学思想 ………………………………… 陈晓明 / 89

现象批评、文本细读和理论概括

——论孙绍振的新诗研究的三个向度 ……………………… 伍明春 / 97

学贯中西　笔驰古今

——孙绍振诗学思想体系及其理论贡献 ………………〔澳〕庄伟杰 / 107

"灰"与"绿"
——关于《文学创作论》的自我对话 …………………… 朱向前 / 129
孙绍振和归纳主义路线 …………………………………… 颜纯钧 / 139
一个"文学教练"的底气 ………………………………… 王光明 / 148
走向美学的途中 …………………………………………… 谢有顺 / 154
"编外"导师
——孙绍振学术品格的一种"描述" …………………… 陈仲义/ 163
具有茂盛创新意识的"跨界达人"
——从孙绍振在《人民日报》上的印迹看其学术风格 …… 王国平 / 171
马克思主义美学家孙绍振
——从《演说经典之美》说开去 ………………………… 蔡福军 / 179
从语文教育的视角：试探孙绍振解读学对实践、理论的多维
贡献 ………………………………………………………… 赖瑞云 / 203
文学解读学与文学情感学 ………………………………… 余岱宗 / 228
论孙绍振"文学文本解读学"的构成、来路与去处 …… 赖彧煌 / 238
对朱光潜、叶圣陶、朱自清的师承与超越
——孙绍振文本解读的历史地位 ………………………… 孙彦君 / 254
方法与范畴：建构当代散文理论的可能性
——论孙绍振的散文研究 ………………………… 陈剑晖 / 270
寻找"新的美学原则"
——孙绍振散文理论批评体系的建构 ………………… 王炳中 / 290
典范已立：把情感逻辑原则贯彻到底
——读孙绍振最新著作《月迷津渡》 ………………… 吴励生 / 301
"其师"孙绍振 ……………………………………………… 陈希我 / 320
孙老师点滴 ………………………………………………… 苏七七 / 327

孙绍振著作年表 …………………………………………………… 冀爱莲 / 332

附 录

学术自述：我的桥和我的墙 …………………………………………… 孙绍振 / 369

新的美学原则在崛起 ………………………………………………… 孙绍振 / 383

散文：从审美、审丑（亚审丑）到审智

——兼谈当代散文理论建构中历史的和逻辑的统一 ……… 孙绍振 / 390

文论危机与文学文本的有效解读 ………………………………… 孙绍振 / 415

学界的一棵不老松（代跋） ………………………………………… 汪文顶 / 436

在一个美丽的地方开一个美丽的会

——黄山奇墅湖祝词（代序）

谢　冕

今天的会场上有老朋友，有新朋友，有大朋友，也有小朋友。此刻坐在我近旁的是孙绍振，他的左边是张炯，再过去是阎国忠，加上那边坐着的陈素琰，我们五个是北大1955级同学。挨着陈素琰边上的是骆寒超，他是南京大学的，不一个学校。我们几个是同代人，都是（或接近）“80后”，是老朋友。再看会场右边，是吴思敬，那边，是汪文顶，虽然是相识已久的朋友，但委屈他们，按年龄只能算是小朋友。至于伍明春、赖彧煌、连敏等等，那只能是小小朋友了。

今天，我们在美丽的黄山脚下讨论一个美丽的题目，我们讨论的对象是孙绍振先生。他的生命犹如黄山上面的奇松、怪石、云海，非常美丽，不是一般的秀美，是极美，是奇美。孙先生的生命是一道奇美的风景！时光匆忙地走过了一个甲子，几十年过去了，当年的同学少年，如今已不可抗拒地生起了满头白发，只有骆寒超例外，他的黑发令人羡慕。但我们依然“年轻”，因为有孙绍振这颗奇美的灵魂始终陪伴着我们、激励着我们。

我们要讨论的孙先生，首先，他是一个才子。在我们55级，有许多这样的才子和才女，但孙绍振始终是个别的、与众不同的“这一个”。今天我的发言可能要追溯一个遥远的年代，讲一些大家不知道的“开元天宝”年间的陈年旧事。正所谓：“白头宫女在，闲话说玄宗。”20世纪50年代，上面号召做“驯服工具”，孙绍振不想被“驯服”，更不甘心做别人的“工具”。上面还提倡人人做一颗螺丝钉，被死死地拧在一颗螺帽上。孙先生更不愿意了，他要动，要不停地动，他要做一部机器的发动机。

不听话的孙绍振，他是一颗自由的精灵，个性突出，充满奇思异想，他总要找机会彰显自己的个性。每天下课回来，他总会在走廊里高声朗诵马雅可夫斯基，也会用尖细的、公鸡一般的嗓子唱俄国歌。这时，同学们都露出笑容：猴子回来了。“孙猴子”，这是同学们给他的昵称，不仅因为他姓孙，而且因为他不安分，总想大闹天宫。须知，那是一个严格控制思想言论的禁锢的年代，所以，一开始，他就是生不逢时的“异端”，是不同凡俗的“另类”。都说天妒英才，这回，上帝有了一个疏忽，他混过了鬼门关。尽管他始终处境艰危，吃了些苦，但他命硬，未遭天谴。

再一点，孙绍振的自信。在“不驯”中他常常流露出“目中无人”的“不屑”——尽管为了表示他的谦虚，他也常常有意地抑制自己。的确，他很少轻易地佩服过什么人，他好辩，口若悬河，往往语惊四座。我常说，他的最大优点是始终“自我感觉良好”。但遇见真正高明的人，他也会真心实意地佩服。有的人的自信是狂妄，是少年轻狂。孙绍振不是，他有本钱。他博览群书，而且过目不忘，难免也会有误，那是他过于“敏捷”了，这与他的生性活泼有关。他是不仅有“胆”，而且有“识”，他的“胆”，是建立在“识”之上的。

表面上看，他是学术的异端，但他有真学问，读马列，读《资本论》，是下过苦功夫的。在同辈人中，他的外语好，特别是英语和俄语。他是一个天才型的学者。他的阅读和研究，涉及面很广：文艺学和马列文论；写作学；诗学，包括新诗和古典诗学，大家可能不大注意，对于古典诗学他也有很深的造诣，举凡古典诗论、赏析、考订、文本辨析，等等；近年，他对中学和大学语文教学，对高考和教育体制的研究，涉及教育学，有更大的投入。当然，他在散文和诗歌的创作方面，也卓有成就。

至于他自己十分看重的幽默学，我却有点保留。即使他对幽默学的理论阐述，已是相当赅全，但就我本人的观感而言，在他颇为得意的认为精妙之处，我则往往不会由衷地发出笑声来。而且我曾亲历过他在几位女士面前被辩驳得哑口无言的惨状，最初的纪录是温小钰，后来是舒婷和荒林。要是循着这失败的记录往前追寻，就不难发现他非常得意的大作《美女危险论》

产生的另一个背景。原来所谓的对于“危险”的认知，却是来自他曾经有过这种“屡战屡败”的经历！

不能求全，谁都有这样的空当。何况，他已在那么多的领域做出了那么多骄人的成就！我的一个学生写过一本著作《伟大也要有人懂》。我想把它看作一副对联的上联，我的下联则是：“自信也要有真本领”——这是我为孙绍振的“自信”作注解的。

现在来说他的真性情。天真，浪漫，口无遮拦，却是一片真心和真情。孙绍振无可置疑的是一位“现代派”，他的祖籍是福建，却成长在号称十里洋场的地方，风流倜傥，浑身散发着洋味儿。但与他相处久了便发现，他的确是一位外表现代而内心传统的人，是由现代意识和儒家思想“杂糅”而成的“杂拌儿”。不知者以为他会几句外语，言必称希腊罗马，是一个十足的现代学者，其实，在他的内心深处是一位传统的中国文人。

他天真，不懂现实的政治（后来慢慢懂了），因此吃过苦头。单以第二个崛起论为例，开始向诗刊投稿，因为言论有悖“正确”，遭到退稿。退稿也罢，后来来了阴谋，又要了回去，孙绍振不知是阴谋，中计了。结果是稿子被加了凶恶的按语，当作反面教材发表了。他是一个没有心机的人。再说他的真性情，他心地善良，总把朋友记在心中。当年我们六人合作写《新诗发展概况》，六人中殷晋培年龄最小，却是英年早逝。孙绍振记得这个“小上海”，他建议我们把《新诗发展概况》的全部稿酬，送给殷晋培的家属。他是念旧的。

一方面口无遮拦，一方面心如明镜，他有爱心，却也锐利。《白鹿原》名满天下，他不以为然；有位社会地位很高的北大同窗，他的诗歌理解有异，他著文与之商榷。他不留情面，信守的是作为学者最重要的品质。至于我个人，得到这位诤友的教益也是多多，单举一例：他知道我的优点是从来不在背后议论别人，有一次（只有这一次），我在他面前说了某人的不是，他很诧异，诘我。经他指出，我不由内心愧疚，为此终生铭记，立誓不再犯。

这次会议的最初提议者是诗人骆英，大量的组织工作是王光明和他的团队，中坤集团北京和黟县的全体人员全力支持了会议的召开。福建师范大学领导和文学院同人，更是“倾巢而出”为这位老同事祝贺。感谢他们为我们提供了向一颗自由的心灵，向一位有着黄山一般美丽的生命致敬和祝福的机会。我和孙绍振的共同朋友费振刚，要我带来他的祝贺。费振刚的夫人冯月华对我说，孙绍振是一个很可爱的人。

2015 年 10 月 23 日凌晨草稿于黄山奇墅中坤宾馆 2288 室

2015 年 10 月 27 日整理于昌平北七家

（作者单位：北京大学中文系）

评孙绍振及其文艺观

张　炯

很荣幸获邀参加孙绍振诗学思想研讨会，有机会向他和出席会议的专家朋友们学习，并祝贺他的八十寿辰。

在北大中文系1955级同学中，孙绍振是绝顶聪明的才子之一。由于他一向治学的勤奋努力，如今已是著作等身，在诗歌评论、在美学建构和文本解读等许多方面都做出引人注目的贡献，使我深为高兴和感佩！

记得还在大学学习的时候，他贴过一张大字报评论郭沫若新出版的诗集《百花齐放》，文章的题目赫然是“一束苍白的纸花”。他的率真和大胆，当时就给我留下深刻的印象。现在，读他的一些文章论著，他那口无遮拦的率真和大胆，仍旧跃然纸上。他独立思考，敢于向权威挑战的精神，实在十分可贵，也十分值得我学习。因为这是一个学者的要想获得成就的最重要的品格。

孙绍振结集的著作多达18卷，我只读过其中的部分。因而，要全面讨论他的文艺观或美学思想，我感到没有足够的发言权。他早年送给我的《文学创作论》和最近送给我的《文学文本解读学》都相当厚重。前者我曾经浏览过，后者还来不及拜读。只是他最近在《闽籍学者文丛》中出版的选集《新的美学原则在东方崛起》，我粗读一遍，得益匪浅。所以，我的发言，只限于评论他的选集的观点。

孙绍振的治学思想有三点是我非常赞成的。一是他认为中西学术对话，对西学也不盲目崇拜，取其有益于我者而用之；二是主张古今对话，对古人也不盲目崇拜，而批判地继承；三是提倡与实践相结合，坚持文艺理论必须以不断发展的文艺实践来检验。他的选集可以说体现了这种治学的思想，也体现了他的多方面学术资源。他有相当宽阔的中西学术视野，也有相当丰富的阅读和创作的实践经验。这样，加上独立思考的精神，就容易提出学术的新见。他既富于雄辩的才能，理论的思考也比较缜密，又肯努力运用辩证法和能动的反映论，立足马克思主义的基本原理，使自己的研究不断深入和推进，做到旁征博引、言之有据、持之有理。这是他的选集给我的总的印象。

选集中《新的美学原则在崛起》一文是孙绍振在改革开放后的成名之作。这篇文章中，孙绍振企图概括“朦胧诗”派的美学原则，实际上也楬橥了他自己的某些美学思想和文艺观。但我以为，他的美学思想和文艺观又是有发展的。他后来的美学思想和文艺观更加成熟，也更加全面了。

在《新的美学原则在崛起》一文中，他指出：“这种新的美学原则，不能说与传统的美学观念没有任何联系，但崛起的青年对我们传统的美学观念常常表现出一种不驯服的姿态。他们不屑于作时代精神的号筒，也不屑于表现自我感情世界以外的丰功伟绩。他们甚至于回避去写那些我们习惯了的人物的经历、英勇的斗争和忘我的劳动的场景。他们和我们50年代的颂歌传统和60年代战歌传统有所不同，不是直接去赞美生活，而是追求生活溶解在心灵中的秘密。”这段话被当时的批评者目为鼓吹文学脱离时代、脱离人民，鼓吹自我表现，反对文学表现时代的人民的英雄业绩。应该说，这篇文章不是无懈可击，它对“朦胧诗”派的美学原则的概括也非完全准确，如北岛、舒婷的有些诗与时代和公众的联系是显然的，并且激起广泛的共鸣。但孙绍振确实敏锐地把握了“朦胧诗”派的思潮性的脉动及其文学史上的意义，并且比较系统地阐明自己对上述美学原则的欣赏与认同。

孙绍振说“新的美学原则”并非与传统没有联系。确实如此。因为，历史上的浪漫主义和现代主义诗人都有过类似的观点，包括我国新诗的奠基者之一的郭沫若以及早期的创造社都有这样的主张。英国著名的浪漫诗人华兹华斯便把诗称作“心灵的歌”。我国古代诗论所谓“诗言志”“歌缘情”，表达的也是相似的意思。“志”与“情”都是诗人内心的表现。五四时期我国文坛强调个性解放，强调“人的文学”，反映了当时来自西方传统的人文主义。它在反对历史上的长期封建主义传统方面起过革命性的作用。后来，由于“文学革命”转为“革命文学”，左翼文艺兴起，个人主义被无产阶级集体主义的主张所取代，还提倡来自苏联的社会主义现实主义，强调文艺为革命服务、为政治服务，并且新中国成立后还笼统地批判了传统的人道主义思想，以至到了“文化大革命”中人性丧失，兽性横行。革命浪漫主义文学也成了“假大空”的谎言文学。因而，“朦胧诗”派在“伤痕文学”浪潮中的诞生，确有着赓续传统和历史反拨的作用。孙绍振的文章无疑是历史反思的结果。在《新的美学原则在崛起》中，孙绍振进一步解释说：“如果说传统的美学原则比较强调社会学与美学的一致，那么革新者比较强调二者的不同。表面上是一种美学原则的分歧，实质上是人的价值标准的分歧。在年轻的革新者看来，个人在社会中应该有一种更高的地位，既然是人创造了社会，就不应该以社会的利益否定个人的利益，既然是人创造了社会的精神文明，就不应该把社会的时代精神作为个人的精神的敌对力量。”他还说：“美的法则，是主观的，虽然它可以是客观的某种反映，但又是心灵创造的规律的体现。在创作过程的某一阶段上，美的法则是向导，是先于形象的诞生的。它又不是抽象的理念，而是活在传统的作品和审美习惯之中的。要突破传统，必须有某种马克思讲的‘美的法则’，必须从传统和审美习惯中吸取某些‘合理的内核’。”他强调诗歌应表现个人的心灵，强调诗歌是美的创造，不应以社会的、政治的外力来要求它、规范它。这些话似乎带有唯美主义的色彩。但他认为文学艺术作为美的创造，本质上是主客观相统一的产物。而个人也非完全脱离社会的。这种观点应该说还是符合实际的。他后来的文章更详细阐明了这一点。关于个人与社会群体的关系，他在《诗论纷争：在个人承担和历史承担之间》一文里，对“后新诗潮”的评价已赞同谢冕关于“新诗已经离我们远去”的感叹，也赞同陈仲义对诗歌过分“个人化”“私我化”的批评。这表明他对个人与社会的关系的认识更加辩证了。而进入 20 世纪 80 年代的“后新诗潮”已视“朦胧诗”为“老一代”。徐敬亚认为“朦胧诗”代表现代主义，那么五花八门的“后新诗潮”已接受了后现代主义的影响，视生活如碎片，只有“平面”而没有“深度”。“后新诗潮”有的诗群甚至主张回到“前文化”状态。孙绍振对这种发展持批评态度，也反映了他的文艺观的进展。

孙绍振承认他的美学思想曾受到康德、黑格尔的影响。这大概是有人批评他鼓吹唯心主义美学的缘由。我以为，实际上他后来更多受到马克思主义美学思想的影响。他多次援引马克思关于人按照“美的法则（规律）建造”的论述，并比较辩证地看待个人与社会、主观与客观、反映现实与自我表现的关系。大家所熟悉的马克思在《1844年经济学哲学手稿》中关于人与动物相区别的一段话：“动物只是按照它所属的那个种的尺度和需要来建造，而人懂得按照任何一个种的尺度来进行生产，并且懂得处处都把内在的尺度运用于对象；因此，人也按照美的规律来构造。”按照我的粗浅理解，“任何一个种的尺度”，自然是指世界万物各具客观性的尺度。而人的“内在的尺度”则更多体现人作为主体富于想象力和幻想力的主观能动性和创造性。马克思实际认为上述两种情况都符合美的创造的规律或法则。前一种情况是对客观现实的“再现”；后一种情况则可归入自我主观的“表现”。文学艺术史证明这两种状况一直存在。所以，不能简单地把“自我表现”归结为唯心主义或反马克思主义。何况如普列汉诺夫在《艺术论》中所指出：文学艺术不但表现情感，也表现思想。大家知道，思想和情感也是人的主观所特有的。

孙绍振还提出真、善、美三者错位统一的美的结构说，并阐明文学中的规范形式对构造美的重要性。应该说，这也是他在马克思主义哲学指引下对美学建构的独立思考的成果。

美是千古之谜。阐释者代有学者。我以为，客观存在的美与艺术创造的美，当有联系也有区别。主观的美感与客观存在的美质也当有联系与区别。视艺术美的创造为主客观的统一，无疑是正确的。在文学艺术史中，有偏于再现客观的，也有偏于表现主观的。大抵上现实主义主张前者，浪漫主义提倡后者。自然主义发展了前者，现代主义则发展了后者。美感产生于物我之间的关系，于人有益无害才会被认为美，才会产生美感。艺术能够化丑为美，是由于艺术家从审美立场，对丑取批判视角和态度的结果。我国《说文解字》指出，“美”字是从“羊”字转成的。游牧时代，羊是人们的美味和主食，可见美与对人有益相关。老虎的斑纹是客观存在的，但人如果看到老虎迎面扑来伤人，就不会觉得它美。把它关在笼子里或绘在图上，产生“间离效果”，对人无害了，人才会觉得它美。所以，真与善不等于美、不就是美，但美的事物必然包含一定的真与善。真对人有认识价值，善对人有优化人性的价值，美对人有怡悦和娱乐的价值。艺术美不但是真、善、美的统一，也是情、意、象的统一。这是最近出版的拙著《文学透视学》中所持的美学观。因此，我觉得我比较容易理解孙绍振的某些美学观点，虽然细微处不无差异。

在我看来，个人与社会密不可分。人是社会的动物，而且离开社会，人就难以存在。个人总是社会中的个人，受到社会制约并打有社会烙印的个人。个人也总是特定时代中的个人，因为社会总处于一定的时空之中。诗学中的“大我”与“小我”之争，其实都因不能辩证地看待两者关系的缘故。现实生活中的“小我”中总有一定的“大我”在。“大我”自然也是由“小我”构成的。孙绍振不止一次地引用列宁在《哲学笔记》里所阐述的一般与个别的辩证关系的一段话。我也认为是真理。内容与形式的关系也是辩证的。实际生活中没有无形式的内容，也没有无内容的形式。内容总是一定形式的内容，形式也总是一定内容的形式。但在文学艺术中，旧形式可以容纳新内容，旧内容也可以采用新形式。这都是文学艺术史所证明的。当然，艺术形式一旦形成，也确有孙绍振所揭示的限制内容、规范内容的作用。因而他提出“规范形式”这一独创的范畴，是有意义的。我国文学史上的唐诗、宋词、元曲都有“规范形式”。它一旦形成，对所表现的内容就会有影响，但新的规范形式也可以容纳旧的内容，如以现代小说的形式去表现历史的人物故事。新的内容也可以采取旧的规范形式，如毛泽东诗词。而“规范形式”一旦形成，也就预示着它将要消亡，未来将要被新的“规范形式”所取代。孙绍振对不同文体的形式结构做了很深入的分析研究，从而也为他的《文学文本解读学》提供了理论的支持。其中自然有西方现代文论如俄国什克洛夫斯基的形式主义、捷克的穆萨诺夫斯基的结构主义以及欧美新批评的影响。但他采用辩证思维和我国传统的直觉思维，以层层剥茧的办法，去引导读者解读文本。应该说这在某些方面丰富和发展了西方的接受美学的理论。这方面的成果，理应得到人们的重视和研究。

总之，孙绍振的文艺观和美学思想跟他一向喜欢浪漫主义的文学有关系，也与他对自己的创作经验和20世纪五六十年代我国文学创作中的许多失败的反思有关系。他从康德那里吸取了美的价值观和审美无功利说，从黑格尔那里领会辩证思维的方法。对马克思主义的哲学，他也有相当精深的钻研。他有写作诗歌和小说的丰富经验，又有广阔的阅读视野。他还有研究幽默的专著，其文艺理论的探索确实是多方面的。当然，文艺理论还有宏观性的许多问题，如文学与传播的关系，文学与社会政治、经济、文化等方面的生态关系等，他的著作较少涉及。人们也许不都赞同他的文艺观和美学思想，但他作为一种具有重要影响的文学思潮的代表，或作为一家之言的理论成果的创造者，我相信在不同见解中会起有益的互补作用，终究有助于促进中国化的文艺理论的发展，其突出贡献是显然的，也是“百花齐放，百家争鸣”的方针所鼓励的。我曾经说过，在学术领域同是马克思主义的理论家也会有分歧。胡乔木与周扬对人道主义和异化问题的不同看法就是一例。最近，北京大学召开世界马克思主义大会，中外马克思主义者也有许多不同的观点。在文化多元发展中，由于个人所处的具体历史环境，所接触的学术资源和现实需求的差异，会产生不同的学术见解，毫不可怪。我国学术界应该有大国宏大的包容气魄去容纳各种各样的学术探索，特别鼓励具有创新性的探索，在马克思主义文艺理论的探索方面，同样应该如此。

孙绍振文艺观和美学思想的产生与发展，是我们特定时代的产物，也即“文化大革命”后全民反思历史教训的产物。只有在政治比较清明、社会比较安定、思想比较解放的时代，人们才能去从容沉思前人留下的各种精神遗产，去芜存菁，去非存是，并以自己的智慧去发现、发明前人所没有发现、发明的规律。孙绍振是不断沿着与实践相结合的反思道路而取得丰硕学术成果的文艺理论家。我希望他老当益壮，继续更深刻更完善地建构自己的美学思想，为我国学术的发展做出更大更多的贡献。

（作者单位：中国社会科学院文学研究所）

文艺理论何以可能?

——读孙绍振诗学一得

阎国忠

初读孙绍振的书可能会产生一种误解，以为他是反对一般抽象的文学理论的，尤其是反对作为意识形态的文学理论的，其实，他只是主张将研究的重心转向具体的文学创作与文本解读，认为只有建立在对文学创作与文本解读的基础上才可能形成科学的有价值的文学理论，才能真正承载起意识形态的功能；文学创作与文本解读是最基本的——是基础，是前提，是逻辑起点。

文学理论应该并必须是抽象的，这是理论自身的要求，无可厚非。所谓的文学理论不过是将人们对文学的理解综合起来，经过分析和归纳，使之具有一种逻辑的形式，而理解，就必须经过抽象，并上升为概念，从而使个别的彰显出普遍的意义，感性的闪烁出理性的光芒。不经过抽象的，即纯粹的个别只存在于感知中，是不可能被理解的，因而也不可能成为真正的知识。这一点，孙绍振讲得很清楚。在讨论如何建构当代散文理论的一本书中，他讲，任何一种理论都是概括，而概括就要抽象，抽象不免要牺牲特殊性，但这是暂时的，按照马克思的说法，由具体到抽象，然后再回到具体，这是认识的必然过程。抽象自身不是目的，目的是为了更深入地接近具体，揭示具体的本质特征。

文学理论应该并必须承载意识形态功能，这也是文学自身的要求。文学是人学，而人生活在社会里，生活在政治、经济、文化、宗教、道德的环境中。人们在文学中要满足审美的需要，但也要满足意识形态的需要，即表达自己的政治欲求，以及其他的社会冲动和愿望，这应该是非常自然的。西方学者讲“政治无意识”，这就是说，政治并不总是外在于人的，它常常潜藏在人的无意识中。既如此，文学理论能躲得开吗？这一点，孙绍振讲得也很明白。他在阐释文学作品的解读学时说：解读当然要关注意识形态，但应注意意识形态是理性的，而文学文本的核心却在情感的审美，所以不能离开文学的个案，使文本成为理论的例证，否则人们看到的只是“抽象的意识形态”。

当然，我们不能要求一切有关文学的研究都必须立足于对具体作家的创作与文本解读。政治家关注的是政治；道德家关注的是道德；人类学家感兴趣的是发掘文学的人类学价值；心理学家感兴趣的是揭示文学的心理学功能。他们都有理由不去理会作品里所描述的人物的性格和命运，更不要说美或情趣，但是，文学理论家却必须将研究的重心放在具体的人物形象的建构与解读上，因为这才是文学之为文学的基本定性和基本功能。否则，文学理论家盲目地追随政治家、道德家、人类学家或心理学家之后，将某些不属于文学的东西强加给文学，必然会自贬身价沦为某种说教的“传声筒”。

从《文学创作论》开始，孙绍振就力图阐明这个道理：文学理论要成为文学理论，必须立足于文学创作与文本解读。不过，当时，他所面对的是“正统派教条主义”的文学反映论，按照这种理论，文学与生活是统一的，文学是生活的反映。文学与生活是统一的吗？孙绍振说：不完全是。“任何统一性都是矛盾的统一，事物的本质在于特殊矛盾之中，掩盖了矛盾就混淆了本质”；文学是生活的反映吗？孙绍振说：不完全是。“作家在生活面前并不是照相机或录音机”。文学是“生活在艺术家心中的变体，是艺术家按照自己思维的秩序，艺术风格的逻辑安排的世界，是生活的面貌和作家的心灵的肖像的化合”。基于这样的理解，孙绍振提出了构成他的创作论的“假定”“错位”“变异”三位一体的范畴群。“假定”，被他称之为“基本的出发点”。讲的是文学真实与生活真实的关系，是认识论。在他看来，“艺术的目的是真实与虚拟的统一，认识与娱乐的统一”，为了达到这个目的，就不能不借助幻想、想象，就不能没有“假定”。艺术家画一个苹果，不单体现对一个苹果的认识，还包括对许多苹果的理解，同时，还有对苹果的特殊感情，对生活的特殊态度，对艺术的特殊理想，所有这些只能在假定的模拟形态中实现。因为有“假定”，艺术家才有自由，而只是通过自由的想象才能创造出令人销魂荡魄的作品。“错位”，讲的是美与真、善的关系，是价值论。在他看来，美与真、善都是一种价值判断，它们是统一的，但不是没有误差的统一。如果把它们比作三个圆，那么它们之间既不是完全重合的，也不是各不相干的，而是相互交叉、彼此错位的。长期以来，美学界讲“美是主客观的统一”，其实这并没有揭示美的特殊结构、特殊功能、特殊规律。“变异”，讲的是形象建构中各种心理机制的关系，是创作论。在孙绍振看来，“变异”是文学创作的基本手段，一切形象都是对生活的“变异”。所谓“变异”，主要是两个方面：一是知觉在情感的冲击下的“变异”，二是情感在知觉空白中的“变异”。文学是靠情感说话的，但情感是黑暗的，绝大部分要靠知觉来表现，少部分则以“无变异”的感知反衬出情感的变异，这是文学通向理性思维，将生活与心灵融合在一起的唯一途径。审美价值不是别的，就是通过“变异”将主体情感激活，使沉睡的内宇宙被照亮，从而发现美并形成审美体验。

“假定”“错位”“变异”作为三位一体的范畴群，其基本的哲学依据是哲学存在论，即矛盾论，这是它与通常意义的反映论的根本区别。正像孙绍振自己申明的：一切存在都是矛盾的统一体，一切文学作品都是通过“假定”“错位”“变异”而获得其意义的，这就是文学与人生不离不弃的原因。

进入20世纪90年代之后，“正统教条主义”的反映论在潮水般涌来的西方文学理论的冲击下，偃旗息鼓、销声匿迹了，代之而起的是结构主义、解构主义、现象学、读者反映、新批评、女性主义、新历史主义这些所谓后现代文论，但文学理论没有因此而有新的进展，反而越来越玄，乃至连文学理论是否存在，是否可能都成了问题。孙绍振对此深恶痛绝，在许多文章中进行了痛快淋漓的批判。在他看来，问题出在三个方面：第一，观念上的超验倾向与文学的经验性的矛盾——其结果是为了涵盖面的最大化，牺牲了作品的特殊性；第二，出发点上的意识形态要求与文学的审美特性的矛盾——其结果是为了强化意识形态性，舍弃了文学的审美性；第三，方法论上的哲学二元论与文学的三维结构的矛盾——其结果是为了达到理性的真和实用的善，而疏离了艺术的美。文学理论作为一种抽象，本来应该能够回到具体中去，说明并指导具体，却因为这个原因丧失了这种资本，所以一些人宣告“理论死了，已经终结了”，并不是没有道理。

孙绍振认为文艺理论的出路只有一个，那就是回到文学本身，而其途径也只有一个，就是从建构“文学文本解读学”入手，并为此提出了三个基本原则：“唯一性”、“文本中心论”与“意象、意脉、形式规范三个层次的立体结构”。“唯一性”要求解读必须着眼于文本的特殊性，而不是在普遍性中徘徊。所谓文本的特殊性，包括对象的特殊性与情感的特殊性，形式的特殊性与历史的特殊性，流派的特殊性与风格的特殊性等多个层次，解读就是将这些层次逐个还原出来，同时也就是将作品的构成过程——人的情致如何选择物象，如何意向化，如何形式化，如何风格化等——还原出来。对“唯一性”的解读是“新认知的产生过程”，它要求人们“把丰富的形象感性和内在的智性、把心理直觉和理论的提示结合起来”，“把分析的和综合的、逻辑的和历史的结合起来”。“文本中心论”要求解读围绕文本展开，而不能纠缠在作家或读者的意向里。在孙绍振看来，文本、作家、读者是互为主体的对话关系，它们相互制约，不可分割，三者中处于核心的地位是文本。“文本中心论”是对长期以来处在主流地位的“读者中心论”的“突围”。“读者中心论”的问题是“忽略了读者心理的局限性”，即它的封闭性与开放性——由于封闭性，一些内容明明存在却视而不见；由于开放性，一些内容明明不存在却去反复阐释。与此不同，文学文本，特别是经典文本一旦产生，就是不可更易的了。作家可以死亡，读者可以一代一代地更替，而作品的艺术魅力却不会因此而丧失，而且，文本的这种实体性和稳定性保证了它作为评价作家创作与读者阅读水平的最基本的根据。“意象、意脉、形式规范三个层次的立体结构”要求将文学形象看成一个个活的有机体，而不是从主观到客观的单线、平面结构。“意象”是第一个层次，指的是“外在的、表层的感知的连贯，包括行为和言谈的过程”。“意脉”是第二个层次，指的是“决定这些外部特征的作家情感特征”（“意脉”者，乃“情感的运动隐于意象群落之中”）。“形式规范”，是文本结构的“最隐蔽、最深邃的层次”，其作用包括三个方面：“第一，先于内容，扼杀与之不相容的内容；第二，强迫内容就范；第三，预期生产内容，即按形式规范的逻辑，诱导内容向预留空间生成。”“意象”与“意脉”只有经过“形式规范”这个中介才能发生关系，才能形成统一的“有机结构”，即文学形象。

“唯一性”“文本中心论”与“意象、意脉、形式规范立体结构”，作为文学文本解读的三个基本原则，其哲学基础，就像孙绍振讲的，依然是存在论，即矛盾论。因为文学文本与一切存在物一样，是矛盾的统一体。“唯一”，即特殊，是相对于“普遍”讲的，普遍性与特殊性“相辅相成”，没有普遍性就谈不上特殊性。强调特殊性的意义是直面具体，沉入具体，揭示普遍所不能涵盖的具体中细节的真实，同时也是彰显和强化具体中得以向普遍延伸，从而获得普遍意义的那些因素。“文本中心论”是相对于“创作论”“接受论”讲的。它们是相互制约、互为因果的关系。强调“文本中心论”的意义是因为长期以来人们错误地将“接受”当作中心，忽视了对文本的深入解读与研究，从而使文学理论失去了得以成立的最后依据，同时也是阐明创作与阅读在文本形成中的作用及其相互关系。“意象”“意脉”与“形式规范”三者本身就是矛盾的组合，是动与静、主观与客观相互转换并交融在一起的过程。

早在古代希腊，人们就懂得了美是和谐的道理。毕达哥拉斯以音乐的和谐比喻天体的美，于是引发了人们对美学的最初兴趣。但是，这是一种静态的观察所得出的结果，充其量是睿智之见，所以赫拉克利特不以为然，认为问题不在于和谐本身，而在于和谐如何可能，并提出了美产生于“对立面的斗争”这样的命题。这个命题后来受到了黑格尔的大力肯定。同样的道理，孙绍振说，文学产生于矛盾，并且本身就是矛盾的组合，所以对文学创作与文本的分析，实际上就是对矛盾的分析。不过，《文学创作论》旨在试图通过对文学的外在矛盾——文学与生活，美与真（理性的）、善（功利的）、融入感知或为感知反衬的情感与一般情感的矛盾——的分析将那些决定文学之为文学的审美特征指认出来，使其从所蒙受的遮蔽和扭曲中获得解脱并回返其自身，《文学本解读学》则是通过对文学的内在矛盾——特殊与普遍、文本与阅读、意象、意脉与形式规范的矛盾——的分析，揭示出构成这个作品区别于其他作品的“唯一性”的审美特征，从而使人领略到蕴含其中的艺术魅力。由于文本内在的矛盾层次错落，所以，解读就像是进入一个独特的并且无限丰富和深邃的世界。

这一点，当我们进入孙绍振的文本解读的界域，就不得不信服了。我们都读过陶渊明的《饮酒》，都曾为他那委身大化、超然物外的精神所感染，但是我们未必注意将其与其他隐逸者，比如竹林七贤区别开来，未必注意“这一刻”的心境与其他境遇的心境区别开来，看到它的“唯一性”。孙绍振则从四个层次做了细致分析：第一，缘情而不绮靡，感情也不强烈（“结庐在人境，而无车马喧，问君何能尔，心远地自偏”）；第二，无意中闪现在感觉间的“超凡脱俗之美，朴素之美”（“采菊东篱下，悠然见南山”）；第三，“无心”的心境（“山气日夕佳”）；第四，自然洒脱，无意渲染（“飞鸟相与还”“此中有真意”）。通过解读，陶渊明饮酒后那种异常安然、冲淡、超脱的内心世界活脱脱呈现了出来。

我们都读过都德的《最后一课》，都曾为其中师生的爱国情怀所感动，但是我们未必体味到那一刻由平凡而崇高的心路历程，而这是其中最精彩和值得流连之处。孙绍振同样分四层做了解读。第一层，通过告诫孩子们在德军占领下，学习法语的权利可能被剥夺，从而把他们引出常规，逼迫到一种不可逆转的环境中去，感情上来了一个“晴天霹雳”。第二层，在孩子们因没有好好学习法语而后悔，而惭愧，而忏悔的情况下，老师讲了一段诗一样的、激愤的话，将不能讲法语的痛苦上升到民族国家的高度。第三层，从老师返回到孩子的视角，强调教室的肃静和肃静中的沉思。于是出现了这样精彩的一笔：“屋顶上鸽子咕咕咕咕地低声叫着。我心里想：‘他们该不会强迫这些鸽子也用德国话唱歌吧！’”孩子的想象与老师的慷慨陈词不仅异曲同工，而且异趣同工。第四层，让孩子精神关注的焦点集中在老师身上。老师在孩子的眼里显得有些可怜，但下课时却给人一种很“高大”的感觉，特别是当他使出全身的力量，在黑板上写出“法兰西万岁！”几个大字的时候，老师成了孩子的精神亮点，整个教室里洋溢着一种崇高、神圣的爱国情愫。

我们都读过鲁迅的小说，都曾为其中主人公的死而唏嘘，而惆怅，但是我们或许不曾像孙绍振那样从审美的角度分析他们的死，从而见出每一种死的“唯一性”和“不可重复性”。他们的死总的讲都是悲剧性的，但是其中“蕴含着多元错位”：祥林嫂是没有具体凶手的死；阿 Q 是喜剧性的死；孔乙己是既非悲剧性也非喜剧性的死；夏瑜是英雄的死；魏连殳是冷嘲性的死；子君是忏悔与无奈交织的死；眉间尺是英雄主义与荒诞主义的死。孙绍振不仅引导我们从审美效果上领略了这种种的死，而且向我们揭示了死的背后的特殊的人际关系与社会场域，以及作者的特殊创作心理与艺术手法。

我们只是列举了孙绍振文本解读的几例，而且是随机的，没有刻意选择，就像漫步在一处宝藏时偶然拾到的几块宝石。类似的上百篇的精品解读如此这般地呈现在我们面前，意味着什么？——不仅意味着重新打开了一座通向文学——美和魅力的大门，一些优秀的文学作品得以焕发出新的生机，而且意味着从文学实践上对“正统”与“新潮”的文学理论提出了挑战，为文学理论的重建提供了可能。

孙绍振谨慎地将他的《文学创作论》与《文学文本解读学》与一般文艺理论区别开来，但是，无疑，他所提出的“假定”“错位”“变异”，以及“唯一性”“文本中心论”“意象、意脉、形式规范结构”等都经过了科学的抽象，本身就属于文学理论，是文学理论的基础部分，而且这些理论有一系列创作和解读的实例作为佐证。不仅如此，《文学创作论》与《文学文本解读学》还为以“文学”这个概念为核心的讨论，即一般文学理论提供了必要的参照，乃至依据。“假定”“错位”“变异”是对文学作为一种存在、认识、方法的表述，它的对立面应该是非假定（生活的真实）、非错位、非变异，而这两个方面是相比较而存在的，是矛盾的统一体，没有非假定、非错位、非变异就无所谓假定、错位、变异。所以，孙绍振从一开始就肯定了文学与生活，美与真、善，想象、感觉与情感以及虚拟与写实的同一性。他所批评的“反映”论是“正统”的、“机械”的反映论，并不是一切反映论，比如像卢卡奇那样把反映看作是一种存在，即看作人和一切有机物的生命形式。同样，“唯一性”“文本中心论”“意象、意脉、形式规范结构”的背后也存在许多理论问题。“唯一性”是就“一”与“多”的关系讲的。什么是“唯一”？不是“多”里的任何一个“一”，不是任何的一个陶渊明，不是任何的“最后一课”，不是任何一种“死”，而是与作家的思想情感以及要表达的主题相切合的“这一个”陶渊明、“最后一课”和“死”。“文本中心论”阻截了任何主观的相对主义的倾向，是让人们回到文学本身，将那些脍炙人口的伟大文学经典从被遗忘和埋没的状态中解救出来。但“文本中心论”是在与“创作论”与“读者论”相关联和比较中确立的，它的确立同时就印证了“创作论”与“读者论”的合法地位。“意象、意脉和形式规范结构”中的“形式规范”是具有核心意义的概念，在文本中起着结构意象和意脉，从而沟通主观与客观、情感与理性、外在目的与内在冲动的作用，所有这些都不仅是文学文本解读学的问题，也是一般文学理论和美学的问题。

当然，这并不意味着《文学创作论》和《文学文本解读学》囊括了所有的文学理论问题，我指的是：文学作为总体是什么，文学的边界在哪里，文学与其他哲学、伦理学、社会学、心理学、人类学、教育学、宗教学有什么关系，文学在人类社会生活中的地位，文学如何承载意识形态功能，文学的历史命运与未来等，但是，重要的是所有这些问题在他对文学文本的分析中都可以找到相应答案的根据，缺少的只是合乎情理的科学的抽象。在对《饮酒》《最后一课》与鲁迅笔下主人公之死的解读中，孙绍振的潜台词是什么？是文学具有超功利的性质，但在非功利的层面上与真、善是统一的；文学具有情感的特征，但情感总是与理性交融在一起；文学是人学，是人的存在方式，凡人所欲求的、感动的、期待的、向往的都会在文学中得到体现，不同的只是这一切必须是从形象自身生发，并形象地彰显出来。孙绍振说：特殊大于一般，一般的意义只在回到特殊，指导特殊并接受特殊的检验，当一般已经疏离了特殊，失去了指导特殊的资质的时候，从特殊开始便是达到真理的唯一出路，这应该是对当前文学理论的最诚挚而宝贵的告诫。

（作者单位：北京大学哲学系）

孙绍振《新的美学原则在崛起》的诗学史意义

吴思敬

由“文化大革命”到历史的新时期，中国社会发生了巨大的转折。转折的时期是乍暖还寒的季节，尽管粉碎了“四人帮”，从政治上、组织上清除了“文革”派的势力，但是由于历史的复杂性，“两个凡是”① 的阴云还盘旋在中国政治思想文化领域的上空。新、旧两个时期的边界并不像棋盘上的楚河汉界那样清晰，改革者面临着远比组织上粉碎“四人帮”更为艰巨的任务。围绕“朦胧诗”的论争，便是这一时期诗歌理论界影响最为深远的思想交锋。在这场论争中，孙绍振发表的《新的美学原则在崛起》，以其扎实的学术根底，超前的学术眼光和探索者的勇气，成为阐释以“朦胧诗”为代表的新的美学追求的重要文本，也因此遭到猛烈批判。现在 20 多年过去了，当年大批判的文章多已化为烟云，然而这篇文章却像东海边上的一块礁石，在浪花的扑打和冲击下，显得更为清峻与耀眼。

一

《新的美学原则在崛起》的诞生，与新时期初期的朦胧诗运动有天然的

① “两个凡是”是指 1977 年 2 月 7 日《人民日报》、《红旗》杂志、《解放军报》社论《学好文件抓住纲》中提出的“凡是毛主席作出的决策，我们都坚决维护，凡是毛主席的指示，我们都始终不渝地遵循”。

联系。还是在“文化大革命”当中，正是在愚昧的宗教狂热和怀疑一切、打倒一切的过激行动中，一些一度卷入群众运动的青年最早萌发了怀疑意识与叛逆精神。继之而来的“上山下乡”，把这些青年抛到了社会的最底层，在那绝望而无告的日子里，他们中一些人找到了诗——这种最简单的也是最有力的宣泄内心情感、寻求心灵对话的方式。当时他们的作品无从发表，只是靠诗友之间互相转抄、传阅，更无稿费一说。正是在这种没有世俗诱惑、没有功利计较的背景下，诗人的心灵得到了净化，诗也回到了它的自身，并孕育了诗歌界一代新人的崛起。随着“四人帮”被粉碎，随着思想解放潮流的涌动，这一群名不见经传的青年，带着“文革”中心上的累累伤痕，带着与黑暗动荡的过去毫不妥协的决绝情绪，带着刚刚复苏的人的自我意识和被遏制多年的人道主义思潮，在赞扬与诅咒交加、掌声与嘘声并起的情况下，走上了诗坛。“朦胧诗”的出现，使平静的中国诗坛发生了断裂与倾斜。人们感到一阵阵眩晕，是兴奋？是好奇？是迷茫？是反感？面对一群名不见经传的新人，面对他们的与传统的颂歌、战歌面貌截然不同的作品，评论界掀起了轩然大波。

1979 年 10 月刚刚复刊的《星星》上，发表了公刘的《新的课题——从顾城同志的几首诗谈起》。公刘指出：“我们和青年之间出现了距离。坦白地说，我对他们的某些诗作中的思想感情以及表达那种思想感情的方式，也不胜骇异。但是，无论如何，我们必须努力去理解他们，理解得愈多愈好。这是一个新的课题。”[①] 公刘的文章，是前辈诗人对青年诗人创作较早的公开回应。一方面体现了对青年诗人的关爱；另一方面希望通过“引导”，把青年诗人的创作纳入前辈诗人认可的轨道。

1980 年 4 月，由中国社会科学院文学研究所、中国当代文学研究会、北京大学中文系等单位联合主办的“全国当代诗歌讨论会”在广西南宁召开。会上就“懂与不懂”、对青年诗人近作的评价、对今后新诗的发展道路问题等进行了热烈的讨论。这次会议是“朦胧诗”讨论的序曲，此后更热烈的讨论在更大的范围里展开了。

1980 年 5 月 7 日，谢冕在《光明日报》上发表《在新的崛起面前》。文

---

① 公刘：《新的课题——从顾城同志的几首诗谈起》，《星星》诗刊 1979 年 10 月复刊号。

章指出："一批新诗人在崛起。他们不拘一格，大胆吸收西方现代诗歌的某些表现方式，写出了一些'古怪'的诗篇。越来越多的'背离'诗歌传统的迹象的出现，迫使我们作出切乎实际的判断和抉择。我们不必为此不安，我们应当学会适应这一状况，并把它引向促进新诗健康发展的路上去。"① 谢冕以一位评论家的高瞻远瞩，在中国年轻的艺术探索者最需要扶持的时候，发表了这样一篇具有划时代意义的文章，体现的不仅是作者的艺术才华，更是远见卓识的眼光和勇于承担的人格。

1980年7月20日至8月21日，《诗刊》社举办"青年诗作者创作学习会"，梁小斌、舒婷、江河、顾城、王小妮、徐敬亚等17位青年诗人参加。这次诗会，后来被追认为《诗刊》"首届青春诗会"。《诗刊》1980年10月号在"青春诗会"栏目下，以显著位置集中推出了他们的诗作，并开辟专栏对青年诗人的诗作进行讨论。

1980年9月20日至27日，《诗刊》社在北京定福庄煤炭干部管理学院举办"诗歌理论座谈会"。这次会议持不同观点的双方主要代表人物都到场了，会上唇枪舌剑，争论激烈，但又是充分坦诚而自由的，诗刊记者称这是"一次热烈而冷静的交锋"。会上就新诗应遵循什么道路发展、诗与现实的关系、诗歌现代化、怎样看待青年诗人的探索，以及关于学习外国、诗人的自我等问题做了认真的探索。遗憾的是这种自由宽松的气氛后来因种种原因未能坚持下去。也就是在这次会议上，我和谢冕、孙绍振、钟文相识，并因支持青年诗人探索的共同立场，而成为"同一个战壕中的战友"。

定福庄会议之后，我根据自己在会议上的发言，整理了一篇文章，题为"诗歌现代化初探"，投给了《诗探索》。当时《诗探索》的主持者，担心"诗歌现代化"的提法太刺目，遂把题目改为"时代的进步与现代诗"，发在《诗探索》1981年第2辑上。孙绍振在会后写了《新的美学原则在崛起》，却遭遇到了意想不到的波折。我的博士研究生连敏，毕业论文做的是"文革"前（1957～1964）的《诗刊》研究，近年又在做1976年至1989年的《诗刊》研究。我介绍她去采访了吴家瑾、朱先树、刘湛秋等诗刊编辑，以及

① 谢冕：《在新的崛起面前》，《光明日报》1980年5月7日。

谢冕、孙绍振等评论家。根据采访结果，她围绕《新的美学原则在崛起》一文的遭际，整理成《〈新的美学原则在崛起〉修改及发表始末》，发表在《文学评论》2015年第3期上。从连敏的文章中可以看出，《新的美学原则在崛起》的写作、修改、退稿、再索稿、被加“按语”发表、被批判，经历了一个曲折的过程。定福庄会议后，应《诗刊》编辑部主任吴家瑾的约稿，孙绍振写出《欢呼新的美学原则的崛起》，此即《新的美学原则在崛起》的原稿。《诗刊》收到此文后，由于政治气候变化，这样的文章已不适宜发表，便经诗刊编辑朱先树之手，把稿子退给孙绍振。然而中宣部要在诗歌领域批“自由化”，决定以孙绍振的文章为靶子，要《诗刊》把孙绍振的文章要回来。《诗刊》遂向孙绍振再索稿。孙绍振对原稿中过于直率的话做了删除，把稿子寄回《诗刊》。《诗刊》1981年第3期在“问题讨论”栏目下，发表了孙绍振的《新的美学原则在崛起》，不过与一般的文章不同，前边加了“编者按”：“编辑部认为，当前正强调文学要为人民服务、为社会主义服务，以及坚持马克思主义美学原则方向时，这篇文章却提出了一些值得探讨的问题。我们希望诗歌的作者、评论作者和诗歌爱好者，在前一阶段讨论的基础上，进一步对此文进行研究、讨论，以明辨理论是非，这对于提高诗歌理论水平和促进诗歌创作的健康发展都将起积极作用。”这个“编者按”表明了编辑部的倾向性，随之《诗刊》1981年第4期发表了程代熙《评〈新的美学原则在崛起〉——与孙绍振同志商榷》，对孙绍振的文章进行了尖锐的批判。此后《诗刊》又发表了一系列批判文章。不过，当时支持孙绍振的也不乏其人，其中江枫的《沿着为社会主义、为人民的道路前进——为孙绍振一辩兼与程代熙商榷》（发表于《诗探索》1981年第3期）是有代表性的，但更多的支持孙绍振的文章却难以得到发表的机会。

围绕孙绍振《新的美学原则在崛起》及有关“朦胧诗”的争论，已收在姚家华编的《朦胧诗论争集》（学苑出版社，1989）中，其中是非曲直，读者自有公论。本文不拟对当年的批判再做回应，而是从当代诗学发展的角度，对孙绍振《新的美学原则在崛起》的主要观点略加评析，以见出这篇诗学论文的意义所在。

二

当朦胧诗人踏上诗坛的时候，他们还太年轻，知识结构欠完整，美学与艺术理论的准备也不足，他们中的理论家徐敬亚，此时还在吉林大学中文系读书。正是在朦胧诗人缺少自己理论发言人的情况下，与朦胧诗人隔代的批评家孙绍振挺身而出，成了他们的理论代表。孙绍振的文章对以朦胧诗为代表的青年诗人的创作从理论上予以梳理和提升，提出了“新的美学原则”。

> 在历次思想解放运动和艺术革新潮流中，首先遭到挑战的总是权威和传统的神圣性，受到冲击的还有群众的习惯的信念。……谢冕同志把这一股年轻人的诗潮称之为“新的崛起”，是富于历史感，表现出战略眼光的。不过把这种崛起理解为预言几个毛头小伙子和黄毛丫头会成为诗坛的旗帜，那也是太拘泥字句了。与其说是新人的崛起，不如说是一种新的美学原则的崛起。这种新的美学原则，不能说与传统的美学观念没有任何联系，但崛起的青年对我们传统的美学观念常常表现出一种不驯服的姿态。他们不屑于做时代精神的号筒，也不屑于表现自我感情世界以外的丰功伟绩。他们甚至于回避去写那些我们习惯了的人物的经历、英勇的斗争和忘我的劳动的场景。他们和我们50年代的颂歌传统和60年代战歌传统有所不同，不是直接去赞美生活，而是追求生活溶解在心灵中的秘密。①

孙绍振是一位理论思辨能力很强的评论家，他这段文字对青年诗人“新的美学原则”的概括，应当说是在当时的历史环境下，一个批评家所能做出的一种周全、委婉而又藏锋不露的策略性叙述了。所谓“新的美学原则”，必定是与“旧的美学原则”相对而言的。但孙绍振没有用“旧的美学原则”，而是代之以“传统的美学观念”。可这“传统的美学观念”，到底是

① 孙绍振：《新的美学原则在崛起》，《诗刊》1981年第3期。

中国古代的诗学传统，还是西方古代的诗学传统，还是战争年代受苏联文学影响而形成的诗学传统？细味全文，孙绍振明显指的是后一种，即从战争年代一直沿袭到“文革”期间占统治地位的诗学传统。只不过在当时的条件下，只能含混地表达，不宜把话说得太明确罢了。在战争时期，解放区的诗歌从现实的政治需要出发，强调诗歌的社会功利性，把诗歌作为工具和武器。文艺界的整风则使诗人放弃了自己的知识分子身份，如严辰所说：“在未来的新社会里，及在今天的新环境里，已经完全是集体主义了。只有集体才有力量，只有集体才能发展，非个人时代可代替的。在诗歌上发现个人的东西，早已不再为人感到兴趣，从天花板寻找灵感，向醇酒妇人追求刺激的作品，早就被人唾弃，早就没落了。只有投身在大时代里，和革命的大众站在一起，歌唱大众的东西，才被大众所欢迎。”① 很明显，在这种高度张扬集体主义的大环境中，诗人的自我被放逐，诗越来越偏离它的本质，而成为政治宣传的工具。从此，随着革命战争的节节胜利，政治化的意识形态标准成为评价诗歌的唯一标准。强化这种诗学形态，坚决抵制一切与之不符的思潮与理论，成为由解放区刮起的一股强劲的旋风，一直吹到新中国成立以后。此后的日子里，诗歌受到政治的严格的制约，这既表现在诗人的选材、取象、抒情方式、语言风格上，也表现在诗歌的生产机制、传播方式，以及诗歌批评与诗歌论争上。这一时期的诗歌，不断地被政治性的意识形态所同化，颂歌与战歌成为主流，表现的情感领域趋向单一，诗人的自我形象消失，创作日益走向一体化。到了“文革”期间，“小靳庄民歌”与“批林批孔”诗歌等政治化写作铺天盖地，诗歌一度沦为“四人帮”的舆论工具，这一历史教训是极其深刻的。孙绍振在《新的美学原则在崛起》中所提出的观点，正是对这种高度政治化的诗学传统的反拨。在粉碎“四人帮”不久，乍暖还寒的政治季节里，他发表这些观点，不仅需要见识，更需要勇气。实际上，他也确实为自己的文章付出了沉重的代价。他和谢冕一样，是用肩膀为当时青年诗人的生存与成长扛住了闸门的人。

孙绍振提出的“新的美学原则”有三点值得重视。一是对传统的美学观念常常表现出一种“不驯服的姿态”。其实这个“不驯服”正表明了艺术

① 严辰：《关于诗歌大众化》，《解放日报》1942年11月2日。

革新者的先锋意识，任何新的创造总会包含对传统某种程度的反叛与超越，也就是“不驯服”。大画家齐白石有句名言：“学我者生，似我者死。”意思是说在艺术创作上循规蹈矩，不敢越雷池一步，是没有出息的、没有前途的，鼓励后代超越自己。二是强调“表现自我感情世界”，这与我国古代诗学“诗缘情”的提法基本一致，是理所当然的。抒情诗总是以诗人自身的生活经验、意志情感等作为表现的对象，即使有对于主体之外的客观现实的描写，但也不是照相式的模拟，客观现实在诗中不再是独立的客体，而是渗透着、浸染着诗人的个性特征，成为诗人主观感情的依托物了。这与其说是西方现代派的主张，不如说是浪漫主义诗人的追求。三是提出“不是直接去赞美生活，而是追求生活溶解在心灵中的秘密”，应当说这在当时是比较新鲜的一个提法。不过，细究一下，西方象征主义诗人早就强调以隐喻来表现人的内心世界，主张透过心灵的想象创造某种带有暗示和象征性的诗的画面；而孙绍振提出的“追求生活溶解在心灵中的秘密”，不过是对象征派主张的借鉴而已。

这样看来，孙绍振所提的“新的美学原则”，从中国和西方古代诗学传统，从西方现代派的诗学主张中都能找到它的来龙去脉，严格来说并不算新。然而这看来不算新的美学原则，在当时为什么又可以称之为新呢？这是因为我们的历史走了一个回环。中国新诗是在五四精神的感召下才得以诞生并成长壮大的。五四时代，是个启蒙的时代。在中国漫长的封建社会中，个人被皇权、神权、族权所压抑，如草芥虫蚁，根本谈不到个人的生命与价值。郁达夫曾说过：五四运动的最大的成功，第一要算“个人”的发现，从前的人，是为君而存在，为道而存在，为父母而存在，现在的人才晓得为自我而存在了。周作人把五四新文学的特征归结为“人的文学”：“我们现在应该提倡的新文学，简单的说一句，是‘人的文学’……我说的人道主义，是从个人做起。要讲人道，爱人类，便须使自己有人的资格，占得人的位置。”① 郁达夫、周作人的这些话，强调个人的价值，呼唤对个人的尊重，鲜明地体现了五四时代的启蒙精神。而诗体的解放，新诗的诞生，正是人的觉醒的思想在文学变革中的一种反映。遗憾的是，新诗早期秉承的五四时代

① 周作人：《人的文学》，《新青年》第5卷第6号。

的启蒙精神并没有延续下去，而是被战争年代形成的政治性的功利主义诗学所取代。到了“文革”当中，作为五四运动核心价值的“人道主义”更是横遭批判，人性沦丧，道德滑坡，强权使人成了失去了内在自由本质的政治动物。这期间文学作品中的人不再具有正常人的七情六欲，而成了某一阶级、某种政治的符号，成了一具没有精神内涵的躯壳。文坛的这种情况让人惨不忍睹。复出的艾青1979年在一次座谈会上说：“1919年的‘五四’运动到1976年的‘四五’运动，走了漫长的五十七年！而我们今天好像还在补五十七年前的课：要求科学、要求民主。我们怎能随便地抛弃这两面光辉的旗帜呢？难道我们中国人非得永远是愚昧无知、任人摆布的奴隶吗？绝对不可能了！”① 艾青说得对，我们是在补课，补科学民主的课。正是在这个意义上，对那些喝着狼奶长大，与五四传统发生了断裂的年轻人而言，孙绍振所提出的算不上新潮的美学原则，自然就成了“新的美学原则”了。实际上，孙绍振也并非有意标榜那个“新”字，他不过用这个“新”字来同“传统的美学观念”相抗衡罢了。他希望以此直接上承五四文学传统，以摆脱政治枷锁对诗的控制，让诗回到它的自身。

三

新时期的诗歌研究是以思想的启蒙和五四精神的回归开始了它的行程的。“新的美学原则”与“传统的美学观念”最根本的不同在哪里？孙绍振说了一句关键的话：“表面上是一种美学原则的分歧，实质上是人的价值标准的分歧。”他紧接着还以“年轻的革新者”的代言身份说道：“个人在社会中应该有一种更高的地位，既然是人创造了社会，就不应该以社会的利益否定个人的利益，既然是人创造了社会的精神文明，就不应该把社会的（时代的）精神作为个人的精神的敌对力量，那种人‘异化’为自我物质和精神的统治力量的历史应该加以重新审查。”② 基于这个“新的美学原则”，孙绍振对青年诗人作品中体现的“人的觉醒”“人的解放”的思想给予了热

① 艾青：《要造成一种民主风气》，《文艺报》1979年第3期。

② 孙绍振：《新的美学原则在崛起》，《诗刊》1981年第3期。

情的肯定。他说："我们的民族在十年浩劫中恢复了理性，这种恢复在最初的阶段是自发的，是以个体的人的觉醒为前提的。当个人在社会、国家中地位提高，权利逐步得以恢复，当社会、阶级、时代，逐渐不再成为个人的统治力量的时候，在诗歌中所谓个人的感情、个人的悲欢、个人的心灵世界便自然会提高其存在的价值。社会战胜野蛮，使人性复归，自然会导致艺术中的人性复归，而这种复归是社会文明程度提高的一种标志。"[①] 孙绍振这些提法，实际上是呼应了新时期思想解放大潮的。1979 年美学家朱光潜指出：人道主义虽然"在不同的时代具有不同的具体内容，却有一个总的核心思想，就是尊重人的尊严，把人放在高于一切的地位"[②]。1980 年美学家汝信指出："人道主义就是主张要把人当作人来看待。人本身就是人的最高目的，人的价值也就在于他自身。"[③] 与理论界的探索相呼应，诗人们也发出了自己的声音。舒婷呼吁道："人啊，理解我吧。……今天，人们迫切需要尊重、信任和温暖。我愿尽可能地用诗来表现我对'人'的一种关切。障碍必须拆除，面具应当解下。我相信，人和人是能够互相理解的，因为通往心灵的道路总可以找到。"[④] 顾城说："我们过去的文艺、诗，一直在宣传另一种非我的'我'，即自我取消、自我毁灭的'我'。如：'我'在什么什么面前，是一粒砂子、一个铺路石子、一个齿轮、一个螺丝钉。总之，不是一个人，不是一个会思考、怀疑、有七情六欲的人。如果硬说是，也就是个机器人，机器'我'。这种'我'，也许具有一种献身的宗教美，但由于取消了作为最具体存在的个体的人，他自己最后也不免失去了控制，走上了毁灭之路。"[⑤]

在朦胧诗人的作品中，对人的关切更构成了他们诗歌的基调。北岛在献给遇罗克的诗中写道："我并不是英雄/在没有英雄的年代里/我只想做一个人。"（《宣告》）舒婷在《献给我的同代人》中写道："他们在天上/愿为一颗星/他们在地上/愿为一盏灯/不怕显得多少渺小/只要尽其可能。"与此前的英雄颂歌相比，这里最大的区别，就在于抒情，主人公摒弃了集

---

① 孙绍振：《新的美学原则在崛起》，《诗刊》1981 年第 3 期。

② 朱光潜：《关于人性、人道主义、人情味和共同美问题》，《文艺研究》1979 年第 3 期。

③ 汝信：《人道主义就是修正主义吗?》，《人民日报》1980 年 8 月 15 日。

④ 舒婷：《诗三首小序》，《诗刊》1980 年第 10 期。

⑤ 顾城：《请听听我们的声音》，《诗探索》1980 年第 1 期。

团的代言人的身份，而回到一个普通人的自身，展示一个人内在的生命价值。可以看出，在新时期诗歌的广阔地平线上站起来的是一群大写的人，一群顶天立地的人，一群有尊严的人，这也是当代诗歌史上首次出现的一代新人。

实际上，孙绍振正是在理论界开始了自觉的人性寻求，青年诗人的作品中出现了对人的生存权利和人的尊严的渴望和呼唤后，才对之进行理论阐述和代言的，其价值就在于呼吁人的自我意识的觉醒，体现了对抹杀个性、漠视人的价值的僵化的诗歌模式的反叛，体现了对心灵自由的呼唤，这样的主张对当代诗歌史的发展是影响深远的。

四

提出“新的美学原则”，这是孙绍振文章的主体内容，呼唤人的复归，强调人的价值和尊严，这是其根本出发点。从这个角度出发，在总的原则下，孙绍振还对诗歌创作涉及的某些理论问题做了阐发，其中对创作中潜意识作用的思考，便是极有超前眼光的：“长期的大量的艺术实践不但训练了艺术家的意识，而且训练了他的下意识或者潜意识。这样，使他的神经感情达到饱和点的时候，依着一种‘不由自主的’、‘自发的’习惯，达到一种条件反射的程度。习惯，就是意识与下意识的统一。不论是一个人还是一个民族，养成自己独创的艺术习惯都是很艰难的。意识和潜意识都是建立在长期的经验基础上的。个人、民族、时代的美学独创性，都渗透在这种习惯中。”[①] 孙绍振是在谈如何冲破艺术的习惯势力时，谈到潜意识问题的。潜意识，这个人类认识的黑洞，长期以来在正统的文艺理论体系中，是被忽略的。北京大学教授金开诚，是新时期以后较早开出“文艺心理学课程”并出版文艺心理学专著的，但他基本没有涉及潜意识问题。他说：“让我们先把意识活动中的事情弄弄清楚吧。就文艺问题而言，光是意识活动中的事情就乱得够呛了，够我研究两辈子了。至于潜意识，岂不是要到第三辈子才能去研究？我的意思无非是说，就文艺心理学而言，解决意识活动中的疑问比

① 孙绍振：《新的美学原则在崛起》，《诗刊》1981 年第 3 期。

较急迫。”[①] 孙绍振不是专门研究文艺心理学的，却对潜意识问题极为关切。实际上，诗的创造其心理内容之丰富，决非“意识”两个字所能涵盖的。现代心理学研究成果表明，在意识的格局严整的中央王国以外，还有着广漠无垠的待开发疆域——一个神秘的黑暗王国，这就是相对于意识而言的潜意识。潜意识不仅是巨大的信息库，而且也是巨大的地下信息加工场。人脑对信息的加工，一部分是在主体控制下进行的，可以被明显地意识到，存在于意识之中。另一部分则不能由主体控制，不在意识中显示出来，这就是潜意识活动。就诗歌创作的心理过程而言，潜意识与意识是你中有我、我中有你，互相渗透、互相转化的。孙绍振的文章，不是专门论述潜意识，但是他高度重视潜意识，提到了意识与潜意识的统一，这不仅对认识如何冲破艺术的习惯势力有启发性，更重要的是打开了一扇门，让诗人与学者从现代心理学的角度去思考、判断诗学中的一些问题。就我个人而言，20 世纪 80 年代初还没有进入心理诗学的研究，但是孙绍振对潜意识的重视却给了我深刻的启发。以至后来我在写《心理诗学》“诗的思维”这部分的时候，我首先谈的就是潜思维，也就是潜意识中的信息加工。我的这个思路深受孙绍振的影响，就这点而言，我对孙绍振也是心怀感念的。

毋庸讳言，《新的美学原则在崛起》作为 30 余年前一场诗歌论争的产物，执笔时间仓促，再加上当时的政治气氛，许多问题无法深入展开，文中的论述难免有不够周全、严谨之处。仅就从文体的格局来看，全文三段，前边两个自然段都很短，全文的主体落在最后一段，密密麻麻，缺乏层次感，让人读起来未免头胀。尽管如此，它呈现出的诗学思想的光芒却是遮蔽不住的，直到今天，仍然有着强大的穿透力。我曾在收有孙绍振的《新的美学原则在崛起》的《磁场与魔方——新潮诗论卷》的《编选者序》中说过：“历史在匆匆行进。尽管收在这部诗论集中的不少文章，以现在的眼光看早已不那么‘新潮’了，尽管作者们早就为面对新诗潮与后新诗潮的令人眼花缭乱的创作实际，未能给予及时的而有说服力的理论阐释而感到困惑与愧疚，尽管放到 20 世纪中西方文化冲撞与交流的大背景下，新潮诗论显得是

① 金开诚：《文艺心理学论稿》，北京大学出版社，1982，第 194～195 页。

那样稚嫩、贫瘠、肤浅，我还是要说，新潮诗论是对传统的美学原则和扭曲的新诗理论的一次认真的冲击，在中国新诗70年的历史，尤其是建国40年来的诗歌思潮史上，写下了躁动不安却难以磨灭的一页。”[①] 这话是我20年前说的，以此对照包括《新的美学原则在崛起》在内的新潮诗论，也许并不过时。

2015年10月13日

（作者单位：首都师范大学中国诗歌研究中心）

① 吴思敬编选《磁场与魔方——新潮诗论卷》，北京师范大学出版社，1993，第1页。

迷途：成因及其后果

——《新的美学原则在崛起》的问题意识与审美现代性批判

黄怒波

“大人，时间老人背上有个布袋，他在里面存放着慢慢将被遗忘的丰功伟绩。”

这是莎士比亚的作品《特洛伊罗斯与克瑞西达》中的人物俄底修斯劝服阿喀琉斯回到战场时说的话。在回论孙绍振先生《新的美学原则在崛起》一文时，这句话有了时代的意义与现实的美感。孙绍振先生一直在“文学的坚守与理论的突围”领域建构他的诗学体系，大概再无人比他更接近本土文学理论体系的巴别塔尖了，这是一种格式塔式的美学悲情，也是一种以赛亚情节的“新的美学原则”崛起的范式召唤。在新诗将届百年之际，把手伸进孙绍振先生的布袋里，是一种寓言行为，能找到诗学的灰姑娘的水晶鞋吗？

后来，狡猾的俄底修斯把阿喀琉斯劝回了战场，阿喀琉斯终于战死了。这是一种预设的命运图景，是时间老人的隐喻方式。当阿喀琉斯的丰功伟绩被岁月遗忘的时候，他的死亡却构建了人类的诗学悲情之美。同样，回顾《新的美学原则在崛起》发表的时代氛围，我们也可以瞥见诗学的阿喀琉斯的悲情背影：他崛起、战斗，毫不妥协，问题一大堆，也绝不倒下。似乎，他将带领我们走出本土诗学建构的百年迷途。也似乎，他以尖刻的姿态掩盖内心的沉郁，激发我们更深的问题意识。在这一层意义上，探讨《新的美学原则在崛起》一文的成因及其后果，具有独特的审美意义。既指向了孙绍振先生的诗学体系构建行为，也挑明“新的美学原则”是否真的完成了崛起的诗学疑问。实际上，当我们围绕《新的美学原则在崛起》一文展开讨论时，应该是与谢冕先生《在新的崛起面前》互文的。一定要先行提示的是，两文都使用了“新”及“崛起”一词。这无疑为讨论指引了溯源方向，也预示着一种新历史主义的学术气息将弥漫本文。

的确，上述两文都布局了特有的诗学悲情框架，这与两位先生的诗学经验有关联，也与新诗百年来的诗学进化有关联。

一

转呵，在越来越宽的回旋中转，
猎鹰再也听不到驯鹰者的呼唤，
一切都瓦解了，中心再也不能保持，
只是一片混乱来到这个世界里。

这是叶芝的诗歌《第二次来临》中的诗句。这篇诗歌取名来源于《新约·启示录》，意指末世之后，基督第二次来临。干什么呢？进行末日审判！

新诗在百年前的诞生，是对旧世界彻底瓦解的历史标志，载有悲剧色彩及革命美学内容。对新诗百年的讨论似乎烂熟于心，但是，当我们使用一种新历史主义的美学背景的还原方法后，更能剥显出其诞生及进化的史学意义及美学特征。本文想超越学术考古式或是学术工艺式的游戏手法，找到一条讲故事的新线索。这条新线索将分为三个阶段：一是起因——社会达尔文主义的独木桥；二是“第二次来临”——“新启蒙”狂欢中的“崛起”；三是后果——日常生活审美化时代的文化消费产品化的诗歌蜕变。目的是找到孙绍振先生《新的美学原则在崛起》一文中时代突破的意义，凸显他的诗学体系的建设性及悲剧性。从而，探讨新诗百年中与民族复兴的美学关系及其当下的美学原则困境与出路的可能性。

1873年6月29日，日、俄、美、英、法、荷等国使节在紫光阁顺序觐见清同治皇帝，未行跪礼，总共约半个小时。有必要一提的是，日本使臣只行了三揖之礼，其他使节则行五鞠躬之礼。

虽只短短半小时，但这见皇上——“天子”不下跪的半小时却是划时代时刻。是“天朝”崩溃的标志。[①]

当末日王朝被卷入现代性大潮中后，命运就再也不能自主了。“1894年，清朝在甲午中日战争中落败，日军大占上风，消息传来，年过八旬的日本文豪福泽谕吉老泪纵横，在报纸上撰文支持日军扩大战争，要攻占北京，他认为，这日中之战，是文明对野蛮之战，进步对落后的胜利，而后相当长一段时间，日本舆论界和学术界都基本认同这个观点。附和说，日本人征服中国人是进步淘汰落后的战争，是社会进步的必然选择。这种观点既成为日本军国主义的教义之一，也成为包括部分中国学者在内很少质疑的立场。”[②]这种进步与落后、文明与野蛮的对立观点来源于当时盛行的社会达尔文主义。日本明治时期的思想家“加藤弘之原是天赋人权的主张者，后来读了达尔文等的进化论和德国国家主义政治学家伯伦知理著作之后，思想发生大的‘转向’，成为强权论的积极鼓吹者，梁启超在日本期间，深受其影响，1899年，他在《论强权》中干脆利落地宣称：世界之中，只有强权，别无他力，强者牵制弱者，实天演之第一大公例也。然则欲得自由权者，无也道焉，惟当先自求强者而已。欲自由其一身，不可不先强其身，欲自由其一国，不可不先强其国”。[③] 在这样的民族悲愤氛围中，严复翻译的《天演论》一时洛阳纸贵。辛亥革命前十多年《天演论》出版了30多种版本。“有钱的人还拿钱出来翻印新版以广流传”，“物竞”“天择”“争存”“优胜劣败”等词一时广为流传，成为口头禅。鲁迅背着长辈，买了“白纸石印的一厚本《天演论》”，一口气读完。应该说，他后来对国民劣根性的批判及《野草》中弥漫的虚无主义情绪与社会进化论的影响有关。胡适原名“洪骍”，因此更名为“适”，取字“适之”。这是五四运动前中国社会思潮的主流，求新求变自然成了新诗诞生的条件。梁启超认为“过渡时代，必有革命”。

① 雷颐：《面对现代性挑战：清王朝的应对》，社会科学文献出版社，2013，第45页。

② 周兴旺：《日本人凭什么——日本社会达尔文主义》，世界知识出版社，2006，第134页。

③ 许纪霖：《现代性的歧路：清末民初的社会主义达尔文主义思潮》，《史学月刊》2010年第2期。

因此，“梁启超的‘诗界革命’口号，可以说是晚清文学变革最激动人心的口号之一，他所提出的诗歌革命纲领和目标，也是20世纪中国诗歌成就与局限的源头”[①]。梁启超和康有为都把社会达尔文主义举起来当作变法维新的理论依据。“1899年，梁启超在《豪杰之公脑》一文中说：‘盖生存竞争，天下万物之公理也。既竞争，则优者必胜，劣者必败，此又有生以来不可避之公例也。’”[②] 梁启超呼唤“新民”，强调“自新”，是他的“欲造新国”的进化思想体现。陈独秀等人的“新青年”之说则是其“新民”精神传承。在这一层含义上，王光明先生找到了梁启超的社会达尔文主义情绪的关键节点。他的观察虽然有点浅尝辄止的遗憾，但不无准确地引用陈建华《“革命”的现代性——中国革命话语考论》一文中的观点，点出了梁启超“诗界革命”的核心美学：“这个‘革命’指一般意义的变革，毋宁说却含有进化论色彩的历史命令。如果说在本世纪里革命意识形态几乎主宰了中国社会和中国人的日常生活，梁启超首先引进的这个‘革命’观念构成了现代动力。”[③] 进步是“新文化运动”的主题，陈独秀亦将进化精神渗透其中：“新文化运动要注重创造的精神。创造就是进化，世界上不断的进化即是不断的创造，离开创造便没有进化了”（1920年4月1日《新青年》第七卷第五号）。他在早前的1917年2月1日的《新青年》第二卷第6号上发表《文学革命论》一文，文中说：“今日庄严灿烂之欧洲，何自而来乎？曰，革命之赐也。……文学艺术，亦莫不有革命，莫不因革命而新兴而进化。”胡适也于1917年1月1日在《新青年》第二卷第5号发表了《文学改良刍议》一文。以言“八事”入手，“既明文学进化之理”。1918年1月15日，《新青年》第四卷第1号，刊出胡适、刘半农、沈尹默的9首“白话诗”，标志中国“新诗”的诞生。“胡适站在现代民族国家的立场，认为诗歌革命是辛亥大革命至1919年‘八年来一件大事’。”[④] 为什么是如此之大的“大事”呢？综上所述，是不是可以认为：“新诗”的诞生，体现了国强民富、民族

① 王光明：《现代汉诗的百年演变》，河北人民出版社，2003，第49页。

② 白云涛：《社会达尔文主义的输入及其对近代中国社会的影响》，《北京师范学院学报》（社会科学版）1990年第4期。

③ 王光明：《现代汉诗的百年演变》，第52页。

④ 同上书，第84页。

复兴的文化情绪，是由此依据的社会达尔文主义的文化表现。

果然，在“新”成为“新诗”诞生的美学原则之时，“新诗”的浪漫主义色彩极其浓厚。既透露着对新世界的渴望，也表达了拥抱现代性的积极态度。向新世界表示欢呼的，当首推郭沫若。闻一多在他的《〈女神〉之时代精神》一文中断定：“若讲新诗，郭沫若君的诗才配称新呢，不论艺术上他的作品与旧诗词相去最远，最要紧的是他的精神完全是时代的精神——二十世纪底时代的精神。有人讲文艺作品是时代底产儿。《女神》真不愧为时代底一个肖子。”[①] 至此，可以回到《新的美学原则在崛起》一文。孙绍振先生说：“社会战胜野蛮，使人性复归，自然会导致艺术中的人性复归，而这种复归是社会文明程度提高的一种标志。在艺术上反映这种进步，自然有其社会价值，不过这种社会价值与传说的社会价值有很大的不同罢了。”[②] 互文之下，可以看到一种时代的反讽：“新诗”诞生的时候，呼唤的是进步、文明、人性，其美学原则是“新”、是“革命”。近 60 年后，居然还需要在此意义上的又一次“新的美学原则在崛起”。这就是孙先生一文的美学悲情及其“崛起”含义。20 世纪 80 年代此文发表的时代背景是“诗的暗夜”刚刚告别，“新启蒙”的狂欢刚刚开始，“三千年未有之巨变”正待启幕。所以，此文表达了一种“解放”的姿态，有一种说理的时代态度，在又一次论“新”的角度召唤“新的崛起”。这种乐观、自信重现了“新诗”诞生初始的时代情绪。“今天天气甚好，火车在青翠的田畴中急行，好像个勇猛沉毅的少年向着希望弥满的前途努力奋迈的一般。飞！飞！一切青翠的生命，灿烂的光波在我们眼前飞舞。飞！飞！飞！我们自己融化在这个磅礴雄浑的 rhythm 中去了！我同火车合体，大自然合体，完全合而为一了！我凭着车窗望着旋回飞舞着的自然，听着车轮鞑鞑的进行调，痛快！痛快！……”[③] 闻一多从郭沫若的情绪中找到了向往未来的浪漫主义色彩，这既是时代的情绪，也是新诗的美学特质。从另一面说明：中国的新诗自诞生之日，就拥抱了现代性，就与民族复兴同向。所以，可以认为：新诗诞生之始的美学原则就是以“新”为特质的现代性标志。王光明的判断是这样的：

① 杨匡汉、刘福春：《中国现代诗论》，花城出版社，1987，第 82 页。

② 孙绍振：《文学的坚守与理论的突围》，人民出版社，2015，第 501 页。

③ 杨匡汉、刘福春：《中国现代诗论》，第 83 页。

“但中国的‘新诗’革命（乃至整个文学革命），强调的恰恰是面对现实或为新的现实开路的社会功能。虽然他们也对现实不满，激烈地批判现实，但他们普遍认为，现实的腐朽落后是传统文化造成的，西方的理性、科学、民主可以挽救日渐式微的中国，工业文明可以带领中国走出落后与贫困。因此，人们疏远了对自然、宇宙和内心世界的聆听，疏远了对诗歌言说方式和技巧的关怀，更关心表现具有‘时代精神’的社会现实与未来。”① 王光明有一种“从根本上看，中国‘新诗’的观念并不与20世纪西方文学中的现代性观念相对应”的看法。这一观点似乎有语境性，但由于现代性的疆域过于宽广，我举两个例子侧应郭沫若的“痛快”心情，以说明现代社会情景是怎样打动人心的。

严复翻译的《天演论》，主要推崇的是斯宾塞的社会达尔文主义。斯宾塞倡导能够促进社会进步、适应生存竞争时代的“快乐人”。“他一觉睡到天亮，跳下床铺，一边穿衣一边唱歌或吹口哨，下楼时容光焕发，稍有刺激就会哈哈大笑，真是一位精力四射的健康人。他不仅意识到自己已有的成功，而且由于自己的能量、敏捷、多谋对将来也充满信心。就这样，他满心喜悦地开始自己那天的工作而没有丝毫厌腻之感；他每时每刻都体会到高效率工作带来的满足；回家时还有大量的剩余精力进行好几个小时的休闲活动。”② 这种“快乐人”，我们将自郭沫若“天狗”始，找到20世纪80年代的“启蒙”者，再循踪到20世纪90年代的“新人”企业家，落脚在“日常生活审美化”的今日“大众”。人人突出的都是“新”情绪；都是社会达尔文主义的“新人”。最终，这些人被尼采召唤为“超人”，进化到了社会顶端。而那些不“快乐人”，愚昧者，则被鲁迅痛斥，被尼采贬为“贱人”，在当代中国诗歌中，沦为“打工者”。在这个意义上，我们无法摆脱“新诗”诞生于社会达尔文主义的摇篮这一事实，而社会达尔文主义又恰恰是以“新”为特征的现代性的精神存在。因此，是不是可以认为：在“新”的美学原则诞生之时，我们的诗学就已经踏上迷途呢？“G先生一觉醒来，睁开双眼，看见刺眼的阳光正向窗玻璃展开猛攻，不禁懊悔遗憾地自语道，

① 王光明：《现代汉诗的百年演变》，第103页。

② 高瑞泉：《中国思潮评论第二辑：现代性视野中的思潮与观念》，上海古籍出版社，2010，第20页。

‘多么急切的命令！多么耀眼的光明！几小时之前就已是一片光明啦！这光明我都在睡眠中丢掉啦！我本来可以看到多少被照亮的东西呀，可我竟没有看到！’于是，他出发了！他凝视着生命力之河，那样的壮阔，那样的明亮。他欣赏都市生活的永恒的美和惊人的和谐，这种和谐被神奇地保持在人类自由的喧嚣中。”[①] 这是波德莱尔在他的《现代生活的画家》中描述的现代性之子G先生。这是负责光明的现代人，社会进化的目标，意思是可以看到适者生存的进步性和美学性。所以，当读到郭沫若那种“天狗”般的狂热，那种渴望吞日月的现代性情绪时，就应该能理解中国的“新诗”时代性大于艺术性的弊病与不足了。

在这个层次的诗学意义上，我们终于找到《新的美学原则在崛起》的美学回应了：“但崛起的青年对我们传统的美学观念常常表现出一种不驯服的姿态。他们不屑于做时代精神的号筒，也不屑于表现自我感情世界以外的丰功伟绩。他们甚至于逃避去写那些我们习惯了的人物的经历、英勇的斗争和忘我的劳动场景。他们和我们50年代的颂歌传统和60年代战歌传统有所不同，不是直接去赞美生活，而是追求生活溶解在心灵中的秘密。”[②] 至此，我们是不是可以认为：对催生“新诗”的社会达尔文主义，在“新的美学原则在崛起”的时刻，应该算一下的诗学的账，彻底予以清算了呢？

穆木天说：“中国的新诗的运动，我以为胡适是最大的罪人。”[③] 胡适有什么罪呢？无非是求新的“改良”而已，非要说他“罪孽深重”的话，原因只在于信奉社会达尔文主义，改了自己的名字而已。当然，回到时代语境看，“新”有什么错呢？正是胡适的“新”，构成了“新诗”运动的魂。所以，我认为应把这句话改为：“中国的新诗的运动，我以为胡适是最大的**英雄**。”论到艺术性，确实是“新诗”的“新”的代价。鲁迅说，查理九世认为“诗人就像赛跑的马，所以应该给吃一点好东西。但不可使他们太肥；太肥，他们就不中用了”[④]。对那些吃了社会达尔文主义兴奋剂的“新诗”的人们，我们也可以把这句话改动一下：“诗人就像赛跑的马，所以应该给

① 汪民安：《现代性基本读本》，河南大学出版社，2005，第627页。

② 孙绍振：《文学的坚守与理论的突围》，人民出版社，2015，第500页。

③ 杨匡汉、刘福春：《中国现代诗论》，第89页。

④ 同上书，第92页。

吃一点好东西（现代性——作者语）。但不可使他们**太新**；**太新**，他们就不中用了。”

二

永恒的神，我跟你们的联系从未中断。
我以你们为起点，在你们的陪伴下漫游，
阅世渐深后，又把欢乐的你们带回校园。

荷尔德林以如此诚挚的心意呼唤他的隐匿的神，这为孙绍振先生做了精神注解。孙绍振先生一生与诗未断联系，在“新时期”又把终于欢乐的新诗带回校园。这是他和谢冕先生的“崛起”的史学和诗学的美学意义。孙绍振先生认为：“也许把重新感知自我和世界当成革新者的任务并且痛快淋漓地宣告要与艺术的习惯势力作斗争，这还是第一次，因而它启发我们的思考的功绩是不可低估的。”[①] 这其中是不是会有进步或是重新进化的语义呢？

新诗经历了“诗界革命”到“文学革命”，再到“革命文学”，直至后来的意识形态极端化，都是被作为了“工具”。什么“工具”呢，进步的“工具”、“进化”的工具。那种落后就要挨打的民族恐惧，让我们百年来对于竞争、生存、进步和“新”文化怀有与命运息息相关的感情，致使社会达尔文的进化理念始终渗入我们的诗学中。新诗自发生起，就一直努力适应和反映与革命事业的关系，以至于到了20世纪80年代，进化为“审美意识形态”美学、诗学。对此，拙文《“从革命文学”到“审美意识形态”》[②]已有论述，可以作为本文的附述供参考。“进化”的需求和影响，导致“新诗”的工具化。呼唤“艺术自律性”的回归，是“崛起”的美学主题。“新诗面临着挑战，这是不可否认的事实。人们由鄙弃帮腔帮调的伪善的诗，进而不满足于内容平庸、形式呆板的诗，诗集的印数在猛跌，诗人在苦闷。与此同时，一些老诗人试图作出从内容到形式的新的突破，一批新诗人

① 孙绍振：《文学的坚守与理论的突围》，第503页。
② 吴思敬主编《诗探索》2016年第1期理论卷。

在崛起，他们不拘一格，大胆吸收西方现代诗歌的某些表现方式，写出了一些‘古怪’的诗篇。越来越多的‘背离’诗歌传统的迹象的出现，迫使我们作出切乎实际的判断和抉择。我们不必为此不安，我们应当学会适应这一状况，并把它引向促进新诗健康发展的路上去。”① 这一段文字中的情绪我们何其熟悉！在“诗界革命”之始，“新诗”以“新”为美，挣脱旧体诗的束缚，表达“进步”“进化”的时代情绪，是一次从内容到形式的历史大突变，是达尔文进化论中的关键词“变异”。由于“新诗”的进步美学，被“革命”所“选择”，进而，在之后的救亡、抗战及革命斗争中被“遗传”下来。直至“工具化”到极致，“面临着挑战”，又一次回到了“变异”“选择”“遗传”的进化之中。1919 年 10 月《新潮》第 3 卷第 1 号发表了俞平伯的文章《社会上对于新诗的各种心理观》。文中有一段话可以与谢冕先生上述观点互文：“要新诗有坚固的基础，先要谋他的发展；要在社会上发展，先要使新诗的主义和艺术都有长足完美的进步，然后才能够替代古诗占据文学上重要的位置。至于社会上不相容纳，不是我们分内所应该管的。我们只希望他们文学常识进步了，平心静气来看新文艺，除此之外，也别无他法了。我们顶要紧的事，就是谋新诗本身的进步：挂了一面新文艺的大旗，胡乱做些幼稚的作品敷衍了事，这真是我们的一大罪过。可敬的朋友呵！不要辜负了好机会，不要忘怀了重大的责任！”② 两位先生时隔近 60 年的对话令人深思。60 年的新诗似乎回到了原点问题，也同时都是一次新的“进化”“变异”。在这一层意义上，我们可以理解谢冕先生在《在新的崛起面前》一文中的焦虑与冲动。孙绍振先生深刻地反思：“权威和传统曾经是我们思想和艺术成就的丰碑，但是它的不可侵犯性却成了思想解放和艺术革新的障碍。它是过去历史条件造成的，当这些条件为新条件代替的时候，它的保守性狭隘性就显示出来了，没有对权威的传统挑战甚至亵渎的勇气，思想解放就是一句奢侈性的空话。”③ 我们也需要回到 60 年前，为孙绍振先生的观点找到一位对话者。康白情在他的《新诗底我见》一文中很清晰地表达了对权威（主义）、传统（古典）的不屑：“进一步说，就是在文学上底什么主

① 谢冕：《燕国集》，福建人民出版社，2015，第 3 页。

② 杨匡汉、刘福春：《中国现代诗论》，第 25 页。

③ 孙绍振：《文学的坚守与理论的突围》，第 499 页。

义，新诗也不必有的。和古典的不相容，不用说了；就是什么浪漫的哪，自然的哪，象征的哪，也不是一个新诗人自己该管底事。我们做诗，尽管照我们自己的最好的做去，不必拘于一格。至于我们底作品究竟该属于哪一格，留给后来的文学史家作分类底材料好了！”[①] 上述四位先生的对话，表明：新诗在重大历史节点的“变异”是时代的“进步”，是对权威、传统的挑战，是新的美学原则的“崛起”。第一次“崛起”，是对旧文化、旧体制的反叛，强调的是从内容到形式上的“新”。其背后的审美情绪是“进化”，是社会达尔文主义“物竞天择”的忧虑、生存危机意识。在这个意义上，“新诗”一发生，就是“工具”的，是“他律”的，是关涉民族复兴、存亡的美学原则。截至20世纪80年代，“新诗”的“他律性”美学原则一直处于“进步”“进化”“变异”中，以至于终于陷入“诗的暗夜”。

如果说，“新诗”的发生是以社会达尔文主义为主潮的“救亡启蒙”方案的话，谢冕先生和孙绍振先生的“崛起”论则是20世纪80年代开始的“新时期”的现代化背景下的现代性新启蒙诗学标志。而这一次，追求的是审美主义的艺术自律性。“我们的民族在十年浩劫中恢复了理性，这种恢复在最初的阶段是自发的，是以个体的人的觉醒为前提的。当个人在社会、国家中地位提高，权利逐步得以恢复，当社会、阶级、时代，逐渐不再成为个人的统治力量的时候，在诗歌中所谓个人的感情、个人的悲欢、个人的心灵世界便自然地提高其存在的价值。”[②] 这是孙绍振先生文论中的关键因素：人的自由与诗的自由。在人获得了自由后，艺术的自律性才能获得，艺术自律性的形成，又有益于人从社会、阶级、时代的统治力量中挣脱出来。这应该就是康德所说的：“意志的自律构成全部道德法则的唯一原理，也构成遵守这些法则的全部责任的唯一原理。相反，在任意选择的意志中存在的他律，不仅不可能成为任何义务的根基，反而与有关义务的原理以及意志的道德性格格不入，背道而驰。”[③] 这样的论断对于“崛起”的思想形成有着巨大的作用。如果大家公认或是孙绍振先生自己也主张的话，这就是康德美学对他的影响所在。尤其是他刚穿越了社会、阶级、时代成为个人的统治力量

① 杨匡汉、刘福春：《中国现代诗论》，第41页。

② 孙绍振：《文学的坚守与理论的突围》，第501页。

③ 〔德〕康德：《康德文集》，刘克苏等译，改革出版社，1997，第164页。

的暗夜。在这样的美学背景下，我们可能真正获得了《新的美学原则在崛起》一文的历史和诗学意义。而这一点，也应该是他的诗学体系中的支柱和杠杆点。那么，为什么这篇文章遭受到了众多不满及批判呢？这就导致我们分析“崛起”的自律性引发的“范式转换”问题。“审美、艺术越是无功利、越是自律，它就越具有批判、指责、否定现实的功能，也就越是他律的，这真可谓是世界上没有无缘无故的爱，也没有无缘无故的恨。阿多诺说‘艺术之所以是社会的’，主要是因为艺术‘站在社会的对立面’，而‘这种具有对立的艺术，只有它成为自律性的东西时才会出现’，‘艺术对社会的这种否定，我们发现是反映在自律性艺术通过形式律而得以升华的过程中’。”[①] 在这样的“自律”概念上，“崛起”说既是对旧的诗学范式的一种批判、否定、告别宣言，又是“新启蒙”到来的诗学立法行动。“新启蒙”的时代任务是清算暗夜，为“四化”铺垫，是民族复兴的又一次“救亡”和宏大叙事。但是当面对现代性的到来时，遭到了本土化的抵抗。这其中有意识形态化的因素，也有知识系统的不可通约性，再有，就是文化霸权与知识霸权及权利资源转换的对抗。例如：传统诗学的话语权被解构了，文化霸权者让位于“新人”企业家了，个人不再是驯服工具了。一句话，“崛起”文论引发的是诗学范式的转换及其与“新启蒙”相呼应对接的“他律性”命题。但是，事实证明：现代性是无法拒绝的。因为历史实践证明：除此之外，我们没有替代方案。这一道理，是自“新诗”发生之初就很明白。因此，当宏大叙事指向现代化进程时，带有“复兴”“崛起”的悲情，获得了诗学的响应。毕竟，这是“新诗”之所以发生的历史召唤。“朦胧诗”经“崛起论”护佑，以集体写作的方式表达启蒙与人的回归情绪，与社会、国家、时代、民族走向保持了同向。而谢冕先生因为身处“独立之人格，自由之精神”的新诗发源地北京大学而免于难堪，孙绍振先生则阴差阳错地被改革者暗中保护，免受不知道会怎样的灾难。

然而，“新诗”注定要遭遇历史的困境与磨难。

“新诗”发生时，在社会达尔文主义的思想主潮下，强调了“新”“革命”“进步”，具有强烈的“他律性”色彩。之后从“革命文学”走向了意

---

① 蓝过桥：《康德美学“自律—他律”二重性格论》，《湛江师范学院学报》2010 年第 5 期。

识形态工具化，以至于“我们的新诗，六十年来不是走着越来越宽广的道路，而是走着越来越窄狭的道路”[1]。“崛起”论护佑新诗自律性形成时，始料未及的是立即陷入现代性困境。在中国的现代化进程突飞猛进时，中国的新诗却很快发现自己处于审美现代性的尴尬处境。在西方的资本主义经济中，审美现代性具有反思的作用，承担对启蒙现代性的批判责任。而在中国的现代化大业中，现代性是在“新启蒙”之后被拥抱的和几乎全盘接受的。在这种背景下，西方现代性理论轻易就“后殖民”了中国的知识界，包括诗学领域。但是当诗人们越来越熟练于现代主义诗学的种种手艺时，却突然发现自己与社会与大众南辕北辙了。西川开始怀疑自己的写作可能有不道德的问题，他疑虑着：“我常自忖：为什么我们大多数人的写作日渐倾向于无私密可言，日渐倾向于表面化的能指与所指的游戏，日渐倾向于视语言为唯一现实？为什么对某些诗人、某些批评家来说，我们的写作恰好适于西方的学术观点，也就是为什么西方的理论权威们能够轻而易举地解释我们的诗歌？……我们为什么而写作？我们的写作通向哪里？我们的写作对于历史、人生、自然有何意义？我们的写作应当怎样向心智、文明敞开？在写作中，我们应当坚持什么、放弃什么，反对什么，贡献什么？我们的写作是否使我们有资格承担‘写作’之名？”[2] 这种困惑是20世纪90年代末期形成的，那时，已无法归罪于“诗的暗夜”了。在这个时期，中国的现代化进程取得“三千年未有之变局”的成果。“审美主义”“审美现代性”“艺术自律”已成为泛滥之语，在这样的情况下，新诗的写作者们是否还能承担“写作”之名？欧阳江河则不无悲情地说：“我们当中的不少人本来可以成为游吟诗人、唯美主义诗人、士大夫诗人、颂歌诗人或悲歌诗人、英雄诗人或骑士诗人，但最终坚持下来的人几乎无一例外地成为知识分子诗人，这当中显然有某些非个人的因素在起作用。我们说的知识分子诗人有两层意思，一是说明我们的写作已经带有工作的和专业的性质；二是说明我们的身份是典型的边缘人身份，不仅在社会阶层中，而且在知识分子阶层中我们也是边缘人，因为我们既不属于行业化的‘专家性’知识分子（specific intellectual），也不属于‘普遍性’知识分子（universal intellectual）。”[3]

① 谢冕：《燕国集》，第3页。

② 王家新、孙文波：《中国诗歌九十年代备忘录》，人民文学出版社，2000，第267页。

③ 同上书，第197页。

这是一种哀怨，也是一种自嘲或反讽：审美自律性并没有如愿带来诗学或写作的解放，反而导致了秩序和存在的混乱。写不下去和没有读者的窘境令人回顾《在新的崛起面前》及《新的美学原则在崛起》的诗学憧憬，不胜欷歔。

这是一种诗学的反讽美学或是反讽审美。“崛起”论企图建构的自律性在自身的生成路径中“变异”了。我想，这也许是在证明一条隐约的“他律”规则始终隐藏在“自律”的水平线下。当我们忘记而忽视其存在时，我们就会被拖下水去，身受其害。“崛起”论实际上是为新时期的审美需求而提出的一种审美适应机制，就如“诗界革命”“文学革命”“革命文学”到“审美意识形态”等沿一条进化的审美线路而达到的诗学审美变异一样，每一次“变异”都需要选择或进化出一种适应机制。但是，“需要记住的是，在进化历史中能够成功解决适应性问题的机制，不一定能在现代环境下成功解决同样的问题。比如说，我们有一种爱吃肥肉的强烈偏好。很明显，这种机制在进化历史中完全是适应性的，因为肥肉是非常有价值而且富含卡路里的稀缺资源。但是现在，汉堡包和披萨饼随处可以买到，脂肪类食物不再是稀缺资源了。所以我们对脂肪的强烈偏好会让我们过度肥胖，更容易患上动脉硬化和心脏病，从而对我们的身体甚为不利。进化的机制之所以拥有当前的形式，是因为它们在远古的进化环境中能够较好地解决适应性问题。至于它们在当下的环境中是否仍然具备适应性——即是否能够促进有机体的生存和繁殖——却是一个未知之数，还要视具体的情况而定。”① 既然本文是从社会达尔文主义论起，所以，时不时地回到进化论有益于我们理解和解释审美自律性的适应及其变异问题，也顺便导致对审美现代性的反讽及其批判。依此念想，我们可以了解到：“崛起”论所开启的“自律性”，是一种“新诗”发生60年来的进化产物。其审美气质的形成，有利于“新诗”当时迅速成为时代显学，是“新启蒙”的先锋诗学，又是民族复兴、现代化进程的美学阐释，有利于有机体（社会现代文明）的生存和繁殖。然而，“总之，一种进化形成的心理机制是指有机体拥有的一套程序，它被设计成只接收一小部分特定的信息，按照决策规则把这些输入信息转换成输出结

---

① 〔美〕D. M. 巴斯：《进化心理学》，熊哲宏等译，华东师范大学出版社，2015，第60页。

果，而这些输出结果能在远古的环境中较好地解决某个适应性问题。这种心理机制之所以存在于现在的有机体身上，是因为在总体上讲，它能够让我们的祖先成功地解决某个特点的适应性问题”①。审美现代性概念的形成，是现代性总体理论体系的进化机制所致。它被设计为一种对现代性的反思心理机制，具有批判和校正、制约启蒙现代性的功能，在审美领域，表现为现代主义，在心理特征上，是审美自律性。“崛起论”的争论以“朦胧诗”的逐渐被认同乃至被“驯化”而“刻板化”。中国的现代化进程之快，导致审美现代性机制的不适应。首先，是“朦胧诗”“先锋诗歌”所代表的精英诗学与大众审美的脱离。在“为艺术而艺术”“诗到语言为止”的唯美主义写作中，迷恋“生活模仿艺术”“陌生化”“非人化”“间离效果”“艺术的纯粹性”“震惊的美学”等现代主义美学概念，导致20世纪90年代诗学的生存和繁殖遇到了挑战——在大众社会到来时，如何处理“日常生活审美化”课题。很明显，审美自律性的负面性开始变成“新诗”的认同麻烦。“首先，审美现代性在批判日常生活意识形态的工具理性和惰性时，往往夸大了其负面功能，甚至是不加区分地反对一切非艺术的生存方式和理性功能。于是，不可避免地造成了极端化，良莠不分地统统加以拒绝。正是在这一意义上，我们不难发现审美现代性自身的极端性和激进色彩。”② 还记得20世纪90年代末的“盘峰论争”吗？“知识分子写作”与“民间写作”几乎处在你死我活的口水战中，语言一个比一个激进，诗也就写得一个比一个更极端。在这种逞狠斗强的诗学争论中，实际上反映出一种集体的恐惧与焦躁：写作还有意义吗？这就是上述西川的问题。问题的起因则是自找的，周宪的上述总结是一种直接的回答。“其次，在颠覆和否定日常经验和生活的同时，审美现代性割裂了艺术与日常现实和普通民众的传统联系。虽然艺术不再是日常现实的模仿，不再是熟悉生活的升华，乌托邦阻止了人们对现实生活的认同，但问题的另一面也就暴露出来。艺术与现实的联系显得十分脆弱，艺术与公众的纽带被割断了。所以，我们可以清晰地看到现代主义艺术的那种‘文化精英主义’色彩。”③ 对此，证据确凿，人证物证俱在：唐晓

① 〔美〕D. M. 巴斯：《进化心理学》，熊哲宏等译，第61页。
② 周宪：《审美现代性批判》，商务印书馆，2005，第431页。
③ 同上书。

渡、张清华选编《当代先锋诗 30 年（1979 ~ 2009）》。全书 45 万字，714 页，560 首诗，入选诗人 192 人，其中女诗人 39 人，少数民族诗人 17 人。这是一本典型的从精英角度选编的精英诗选。痛苦指数相当高，计有 1069 个词与痛苦、悲伤、死亡等有关。自恋程度惊人，“我（我的）”词语出现 2715 次。这是一种生存模式不适应的进化机制反应，其中，诗学的精英指向显然被强调了。也可以由此看出来 30 年来诗学与时代的紧张关系，其中审美现代性的反思显然是处于一种极度的忧虑和不安中。这是一种生存状态的审美反映。结果，“由于远离普通公众，远离日常社会生活，这种批判和颠覆的作用充其量不过是小圈子里的游戏而已。实际上现代主义艺术正是带有这样的局限性。最后，否定、批判和颠覆多于建设，这恐怕是审美现代性的另一局限。……这一点到了后现代主义者那里显得尤为突出。审美现代性的批判如此激进和彻底，它不但割裂与传统的历史联系，而且打碎了与现代日常生活的关联，甚至挖掉了自己赖以生存的根基”[①]。当孙绍振先生在文中欣喜地看到“崛起的青年对我们的传统的美学观念常常表现出一种不驯服的姿态”时，他一定不愿看到这种“挖掉了自己赖以生存的根基”的不驯服行为的后果。提出这样的反思问题并不是要否定“崛起论”的诗学意义，而是一种十分惋惜和担忧的心情。不胜重负的“新诗”为什么有如此多的磨难，注定不能“自律”而命运多舛。所以，讨论孙绍振先生诗学体系的意义又恰恰在于要考虑怎样回答和建构他不断明示的审美自律性问题，也是如何处理当代中国诗学的时代进化课题。回到社会达尔文主义来议论：审美自律性的进化危机实际上已经关涉当代中国诗歌的合理存在问题了。

欧阳江河的困惑同样是现代性题阈中的问题。突飞猛进的现代性进程，呼唤“新人”出现，知识分子与其的冲突是现代性特征。“‘新人’的发展体现在两个方面。首先，经济领域出现了资产阶级企业家。……而在文化领域，我们看到了独立艺术家的成长。……企业家和艺术家双方有着共同的冲动力，这就是那种要寻觅新奇、再造自然、刷新意识的骚动激情。……然而违背常理的是，这两股冲动力很快变得相互提防对方，害怕对方，并企图摧毁对方。……资产阶级企业家在经济上积极进取，却不妨碍它成为道德与文

① 周宪：《审美现代性批判》，第 432 页。

化趣味方面的保守派。……相反，文化冲动力——我以波德莱尔为例——却同时展开了对资产阶级价值的愤怒攻击。波德莱尔说：‘在我看来，那种期望做一个有用的人的想法总显得令人厌恶’。”[①] 这是丹尼尔·贝尔在他的《资本主义文化矛盾》中的精辟言论。这也是欧阳江河的问题所在。当“企业家”推动现代化进程而成为财富榜上的常客时，也顺带成为中国社会的“英雄”，“成功”的榜样。被冷落了和被由此边缘化了的欧阳江河只能愤怒地跟随波德莱尔拒绝做一个有用的人，在他的愤世嫉俗的《凤凰》里痛斥开发商。而商业精英们则努力站在儒教的祠堂门口，等待着“儒商”的桂冠。在这个意义上，孙绍振先生所企望的审美现代性就派上了用场。30 年来，诗人们以敌视的态度仇恨财富，诅咒商人，顺便表明社会的不公：知识分子（包括诗人）被边缘化了。这应该是欧阳江河的情绪根源。孙绍振先生把诗潮中的年轻人看成是“新人”，并赋予他们时代重任：“他们一方面看到传统的美学境界的一些缺陷；一方面在寻找新的美学天地。”然而，时代很快就不再需要他们了。因为，市场经济的到来，一切以经济建设为主，“发展是硬道理”“让一部分人先富起来”。知识分子再不能与权力结盟了，也就丧失了话语霸权，或者说是“立法权”“教育权”“启蒙权”。涉及诗学，那种居高临下，或是丹柯式的英雄悲情的启蒙诗学就失去了听众和观众。“朦胧诗”成了记忆，人老珠黄，先锋诗成了自慰文化，临水自怜，形成了一种诗学与时代的紧张关系。但，这是单方面的紧张关系，因为，时代压根就没关心到诗学的哀鸣。而诗人们呢，变成了“追逐名声的动物”，以及“社会名流”。这恐怕也是孙绍振先生所始料未及的。“一言以蔽之，所谓知识分子，总是处在文化生产和权力关系的复杂结构之中，他们说到底不过是‘统治者中的被统治者’。他们是‘统治者的一部分’，这是因为他们手中掌握了相当的文化和象征权力（或手段），他们拥有相当的文化资本；但他们又是‘被统治者’，因为相对于掌握这政治和经济权力的人来说，他们的影响是有限的和受到制约的。这就是知识分子的真实处境，也是他们一切困境和迷惑的根源。”[②]

① 汪民安：《现代性基本读本》，第 854 ~ 855 页。

② 周宪：《审美现代性批判》，第 500 页。

是这样吗？这是真的吗？欧阳江河？
西川的写作还有意义吗？
当代中国诗学的审美自律性还存在吗？

三

在一堵根茎动摇、弹痕累累的墙下，
一位勇敢非凡的将官被它坍塌镇压；
他的英勇的不幸，令最幸之人羡妒；
他有一座城作坟墓，埋藏他的尸骨。[①]

这是约翰·但恩的诗句，诗的名字为《为一堵墙的倒塌》。“令最幸之人羡妒”的是死去的英雄“有一座城作坟墓，埋葬他的尸骨”。那么，当代中国诗歌或者说“新诗”呢？会在谢冕先生和孙绍振先生所搭建的审美自律性之塔耀放光芒呢？还是会随着后现代时代的到来，被埋藏在大众文化消费的废墟之中？当然了，以一个时代作坟墓。

“《文艺争鸣》2003 年第 6 期以显著的位置发表了一组文章，集中阐发了这一理论的核心主张：‘审美生活日常化’的提出，是一场‘深刻的美学革命’，‘一种新的日常生活的伦理’，在这一美学革命中，文化产业将取代文化事业，传媒人、广告人、投资人、经纪人将取代传统的人文知识分子，成为新型知识分子，成为我们时代生活的设计师与领路人。‘技术前所未有地在人的日常审美领域获得了自己的美学话语权’，‘商业与市场将完成对文学艺术的收编’。……《文艺争鸣》发表的这组关于日常生活审美化的文章，有一个共同的特点，就是将‘日常生活的审美化’完全等同于‘审美的日常生活化’。”[②] 这是作者鲁枢元关于“日常生活审美化”的讨论文章。在此，可以忽略“审美的日常生活化”与“日常生活审美化”之争，主要讨论“日常生活审美化”的含义。令人啼笑皆非的是时隔 23 年，我们的诗

① 〔英〕约翰·但恩：《约翰·但恩诗集》，傅浩译，北京十月文艺出版社，2006，第 139 页。
② 鲁枢元：《评所谓“新的美学原则”的崛起》，《文艺争鸣》2004 年第 3 期。

学又有了“新的美学原则”，又是一次崛起。但必须认真地说，这一次可谓事态严重，诗学面临着以一个时代作坟墓的危险。

“作为一个现代概念的‘日常生活’，率先由法国哲学家列费伏尔在1933年提出。他在和古特曼合作的论文《神秘化：走向日常生活批判的札记》中论述了这个概念。……列费伏尔认为，现代日常生活是一个独特的范畴，它与当代社会现实密切相关，人的一切创造性活动都被转化为刻板的生活形式和受交换价值支配的商品化形式，马克思的‘物化’和‘异化’概念在日常生活中成为主因。在他看来，日常生活构成了一切业已接受的思想和行为的‘共同基础’或‘关联网络’。”[①] 这一概念的“日常生活”伴随现代性普适于中国，按鲍德里亚的观点，我们在全球化的背景下，来到了“仿像”社会。一句话，我们身处“图像时代”，“一切坚固的和神圣的都烟消云散了”。孙绍振先生在《新的美学原则在崛起》一文中说：“一种新的美学境界在发现，没有这种发现，总是像小农经济进行简单再生产那样用传统的艺术手段创作，我们的艺术就只能是永远不断地作钟摆式单调的重复。”[②] 这种担忧不会再存在了，后现代社会的到来，我们的艺术和诗学被永久的改变了形式。《文艺争鸣》的一组文章是肯定和欢迎这样的改变的，并将这种改变称为“新的美学原则”的崛起。不知道这算不算是一种对谢冕先生与孙绍振先生的“崛起论”的反讽？也许，这是一种善意的回应?!但在实质上，这是一种诗学的进化突变。在诗学的审美自律性尚未明确时，一夜间，当代中国诗学的美学根基被挖空了。中国的现代化进程似乎一转眼就进入到全球化的前列，我们还来不及判定到底是谁的现代性时，我们就已经不得不面对后现代性。在我们试图弄懂“日常生活”的意义时，我们已经被“符号化”“仿像化”“图像化”了。而我们的诗学不由分说地被“日常生活审美化”的“新的美学原则”所把控。

费瑟斯通认为：“我们可以在三种意义上谈论日常生活的审美景观（the aestheticization of everyday life）。首先，我们指的是那些艺术的亚文化，即在一次世界大战和本世纪二十年代出现的达达主义。历史先锋派及超现实主义

① 周宪：《审美现代性批判》，第385～386页。

② 孙绍振：《文学的坚守与理论的突围》，第502页。

运动。在这些流派的作品、著作及其活生生的生活事件中，他们追求的就是消解艺术与日常生活之间的界限。……第二，日常生活的审美呈现指的是将生活转化为艺术作品的谋划。……这种既关注审美消费的生活，又关注如何把生活融入到（以及生活塑造为）艺术与知识及文化的审美愉悦之整体中的双重性，应该与一般意义上的大众消费，对新品味与新感觉的追求、对标新立异的生活方式的建构（它构成了消费文化上的核心）联系起来。日常生活的审美呈现的第三层意思，是指充斥于当代社会日常生活之经纬的迅捷的符号与映像交流。……日常生活审美化的第三个方面，当然是消费文化发展的中心。"[①] 涉及消费文化时，我们又可以回到鲁枢元所提及的"新型知识分子"的概念。这是一种新的身份，标志"技术前所未有地在人的日常生活审美领域获得了自己的美学话语权。市场将完成对文学艺术的收编"。与费瑟斯通的观点相映证，我们渐渐看清了这一回的"新的美学原则"的倩影，从而，也更加明白了西川的"写作"担忧，与欧阳江河的身份焦虑。这样的审美时代，自律性标志着彻底瓦解。因为在市场经济条件下，一切由市场决定，消费文化的走向由文化消费者决定。公司、企业与企业家追求的是股东利益，资本利益为第一。文化被作为消费产品生产时，自然由大众文化消费市场来引导，由资本左右文化消费的导向。这一切，由"新型知识分子"来"创新""制作"，"新"又一次成为时代的目标。但这一次，却进化为文化消费，进步为"日常生活审美化"，其审美特征为彻底的"工具理性"。孙绍振先生说："当前出现了一些新诗人，他们的才华和智慧才开出了有限的花朵，远远还不足以充分估计他们的未来的发展……在他们面前，他们的前辈好像有点艺术上的停滞，正遭到他们的冲击。如果前辈们没有新的发展和突破，很可能会丧失其全部权威性。"[②] 时隔 30 年，这批诗学意义上的"新诗人"也正面临着丧失其全部的权威性。当下，中国又迎来诗歌的热潮。网络时代的诗歌传播前所未有，也催生了诗人"诞生"的速度及诗歌"写作"的热情。网络平台《为你读诗》创始不到三年，共计播出了 470 位诗人的 845 首作品，已有近四亿诗歌爱好者收听参与。每晚十点

---

① 〔英〕迈克·费瑟斯通：《消费文化与后现代主义》，刘精明译，译林出版社，2000，第 95 ~ 99 页。

② 孙绍振：《文学的坚守与理论的突围》，第 500 页。

听一首名人名家朗诵的中外诗作然后睡觉，既让心灵得到了安宁，又满足了一次文化消费。这既表明了社会的大众的文化需求，也表明在大众的文学欣赏能力的培养及提高方面是有文章可做的。当诗歌又一次面对大众时，能不能在满足大众的“伤感的”、“浪漫的”及其“自怜的”小资的中产阶级的情调时，诗学引导，进入到对生命、生活本质的思考呢？俗一点说：当发问“我是谁”时，不就开始显得高尚了吗？当然，《为你读诗》的诞生，无论如何让我们对诗歌在大众文化中的“变异”方向具有了多重想象空间。这不禁使人想起另外一个文学名词：哥特文学。哥特文学始于贺拉斯·瓦尔浦尔1764年出版的《奥特朗托城堡》小说，以惊悚、暴力、恐怖为主题，满足人们的阅读偏好。而“哥特式”文学的吸引力正在于它为人们提供了一种逃避方式，摆脱社会程序和个人理性的控制，安全地进行幻想以慰藉心理深处的渴求。“正如黑格尔所说的（虽然他原本讨论的是历史，而非文字），理性入睡，怪物四起”[①]，那么，我们是不是可以说：在大众社会文化消费的时代“理性入睡，诗人四起”呢？斯蒂芬·金是当今最流行的哥特式小说作家，他的作品家喻户晓，他描写反映人类意识阴暗的一面，越吓人越受欢迎。当下的诗句“穿过大半个中国去睡你”风靡大众，不也是满足人们的意淫及猎奇想象吗？是不是也是越矫情越受欢迎呢？市场经济的发达，激活了文化消费市场，诗歌作为文化消费产品被手工制作出来，工艺精美，手艺纯正，就像当下的美容整容社会一样，美女一样的美，诗歌成为美文，也都是篇篇皆美，腔调一样。陈超如此评价：“如果按‘泛诗歌’的低水平来考察中国诗坛，美诗、好诗或许并不太匮乏。我们在众多诗歌网站、刊物和选本中，会看到如此众多的‘诗’在优雅地展示自己。它们从情调到技艺上都没有大毛病，美、和谐，一些类聚化的哲理，一点小巧的感悟、矫情，感伤，自我欣赏，自我戏剧化的抒情，一缕轻烟似的自我优越感，还有的是矫揉造作地表演‘零度’废话，或完全抡哪是哪的‘奇境’能指乱窜，如此等等，就是它们的基本范式，几乎要与泛诗歌搅在一锅黏粥里。这些诗或许也有其审美‘价值’，但它们是缺乏活力的、失效的，所有‘好’的诗都浸在温吞吞的泛诗歌审美氛围里，有它不多没它不少，它们对当下生存、生

---

① 〔英〕约翰·萨瑟兰：《50个文学知识》，楼伟珊译，人民邮电出版社，2014，第40页。

命、语言几乎是很少触及。"[①] 在写本文时，我为了对陈超先生的评判有所印证，做了当下的诗歌的田野调查，总计收集了9部2015年出版的诗歌年鉴，以及排行榜，计算出诗作2702首，诗人1306人。可谓洋洋大观，不愧为一个诗歌"大"国。抽样分析了比如以"母亲""远行""火车"等为主题的诗作，颇为失望。用词、腔调、情绪几无差别，真正可以归类为诗歌工艺品或是诗学旅游市场的纪念商品。这是中国新诗发生以来的真正危机！也是孙绍振先生所坚守的文学的危机。在此，讨论"新诗"的审美自律性似乎几无价值，让人心情沉重。

"面对这样的'美诗'、'好诗'，我宁可推崇一些先锋诗人写的与当下历史情境密切相关的粗粝、真实、有热情、有活力，也会有闪失的作品。"[②] 陈超先生的期望似乎可以落在西川这样的诗人身上。他一直在"进化""变异""选择"他的诗歌写作范式，以至于当下被我认为进入了一种"文化写作"。这是我相对于无路可走的诗歌的"文学写作"而提出的概念。之所以无路可走，已在前文论过。好在手头获有西川近期未正式出版的《鉴史四十章及其他》诗文可共分析。本书封面刻印西川严谨、深邃的文化人头像，感觉到了他的诗学穿透力与使命感。他在前面的受奖辞中这样说："丹麦哲学家克尔凯郭尔曾经向他的同代人提出这样一个问题：'在上帝缺席的情况下，如何做一个基督徒？'将这个问题置换到我本人的写作中，就变成了：如果不以习见的'好诗'和'永恒'作为写作标准，我的写作该如何展开？还有没有意义？这样的疑问偶尔会使我长久呆滞，稍微回过神来时，白居易的说法'文章合为时而著，歌诗合为事而作'便会化为一张笑脸浮现在我的面前。"[③] 近来，西川总是言必提李白之类的古人，我猜测这是他从当下的写作突破的一种文化念头。诗集中收录了他近期的大分量作品，实在让人吃惊。因篇幅关系，本文不作文本解析，留待专题而为。总的气势让人一时气塞，捶胸顿足。真的是一次大的诗学突破，从进化论上讲，是一次"诗学突变"。基本上与古人、古诗、古画对话，借此调用和炫耀他的文史知识和宗教修养的渊博性。他彻底冲击了当代诗学的文本概念，也许，这正好印

① 杨克：《2013～2014中国新诗年鉴》，江苏文艺出版社，2015，第440页。

② 同上书。

③ 西川：《鉴史四十章及其他》，2015，第4页。

证了他的文本性。至此，大众被他完全屏蔽了，我猜，精英也会困惑不已。他还说："多年以来，我和我的同行们不得不尝试新的写作模式，期望带动新的阅读范式、思考范式，建立新的写作伦理。——在多数情况下也许我们做得并不成功，但工作本身还算有趣。有意义的写作需要真正的创造力。我们正在体验，从时代生活获得语言，获得文学形式和文学意识。"① 这是西川一再反思的写作的合法性问题，也是他从20世纪90年代开始思索的延续。最重要的，是他企图从当下的诗学危机中突围的野心宏图。从两点来讨论：一是自"朦胧诗"以来，西川一代先锋诗人正完全精英化，也因此与大众社会拉开了距离。现在他们成了'名流'，四处领奖，而颁给他们的原因，应该归因于评奖的人不喜欢或者看不懂他们的作品。当然，也还有借给他们发巨额奖金以获得"狂欢"效果。大众成为他们的屌丝，也大多因为那些20世纪八九十年代"脍炙人口"的"启蒙"作品。此外，也许是"抱团取暖"，当下的新时尚是颁奖"圈子化"，大家互相做评委，互相给对方颁奖，甚至变相给自己颁奖。动机很可疑：其一是彰显自己是"一流诗人"，其二是冲着那些"巨额"奖金，可谓一场"名利双收"的盛宴。周宪先生论证："法国学者德布雷的思考有所不同。正像法兰克福学派所持的立场一样，德布雷的基本看法是：大众媒体是现代社会的象征权力。知识分子自60年代以来转向大众媒体，这无疑说明了大学和出版社作为文化合法化重要形式的衰落。这是知识分子的一种道义上的背叛，是法国现代文化的堕落，因为他们已经蜕变为'追逐名声的动物'。'教师'和'作家'的衰落，则是'名流'的崛起。在德布雷看来，'名流'乃是知识分子追求'影响的权力'的合乎逻辑的结果。只要看一看热门的电视节目中频频出现的知识分子、畅销书的作者，或成功研究的学者，他们频繁地出现在屏幕上，又不断地被其他媒体反复提及和再现。于是，他们便获得了向公众谈论公共事物的权力，并随着出镜率和收视率的上升，其权力、地位和商业价值也不断上涨。就与媒体的关系而言，他们不但把各种媒体合法化，而且从媒体中获得了自身合法化。"② 当然，他们酒足饭饱之后，还得干活。反过来，这

① 西川：《鉴史四十章及其他》，2015，第5页。

② 周宪：《审美现代性批判》，第503页。

也构成了他们突破的压力，而要突破，则需有突围意识与“重新写作”的能力。好在经过几十年锤炼，他们的手艺都已臻至境，所需要的是新的审美方式而已。二是几十年来，全球化中的中国发生巨变，他们的诗学视阈知识结构前所未有得丰满，知识和智识的自信，让他们把诗学转向了诗学以外的领域，形成了一种“文化写作”的可能性。也许，这种“文化写作”的诗学能重新找到一条审美自律性重建的通道。陈超先生又说：“有活力的诗，应有能力处理‘非诗’材料，尽可能摆脱‘素材洁癖’的诱惑，扩大语境的载力，使文本成为时代生活血肉之躯上的活体组织。”[①] 这是多么睿智的告诫，意思是我们要对西川这样处理“非诗”材料的手艺有所准备，要看到其语境载力扩大的成果。当然，也要对其中我们习以为常的“诗意”的失性要有所准备。毕竟，西川刚刚说过：“我和我的同行们不得不尝试新的写作模式，期望带动新的阅读范式、思考范式，建立新的写作伦理。”

我们该这样期待吗？我们有能力具有“新的阅读范式、思考范式吗？”

还应该问：我们能寄希望于西川们，赌一把吗？

四

菲利普·拉金被公认为是艾略特之后20世纪最有影响力的英国诗人。他反现代主义，高度强调个人性，冷眼看世界，始终如一保守“英国精神”。他的诗《这里》写于1961年，表达了反工业化、反现代化，崇尚乡村、自然的诗情：

> 转向东面，从丰富的工业的阴影里
> 从北面车辆喧嚣的夜晚；转向田野
> 它稀稀拉拉长着蓟草而不能称作草地，
> 并且偶尔还有一个命名粗糙的小站，保护着
> 黎明中的工人；转向孤独
> 的天空和稻草人，干草垛，野兔和野鸡，

---

① 杨克：《2013～2014中国新诗年鉴》，第441页。

还有宽阔的河流舒缓地光临，

层层叠叠金色的云，辉耀着印着鸥痕的软泥……[①]

这是他的诗歌的第一段，让我联想到一种现代性的隐喻：我们究竟从现代化得到了什么？又失去了什么？孙绍振先生在写作《新的美学原则在崛起》一文时想到了这样的问题了吗？他使用了“新”和“崛起”一词，表明了他的时代情绪，分明是对“新时期”的到来充满肯定和期待。所以，他说：“在年轻的革新者看来，个人在社会中应该有一种更高的地位，既然是人创造了社会，就不应该把社会的（时代的）精神作为个人的精神的敌对力量，那种人‘异化’为自我物质和精神的统治力量的历史应该加以重新审查。”[②] 多么难能可贵的告诫！只有释放了“人”，解放了“人”，才会有“新的美学原则在崛起”。这可以从拉金的上述诗句中得到证实。“丰富的工业”让人背负沉重，“阴影”让人焦虑，“车辆喧嚣的夜晚”令人不安；而“转向田野”，“黎明”让人清新，“野兔和野鸡”令人感到怜爱，“宽阔的河流”“层层叠叠金色的云”给人以“诗意的栖居”的审美。在这首诗里，“人”也同样获得了自由、存在。然而，这只是一首诗，谁也阻挡不了现代性的强暴。同样，所有的诗学体系只能围绕着现代性总体理论来构建，因为，我们身在其中。杀死了上帝的“人”是与现代性合谋的，所以哈贝马斯将现代性看作是一项未竟的工程。言下之意，现代性正在进行，你们谁也别想全身而退。还有一句话，那就是，你们别瞎琢磨了，你们那一套学说理论永远跟不上现代性的步伐。在现代性面前，理论永远是滞后的。事实正是如此，在孙绍振先生以“新的美学原则”的“崛起”迎接现代性时，却在审美自律性的诗学体建构中失去了“新诗”。那种“泛诗化”的美文写作是文化消费产品的工艺品制作，由此，我们可以认为正在失去“诗歌”。西川们的文化写作也让我们失去了“诗性”（不少人这样认为）。至少，这样的诗歌越来越“文化”化、哲学化、史学化、宗教化，以及“寓言化”，也就是说，越来越“精英化”，与大众更加无缘。那么，我们既然正在失去诗

① 〔英〕菲利浦·拉金：《菲利浦·拉金诗选》，桑克译，河北教育出版社，2003，第129页。

② 孙绍振：《文学的坚守与理论的突围》，第501页。

歌，我们的理论、诗学还有效吗？反过来说，也许是理论、诗学的贫乏，才导致了我们失去着诗歌？这正是孙绍振先生一直关注的问题。

2001 年第 1 期的《文学评论》发表了孙绍振的文章《从西方文论的独白到中西文论对话》。他强调，“应该承认，全盘接受西方文论是历史的逼迫，目标是思想的启蒙、个性的自由、民族的独创。其结果却导致了我们对民族独创性这一宏大目标的遗忘。……每当社会大变动的关头，中国面临创造话语的机遇的时候，总是一茬又一茬的西方文论话语成为最新的、最前沿的文化的旗帜”。这是孙绍振先生的心头之痛，为此，他一直在努力构建本土的诗学体系。无独有偶，2015 年 12 月 14 日的《中国新闻周刊》的《供给学派的逆袭》一文中，有学者痛心地说：“中国经过三十多年的改革，已经成为世界第二大经济体，占全球经济总量的比重由 1.7% 上升至 10.5%，但与此同时，中国经济学家在全球经济学界仍地位不高，缺乏有分量的经济理论。”“我们都有些理想主义情怀，觉得这个时代需要有一批人，中国很快就要成为全球第一大经济体，竟然连自己发展了三十多年为什么能发展得好，到底有没有中国模式，我们为什么会这样，居然没几个人能说清楚，这是我们这些经济学研究者的耻辱。”还有学者进一步说：“思想的困乏，特别是中国本土经济学思想的穷困，也是中国经济政策难以跨越和突破的根源。在思想贫困的情况下，公共政策是很难有所突破和作为的。所以，一些中国学者借此给自己脸上贴金，似乎创立了什么真的经济学说，实在是可爱的很。”这些尖刻的痛心的话语道出了现代化的中国从文学理论到经济学理论的本土理论体系建立的困境和必要性。实际上，当中国的现代性已经成为世界的现代性之时，我们不能再指望西方文论来救中国诗学理论的场。面对普适的“日常生活审美化”，审美现代性已经遭遇困境。我们是否应正视我们当下的诗学危机，从本土出发研究建立本土审美现代性诗学体系，找到一种解决方案？周宪先生以《文学理论、理论与后理论》一文概述了“理论之后”或“后理论”的状况。他认为后理论有以下几个突出特征：“首先，尽管后现代理论指出了现代性的宏大叙事的衰落，但后现代理论范式本身却带有某种大理论的特征。某种程度上说，‘理论之后’也就是后现代理论范式之后的理论。其次，后理论在告别大理论的同时，也警惕另一种倾向，即就是把文学研究降低为某些无关大局的碎屑细节考量。……再次，后理论所面临的知识生产的语境已经不同于以前……最后，后理论也是文学回归的某种表征。”[①] 这些特征揭示了西方文学理论的困境及走向，未必不是我们考量当代中国诗学的一种参考。“新诗”发生时，社会的思想主潮是在社会达尔文主义的激励下的民族存亡、复兴的危机意识。“诗”强调的是“新”，社会充斥着激进心态。以至于时至今日，我们都是身处其境：“从康有为认为‘三年小成，五年可观，八年十年可与列强并驾齐驱’的‘十年论’，到孙中山在《建国方略》中希求十年之内要建成10万英里铁路的‘十年论’，宋教仁提出的‘三五年内与列强并驾齐驱’的‘五年论’，再到建国以后毛泽东等人提出的‘十五年内超英赶美’的主张，这些主张背后都是同样的急切情感——‘迎头赶上’西方国家的渴望。”[②] 谢天谢地，我们终于“超英赶美”了，这要归功于我们接受了现代性，拥抱了全球化。但是，如果还是不忘记反讽调侃社会达尔文主义的话，则可以以当下的中国社会的“成功学”泛滥为例：人人都想做“新人”、成功者、创业者、创新者。自2010年以来，中国初创企业数量每年增100%，到2014年达到161万家。这一速度几乎是排在世界第二名的英国的两倍，远远高于美国。2015年，中国个人独资企业等形式的企业1100万家，以个体户登记的企业3600万家，共计近5000万家。这是多么令人激动的数字，表明了中国社会的现代性及进步性以及社会活力。但问题是“厚黑学”也同时盛行。这令我们不得不深思：如果不在此时清理社会达尔文主义的影响的话，则一定会在“成功”之后走向全面的虚无主义。已在回归的“诗歌热”不也是如此吗？作为文化消费的“狂欢”，如果没有人警惕其中的“工艺品”特征，那么，诗歌“全面复兴”后我们还会有“诗歌”吗？会不会有人认为大众喜爱的就是合理的，与时俱进的？这是不是社会达尔文主义的阴魂不散呢？“新诗”由社会达尔文主义而起，会不会因社会达尔文主义而亡呢？至于文学理论方面，我们百年来如孙绍振先生所言，一直对西方持有开放、全盘接收的态度。但我们清理过其中的西方文化中心主义吗？这西方文化中心主义一直透露着一种文化霸权意识，这种意识背后，谁能说不存有他们是先进的、

① 周宪：《文学理论、理论与后理论》，《文学评论》2008年第5期。

② 修远基金会：《从激进革命到传统文学复兴》，《文化纵横》2015年第12期。

进步的以及终结历史的文化主题呢？当然，孙绍振先生也从大度地一面说："应该承认，大规模接受西方文论帮助了我们，提高了我们的抽象、概括能力，帮助我们超越了传统的综合性思维惯性；用诺贝尔奖金获得者杨振宁的话来说，超越了经验（惟象的）归纳的局限，使得我们逐渐习惯了逻辑的自洽和一贯的规范。"现在的问题是：在我们习惯并使用西方理论时，我们突然来到了"理论之后"的时代。中国的现代化建设使用了西方的现代性工具已经获得了解放，正在由追赶者成为了引领者。如前文所引经济学者的话来看，本土经济学理论的建设指日可待。然而，诗学呢？在我们的"新诗"被"日常生活审美化"的大众消费时代解体时，我们有本土诗学理论体系建构新的指向吗？对此，孙绍振先生一直愤愤不平，认为："经济全球化不等于文化一体化的霸权，文化多元化交流的正常形态应该是多声部的，至少是东西方文论的双向的对话。……在未来的岁月里，要改变西方文论独有的现象，形成真正的对话，就不能不考虑文化的潜在价值的错位而造成的转化困难。这正是我们的历史任务。"这是一种值得学者们学习的可贵的精神，面对当下诗歌发展的"大好形势"，我们寻求"新"的诗学理论资源是刻不容缓的"历史任务"。也许，从写作的危机到理论的危机将迫使我们具有了百年来第一次东西方共同研讨建构人类的"理论之后"的理论的可能性。也许，从当下中国诗学危机的突破，从写作实践上可以让我们的"新诗"在世界诗坛上有所建树。在这个意义上，我们有必要面对危机，再一次敞开胸怀，仔细研究挑选西方后理论资产，"并购"到我们的语境中来。实际上，学术界并没有浪费时间。孙绍振先生一直没有停止他的呼吁，并从文本学方面试图有所建构。2011 年 10 月 25 日，清华大学外文系邀请美国艺术与科学院院士、康奈尔大学讲座教授乔纳森·卡勒做了题为"当今的文学理论"学术讲座。值得关注的是，卡勒教授提出当下西方文学理论研究的新走向：叙事学十分注重对人们在日常生活中所讲述的故事的研究，以及在研究更广的历史范围内的叙事；对福柯和拉康的谈论越来越少了，对德里达却更加热衷起来；理论界开始讨论"伦理的转向"或"转向的伦理"，其中"人类动物研究"带着"动物问题"继女性解放和同性恋解放运动之后成为动物解放的跨学科课题；"生态批评"；"后人类"；以及返归美学，也被称为"新形式主义"或"新美学主义"。卡勒教授认为 20 世纪七八十年代构造起西方理论的那场运动将会在全球范围内重复。来自世界上其他地方的话语将被发现是具有意义的并会对当地的常识性话语提出挑战。那么，这场运动我们会被落下吗？或者说我们能参与吗？这可是孙绍振先生的期望和实践，也是当代本土诗学的突围契机。南帆先生已经先行一步，他从文学批评与文化研究入手，探讨建立一种东西方文学理论对话和建构的途径。他选择文化研究破题是因为"'文化研究'标志了文学批评的一个新阶段。……20 世纪 90 年代后期，中国的文化研究也已经异军突起。……更为深刻的意义上毋宁说，文化研究是将整个世界看成了一个需要分析的大型文本"。[①]这就是问题的关键所在：在一个全球化的时代，我们是不是需要一种将整个世界看成一个需要整体分析的大型文本的理论呢？所以，文化研究无疑从进化的角度看是对文学研究的一次"变异"。在此，再回到当下的"日常生活审美化"的当代中国诗歌的写作问题，我们是不是可以考虑：开始以文化研究的角度，探讨大众文化与诗歌的关系，重建审美现代化的批判、反思功能，制止诗歌的文化消费产品化趋势。此外，是不是可以重新审视西川的文化写作：他很有可能是已经走在前面的那个人。因为他的《鉴史四十章及其他》是一种大文化、大视野、大词量的文本写作。但无论如何，我们是不是要给当代诗歌写作者们一些突破的空间呢？否则，谁来做呢？还有别人吗？谢冕先生不是告诫："接受挑战吧，新诗。也许它被一些'怪'东西扰乱了平静，但一潭死水并不是发展（一片热闹也并不是发展——作者语），有风，有浪，有骚动，才是运动的正常规律。当前的诗歌形势是非常合理的（因为面临突破——作者语）。鉴于历史的教训（这一点特别重要——作者语），适当容忍和宽容（但不是对'泛诗歌'或是'美文写作'——作者语），我以为是有利于新诗的发展的。"

当然，不能认为，"新诗"的当下突破唯有西川他们在探寻，在本文即将完成时，我读到匡满先生 2012 年发表于《中国作家》第 3 期的诗作《我在地铁里老去》，大为惊喜。这首长诗将审美场景放在地铁中，审美的情绪是"老去"。这实际上是一次与现代化、现代性的哲学对话。"生命"的"软""无常"与"地铁"的"硬""冷漠"，个人的孤独与公众空间的"间

① 南帆：《文学批评与文化研究》，《镇江师专学报》（社会科学版）2001 年第 4 期。

离”构成极富诗情的现代情绪审美。既突破了自身的诗学进化框架，又构建了从生命底部发问生命意义的文本昭示。这昭示我们，匡满先生们不是时代的媚俗者，他们的诗学存在与进化也必将是当前中国诗学在大众文化消费狂欢中的对抗与突破。

该结束本文了。其实，本文还有一个目的，即借孙绍振先生诗学建构的审美探讨，提示“理论之后”的本土诗学危机及挑战，彰显孙绍振先生的诗学体系史学意义恰在于此。向他表示敬意的同时，也想表明我们应该有一次清除社会达尔文主义的行动，因为正是“物竞天择，适者生存”的“进步”思想，导致了虚无主义的滋生（可参阅拙文《于无所希望中得救——当代中国诗歌的现代性重构》）。

最后，还是以荷尔德林的诗句结束本文吧：

> 在一个贫乏的时代，诗人何为？
> 但你说：诗人像酒神的祭司，在神圣之夜四处奔走。

这是不是孙绍振先生《新的美学原则在崛起》一文的诗学悲情和诗人想象呢？

（作者单位：中坤集团/北京大学新诗研究院）

《新的美学原则在崛起》修改及发表始末

连　敏

20 世纪 80 年代初，谢冕、孙绍振、徐敬亚先后发表了《在新的崛起面前》《新的美学原则在崛起》和《崛起的诗群》[①] 三篇诗歌理论文章，为中国朦胧诗发展提供了重要的美学诠释与理论支持，被称为“三个崛起”，在当代诗歌史上占有重要的一席之地。[②] 然而，这几篇文章的问世并不是一帆风顺的。其中孙绍振的《新的美学原则在崛起》一文，经历了数月修改、被退稿、被索稿、被加“按语”发表及被批判的曲折过程。这一过程留下了当年看待诗歌的眼光和独特方式，呈现出 80 年代初多种声音混杂、纠缠、博弈的诗歌生态。

一　“原稿本”的诞生

1978 年 5 月 11 日，《光明日报》发表“特约评论员”文章《实践是检

---

① 1980 年 5 月 7 日，《光明日报》发表谢冕的《在新的崛起面前》；1981 年第 3 期《诗刊》发表孙绍振的《新的美学原则的崛起》；1983 年第 1 期《当代文艺思潮》发表徐敬亚的《崛起的诗群》。

② 如陈思和于 1999 年出版的《中国当代文学史》，专设第十五章为“新的美学原则的崛起”，对孙绍振的三个朦胧诗美学原则进行引用。朱栋霖主编的《中国现代文学史 1917 ~ 2000》在谈及朦胧诗时，也提到“三个崛起”。程光炜的《中国当代诗歌史》中，认为“他的两个‘不屑论’，把前一段‘小我与大我’的讨论推向文学史更深的层面。由于把人的觉醒放到核心的位置上，这样就使他所倡导的‘新的美学原则’显得更加鲜明和突出”。这段话概括了孙绍振在当代文学史上的影响。洪子诚、刘登翰的《中国当代新诗史》也提到了该文的影响力。

验真理的惟一标准》，肯定了“实践是检验真理的惟一标准”这一命题，批评了维护僵化教条的“两个凡是”。接着，陆续为文艺界从 20 世纪 50 年代到“文革”期间受到不公正对待和迫害的作家、受到错误批判的作品“落实政策”，同时重申“百花齐放，百家争鸣”这一方针的有效性，并提出“创作自由”的口号。1978 年 5 月，中国文联第三届委员会第三次扩大会议宣布恢复文联、作协和其他的文艺家协会活动。

1978 年秋，中国作家协会组织了第一个作家采风团，到大庆和鞍山采风。这一方面意味着在“文革”期间停止了十年的中国作家协会恢复运作，同时也旨在实践“创作要上去，作家要下去”的准则。1979 年 2 月至 4 月，《诗刊》编辑部又组织了 17 个省市的由老中青组成的诗歌学习访问团，到广州、湛江、海南岛、上海、青岛等地学习访问。“诗人启动了，理论家也就顺理成章地要有所表现，于是张炯、谢冕他们，当时可能已经组织了当代文学研究会，就策划了南宁的第一届诗歌理论讨论会。”[①] 1980 年 4 月在广西南宁召开的全国诗歌理论讨论会，会议的热点是年轻诗人的创作评价问题。会后，谢冕将经整理的发言，以“在新的崛起面前”为题发表在 1980 年 5 月 7 日的《光明日报》上。他指出：所谓“看不懂”或“古怪”的诗，是新诗发展的“新的崛起”，是诗人，特别是一批青年诗人对新诗现状不满，由苦闷而进行探索和突破的结果。作者认为，鉴于历史的经验教训，对此我们应该“容忍和宽宏”，不必为此不安。要允许一部分诗让人看不懂，允许探索，这才有利于新诗的发展。谢冕的发言和文章代表了一部分人的看法，其时，各报刊对一些内容和形式比较“新奇”的诗作发表评论，各家意见颇为不同。

在“看得懂”与“看不懂”的激烈纷争中，青年诗人的创作热情愈来愈高，形成了一股势不可挡的潮流。《诗刊》1979 年第 3 期发表北岛的《回答》、第 4 期发表舒婷的《致橡树》，1980 年第 4 期刊出了“新人新作小辑”[②]，1980

① 孙绍振：《新的美学原则在崛起》，语文出版社，2009，第 98 页。

② 发表了张学梦、孙武军、高伐林、才树莲、周涛、韦黎明、顾城、张廓、孟河、李发模、聂鑫森、王小妮、傅天琳、邓海南、辛戈等 15 位诗人的诗作。

年第8期发表“春笋集”[①]，主编严辰对这些年轻诗人寄予了厚望[②]，吴家瑾作为《诗刊》编辑的代表表示鼓励，“我们赞美‘小辑’，是因为它是对过去的认真思考，对未来的勇敢探索”。[③] 同时，这些作品也引起了老诗人的关注。[④] 继这些专栏之后，《诗刊》于1980年7月20日至8月21日在北京举办了一期青年诗作者创作学习会，并在《诗刊》第10期上大篇幅推出“青春诗会”专栏，发表参加创作学习会的青年诗作者的作品。[⑤] 这时期的《诗刊》，通过不同的方式大力支持年轻诗人的创作，与此同时，编辑部收到不少读者来稿，“有的反映这些诗不易读懂，甚至读不懂，认为这是脱离生活、脱离群众的一种不良倾向，应该批评；有的认为这种诗标志着‘诗歌现代化’的开始，是促进诗歌发展的创新与探索，应予肯定”。[⑥]《诗刊》认为“懂”与“不懂”这个分歧涉及如何看待诗歌的社会功能，也涉及诗歌创作和鉴赏中的其他问题，有必要展开讨论，于是“问题讨论”专栏应运而生。该专栏的第一篇文章就是章明的《令人气闷的“朦胧”》[⑦]，据《诗刊》编辑朱先树的回忆，章明《令人气闷的“朦胧”》就是对青年诗人

---

① 发表了杨炼、陈所巨、范明、舒婷、王小妮、常荣、陈守中、贺平、北岛、朱文根、梅绍静、鲁鲁、赵守如、卓凡、徐晓鹤等15位诗人的诗作。

② 主编严辰写道：“这些新人，风华正茂，他们同样经历了劫难、忧患，关怀着人民的命运，注视着祖国的今天和未来。表现在诗里，有的是一代人的自我写照，对荒谬的清算和鞭笞；有的提出了现实生活中新的课题，力求给予解答；有的对农村可喜的变化，做了情趣盎然的刻画；有的寓情于景，托物兴怀……他们的诗，有感情，有韵味，有思想深度，有智慧闪光，有浓郁的生活气息，有对美的诠释与追求。可能有的作品还显得稚嫩，相信经过不断锤炼，一定可以日趋成熟和完美。”见严辰《写在〈新人新作小辑〉前面》，《诗刊》1980年第4期。

③ 吴嘉：《深情与深思的诗——〈新人新作小辑〉读后》，《诗刊》1980年第6期。

④ 郑敏认为：“这些新诗人用‘新’冲击了过去十几年诗在艺术和内容上的一些僵化现象。譬如在过去十年的某些诗中，意象成了僵化的符号。由于怕被误解或歪曲，只敢用陈词滥调，因此出现了词句僵化。还有对世界、对历史、对生活采取形而上学的僵化的分析，等等。而在这些新人的新作里僵化的痕迹象秋风扫落叶样被清除出诗的园地。这就给诗以呼吸、以自由……”见郑敏《“……千万只布谷鸟在歌唱”——读〈新人新作小辑〉》，《诗刊》1980年第6期。

⑤ 包括梁小斌《雪白的墙》（五首）、张学梦《前进，二万万！》（四首）、叶延滨《干妈》（叙事组诗）、舒婷《诗三首》、才树莲《乡情三首》、江河《诗二首》、杨牧《天安门，我该怎样爱你！》、徐晓鹤《南方，淌着哺育我们的河流》（三首）、梅绍静《诗五首》、高伐林《起诉及其他》（四首）、徐敬亚《诗二首》、陈所巨《乡村诗草》（四首）、顾城《小诗六首》、徐国静《我愿·柳哨》、王小妮《我在这里生活过》（三首）、孙武军《我的歌》（二题）、常荣《一九八〇年，我的思绪》（二首）。

⑥ 编者按，《诗刊》1980年第8期。

⑦ 章明：《令人气闷的“朦胧”》，《诗刊》1980年第8期。

的创作不满，文中提到了杜运燮、李小雨诗歌的“朦胧”，其实这两位和后来的朦胧诗没关系。章明的文章2月就到杂志社一直没有处理。直到“青春诗会”召开后，社会对这些年轻诗人的诗反应很强烈，意见也很多，说《诗刊》捧出17个小诗人，老的都不值钱了，全部都注意年轻的。这时候编辑认为章明的文章代表了部分人的观点，于是发在第8期《诗刊》上，目的是为了讨论。同时主编还让朱先树组稿，朱先树向郑敏约了稿，因为章明的文章里提到杜运燮，而杜运燮和郑敏同为《九叶派》的，有一致的艺术观点，郑敏化名“晓鸣”写了篇《诗的深浅和读诗的难易》，展开讨论。[①]

一边是作品组负责的“新人新作”以及备受瞩目的“青春诗会”，而另一边的评论组除了“问题讨论”专栏的开设，同时还决定举办一个诗歌理论座谈会。《诗刊》编辑部于9月20日至27日在北京郊区定福庄召开了一次诗歌理论座谈会，面对当时的创作状态，《诗刊》把各种各样的代表人物找来讨论，支持朦胧诗的，支持变革的，以谢冕、孙绍振、吴思敬、钟文为代表；反对一派的，以丁力、李元洛为代表；还有中间观点的，比如阿红，主张既要照顾到传统，也要稳健地开放。整个会议“观念不一致，分歧很大，甚至很极端”[②]，孙绍振直言不讳地指出：“在新诗艺术上贡献大的诗人恰恰是那些脱离人民生活的，不革命的诗人，如戴望舒、徐志摩等，这种现象值得我们深思。”[③] “说话直接”[④] 的孙绍振给与会者留下了深刻的印象。这次会议结束之后，编辑吴家瑾向孙绍振约稿。起初，他并不想写，因为在南宁会议之后，《诗刊》编辑已经向他约过稿，他写了《给艺术的革新者更自由的空气》发表在1980年第9期的《诗刊》上。后来，《福建文学》在福州开了一个诗歌讨论会，舒婷也参加了。在这个会上，《福建文学》的魏

① 2014年3月19日采访朱先树记录。

② 2014年3月19日采访朱先树记录。朱先树：“现在回忆起来，除了观念不一样以外，思想上氛围上还是都很和谐，也没说谁要压倒谁。晚上也没什么活动，丁力还准备各种卡片，装在口袋里头，跟谢冕他们辩论，挺好玩的，挺有意思的。最后没有人做结论，没做结论，也没有结论，说谁正确谁不正确，后来我们发专号，发专栏，也都是不同意见。”

③ 吴嘉、先树：《一次热烈而冷静的交锋——诗刊社举办的“诗歌理论座谈会”简记》，《诗刊》1980年第12期。

④ 2013年11月26日采访吴家瑾记录。吴家瑾：“孙绍振性格比较直爽，说话直接，他说新诗是五四的传统，就是被贺敬之他们搞坏了。他是很勇敢，打头阵的。”

世英先生把舒婷、顾城、梁小斌、杨炼、徐敬亚的“诗歌札记”，收集了一组，打印成一个小册子。孙绍振回忆道：“我一看就十分激动，就从会议上偷偷溜回去，写下了《新的美学原则在崛起》。”[①]《新的美学原则在崛起》的“原稿本”——《欢呼新的美学原则的崛起》就这样诞生了，至今收藏在现代文学馆。可以看出，孙绍振所参加的广西南宁会议、《诗刊》举办的定福庄诗歌理论座谈会、《福建文学》的诗歌讨论会，是《欢呼新的美学原则的崛起》背后的隐性文本，《欢呼新的美学原则的崛起》一文包含了这几次会议的思想碎片。那么，它的正式发表又经历了怎样的波折呢？

二 “《诗刊》本”的发表

定福庄的诗歌理论座谈会之后，《诗刊》在 1980 年第 12 期的“问题讨论”专栏集中发表了一组文章[②]，孙绍振的《欢呼新的美学原则的崛起》一文没赶上在 12 期上发表。[③] 此时，政治形势突变，年底开始提“反自由化”。[④] 朱先树回忆：“孙绍振的文章寄来后，气氛就变了，1980 年底中宣部开始干预，不能平等讨论，说要‘倾向性明确’。后来孙绍振的文章是我退的，我看气氛不对，想我们不找事儿，他的文章有点儿不合时宜，就退了。我写了封信，大概是说容量有限，很委婉地退了。”[⑤]

---

① 孙绍振：《新的美学原则在崛起》，第 105 页。

② 除了吴嘉、先树《一次热烈而冷静的交锋——诗刊社举办的“诗歌理论座谈会”简记》外，还包括参加定福庄诗歌理论座谈会的几位代表的文章：丁力《古怪诗论质疑》、谢冕《失去了平静之后》、严迪昌《各还命脉各精神——关于新诗的“危机”与生机的随想》、尹在勤《宽容·并存·竞赛》、何燕平《为青年诗人说几句话》、阿红《1 与 10^9——我所想到的关于大我与小我的笨理》、黄益庸《诗艺乱弹》、丁芒《谈晦涩》、钟文《还想象与诗歌》，见《诗刊》1980 年第 12 期。

③ 据孙绍振回忆，《福建文学》的诗歌座谈会是 1980 年 10 月召开的，刊登在《诗刊》1981 年第 3 期的《新的美学原则在崛起》文末的时间记着“1980. 10. 21 - 1981. 1. 21”，可见，“原稿本”写于 1980 年 10 月底。如果按照出版周期两个月来算，这篇文章无法在 1980 年第 12 期《诗刊》上发表。

④ 2014 年 7 月 14 日采访孙绍振记录。孙绍振回忆：大概是中央风云突变，当时经济形势不大好，消息大部分都是消极的，好像还有一个关于青年思想的讨论，捏造了一个人叫潘晓，所有青年在陈云他们看来是思想混乱的，当时 × × 讲了话，说经济要停滞了，必须反对自由化，报刊要清理。

⑤ 2014 年 3 月 19 日采访朱先树记录。

然而，这篇被退的文章随着社会环境的改变，出现了戏剧性的变化。据孙绍振回忆："贺敬之在中宣部文艺处主持了一个会，把我的文章的打印稿拿出来，表示问题比较大了。青年诗人们已经形成了一种倾向。不能让它形成自觉的理论。因而要展开评论。会议规格很高，都是一方权威报刊或部门的领导，计有：《人民日报》的缪氏（俊杰），《文艺研究》的闻氏（山），《文学评论》的许氏（觉民），《文艺报》的陈氏（丹晨）"，"参加会议的，还有《诗刊》的负责人邹荻帆。会上的人士都认为我的文章有问题，闻山情绪还十分激烈。但是，都不主张用大批判的办法，故云'讨论'。但是，邹氏表示为难，说，此文已退稿。主持会议的领导，沉吟着说，那还是想法把稿子要回来"。[①]《诗刊》这一方面的情形据朱先树回忆，"中宣部开了会，邹荻帆去参加了，回来就传达第一态度要明确，第二倾向性要明确，不对的要批评，第三要拿孙绍振做靶子。他们说一定要把孙绍振的稿子拿回来发。后来我又给孙绍振写了一封信，大概内容是我们经过讨论，你的观点有一定的代表性，决定要发表。孙绍振马上就把稿子寄来了，他还附了一封很热情的信，感谢《诗刊》的培养，我记得有这样一句"。[②] 开始是退稿信，时隔一个月后又收到索稿信的孙绍振感觉气氛有些不对劲，他整理出稿子的主要观点，寄给谢冕，请他把关。谢冕"当时来不及回应，太忙了还是怎么着，而且也讲不清楚"[③]，没有回复，孙绍振就删除了自己文章中最直率的话，

① 孙绍振：《新的美学原则在崛起》，第 108 页。

② 2014 年 3 月 19 日采访朱先树记录。

③ 2014 年 10 月 9 日采访谢冕记录："他太单纯，孙老师没有太多经验，这些事我比他要懂得多。今天回顾起来，当然我没有意见，我当时来不及回应，太忙了还是怎么着，而且也讲不清楚。对于他的这些理论，我都知道，而且应该说他这篇文章是非常充分的，'他们不屑于作时代精神的号筒'，'不屑于表现自我感情世界以外的丰功伟绩'，这些我都同意。他不明白，《诗刊》为什么退稿？退回去是因为《诗刊》不能接受他的观点。为什么再要回来？《诗刊》特意把他当作批判对象。非常简单的道理，当时要问我当然是这样的。他不寄回去不就完了嘛，但是不寄回去也就没有第二个'崛起'了。他是没有经验，因为那时候就是要把他当靶子来批判。我的文章很笼统，他的文章很具体，这个是《诗刊》包括中宣部不能忍受的。尽管《诗刊》当中有若干个开明人士，但是它也抵挡不住那时候的潮流。孙绍振没有政治经验，他不太懂得这么复杂的东西，他太单纯，把稿子寄回去就被加'按语'。加'按语'当时是非常严重的事情，意思是我可以发表，但是我不同意你，而且我指出你的哪些部分有问题让大家来批判。后来程代熙他们甚至连'同志'都不想称呼了，当时能够用'同志'是很光荣的事情，是人民内部还叫'同志'，是敌我性质就不能叫'同志'了。但是我觉得也庆幸，毕竟保留下来了第二个'崛起'，第三个'崛起'，是不是？要是当时没法表达，就没有这公案了，被淹没了。现在没有被淹没，我看还是好事。"

寄给了《诗刊》。

《新的美学原则在崛起》在1981年第3期《诗刊》刊发时，主编是严辰，副主编是邹荻帆和柯岩，由邹荻帆执笔的“编者按”——“编辑部认为，当前正强调文学要为人民服务、为社会主义服务，以及坚持马克思主义美学原则方向时，这篇文章却提出了一些值得探讨的问题。我们希望诗歌的作者、评论作者和诗歌爱好者，在前一阶段讨论的基础上，进一步对此文进行研究、讨论，以明辨理论是非，这对于提高诗歌理论水平和促进诗歌创作的健康发展都将起积极作用”，提醒读者这是一篇名为“被讨论”，实则“被批判”的文章，随后几期的《诗刊》陆续刊发对孙绍振一文的批判文章。[①]《新的美学原则在崛起》一文究竟有哪些内容使它成为“靶子”？在“原稿本”的基础上的“《诗刊》本”做了怎样的增删？“《诗刊》本”和“原稿本”在文本内涵、作者意图等方面又有哪些内在冲突呢？

三 “原稿本”与“《诗刊》本”

笔者查阅了收藏在现代文学馆的《欢呼新的美学原则的崛起》一文的手稿，“原稿本”为我们呈现了一些被遮蔽的诗坛现象及微妙的文人心态，对比“原稿本”与“《诗刊》本”，作者对文本的增删、调整极富时代性，其文风、内容的诸多不同，给研究者提供了丰富的信息，具有特殊的文献价值和文学史意义。

首先删除的内容大概有五部分。第一是标题，“原稿本”的标题是《欢呼新的美学原则的崛起》，“《诗刊》本”的标题是《新的美学原则在崛起》，去掉“欢呼”两字，减弱了呐喊的强度。回顾这一时期的孙绍振，他

---

① 程代熙《评〈新的美学原则在崛起〉》为第一篇批判文章，认为“孙绍振同志的‘新的美学原则’的纲领就是‘自我表现’”“一套相当完整的、散发出非常浓烈的小资产阶级的个人主义气味的美学思想就赤裸裸地显示了出来”，此文刊于《诗刊》1981年第4期。敏泽：《关于继承和创新》，《诗刊》1981年第5期。洁泯：《读〈新的美学原则在崛起〉后》；宋垒：《追求什么样的心灵美》；李准：《理论讨论要注意概念的科学性和明确性》，《诗刊》1981年第6期。朱晶：《“自我”与人性》，《诗刊》1981年第7期。傅子玖、黄后楼：《认清方向，前进！——评〈新的美学原则在崛起〉及其他》，《诗刊》1981年第8期。王庆璠：《评“新的美学原则”》，《诗刊》1982年第3期。

曾经发出这样的呼喊："探索是痛苦的，行动更艰险/我惭愧不能担起时代重担，/可沉默却是更大的苦难，不爆发就可能慢慢腐烂。"① 在《新的美学原则在崛起》一文之前，孙绍振已经爆发式地写过《诗与"小我"》《恢复新诗根本的艺术传统——舒婷的创作给我们的启示》《给艺术的革新者更自由的空气》等文章，并尖锐地提出："如果说诗歌的自我只是某种'大我'，那么这不过是在客观表现对象上打上一个千篇一律的橡皮图章罢了。"②"……难道我们可以因为她不是号手而否认她的作品是诗吗？难道时代的旋律只有号角才能演奏，而其他乐器都没有问津的权利吗？"③ "新诗在走向2000年，而我们批评家用的解剖刀却还是古典的"，"我们的理论长期过分偏执地强调艺术服从群众的趣味"，"忘记了艺术是一种精神文明，并不是任何人都可以不经任何训练和熏陶就能自发地掌握它的，忽略了艺术有改造、丰富群众趣味，提高群众艺术修养的任务。"④ 这一系列的酷评在《新的美学原则在崛起》一文中得到了进一步的强化，虽然文章标题去掉了"欢呼"二字看似减弱了呐喊的分量，但作者向传统、主流发出挑战的斗士形象还是跃然纸上，"权威和传统曾经是我们思想和艺术成就的丰碑，但是它的不可侵犯性却成了思想解放和艺术革新的障碍。它是过去历史条件造成的，当这些条件为新条件代替的时候，它的保守性狭隘性就显示出来了，没有对权威和传统挑战甚至亵渎的勇气，思想解放就是一句奢侈性的空话。在当艺术革新潮流开始的时候，传统、群众和革新者往往有一个互相摩擦、甚至互相折磨的阶段"。⑤

第二，是有关政治的表述，"原稿本"的第一段全部删除：

> 十年浩劫，我们民族从躯体到感情遭到一次空前残酷的蹂躏，也激起一股启蒙性的保护的反射。当我们从狂热的美梦和痛苦的恶梦中惊醒过来的时候，含着痛苦和欢欣的眼泪看到的不仅是神殿的空寂而且也震

---

① 孙绍振：《觉醒的一代》，《诗刊》1979 年第 4 期。

② 孙绍振：《诗与"小我"》，《光明日报》1980 年 7 月 30 日。

③ 孙绍振：《恢复新诗根本的艺术传统——舒婷的创作给我们的启示》，《福建文学》1980 年第 4 期。

④ 孙绍振：《给艺术的革新者更自由的空气》，《诗刊》1980 年第 9 期。

⑤ 孙绍振：《新的美学原则在崛起》，《诗刊》1981 年第 3 期。

> 惊于自己昨日宗教徒式的愚昧。这时受到实践理性审判就不只限于那梦境的虚妄，而且还有那以前长期的催人入梦的迷人心窍的幻景。那长期丧失了的思考的权利和理性的智光一起降临在我们曾经为迷信毒害的心灵，好像是奇迹似的，狂热变成了冷峻，迷信走向反面培养了那么多的哲学的头脑，闪耀着智慧的光华，出现了那么固执的对我们引以为自豪的道路怀疑的审视的目光，增加了那么多灵敏的耳朵，倾听着我们民族心灵的独白和遍及各个阶层的争辩。像天堂的圆柱和金桥栏杆的幻景崩塌的时候，一系列一样曾经那么庄严的，我们曾经用感情保卫过的传统观念也不可抗拒地慢慢现出裂痕，逐渐地由倾倒而倒塌了。

这里的“空前残酷的蹂躏”“神殿的空寂”“宗教徒式的愚昧”“为迷信毒害的心灵”“天堂的圆柱”“倒塌了”等词句虽然都为感性表述，但言辞不可谓不峻烈。众所周知，1978 年 5 月 11 日，《光明日报》发表的特约评论员文章《实践是检验真理的惟一标准》以及 1979 年 10 月 30 日邓小平的《在中国文学艺术工作者第四次代表大会上的祝词》，可以说，这两个文本真正为文艺正名提供了思想上的支持，但为文艺正名最终是通过政治权力的介入才得到了解决。由此带来的影响是：一方面，深入人心的政治转机使人们惊喜若狂，反叛、变革、创新是他们的渴望；另一方面，多数人对社会、人生的认识还停留在表面的政治层面，在政治倾向的变化中，人们的意识包括在这种政治意识影响下的刊物、文学仍沿着为政治服务的轨迹作惯性运动。在这种环境中，作者自述“怕被他们上纲到政治上去”。[①] 因此，这段充满激情的表述，包括文章中间关于政治氛围的文字在“《诗刊》本”中均没有留下痕迹。[②]

第三，是作品细读部分，有关舒婷作品细读部分全部删除：

① 2014 年 9 月 18 日孙绍振笔谈。

② 孙绍振在《欢呼新的美学原则的崛起》中提到“在社会主义国家，人与人之间为什么要那样紧张，一个个像乌眼鸡似的，恨不得我吃了你，你吃了我，人与人之间，不应那样互相戒备，不应该为了安全而戴上政治面具，不能因为有万分之一可能有小偷，就对所有的人都当作小偷而不信任”。

在舒婷的作品中时常有一种孤寂的情绪，就是对生活中人与人之间的关系的不真实、不和谐的叹息。这种叹息用传统的美学标准来比量很可能是不可理解的，比如《四月的黄昏》，就有同志觉得看不懂："四月的黄昏/流曳着一组组绿色的旋律/在峡谷低回/在天空游移/要是灵魂里溢满了回响/又何必苦苦寻觅/要歌唱你就歌唱吧，但请/轻轻，轻轻，温柔地。"这里不过写的是从春天景色和音响的一种感觉，用了通感的手法，用视觉的特点表现听觉（绿色的旋律），不停留在外在景色和音响的描绘上是许多年轻诗人的共同特点，他们总是要把外在和内心的形象结合起来，这样充满在黄昏的天空和山谷中的景色和音响就变成了诗人灵魂中的回响了，这是外在的事物引起的内心像黄昏一样温柔的感受，这种感受不是清晰的，但是没有必要去把它弄清楚，因为这模糊或朦胧引起的回忆更广泛。因而她接下去写："四月的黄昏/好像一段失而复得的记忆/也许有一个约好/至今尚未如期；/也许有一次热恋/永不相许。"人与人之间这样不能理解，自然叫人痛惜的，但是不管是尚未如期的向往，还是不能相许，追忆都是属于自己的，而不是社会的，不能大声讲出来哭出来的，不像哭总理那样有鲜明的政治色彩，（但都是心灵）活跃、丰富的表现，像张洁在"非党群众"中写的那样，这样的痛苦也是一种享受，对人是一种享受，就是它的价值。有同志说，这纯属个人的，脱离政治的，没有普遍性。政治关系并非生活的全部，与政治没有直接关系的事物也有它的普遍性，人的喜怒哀乐可以独立于政治之外，它的普遍价值就是人本身对于幸福、友谊、爱情的追求的价值，就是美的价值。把这一切当成小我，当成纯粹个人的、脱离人民的东西，正是传统美学的偏颇。它的价值规律可以是与政治价值的规律保持相当的特殊性和相对的独立性。在政治之外，也可以有它自身的意义。

在"原稿本"中，孙绍振肯定了舒婷《四月的黄昏》一诗中朦胧的、模糊的回忆以及孤寂情绪的意义与普遍性，但此时"大我""小我"之争还处于敏感时期，为了避免"被抓住小辫子""保险一些"[①]，作者把与群众

① 2014年9月18日孙绍振笔谈。

性、社会化无关的个人化情感尽量弱化，同时，文中还把舒婷的个人化苦闷和悼念周总理的诗的政治性痛苦对比，正面提出非政治性的痛苦也有价值，作者也因担心“这样说太直白了”而删除。

第四，是涉及某些当事人。在“原稿本”有一句话：“这种潮流的突起是不可能象李元洛同志那样以作者的热衷和评论者的褒扬来结束的。”[①] 作者解释了这句话的出处：“在这以前《诗刊》在北京广播学院召开的讨论会上，以谢冕、我、吴思敬、钟文为代表的一方坚定支持朦胧诗，而以丁力、宋垒、闻山，还有李元洛为代表的一方反对朦胧诗。丁力、宋垒、闻山等都是编辑，在学术上比较薄弱，往往限于政治表态，而李元洛有相当的古典诗歌修养，故反对朦胧诗的发言，有些理论水平，可以说是我们的对手。在修改稿件时，我想到对于有诗歌修养的对手，要尊重人家的学问，不要随便点名，就把他的名字删节了。”[②] 这个被删除的细节至少传达出两个信息，其一，某种程度上，这篇文章是《诗刊》组织的定福庄诗歌理论座谈会的思想产物；其二，当后来人抱着“历史的同情的眼光”看待“崛起”事件时，绝大多数人是同情倾向“崛起派”的，但客观来看，不管是对手还是“假想敌”，他们都在坚持自身立场话语的同时，为朦胧诗的探索拓展了空间。

第五，是关于老诗人的论述：

> 一个很突出的现象是不可否认的，不止一代诗人心灵的花朵进入了凋落的秋天（李瑛除外），其中有三十年代我们新诗艺术的传统的开拓者，也有在不同的道路上历史时期曾经是当时成就的代表，他越过了成就的顶峰，已不可能创造新的顶峰。（他们）心灵上开放出来的花朵已经不是诗的花园中最出众的了，人们对这些诗人的不满早已溢于言表。在民歌与古典诗歌的道路上产生过风靡一时影响的诗人的道路几乎被诗坛新秀忘却了，连《甘蔗林青纱帐》、《王贵与李香香》、《大堰河我的保姆》和《雷锋之歌》都没有了新来的追随者。那些写过风靡一时诗作的诗人一下子变得不引人注目了。他们恢复了歌唱的权利以后，刊物

① 2014 年 9 月 18 日孙绍振笔谈。

② 2014 年 9 月 18 日孙绍振笔谈。

在几度礼貌性恭维以后，停止了对他们的评介……是冷落的。这说明，我们诗坛的主流在艺术上面临着一个停滞的局面。

新的事物并不那么容易消化。对青年诗人的创作，一些老诗人首先提出异议。1979 年 10 月在《星星》复刊号上发表了公刘的《新的课题——从顾城同志的几首诗谈起》，对青年诗歌某些诗作中的“思想情感以及表达那种思想感情的方式”表示“不胜骇异”；1981 年，臧克家在《关于“朦胧诗”》一文中指出“现在出现的所谓朦胧诗，是诗歌创作的一股不正之风，也是我们新时期的社会主义文艺发展中的一股逆流”[①]；艾青在 1981 年 5 月 12 日《文汇报》上断言这些诗是“畸形的、怪胎、毛孩子”。来自年轻一代的冲击，使诗坛在 20 世纪 80 年代初以加速度的方式不断发生内部裂变，其影响甚至远远超出了对既往诗歌秩序的颠覆和变革。有关老诗人评价的这部分被删，从另一方面透露出当时读者接受的情况以及诗坛的“主流”与“边缘”之争。

除了前面删除的部分，“《诗刊》本”还有增加的结尾部分[②]，这部分内容的增加使文风更显客观理性，但有了“原稿本”的铺垫，我们不难从中读出作者的话外音，对年轻诗人的探索，他还是持肯定支持的态度，认为“即使犯了错误”也是有价值的，可以“给后来者和他们自己留下历史的经验”。另外，作者还意味深长地说道，“这些经验是不是会浪费，就要看我们善于不善于总结使之上升到理论的高度并为他们所接收了”，这句话可以看出孙绍振对当时诗歌批评狭隘、简单化、过于偏激的不满及警醒。

调整增删后的“《诗刊》本”，诗性文风有所减弱，理性色彩有所增强。“原稿本”中富于激情的表达，源于“朦胧诗”对作者的心灵撞击及作者对其批评对象的真诚的理解与无所保留的投入，“原稿本”中更直观

① 臧克家：《关于“朦胧诗”》，《河北师院学报》1981 年 1 期。

② 孙绍振：《新的美学原则在崛起》，《诗刊》1981 年第 3 期。“他们有自知之明，他们知道自己还幼稚，舒婷在《献给我的同代人》中说：‘为开拓心灵的处女地/走进禁区，也许——/就在那里牺牲/留下歪歪斜斜的脚印/给后来者/签署通行证。’探索既是坚定的，不怕牺牲的，又是谦虚的，承认自己的脚步是孩子气的。我们可以毫不怀疑地说，他们肯定会有错误，有失败，有歧途的彷徨的，但是，只要他们不动摇，又不固执，即使他们犯了错误也是可以像列宁所说的那样，得到上帝的原谅的，同时，又会给后来者和他们自己留下历史的经验。——但是，这些经验是不是会浪费，就要看我们善于不善于总结使之上升到理论的高度并为他们所接收了。”

地呈现出批评家个人所拥有的诗化风格。这其中的变化恰恰最能反映出作者、作品、读者、刊物、时代环境之间互相选择、相互规避的错综复杂的内在冲突，对该文本存在形态不确定性的研究，也是中国现当代文学史料学的重要内容之一。

《新的美学原则在崛起》一文从“被批判”到经典化，是各方面合力的结果；“《诗刊》本”中缺失的“原稿本”的部分提供了有关其时代的证词，也是考察20世纪80年代初文学生态、文人心态的一扇窗口；《诗刊》受命于上层的诸种操作及作者的删改、调整，使这一事件成为特定年代诗歌生态的鲜活注脚；《新的美学原则在崛起》作为美学叛逆原型所指向的是对历史丰富性的理解，在中国文学艺术史的长河中具有标本的意义。

（作者单位：北京语言大学）

孙绍振诗学体系的哲学底蕴

俞兆平

孙绍振的新诗研究、散文研究、文学理论研究、文学批评、文学经典解读等，已构成一个独特的诗学体系，在当代中国文坛成为一道特异的风景线，现今也已到了变为被他者所研究的对象与范式的时候了。

余秋雨在《猜测孙绍振》一文中，曾提出，孙绍振的理性世界有两层结构，表层的显性结构与深层的隐性结构。这一看法，值得借用。作为一个高校长期教授写作课的教师，他面对的是大量的学生习作文本和古今中外作家的创作经验，稍不省觉，必陷于经验性的泥淖，难以提升。但他毕竟来自皇城根儿，受业于朱光潜、何其芳、吴组缃等，甚至误听过金岳霖的逻辑课，来自20世纪中国最后一批大师的熏陶，铸就了他那评点文坛时雄视八荒、吞吐古今的自信与自负，也授予他对于那浓缩人类智慧的形上理论的瞻念与自觉。这就形成他以感悟性、洞察力为特征的感性经验层面和以抽象性、逻辑性为特征的理性超越层面的二者融合，即经验主义与理性主义合一的理论特色，前者以显性展现，后者以隐性深潜。

在我们的面前，孙绍振是以才识过人、机敏灵动的演说家形象出现的。他有句名言："我的思绪赶不上我的嘴巴"，"我的舌头有一种舞蹈的感觉"。在他那滔滔不绝、口若悬河的气势前，再加上他那烂熟于心的中外文学经典及其细节的征引、评析，更使得听众如痴如醉，折服再三。这样，以外在语言力量的征服和精辟的文本分析的魅力这一表层性显现，远远遮蔽了他那内在的理念寻求与选择的深层轨迹。当然，这一内在的求索过程并非静态的，他曾言及："我这种苦闷具有哲学性质，但是，我却不长于哲学的思辨。我不习惯于从一个哲学的大前提出发演绎出一套又一套的观念系统来。"[①]

本文的任务就着眼于他的哲学性的"苦闷"，挖掘出引发他"苦闷"的哲学观念，亦即挖掘出他诗学体系的哲学底蕴来。写作的方法亦遵循他的"从具体的微观的细胞形态"出发，以《新的美学原则在崛起》《形象的三维结构与作家的创作自由》《审美价值结构及其升值和贬值运动》三篇论文为核心，分别从哲学之价值论、哲学之实践论和哲学之辩证法三个方面论析之。

一　哲学之价值论

1980 年，孙绍振写下给他带来无穷无尽麻烦，同时也带来延至今日声誉的《新的美学原则在崛起》一文（下称《崛起》）。这篇被视为文学理论界"自由化"案本，正如那时他在会上面对周扬所陈述的："与其说我受了叔本华的影响，不如说我是受了周扬的影响。我在 1958 年听周扬《建设马克思主义美学》的报告，我的目的就是以我们的美学标准来衡量诗歌。"[②]此话可能在当年让不少人费解，被内定为批判靶子的文章居然和马克思主义美学扯在一起？这"孙大炮"也太过于巧言令色了吧。今天回过头来一看，没错，他没说谎，说的是实话。篇幅并不太长的《崛起》一文，其中引述马克思观点之处就达 4 次之多，其理论基点的的确确来自马克思主义美学，具体到篇目，则是马克思所著的《1844 年经济学—哲学手稿》（下称《手稿》）等。

《手稿》在马克思生前没有发表，直至 20 世纪 30 年代才正式公开，它不仅包含着马克思关于经济学的思考，还包含着他关于哲学、美学的探求，如人的价值、异化劳动、个体与社会、美的规律、美感与审美、人的本质对象化等等重要问题的看法。它展开了马克思主义的另外一面，即为西方马克思主义流派所津津乐道的"人道主义马克思"这一侧向。1980 年，中国进入了新的历史时期，不但在经济体制方面产生了翻天覆地的变化，在意识形

① 孙绍振：《当代中国文学的艺术探险》，福建教育出版社，1998，第 204 页。

② 孙绍振：《愧对书斋》，中国青年出版社，2011，第 140 页。

态领域，解放思想、冲破禁区的呼声也日渐高涨。新的思想探索必需有新的理论观点支撑，于是马克思的《手稿》引起了中国思想界、文化界的注意与重视，掀起了一轮《手稿》研究热潮。在这样的思想大潮中，孙绍振不可能不予以关注，博闻强记的他甚至有可能把一些新的观念化溶在无意识之中，加上20世纪50年代他在北大所建立的宏阔的视野，这些均形成了他写作《崛起》的理论基础。

不妨细读文本，从《崛起》出发，寻觅其间的踪迹吧。关于《崛起》一文论争的焦点在于“自我表现”这一核心命题上，它不仅在文学理论上是一创作原则问题，其深层则涉及个人与社会的关系，即社会对个体价值是否肯定与尊重这一哲学问题。《崛起》一文是这样论述的：

> 在传统的诗歌理论中，抒人民之情得到高度的赞扬，而诗人的“自我表现”则被视为离经叛道，革新者要把这二者之间人为的鸿沟填平。即使从社会学的角度来看，社会的价值也不能离开个人的精神的价值，对于许多人的心灵是重要的，对于社会政治就有相当的重要性（举一极端的例子：宗教），而不能单纯以是否切合一时的政治要求为准。个人与社会分裂的历史应该结束。[①]

在1980年代初，孙绍振就敏锐地发现已有的文学理论的要害是，人为地在“人民之情”与“自我表现”、社会价值与个人精神价值之间划出一道不可逾越的鸿沟，甚至把这一对立提升到政治学的高度加以评判。这一人为制造的矛盾曝光，其理论震动力并不限于诗歌创作界，而是涉及社会学，乃至哲学上的个人与社会的关系问题，这就不能不刺痛一些人的神经。那么，他的这一透视力来自何处呢？是来自《手稿》。马克思说：

> 应当避免重新把“社会”作为抽象物同个人对立起来。个人是社会的存在物。因此，他的生活表现——即使它不直接采取集体的、同其

① 孙绍振：《当代中国文学的艺术探险》，第66页。

他人共同完成的生活和类的生活表现这种形式——是社会生活的表现和确证。[①]

马克思这里对个人与社会的辩证关系论析得十分直接与明晰。他指出，个人不是独立的，不是与世隔绝的，即使他采取的是非集体的生活形式，他仍然是类群体中的一员，仍然是社会性的存在物。因此，马克思着重提出，“社会”一词不是抽象的，不能把它和个人对立起来，也就是说，不能人为地把社会与个人割裂开来。

何以如此呢？马克思在另一段文字中说得更清楚：“甚至当我从事科学之类的活动，亦即当我从事那种只是在很少情况才能直接同别人共同进行的活动的时候，我也是在从事社会的活动，因为我是作为人而活动的。不仅我进行活动所需的材料，——甚至思想家借以进行活动的语言本身，——是作为社会的产物给与我的，而且自身的存在也是社会的活动，因此，我用我自身所做出的东西，是我用我自身为社会做出的，并且意识到我自身是社会的存在物。”[②] 这段论述更直接地涉及文学创作了。马克思认为，在人类社会中有一些人物虽然进行的是个体方式的活动，例如科学家、思想家（当然，亦包括作家、诗人），但他所使用的“材料”，他那思维运作的“语言”，却是社会的产物，而且每一个体也都清醒地意识到，他是群体社会中的一员。因此，每一个体都是类存在物，社会存在物，用不着刻意把社会与个体对立起来。

个体活动的人，亦是社会性的人。马克思的这个结论肯定了“个人”的价值与地位。由此，《崛起》一文中颇招争议的“时代精神的单纯传声筒”问题，也就容易得到理解了。这句话来自马克思1859年《致斐·拉萨尔》一信。马克思在批评拉萨尔的《济金根》剧本时指出：“你最大缺点就是席勒式地把个人变成时代精神的单纯传声筒。”[③] 因拉萨尔受到席勒部分作品创作倾向的影响，为着反对“恶劣的个性化”，而矫枉过正地从抽象的概念出发，从主流的社会意识形态，即“时代精神”出发，而忘却了“个体的人”，忘却了从生活真实、从作家个体体验出发，以创造活生生的人物

① 马克思：《1844年经济学—哲学手稿》，刘丕坤译，人民出版社，1979，第76页。

② 马克思：《1844年经济学—哲学手稿》，刘丕坤译，第75页。

③ 《马克思恩格斯选集》第4卷，人民文学出版社，1972，第340页。

个性为宗旨的“莎士比亚化”这一创作原则，带来了剧本中人物公式化、概念化的弊端。孙绍振在引用马克思这一观点时，中国文坛刚刚从“四人帮”极“左”的文化高压中解脱出来，但“高、大、全”“假、大、空”的创作倾向，仍盛行其道，作品中人物形象单调、乏味，缺乏个性，成了观念的化身，政策的图解。当“个体”仍为“集体”所淹没，“自我”仍为“社会”所遮蔽时，若不振臂一呼，能去此雾障吗？

在人的哲学基点上，如果我们能平心静气、实事求是地把孙绍振关于“人民之情”与“自我表现”、社会价值与个人精神价值的论述与马克思的原典加以对照的话，就会明白，决不能武断地对其扣上“离经叛道”的大帽，他并没有背离马克思主义，而恰恰是在哲学基点与文学创作原则上坚持了马克思主义。

我们应该着重关注马克思的这句话的内质：“应当避免重新把‘社会’作为抽象物同个人对立起来。”也就是说，马克思认为，社会与个人原本是一体的，并没有什么对立的问题，只是在某一时段由于理论或政治的需要而人为地割裂开来，这种做法不可取，应当“避免”。

不妨回顾历史，“五四”时期的中国文学界也发生过类似的论争，在“社会”与“自我”有无交汇的可能这一问题上，郑伯奇在1924年写的《国民文学论》就有一段在今天读之仍让人震惊的话：“艺术只是自我的表现，我们说了，但是‘自我’并不是哲学家那抽象的‘自我’，也不是心理学家那综合的‘自我’，这乃是有血肉、有悲欢、有生灭的现实的‘自我’。……这自我乃是现实社会的一个成员，一个社会性的动物。……一个赤裸裸的自我，堕在了变化无端的社会中，其所怀的情感，所爱的印象，一一都忠实地表现出来，这便是艺术。”当然，不是说郑伯奇也读过马克思的《手稿》，他只是作为一位文学理论家悟觉这一常规性的道理罢了。郑伯奇的论证是相当严谨的，合乎逻辑的：以生命体验社会的“现实的自我”，是一种客观的存在，他的自我感受是源自社会生活所激发的“有血肉、有悲欢、有生灭”的现实情感，他再把这在“社会中其所怀的情感”“表现”出来，这种审美认识论难道会有什么违背唯物主义哲学的基本原则吗？

因此，“社会”—“自我”这两极性的对立，可以有综合的命题，有沟通的交汇点。但令人遗憾的是，数十年之后的中国文坛，一些人就像马克思所批评的那样，在“社会”“自我”这两个概念上予以抽象的思考，而不纳入具体的实践中去探索，无意或有意地人为割裂二者，强行扩大了其间的矛盾，使这原本已经解决的问题，至今依然纠结。

把自我纳入社会，使社会溶入自我，二者互为一体的命题，不仅化解了文学创作上的原则性对峙，更重要的是恢复了人的价值与尊严的社会学、政治学问题。孙绍振在《崛起》中写道：

> 个人在社会中应该有一种更高的地位，既然是人创造了社会，就不应该以社会的利益否定个人的利益；既然是人创造了社会的精神文明，就不应该把社会的（时代的）精神作为个人的精神的敌对力量，那种人“异化”为自我物质和精神的统治力量的历史应该加以重新审查。①

这里，论及了“异化”这一重要的哲学命题。异化，为古典哲学的术语，指主体在一定的发展阶段，分裂出它的对立面，变成外在的异己力量。卢梭把它用于论析国家与个人关系、黑格尔用于绝对理念的运动进程、费尔巴哈用于宗教偶象与人的本质的对立，而马克思则主要用于对资本主义社会中的劳动剖析。马克思从人同自己生产的产品及劳动对象的异化、人同自己生产行为的异化、人同自己类本质的异化、人与人关系的异化等四个方面，论析了劳动者在资本主义社会中的异化的形态。马克思在《手稿》中写道：

> 人从自己的劳动产品、自己的生活活动、自己的类本质异化出去这一事实所造成的直接结果就是：人从人那里的异化。当人与自己本身相对立的时候，那么其他人也与他相对立。②

异化的分析方法在马克思的手中是锐利的批判武器，他揭示了资本主义的劳动方式造成了劳动者不但在物的方面的异化，而且也在灵的方面异化，劳动者不但不能享受自己所创造出来的产品，而且还失去了类本质的存在，被排斥在群体（“其他人”）、社会之外。

---

① 孙绍振：《当代中国文学的艺术探险》，第66页。

② 马克思：《1844年经济学—哲学手稿》，第51页。

循此理念的逻辑推演，孙绍振对社会中个体的价值做出肯定性判断。他阐发道，如果一个社会以社会利益否定个人利益，以时代精神否定个人精神，甚至把个人精神当为敌对力量的时候，这就是一种如马克思所说的社会异化现象，因为社会的物质文明和精神文明是由无数个体创造的，现今反过来，却变成了个体创造者的外在的异己力量、否定力量与统治力量，“人从人（指人的类本质——自由自觉的活动）那里异化”了，“其它人（社会）也与他相对立”，因此，这种异化的意识形态倾向应力加纠偏。

可喜的是，20 世纪 80 年代初，中国新的历史时期开始了这一进程，历经十年浩劫的中华民族开始了以个体人的觉醒为前提的思想解放运动。“春江水暖鸭先知”，对马克思哲学思想有一定研究的孙绍振敏锐地悟觉到这一历史趋势，在中国文论界率先发出这一历史性的呼声：“当个人在社会、国家中地位提高，权利逐步得以恢复，当社会、阶级、时代，逐渐不再成为个人的统治力量的时候，在诗歌中所谓个人的感情、个人的悲欢、个人的心灵世界便自然地提高其存在的价值。社会战胜野蛮，使人性复归，自然会导致艺术中的人性复归，而这种复归是社会文明程度提高的一种标志。”[①] 因此，《崛起》一文的意义在于，在文艺界呼唤新的文学、美学原则的诞生的同时，也在哲学界、社会学界呼唤着新的价值论的诞生。

二　哲学之实践论

1985 年，孙绍振提出“形象的三维结构”的命题：“形象的价值不但取决于它所表现的生活本质，而且取决于它所表现的自我本质的深度和广度。”“生活和自我的二维结构只能构成形象的胚胎，还停留在现实的层次。……在形式的作用下，自我感情特征和客体特征脱离了现实的层次，在想象中却发生了变异，这就是形象结构的第三维——想象和形式的作用。有了第三维的作用，形象就进入了更高的审美层次。”[②] 这一命题可值得重视的原因，就在于它明确地提出艺术形象是由“三维结构”——生活、自我、

① 孙绍振：《当代中国文学的艺术探险》，第 66 页。

② 孙绍振：《美的结构》，人民文学出版社，1988，第 26、31 页。

形式三者共同构成的。形象的本质并不只是像以往所说的，等同于生活本质，它同时来源于创作主体的本质，最终的完成还取决于形式的本质。尽管理论的提出者对这一论题纵深推进不够，但命题的基本架构已完成了对国内原有的文学形象创作论的突破与更新。

那么，这一命题的哲学根基在哪里呢？一是马克思主义的实践美学，基点来自《关于费尔巴哈的提纲》第一条；二是瑞士心理学家皮亚杰的“发生认识论”。

马克思在《关于费尔巴哈的提纲》中论述“新唯物主义”时，指出了旧唯物主义认识论的弊病：

> 前此一切唯物主义（包括费尔巴哈的在内）的主要缺点都在于对对象、现实界，即感性世界，只以对象的形状或直观得来的形状去理解，而不是把对象作为人的具体的活动或实践去理解，即不是从主体方面去理解。[①]

我们以往的哲学史解说，往往把马克思主义说成是费尔巴哈的唯物主义加上黑格尔的辩证法，但这只是一种静态的加法，因它没有论及新质的诞生。那么，马克思究竟超越了费尔巴哈什么呢？此为“提纲”第一条，马克思在这里指出，以费尔巴哈为代表的旧唯物主义认识论只是孤立、静止地去研究对象客体，看待客体的形式，而对认知主体及主体的实践活动不予考虑；其审美认识也只是把对象的美当成超社会、超历史的，与创作主体无关的、可以直观把握的本体属性。

马克思的“新唯物主义”认识论，强调对客体对象从“实践去理解”，“从主体方面去理解”。对此，普列汉诺夫有一精辟的解说：“费尔巴哈说我们的‘我’只是因为受客体的影响才认识了客体。马克思反驳道：我们的‘我’只是因为自己对客体的影响才认识了客体。”[②] 普氏仅用一个字的区别（“受”客体与“对”客体），就指出新、旧唯物主义的差别所在。“受”，

① 《美学拾穗集》，朱光潜译，百花文艺出版社，1990，第73页。

② 《普列汉诺夫哲学著作选集》第3卷，三联书店，1962，第145～146页。

是被动地、静态地接受客体信息；“对”，则是主体在对客体的实践过程中来认识客体。“新唯物主义”认识论同样适用于艺术的审美认识，也就是说，艺术创造过程中的审美认知，其审美主客体的关系，不应只是客体信息向审美主体的单向的运动过程，即审美主体只是如镜子般地如实地、机械地、被动地反映客体；而且主体同时也以它自身的心理结构（亦称之为心理图式、心理构架等）乃至情感意向等能动地向客体运动，其二者显示出一种“双向逆反、同质同步”的运动形态。

在此基点上，考察、观照孙绍振的“形象三维结构论”中生活与自我的双向关系时，就可看出其渊源来自马克思的《关于费尔巴哈的提纲》，特别是第一条。孙绍振尖锐地指出：“长期以来我们满足于把反映论作为研究形象的唯一向导，甚至于产生了一种错觉，文艺理论主要就是探寻形象与本原之间统一性的科学。”“把思路钉死在对象与本源的统一性上，使许多理论家失去了最珍贵的自由——思想的自由。”[①] 这种强调形象与生活本源绝对统一的观念，正是马克思批评的以费尔巴哈为代表的旧唯物主义认识论，它认为创作主体只能如实地、机械地、被动地接“受”客体、反映客体。孙绍振批评它是一种错觉，限制了作家、文论家的思想自由。

他主张：“任何形象都产生于再现生活和表现自我的统一。只要生活和自我发生了互相统一的关系，就形成一个二维结构，就有了形象的胚胎。”这里“统一的关系”，即是创作主体和生活客体在创作实践的基础上形成的审美的关系。无此关系，主体和客体就是互不相干的二者，只有实践——作家的创作活动，才联系了二者，形成二维结构，孕育形象胚胎。

而这一观点亦来自马克思提出的“美的规律”。孙绍振在《新的美学原则在崛起》一文中曾论及：“马克思说，人是按着美的法则创造的。就是说人在客观现成材料（素材）面前不是像动物那样被动。美的法则，是主观的，虽然它可以是客观的某种反映，但又是心灵创造的规律的体现。”[②] 他在这里虽然引的不是马克思的原话，但基本精神是一致的。“美的法则”也翻译成“美的规律”。马克思在《手稿》中写道：

① 孙绍振：《美的结构》，第 10 页。

② 孙绍振：《当代中国文学的艺术探险》，第 70 页。

> 动物只是按照它所属的那个物种尺度和需要来进行塑造，而人则懂得按照任何物种尺度来进行生产，并且随时随地都能用内在固有尺度来衡量对象，所以，人也按照美的规律来塑造。[①]

马克思这里提到“美的规律”是由“物种尺度”和“内在固有尺度”二者共同构成的。物种尺度，是指生活中客体事物的构成规律，是合规律性的真，是科学理性；内在固有尺度，是指创造主体自觉活动的预定目的，是合目的性的善，是价值理想。人在美的创造这一实践活动中，要做到二者的统一，既合规律性的真，又合目的性的善，使形象这一美的创造结晶，既具有客观生活原型的真，又闪射出作家、诗人主体的价值理想的善。这就是“形象的二维结构”的内质所在。

那么，孙绍振的“形象的三维结构”，从孕育到完成的论述过程，还包含着哪些哲学底蕴呢？

第一，孙绍振在确立“创作主体”这一概念的理论坚实性时，再度引证了马克思原典：“马克思早就说过：‘从主体方面来看，只有音乐才能激起音乐感，对于没有音乐感的耳朵来说，最美的音乐也毫无意义，不是对象，因为我的对象只能是我的一种本质力量的确证。’”[②] 出自《手稿》的这句话说明，在马克思主义实践美学体系中，审美主体的地位是举足轻重的，如果主体缺乏艺术素养，缺乏美的心理结构，生活客体对他来说只能是孤立自在的、与之毫不相干的东西，根本不可能展开美的鉴赏或美的创造这一实践性活动。

第二，孙绍振引用皮亚杰发生认识论的“同化”和“顺化”的概念，对审美主体的创作实践过程，作了细致的、深入内里的考察与论述。“当生活进入作家头脑时，首先要受到作家审美感知结构的过滤，生活只有被作家的审美感知结构同化了，才能升华为艺术形象的胚胎。”他还从心理学的角度细化了这种审美感知结构，它包括语言运用能力、音乐智力、空间直观智力、身体活动智力、控制感情和体察他人的情绪智力等。因此，“无限的生

---

① 马克思：《1844年经济学—哲学手稿》，第50页。

② 孙绍振：《美的结构》，第10页。

活受到有限的自我选择，有限的自我也受到无限的生活的选择”，而“选择性同化，是作家摆脱被动的起点，是作家享受自由的起点”。[①] 只有充分地发挥创作主体审美心理结构的“同化”能力，对源自客体对象的美的信息做选择过滤、化融一体的创造性的实践活动，才能真正进入创作自由状态。

第三，在马克思主义实践哲学的基础上，孙绍振还明确界定了“自我”的概念与内涵。他在文中进而指出：其一，“自我本身也是一种生活”。其二，“自我和个性并不是先天的，而是在生活环境和民族生活的积淀中形成的心理机制”。其三，“作家的自我既然是生活所养育的，因而它在本质上就应该与生活有普遍的共同性，反过来说，自我本身也具有反映生活的性能”。[②] 在20世纪80年代的中国文论界，能对“自我”这一概念内涵做出如此明晰的理论界定，尚未多见，属于开创性的。俗语说，“名不正，则言不顺”，对“自我”在理论上的正名，具有重要意义。因为它终于摆脱了卑微的，甚至是“瘟神”般的地位，堂堂正正地登上文艺理论的殿堂，与“生活”比肩并立。可以说，“自我”取得了自身的话语权，是中国文艺理论回归真正的马克思主义美学体系，迈出的最为可喜的一步。

第四，孙绍振把“形象的三维结构”的完成，落脚到形式规范的建构。在这一点上，他紧紧地跟上了当时国内引进西方哲学的动向。符号学美学学派卡西尔在他的名著《人论》中，认为艺术的任务在于发现事物的形式，在于导引人们对事物纯粹形式的直观。他说：“我们可能会一千次地遇见一个普通感觉经验的对象而却从未‘看见’它的形式。……正是艺术弥补了这个缺陷。”[③] 在当代西方文论界，形式正从隶属于内容的被动、附庸的地位，走向发挥其独特的能动的功能的独立。孙绍振关注到这一潮流，他指出，由生活和自我的二维结构只能形成形象的胚胎，只是形象的内容，必须取形式才能存在。形式有它的独立性，对内容有反作用性：其一，文学形式若发展至精致，成为一种审美规范，它就具备一种强制性同化生活的伟大力量。如诗歌一类的抒情性的审美规范强化的是内在的情感逻辑，小说一类的叙事性的审美规范强化的则是情节、悬念及越轨等逻辑。其二，形式的审美

① 孙绍振：《美的结构》，第25、12、13页。
② 孙绍振：《美的结构》，第14～15页。
③ 卡西尔：《人论》，上海译文出版社，1985，第183页。

规范，可以成为形象的“预制范式”，对作家的想象起定向定位作用。其三，作家在取得形式规范的自由之后，更高的层次则是取得突破形式的自由，创造新的规范，开拓新风格、新流派、新的艺术方法。[①] 在当年的中国文论界，这应当是关于形式建构问题的最前沿的论述了。

三 哲学之辩证法

孙绍振在2015年出版的《文学的坚守与理论的突围》一书的第二大部分，把标题定为“对康德审美价值论的突破和重构”。公然对康德这一世所仰望的“庞然大物”提出挑战，气势之大，不得不让人刮目而视。仔细读来，“狂”有一点，但“妄”尚未必，因他的“突破和重构”仍遵循学理逻辑。那么，“突破和重构”什么呢？笔者认为，正像普列汉诺夫区分新、旧唯物主义一样，他也在一个字上下功夫，即“动”与“静”之别。当然也仅限于审美价值这一域限，因为康德的理论体系太庞大与深奥了。

康德在人类思想史上巨大的贡献是以《纯粹理性批判》、《实践理性批判》和《判断力批判》这三大批判专著，把人类与客体世界的互动及对后者的把握，分为知、意、情（真、善、美）三大界域。其中最重要的功绩，是限定了科学认知的权力，为人文精神（包括信仰、审美等）划出独立的界域。他在审美判断力域限中，又划分出“无利害快感”、“无概念的普遍性”、“无目的的合目的性”和“无概念的普遍性”这质、量、关系、方式四大范畴。这种界域、范畴的规范化、定格化，让人类与世界的关系更为清晰、简明，也使人类思想观念和实践行为按规律定位，成为启蒙主义思潮的前导。但正如尼采所批评的：“康德揭示了这些范畴的功用如何仅仅在于把纯粹的现象，即摩耶的作品提高为唯一和最高的实在，以之取代事物至深的本质，而对于这种本质的真正认识是不可能借此达到的。”[②] 也就是说，范畴的静态划分尚未能达到对更深本质的认识。

突破康德的审美价值论的静的形态，转入动的探索，这正是孙绍振所致

① 孙绍振：《美的结构》，第30~38页。

② 尼采：《悲剧的诞生》，周国平译，三联书店，1986，第78页。

力的紧要之处。为此，他写出了《审美价值结构及其升值和贬值运动》一文，企图在“运动”过程中，来具体地论析康德的真、善、美三者结构关系及其价值变动形态，“探寻美的价值运动（升降）的规律”，以达到深一层次的本质认识。为着与论析“动”的形态有所对应，他使用了“错位”“变异”“反差”“误差”“背逆”“震荡”“重组”“增值”“质变”“超越”等词汇来表述，力求传示出审美价值结构在运动变化中的不同样式与形态。“动”是辩证法的灵魂，孙绍振正是在对审美价值的升值与贬值的规律寻求中，展现出他运用哲学辩证法的功力。

立足于矛盾双方的辩证运动这一要则，孙绍振展开了论析。第一，旧唯物主义的“美是生活”，其要害是“美就是真”，把美和真双方的有限统一性变成静止的绝对，等于取消了美的范畴，以往的美学就这样陷入危机。第二，20 世纪 80 年代初盛行的“美是主观和客观的统一”，标志着美学超越求同、单维（单向）的低级层次，而进入了求异的、二维（反向）辩证运动的高级层次。但主观与客观双方的统一仍未属于美的范畴，因任何真理都是此二者的统一，它仍然属于真的范畴。第三，我们现在探索的要点是，真与善如何向美的转化。即要在矛盾双方如何“转化”这一辩证运动的过程中，寻找美的价值“升”与“降”的规律。

第一对矛盾是，真如何向美转化。孙绍振指出，真是“存在判断”，是对客体的肯定和描述，科学的价值建立于此之上。它“是主观对客观的一种认同，一种从属，一种反映，它诉诸理性，它的对象是客体内部矛盾和转化，任何主观情感活动的介入都可能使客观的真转化为主观的假”。而“审美价值不产生于科学价值的等同，而产生于科学价值的‘误差’。只有当科学的认识激活了主体的情感世界，主体的情感对科学的理性有所超越之时，才有可能进入审美的层次”。例如，“关关雎鸠，在河之洲”，本只是一种对真的认知的物理信息，但它经与诗人的情感信息发生了特异的重组，被超越，被变异，升华为一对年轻人的情感交流，才具有了美的意蕴。而在形象胚胎中的比喻，也变为一种对客观对象的超越与增值。[①]

第二对矛盾是，善如何向美转化。善恶是客体是否符合主体目的需求的

① 孙绍振：《美的结构》，第 46 页。

一种心理效应与判断，属于价值判断，亦具有实用功利价值。孙绍振揭示："审美的正值往往是在实用的负值中产生。"因为审美价值结构与实用价值结构不是一种同位结构，如果是同位结构，审美情感就被理性和意志所覆盖，审美价值就丧失了。审美价值对于实用价值是一种价值方位的错位，是审美的正值与实用的负值之间的一种复合结构。其二者相邻而显出错位的反差，常常是反差较大，审美价值也较高。例如，《儒林外史》中的严贡生指着两根灯草而迟迟不死，功利目的超越了生理机能，实用功利目的是一种负值，但这种对这一事像的超越中包含着作家运用喜剧逻辑，使之荒谬的处理，转化为审美的正值。①

在论析真、善如何向美转化的辩证运动过程中，孙绍振的贡献还在于他细致入微地发现了不少中介变量。其一，创作主体的"心灵空间"、"心理速度"对科学的物理空间、物体速度的超越，如"秦时明月汉时关"等。其二，主体审美心理活动在对客体的超越与回归中往复回环，如"醉卧沙场君莫笑，古来征战几人回"，把悲苦的别离和悲壮的出征转化为轻松的浪漫的欢乐。其三，形象的特殊性与其普遍本质处于一种互相拒斥的反比关系之中，反比越强烈，形象的美学效果越强。如阿Q愈是在接踵而来的屈辱和打击下不觉悟，愈是自我麻醉，他所表现的雇农的社会科学本质就越少。其四，审美创造中的情感活动可以背逆、超越形式逻辑的矛盾律、排中律及充足理由律等，如明明相爱甚深，恰恰挑剔过甚；明明是视若生命的独子，偏偏叫他阿毛阿狗的；"异国的太阳是冷的"等。其五，文学艺术形式不仅是储藏和积累审美经验，而且还成为审美认识的一种规范，符合这种规范，就能导致审美价值量的增涨。如闻一多所说的，诗是载着镣铐的舞蹈，愈是加大形式规范，愈显出创造的弹性，愈提高美的价值效应。

孙绍振是运用辩证法的高手，他好像说过，辩证法在他手中就像一只小鸟。说是到了炉火纯青的地步，像是也不为过。冰冻三尺非一日之寒，对辩证法，他下过一番"童子功"，方有今日实力之浑厚。他在给笔者的邮件中写道："后来花工夫钻研的是《资本论》，因为读了黑格尔《小逻辑》，看了张世英的《小逻辑解说》。列宁的哲学笔记上说，马克思没有写一本辩证逻

① 孙绍振：《美的结构》，第58页。

辑，但他的逻辑都在《资本论》中。就去钻研《资本论》。从中学到一切发展都是内在矛盾发展的结果……矛盾分析法，正反合，螺旋式上升，具体分析，从抽象上升到具体，达到逻辑和历史的统一，成了我日后的思想方法。”[①] 今天国内的文论家能像他这样深得马克思主义辩证法的精髓，把它化为自身生命的有机构成，化为潜意识的思维运思方式，怕是不太多见吧。

以上，从哲学之价值论、哲学之实践论、哲学之辩证法三个方面挖掘出孙绍振诗学体系的哲学底蕴，也让他的理论面孔一下真相大白。这个时不时地搅乱中国文坛的“孙大圣”，并非什么离经叛道、数典忘祖式的异类，而是骨子里浸透了马克思主义美学、文学理论的一位人物。所以，我把他的哲学定位为“马体西用”。为着不引起论述上的混乱（因马克思主义也是西学），故作特定的概念界定：“马”指马克思的实践观点的“新唯物主义”，“西”指自德国古典哲学终结之后的西方现代、后现代的哲学、文学理论，前者为“体”，后者为“用”。若从人类哲学史、美学史发展流程着眼，孙绍振所遵循的理论体系仍属于古典美学的范围。因为尽管恩格斯写过《费尔巴哈与德国古典哲学的终结》，认为以德国为代表的古典哲学到费尔巴哈已经终结，但相对叔本华、尼采之后的现代哲学来说，学界大致还是把马克思主义美学划归从古典哲学转向现代哲学的过渡地带，仍属于古典美学范围。因此，以马克思主义哲学、美学为本体的孙绍振诗学体系仍只能定位于古典的范畴。由此，也就容易理解到，晚年的孙绍振何以对那些建立在现代、后现代哲学基础上的西方文论，基本上持批判态度。“道不同不相为谋也”，积淀于灵魂深处的古典哲学、美学观念自然以本能的形态予以抗衡。

但现在问题在于，何以“大水冲了龙王庙”，一段时间内却把他列为批判的标靶呢？请看看当年他是何等虔诚地学习马列经典：“在六十年代，整整十年被华侨大学打入冷宫，从讲台上拉下来，只能替一个讲师改作文。动辄得咎，乃放弃文学，学习马列。只订一本《哲学研究》。这一段时间，读了许多马克思恩格斯的著作，没有做笔记，也不为做学问。从消极方面说，为了摆脱某种想自杀的念头；从积极方面说，是为了虔诚地改造自己的资产阶级世界观。那时年轻，理解力和记忆力均佳。许多思维方法，进入骨髓。

① 孙绍振给笔者的邮件，2015 年 9 月 22 日。

等到改革开放以后，就发散出来了。”[①] 为摆脱自杀念头而学习马克思主义理论，所得的思想资源自然是刻骨铭心的。对此，我不由想起聂绀弩的《忆牢狱》，文中写道，只有在狱中，才能静下心来读透《资本论》。如此信徒，却横遭批判。我想，原因应是“道”中有“道”了。以旧唯物主义为基点并取得话语权的左的机械论，不能容忍新唯物主义实践论的介入，尽管后者也是马克思主义的组成部分。

顾准在对马克思主义研究中有一惊人的发现：“马克思的哲学是培根和黑格尔的神妙结合。”“马克思对黑格尔加上了极重要的培根主义的改造。黑格尔那一套，全是在思辨中进行，在思辨中完成的。马克思根据培根主义的原则，要把这一套从思辨中拉到实践中来进行，在实践中完成。”[②] 顾准看出了马克思的实践哲学——“新唯物主义”革命性的新质，也发现了它源自培根经验主义的要素。所以顾准主张，应提倡“唯物主义的经验主义”：“真正的，首尾一贯的唯物主义，必须是经验主义的。即一方面承认人的头脑（心智）可以通过观察、直观、实验、推理等一切方法来了解事物的过程，作出各种各样的假设”，而“一切判断都得自归纳，归纳所得的结论都是相对的”。[③] 看来，孙绍振的诗学体系的特色与顾准所述的比较接近。这也是笔者在开篇时，给他下了“以感悟性、洞察力为特征的感性经验层面和以抽象性、逻辑性为特征的理性超越层面的二者融合，即经验主义与理性主义的合一”的判断的缘由。

（作者：厦门大学中文系）

① 孙绍振给笔者的邮件，2015 年 10 月 8 日。

② 顾准：《顾准文集》，贵州人民出版社，1994，第 411 ~ 412 页。

③ 同上书，第 422、402 页。

始终开拓心灵的处女地

——简论孙绍振的诗学思想

陈晓明

2015 年，孙绍振先生迎来耄耋之年，这位永远那么精神抖擞，春风扑面的一代才子，也会成为老人，这让我们这些学生情何以堪！是年 10 月，在安徽黄山由北京大学中国诗歌研究院、首都师范大学中国诗歌研究中心、福建师范大学文学院联合主办孙绍振先生的研讨会。此次会议如果用“盛况空前”来形容那肯定是俗气了，说它情真意切、学理丰厚，却是说了实话。按会议的约定，与会者要提交论文，我已经理亏在前，只好会后补交。真要坐下来写写孙绍振先生，其难度之大超过想象矣！其他姑且不论，他的著述在他那一代人中，他不是数一，那就是没有一！可以用浩如烟海来形容，这如何是好？既然只能得一瓢饮，我也只好讨巧，重读孙绍振先生 2009 年出版的文集《新的美学原则在崛起》，这本文集收入他最重要的代表作，也就是可以管窥先生的博大精深。这本文集得名于孙先生在 20 世纪 80 年代风靡学界的那篇文章，故而可以集中反映出孙先生的主要美学思想。

1980 年的某日，孙绍振先生在稿纸上写下他的那篇后来影响卓著的论文《新的美学原则在崛起》，那一年他 45 岁，正是青年迈入中年的第一道门槛。就在这篇文章的结尾处，他引用了他一生都欣赏、爱护的闽南诗人舒婷的诗句：“为开拓心灵的处女地/走入禁区，也许——/就在那里牺牲/留下歪歪斜斜的脚印/给后来者/签署通行证。”舒婷这首诗的题名为《献给我的同代人》，孙先生实际长舒婷一辈，但他属于心灵年轻一代的人，是故，孙先生成为这首诗最狂热的共鸣者，那诗句正是说到他的心坎上去了。他一生都在开拓心灵的处女地，不怕走入禁区，不怕遭受什么变故。今天读来，这首诗并无多少惊人之处，但在那个时代，却是振聋发聩！刚刚从“文革”的阴影走出来，所谓大地封冻，春天刚刚透露出一点讯息，谁能有把握春寒料峭不会一夜卷土重来呢？但我们的孙绍振先生却按压不住对新诗的美好向往，他和舒婷一样，不惧怕去做牺牲品。

说起来，历经生活的磨难，在他那一辈人中，孙先生的故事确实不算是最凄楚的，比如打扫厕所、下田劳动、饥饿、流窜、被批斗之类，甚至里面还夹杂着些许浪漫，但也是曲曲折折，峰回路转。“文革”后，他大难不死，脱了一层皮，他的同代人大都老老实实夹起尾巴做人，多数人甚至愿意表演更“左”的立场，宁“左”勿右，知识分子已经参透了这本经，这是20世纪80年代知识分子守株待兔以求后发制人的生存之道。那些跳将起来的、崛起的、走在思想解放前列的干将们，看上去很美，但难保不会跌得很惨。但孙先生还是不计后果，没有别的，他生性如此，他不想安分守己，他要创造新的思想，他要与时代一起鼓与呼。对于参与80年代的思想解放运动的人们来说，就像一场赌博，赢了，思想的历史就前进了；输了，他们可能要再次流落山里乡间。实际上，他们从来没有想过，因为实在不敢想。

我与孙先生相识恨晚，也实在是有点晚。1983年，我到福建师大中文系读研究生，这才得以拜识孙先生。那时的孙先生意气风发，走到哪都前呼后拥，总有一阵春风刮过。孙先生的特点，就是对谁都好，对女学生自然不用说，他对男学生其实也是蛮好的，经常以“哥们”相称，给饭吃，有时打点一些零花钱。大手大脚、大方是他的行事风格。那时我的直接导师李联明先生被选拔到福建省文化厅任厅长，公务繁忙，上课之类的事，我就时常跟着孙先生。听他海阔天空，山南地北，地老天荒，那还真是一种享受！某天晚上，记得是《当代文艺探索》召开一个小型座谈会，我与孙先生在福建省文联顶层的招待所同居一室，抵足而眠。那夜听孙先生谈起他的人生经历，虽然中间夹杂着许多的幽默笑话，从他纯真美好的初恋到流落他乡的人生变故；从他的祖辈出身，到他的人生归属；从他的新美学理论到他的人生信仰。总之，如此坦诚相待，如此透明磊落，实在不是年轻的我过往人生所能经历的。我当时想，孙先生，圣人啊！只有圣人才能如此坦率真挚！多少年之后，我们都叫他“孙大圣”，实际上，他是很接近圣人的。圣人无名，圣人没有算计，圣人平等待人。当然，那晚给我的冲击，还是体味到作为凡夫俗子的孙先生，那样的人生之不易。就整体上而言，那还是一部知识分子的蒙难记，大可与张贤亮的《绿化树》媲美。由此，也就知道，孙先生这代知识分子，要走在时代前列，和谢冕先生一道，说出时代的心声，说出新的美学在崛起，说出自己的见解，说出一代人的渴望，那得有多难。因为，只要回首往事，他们都会心有余悸，因而，还是需要很大很大的勇气。

在“文革”后的20世纪80年代初期，孙先生在他的文章中公然宣称：“他们不屑于作时代精神的号筒，也不屑于表现自我感情世界以外的丰功伟绩。”这在当时不啻是石破天惊的宣言。果不其然，他受到了几个“大人物”主导的“清除精神污染”的批判，据说孙先生当时面不改色心不跳。乍暖还寒之时，谁都不知道下一步会如何，但坚信诗歌表达自我的情感世界是一项新的美学原则，这个信念鼓舞了孙绍振，他是勇敢的、敏锐的！因为从那时起，他就坚信他站在时代前列。

自20世纪80年代以来，孙先生一直站在新诗美学变革的前列，他的美学思想非常鲜明地打上革新的印记，这个革新的精神要义就是回到艺术本身，回到新诗的诗性本身。孙先生并不是一个艺术至上主义者，但是，他是一个“纯文学”论者。他坚持艺术标准第一，坚持艺术性才是所有文学艺术，尤其是诗歌的本体论存在要义。他所有的写作，他那些卷帙浩繁的著作，无不是出于探讨文学的美学本体究竟何在？究竟是什么构成一部作品在文学史上存在的理由？作家艺术是如何创作出文学作品，其最为重要的过程有哪些？第一个方面的探究构成了他的“文学文本学”；第二个方面的探究构成了他的“文学思潮论”；第三个方面的探究构成了他的“文学创作论”。我以为孙先生的文艺美学体系可以大体做此三方面的划分。

孙先生是勇于探索的人，他的探索保持他那一辈人的那个特点，就是与曾经困扰他们、令他们最有切肤之痛的极“左”教条做斗争。这个教条就是紧箍咒，永远把政治置于艺术之上，把艺术作为政治的附庸和奴仆。劫后余生，他有一种扬眉吐气的舒畅：他可以探索文学的艺术性，可以标榜艺术标准第一，这对于他这一辈人来说。曾经是大逆不道的主张，如今他可以挂在嘴边上来说。这不是舒畅是什么呢？孙先生在这方面的探索几乎是独辟蹊径，开辟了一个又一个属于他的领域，如入无人之境，自由挥洒，妙语解铃。早在1980年，孙绍振先生就写下《论新诗的民族传统和外来影响问题》的文章，他那时就提出问题发问："新诗究竟要在什么'基础'上发展?"他对新诗的根本问题的关注，就是关注新诗自己的艺术基础。他一出手就要给新诗的艺术基础正名，新诗的艺术基础就是新诗自己创造出来的艺术。这个表述像同语反复的提问，恰恰是回到艺术本体论的第一步，只有回到新诗自己的艺术的基础上——这种先验式的提问，就是给予艺术自明的自我起源的权力。由此才可能去发掘认定新诗自己的艺术本体。

孙先生的新诗研究总有鲜明的时代性，因为他的文章都有尖锐的问题意识。他不做空泛的理论议论，也不做文学史的疏离性探讨，他总是关注当下诗坛的一举一动，他的敏锐、犀利和勇敢，使他从来都讨论他认为面临需要解决的当下难题。他不只是在朦胧诗时代一马当先，冲锋陷阵，在后来关于新诗的讨论中，他也总是支持新的变革。1987年，孙先生在《关于诗歌流派嬗变过速问题》一文中，他鼓励那些敢于越界的诗人，他说："越是有创造性的诗人越是要打破既成规范，越是把诗写得不像诗，可后来终地承认，甚至变成是最像诗的诗。"[①] 他当时甚至还提出"后崛起"这种概念，敏锐地在北岛、舒婷之后的更年轻的诗人身上看到新的素质。尽管说20世纪80年代中期，"后朦胧诗"或"第三代诗人"就打出旗号"打倒北岛"，要打开新诗的更为自由的领地。孙绍振先生则看到他们之间的内在联系，他并不热衷于鼓励那些观念变革，那些宣言和姿态，但他要看到诗的本体所发生的新的美学质地。对于他来说，所有的变革只能是艺术本身真正变革，这才是有效的，这才是开创和拓展。他看到新一代诗人宋琳们存在的合理性在于："在通常最不像有诗的心灵深处发现了诗……也行他们选择的历史使命就在于把这些不像诗的诗写得比舒婷、北岛更像诗。"[②]

但是，孙先生并非是一味为离经叛道鼓吹呐喊，对于他来说，离开了艺术本身、离开了"心灵处女地"的开垦，那样的叛逆恐怕经常沦为无效的胡闹。他对"后新潮"诗（即"第三代诗"或"后朦胧诗"）就有诸多批

① 孙绍振：《新的美学原则在崛起》，语文出版社，2009，第52～53页。

② 同上书，第55页。

评，他指出："'后新潮'诗歌中最先锋的一派正在走向诗的反面，从朦胧诗的追求美和深度，到'后新潮'诗中的一部分追求丑和无深度……至今仍然没有看到他们真正能够称得上是艺术上的成功。"孙绍振认为："归根到底，艺术只能用艺术来战胜，就是反艺术，也得有艺术的艺术，如果反艺术而失去艺术，那不但是艺术的悲剧，而且是艺术家的悲剧。"[①] 对于孙先生来说，诗的艺术性依然具有传统的和经典的标准，突破与创新，不管走得多远，完全可以在现有的审美体验中识别和确认。

孙先生犀利、敏锐，他是少数极有思想的批评家、鉴赏家。他的敏捷、机智、幽默是公认的，但他从不做空泛的议论，也不追逐思想性的过度阐释，他更乐于在艺术体验中来表达他关于艺术的见解。说孙先生不是一个思想家（偌大个中国也几乎没有思想家），并非贬抑之辞，而是表明他是一个有艺术良知的学者。可以把他定位为一个理论型的批评家，或者说是一个具有理论色彩且有精深艺术修养的批评家。可以说，在同代人中，孙先生是佼佼者。不错，像他那样的理论功底的人不少；那么多做文学概论出身的名师大家并非屈指可数。像他那样的艺术修养，古典的现当代的艺术修养的人也不在少数。但二者兼而有之，都能达到他那样的理论深度和修养精度的人，恐寥寥无几。如果再加上演说口才，确实无人能出其右！

孙先生的理论基础是黑格尔的辩证法，他的美学方法可以称之为审美的辩证法。受黑格尔影响，在他那一代人大抵如此。从马克思主义入手，最后能到黑格尔那里，才能把马克思主义吃透一点。而马克思主义的历史唯物主义和唯物辩证法被中国的理论家们实在搞得高深莫测，最后很难得其要领。而能把辩证法方法论学得精要一点，或者说简要一点，那就回到黑格尔那里去。这或许是一件让人尴尬的事：没有人敢不承认，马克思主义比黑格尔伟大得多，丰富得多，也深厚得多，也正因此，对于普通学者来说，要全盘性掌握和运用马克思主义却并非易事。因为其伟大和丰富，只能取其一瓢，那样经常就变成黑格尔的辩证法。如果更加明晰、简单，更靠近思想史和美学，那也就是回到黑格尔。回到黑格尔并不是什么令人羞愧的事情，巴塔耶就说过，"老黑格尔，他真的不知道自己多么有道理"。

---

① 孙绍振：《新的美学原则在崛起》，第 60 ~ 61 页。

孙先生的文章观点明确，逻辑性强，这在于他吃透了黑格尔辩证法。可以说辩证理性是孙先生的艺术学的基础，要说某某人有辩证理性或辩证法作为其理论基础，那像是骂人话，言下之意即是说其知识理路老套，或者这样的说法多半不是实事求是，像是客套话。如果真能吃透黑格尔辩证法，那是成为一个大理论家的前提。用这个眼光来看孙先生的理论，就是实事求是，他是真正理解透了黑格尔的美学精神，参透了黑格尔辩证法。他运用到诗的艺术分析中，运用到小说、戏剧、电影等其他艺术形式的分析中，都能处理得精当准确。在孙先生大量的关于艺术本体、关于新诗的艺术本质和特征、关于创作学和文本分析的著作中，可以看到孙先生对作品的整体性、结构的层次和内在统一、对情感的丰富要素、对语言的修辞意境等等的分析中，都可以看到他对辩证法的运用。矛盾、对立与统一，这是他惯常运用的分析理数，统一与和谐是他追求的艺术境界。在这一意义上，他是一个古典美学的维护者。也是因为此，他对那些过度怪诞离奇的艺术现象会有保留态度；也是因为此，他对艺术的纯粹、理想、美与和谐，坚持充当了保护神的角色。

孙先生的美学思想核心是“情本体”，这是他论述新诗，论述朦胧诗以及批评“后朦胧诗”的美学出发点。他对诗的美学本质的理解就在于：“在抒情文学中，主观感情特征比之客观生活特征更占优势，想象的假定性比之写实性更占优势。正是因为这种优势，产生了诗歌形象的特殊规律，那就是描绘客观生活特征的概括和表现自我感情特征的特殊性的有限统一。”[①] 对于他来说，诗的本质就是开拓心灵的处女地，也就是表现人类的情感，如果诗里面没有情感，那还能有诗性么？20 世纪 90 年代以后，中国诗歌越来越倾向于叙事，80 年代的史诗还是主体性情感与历史的对话，情感本体还是很强大、结实。到了 90 年代的“叙事性”之后，主体性情感已经消解，个人也不再能作为情感主体构成诗中的主导形象。在叙事性的诗学中，诗人可以不再以自我感情出发，他成为一个第一人称的观察者，他可以面对世界，面对日常生活，面对历史。显然，孙绍振对此种情况并不能完全赞同，他总是提倡诗歌的美学原则，强调“情本体”。当然，也并非说 90 年代的年轻

① 孙绍振：《新的美学原则在崛起》，第 290 页。

一代诗人转向叙事性毫无道理，其中也不乏出现优秀诗人和佳作。但是，作为一个时期的潮流和趋势，孙先生的警示性批评无疑是有意义的，它在弥合裂变的新诗潮与经典诗歌的裂痕之间，起到了极其重要的作用。

也是因为对“情本体”的重视，孙绍振先生在古稀之年还挥笔写下宏文《论新诗第一个十年》，固然这篇长达50页的长文，纵论新诗第一个十年的开创道路，其文学史眼光之开阔，材料掌握之丰厚翔实，对新诗理路的把握之准确，褒贬新诗开山人物之干脆利落，这些都让人不得不佩服孙绍振先生宝刀不老、游刃有余、出神入化。虽然文章主导方面是进行文学史梳理，就十年的发展理路揭示出一条清晰路线，但这条路线的主旨还是浪漫与抒情，就他对郭沫若的重视、肯定还是批评，就胡适对新诗的开创与变革，就徐志摩、闻一多、卞之琳、戴望舒在新诗开创中的地位和作用，都是围绕浪漫与抒情来展开论说，由此才折射于自我、个性、自由、自然、意象、象征等等。也正因为抓住“情本体”来论述新诗的抒情与浪漫，这篇宏文把这第一个十年的诗人的艺术追求和取向揭示得十分清晰。孙先生在文中写道：“郭沫若所强调的抒情，正是胡适千方百计回避的。他宁愿强调精密的观察，也不屑提及抒情。而郭沫若把抒情看成不但是诗的生命，而且是诗人人格的‘自然流露’。他说，诗是不能‘做’的，而是自然而然地‘写’出来的。”[①] 也是对抒情的抑制，才有“意象派”和“象征派”的诗歌，其对立的参照体系依旧是“情本体”问题。显然，孙绍振先生十分推崇华兹华斯在《〈抒情歌谣集〉序言》中所说的：“一切的好诗都是强烈的情感的自然流泻。”对郭沫若的肯定和批评，都出自于“情感的自然流泻”这一根本点。只有立足于“情本体”，这才有“情感的自然流泻”。也是在这一意义上，孙先生把浪漫主义看成新诗第一个十年的主流：“在想象和激情的，还有灵感三大旗帜下，浪漫主义诗人的大军声势浩大地席卷了整个中国诗坛。”[②] 孙绍振先生倾向于把以郭沫若为代表的浪漫主义看成开创新诗的美学道路的主导力量，也由此建立起新诗的美学规范，而新诗的种种问题（如滥情、矫情）也源自于此。

---

① 孙绍振：《新的美学原则在崛起》，语文出版社，2009，第152页。

② 同上书，第164页。

其实，作为一个诗歌鉴赏家、文学批评家，孙绍振最重要的批评才能体现在他的文本细读方面，就是这本文集《新的美学原则在崛起》收入的多篇关于“经典文本微观分析”的文章，都是极其精彩的。从他细读现当代名篇佳作可以看出，他的敏锐和艺术感知力，他的见解和层层深入的细读文笔，都令人叹服。这方面要讨论孙绍振先生的批评贡献，恐怕要单独撰文才能奏效。

本文行文至此，恐塑造了一个古典诗学守护神一般的孙绍振先生形象，审美辩证法也似乎有过于传统之嫌。实际上，孙绍振先生始终要挑战权威，反对故步自封，他决不把自己封存于一种规范之中，他对新知识有无限向往的热情，以他的智慧和领悟力，他其实在年逾古稀之后，还在改变自己、拓展自己，拓展知识的处女地。他后期的美学思想明显有鲜明的变化，可以看到切近后现代的思想与方法的滋长：（1）他从对整体性的强调转向关注不完整性；（2）从强调和谐转向寻求变异；（3）从对结构的诸多要素的撮合转向对错位的探寻；（4）从以理性为根基转向对感性的推崇；（5）从辨析审美趣味转向追逐反讽的游戏。至少要把握住这五个方面的转向，才能理解晚年的孙绍振先生的美学思想，以及他的超常的睿智和惊人的创造力。显然，这样更深入的讨论和分析，非这篇短文所能触及，它属于另一篇长文才能涉猎的研究。

总之，如此浅尝辄止地讨论博大精深的孙绍振先生的美学思想，实在是不自量力，无异于盲人摸象。孙先生一生勤奋著书、才思敏捷、才高八斗，著作等身于他是名副其实。即将由语文出版社出版的《孙绍振文集》，据说有厚厚的16卷之多。真正是皇皇巨著，荦荦大者。他是如此丰富，你只有读遍他的著作，才能体会他的博大精深；他是如此生动，你只有和他促膝谈心，才能感知他的机智潇洒；他是如此幸福，他一生都在开拓心灵的处女地，他领略到诗学的自由境界。

2016年2月16日草就于北京万柳庄

（作者单位：北京大学中文系）

现象批评、文本细读和理论概括

——论孙绍振的新诗研究的三个向度

伍明春

当谈到孙绍振和新诗研究的关系这一话题时，很多读者恐怕都会很自然地首先联想到他那篇为朦胧诗辩护的名文——《新的美学原则在崛起》。[①] 毋庸置疑，这篇文章不仅是孙绍振的成名作，也已成为当代文学史的一篇重要文献，是研究中国当代文学绕不过去的一篇界碑式的文章。当然，孙绍振历时半个多世纪的新诗研究之深刻性和丰富性远不止于此，而这种深刻性和丰富性的呈现，需要对之做出一种全面的梳理和深入的论述。事实上，现象批评、文本细读和理论概括，构成孙绍振新诗研究的三个向度。这三个向度之间相互勾连、相互补充，凸显出孙绍振新诗研究的鲜明个性和诗学价值。

一　从辩护者到批判者

新诗自1917年诞生之后，其在20世纪中国文学发展史上始终扮演着一个文学潮流引领者的角色，从最初的五四白话诗运动，到后来的现代派诗歌，再到新诗潮、后新诗潮、网络诗歌潮流等等，莫不如是。这一引领者角色可说是其他文类难以替代的。在新诗近百年的发展历程中，一些流派性或思潮性事件的形成，往往不仅需要诗歌创作上的有力支持，同样也需要批评

① 孙绍振：《新的美学原则在崛起》，《诗刊》1981年第3期。

界的跟进与鼓呼。换言之，某个诗歌流派或诗潮事件作为一个话语场域的形成，诗歌批评家的参与也是不可或缺的因素。在1980年代初期那场激烈的朦胧诗论争中，孙绍振的出场，正是扮演了一个重要批评家的角色，甚至可以说是一个焦点人物的角色。

在朦胧诗论争过程中，孙绍振作为朦胧诗辩护者的身份无疑十分鲜明。他与远在北京的老同学谢冕南北呼应，双双以颇见力度的“崛起”一词，来为青年诗人的惊艳亮相高声欢呼。其实，在当日的语境中，如果选择做一个朦胧诗的反对者或批判者，无疑是更为“安全”的。但孙绍振、谢冕等人却出于一位批评家的敏锐眼光和秉持艺术良知的担当意识，坚持做一个朦胧诗的辩护者，尽管后来由于意识形态的强力干预，他们曾经为此承受来自学术批评以外的巨大精神压力。

在那个特殊年代，孙绍振的《新的美学原则在崛起》一文曾引起了诗坛的极大震动。事实上，作者稍早发表在《诗刊》杂志的《给艺术的革新者更自由的空气》[①] 一文，可以看作是《新的美学原则在崛起》的姐妹篇。孙绍振在这篇文章中，多处指出新一代的朦胧诗作者们的写作特点：“采用了外国现代派诗歌的一些非古典的表现形式，用外来的美学原则改造我们的新诗、丰富新诗的表现力”，“对流行的表现手法似乎采取不屑为伍的态度。他们好像在刻意追求某种朦胧的意象，好像在照相时故意把焦距对得不太准确，使感情和意象的联系比较模糊和隐秘。这样，诗的形象和思想便带有某种不确定性，但是它又是这样新颖……”不难发现，《新的美学原则在崛起》一文的主要观点在《给艺术的革新者更自由的空气》中基本都可以找到。只不过前者把文章的主要观点打磨得更为集中，也更为锐利，因而产生了更大的话语冲击力。

《新的美学原则在崛起》最能刺痛当年那些保守的批评者神经的，主要是以下这段话，也是该文的核心观点：“与其说是新人的崛起，不如说一种新的美学原则的崛起。这种新的美学原则，不能说与传统的美学观念没有任何联系，但崛起的青年对我们传统的美学观念常常表现出一种不驯服的姿态。他们不屑于作时代精神的号筒，也不屑于表现自我情感世界以外的丰功

① 孙绍振：《给艺术的革新者更自由的空气》，《诗刊》1980年第9期。

伟绩。他们甚至于回避去写那些我们习惯了的人物的经历、英勇的斗争和忘我的劳动的场景。他们和我们50年代的颂歌传统和60年代战歌传统有所不同，不是直接去赞美生活，而是追求生活溶解在心灵中的秘密。”[①] 作者在这里一方面反思了当代诗歌写作积重难返的问题，另一方面强调了新诗自身艺术价值的重要性。这个观点在今天看来，其实并不高深，基本上可以说是一个不言自明的常识。然而，在那个年代要说出它却需要极大的勇气。而对于当时的反对者而言，这样的观点却正好为他们给孙绍振上纲上线提供了口实。在这些反对者中，程代熙颇具代表性，他把批判的主要火力集中在“自我表现”这一命题上：“把孙绍振同志的美学原则的这个出发点和它的纲领——‘自我表现’联系起来，一套相当完整的、散发出非常浓烈的小资产阶级的个人主义气味的美学思想就赤裸裸地显示出来了”，“由于孙绍振同志把艺术规律说成是艺术家心灵创造的产物，否认艺术规律的客观性，就使得他提出的那个美学原则具有相当浓厚的唯心主义色彩”。[②] 这种借重政治术语展开的批评话语，随着时间的推移，其有效性自然在不断递减，日益显得苍白无力，也日益凸显出某种反衬的效果。

颇有意味的是，大约从1980年代后期开始，面对一群打着“Pass北岛、舒婷”口号的第三代诗人，孙绍振并没有像欢呼朦胧诗一样欢呼他们的登场，而是更多地从一个批判者的角度来审视这个让他有点眼花缭乱的诗歌群落。他先后写作了《关于诗歌流派嬗变过速问题》《“后新潮”诗的困惑与出路》《向艺术的败家子发出警告》《“后新潮”诗的反思》等文，表达了他关于第三代诗歌的关注和思考。譬如，他曾毫不留情地用“虚伪”一词来形容他对第三代诗歌的阅读感受：“‘后新潮’诗歌，从形式到句式，从内在的关系到外部的排列，都有不少怪异得叫人莫名其妙的地方。但是，这并不可怕。不管它多么怪异，多么令人倒胃口，都有它们存在的权利，正如癞蛤蟆和赤练蛇都有存在的权利一样。看不懂癞蛤蟆和赤练蛇并不是生物学家的光荣，看不懂某些后现代的诗也不是诗歌评论家自豪的本钱。在许多看不懂的怪现象之中，我以为最令人不能容忍的就是虚伪。诗人装腔作势，借

① 孙绍振：《新的美学原则在崛起》，《诗刊》1981年第3期。

② 程代熙：《评〈新的美学原则在崛起〉——与孙绍振同志商榷》，《诗刊》1981年第4期。

着诗以外的精神道具来作自我灵魂的化妆的做法，实在令真正的内行感到困惑。”[①] 甚至将某些诗人直接斥责为“艺术的败家子”，并发出振聋发聩的警告：“艺术并不是在空地上能够建立得起来的。一些艺术的败家子至今还不清醒。哀哉！在可以预见的未来，我们八九十年代以表现西方某种哲学思想为最高任务的诗歌，必然受到历史的嘲笑。”[②]

孙绍振的主要针对第三代诗歌的这种批判和反思，无疑切中了第三代诗歌写作的种种弊端，与老诗人郑敏在 1990 年代发表的《新诗百年探索与后新诗潮》[③]《我们的新诗遇到了什么问题?》[④]《诗人必须自救》[⑤] 等文可谓遥相呼应。二者的不同在于，郑敏试图在宏观的汉语文化传统这一维度上为新诗发展开出一剂良方，而孙绍振则更多地把批判的焦点集中在一些具体的诗艺问题上，如流派、语言、形式等问题。

孙绍振对于当代诗歌，其实有着一种爱之愈深、恨之愈切的情结。从朦胧诗的辩护者到第三代诗歌的批判者，在笔者看来，孙绍振的这两种身份角色的转变，并不意味着一种决然的对立，而是始终贯穿着他作为一位批评家的敏锐，也始终渗透着他对于新诗艺术发展的热切关心。

二　层层掘进文本内部

新诗文本的解读问题，堪称新诗研究的一个难点，也是当前新诗研究中比较薄弱的部分。有的研究者只是把新诗文本当作新诗史研究的注脚，往往一笔带过；有的研究者虽也关注新诗文本，但常常只在一些外部问题上打转。这样的研究都未能真正深入到新诗文本的内部艺术空间，从而无法有效地为读者揭示文本的艺术魅力。孙绍振的新诗研究是相当重视文本解读的，即使在关于朦胧诗、第三代诗歌的现象批评文章中，在谈论某个问题时，他也会结合分析一些代表性的诗歌文本，从而让自己的观点更具说服力。

---

① 孙绍振：《“后新潮”诗的反思》，《诗刊》1998 年第 1 期。
② 孙绍振：《向艺术的败家子发出警告》，《星星》诗刊 1997 年第 8 期。
③ 郑敏：《新诗百年探索与后新诗潮》，《文学评论》1998 年第 4 期。
④ 郑敏：《我们的新诗遇到了什么问题?》，《诗探索》1994 年第 1 期。
⑤ 郑敏：《诗人必须自救》，《诗刊》1996 年第 2 期。

其实，早在1950年代末，孙绍振和他的北大同学们在“奉命”集体写作《新诗发展概况》时，就隐约显露出他对于艺术分析的重视。他执笔撰写其中的《唱向新中国》一章，在论述田间、艾青、李季、臧克家、袁水拍等人的诗歌写作时，在充斥全文的富有时代色彩的政治术语夹缝中，多次从具体的文本谈到新诗的艺术问题。这在当时的语境中是十分难得的。譬如对《王贵与李香香》的主题、形式的深入分析：“《王贵与李香香》的艺术风格是朴素的。不论是盛大的场景，还是人物命运的重大关头，李季都没有过于渲染，更没有津津于做作的形容。他从容地遵循着米格朴素基调的传统，用白描的手法完成它的主题。长诗的内容是丰富的，但篇幅不大。‘信天游’诗行间的飞跃，促使诗人去选取那些最突出、最鲜明的形象，而把那些可以由读者联想补充的尽量省去。而‘信天游’的比兴手法，不仅能把背景和人物的情绪融为一体，丰富了读者的艺术联想和增加了浓郁的抒情气氛，而且省去了许多技术性的用来过渡的诗行。”[①] 再如对袁水拍的《马凡陀山歌》的意象、语言风格的分析：“‘山歌’的形象体系也同样表现作者独特的个性。马凡陀把年糕、克宁奶粉、肥皂、黄泥浆、米蛀虫写到诗里来，把检举不肖房东的碰一鼻子灰的王二小，把查户口的朱警察、大发脾气的赵经理做为他的主角，在词汇的应有上，他把上海话‘睏扁头’‘拆烂污’‘稀勿弄懂’‘掼纱帽’和报上的新闻用语‘头奖硬是在此，发财尽早’‘挤掉帽子者大有人在’，以至于英文的 Once upon a time good eye，公文语言‘钧座’‘伏祈’‘窃查’等都安排到一定的场合去，有时还故意错乱这些词汇语句风格文字上的意义（如‘公务员呈请涨价’），这样，就富有特征地表现了那个混乱的都市社会，构成了马凡陀所独有的语言艺术。”[②] 值得注意的是，这些文本分析的部分内容，后来经过一定的修改，被作者纳入到1982年发表的《论新诗的民族传统和外来影响问题》[③] 一文中。由此可见，作者对这部分内容的自我认可，也表明作者诗歌观念的某种延续性。

不过，孙绍振对于新诗文本更系统、深入的解读，出现在21世纪初他深度介入中学语文教学改革之后。他先后解读了新诗史不同时期的一些经典

① 谢冕等：《回顾一次写作：〈新诗发展概况〉的前前后后》，北京大学出版社，2007，第136页。

② 同上书，第142～143页。

③ 孙绍振：《论新诗的民族传统和外来影响问题》，《新文学论丛》1981年第1期。

文本，包括徐志摩的《再别康桥》，闻一多的《死水》，戴望舒的《雨巷》，郭沫若的《凤凰涅槃》《天上的街市》，卞之琳的《断章》，冯至的《你说，你最爱看这原野里》，穆旦的《春》，曾卓的《悬崖边的树》，臧克家的《有的人》，蔡其矫的《雾中汉水》，舒婷的《致橡树》《神女峰》，北岛的《无题》，海子的《麦地》等。这些解读当然不仅为中学语文教学提供了重要的参考，也充分展示了孙绍振新诗文本解读方法的高效性和独特性。

郭沫若的名作《凤凰涅槃》，是新诗史上的一个重要文本，由此出发可以折射新诗诞生之初的多层面问题。孙绍振对这一文本采用了“细胞形态之解剖”的方法，首先分析了“凤凰”意象内涵的四个来源，即古埃及神话、佛教经典、中国传统文化、泛神论，并指出郭沫若此前写的五首古体诗和 1918 年写作的白话诗《死的诱惑》，构成《凤凰涅槃》的前身。在上述分析的基础上，作者得出的结论是：“诗人的想象经历漫长的岁月才从现实的真中解放出来，进入了一个完全假定的艺术境界，古埃及的神话和中国传统的形象结合起来，构成一个在烈火中复活的、永生的翱翔的凤凰。现实的、粗糙的‘寻死’，原生的悲观情绪，进入了一种想象的神话的虚幻境界，发生了性质的变异。在这个想象的境界中，不但形象，而且是逻辑也发生了超越现实的变异。自觉地毁灭旧我，导致了新我的永恒的复活。五言古诗中寻死的痛苦（在‘自由与责任之间’的痛苦）到了《死的诱惑》中，变成了欢乐。而在凤凰的形象中，变成了从痛苦到欢乐的转化。自觉地毁灭了旧我，与毁灭旧世界统一了起来，痛苦地否定了旧的自我、旧的现实，转化为新的自我、新的现实和谐结合；从而产生了永恒的欢乐，达到了现实与自我矛盾的永恒的统一。这不但是想象的解放，而且是思想解放，情感的浪漫飞越，是浪漫艺术的胜利。”① 作者在这里不仅为我们揭示了凤凰意象的丰富内涵，也为我们清晰地勾勒了新诗史上一个经典话语内部的复杂脉络。

同样是把解读重点放在诗歌意象的分析上，如果说孙绍振对《凤凰涅槃》的解读主要体现在对核心意象内涵的深入挖掘，那么，他对闻一多名作《死水》的分析却采用了另一种路径，即发现主体意象和派生意象之间

① 孙绍振：《“凤凰涅槃”：一个经典话语丰富内涵的建构历程》，《中国现代文学研究丛刊》2014 年第 5 期。

的互动相生关系："《死水》的好处，还在于把对于整个中国现实的感受集中到死水这样一个核心意象上。如果光有死水这样一个主体意象，就单调了，闻一多的杰出之处就在于，第一，由这个主体意象又派生出一系列的意象来，这个派生意象系列，互相联系又互相补充，互相不可缺少，形成有机的统一体。死水—破铜烂铁—剩菜残羹，不是随意的链接，而是核心意象性质决定的，因为是臭水沟，才有可能扔破铜烂铁、剩菜残羹。第二，这些极丑的派生意象突然走向反面，变得极其美好、贵重：破铜绿化成翡翠，铁锈变成桃花，发臭的水转化为酒，泡沫成了珍珠。也是与核心意象死水有着紧密的逻辑关连，这是一种双重联想的关连，既有浪漫的、美化的，又有象征的、丑化转化为美化的，这样在艺术想象上，就不是一般的平面的、单向的统一，而是双向的、相互绷紧的，也就是新批评说的张力的结构。"① 此前批评界尤其是中学语文界关于《死水》的文本解读，往往不约而同地套用闻一多在《诗的格律》中提出的"三美原则"（音乐美、建筑美、绘画美），这样的解读貌似"有效"，其实并没有深入到文本的内部，而是纠缠于一些肤浅的外部问题，是一种没有创造性的偷懒行为。而孙绍振的解读，真正激活了文本的话语活力，同时也激发了读者的阅读兴趣和想象力。

此外，孙绍振以还原法解读出徐志摩《再别康桥》隐含的"无声的独享"意涵，用比较法解读出舒婷《致橡树》中橡树和木棉意象不同于青松意象的独特内涵，还在冯至的《你说，你最爱看这原野里》中辨析出了审智的意味，等等。这样的文本解读，用孙绍振自己的话来说，就是追求文本的特殊性和唯一性的解读，它"不是一步到位的，而是在层层具体分析中，步步紧逼的，第一层次的具体分析，得出的结论，如普列汉诺夫所说的是暂时的定义，后续的每层次的分析，都使其特殊内涵递增，也就是定义的严密度递增，层次越多，内涵愈多，则外延愈少，直至最大限度地逼近唯一文本"。② 孙氏文本解读的方法论，在这里昭然若揭。

① 孙绍振：《闻一多〈死水〉：以丑为美的艺术》，载孙绍振《新的美学原则在崛起》，语文出版社，2009，第240页。

② 孙绍振：《西方文论的危机和中国文论的历史性建构》，《中国社会科学》2012年第5期。

三　回到新诗理论的基本问题

孙绍振的学术兴趣十分广泛，从文学创作论到幽默理论，再到文学文本解读学，在各个研究方向均有不俗的建树。尽管孙绍振并没有撰写过一部关于新诗的专门性的理论著作，但他关于新诗基本艺术问题的理论思考从未停止，且不乏真知灼见，我们在相关的论著中随时都可以读到。

第一，关于早期新诗如何确立自身的美学合法性的思考。现有的新诗史研究在谈到早期新诗时，基本达成如下共识：胡适是新诗的发明者，而郭沫若则是让新诗在艺术上站稳脚跟的第一人。但对于郭沫若的诗如何让新诗在艺术上站稳脚跟，一般论者的叙述往往蜻蜓点水，语焉不详。相形之下，孙绍振对这个问题的阐释能把当时的新诗理论和创作实践结合起来考察，既有历史眼光，又具理论高度："在我国现代新诗的草创时期，在打破旧的形式和审美规范之后，新的生活、新的感觉如潮水般涌入新诗领域，但是最初以胡适为首的新诗人，包括《新潮》和《少年中国》上的青年诗人以及《文学研究会》的新诗作者都来不及超越生理物理感觉，胡适甚至在理论上发出否定想象的主张，因而新的感知变成了流水账式的罗列。到了郭沫若出现以后才在理论上把想象的重要性提出来并实践中纠正了罗列生理感觉的倾向。在《女神》中，诗的感觉开始在激情和想象中双重作用下超越了物理生理感觉，得到了提纯和超越。他最成功的作品在感觉的提纯和超越上为当时幼稚的青年诗人提供了新的审美规范。"① 显然，这里的论述采用的是一种归纳法，其结论建立在充分的文本分析的基础之上。

这种历史眼光和理论高度后来在孙绍振 2008 年写作的长文《论新诗的第一个十年》再次得到体现。作者在文中对新诗诞生之后第一个十年的发展历程做了一种高屋建瓴的论述。该文选取了胡适、郭沫若、闻一多、徐志摩、冯至、戴望舒等诗人作为论述对象，并细致地分析他们不同的艺术个性和他们对新诗的不同贡献："从新诗发展的第一个十年来看，逃脱千年形成

① 孙绍振：《新的美学原则在崛起》，第 344 页。

的旧圈套是需要过人的才气的，因而中道牺牲的是多数，就连胡适也在所难免。能参与创造新的规范的是少数，郭沫若、闻一多、徐志摩、冯至、戴望舒就是这些少数幸运儿的代表。"[①] 进而以这些诗人为节点，梳理了早期新诗写作中接纳浪漫主义和象征主义等西方诗歌资源的复杂生态。

第二，关于新诗形式问题的思考。新诗的形式问题在新诗诞生之初就被提出，可谓聚讼纷纭，至今仍不时发生争论，而在创作实践中更是充满着各种探索。孙绍振的新诗研究同样对形式问题颇为关注，譬如他在解读闻一多的《死水》时，形式就是其中的一个重点："这是闻一多努力追求的一种建筑美，就是闻一多自己也并不能够每一首都做到的。但是，就这一首而言，他对于现代汉语多音词能控制和驾驭到这样一种程度，无疑是前无古人，甚至可以说是后无来者。正是因为独一无二，他的格律诗的格律，就留下疑问。因为格律是一种普遍的模式，如果提倡者本人也是偶然达到这个目标，那就很难在严格意义上叫做'格律'。"[②]

再如对戴望舒《雨巷》形式特点的评价，是和诗歌的意象、情境的特点结合起来谈论的："像《雨巷》这样，在参差错落中，也可以形成某种节奏感，这种节奏感，不仅仅是音节的，而且更重要的是，是情绪的，反反复复，断断续续，是音节的特点，更是情绪缠缠绵绵的特点。"[③]

第三，关于新诗流派问题的思考。谈论新诗近百年发展史，流派问题总会不时被触及。关于这一问题，孙绍振一方面对新诗流派嬗变过速问题颇为警觉，他提醒那些热衷于打出各种流派口号的青年诗人："今天我们新诗面临的问题，仍然有各种流派，甚至同一流派之内不同风格之间审美经验的饱和度不足的问题"，"我们应该呼唤那种站在历史的制高点上囊括一切流派的大家风度。如果他们有一种百川归海的历史自觉性，他们就不会那么偏激地宣布'舒婷、北岛的时代已经过去了'。审美经验的积累要达到饱和，不能是一条道走到黑的，为什么不可以把心灵纵深层次的探索和社会生活的探

① 孙绍振：《论新诗第一个十年》，载孙绍振《新的美学原则在崛起》，第 184 页。

② 孙绍振：《闻一多〈死水〉：以丑为美的艺术》，载孙绍振《新的美学原则在崛起》，第 243 页。

③ 孙绍振：《戴望舒〈雨巷〉：缠绵情绪的客观对应物》，载孙绍振《新的美学原则在崛起》，第 246 页。

索结合起来呢?”[1] 这样的提醒，既有说服力，也有理论深度。与创作层面的流派问题相呼应，孙绍振也提醒新诗研究者在理论层面也要慎用流派概念：单纯用西方浪漫派、象征派的范畴来阐释中国现代新诗，正如用网打鱼，即使打到鱼了，难保遗漏，而且泥沙俱下，鱼龙混杂。从严格的意义上观之，不管作为一种创作方法，还是文艺思潮，或者运动，中国新诗的第一个十年，并没有完全意义上的象征派；象征派的艺术方法不过是中国诗人忍受不了浪漫派的大呼小叫的嗓音的逃避所，在适当抑制了浪漫派的粗豪以后，他们没有必要把略带浪漫的审美完全放逐。同样的意义上，中国也没有严格意义上的浪漫派，中国新诗史上，并没有发生为了雨果的《欧那尼》，戈吉艾穿上红背心和与古典主义者打架的事。象征派和浪漫的关系不是对立的，而是亲密友好的。到了 1930 年代，当艾青用象征派的一部分方法，强调诗是心灵的“雕塑”，即使美也要有“重量与硬度”，“是梦是幻想，必须是‘固体’”。它仍然是抒情的，甚至是相当浪漫的。[2] 作者在这里要表达的意思是很明确的，即新诗研究不应该满足于贴标签的表面功夫，而应该回到诗歌现场，去做全面梳理和深入辨析的工作，然后在此基础上提出自己的观点。

总之，孙绍振新诗研究中关于新诗基本艺术问题的理论概括，一方面显示了作者宏阔的学术视野，另一方面又体现了论者思想的敏锐性和深刻性。

（作者单位：福建师范大学文学院）

---

① 孙绍振：《关于诗歌流派嬗变过速问题》，载孙绍振《新的美学原则在崛起》，第 101 页。

② 孙绍振：《论新诗第一个十年》，载孙绍振《新的美学原则在崛起》，第 183 页。

学贯中西　笔驰古今

——孙绍振诗学思想体系及其理论贡献

〔澳〕庄伟杰

时间浩瀚，时间无声，时间亦无色彩，但有独立思想和独特精神品格的智者，以各自不同的年龄、经历、体验、心境、学识和人格，赋予时间以声音以光泽，甚至无形的力量。而在时间的深广度里，对于学问人生来说，没有心灵的丰富和高贵，断然无从绽放出自己的华彩和思想。

岁月静好。让我学会选择安静，把滚滚红尘拒绝于窗外，静静地翻阅那些用白纸黑字构造的文本，或凝重，或沉思，或智慧，或严谨，或温暖，或丰盈，或大气……令我心醉神迷。而一旦与那些杰出的灵魂相遇，心灵仿佛在接受一场又一场的庄严洗礼。此刻，当我面对书架上那一列长长的，或躺着或竖着的、出自当代重要学者孙绍振先生之手笔的数十种著作，在赞叹之余，我发觉自己的命脉里，被一种特别的生命姿态、人文情怀和思想力量紧紧吸引住，身体似乎漂浮在一种博大之中，而自身的存在显得多么渺小。

作为一个读书人，尽管自己断断续续阅读过一些学术著作，其上乘，令人赞佩、惊叹者，自然不乏其例，但如孙先生著作那样宏富汪洋、博学多思，呈多元向度，且涉猎面广，同时在不断进入佳境中持续于各个领域产生影响的，确为鲜见。至于其发现之独特、辨析之精微、挑剔之淋漓、识见之超卓，则常常叫人叹为观止。笔者深知自己志大才疏、学识浅显，要写一篇简述孙绍振先生学术成就的文章，或许还能差强人意；而要写一篇带有宏观式或整体性论述其诗学思想的文章，无疑是有相当难度的一种挑战。综观孙先生其人其文，宛若静观仁山智水，笔者多年来只管领略、学习和吸取，岂敢造次、胡言乱语。因为孙先生的精神资源、内心世界、智能结构和盈芳硕果确实太丰富了，无论是批评视野、理论建构，还是整体诗学体系，要进行一番梳理、探析及深究，都得费尽九牛二虎之力。中外古今所有学养深厚的大学问家、大思想家莫不如此，也因此留给人们的，总是有永远说不尽、道不完的新鲜话题。

面对如此博大精深之学，如同面对一处别有天地的风景，要想寻幽探胜，要想理清那些来龙去脉，去感知、理解和把握，犹如面对着掌心上纵横交错的纹路，的确令人不知该从何处进入其通道。好在其珠玉纷呈的精神脉络蕴藏于其中，在繁复之中呈现出一种气象的澄明。如是，经过反复思忖和斟酌，作为亲炙先生多年教诲之后学，笔者不揣浅陋，胆大妄为想对先生之诗学思想体系尝试进行一种概观式的描述与探讨。一来旨在从心底表达自己的尊敬和感恩；二来借此机会就教于诸位方家学者。

一　孙氏诗学体系的基本特征：整体性与开放性交媾的棱形立体水晶球状结构

环顾宇内，学者何其多，多至令人眼花缭乱。但大学者、真学者则少之又少，可谓凤毛麟角。在笔者的心目中，能称得上大学者或真学者的起码要具备三大硬条件。一者，思想是独立的自由的。诚然，独立思想来自于独立的精神品格，而非是依附于某些存在的客观或扭曲的人格；自由的思想则应来自平等开放的现实，而非是为禁锢的被奴役的精神而思想。二者，在孤独的坚守中探寻真理之路。如果说，坚守是一种品格，那么孤独应是一种境界。前者意味的是坚持和耐力，是在一次次的上下求索中走出一条属于自己的学术修远之路；后者则意味自觉与崇高，是文化人或曰知识分子苦心孤诣所追求的一种境界，一种踔厉风发的生命姿态。三者，学贯中西，打通古今，融会贯通，用自己个性化的语言方式（阐释），建构独立而完整的诗学理论体系。在中国学界，自“罢黜百家，独尊儒术”之后的两千年来，大多数的士人已习惯于被人操纵，仅有少数具有独立人格的“叛逆者”和思想家除外。以此观照孙绍振先生的学问人生，从知识结构、精神结构、心理结构等多重结构因素的合力熔铸而形成的学术成就，可以肯定，孙先生已然形成自己独具风貌的诗学思想。在这里，笔者更愿意并倾向于称之为“孙氏诗学体系”。

当然，要弄清这个“体系”到底是怎样的，又是如何构成的，确实是一个相当复杂的理论命题。由于作为观念形态的文化或作为理论形态的思想，其精华往往集中体现在其重要著述之中。诗学思想或者说孙氏诗学思想体系亦然。因而，我们还是要静下心来，认真研读孙绍振的重要著作及论文之后再发言。换句话说，孙氏的原著，既是孙氏诗学体系的“原生形态”，也是其诗学体系最生动、最集中的呈现。形象地说，只有通过学习原著，方能见到“真佛”，才能见识“真经”。由此途径，我们可以看到，笔者命名或提出“孙氏诗学体系”这个概念（术语），其理由大致可从三大方面来加以理解。

其一，走近孙绍振主要著作及论文。每一代人有每一代人的命运际遇和文化语境，所有的路面都是相似的路面，只有舞台不同，各自扮演和拥有不同的角色。在现实的暗流中前行，在时代的浪流中腾跃，时间只留下无声的见证给道路。进入20世纪七八十年代之交，冰封解冻的中国大地涌起了文化新潮。1981年春天，孙绍振便以一篇《新的美学原则在崛起》率先在《诗刊》上发声，其在当时中国文艺界犹如一声春雷。如此震聋发聩，仿佛为一个新时代的“剧情”留存了最经典的台词，也为抗争留下花瓣的弧线。于是，在华丽转身中，他坚定不移地把生命中最精彩的元素和最高贵的激情，勇敢而深情地献给了文学理论与批评，“凭借人类文化心智所创造的新知识、新思维与新信息融会进自己长期营造、积淀的‘基督山’”。[①] 如果说，“新的美学原则”作为一种陌生的声音诞生了新奇，弹响了“孙氏诗学体系”的第一音符；那么，随后推出的60余万字的鸿篇巨著《文学创作论》（春风文艺出版社，1987），则演绎了其诗学体系的第一部宏大的交响乐章。连同《论变异》（花城出版社，1987）、《美的结构》（人民文学出版社，1988）等，包括其间陆续在《文学评论》《文艺理论研究》等学术性刊

① 张艺声、王建华：《比较与超越》，中国社会科学出版社，2004，第207页。

物上发表的一系列论文，我们可以发现，在“百废待兴”的20世纪80年代，孙先生便以其敏锐的洞察力、卓越的思辨力和精湛的学术功力，捷足先登地进入文学本体论的研究与批评领地，对文学创作的自身规律进行全方位、整体性的综合研究，对美的结构包括形象的三维结构、真善美的错位结构等核心理论进行重新反思判断，对艺术感觉受到情感冲击而发生变异的感觉传达进行了深层次的梳理论析，从而在延宕中开拓了自己的新美学原则。更为重要的是，他不仅与他同时代的一批重要批评家和学者一道，为当代中国文论的反思与重建，试图求取壁垒一新之气象，而且从文学内部与外部的诸多现实问题出发，为了改变中国当代文学理论批评唯西方文论是瞻的积习，有效地克服西方文论的局限与缺陷，孙先生以开阔的学术视野，以富有远见卓识的清醒与睿智，注重对当代现象加以审视，并梳理流行思潮中那些潜在的问题，重新思考当代文论的本土性建构，从而展开了带有创意性和开拓性意义的深入探索。[①] 近年来，孙先生极力倡导“建立中国特色的文学批评学”[②]，并提出“建构文学文本解读学”[③]。由此可见，要理解和证实“孙氏诗学体系”，窃以为重新解读孙绍振及其诸多重要理论文本包括文学文本，殊关重要。

除了上述提及的著述外，“孙氏诗学体系”的形成，或者蕴含、体现在其不同时期的著作中，如书评集《孙绍振如是说》（香港三联书店，1994）、《挑剔文坛》（福建人民出版社，2001），如学术评论集《当代中国文学的艺术探险》（福建教育出版社，1998），如文学创作导读专著《怎样写小说》（海峡文艺出版社，1992），如重要论文结集《审美价值结构与情感逻辑》（华中师范大学出版社，2000），如系列有关幽默学论著《幽默逻辑揭秘》（福建人民出版社，1998）、《你会幽默吗》（香港镜报出版社，1991）、《幽默学全书》（海峡文艺出版社，1998），如语文教学思想论集《直谏中学语文教学》（南方日报出版社，2003）、《对话语文》（与钱理群合著，福建人

① 参见庄伟杰《中国文论的当代性反思与本土性建构》，《文艺争鸣》2015年第3期。

② 熊元义：《建立中国特色的文学批评学——文艺理论家孙绍振访谈》，《文艺报》2013年6月17日。

③ 孙绍振：《建构文学文本解读学》，《文艺报》2013年9月6日；孙绍振、孙彦君：《文学文本解读学》，北京大学出版社，2015。

民版社，2005），如有关经典名作细读专著《名作细读——微观分析个案研究》（上海教育出版社，2006）、《孙绍振如是解读作品》（福建教育出版社，2007）、《痛饮经典》（华东师大出版社，2008），如文学演讲录专著《文学性演讲录》（广西师大出版社，2006）、《演说经典之美》（福建教育出版社，2009），等等；或者蕴含、体现在不同时期公开发表的主要论文乃至短论、序跋、散文随笔、读书札记和日常书信中，如在《中国社会科学》《文学评论》《文艺研究》《文艺争鸣》《文艺理论研究》《当代作家评论》等重要学术刊物上相继发表的主要文章，可谓琳琅满目。[①] 恕不一一列举。

其二，既博大精深的孙氏之学。一个学者个人的思想生命远远超过其自然生命，因为自然生命是生物学的，受生物规律支配；个人的思想生命是社会学的，受社会规律支配。真正的学者即智者，只要其思想对学术（思想）史有新的贡献，或者说具有社会存在的需要和根据，那么其思想就会长久发生作用并闪烁永久的辉光。这是规律，也是命定性使然。今天，我们仍然在解读庄子、朱熹、李贽，仍然在解读亚里士多德、康德、黑格尔，也在解读鲁迅、钱锺书、朱光潜……

虽然笔者无意把孙绍振与以上列举的思想者相提并论，但始终坚信：有实力有思想者自有其魅力。时间是最公正的主人。自 20 世纪 80 年代发出“崛起论”至今长达 30 多年的历程中，孙绍振先生以其罕有的才情和绝对的勤奋，加之深至的颖悟力、超常的鉴别力、犀利敏锐的批判力，偕同亦庄亦谐、出奇制胜的生花妙笔，合力构成其博大而精深、别致而生猛的孙氏风格与特色。可以说，孙绍振现象的出现，是多种罕见因素综合铸成的。因此，笔者称其诗学体系是棱形立体的水晶球状结构。令人刮目的是，他始终保持前倾姿态，勇立潮头，俨然是当代文论界的常青树。难得的是，孙氏之学虽博大，却与看似满腹经纶而实为两脚书橱之类的所谓学者绝不相类。其胸中自有炉锤，善于熔炼、取精用宏，真正臻达“博览群书而匠心独运，融化百花以自成一味，皆有来历而别具面目”（Seneca 席

---

① 有关孙绍振主要著作及论文，可以参见吴励生、叶勤《解构孙绍振》（附录四），福建人民出版社，2008，第 289 ~ 301 页。由于此书已出版多年，孙绍振不断推出的新著尚未列入其中，而近年来散见于各类重要学术期刊和文学报刊的重要论文也未收入其中。

尼察语)。[①]

孙氏之学不仅在视域与内容上“博”而“大”，而且在思辨与解析上“精”又“深”。或先声夺人，善于发前人之未发；或洞幽烛微，长于提出精妙之见解。如果把其诗学体系视为一棵枝繁叶茂的参天大树，那么相关成就和事迹就如同它所开的满树奇花和所结的盈枝异果。这棵树从不同的角度看，有不同的景观；而作为一处风景，所有的远山近岭，只是树的渲染或烘托。有趣的是，有时读一棵树就像读一个人，有时读一个人就像读一棵树，树与人彼此叠映，永远立于风中而独揽空旷，树上缀满了果实，也缀满了沧桑，而且总是牵引或凝聚着注视者的目光，让人惊叹，又让人赏心悦目；令人受益，也令人豁然顿悟。

在当代文论界或学术界，偏于博大者有之，重于精深者有之，既博大又精深如孙氏者，实属鲜见。当年孙先生无愧于“北大才子”的称誉，如今他无愧于作为一个在学术之路上求索的“行者”——以其坚实的行动，以其深厚的理论涵养，在以往研究分析和总结的基础上展开学术创新，鲜活地绽放出其学术之树花团锦簇且令人感奋的景象：问题意识的呈现是其生命线路，关键概念的命名是其主要构件，范式的拱体是其自身框架，学理的支撑是其栖居之所，价值的基点是其核心意义。这树、这花根植于文学艺术的沃土之中；这土、这人坚定地守护在人生的边缘地带。一句话，其诗学思想生命，远超于自然生命。如此安详和自得，绝非名利权贵能够领略。

其三，在反思、突破和超越中进行体系性建构。从整体上考察，孙绍振诗学思想具有那种超越传统而进行体系性建构的力量，并凭借此力量展开反思判断，具有真正突破性的发现。在一般人的理解中，所谓的“体系”，无非是建立在对某种知识谱系的阐析和分类上。就阐析之上的“体系”而言，从某一点来看，有些理论或许自有其理由，但结合在一起，往往沦为盲人摸象式的以偏概全，甚或只见森林不见树木，抑或只见楼房不见市镇。这正是许多理论观点停留于孤单见解，而整个体系却难以构成的致命原因。就分类之上的“体系”来说，尽管对错综复杂的知识谱系进行分门别类是建构体系的基本手段，历史上某些无所不包且显得整齐划一的庞大体系，正是这样

① 转引自钱锺书《管锥编》(第四册)，中华书局，1979，第1251页。

建立起来的。这对人类知识的整理和传播的确有利，但其弊端也显而易见。时下那些打着某某“美学体系”或“思想体系”为幌子的高头论著，有多少不是所谓“空门面，大帽子之论”（钱锺书语）？有的甚至是西方文论余绪在中国的抽象贩卖。其根本缺陷表现在：从概念到概念、从理论到理论的空中盘旋，脱离了实践的推动和纠正机制，带着西方经院哲学传统的“胎记”，造成了文学理论往往脱离文学创作经验的状况，无力解读文本。

那么，如何处理好“理论”（普遍性）与“文本”（特殊性）的关系呢？在孙先生看来，理论的价值在于作“文本分析”的向导。文本个案的特殊内涵永远大于理论的普遍性。倘若以普遍理论为大前提，是不可能演绎出任何文本个案的唯一性。因此，文学理论不可能直接解决文本的唯一性问题，理论的“独特性”只能是一种预设。明确地说，它只是一种没有特殊内涵的框架。文本的特殊性和唯一性只有通过具体分析，将概括过程中牺牲的内容还原出来。这是一个包括艺术感知、情感逻辑、文学形式、文学流派、文学风格等的系统工程。“可见，推动知识观念发展的动力是创作实践，而非知识观念本身。文学理论的生命来自创作和阅读实践，文学理论谱系不过是把这种运动升华为理性话语的阶梯，此阶梯永无终点。”① 因为理论并不能自我证明，实践才是检验真理的准则。只有这样形成的体系才称得上科学的体系。于是，为了改变中国当代文艺理论界唯西方文论是从的积习和有效地克服西方文论的局限，进入新世纪之后，孙绍振极力提倡建构文学文本解读学及建立中国式的文学批评学，对文论（思想）史上一个具有根本性的问题即体系的内在逻辑，究竟是源于观念（理论）自身还是源于文本（实践）之本然，做出了圆满的回答。而这，应该说是孙绍振自身思想更趋圆融的体现。正如恩格斯所言：“在一切哲学家那里，正是‘体系’是暂时性的东西，这恰恰因为体系产生于人类精神的永恒的需要，即克服一切矛盾的需要”。② 而结构主义大师皮亚杰则认为：“一个结构包括了三个特

① 熊元义：《建立中国特色的文学批评学——文艺理论家孙绍振访谈》，《文艺报》2013 年 6 月 17 日。

② 恩格斯：《路德维希·费尔巴哈和德国古典哲学的终结》，《马克思恩格斯选集》第四卷，人民出版社，1995，第 219 页。

性：整体性、转换性和自身调整性。”[①] 以此观之，如果说“孙氏诗学体系”确属一学，是当代中国文艺理论界一个绕不去的重要话题，且在人文科学中已然成为一种鲜有的奇特现象，那么，其基本特征体现的整体性与开放性交融的“结构”说明了什么呢？我们不妨进一步展开探析。

孙氏诗学体系的理论内容和理论亮点的特殊性，驱使我们有必要把其诗学思想与其所处的时代生活和文学状况作为一个总体来理解。任何一个理论家的思想都不是思想史的单纯的逻辑延伸。哲学家往往运用一些超历史的、形而上的语言，面对的却是当时的社会生活，所要解决的是思想史上的难题。譬如，黑格尔哲学在直接层面表现为一种思想的逻辑，其晦涩的论述要解决的是思想史上的难题，但实际上，所要解决的乃是当时德国的历史难题，即面对英、法等强国，德国应如何选择自己的发展道路。黑格尔自言：“就个人来说，每个人都是他那时代的产儿。哲学也是这样，它是被把握在思想中的它的时代。”“每一哲学都是它的时代的哲学，它是精神发展的全部锁链里面的一环，因此它只能满足那适合于它的时代的要求或兴趣。”如果不能把黑格尔的哲学与他所处的历史情境联系起来，并作为一个总体来看待，我们只能看到一个思想史逻辑中的黑格尔，却无法真正理解黑格尔哲学的历史文化意义。

理解孙氏诗学体系及解读其理论文本，同样有必要进行总体性观照。的确，“解读孙绍振的著作让我们不无激动而又心情复杂地阅读着一个曾经充满光荣与梦想的时代，那是个思想解放的时代，是个重新竖起启蒙理性思想大旗的激情澎湃的时代”。[②] 鉴于中国大陆文化思想界自20世纪中叶以来的（50～70年代末期）长达二三十年间，或深受机械论、独断论之害，或备受概念化、公式化之苦，直面惨淡的人生与文学，孙先生一方面自觉抵制那种图解式的“假大空”；另一方面对后来纷纭而至的各种文化理论保持高度的警惕。个体性的觉醒与自我意识的萌发，让他敏感地发觉到一个新的时代已打破坚冰，一种新的美学原则正在崛起……

之所以说孙氏诗学体系呈棱形立体水晶球状结构，究其源在于其对事

① 皮亚杰：《结构主义》，倪连生、王琳译，商务印书馆，1984，第2～3页。

② 吴励生、叶勤：《解构孙绍振》，第52页。

物整体性的透视。传统人文学科体系几乎是呈平面的线性结构，这恰好印证了“孙学”在体系形态上是区别于传统的。换言之，孙氏诗学体系是不能用传统“体系”标准来衡量和评价的。这两者是有区别的。因为近一个世纪以来，正统文学理论强调的是生活与形象混沌一片的一元论，即是典型的单一维度的线性结构。孙绍振在北大学习时，对此就持怀疑态度。黑格尔曾多次提到“内在性相”与“外在因素”这一“二元论”学理，也就是孙绍振所谓的两维结构。不过，孙氏却把二者区分开来，认为创作就是从摆脱对生活的被动依附开始。由此生发展开，二维结构的概念内涵应包含两个层面：第一个层面是指特定生活与特定情感；第二个层面是指作家自我感情的特征和创作内在自由的智能。这一层面的二维结构强化了作家的主体意识。孙氏认为作家发挥自我的特征，特别是自我感情的特征，获得创作的内在自由，发挥自我表现的智能（包括非智能即本能），把自我的本质对象化了，就是把自我的灵魂用不同的方式给予他的人物。否则，文学形象的胚胎永远不能发育，成为死胎。纵然有了二维结构，形象的胚胎还是停留于现实层面，不可能上升至审美层面。为此，“还得在想象结构中升华，直到形式这一维充分发挥了作用”。把形式作为形象结构的第三维和审美规范之一，哪怕是黑格尔也没有如此明确的界定，他是把内容与形式混为同一单元，即是“没有无内容的形式，没有无形式的内容”。孙绍振的超越之处在于勇敢地突破形象的二维结构而提出形象的三维结构，即情感特征、生活特征和形式特征。诚然，孙先生从不因论证一种观点而排斥其他观点，也不因研究一种现象而忽略其他现象，非此即彼。在他看来，对事物结构或内部规律的把握绝非易事，需从大处着想，小处入手。在谈艺论文时，他常常“一手持望远镜，一手持显微镜”（钱锺书语），因而其学术著作结构既有棱有形，又具多层面立体式呈现，如同水晶球体总是闪烁着智光灵悟、真知灼见。

孙氏诗学体系的开放性结构源于事物的转换性及自身调整性需要。有专家学者从孙绍振审美创造论出发进行中西比照认为，孙绍振的新美学原则的话语进行了三大转换工程。首先是将权力话语转换为理性话语；其次是哲学话语转换为美学话语；再者是将西方文论独白过渡到中西对话。[1] 既合乎话语形式的转换及自身调整性需要，又有话语形式超越时空的过渡。因为在孙先生看来，“中国近百年的文论史在很大程度上，是西方文论的独白史。它导致了民族独创性的遗忘。因此要提倡真正讲平等而有深度的对话”。[2]

二、孙氏诗学体系的内在景观：“五行共生”的理论学说与自洽圆融的境界

笔者深知孙先生十分重视本土理论资源的开掘和运用，善于给事物或现象命名，以期在学术前沿平等对话中，展示中国文学理论的更新和建构。于是禁不住想起中国古代哲学的阴阳五行学说。五行指的是“金木水火土”五种物质。以这五种物质的质性象征世界万物，象征各种矛盾的消长数理，从而成为中国古代最有代表性的哲学概念。五行学说与阴阳学说同时出现于中国上古，而且它们从来多被连用。五行，实际是阴阳学说的形象分解。阴阳万物，又可依其性质分为金、木、水、火、土，从而形成一个矛盾的、循环式的整体。五行讲究相生又相克，木生火、火生土、土生金、金生水、水生木——相互形成一个大循环，而事物之间都有着这种统一的相生关系，同时又存在五行相胜的对立关系。诚然，哲学的任务，旨在于从自然与人类社会中找出共同的规律性。这种规律的被发现，往往是从自然世界开始，继而转入人类本身。人们不但以五行象征寒、暑、燥、湿、风，而且用以象征人之五脏：心、肝、肺、脾、肾。进而用以象征人之性情的喜、怒、悲、忧、恐，直至进入人格品性：金为刚硬，木为稳重，水为柔软，火为热烈，土为平和。然而，上述所列举的，象征也好，喻指也好，都是相生相克的。可以说，天地万物之中，阴阳五行，缺一不可。当然，五行的相生相克，并非是绝对的，而是有条件的。

说了这么多，话还得拉回来。这里，笔者想借用“五行学说”喻指孙氏诗学体系。这只是一种尝试，有可能会给人牵强附会之嫌，但笔者觉得饶

---

① 张艺声、王建华：《比较与超越》，第255～256页。

② 孙绍振：《从西方文论的独白到中西文论对话》，《文学评论》2015年第1期。

有一番情趣。在我看来，孙氏诗学体系具有多重空间或多个维度，从不立无本之学，也不放无的之矢，绝不意味杂乱无章、毫无头绪。其中，清晰而深刻的内在逻辑，唯有真正通读过孙绍振著作的人方能体察得到。如是便可发现，孙绍振并不存“出位之思”，而是自始至终关注文学艺术的本体问题。以此观之，孙氏著述中所关注的话题，皆是为其“体系”建设服务的。兹就“五行学说”略作引申诠解，即以“金木水火土”来观照构成“孙氏诗学体系”的内在景观，解读孙绍振作为文学世界的守护者和坚定的“行者”，如何在学术沃土上，以本土文论为主体而构筑的诗学大厦。

景观之一：“金”学说——作为“新的美学原则”的倡建者。《新的美学原则在崛起》一文，虽短尤深，极具思想含金量，特别是在当时特定的文化语境中。即便在今天重读，依然开门见金，铮铮灼见，可圈可点，使人有一见而惊的感觉。或如见一位惊世骇俗的“美人儿”，秀外慧中，既益智醒神，亦启蒙祛昧，集精粹、睿智、明辨、妙见于一身，令人生赞叹，怀感慨，进而思文心诗学，索其所以然。全文在总结朦胧诗的艺术立场和价值（主题）取向的基础上，以“反思传统”的姿态和勇气标举一种“新的美学原则”，将其所代表的艺术流向提升到历史性的高度来认识。孙绍振指出，这种新的美学原则体现了崛起的一代诗人对传统美学观念的一种不驯服的姿态，一种觉醒的自我意识。这类诗歌“不屑于作时代精神的传声筒，也不屑于表现自我情感世界以外的丰功伟绩，他们甚至于回避去写那些我们习惯了的人物的经历、英勇的斗争和忘我的劳动的场景。他们和我们50年代的颂歌传统和60年代战歌传统有所不同，不是直接去赞美生活，而是追求生活溶解在心灵中的秘密”。[①] 他将这种美学原则概括为三个层面：一是“不屑于作时代精神的传声筒”；二是“强调自我表现”；三是“艺术革新，首先是与传统的艺术习惯作斗争”。这三点可谓廓清了新诗潮的精神内涵，尽管避开了“现代主义”这样的词语，但其鲜明的美学主张仍极大地触动和挑战了传统价值准则，同时体现了其历史的眼光和对人性的关注。此文连同谢冕的《在新的崛起面前》和徐敬亚的《崛起的诗群——评我国诗歌的现代倾向》合称“三个崛起”，其在中国诗坛乃至批评界和学术界所引发的论

① 孙绍振：《新的美学原则在崛起》，《诗刊》1981年第3期。

争，堪称是百年新诗史的一大奇观，也是当代诗坛乃至20世纪中国诗歌史上最为热闹的景观。争鸣开始从原来的“懂与不懂”的语义学层面转向艺术价值与政治之间的论争。或者说，既纠缠于论争双方的诗歌美学观，又转向双方各自的文化立场。诚如程光炜所言：“显然，在新时期文学中，掌握对‘本质’、‘立场’的解释权仍然是很重要的，它构成了一种文学的‘成规’。这种思维方式和文学成规，实际一直潜藏在双方的批评实践中，它成为一种支配了‘朦胧诗论争’，并进而推演出一种结果的非凡的力量。”①

景观之二：“木”学说——作为“真善美错位理论”的发明者。如果说，作为“新的美学原则”的倡建者，孙氏的《新的美学原则在崛起》一文已成为20世纪中国文坛和百年新诗史上具有划时代意义的经典性诗学文本，那么，真善美错位理论的发明（现），则如一根木头找到一个坚实的支点，产生了一种“杠杆”力学效应。

这令人想起一个多世纪前，一位著名科学家充满自信地说，给我一个支点……结果在人类科学史上谱写了一段熠熠生辉的篇章。支点，不仅仅是一个物理学概念，确切地说更接近一个心理学概念。它支配着人类心灵辩证法，足以构建人类心灵的栈道和情感空间。在《文学创作论》一书中，孙先生以形象的结构分析为核心，认为真、善、美并非同一，亦非只有量的差异，而是三维“错位”的有机结构。于是，他从这一美学三元结构中获得一个支点——错位，认为只有让“情感的审美”和“认识的真”及“实用的善”在价值结构上的“错位”，情感审美才能从实践理性中得到解放。从这一支点上，他发现，真、善、美的关系并非是同位的重合关系，也非是异位的关系，而是一种错位结构。有部分是相互交叉的，即审美价值与作为科学价值的真，与作为伦理价值的善，是一种反比关系，由于“审美认识和科学认识在价值方位上的不同，因而心理活动的过程也不同，它不像科学那样直线地深入，它是通过超越，然后更好地回归或深入”。“美之所以美，就在于它不但超越于真而且超越于善。但是主观与客观的统一又不能光统一于纯审美的活动。如果那样就光有表层的情感活动，光有美的超越，而没有真的回归，因此不能通过思维洞察力达到高度的真。但是强调了深刻的真也

① 程光炜：《批评对立面的确立——我观十年“朦胧诗论争”》，《当代文坛》2008年第3期。

并不意味着主观与客观只能统一于科学意义上的认识价值，没有美的形象了”。[①] 与此同时，他对美学本体的审美、审丑与亚审丑等三元因子的解读，尽管“还停留于尝试阶段，尚未进入学理研究阶段，但这至少比西方的美学理论有所突破，当然也有所超越”。[②] 重要的是，其错位理论是国内文艺学与美学界率先提出的，而其所有论证也随之熠熠闪光。“不仅为他先前的众多文本细读归纳出的命题类型找到理论上的依据，而且更为理直气壮地做进一步的‘作家研究’和‘形式研究’彻底打开了通道”。[③] 而这，是由于三项外影响与内激活的原因。首先是承受康德二律背反、黑格尔正反合三一式与波普尔证伪法的他我影响；其次是本体长期心理积淀假定性与逻辑错位的自我激活；最后是他的思维具有逆反创新机制。[④] 不仅如此，还由错位理论派生出“双翼”——变异论与幽默论，把变异和幽默作为一种具有高级的审美价值与审美活动而纳入美学框架中，从而支撑起自身理论话语的体系性。

景观之三：“水”学说——作为“文学文本解读学”的开创者。追根溯源，经过了几千年的生产、生存竞争的漫长实践中，人们对“水”这一象征物，有着特殊的认识。水的形象之所以能成为一种人格的审美指向，关键在于中国先哲们从自然界的变化发现了“水”的力量。老子曰：上善若水。佛说：瓶水青天之月为妙悟之宗。水在五行之中，不但是变化、相生、相克的一环，而且独具风韵，能与任何一方相丽相生。以此来理解孙氏开创的中国式“文学文本解读学”的理论建构，俨若“瓶水青天之月”令人茅塞顿开。孙先生发现，文学文本解读学左边与文学作品可以“相丽相生”，右边又与文学理论相生相克。他认为：文学理论与文学文本解读学虽有联系，但也有重大区别，从某种意义上说，乃是一门学科的两个分支。而文学作品的生命力，在于其独一无二的唯一性，但前卫文学理论对此视而不见。“从方法论来说，几乎不约而同地从概念（定义）出发，沉迷于从概念到概念的演绎，越是向抽象的高度、广度升华，越是形而上，与文学文本距离越远，

① 孙绍振：《美的结构》，人民文学出版社，1988，第48、49页。

② 张艺声、王建华：《比较与超越》，第248页。

③ 吴励生、叶勤：《解构孙绍振》，第52页。

④ 张艺声、王建华：《比较与超越》，第5页。

越被认为有学术价值。对这样的文学理论，根本就不该指望其具有文学文本解读的功能。文学文本解读追求对审美的感染力，文本的特殊性、唯一性，不可重复性的阐释。它所需要的是与文学理论恰恰相反，越是具体、特殊，越是往形而下的感性方面还原，越是具有阐释的有效性”。[①] 正因为如此，“文学文本解读学不像文学理论那样满足于理论的概括，而是分析具体个案，特别是在微观分析的基础上建构解读理论，再回到个案中，对文本进行深层的分析，从而拓展衍生解读理论”。[②] 经过长时间对文学创作与理论批评的浸淫和实践，孙先生积累和掌握了大量丰富的经验和文学资源，同时正视了西方文论对普遍性的追求使其在阐释上高度抽象，甚或出现了超验的演绎，以此牺牲文学文本的独特性，不仅脱离了文学创作论，而且脱离了文本解读学等现象。在被多数人忽略的地方，即在文学文本与文学理论之间，他探测出尚有另一条重要路径。而这，驱使他试图建构一种属于中国本土的“文学文本解读学”，借此突破西方文论中主客二元思维的局限，通过分析文本表层的意象、中层的意脉，特别是深层的规范形式，揭示文学文本的主体、客体和形式的三维结构，将其被抽象掉的特殊性和唯一性的精致密码还原出来，从而实现文本解读最大程度的有效性。倘若说，在五行中，水占有着特殊的地位，那么，作为孙氏诗学体系之景观的“水”学说——文学文本解读学，在其诗学体系中同样占有特殊的地位。

景观之四：“火”学说——作为“全国高考统一体制”的炮轰者。众所周知，全国统一高考体制，不仅是教育界的一件大事，也是每年度引起全社会共同关注的重要事件。由于这种“体制”有其存在的合理性，但其弊端也显而易见。作为一名长期在教育战线上耕耘的大学教授，孙先生发现，高考考卷不但是一份考卷，而且是一根指挥棒。考试的猜谜性质迅速渗透到教学的每一个环节中。这样，堂而皇之的语文课就充满了一本正经的钻牛角尖，充满了伤天害理的文字游戏。在等而下之的各种东施效颦的习题集的洪水冲击之下，语文教学就逐渐变成了应付恶作剧的黑色幽默。这不但贻误了青年，而且使教师的头脑僵化、智力退化。两代人的才智就在这样荒谬绝伦

① 孙绍振、孙彦君：《文学文本解读学》，北京大学出版社，2015，第5页。

② 同上书，第12页。

的考试中无形地消磨着。孙先生看在眼里，忧在心里。于是抛出《废除全国统一高考体制》[①] 一文，一针见血地指出："从相对的、地区性的公平性出发，从乃至单个学校范围的公平性出发，表面上是缩小了公平性，而实际上却扩大了公平性。在我们这样一个幅员等于西欧乃至南美许多国家的大国里，不顾实际情况，陷于无限公平的空想是绝对有害的。要从根本上改变高考命题的混乱，不能仅仅从试题本身改革，而要从束缚着试题的高考体制出发，做更深层次的解剖。当前最为迫切的任务就是及早废除全国性统一的高考体制。让高考从全国大一统的镣铐中解放出来。"其言论如同星星之火，燎原于神州大地。这把火的点燃，连同他的《作文大革命》《直谏中学语文教学》等，既有对 1998 年以来语文高考严重谬误的批判，旁涉对中学语文课本的指谬，又针对当前中学语文教学具体分析的匮乏，分别从理论上指出原因及设计了进入分析的操作性方法。从观念来说，就是审美价值论；从方法来说，是通过"还原"和"比较"来分析特殊矛盾。操作性包括证明和证伪、不同艺术形式的不同规范、艺术感觉的还原、情感逻辑的还原、审美价值的还原、历史的还原、流派的比较、风格的比较等。

景观之五："土"学说——作为"本土散文理论"的建构者。五行中的土，是离不开水的。没有水的柔润，土就难以平和。因为拥有文学文本解读学的"滋润"，孙先生的散文理论专著《审美、审丑与审智——百年散文理论探微与经典重读》，就如同水土相生为当代本土散文理论的建构带来了新的话语资源。他在对 20 世纪中国散文进行了一番梳理之后，认为观念的狭隘和实践的脱离造成了散文作为文体的第一次危机，而把散文纳入诗的囚笼（诗化），则造成了散文文体的第二次危机。他同时对散文的主流观念"形散而神不散"提出质疑，甚至就巴金的"讲真话"和林非的"真情实感"论进行反思，表明如果一味做谱系式的研究，则此谱系将十分贫乏。由于创作与阅读实践在不断突破狭隘的抒情叙事（审美）的理论，于是他从当代多位重要散文家的文本里发现了诸多艺术奥秘，并借此阐释了自己的散文理论观。例如，在孙先生的视野中，余秋雨的功绩，就在于在抒情审美中带来了智性，把诗的激情和历史文化人格的批判融为一体，但他充其量只是通向

---

① 孙绍振：《废除全国统一高考体制》，《泉南文化》1999 年第 2 期。

未来的断桥。王小波、贾平凹则在智趣的基础上，又带来了幽默的谐趣。王小波的散文，与审美诗化散文在美学范畴上迥异，不是诗化、美化，而是某种意义上的“丑化”，审美的狭隘定义被突破，乃有审丑的范畴。而幽默散文则属于亚审丑范畴。南帆的代表性散文，则既不审美抒情，也不审丑幽默，而是以冷峻的智慧横空出世，开拓了审智散文的广阔天地。在这样的整体过程中，谱系从审美抒情的反面衍生出幽默亚审丑，继而又从二者的反面衍生出既不抒情又不幽默的审智。从美学理论上说，长期以来，学界过度执着于康德的审美价值论，忽略了黑格尔“美是理念的感性显现”的合理性，造成滥情，而审智潮流的反拨，正是逻辑的也是历史的必然。中国现代散文由于周作人反“桐城派”载道而走向极端，把晚明小品作为典范，导致长期以审美小品为正宗，造成现代散文的小品化的狭隘境界。从余秋雨、王小波、贾平凹、南帆、刘亮程、李辉开始，散文才以大气磅礴的哲思的灵魂突破了周作人的“真实与简明”，而且颠覆了周作人的“叙事与抒情”，开辟了一个审美、审智、审丑为主流的“大品”时代。在孙先生看来，对于现当代散文而言，审美、审智和审丑，不但是逻辑的、横向的平面划分，而且是历史的、纵向的必然和发展，在系统的分化和演进中，可以达到历史的和逻辑的统一。这正是马克思在《资本论》所追求的逻辑和历史的统一。

除了这五大景观之外，孙绍振还是“幽默学理论”的践行者。如果说五大景观作为一个整体奠定了孙氏诗学自身本质的特征和价值，形成了广博而独特的学术体系，那么，对于幽默学的中国式观照和理论建构及其付诸写作实践，应是孙绍振的另一把“撒手锏”。这是很多人难以做得到的，它与个人的禀性、气质、涵养、视野、见识等诸因素有关。正因为如此，幽默自然就成为孙氏诗学体系五大景观之外延伸的另一道亮丽风景线，甚至成为一种“标签”与之如影随形。他除了出版过多部幽默学论著外，无论是授课、演说或讲座，其精彩出色的幽默所引发的轰动效应早已声名远播，令无数听众为之神往和着迷。他“期望能把幽默从书本上解放出来，让它回到日常生活中去。让幽默理论生命发挥真正的活力，让幽默在人生的、社会的交流中得到发展”①。行成于思，言出必践。孙先生从自己做起，把幽默理论与

① 孙绍振等：《幽默学全书》前言，海峡文艺出版社，1998，第63页。

日常生活，乃至艺术欣赏和创作结合起来。在他已经出版的《面对陌生人》、《灵魂的喜剧》、《美女危险论》、《孙绍振幽默文集》（三卷本）等一系列散文随笔集中，读者可以感受到他高贵而自由的灵魂，欣赏到他独特而奇巧的创作方法，领略到他对宇宙与人生的审美境界。“错位是他的全部文学理论的发散点和辐射点”（楼肇明语），可以说，他的幽默学产生于其错位理论。而在他的幽默谱系里，散文既是其乐观天性的自然流露，也是他的错位理论的具体践行——一种实验性的书写。笔者曾以“谐趣与严谨中的灵魂书写——孙绍振散文幽默艺术探魅”①为题，着重从幽默的角度去探究其以理论和实践，在谐趣与严谨中进行灵魂书写所产生的效应，以及对当代散文创作的贡献。恕勿赘述。

王国维在《人间词话》开篇有云：“词以境界为最上。有境界则自成高格。”文学（诗词）创作如此，文学研究亦然。孙先生在学术上的成就与造诣，自然与他的禀性天赋、敏锐的艺术感觉、超常的勤奋和极高的悟性等因素密不可分；同时，又与他淡泊名利、甘于寂寞和独立不羁的学术品格，以及一往无前而又随遇而安的精神姿态密切相关。引人瞩目的是，孙先生连年来文思如泉涌，有奔腾不息之势，令人惊讶、赞叹！如果说当年苏轼只是“聊作少年狂”而行走“江湖”，那么，孙先生是葆有一颗童子心加上少年狂而激扬文字。品读其收入《2014 中国年度散文诗》（漓江社版）的散文诗篇《青鸟与鹰隼》（选章），令人叹为观止。蓦然发觉，孙先生不出手不说，一出手就呈现奇观，横扫千军，勇立潮头。有的人写了一辈子的东西，依旧原地踏步，顶多是量的累积，始终走不出圈圈，更无从突破瓶颈，产生质的飞跃。孙先生却能信手拈来，轻揉慢拈化情思于笔下，可谓“笼天地于形内，挫万物于笔端”，且自成机杼，卓然独标风采。更可贵的是，他永远拥有取之不尽、用之不竭的活力、激情和精气神，加上拥有一双洞察秋毫的金睛火眼，足以透过现象或穿透生活斑驳陆离的表层帐幔，抵达天地同参宇宙人生的生命哲学境界，让敞开的道路，延展与众不同的表现方式，进入并达到所处时代的精神高度和思想深度。《走过荒诞》这章散文诗，有着如此精

① 庄伟杰：《谐趣与严谨中的灵魂书写——孙绍振散文幽默艺术探魅》，《福建师范大学学报》2002 年第 4 期。

彩的表达。请听：

> 忽明忽暗岁月之后，青鸟悟出了成熟的悖论，是生命的执着，用战无不胜的期待，撞击着宿命永不开放之门。
>
> 走过荒诞，大峡谷云蒸霞蔚，是相思的雾水。一切皆变，唯有嗅觉不变，空也是香，虚也是香，哪怕右在汉城，左在汉堡……
>
> 上帝从来就没死去，它依然俯视人寰，最荒诞的问题不是“我是谁？”而是“我是你的谁？”①

堪称大思辨、大手笔。妙矣！在当代散文诗界，能臻达此等境界者甚为鲜见。这令笔者想起吴承恩的杰作《西游记》。其为笔下主要人物的命名皆有一个“悟”字。这“悟”，其实道出了中国人的思维方式乃是诗性的思维，即重感悟的思维方式。悟净，能净心修行，此沙僧达到“自觉”的境界，终成罗汉；悟能，悟出能力、能量，此八戒达到“自觉觉他”的境界，后来成菩萨了；悟空，天马行空，任意东西，四大皆空（非空也），达到“觉悟圆满”的境界，最后成佛了。可见“悟”的境界不一样，层次不同，结果也不一样。白骨精变成小姑娘，提着篮子送饭来，唐僧说施主来了，八戒好色，眉飞色舞（有审美观），沙僧挑担子够累了想吃点东西。但只有悟空的火眼金睛才能识别出这是妖精，即看到了事物的实质。就此而言，我觉得孙先生已臻达一种自洽圆融的境界。

三　孙氏诗学体系的启示和贡献：一种诗学思想在当代的能动转化与价值意义

谈到这里，似乎给人“洋洋洒洒”的感觉。如果以上概观式的描述和探讨，能够像一份导游图，让更多的读者走向孙氏诗学体系的不同理论景点，深入而全面地把握孙氏诗学体系，并关注其整体性与开放性构成的景观，笔者将深感快慰和庆幸。

---

① 孙绍振：《走过荒诞》，见邹岳汉主编《2014中国年度散文诗》，漓江出版社，2015，第75页。

孙氏诗学体系的思想资源和理论内容的丰富性，需要我们从总体上把握这些资源和内容之间的内在关联，方能正确加以理解和评介。根据以上考察和分析，可以窥见，孙氏诗学体系的思想资源和理论内容起码有六种资源和六个组成部分。“六个组成部分”在前面已论述过，即“五行共生”的理论学说，外加幽默学理论。那么，“六种资源”有哪些呢？依愚浅见，应包括：一是对中国古代文学资源的吸收和涵养；二是五四文化诸多学术大师思想余泽的沐浴；三是北大深造时期的学术熏陶与逻辑训练；四是马克思主义包括康德、黑格尔等交错环生的理论资源的接受和影响；五是中外古今历代重要文学经典的熏染和滋养；六是作者自身文学创作实践的在场思考及其在教学实践上的观察与体悟。根据以上概述，要真正完整地理解和把握孙氏诗学体系，的确具有相当大的挑战性。因为在孙氏诗学体系的形成过程中，诗学思想的整体构筑离不开对文学的研究，而其文学、美学，包括幽默学的理论探讨，同时又是与文本解读学的建构紧密联系在一起的，这些内容总是处于一种互动之中。可以说，孙氏诗学体系实际上是文学、美学、幽默学、写作学、文本解读学乃至文学教育学等相交织而凝成的产物。或者说，这是一种诗学思想在当代的总体能动转化与价值重建。

由此可发现，孙氏诗学体系所体现的当代价值意义，在其后期的文学文本解读学建构理论的关系中，才能显示出来。反过来说，孙氏的文学文本解读学只有在“孙氏诗学体系”这一更大的概念背景下，才能得到彰显。从这个意义上说，如何从总体上把握孙氏诗学体系的“六种资源”和“六个组成部分”，以便从更深的层面去理解、去把握其诗学体系，这的确是一个复杂的理论难题。

解读孙绍振的主要文本，重新认识他倾心致力论证的理论范式和种种相关的话题，譬如，他对“美是生活”论的挑战所建立的学理，大大超越了雄踞中俄文艺理论界长达半个多世纪的车氏（车尔尼雪夫斯基）的“美是生活”命题的观点；同时，对 20 世纪中叶以来视“生活是决定创作成败”“生活是创作的唯一源泉”这些如“金科玉律”一样的流行言论所提出的质疑和反思，等等。我们会深刻体悟到，孙氏诗学体系在本质上是反思判断的，更是带有自身学理性的理论建构。我们可清晰地感受到，孙绍振个人至今在中国文学界、学术界和教育界，所做出的独特的学术贡献的含金量及其产生的广泛影响。

应该指出的是，尽管孙先生来自学院，但其诗学体系并非完全是“学院派”。因为认真说来，他首先是一位诗人；从某种程度上说，他既是一个思想型的学者，又是一个才子型的理论家。值得称道的是，他并非是先写好了教科书来创立自己的诗学体系，而是为适应文学创作的实际需要，并把自身的逻辑起点着力指向文学创作本身的特殊性问题和艺术规律。在他那里：“我的信条是凡于创作无用的于理论也无用，为了于创作有用，我宁愿牺牲一点理论的森严性，宁可败坏理论家的胃口，决不败坏作家的胃口。我当然也追求理论的系统性、严密性、自洽性，我把我最宝贵的年华，最宝贵的热情都献给了理论，正因为这样，生命不应该白白奉献，生命的价值应该换取创作的价值。”[①] 只要细读其重要理论文本，就会发现，孙氏的文学研究理论，既是解释文学世界的理论，又是改变着我们如何重新理解文学的思维方式的理论。它针对的是长期以来文学文化界存在的机械唯物论的单声道思维，针对的是“号称辩证主义，却违反了唯物主义的基本原则”，不是从形象本身出发，也无视形象本身的内部矛盾，而是从观念出发，造成了文学理论的某种失语状态的僵硬思维。[②]

从孙绍振的代表性文本《文学创作论》可以看出，除了重视同时代的文学成果外，更多的时候，其研究成果均出自对中外古今的无数文本的阅读或细读。其诗学文本颇为生动而完整地体现了其诗学理论的科学性、批判性和建设性。正如马克思在《资本论》中指出：“辩证法对每一种既成的形式都是从不断的运动中，因而也是从它的暂时性方面去理解；辩证法不崇拜任何东西，按其本质来说，它是批判的和革命的。”也许，这是孙氏理论原创性及其诗学体系建构的依据。也因此，我们不能从传统诗学或“学院诗学”的视角去理解孙氏诗学体系，而应从解释文学创作规律和改变文学理论现状的双重视野，去理解孙氏诗学体系，从而真正理解和把握其诗学体系是“实践的唯物主义”。就此而言，要感知孙氏诗学体系蕴含的思想，最理想的方式就是全面解读他的文本；要了解孙氏诗学体系对于当代文学理论建设

---

① 孙绍振：《审美形象的创造——文学创作论》修订版《前言》，海峡文艺出版社，2000，第3页。

② 同上书，第5页。

的贡献和影响，最有效的方式就是去验证其理论研究与创作实践是否从本土现实和理论现实出发，在解构的过程中逐渐完成了自己的建构，同时存在着广阔的语义空间。

诚然，孙氏诗学思想体系集中体现在重要文本中，但其中任何一个单独文本又不能等同于其诗学体系。或者说，孙氏诗学体系是贯穿于其全部文本中的诗学理论、诗学观点和诗学（研究）方法。在其体系中，诗学理论不仅包括纯粹的文学创作理论批评，同时与其幽默学理论、语文教学理论之间，在理论上和逻辑上是一贯的、严密的、完整的。从时空交叉的历史角度看，把某一个文本从其诗学进程的某一阶段剥离出来；从人文关联的逻辑角度看，把某一个文本从其诗学整体上割裂开来，就有可能肢解或曲解“孙氏诗学体系”。从这个意义上说，解读孙氏诗学思想文本应当系统而全面。难怪乎数年前出版的《解构孙绍振》一书的作者在“绪论”中，开章明义地指出：“全面解读孙绍振的著作，首先给人冲击的是：我们能够真切地感知，我们本土一个特别优秀的学者和作家，整整 20 年，如何把他个人的问题意识与他的个体经验紧密地联系在一起，他的理论推导与实证分析又是如何跟他的文本阅读实践立体地结合在一起，并取得了既无愧于本土先贤也绝不逊色于当下一些西方权威的文化理论所达到的成就。”

基于以上分析，我们认为，孙绍振不仅创造性地建构了自己的诗学理论体系，而且其体系对我们的启发与受益，必将随着时间的推移而彰显出其价值意义。作为一个融整体性与开放性于一体的人文学术体系，其特色并非是基于知识谱系的分门别类，而是打通现代与传统、融通东方与西方、注重文学的包括美学的交融与整合。正所谓：“旧学反思加邃密，新知培育转创意。”其所呈现的错综复杂的精神图景，就像一座棱形立体的水晶球体，不断闪烁其诗学思想光芒，不仅区别于某些传统哲学、美学、文学的整齐划一体系及其概括的所谓“模式”或“规律”，而且充满着唯物辩证法的、具有自身内在逻辑的多维结构，我们称之为“孙氏诗学体系”。

常言道，专家易得，通才难求。汉代王充曾言：“通人览见广博。”（《论衡·超奇》篇）在当代学术界，孙绍振先生应是这种“览见广博”的人中之龙。实事求是、毫不夸张地说，自 20 世纪 80 年代以来的中国学术领域，真正能够精通古今中外之学，获得如此开阔自如的精神空间，且贯通中西、笔驰古今者，究竟能有几人呢？作为一代学术精英，孙氏诗学体系的学术地位和价值意义，只要进行多方位、多层面的充分考察和探究，自然就显而易见了，如此足以证明孙氏诗学体系所带给我们的旨趣、启示及其贡献，同时昭示着当代诗学理论和中国本土文论的建构正在走向更加理想境界的新天地。相信时间将做出公正的回答。

（作者单位：华侨大学文学院）

“灰”与“绿”

——关于《文学创作论》的自我对话

朱向前

连日来攻读孙绍振的《文学创作论》，时而兴奋激动，时而困惑迷惘，脑子里有两个声音在对话。一个发自搞评论的我，一个发自搞创作的我。先哲有言，“理论是灰色的”，那么，一个“我”可以用“灰”来代表；另一个“我”姑且以“绿”作符号。不是借用“生命之树常青”的比喻，而是因为我是军人，军装是绿色的。我和我如是说——

灰：伙计，你不是向来患有“理论恐惧症”，一读理论就发糟么？这次我看你吭哧吭哧啃了半个月，精神头还挺足的嘛。

绿：对理论著作不能一锅煮。我从不认为理论一定要和空洞玄虚、高深莫测画等号，这本书就是个证明。它的最大特点就是切近创作，在理论与创作的森严壁垒之间戳了个大窟窿。比如说“智能论”这一章就很新鲜，它对作家的个人条件——主要是指作家对外的观察力、对内的感受力、构思的想象力、语言的表达力以及情趣的品类等素质，结合大量中外名家的创作札记、经验谈、回忆录等资料和现代心理学成果，来进行分析探讨，既好读又可信。可以说，这是不多见的作家本体研究，它对现在和未来的作家们认识自己、寻找自己、确定自己、发展自己，都会很有帮助。

当然，它也可能会吓跑不少“作家”——我说的是那些成天做着作家梦而浑身上下并不具备多少艺术创造细胞的人。其实，让大伙早点儿明白不是人人都能当作家，该干什么就干什么，这也是做了一件好事情。多年来，我们太强调“勤奋出作家”了，似乎只要肯吃苦，谁都可以当作家。于是，闹出不少拔苗助长的悲哀笑话。如果说20世纪五六十年代是作家选择文学，一条道上走到黑，迟早都能成作家，那么现在反过来了，是文学选择作家，以艺术自身的规律来严格筛选、淘汰，不行就得“拜拜”。所以，关于这一点，我觉得这本书里还应该说得更透彻一些。这可以说是“天才论”，但不是唯心论，因为它是从人的主体素质出发。现在是需要有人出来登高一呼：不必人人都往文学小道上挤……

灰：你这是在借题发挥你自己的谬论了。

绿：不。我认为作家本体研究原本就是“创作论”题中应有之义，而且是一个重要方面，可惜以前被理论家们忽略了。所以，孙绍振的“智能论”是一个创举。当然，我同样重视创作本体的研究，并且认为这本书在这方面也同样出色。比如“小说的审美规范”一章中关于把人物推出正常轨道去表现的“试管”理论，关于情节因果律和性格因果律的关系，以及性格审美规范对情节审美规范的冲击等观点，都能让我感到一种对应，唤起一种似曾相识的记忆，甚至激活一种按捺不住的创作冲动。军队作家宋学武在《上海文学》上发表过一个短篇叫《心口误差》，从题目到表现形式和内容，似乎就是对孙绍振关于小说人物对话应该有“心口误差”的理论的一次实践。这说明作家们确实对理论著作买账了。这很不容易，了不起的孙绍振。哦，我这纯粹是印象式批评，从整体上评价和把握这样一部大书，还得听你老兄的。

灰：我？我也无法把它置于纵的和横的坐标上来全面评价，再说也没必要。《文艺报》《文论报》《当代文艺探索》《读书》等报刊都发表了关于这本书的文章。人家都有对这本书的整体评论。我只想说一点，就是自五四迄今90年来，这大概还是第一本关于创作本体研究的自成体系的个人理论专著，而且皇皇65万言。对于刚刚开始建设的我国文艺学来说，确实具有“筚路蓝缕，以启山林”之功。当然，现在也有不少人说建立文艺学体系的时代早已结束，20世纪西方哲学与文艺学更多的是走形而下的道路，当代没有也不需要黑格尔。可我认为，西方现状是在思辨高度发达之后产生的一种反弹，而我国文艺学史上这样的时期还没到来。我国文艺学长期搬用哲学范畴，没有自己的一套范畴体系，从而显得粗坯化、粗糙化，极不正规。不仅严重影响了文艺学的独特性与自律性，也大大妨碍了拓展研究的速度、深度与广度。

绿：这我同意，但另外有一种现象也令人可疑。目前有不少青年理论批评家争先恐后地构筑自己的体系，而且拉出一副跑马圈地、占山为王的架势，什么“叙事学”呀，“语言学”呀，“主题学”呀，先划拉到自己名下再说，等不到批评实践和审美经验的积累与沉淀，就急急慌慌地写专著。一本一本地倒是写得挺快，概念、术语、范畴也制造得挺快，但就是都弄得挺“玄乎”，让人觉着大帽子堂而皇之，原来是个纸糊的，无法深入到艺术本体里面去，空对空导弹满天飞。而且他们都程度不同地受西方理论影响，从观念到方法，乃至思辨和文风。说得损一点，散发着一股“倒儿爷”味道。

灰：暂时出现这种现象也很正常。因为理论的发展就是一个历史积累和横向借鉴的过程。何况西方现当代各种学科成果一夜之间涌进中国，这种冲击和诱惑对青年人来说是很难抗拒的。但要掌握一条，发展理论的最基本途径还在于把创作实践的感性经验上升为理论范畴和逻辑体系，在直接抽象中取得多大成功，就会得到历史的多大承认。目前值得注意的是，一批最有潜力的理论新秀有逐渐脱离我国现今创作、批评实践的倾向，把过大的希望寄托在间接思维成果的接收上。此其一。

其二，还要看到当代西方文艺理论自身的局限性。这主要表现为它们走两个极端，要么极端形而上，以远离创作实践和创作经验为自豪，弄得玄虚缥缈；要么极端形而下，搞过分的机械的、烦琐的“科学”研究，有非艺术化、非审美化倾向。所以，我们在借鉴西方文艺理论的过程中，不仅要注意到它们的范畴体系与它们自身的创作实践的间隙，更要注意到与我们的创作实践的间隙。

绿：你的头脑还算清醒，只怕目前更多的人对西方文艺理论的崇拜、追随带有很大的盲目性。我常常形而下地想：一个作家的作品问世了，是好是赖，要受到读者的裁判，因为他是为读者而写作的；可一个理论家的作品特别是创作论之类的著作，是不是也应该由它的特定读者——主要是创作家们来裁判呢？因为他主要是为创作家或准备当创作家的人们而写作的。现在可好，作者只管写，出版社只管出，作家们却不屑一顾。那么，它的价值究竟通过什么途径来实现呢？难道仅仅是给别的同类书的作者提供一个“参数”

吗？我想不通。

灰：你也走上极端了。不能这样看待文艺理论著作，这些书都有出版的必要。作为对学生传递文学知识，作为推进学术研究，能不出书吗？至于它们的读者群多和少，作家们是否爱读，也得分析。搞创作的不少人爱标榜自己不爱读文艺理论著作，事实如何姑且不论；假如真是如此，他的理论素养可想而知。这会有助于创作水平的提高吗？当然，我不认为你的看法全无道理，你说的这种现象确实存在。当创作家对理论敬而远之之时，不单单是创作家的愚昧，更是理论家的悲哀。孙绍振有鉴于此，他在这本书的后记中说，他给自己定的信条是："凡于创作无用的于理论也无用。为了于创作有用，我宁可牺牲理论的森严；我宁可败坏理论家的胃口，也决不败坏作家的胃口。"

绿：所以，他的书就不同凡响，就是鹤立鸡群，就是羊群里面跑骆驼。

灰：也可能正因为如此，理论家们会对他的追求不以为然，会说这不是严格意义上的理论，充其量只能称之为"亚理论"。

绿：如果说，活泛灵动的、没有严肃板正的理论面孔的就是"亚理论"的话，那依我看，现在的"亚理论"不是太多而是太少。事实上，人们不是都更欢迎像《歌德谈话录》、《契诃夫手记》、《金蔷薇》以及我国鲁迅、郁达夫，一直到当代王蒙、汪曾祺等作家写的评论吗？为什么？就在于那些文章里充满"艺术直觉""理论直感"，闪耀着灵气与智慧。其实，说到底，文学毕竟不是科学，它的情感性、模糊性、非理性等，构成了它和完全建立在严密的逻辑分析基础之上的数学等自然科学的质的差异，从而也就决定了文学研究的特殊性。这种特殊性要求它的研究者首先必须是一个高明的鉴赏家，他几乎凭直觉和悟性就能一眼看穿作品和作家的平庸与出色。而这种洞幽发微的眼光又是建立在一种基本素质——精妙、敏锐、纯正的艺术感受力之上。作家们的文章之所以特别能滋润人，诀窍也就在于此。而我们有不少理论批评家是否具备这种素质就很令人怀疑。恐怕有的人压根就没有艺术感觉，进不了作家的状态，更何谈把握作品。在一部作品有定评之前，他简直无法表态，他靠的是方法吃饭，满脑子装着各种"方法""尺度""框架"，只要作品叫了好，就赶紧拿过来一套，套上了那就算逮着了，洋洋洒洒，下笔万言，公式林立，逻辑森严，高深莫测，空话连篇。孙绍振的不同凡响之处就在这里表现出来。他有素质，甚至可以说有天赋，他对文学作品各种体裁（特别是小说和诗歌），各种形象的感觉、体验，常有精妙之处，尤其是对一些名著细节的分析更见功力。那些独到见解不得不让人折服。我想这大概得力于他以前写诗、写小说的创作实践。

灰：艺术素质是一个方面。但我认为，他的研究方法更值得我们重视。过去我们所习用的多是康德式的纯理性思辨的演绎法，而轻视归纳法，使从概念到概念演绎出来的范畴容易静态、僵化。其实，归纳法最有利于将生动的创作经验抽象为逻辑范畴，并使其内涵不断随着历史发展而发展。孙绍振就是把概念的演绎与经验的归纳结合起来，把历史的方法和逻辑的方法统一起来。这样就保证他始终坚持在“作家—作品—读者”的三维动态关系中考察文学规律，从而将范畴体系的理性大厦建筑在艺术直觉和情感体验的地基上。

大概正是这样一种研究方法，使他紧紧追踪文学新潮的发展，注重文学现实的启示，较早地感知到审美价值观念与科学认识、社会实用价值观念之间的分化。他那篇关于“朦胧诗”讨论的《新的美学原则在崛起》，以今天的眼光来看，主要讲的并不是什么美学，而是文艺与政治关系的调节，朦胧地提出了审美价值的独特性和新的审美价值观念的价值问题。应该说这是一个很具意义的理论发现。或许就是以这个发现为逻辑起点，他开始了复杂的理论推演和庞大的创作论体系构筑。或许又由于他对审美主体内部规律比如内容与形式关系的深入研究，才使他高度重视形式规范？因为我感觉到，把文学形象看成是感性特征、生活特征和形式特征的三维一体结构，是孙绍振的专利，是《文学创作论》的理论核心，也是全书所有观点整体联系的基本框架。

绿：经你这么一说，我也觉得是那么回事。而且研究作者的研究方法，比研究他的书本身似乎还更有启示价值。不过，现在我想问问你，这本书还有什么毛病没有？

灰：当然有。一是重复烦琐，如不少小观点外延的复合混杂、有些例子的反复引用、用若干例子说明一个观点等，留下了讲义的痕迹。语言也不够精练，全书完全可以控制在50万字以内。二是章与章之间的内容比重失衡，如“诗歌论”一章就太满，而“风格论”本来是个大题目，却又过分单薄，未能从容深入展开。三是对各种新学科成果的汲取显得仓促，有消化不良之感。如果假以时日，吸收更多的新学科、新方法，那么这个体系可能会更严谨化、条理化、科学化……

绿：也将更加僵化。你别发怔，我同意你前面两条意见，至于第三条，恰恰相反。我在前面说过，文学毕竟不是科学，进一步说，与其说它是科学的表亲，还不如说是宗教的儿子。如果说人的情感世界是一个“黑箱”，那么表现人的情感的文学世界就几乎是一个“黑洞”了。它有很大的神秘性，完全破除了这种神秘性，也就破坏了文学的神圣与魅力。研究创作，既要不断破除它的神秘性，又不能不保持、事实上也无法不保持它一定的神秘性。创作进入一定层次之后，主要是一种状态、一种境界，它靠悟性，靠心有灵犀，靠心血来潮，靠莫名其妙忽发奇想。如果有什么规律的话，也只能是大而化之，似是而非。在创作研究中企图走科学化的道路，用科学的方法、手段来对创作进行定性定量分析，搞归纳、分类、抽象，弄成条条、道道、框框，而且整得那么具体，那么明白，像小葱拌豆腐一清二白，这种做法本身是否科学？是不是过于机械和绝对？比如说葡萄什么味道，我们家乡的小孩说“甜花酸”——甜中有酸，酸中有甜，花花地渗透成一片。你怎么来定量、定性、定位？哪里酸？哪里甜？是三分酸七分甜，还是三分甜七分酸？说不清嘛。小孩的感觉就是艺术的感觉。由此我还想起作家韩少功的一段话：“在我看来，小孩的思维就是文学思维。他们懵懵懂懂，东张西望，一边撒尿一边把脚跟前的某只蚂蚁想象成江洋大盗，最善于发现和牢记大人们绝无兴趣的某片树叶或某道墙缝，常常莫名其妙地发出欢乐叫嚣。”你看，文学思维就是这样稀里糊涂、不可思议。极而言之，无规律就是文学的规律。

灰：你这就太偏激了，完全陷入了不可知论。

绿：世界上很多事物本来就是不可知的嘛。

灰：那，还要不要文艺理论啦？

绿：看什么样的文艺理论。中国的“诗品”“小说评点”就不错，直觉把握、悟性感应、“大象无形”、“声大音希”，不一而足。

灰：那还是一种浑沌思维、模糊思维、原始思维。

绿：浑沌思维、模糊思维、原始思维就是审美思维，理性思维、逻辑思维、科学思维就不是审美思维。

灰： 是不是科学越发展，文艺理论反而越没有前途呢？

绿： 可能是一个背反，我也说不清。反正我觉得当孙绍振用良好的艺术直觉去直观把握文学形象时，就显得灵气四射，机锋闪烁；而当他一归纳、抽象时，就使艺术成了技巧，失去了灵气而带上了匠气。比如，他把诗歌形象分成古典、浪漫、象征的三种意象符号；把诗歌感情分成一极、二极、无极；把诗歌节奏分成疏密相间的三种方式；把诗歌感受分成三个层次；等等。不错，这是从大量前人成功作品中归纳出来的诗歌形式规范，不少还可算是首次发现，而且我毫不怀疑按图索骥也能写出诗来，但未必能写出好诗。这是因为：首先，创作不同于制作。制作需要百分之百的精确重复，而创作最忌讳哪怕是百分之一的重复。所以，创作规范不能像制作规范那般"放之四海而皆准"。其次，规范固然是经验的抽象与升华，是文学形式相对成熟的标志，但它同时又是僵化的开始。规范从某种意义上说是作家的桎梏，作家从某种意义上说则是最不愿受规范束缚的人。比如唐代，说到李白，说到怀素，都是天才歌唱，天才发挥，无迹可寻，无可仿效。但到了杜甫，到了颜、柳，便趋于成熟了，规范化了，后学者照其临摹描红，很快可以登堂入室，然而却永远达不到李白、怀素的天然飘逸。因此说，文学理论家最大的悲剧就在于：他的工作是总结规范，而他的目的又是指导作家去打破规范——这又是一个背反。

灰： 这就具有西斯佛神话中"滚石者"的悲剧意味了。这不仅是文学理论家的悲剧，而且是全人类的悲剧，作家也概莫能外。归根到底，你说总结规范还有没有意义吧？

绿： 意义就在于帮助作家打破规范，因为要打破规范，首先就要了解掌握规范。

灰： 理论家的全部工作就是在给作家提供靶子？

绿： 可以这么说。每一位成功的前辈作家，既是后人的模特又是后人的靶子，既要学习他又要打倒他，学习他是为了打倒他。理论家的意义与其说是在前人成功的道路上插路标，莫如说是给后人竖禁牌：此路不通！

灰： 这么说倒还有点辩证意味。不过你前后矛盾得厉害，把我也给弄糊涂了。

绿：我的思维常常也来“背反”、肯定、否定、否定之否定。老是这样。

灰：谈起“玄”来，你比我们还玄得邪乎。咱们还是来点具体的，创作理论课堂上能不能培养作家？

绿：不能培养作家，但可以提高作家。也就是说，不是这块料的人，打死他也成不了作家而充其量只能成“写手”；是这块料的人，却可以从中得到启发与刺激。具体就孙绍振这本书来说，给我以启发、刺激的主要不是那些“三三制”式的条条道道，而是大量的艺术感觉、审美经验和悟性把握。据说莫言成名前从这些东西里获益匪浅，成名后回过头来看《文学创作论》，获益匪浅还是靠这些东西。从这个意义上说，下面一种评价过于消极。有人说：孙绍振所写的这部理论新作，将以它对文学自身规律的灵动把握，为步入文学创作领域的整整一代青年解除不少困惑。我认为，它的意义不仅仅在于给文学青年解除困惑。

灰：你这算是说了点实话。不过有没有这样一种作家，心口如一地蔑视理论、拒斥理论，不读任何理论，一凭着灵气和感觉包打天下？

绿：那就不可救药。

灰：那，有没有另一种作家，家里看理论，出来骂理论，心里受益，口头不认账……

绿：那是泼皮无赖。

灰：好，也就是说，理论多少还可以指导一点创作，想当“文学教练员”也并非奢望。

绿：为什么非要这样提呢？我认为，理论家与创作家的关系与其说是指导与被指导，莫如说是互相碰撞与启发；与其说是教练员与运动员，莫如说是运动场上的蓝队与红队。

灰：换一种说法而已，骨子里你还是不大认账。这种看法代表了一种世界性思潮。据说美国、苏联文学界都有人持类似观点。这个问题咱们也扯不清，我看只好存疑，留待实践去检验吧。关于这本书的意见，我前面只谈了细枝末节的几条，还被你打了个大岔，现在我接下来说最主要的问题。全书多少有陈旧感，突出表现在例证大都停留在外国19世纪批判现实主义作家作品，和中国鲁迅以前的作家作品。对西方20世纪的作家，只涉及海明威、福克纳等少数人，对我国新时期文学现象也涉及不多。当然，为了保证一定的经典性，从历时久远有定评的作品中找例证比较牢靠，但同时也带来一个缺憾：从古典作家作品中抽象出来的经验也就相对于古典，至少用来解释新的文学现象不那么容易。比如，书中从中国古典诗歌节奏中归纳出来的三言结构决定吟咏调性和二言结构决定道白调性以及由三言和二言结构交替形成新诗的内在节奏等，应该说是一大发现，但用它无法对20世纪80年代新诗潮作的做出令人信服的分析。我们还可以跳出来以刘再复的“性格二重组合论”为例，尽管有新意，但毕竟还是以古典审美原则——以典型人物性格为出发点，所以就无法用来验证当今很多小说。因为这些小说不写或主要不写人物性格。这就使这种理论与今天有了某种隔膜。

为什么《文学创作论》力图变新却依然给人陈旧感呢？我想有一个历史的局限，那就是我国的文学虽然是从新时期开始复苏，但真正文学化，真正回归到艺术本身，差不多是1985年以后的事。这两年的小说发展之迅猛，样式之丰繁，超过了以往60年。这两年可以说是我国文学的裂变期和换代期。而《文学创作论》产生和完成于这个时期的萌芽之际，无法利用最新的文学材料。理论机遇对孙绍振既青睐又吝啬。

绿：有道理。实际上你说的是研究对象的局限性。我再补充一个研究主体的局限性。这个局限恐怕更深刻一些。那就是孙绍振这代人在20世纪五六十年代形成的知识结构、审美经验、欣赏情趣、价值标准等，已经积淀为一种思维定式。或者说他们更多地是在用五六十年代的思维机器和材料来产生80年代的理论产品。这是一种艰难的选择与登攀。我现在就常常感觉到自己的思维定式，对新东西不喜欢、不习惯。其实心里也明白，那未必不是好东西，但就是不期而至地不喜欢——可怕就在这个“不期而至”上——不自觉地拒斥新事物，高高兴兴地成了保守派，欢欢喜喜地站到了自己的反面，不知不觉中把自己打倒。

灰：说到底，任何人都不可能超越历史的局限性，理论的进展和突破常常不幸地体现为一代又一代人的嬗递。这是浅显的真理，又是残酷的事实。全部理论的发展都是一个否定之否定的过程，今人超越古人，后人超越今人。

绿：但不论谁来超越，都只能从前人开辟的道路上前进，任何人都既是桥梁又是起点。只要他真正给后人留下了一点什么，哪怕最终不免也要过时，但总是一定时代艺术规律的总结，是理论发展链条上必不可少的环节。因此，这种人在文学史上就永远占有一席地位。

灰：嗯，咱们扯了半天，究竟对《文学创作论》是个什么评价？依我看，这是目前国人写出的一本最佳创作论，拔了尖儿了。

绿：完全赞成。正因如此，才引出你我的这么些思考和议论，正因如此，才诱使我们的想象力和表现欲大发作，不知天高地厚地大谈……

灰/绿：“灰”——与——“绿”

1987.12.16. 改定于魏公村

（作者单位：解放军艺术学院）

孙绍振和归纳主义路线

颜纯钧

孙绍振历经五十多年的学术生涯，先后涉猎写作学、文艺学、现当代文学、比较文学等领域，晚年更是转向幽默学、中学语文教学，甚至还有古典文学的研究。与此同时，他还炮轰英语六级考试、炮轰高考作文，以颠覆性的姿态、犀利的文风挑战官方制度，在表面上不是学问的地方做出了大学问。不管在哪个领域，他的发声都能产生全国性的反响，引发积极回应或者激烈论争。在学术界，更多的学者倾向于选择某个专擅的领域，做文学研究的，甚至会聚焦到更为单一的作家或作品，专注于文献资料的长期积累和学术资本的有效运作，由此成为楚辞专家、红学家、鲁迅研究专家，如此等等。相比之下，孙绍振的学术性格却有某种不太安分的特点。除了成就卓著的诗评诗论之外，还有更多的学科领域一再吸引他的目光，引发他跨界的雄心。他的一再转场，绝不是年轻学者急于寻找学术根基而无奈地左冲右突，而是个人的主动出击，从挑战未知和针砭时弊中去激发新的学术冲动。也因此，他所迈出的每一步，才显得扎实和厚重，触地而有声。孙绍振在治学上的过人之处，自然和他所接受的教育，以及各种智力和非智力的因素密切相关。这其中，值得推崇和深入研究的，便是他一贯的思想路线。这是孙绍振在治学道路上得以不断拓展探索空间、持续深入对象内里的统摄性、支配性的力量。

一 从演绎主义到归纳主义

在中国，文人治学历来就有“述而不作，信而好古”的传统。从孔子开始，所谓“言必称周礼”“三年无改父之道”，这种看待历史、经典和人伦秩序的态度，总的特点是向后看，相信存在的就是合理的，合理的就是不可移易的。这个传统历经千百年而不衰，早就演变成一种价值信仰，进而影响到文人的治学，成为基本的学术规训。于是，“我注六经”成为常态，把对经典作注疏视为做学问之根本，以注疏立说，因注疏成家，积注疏而令学问蔚为大观。与之相匹配，做学问也信奉“克己复礼为仁”，讲究“无一字无来历”。五四运动时期，旧学废，新学兴。睁眼看世界的结果，是西方理论的大量译介，自由主义、无政府主义……各种主义纷至沓来。表面上看都在向封建的观念和制度开火，实际上又只能各取所需，以诠释不足或诠释过度来勉强建立与中国社会现实的内在联系。囫囵吞枣的结果，是来不及用批判的眼光去审视，便一一被奉为经典，并将它们用之于解释中国的实践。新中国建立，马克思主义被广泛接受。改革开放之后，新一轮的观念冲击重新自西方而来。早期的方法论大讨论，后来对弗洛伊德、福柯、德里达、马尔库塞等西方学者的译介和研究，尤其是世纪之交，全球文化、后殖民文化、消费文化、后现代文化、性别文化（包括精神分析学说）、视觉文化、景观文化及至产业文化，等等，这些源自西方的文化理论更是“你方唱罢我登场”，轮番占据理论与批评的中心场域。它给人留下一个深刻印象：中国社会似乎只是在文化层面上才存在突出的问题；反过来，似乎只有文化问题的解决，才是中国社会发展的根本之所在。甚至可以说，这些从西方引进的文化理论，几乎串联起世纪之交中国学术研究的一条轨迹，构成一个个阶段性的发展标志。

当然，发生在理论与批评中的这一现象并不是孤立的，从更广阔的背景看，它具有某种全球性的特征。美国著名的电影理论家大卫·鲍德韦尔就曾把20世纪70年代至90年代主导了电影研究的两大潮流概括为“主体—位置理论”和“文化主义”。“主体—位置理论”主要指一些把注意力对准人这个主体的理论，比如“意识形态理论”“精神分析学说”“女性主义”

等。“文化主义”则包括“法兰克福学派”、“后现代主义”和“文化研究学派”等。鲍德韦尔把这两类理论都称之为“宏大理论”。鲍德韦尔认为“宏大理论”对电影理论研究所做的，是所谓“自上而下的探索”。这种所谓的“自上而下的探索”，也正是中国的学者们运用西方文化理论来开展理论、批评和历史研究的问题之所在。当中国学者运用这些“宏大理论”来研究中国问题时，共同的特点是把它们看作无需证明的理论大前提，首先假定了这些理论前提的正确性和合理性，进而才把它们用之于对中国现实的研究和批评。

不管是中国的学术传统，还是西学的观念影响，千百年来，学术研究所秉持的观念几乎没有太大变化，这就是先寻求某种早已有之的学说、理论或观念，将之视作大前提，再采取演绎主义的路线来发展它，把它运用到所研究的对象之上。对这种思想方法所具有的局限性，孙绍振是看得非常清楚和深刻的。他在《西方文学理论的危机和文学文本解读学的建构》一文中曾指出：“应该清楚地看到，像任何辉煌成就的文论中必然隐含着它走向衰败的内因一样，西方文论高度成就中也深深潜藏着走向反面的隐患。首先，是观念方面的超验倾向与文学的经验性的矛盾，其次，这种超验观念的消极性，为他们所擅长的逻辑上偏重演绎，忽视经验的归纳，未能像自然科学理论中那样保持二者在方法上的‘必要的张力’而加剧了。最后，对此等局限缺乏自觉，导致二十世纪后期，西方文学理论否定文学存在有历史的和逻辑的必然性。”[①] 其实，孙绍振的如上分析，并不仅仅是西方文学理论的问题，而是所有理论在建构与发展中必然要暴露出来的问题。理论一旦建构起来，便得以相对被固化，而且成为超验的存在；但实践却不会故步自封，仍然以极为生动和丰富的形态向前发展，所以理论和实践之间的矛盾才构成认识发展的一种形式。而理论的发展所采取的方式通常是所谓的演绎主义路线。演绎推理作为一种逻辑形式，一直以来就是思维展开所遵循的基本形式。它的特点是从某个一般性的前提出发，通过推导的程序引出具体陈述或个别结论，其基本特征就是从一般走向个别。一个理论的生成，需要率先提炼出某个核心的概念，它往往来自实践

---

① 孙绍振：《文学的坚守与理论的突围》，人民出版社，2014，第7页。

的总结或者思想家的苦思冥想，进而将它推导到相关的研究领域，以保证理论的严密性和一贯性，最终形成自己的理论体系。演绎推理的最大问题在于，其所建立的大前提都属于不证自明的部分，对大前提的反思、质疑乃至批判，并不在演绎推理的范围之内。于是从大前提开始的演绎过程，往往是以大前提所提供的一般性结论作为推导的工具；反过来研究对象也只能成为一个具体的案例，用以证明这个大前提的正确性。对演绎理论的此等局限缺乏自觉的意识，导致的结果正是孙绍振所指出的，理论反过来否定文学的存在，亦即文学的实践。他还指出："从方法来说，他们几乎不约而同地从概念（定义）出发，沉迷于从概念到概念的演绎，越是向抽象的高度、广度升华，越是形而上，与文学文本的距离越远，越被认为有学术价值。对这样的文学理论，根本就不该指望其文学文本的解读功能。"在孙绍振的思想方法中，他对理论建构的演绎主义路线始终保持清醒的头脑和高度的警惕，并犀利地、精准地做出学理分析。这在当代文学理论研究队伍中，很少有人能将之讨论得如此透彻，并且贯彻到自己的学术实践中。也因此，当孙绍振试图去建构自己关于文学创作、文本解读的相关理论时，所秉持的便是另外一条相反的路线，即归纳主义的路线。

二　以归纳主义立身

不管所涉猎的领域是作为安身立命之本的诗歌研究，还是其后不断地跨界拓展，孙绍振在治学中有着一以贯之的思想路线。这就是不唯上、不唯典、不唯理；重现象、重实践、重文本。任何一种理论，不管它有多么权威、多么主流、多么风行一时，他都不盲从、频质疑、勤反思。西方的各种时髦文论，无一能逃过他的眼睛。比如对福柯、德里达、英迦登、伊瑟尔、伊格尔顿、卡勒、罗蒂等西方学者的观点，尤其是对俄国形式主义、美国新批评、西方叙事学等流行理论，则更是火力全开。对孙绍振来说，选择"新批评"作为批判对象有着更具针对性和战斗性的理论意图。这就是极力把自己的文本细读与"新批评"的文本细读区隔开来。为此，他的标新立异自然必须以批判的武器来为自己开路。在孙绍振看来，"新批评"的文本分析和自己最大的不同，是"新批评"总是把文学文本视作一个孤立的对象，一味满足于寻找文本中的反讽和悖论，把它们仅仅视作修辞的手段。而孙绍振的文本细读却建立在一种完全不同的观念上。这就像他在这篇批判的长文中所写到的："我的解读与新批评最大的区别是理论基础不同。这个分歧，不仅仅是我与新批评的，而且是我与几乎所有解读人士的分歧。我坚信文学理论基础是创作论，而百年来的文艺理论，包括西方的和中国的，却是以哲学本源论和本体论为主导的，可以说离创作论越来越远。就是某些本体论的甚至鉴赏论的文艺理论，也都毫无例外地把作品当作成品，所谓与作品对话，也只是与不可改变的成品对话。但是，成品解读最大的局限是，只能看到现存的结果，而看不到成品中大量被提炼了的成分。沉迷于结果，就看不到建构结果的过程。分析，不完全是和作品对话，而是和作者对话，不满足于做被动的读者，就要设想自己是作者。还原之所以必要，就是把作者未曾创造的原生状态想象出来，与作品现存状态对比，把作品还原到它历史的、个体的建构的过程中来。在客体对象，在主体情致，在形式的、流派的、风格的建构中，首先要看出它排除了的东西，其次要看出它变形变质的东西，最后要看出它凝聚起来的过程。"[①] 可以这么说，这段表述清晰地概括出孙绍振为自己设定的一个基本的出发点。这个出发点包含三个方面的创见。其一，文学研究不能以哲学本源论和本体论为主导，而是要以创作的实践为主导。这种理论指向，决定了孙绍振的学术研究必然是归纳主义的，而不是演绎主义的。其二，文学研究应建立在创作论的基础上，而不是建立在作品论的基础上，因为作品只是结果，很难从中揭示过程的奥秘。其三，对创作的研究是从对作品的研究中生发出来的，它采用还原的方法，把作品重新送回到创作的过程中去考察，进而看出它排除了的东西、变形变质的东西，以及它把这些东西凝聚起来的过程。从思想方法上看，后面的两个创见，明显是以第一个创见为基础的。

有破才有立，批判"新批评"学派的目的，全然是为了表明自己的理论主张和提出学术研究全新的出发点。孙绍振对文学研究的这段表述，是他

---

① 孙绍振：《美国新批评"细读"批判》，《月迷津渡——古典诗词个案微观分析》自序之二，上海教育出版社，2012，第 14 页。

学术观念中最核心的部分，是指导他进入诸多研究领域，得以有颇多建树的根本原因，更是他经常能别出心裁、能见人之所未见、敢于口出狂言，又令人不得不口服心服的地方。孙绍振最早的一部著作《文学创作论》，明显就是以这个观念为出发点的。在《文学创作论》中，几乎找不到任何从既有的文学理论（包括创作论）中演绎出来的观点，更多的是从作家的创作谈、从作品的艺术分析中自行归纳与概括出来的。当然，概念基本上还是原来就有的，比如人物、情节、结构等，但对这些概念的诠释，以及围绕它们所提出的问题，却都是从创作的实践出发，从鲜活的创作素材和创作经验中去作重新的归纳。比如“把人物打入第二环境”这样的观点，传统的文艺理论从未触及如此具体的创作问题。这个观点便是他从莫泊桑的《项链》、杰克·伦敦的《热爱生命》这一类小说中归纳和概括出来的。在那篇已成经典的诗论《新的美学原则在崛起》中，他同样不是依靠对既有诗论的逻辑演绎，而是从当时的诗歌创作实践中去发现新问题、新现象和新趋势，进而自行归纳，再把它提升到美学的高度来加以讨论。此后，孙绍振研究幽默学、中学语文教学和古典文学，甚至批判六级英语、批判高考作文，也无一不是把现象、问题和发展趋势当作思考的起点，从未有过先学习相关理论，再去顺畅演绎的情况。当更多的学者热衷于从学术经典、权威理论和流行观点中去寻找大前提，习惯于通过演绎的方法去为自己逻辑地推导出结论时，孙绍振却转而把目光投向丰富的实践，投向鲜活的文本，投向新的现象、问题和发展趋势。一个成熟的理论体系，往往要依靠充分的演绎去占领对象领域，又往往会在演绎的过程中或迟或早抵达自己的边界。在这种情况下，那些思辨性、抽象性的理论大前提，反倒经常成为孙绍振从创作实践中去寻找反例，反过来加以质疑和批判的对象。必须承认，孙绍振的这种思想方法，是相当多学者，尤其是青年学者所不具备的。他们更习惯于寻找一个被普遍接受的、具有权威性的理论，以依附于这个理论来确保自己的观点立于不败之地。与此相应，他们也就省去了对这个大前提加以质疑和批判的烦心事，一劳永逸地顺着这个大前提去作演绎，便可成就自己的学问之大业。这种演绎式的思想方法似乎早已成为一个学术传统。如此一来，学术研究便永远地、不断地在赶时髦，面对西方文论，有英语阅读背景的学者总是冲在最前面。每个新的理论一经推出，往往就会如获至宝，短时间让人耳目一新，一旦演绎出去又很快抵达边界。新鲜的很快变成老旧，于是更新鲜的接踵而至。当西方各种“宏大理论”几乎被中国的学者搜罗殆尽，各自热闹了一番，学术研究也就有了明显的疲态。然而，对推崇归纳主义路线的孙绍振来说，现象、问题和发展趋势永远是常见常新的，是目不暇接的。无须借助各种时髦理论的结果，是对象世界不断给他提供永远做不完的学问，提供新的落脚点，也提供激情，更提供让他得到快感和满足的战斗平台。把孙绍振的归纳主义路线放在这个学术的大背景下去考察，就不难意识到他的开拓性意义，也不难理解，为什么他的观点总是能比别人更新颖、更独特，也更具挑战的意味。

三 反思归纳主义

归纳与演绎，这是人类认识事物两个方向相反又具有互补作用的思维方法。它们既互为条件，又互为因果。从严格的意义上讲，它们之间并不存在优劣之分、贵贱之分，关键只在于用得其所，既明白各自的优势，也警惕各自的局限性，在各自相适应的范围和阶段加以运用。一般而言，归纳是从个别走向一般，而演绎则是从一般走向个别。也就是说，当思维处在从实践中去发现问题和思考问题时，归纳推理当是主要的思维形式；而当思维处在概括和总结，进而拓展认识领域时，演绎推理又成了主要的思维形式。换一句话说，当认识尚未形成，需要从实践中去总结时，归纳的方法是合适的；而当认识形成，反过来需要到对象领域去检验时，演绎的方法又是合适的了。尽管归纳推理有产生新的富于创造性的认识这个优势，但所有的归纳都属于不完全归纳。归纳不可能穷尽所有的实践和现实情况，而只能选择对象领域一定的数量和范围，从中去分类、概括和抽象。也因此，归纳所产生的结论在演绎的过程中或迟或早都要碰到反例，并导致重新的归纳和概括。归纳总是距离对象很近，归纳的思维成果又总是离理论的建构很远。其实，孙绍振在运用归纳方法时，他同样是很清醒地看到这一点的。在《月迷津渡——古典诗词个案微观分析》的“自序之一”中，他便很无奈地表白：“编辑此书时，心情颇为复杂：一则以喜，乃在对古典诗歌甚具难度的微观分析颇有进展；一则以忧，因为在根本上，个案分析的局限不可讳言。毕竟是解剖麻雀，虽然五脏俱全，但是，宏观理念和方法全为隐性。虽于个案可在月迷之中寻觅津渡，然在方法论上难免雾失楼台之叹。授其鱼不能授其渔，其憾何如！”[①] 既选择一条和多数学者完全不同的思维路线，又清醒地看到它的局限，这就是孙绍振的过人之处。这也就意味着，他并不是完全抛弃演绎主义的路线，而同样是在看到它的局限之同时，有条件、有节制地加以运用。比如在他的著作和论文中，仍不时可以看到他对马克思、黑格尔和康德等思想大师的观点展开讨论和进行演绎的情况。我们从他的研究里也不时可以看到他不满足于“授其鱼而不能授其渔”，努力去把自己的认识提升到更具抽象高度的发展历程。在这个时候，归纳的路线显然暴露出它的局限，而在理论建构的路途上，需要他致力去发展的，恰是演绎推理所秉持的那一套思想方法。

自《文学创作论》一书从创作实践中去总结经验之后，孙绍振又从中抽象出一套文学的艺术规律，这充分体现在他的《论变异》中。在这本书中，孙绍振以其雄辩的文风，提出文学艺术总是从与客观现实的差异和变异中寻找创作的源泉。这是他把文学创作中归纳出来的特征与规律，进一步推演到艺术的各个领域，触及了艺术的真正奥秘。很明显，这正是一个从个别走向一般的过程。当然，孙绍振的认识并没有就此止步，此后，历经多年的思考，这个把认识进一步抽象和提升的过程，又使他完成了另一部更具总结性的著作《美的结构》。《美的结构》是对文学与艺术抽象到美学的层次上来认识的。这个完成自己认识的进程，合乎认识发展的基本规律。当他着眼于建构一个关于“美的结构”的理论体系时，演绎的方法已经在他的思想中占据了主流的位置。与此相似，从讨论幽默技法的《幽默五十法》，到从理论上去展开讨论的《幽默心理和幽默逻辑》；从文本细读的《名作细读》、《月迷津渡》，到试图去建立一门全新的理论学说的《文学文本解读学》……不难看到，孙绍振的学术研究，尽管一直把归纳主义的路线当作认识的起点，但他清醒地意识到归纳方法的局限，于是继续致力于把从归纳中形成的初步认识，进一步抽象和提升，以期在更高的理论水平上去不断总结，最终还是

---

① 孙绍振：《月迷津渡——古典诗词个案微观分析》自序之一，上海教育出版社，2012，第2～3页。

通过更充分的演绎来建构起一个相对严密和一贯的理论体系。

回首孙绍振50多年的治学经历，他的学术贡献是多方面的，需要总结的经验也是多方面的。这其中，最值得称道和学习的，还是体现在他对归纳主义路线的坚守上。这是许多学者，尤其是青年学者所欠缺的，也是他得以收获诸多创造性成果的原因。当然，这不仅仅是方法的问题。要运用归纳的方法来研究文学艺术，仍然需要丰富的学识、分析的能力和逻辑严密的抽象思辨。掌握方法只是走向成功的一个要素，远远不是根本的秘诀。

（作者单位：福建师范大学传播学院）

一个“文学教练”的底气

王光明

在我们这个自以为是、矜才使气的现代文坛，虽然集创作家与批评家为一身者已成传统，创作与批评却是各有追求，独行其是，甚至是互不买账的。创作家瞧不起批评家，认为批评家不过是从事创作失败了的家伙，或是文学大厦砖缝中的“寄生草”。而那些受了不中听批评的作家，更是恶言相加：有人说批评家是补锅的，弄出来的问题比解决的问题要多；有人说批评家是一只叮人的公蜂；有人说批评家是一只糟蹋葡萄园的驴……而大多数的批评家，也不把作家的认同当作是一件体面的事情，他们拿韦勒克的论述为自己申辩：“批评的目的是理智上的认知……批评是理性的认识，或以这样的认识为目的。它的终极目的，必然是有关文学的系统知识，是文学理论。”①

现代社会崇尚理性，分工细密，创作与理论批评各有所宗，已是习以为常。但是孙绍振先生却不把理论批评的独立看成是一件值得夸耀的事，在他自觉从事理论批评的1980年代，更准确地说是亮明他文学理论批评家身份的《文学创作论》开始，就有更大的抱负，不满足于当一般的批评家，要当“一个称职的教练员”：

---

① R. 韦勒克：《文学理论、文学批评和文学史》，《批评的诸种概念》，丁泓、余徽译，四川文艺出版社，1987，第11页。

文艺理论与文学创作的脱离，不管有多少理由，都不是可以夸耀的事，……最好的理论应该是表现了理论家自己，又能给作家具体的帮助，这好像是体育理论。体育运动当然应该有体育评论员，对每一场比赛、每一个运动员加以评论，不同的评论员有不同的选择。但光有评论员还不够，还得有教练员，最大的功勋不属于评论郎平的评论员，而属于培养了郎平的教练员。最好的评论员起码应该是一个称职的教练员。如果一个国家一个教练也没有，却充满了见解独特的评论员，那这个国家的体育运动水平是很难迅速提高的。

最好评论员不应该为自己只会评论而不会当教练而自豪。

当然，我并不敢僭妄到这种地步，以为自己是一个称职的教练，但是我要选择这个目标。[①]

《文学创作论》出版于 1987 年。那时我承蒙孙先生厚爱留校任教，在他耳提面命下学着教书和写文章。说心里话，尽管对孙先生由衷敬畏，读到这段话时我还是有点不相信自己的眼睛：文学教练？会不会自作多情？多少作家对批评家咬牙切齿，巴尔扎克还恨不得把自己的笔尖刺进圣伯夫的身体呢！

我怀疑批评家的“文学教练”抱负，认为这是前途渺茫的事业：文学与体育不同，虽然两者都需要理论和技术，但运动员熟能生巧，而作家的创造讲究出人意外，最忌讳习惯反应。然而不容我不信，作为比较亲近他的学生和助教，我无数次看到过文学青年迷恋孙先生的文学创作指引。最早一次应该是 20 世纪 70 年代，福建作协在泉州晋江县办文学讲习班，当时去讲课的是不是还有后来成了文化官员的李联明先生、练向高先生，我不大记得了。但如今 30 多年过去，我还记得我们住的房间是摆有五六个铺位的招待所，傍晚出入有浓郁的夜来香的气息，而孙绍振先生的那场创作辅导课更是历历如在目前：他以刚发表不久的张洁的小说《谁生活得更美好》为例，讲解人物塑造的辩证法，全场为之倾倒，特别是他对小说中那个年轻文静的公交车售票员捡拾分币细节的分析，使听众明白了重要细节四两拨千斤的意

① 孙绍振：《文学创作论 · 后记》，春风文艺出版社，1987，第 807 页。

义。我相信，听完课之后，所有人都会把这篇小说重读一遍。我也相信，莫言获诺贝尔文学奖后在福清谈到孙先生 1985 年在解放军艺术学院讲课对他创作的启发，并非出于礼貌而是发自内心，谁都知道 1980 年代中期的解放军艺术学院藏龙卧虎，讲座不是都很叫座的，不论你有多大名气，也都是只给一次课的机会，然而孙先生一讲就是一个星期。可以佐证的还有武汉大学的写作讲习班，坊间传说孙绍振的课堂有上千人听讲。

这是文学批评的奇迹，孙绍振先生把知识变成了能力，把文学的认识论变成了实践论，在文学理论与个人写作之间架设了一道桥梁，这是不可思议的事情：他几乎要撩开 19 世纪浪漫主义文学家给文学披上的神秘面纱，几乎要让人们相信，文学其实不那么神秘，并非都是天才的专利，作家也是可以通过课堂来培养的，至少，是可以从课堂上得到启发的。

这个奇迹是孙先生诗学思想的谜面，掀开这个谜面探索它的谜底，可以敞开孙绍振诗学思想的基本秘密。在表面的层次上，我认为它跟孙先生是出色的教师有关，他是 20 世纪 80 年代福建师范大学中文系三大“铁嘴”之一，在这三大“铁嘴”中，有人以认真、周密取胜，为了上好一次课，不仅事先把讲稿背下来，还要事先对着镜子演练；有人以上课的风趣与调动学生注意力的能力取胜，譬如当听讲者的注意力稍有松懈，便会及时得到做笔记的提醒，具体到“逗号”、“句号”和“另起一段”。而孙先生的课，则以横溢的才情和锐利夺人。他当然也认真备课，但一上讲台，左手把西服下摆往后一拢，头微微向前一倾，便不知有多少奇思妙想从他的口中蜂拥而出。孙先生的课是学生们的节日，常常让听者得意忘形，忘了笔记。

说来奇怪，一些忘情的课永远历历在目，记忆深刻。这与孙先生鲜明、锐利的思想风格有关，他不喜欢人云亦云的东西，他向我们这些试讲的年轻助教传授上课经验，最重要的一条就是每节课的观点都要“磨得像针尖一样锐利”。他的演说与文章都是快人快语，一针见血，无所顾忌，常常让人们觉得痛快无比。所谓“痛快”，当然既有摘除郁结的快感，也有被刺的疼痛。因此在文坛学界惹是生非，也是题中之意。你看他的《新的美学原则在崛起》《评陈涌的〈文艺学方法论问题〉》等文章，写得是何等的意气风发、酣畅淋漓，以至于常常忘了正常分段；再看看他演说和行文过程中兴之所至、信手拈来的比喻和材料，是如此的生动与广博，它们可能引述得不大准确、出处有误，甚至张冠李戴，你可以发现他的许多毛病，指出他的硬伤，却不能不佩服他的洞察力和分析能力，以及横溢的才华。

与这种思想风格相得益彰的，是孙先生的方法论。他“磨针尖”的方式，是强化事物的矛盾。他认为区分事物的能力不是看到它们相同的一面，而是能够发现它们相异的一面。他不仅重视矛盾与差异，甚至不惜将它们推向极致。因此无论讲演与文章，充满着论辩性、发散性和感染力，包括让人觉得可爱的诡辩性与个别时候的强词夺理。北京大学哲学系的阎国忠教授说孙绍振先生的理论背景不是认识论，而是矛盾论，是很有道理的。这不仅由于他自己提及“黑格尔的正反合螺旋上升的辩证法模式”，“统一”了他的审美立场、对形式结构的关注和心理分析的兴趣①，更因为他的审美立场、“错位”理论和细读式批评，本质都是矛盾辩证法的出色运用。

孙绍振先生的成就与贡献，有学得来的部分和学不来的方面。或者说，有天生的、禀赋的方面，有后天修炼的部分，这是我在一篇研究他的博士论文的评语中说的。我还在某个场合公开说过，孙先生培养了不少有成就、有影响的评论家和学者，或许有比他更有名气的，有比他更博学或者更严谨的，但就才气而言，似乎没有超过他的。然而，人们看到他才华横溢的一面，语不惊人誓不休的一面，却常常忽略了他书生本色、敬畏学问、用功勤勉的一面。后者才是我们可学的、可继承的。实际上，孙绍振先生的思想风格和始终秉持审美的立场，最根本的还是源于他的书生本色，他是当代学界经历了政治高压和市场利诱两个时代后，仍然葆有书生意气的少数学者之一。因为书生意气，所以蔑视威权，敬畏学问；因为无私无畏，除了思想与表达别无所求，所以心无旁骛，独享研究与说话的快乐。孙先生是个除了研究与说话外没有不良嗜好的学者，不抽烟、不喝酒，虽然生活在盛产“铁观音”与“大红袍”的福建，却对茶叶的优劣一无所知。但在文学研究界，很少人有他那么高的哲学、心理学方面的修养，除马克思、恩格斯、黑格尔、康德之外，还特别熟悉普列汉诺夫，尤其是他的《论一元论世界观之发展》，而对皮亚杰心理学说的熟悉，肯定超过一些专门研究皮亚杰的专

① 孙绍振：《我的桥和我的墙（代序）》，《审美价值结构与情感逻辑》，华中师范大学出版社，2000。

家。据说，孙先生被关“牛棚”的时候，曾尝试将中共九大政治报告改写为政治抒情诗，这我相信，因为孙先生只会在文字的领域内游戏与娱乐，而且这种“玩法”在苦涩中带有幽默，这是孙氏的烙印。

重要的还不是一个性情专一的读书人读了多少书，而是孙先生读了那么多书却没有成为一个掉书袋的学究。在拙著《现代汉诗的百年演变》的后记中，我写母校所受的教益时，曾重点写到孙先生对我读书与上课的指导，引起不少读者关注和好奇，吉林大学原校长刘中树教授还来信说对“用读一本书的时间读五本书和用读五本书的时间读一本书”特别感兴趣。事实上，孙先生读书是很有特点的，首先是读书的出发点，吸收知识只是其中的一个方面，甚至不是最重要的方面，更重要的方面是发现问题；其次，在读书方法上，细读是他的法宝，而细读的基本方法也与一般学者不同，不是做卡片，而是抄写与旁批。我在当助教时曾借过孙先生阅读过的书籍，总觉得读他的旁批比读原作还要带劲，而他的抄书，当然是“文革”时代书荒的一种见证，但更是细读的一种方式。进入新世纪以来，孙先生把主要精力放在“文本解读学”的建构上，分别出版了《名作细读》《月迷津渡：古典诗歌个案微观分析》《文本中心的突围和建构》《文学文本解读学》《孙绍振解读经典散文》等，其背景除了矛盾论的思想方法（重视各种关系的“错位”、差异，重视事物的同中之异）外，就是他从年轻时代开始建立在抄写与旁批基础上的细读训练。因为有这种长期的细读训练，他能真正进入文本的脉络，理解创作的文心与理路。因为进入了文脉、文心和文理，所以他的文学理论，无论对于作家，抑或对于读者，都没有“隔”的感觉。事实上，孙先生的文学理论的主要意义，不在于是否建构了宏大的知识体系，而在于对微妙而复杂的文学活动的“破译”，在于启迪人们理解文学这种想象世界的方式，——你理解了这种想象世界的方式，便理解了创作论，也掌握了阅读论。

孙绍振先生曾一再倡导创建有中国特色的文学理论，这种理论对他而言实际上是一种融创作论与鉴赏论为一体的文学理论。而把创作论与鉴赏论融为一体，正是中国文学理论的特色：中国最早的一部系统的文学理论著作《文心雕龙》，既是创作论，也是鉴赏论；而 1904 年出版的最早的一部林传甲著的《中国文学史》，也是既写语言与文体的变迁，也写文类之别和作文之法的，即集历史与文心于一体的。在这个意义上，孙绍振先生的文学理论不仅把知识论变成了实践论，深受作者与读者的热爱，而且有着深厚的历史背景。能与伟大文学传统背景建立密切关联的理论，当然是底气十足的理论。

（作者单位：首都师范大学中国诗歌研究中心）

走向美学的途中

谢有顺

一

在这个思想日渐成为显学的年代，文艺理论的研究正在面临衰落。尤其是在年轻一代的批评家那里，文艺理论类的读物很多都逸出了他们的视野，至少，就我个人的经历而言，文学批评所借鉴的理论资源，最主要的都不是来自文艺学，而是来自那些思想和哲学著作，那些有深刻的个人感悟的表达，似乎更能切近文学本身。只是，今日的文学界，文学理论与写作实践的脱节已是常态，多少人埋首于概念，或者自说自话，理论的武器很多，对文学的解释能力却在弱化，甚至丧失。艺术感觉不受重视，导致理论缺乏艺术的润泽，变得枯燥，文学这个生机勃勃的世界也被解释得毫无意趣，令人望而生畏。文艺理论发展这么多年，在解析艺术的方法上，并无多少创见，尤其是这一二十年来，比之于日益活跃的文学写作，文艺理论、文艺美学的贫乏是相当明显的。

孙绍振的理论堪称例外，他是中国当代最有理论创见的学者之一。他的理论著作虽然多是出版于20世纪80年代，今天读起来，却仍旧能给我带来愉快的享受，我想，这就是理论的生命力，它不惧怕时间这个残酷的杀手；与之相反的现象是，如约翰逊在《漫步者》中所说：“现在已被完全遗忘的作品，曾经被它们那个时代的人奉为圭臬和科学的立法者，这种情形是再常见不过了。”

提起孙绍振的名字，首先想起的是《新的美学原则在崛起》这篇著名的论文，因为它太著名了，一度掩盖了孙绍振后来更多的研究成就。《新的美学原则在崛起》一文，当然不仅是一篇历史性的文献，孙绍振会在有关“朦胧诗”的大论战中一举成名，也并非因为历史的机遇，而是他的才华和锐见必然会让他拔地而起。在那个意识形态压力还非常强大的年代，孙绍振以一个名不见经传的讲师身份，敢于提出那些大胆的、富有新意又充满战斗精神的理论主张，是多么不容易的事。据孙绍振自己回忆，这是一篇连分段都忘记了的一气呵成之作，里面却充分显露出了他那雄辩、深刻的理论气质。孙绍振当年所提出的“新的美学原则”，即便是现在读来，依然还是崭新的，甚至关于“追求生活溶解在心灵中的秘密”、自我表现以及“与传统的艺术习惯作斗争”等命题，直到今天，我们还是强调得不够。也正是因为“新的美学原则”合乎艺术的内在规律，具有无可辩驳的真理性，孙绍振才在那次大论争中成了胜利者，并以此作为理论起点，开始进一步建构他“真善美三元错位”的美学体系。“孙绍振此文（指《崛起》）所提出的问题，无论是理论勇气上、见识上，以及论述的深度上（不是系统架构的深度，而是触及问题本质的深度），都超越了同时期或相继的有关讨论（包括1980年在《美术》杂志围绕吴冠中提出在艺术表现中，‘形式即内容’的讨论，以及后来的文学界‘五只小风筝’事件），可以视为现代主义思潮对八十年代中国社会影响（不仅仅是对文学的影响）的最重要的文献之一而载入未来的历史。”①

孙绍振后来所表现出来的理论创造性，与他那不妥协的批判精神是密切相关的，他不盲目崇拜权威，不屈服于传统的偏见，恰恰相反的是，他的创造性都来源于对权威与传统的挑战。读读孙绍振的《文学创作论》《论变异》《美的结构》《孙绍振如是说》等著作，便会发现，无论是哪一个名人，哪一派著名的理论，也无论这人现在还活着与否，孙绍振都敢于提出怀疑、质问、反驳，并由此阐发出令人耳目一新的观点。在他看来，许多权威的命题，常常是武断的，原因在于这些命题不能逆推。曾经在20世纪中国五六

① 苏炜：《西方现代主义文学对中国八十年代作家的影响》，香港《知识分子》1992年第2期。

十年代风行的苏联理论家车尔尼雪夫斯基，有一个著名的论断叫作“美是生活”，这个命题是周扬文艺理论的核心，也是所谓“新美学”的逻辑起点，可孙绍振说，他当时“作为一个大学生就不买他们的账”。生活并非都是美的，不美的人、事、物比比皆是；生活中的美在艺术中可能变为丑，而生活中的丑在艺术中则可能是美的，这里面有一个艺术转换的问题。这本来是一个常识，可至今未见有人对它提出正面挑战，故此，孙绍振在《美的结构》一书的开头，就嘲笑了这个命题：

> 如果有人问花是什么，我们回答说花是土壤，我们会遭到嘲笑，因为我们混淆了花和土壤最起码的区别，或者用哲学的语言说是掩盖了花之所以为花的特殊矛盾。同样，如果有人问酒是什么，我们回答说酒是粮食，我们也会遭到嘲笑，因为粮食不是酒，这个回答没触及粮食如何转化为酒的奥秘。然而在文艺理论领域中，当人们问及形象是什么、美是什么时，我们却不惜花费上百年的时间去重复这样一个命题：美是生活，形象是生活的反映。[①]

在孙绍振看来，“美是生活”的逆反命题——美不是生活——可能还更深刻；同样，研究形象也不能只用单一的反映论，而应与本体论结合起来研究，因为不研究事物本身的结构和内在的特殊矛盾，就不能获得更深刻的认识。“我认为思路的转移远比观点的转移要深刻。”[②] 由此，他继续质疑朱光潜教授著名的美学观点——“美是想象”。孙绍振说：“首先，想象并不一定是美，也可能是丑的，其次，想象也不一定是艺术的专利，自然科学、政治学、经济学同样需要想象。问题不在于想象，而在于什么样的想象才是美的，什么样的想象不美，或者说，美的想象、艺术的想象有什么不同。这就叫做特点，不讲不同点，只讲科学和艺术的想象的共同点，就不是特点，也就谈不上艺术。”[③] 那么，为解救这种美学危机应运而生的“美是主观与客观的统一”这个命题，孙绍振又怎么看呢？“主观与客观的统一并不属于美的范畴，

---

① 孙绍振：《美的结构》，人民文学出版社，1988，第9页。

② 同上书，第11页。

③ 孙绍振：《孙绍振如是说》，三联书店（香港）有限公司，1994，第195页。

仍然属于真的范畴。”“主观与客观的统一强调的仍然是美与真的等同。不过作了一点哲学的补充，那就是如何才能达到真的境界，而并没涉及真向美的转化。从方法论来说，它所揭示的仍然是矛盾的普遍性，而一切学科的研究对象主要应该是矛盾的特殊性。”“既然真就是美，真和美的内涵没有任何区别，这个命题在逻辑上就犯了同义反复的毛病，把美的真的有限统一性变成绝对等同就必然使美的范畴变成了一个失去自身内涵的空壳。这就等于是取消了美的范畴。”① 寥寥数语，就可见出孙绍振的理论野心，类似的闪光段落，在孙绍振的著作中俯拾即是。我注意到，孙绍振在众多理论家中，之所以与众不同，主要在于他的理论背景有着深厚的哲学基础，这对于只有知识、没有方法，只有学者、少有思想家的中国理论界来说，优势是相当明显的。

二

支持孙绍振理论的哲学基础主要是黑格尔的辩证法（正反合思维模式）、波普尔的“证伪说”以及康德哲学的价值美学。② 孙绍振对黑格尔辩证法的运用，相当娴熟，加上波普尔的“证伪说”给他的深刻影响，他往往习惯于运用爱因斯坦所倡导的“两面神”的思维方法，亦即总是把事物放在正反两极中来检验，举例时通过正例肯定论点，再通过反例发展论点，这种正反合证所带来的结果，使孙绍振的理论阐述总是能够层层递进，螺旋上升，从而给我们带来一种智者的快乐。

和康德盼望在本体世界（意义和价值的观念）与现象世界（有重量、可量度的外在世界，即科学的世界）之间建立一个“统一”的知识理论③所

---

① 有关“美是主观与客观的统一”的反驳，参见《美的结构》一书中“审美价值结构及其升值与贬值运动”部分。

② 黑格尔、波普尔和康德三人对孙绍振的影响主要是哲学方法上的，而非精神本质上的。譬如，黑格尔与康德两人都有强烈的宗教精神，而孙绍振注重的只是美学与艺术的形式，即使康德的价值美学对他的影响，也还是形式层面上的。

③ 从黑格尔的《精神现象学》《逻辑学》《哲学史讲演录》《法哲学》等书中也可看到，他也有将“本体世界”与“现象世界”统一起来的愿望。他运用一连串复杂的宗教观念，艰苦地去建立起这个统一，但结果他留给我们的只是一大堆宗教字句。黑格尔的这些思想显然是在孙绍振的视野之外。

不同的是，孙绍振反对绝对统一性，他更愿意运用对立统一的矛盾法则，来分析事物的特殊矛盾。“死死揪住矛盾的特殊性不放，这就是我的出发点。不管它面临着多大的困难，也要把对特殊矛盾的分析进行到底。正因为这样，我在这本著作中（指《美的结构》）才那么强调形象本体结构的特殊性，作家智能结构的特殊性，不同文学形式审美规范的特殊性。”①

这并不等于说孙绍振在分析矛盾的特殊性时，就置普通性于不顾了，他总是习惯辩证地看问题，这使得他的笔像一把锐利的手术刀，能够很快地切入问题的要害。譬如，上面所提到的对“美是生活”这一命题的质疑，使孙绍振看到了反映论的局限；从生活与艺术的矛盾出发，孙绍振在形象的研究上强调主体性、自我表现，认为形象的胚胎产生于生活和自我的二维结构，这样，生活与自我之间互相制约、互相同化的过程，就使作家的情感、感受力、观察力获得了内在的自由，作家在阐明这种自我的内在自由时，再主动地调节自我的本质与生活的本质之间的不平衡关系，进而从现实层面上完成了形象的内容。然后，在形式的作用下，自我感情特征和客体特征脱离现实的层面，在想象中发生变异，这就是形象结构和第三维——想象和形式的作用。有了第三维的作用，形象就进入了更高的审美层次。作家在形象的三维结构里一旦把握了成熟的形式规范，也就形成了成熟的风格。② 这就是孙绍振著名的形象结构理论，完成于 1985 年，这对于当时还沉溺于“形象是生活的反映”这一僵化模式中的理论界来说，无疑是一次重要的艺术解放。它使形象不再被僵化地图解，而是回复到了形象的本质——在现实生活、作家内在自由、想象与变异的形式这三者的协同作用下产生的。

这无疑是新时期文学创作论领域的重要收获。

更重要的收获，还在于孙绍振在康德价值美学的影响下，提出的“真善美三元错位”的美学体系，它把中国当代的文艺美学研究推到了一个新的发展阶段。孙绍振首先看到，美与真不但在量上是不相等的，在质上也是不完全统一的，美与真属于不同范畴：美作为价值判断，真作为存在判断，二者是有不同的，真要向美转化，必须与主体的目的性发生关系，这样才有价值。

① 孙绍振：《美的结构》，第 5 页。

② 关于形象结构的完整论述，参见《美的结构》一书中“形象的三维结构和作家的内在自由”部分。

可是，在价值领域，除了审美价值之外，至少还有科学（认识）价值和实用（功利）价值，这三者都与人的主体需要和目的有关，但这三者在统一的方面是有限的、不完全的、相对的、有条件的。所以，科学家不相信自己的感觉、知觉，不敢相信自己的耳朵、眼睛、鼻子，宁愿去相信仪器的指针和刻度；而科学价值与审美价值之间是有“误差”的；只有当科学的认识激活了主体的情感世界，主体的情感对科学的理性有所超越之时，才有可能进入审美的层次，这种“误差”说明艺术家所追求的并不完全是客观的真。同样，审美价值与实用价值（包括道德的美和生理的满足）之间也是有差异的：审美只有超越了功利目的和生理需要所代表的实用价值时才有意义。

真、善、美都是一种价值判断，三者的关系并不是同位的重合的关系，并不是半径相等的三个可以互相重合的同心圆，作为价值判断，它们属于三个不同的范畴，对于同一对象，它们从主体的不同方位出发，有不同的价值方位。……它们既不是同位关系，也不是异位关系，而是一种错位结构，它们之间却有一部分是互相交叉。[①]

在形象的审美价值结构之中，情感的美在逻辑上、价值上必须超越于真和善，这三者之间的误差越大，审美情感的超越性就越大，审美价值量的增值幅度也越大（当然，这种错位不能超过极限，造成与科学、实用价值脱离的程度）。这种审美价值结构与具体的艺术形式联系在一起，就能产生真正的艺术。“正因为这样，曹雪芹不让林黛玉与贾宝玉之间的感情错位重合，不让二人的感情差距消失。托尔斯泰也不让安娜与伏隆斯基之间的感情差距消失，一切爱情小说动人的秘密都在于让相爱的人情感保持乃至扩大差距，有时至死都不让他们完全心心相印，而在诗中则写恋人的心心相印，情感没有误差，则是天经地义的事，在诗中，恋人的心一旦拉开差距，就可能散文化，导致诗的审美价值的下落，而在小说中主人公心与心的误差一旦消失，不是小说应该结束了，就是小说的审美价值贬值了。”[②]

至此，孙绍振的美学思想已基本成形。

---

① 孙绍振：《美的结构》，第 48 ~ 49 页。

② 同上书，第 61 页。

三

我愿意在此基础上，对孙绍振的文艺理论和美学体系提一点不同的看法。诚如孙绍振自己所说，美学研究的大限在于美学长期依附于哲学（这主要是指西方美学说的），这当然有其不足之处，但孙绍振将美学从哲学中分离出来，是否考虑到它也会失去许多东西？西方的美学因为有哲学背景，美学就有了一种高贵的精神，美学不单与艺术形式发生关系，也与存在形式（对人的精神境遇的探查方式）发生关系，甚至后者还更重要，这样的美学就不单是学术，更是一种精神；如果缺乏哲学背景，美学就容易成为方法学、策略学，只能停留在美的规律或形式结构的层面上，难以形成美学精神。

方法论意义上的美学虽有其自身的意义，但在我看来，它触及的还只是美学的现象，而不是美学的本质。譬如，当孙绍振说“美是主观与客观统一于审美价值的错位结构还要准确地定位于具体的艺术形式的审美规范”时，是否想过，为什么要“准确地定位于具体的艺术形式的审美规范”呢？这里面肯定与人对这个世界的体验有关。人作为一种独特的存在，他对美的要求是因为他心中有了一种美学秩序（可能是潜在的，也可能已遭破坏，只留下痕迹），有了趋向美的愿望，就如马克思所说，人是按照美的法则创造的（《圣经·创世纪》里记载，耶和华按着美的法则创造了一切之后，“看着一切是好的”，我相信，“好的”就是美的）。这个先存的事实决定人对美的体验，所以，忧伤、残缺、破碎也可能是美的，这不是错位的结果，而是因为忧伤、残缺、破碎唤起了人对存在之不幸的体验，更内在地说，它还包含了对欢乐、完整、完美的期待。

正因为此，西方才有“审美与伦理统一”的美学思想。

可见，光有方法是不够的，到达任何一种事物的本质，靠的不单是方法，更重要的是靠精神的力量，就如任何一个伟大的作家之所以能写出伟大的作品，不单是靠他掌握了某种成熟的写作技艺（这当然也是不可少的），更重要的是靠他对人、对世界、对存在的深刻体验，以及他的人格力量。从这个意义上说，孙绍振的理论中方法论意味还是太明显了。方法论有什么局限呢？它只能解释局部的现象，对整体的精神却很难把握。所以，孙绍振的理论文字可以对某些局部的艺术分析妙语连珠，但我们很少看到他对某个作家的整体性体验发言；他可以回答一个艺术家在形式层面上为什么该这样写的问题，但他很难在精神层面上回答这个问题。譬如，他经常提到托尔斯泰、陀思妥耶夫斯基，他对这些作家的艺术分析是很到位的，可是，这些作家所写的人性冲突、罪与罚等主题，为什么在他们那个时代是那样体验，而到了加缪、卡夫卡、福克纳等人那里却是另外一种体验？我想这时，光有艺术分析是回答不了问题的，因为这个内在变迁不是艺术上的转换，而是存在论的转换——世界与人的图景在作家的视野中变化了，这才是主要的原因。正是存在论的转换才最终带进了艺术形式的根本变化。尤其是在现代派作家那里，精神体验常常决定他的艺术形式。卡夫卡是先有人变成甲虫的体验，还是先有人变成甲虫的精神经验呢？这是不言而喻的。

存在体验能与艺术形式完美结合当然是最好的。我不是说艺术不重要，我的意思是，如果失去了对艺术整体、对存在的把握，一个人的艺术的趣味有时也是未必可靠的。譬如，孙绍振给予叶兆言那篇在我认为很一般的小说《蜜月阴影》比较高的评价[①]，还把王蒙那首简单的诗作——鱼儿在海里是多么自由/鱼儿被红烧是多么难受/我多愿意是一只小鸟，蹲在树枝上叼啄羽毛——说成是“属上乘之作”[②]，都是用局部的分析代替了整体把握后的结果。

在我认为，终极意义上的美（从美学精神上说）一定是与真、善合一的，虽然到达这种美的过程，可能有孙绍振所分析的错位结构，但最终的目标一定是三者合一的，因为美若不以真、善作为位格，就会发展出颓废美的观念，道德的标准就全然瓦解了，这时我们就不能再指责作家把玩弄少女的题材也看作是一种美了。事实上，孙绍振也承认，真、善、美三者也有互相交叉的部分，但他没有对这个交叉部分做出任何分析。这交叉部分究竟是什么呢？它是没有意义的还是美的终极图像？我相信那个交叉部分也肯定是美的，为什么孙绍振关于美的定义却无法将它涵盖进去？在那个交叉部分，美

① 孙绍振：《作品分析的还原法》，《名作欣赏》1994 年第 2 期。

② 孙绍振：《孙绍振如是说》，三联书店（香港）有限公司，1994，第 128 页。

的形式一定是与价值的形式重合了，这究竟是美的不幸还是美的大幸？从终极意义上说，美与真、善之间是统一的，错位结构只说出了趋向终极之美的过程，因为若不存在一种统一，又有什么“错位”可言呢？

这个结论当然是不合乎辩证法的。但我要继续追问的是：辩证法是否能真正解决问题？辩证法的目的在于搅乱那些特殊的东西，其进行的方法在于揭示出特殊的东西的有限性及其所包含的否定性，并指出特殊的东西事实上并不是它本身那样，而必然要过渡到它的反面，它是有局限性的，有一个否定它的东西，而这东西对于它是本质的。这种思想的运动早在柏拉图那里就出现了，但黑格尔给予了继续发展。在黑格尔看来，宇宙是逐渐呈现出来的，人对宇宙的了解也是如此。没有一个单独的命题，足以将“实有”的真相全部说出来，而每一个命题所包含的真理核心，都有一种相反的论证，称为“反”，把真相呈现而和“正”相反。无论是“正”或是“反”都包含着真理，当“正”“反”成立后，一个“合”便产生了，于是一个新命题又出现了。新的命题说明一个新状态，当中又出现同样的矛盾（对立）形态，周而复始，正、反、合就这样无休止地发展下去。宇宙以及人对它的了解便在这种辩证的方式下得以显明。简而言之，宇宙带着它的意识——人，一起演化。

这种辩证的结果，就把一切的立场都相对化了。可是真理如果不是在“反”中发现，那真理、道德、正义就只是在历史之流中“合”的结果，这样的话，我们似乎对希特勒的暴行不能下绝对的判断了。一旦放弃了绝对的原则，哲学、政治、个人道德都可以从“合”着手，人们心目中的真理就没了。如果认为一切都是相对主义的，这在本质上是把相对主义绝对化了——绝对地相信相对主义，可见，这个世界必然是有绝对精神的，只是，这已经是另外一个哲学问题了——可见，美学最终还是与哲学有关。

（作者单位：中山大学文学院）

“编外”导师

——孙绍振学术品格的一种“描述”

陈仲义

一

草班出身，师出无名，在下自然对名望太学仰酸了脖子。遇上会期，见着研究生们，帮着导师忙前忙后，煞是羡慕；闲聊间听到他们梳理门户，评骘旁系，不免一番空落，自觉噤声。因为没有什么学历学位，特别渴求术业上有人指点迷津，校准方位。20 世纪 70 年代末记不清是哪一次创作学习班还是哪一次研讨会，总之认识 30 多年，一来二去，我渐成孙老师的一名编外学生。

窃以为好的导师有两种：“影子”导师，他渗透到你的科研、教学乃至生活的方方面面，细水长流、润物无声、无时不在地影响你的“魂灵”。另一种是属于一锤定音、拨云见日的“点拨”导师，在关键或茫然时刻，在两难或多难的转折，给你一颗毋庸置疑的“定心丸”。孙老师无疑兼有这样的“双肩挑”（当然还有一种特殊的、无为而治的“放羊”导师，任你无拘无束地自由生长）。

地缘上的距离，的确少了许多当面聆听的机会，实际上也不便经常打扰，时或通通邮件、电话，请教问题，他总是有问必答。于是，我从中获致一二启发或“灵感”。在公开场合，在下从不敢妄称孙门嫡系，以避附骥之嫌，不过暗地里或潜意识里，总是偷偷归入“孙家军”，不知孙大帅接纳否?

从滔滔雄辩中，总能采获吉光片羽；不经意间，几句“随口”，竟成耳提面命；更多时候，是在皇皇著述里，找到精神与方法的导向。孙老师的为人为文，或可归纳为“三气”：大气、锐气、霸气。

二

孙师的大气，体现在他视野坦荡、心无芥蒂、提携后进。记得初出茅庐时（其实是鬼使神差，误入歧途），他就为我稚嫩的处女作（1990）做了序言，不吝笔墨。事隔九年后，他还在《揭示当代诗艺探索的风险》一文中，揠苗助长：“在目前的诗歌理论界，陈仲义也许是一个被忽略了的真正的诗歌理论家。由于种种原因，他在理论上的重要性，至今没有得到充分的重视。”[①] 这样的评价，一直让我十分汗颜，同时另一面也变成了持久的鞭策：再怎样不才、低能，也不能拖了尊师的后腿。

近年笔者在做现代诗的“接受”课题，明知他特忙，还是把意见征求稿寄给了他，希冀从中获得匡正思路。虽然其时他正编辑个人十九卷文集，无法通篇浏览，但他还是抽章进行了细读，并且写来了近三千字详细意见，令人动容。

例如对第8页“新诗接受在细读这样一个重要环节上特别发达，表现上佳，近三十年进步神速……”的判断，他不客气地反驳道：“在我看来，言过其实。新诗解读，至今对凤凰涅槃都没有入门，原因是解读者缺乏郭沫若当年的佛学和泛神哲学修养。”

例如对第10页，先肯定“提出文本结构的自足性与接受开放性的‘哑铃图式’，这样的图式，或许还可以延伸到其他文类，皆可贵”。马上笔锋一转，直灸穴位：“唯对四动模式为心理范畴之反驳似不充分，关键在于四动模式，作为范畴缺乏内在矛盾，因而缺乏发展的内因，成为静止的概念。其联系，亦为形式逻辑的，虽有层次，然而终究不是从内在的矛盾中衍生出来的。”真是掐中命门。

① 孙绍振：《揭示当代诗艺探索的风险》，《福建文学》1999年第11期。

例如对第11页，指出“问题提得很深刻，特别是好坏标准问题，不管怎么多元，最后还是有相对品级的高低之分。但是，光用张力这样的观念，似乎太狭隘。理论上，并不全面，然从操作性上讲，首先解决诗与非诗的界限，然后再解决诗的——好坏、高低、优劣的品级，在实践上可行。但是，这样标准，从理论上说只是共时性的，应该加上历时性的，也就是在历史的发展中统一中不断衍生，不断变化的”。[①] 在这里，只是引录了邮件的十几分之一，虽“信笔所至”，但孙师学术思想的宏阔与缜密，却可见一斑。

日前提交的一篇关于新诗形式建设的论文，他依然严于斧钺：“你本来的文风是从诗歌文本出发的，不管怎样，总有可观之处。但是，这一篇是概念的演绎，缺少雄辩的实证，你这个长处，丢掉了。”继而建议：“你的重点应该放在新诗的形式探索的历史经验的总结批判上。此外，还可以从诗人的实践出发，用你所擅长的直接归纳，提出问题，结合西方和中国古典理论资源开展你自己的论述。”[②] 动中窾要，受益匪浅。

在2015年第十届海峡诗会上，作为《个人经验与乡土资源》的主题点评人，孙师虽八十高龄，依然力道十足。他用大量古典诗例佐证，阐述乡愁经由“回忆—内化—变形—美化”的发生过程；基于拉开时空距离的错位，写作主体获得自由转化的巨大支点，有价值的经验诗歌便在这偌大的时空中诞生。这种实证理论的提炼，无数次贯穿在他的会议发言和文章著述中，每每叫人获益匪浅。彼时坐在他旁边的我，心血来潮，蠢蠢欲动，为使两岸诗会多一点争论的火药味儿，第一次跳将出来，公然与导师“顶撞”，甚至故意把论敌逼到死角：在大力推举古典时空经验的凝聚时，我们不应该排斥现代诗的瞬间体验。表面上瞬间体验看起来没有回忆，没有时间，其实是一种高度压缩、压扁的时空；现代诗的瞬间体验是现代诗把握世界的基本方式之一，同样能产生许多优秀文本。对于我这样唐突的“攻击”，自然引起孙师的快速“反扑”，他即刻引用古典诗歌中不少瞬间体验的名句，作为补充。会后，有人对我直言，你胆子好大呀，替你捏一把汗呢。我笑了笑：自家人嘛，不分彼此。不像有些人，老虎屁股摸不得，一听到不同声音便暴跳如雷

① 2014年11月16日孙绍振回复笔者邮件。

② 2015年9月19日孙绍振回复笔者邮件。

或耿耿于怀。其实，像这样的“擦火”并不奇怪，也无需担心。俗话不是说“树大好乘凉”吗？根深叶茂的大树，向来拥有强大的自信与根基，既能抗击台风，又能用厚厚的冠盖庇荫一方水土。

三

孙师的锐气，同样有目共睹：不用说当年老二的“崛起论”，如何像“莲花”过境，飓风般横扫大陆文学观念的壁垒，掀起一阵阵海啸；批判“艺术败家子”的愤青檄文，引发阵营内部一片“惊悚”；转而幽默理论的“二元价值逻辑错位”，直逼世界级贡献；在“炮轰高考作文”种种弊端的硝烟尚未散尽，筹谋语文教改修订新课标之后，又步入古典诗话领域，一阵“聚讼”风云，正是这样的理论勇气、豪气、锐气，孙氏大树结出了“错位”与“变异”的奇异之果。

大陆第一部最详备的“文学创作论”，正是出于他“错位”的机杼，创见迭出，目不暇接。他对许多传统教条的命题不屑一顾，总是在趋同思维中杀出一条血路，一旦摆脱惯性的向心力，就获得越轨与出格的新意，诸如他宁愿以有特点的细节开始“形象思维”；总结诗人情感的一级强化、二级强化、无极强化，做出知觉量变的转移；提炼出散文审美特征是以“情趣”为核心的，与此前的说法拉开了距离；甚至无视小说的人物“典型”，紧紧抓住人物的情感逻辑与性格逻辑起点——通过“一点着迷”的点穴，打通全身的经络……诸如此类，他在大量的文学现象与实例中摸爬滚打，成功地避开从术语到概念的演绎流弊，而提炼出层出不穷、独具慧眼的新见。在中国文论界，几多睿智的理论机锋可与孙氏比肩？

从创作论到解读学，这一次，孙教授再度把西洋的接受学置之脑后，始终把持文本罗盘，且用极其丰富的实证支撑解读学的核心——“还原法”。他的“还原法”自如穿梭于各类文本航线，于形式规范中横舟巧渡。故而再怎样晦暗滚滚的洋面，一经“还原”的螺旋桨翻搅，便有赴险如夷的抵达。孙氏矛盾分析的最出彩处是细读深化的“层级”处理，有如考古学家手握刷子，细致入微地拂去覆盖在文物上的尘土，剥笋般层层近逼，这是用直捅的凿子所无法奏效的。笔者深受孙师影响，希望能在“还原比较”与

"矛盾分析"中，有所采获，可惜菲才寡学，只得一二皮毛。《文学文本解读学》堪称中国化的原创正果，那些"舶来"的接受美学在孙师手上，变成经世致用的孙氏"庖刀"。虽然书中涉及的新诗、现代诗文类篇幅偏少，但其启示性的原则与方法论必将影响深远。

多年来，孙绍振高掌远跖，在破除西方理论迷信的前提下，以极具个人智慧才识构建体系性的文学解读学，其要旨可归结为：中国式的微观解密诗学，其根本源头在中国的诗话词话和小说评点，师承了中国文论的文本中心传统。其哲学基础是对立统一辩证二分法，辅之以老子的"一生二，二生三"的三分法。价值系统来自康德经过朱光潜先生阐释的审美情感（或译"情趣判断"）论。方法结合着马克思在《资本论》中的"细胞"形态的分析，从逻辑上升到历史的具体分析，从而扬弃了新批评细读的封闭性。从逻辑上来说，孙绍振对西方文论盛行的演绎法保持高度警惕，更多依仗直接归纳，在二者保持必要的张力基础上进行体系性的建构。①

孙氏的阐释解读体系，可称为还原比较论，总起来有七类：价值观念（真善美）的还原和比较；艺术感觉和科学实用感觉的还原和比较；情感逻辑和理性逻辑的还原和比较；历史的还原和比较；文体的还原和比较；流派的还原和比较；风格的还原和比较。七类似可再压缩为两个关键句：

还原的分级比较阐释；
矛盾的分层推进分析。

起决定作用的当然是艺术的感觉还原。举《再别康桥》来说明，所有的人对"告别"都会忽略，认为已无油水可揩，可是孙师穷追不舍。他抛开传统的形象和表现对象之间的统一性（多为重复的无效信息），而着眼未经作者处理的原生状态、原生语义，然后将之与艺术形象加以对比，揭示出差异来进行分析。换句话说，就是从天衣无缝的作品中，找出差异，揭示矛盾，从而提出问题来。与此同时，他运用还原法检验，涉及与原生态比较（徐志摩的散文《我所知道的康桥》）、涉及与郭沫若同期风格的历史比较、

① 孙绍振：《美国"新批评"细读批判》，《中国比较文学》2011年第2期。

涉及与徐志摩的前文本比较（早四年写的《康桥再会吧》）。而重头戏自然在文本的还原分析。孙师在众人容易千篇一律的地方，找到“轻轻”“悄悄”“沉默”等背后隐藏的五重差异，找到表层与深层之间的微妙矛盾，进而淋漓尽致、正反多番地析出其间的奥妙。矛盾的第一层次，不是与人告别而是与云彩告别；第二层次，不是与云彩告别而是与自己的往事隐情告别；第三层次，与隐情告别，自己即与内心告别只能是悄悄无声地；第四层次，这种沉默无声其实是某种情感陶醉；第五层次，情感陶醉是“不用带走”的“原地流放”。[①] 孙师擅长的层层逼近或层层剥笋，成了还原比较七法中的“领班”，广泛用于古今中外诗歌的鉴赏上，成就了中国式细读的创设性范式。

四

孙老师的霸气，近年愈发明显。他立足本土，雄视西洋，不仅“入乎其里”，更是“出乎其外”，始终对西学保持一种国内学者少有的扬弃态势。他在心理上绝不俯首帖耳、鹦鹉学舌、以代西方权威立言为荣。他最为反对的是，问题是人家的、大前提是人家的、方法是人家的、结论也是人家的。他睥睨将西方文论奉为放之四海而皆准的真理，嘲笑亦步亦趋的理论搬运工，他赞赏对西洋权威的质疑、挑战，把原创性作为学术追求的最高目标。他号召，并身体力行，理直气壮地冲着西方文论进行反质，提出西方人没有提出的问题，迫使其接招、就范，以此改变一代学人被动的“理论旅行”。“西方文论失足的地方，正是我们的出发点，从这里对他们的理论（从俄国形式主义到美国新批评，从结构主义到文学虚无主义的解构主义，从读者中心论到叙述学）进行系统的梳理和批判，在他们徒叹奈何的空白中，建构起文学文本解读学，驾驭着他们所没有的理论和资源，和他们对话，迫使他们与我们接轨，在文学文本的解读方面和他们一较高下。也许这正是历史摆在我们面前的大好机遇。”[②]

---

① 孙绍振：《再谈“还原”分析方法——以〈再别康桥〉为例》，《名作欣赏》2004 年第 8 期。

② 孙绍振、孙彦君：《文学解读学·序言》，北京大学出版社，2015。

如此的大气魄、大情怀，让一切小家子气相形见绌，也让学术之外的种种晦暗、龌龊之气逃匿。高屋建瓴的理论思维不失细密的气质，在马克思《资本论》、普列汉诺夫、黑格尔打下的底子上，将大量的感性上升为逻辑与历史的系统化；许多话语出自独立的声带，且自洽为体系；源于康德二律背反的求征模式，黑格尔正、反、合的三一模式，波普尔的证伪法与马克思的证实法[①]，非但没有落入"套用"泥淖，更因抽钉拔楔的勇气，颇具励精更始的原创品格。"在历史的生成过程当中并在逻辑的层面，进行微观分析并综合直接从文本中洞察文学的奥秘，抽象出观念来，形成自己的话语，这种直接抽象的功夫，正是一切理论原创性的基础。"[②] 可不是？他一会儿对俄国形式主义的"陌生化"亮出手术刀：陌生化作为一个诗学范畴是片面的，它孤立地强调了问题的一个方面，而忽略了与之共生的另一个方面的熟悉化，两者构成相反相成的对立统一。一会儿对新批评的文本中心论伸出长长的利剑，大大捅了一下：新批评在思维方法上存在重大的漏洞，虽然新批评颇为执着地追求文学批评的科学化，但是，他们对当代科学理论中证伪高于证明的原则一无所知；也不忘在读者反应理论的巅峰期棒喝一声，提醒人们不要走得太远：作家在完成作品以后会死亡，读者也免不了代代逝去，所以只有文本与作品是永恒的……举凡西洋理论批评的偏颇、局限、软肋处，他如入无人之境，轮番挥动着"霸王鞭"，左右开弓。

原以为孙老师的学问多源于现代思辨理性批判，然最近翻阅陈一琴先生请他加盟的《聚讼》，其古典诗词、文论学养之深，委实叫人吃惊，这就明白孙老师为何有如此勇气与霸气敢冒天下之大不韪。比如，他并没有躺倒在荣耀上裹足不前，而是继续"树敌"，包括向古典诗学权威袁行霈先生提出深度追究。

袁先生把中国诗歌语言的多义性直接归纳为"宣示义"和"启示义"，孙老师直言不讳挑出其"破绽"，仅举一小例子，就知其如何气势如虹不饶人："袁先生说渔翁'依然在钓他的鱼'。把'钓雪'解读为'钓鱼'，袁先生此说大谬。柳宗元此诗的诗眼在'钓雪'上。如果是在'钓鱼'，就不

---

① 张艺声：《孙绍振：〈新的美学原则〉的当代学理与方法论》，《福建论坛》2003 年第 4 期。

② 孙绍振：《审美价值结构与情感逻辑》，华中师范大学出版社，2000，第 11 页。

但没有深层意味，而且连表层诗意味都没有了。”[①] 这种不给面子的学术“拷问”，显示对诗歌“真理”的童稚般较真。虽不乏“霸道”，有待商榷，但在当下，在日益浮躁的学术“溜冰场”上，这乃是一种难得的学贯中西的扎实，是只有经过相互打通的坚厚方可具备的大底气。

“猴子理论家”的灵动、智慧、气势，及其一招一式，无不显示“孙氏太极拳”的独当一面。半个世纪一路走来，弥散着大气、锐气、霸气，“三气”齐发，悬河注火。跻身于这样的门下编外，学习操演着腾挪辗转的功夫，特别是收获一种重要的精神导向，此生幸矣。

人们经常感慨，身旁无大师。或许是因距离太近，“盲视”模糊了判断。孙师的许多原创成果，毫不逊色于西洋他者，他的理论自信与本土化本色，是我们弥足珍贵的财富与标杆。

（作者单位：厦门城市学院）

① 孙绍振：《中国古典诗歌的意象和意脉——评袁行霈古典诗学观念和文本解读》，《文艺争鸣》2015 年第 4 期。

具有茂盛创新意识的“跨界达人”

——从孙绍振在《人民日报》上的印迹看其学术风格

王国平

孙绍振是我国当代文艺领域重量级的专家学者。《人民日报》创刊于1946年，长期对文艺思潮、文艺现象、文艺动态进行及时充分的跟踪与反映。本文通过内部数据系统，检索出《人民日报》创刊以来记载的与孙绍振相关的文学活动，并以此为样本，微观考察孙绍振的学术地位、研究思路与研究成果。

一　数据统计情况概述

截至2015年10月14日，“孙绍振”这个名字在《人民日报》上一共出现了26次，包括署名文章、新闻报道和他人评述等。依照内容大体可以细分为八类。

一是参加采风与学术活动。“孙绍振”最早出现在《人民日报》上是在1978年9月23日，当日第2版右下刊登了一则新华社通稿，标题是《到火热的斗争中写更多更好的作品》，副题是《五十多位老年、中年、青年作家、诗人组成学习访问团，赴大庆、鞍山、开滦、柴达木等地访问、学习、创作》。当年74岁的老作家艾芜担任学习访问团团长，诗人、散文作家徐迟和《人民文学》副主编刘剑青任副团长。孙绍振是团员之一。消息写道，作家们说，多年以来，在林彪、“四人帮”的反动文艺路线压迫下，作家们被捆住手脚，被关在“笼里”。党中央粉碎了“四人帮”，也粉碎了“四人帮”强加在作家身上的精神枷锁。现在是“海阔从鱼跃，天高任鸟飞”，文艺工作者大有用武之地。他们表示要在亿万人民为实现祖国四个现代化的伟大进军中，写出更多更好的作品，“将以各种文艺形式反映新长征路上工业战线的大好形势和各路英雄的业绩”。

2010年6月10日第24版刊登《洪子诚：低调与坚持》，文中提及，“1957年，大二时的洪子诚在当时《诗刊》副主编徐迟的建议下，和高他一级的谢冕、孙绍振、孙玉石、殷晋培及同学刘登翰等合作编写了《新诗发展概况》”。

2011年2月11日第24版刊登一则题为《福州文人欲打造“诗歌榕城”》的“文艺信息”，作者杨志学写道：“近日，评论家谢冕、南帆、孙绍振、刘登翰等人汇聚一堂，围绕‘诗与城市精神’的话题展开了有兴味的讨论，大家纷纷为‘诗歌榕城’的建设出谋划策。”

2011年10月18日第20版刊登记者虞金星的采访报道《经典图书，去哪里寻找》。报道的由头是“汉译经典”丛书编委座谈会在京举行。丛书以引进、翻译国外学术名著为目的，并成立了编委会，孙绍振是成员之一，其他人员有许渊冲、陆建德、陈思和、周国平等。

2014年8月21日第24版刊登综述《助网络文学拓展未来》，作者宋静思写道，作为“中国梦·海峡情”第二届海峡两岸文学创作网络大赛的一部分，高峰论坛“文学在互联网时代的地位与应对方式”近日在北京举行。谢冕、张胜友、孙绍振、白烨、谢有顺等近30名专家、学者与会。此次活动由福建省文联、福建省互联网信息办公室、福建省作协联合主办。

二是书讯。1987年3月26日第8版发表朱荣瑚的《揽诗评各家之言——〈中国当代诗论50家〉》，评价古远清的《中国当代诗论50家》“以评论之评论的形式，用翔实的资料”，对孙绍振等50人的诗论作了客观的介绍。

2000年6月17日第6版刊发简讯，内容是华中师范大学出版社出版的“新时期文艺学建设丛书”问世，丛书第一辑六册，作者包括孙绍振，其他五位是胡经之、张少康、朱立元、钱中文和童庆炳。

2010年11月30日第20版刊发《解读语文》的书讯。此书由钱理群、孙绍振、王富仁三人合著，福建人民出版社出版，“三位名家联手遴选中学语文经典篇目，同一文本可以多元解读”。

2015 年 6 月 30 日第 24 版发表《展示当代文艺理论新成就——〈当代文艺理论家如是说〉编后》。作者王文革写道：“这部对话集不仅表现了中国当代文艺理论家的理论风采，而且表现了他们的思想魅力。这些文艺理论家勇于批判一些不良文化艺术现象，但他们却没有止于此，而是力图反映这个时代的人民对文艺的根本要求，因而，他们提出了不少独特的文艺理论学说。钱中文、陆贵山、童庆炳、孙绍振、彭立勋等文艺理论家竞相提出了富有个人特色的文艺理论学说。”

三是获奖。2000 年 5 月 13 日第 8 版刊登《“迎澳门回归，迎新千年”征文获奖名单》，孙绍振文章《精致的澳门风格》获三等奖。

2013 年 6 月 25 日第 14 版刊发简讯《〈文学报〉研讨创作与评论良性互动》，提及第二届《文学报 · 新批评》优秀评论奖揭晓，孙绍振的《北大中文系，让我把你摇醒——读〈学者吴小如〉兼谈钱学森世纪之问》等五篇作品获奖。

四是逸事。1999 年 6 月 11 日第 12 版发表舒婷的随笔《橡皮人》。作者写道，三月里的一天，《福建文学》副主编施小雨说：“科索沃打起来了!”她听成了“何首乌”，问“谁为何首乌打架?”施小雨很惊讶：“现在我相信老孙说的是真的了。”老孙就是“诗歌理论专业户孙绍振教授”。舒婷记载，有一年政协开会，清晨五点多钟，孙绍振打电话把她叫醒了，说：“舒婷，齐奥塞斯库被枪决了!”她只知道波隆贝斯库，为这位作曲家的圆舞曲所倾倒，回话说：“你有没有搞错，那个音乐家早死了，当然不是被枪杀的。”舒婷感慨：“我对政治时事的懵懂无知从此臭名远扬……我正在失去的对事物的关心和参与。”

五是文学作品。1998 年 4 月 18 日第 6 版《静静的金湖》，1998 年 5 月 15 日第 12 版《九十九分的苦恼》，1998 年 11 月 5 日第 12 版《燕园历史感》，1999 年 2 月 6 日第 7 版《小城童话》，1999 年 7 月 30 日第 11 版《泉州状元街上的风》，1999 年 12 月 18 日第 11 版《精致的澳门风格》。

六是书评。2005 年 12 月 22 日第 9 版刊发《跨越时代的童诗——读〈适宜朗诵的 100 首童诗〉》。

2010 年 12 月 28 日第 20 版整版刊登《2010 影响力 10 部书——本报读

书版、人民网读书频道联合推荐》，孙绍振评点 10 部书之一《时间的故事》。

七是他人的评述。1981 年 4 月 29 日第 5 版转载了《评〈新的美学原则在崛起〉——与孙绍振同志商榷》，文末标明“原载《诗刊》1981 年第 4 期，原文共三节，因篇幅关系，这里选载的是前两节，并在文字上作了删节”，另附有《〈新的美学原则在崛起〉一文简介》。

1983 年 9 月 13 日第 5 版刊登《〈文艺报〉等报刊关于西方现代派文学与我国文学发展方向问题的讨论》。文中写道：“主张否定、抛弃我国革命文学传统的一些同志认为，权威和传统已经成了思想解放和艺术革新的障碍。它是过去历史条件造成的，当这些条件为新条件代替的时候，它的保守性狭隘性就显示出来了。孙绍振说：‘一切传统，包括艺术传统都有它的保守性，艺术创新要进行到底，便不能不以异端的姿态向传统发出挑战’（《给艺术的革新者更自由的空气》）。”

2014 年 10 月 28 日第 24 版头条刊发南帆的《闽派批评的中国立场》，对孙绍振的《新的美学原则在崛起》的学术地位与学术价值给予充分肯定。同时他指出孙绍振的学术战线辗转不定，“他曾经涉入普遍的美学问题，继而转向了微观的文学写作、经典文本分析和中学语文教育”。

八是观点与言论。2010 年 11 月 19 日第 17 版刊登记者李舫的综合报道《有一个故事，值得静静叙说——如何增强当代汉语写作的国际传播力和影响力》。在谈及整个世界话语体系中文学的发展相互影响、相互促进、相互转换时，引用了孙绍振的观点，“每个中国著名小说家背后都站着一个更著名的西方小说家，比如说在鲁迅背后有果戈理、安德烈耶夫，茅盾背后有左拉，巴金背后有托尔斯泰，曹禺背后有奥尼尔，郭沫若背后有惠特曼、歌德，艾青背后有波德莱尔，郭小川、贺敬之、田间背后有马雅可夫斯基”。

2011 年 2 月 22 日第 20 版副刊“品读经典”栏目刊登孙绍振署名文章《多智、多妒、多疑的审美循环》，对《三国演义》的艺术成就进行提炼与阐述。

2014 年 9 月 9 日第 14 版刊发孙绍振署名文章《口语交际是语文教育的短板》，指出“文本阅读、写作和口语交际在语文教育中缺一不可，而当前无论是在理论研究还是教学实践方面，口语交际都存在严重不足”。

二 孙绍振研究创作风格特色初探

孙绍振在《人民日报》上出现的频次并不算高，数量不可观但质量可观，延续性好，细水长流，在关节点上总有他围绕时代问题发出的声音，引发学界甚至整个社会的关注与回应。透过《人民日报》这扇窗口，通过梳理可以发现，孙绍振的文学活动具有四个特点。

一是旺盛的学术生命力和广泛的学术影响力。在当代文艺理论研究领域，孙绍振是重镇，“躲不开”“落不下”。20 世纪 80 年代，他入选“中国当代诗论 50 家”，成为研究者的研究对象。时隔 30 年，《当代文艺理论家如是说》一书依然有他。他的文章《新的美学原则在崛起》刊发在 1981 年第 3 期《诗刊》这本专业刊物上，第 4 期就刊出了回应与“商榷”文章，并且由《人民日报》以半个整版的宝贵版面加以转载。可见这篇文章在诗歌界、学术界、思想界乃至整个意识形态领域激起的波澜，引发的强劲反弹。1981 年刊发的这篇商榷文章，在“提要”部分，作者明确指出《新的美学原则在崛起》表明孙绍振“根本不屑于表现我们这个新时期的时代精神”，“新的美学原则”的纲领就是“自我表现”，把个人置于社会、阶级、时代之上，“是一种散发着浓烈的小资产阶级个人主义气味的美学思想”。批判力度严厉，带有鲜明的时代烙印。33 年后的 2014 年 10 月，南帆在论述“闽派批评”发展脉络时，认为《新的美学原则在崛起》提出新诗异于传统叙事，追求“生活溶解在心灵中的秘密”，并且阐释这种美学原则的深刻根源是人的价值标准发生了巨大变化，“至少在当时，这些观点惊世骇俗。时至如今，‘朦胧诗’已经得到文学史的认可，谢冕、孙绍振的‘崛起’之说酿成了新的理论话题”。一篇文章在一张报纸上的“命运变迁”，内含的是时代开放、发展、进步的潮流与轨迹，同时也佐证了孙绍振的学术敏锐度和学术穿透力。

二是视野宽阔，具有多套笔墨，是个多面手，正如南帆所说，学术战线“辗转不定”。孙绍振擅长进行书斋式的逻辑推理与学术观察，从经典理论资源出发，汲取营养，理性审视，再通过个体的熔铸与阐发，扬起自己的学术旗帜，提出新的范畴，确立新的学说，整个过程充满了思辨力与建构力。孙绍振真正做到立足古今中外，目光不断地伸向远方，延展学术臂长，又能站稳中国立场，善于用“中国话”讲世界的事。在接受记者采访谈及文学的发展具有相互影响、相互促进、相互转换的特征时，他说道：“每个中国著名小说家背后都站着一个更著名的西方小说家，比如说在鲁迅背后有果戈理、安德烈耶夫，茅盾背后有左拉，巴金背后有托尔斯泰，曹禺背后有奥尼尔，郭沫若背后有惠特曼、歌德，艾青背后有波德莱尔，郭小川、贺敬之、田间背后有马雅可夫斯基。”简单的“一句话”式的观点阐述，背后蕴藏着的是广泛的阅读积淀和比较文学的学术研究思路。获奖文章《北大中文系，让我把你摇醒——读〈学者吴小如〉兼谈钱学森世纪之问》，从标题就可以看出孙绍振学术视域的宽阔与观察角度的交叉多元，是一种学术上“混搭”。孙绍振是个“跨界达人”，习惯于打破学科壁垒和冲决条块分割。他又能走出书斋，围绕时代发展历程中出现的新情况、新问题，要么参与大众媒体设置的话题讨论，要么引领大众话题讨论的方向，兼具问题意识和时代意识，发出理性思辨的声音。就《人民日报》刊登的两篇学术署名文章而言，一篇是关于如何认识、看待经典，一篇是呼吁语文教育重视口语交际，话题都具备一定的时代性，击中当时的社会性问题，与时代共鸣共振。在理论开掘的间隙，他试水文学创作。迄今为止《人民日报》共刊发了他的6篇散文随笔，题材多姿，各有千秋：《静静的金湖》写的是“我”以臣服、虔诚之心面对自然，倡导人与自然的和谐共处。《九十九分的苦恼》是一则家庭生活小品，以幽默的方式化解家庭教育观念上的冲突。《燕园历史感》是在平常中发掘出历史的纵深，“走出燕园，不带着历史感是不可能的，但是光有沧桑感是不够的。站在西校门口，我感到的是第二个一百年的挑战的压力比第一个一百年的凶险更为强烈”。结尾道出了“老北大人”的拳拳赤子心，淡淡的笔调之下蕴藏着沉闷的热血呐喊。《小城童话》《泉州状元街上的风》都是闽地风情的展示与细致描摹，涉及童年记忆、建筑风格和对时代潮流的捕捉。《精致的澳门风格》是一种抒怀，但不同于惯常的过度亢奋的饱满抒情政治高歌，而是在历史与现实交织中写出澳门一地的精致与玲珑。这些断章与孙绍振的学术研究有着内在的应和，他借助文学之笔实践着自己的学术主张，在写人状物时抒发胸襟，展示人文思考。

三是学术研究上有着旺盛的创新意识，观点一以贯之的不落俗套。孙绍振在学术上总是领先一步，发出别人发不出或不敢发的声音，超前意识强烈，符合中医“治未病”理论；论述风格上直言不讳，正面强攻，以理服人；不按常理出牌，有时堪称“石破天惊”，不走寻常路，但走的又不是歪路、邪路，而是尚在正道上，往往给人以柳暗花明之感。《新的美学原则在崛起》的学术地位和历史意义不可撼动。《多智、多妒、多疑的审美循环》一文是对《三国演义》艺术性的再度伸张与总结，“靶子”对准的是胡适和鲁迅。胡适首度把《三国演义》从稗官野史提升到文学史的正宗，又评价这部作品“只能成一部通俗历史，而没有文学价值”。鲁迅对《三国演义》的艺术在根本上也是持否定态度的。孙绍振却宣告读者的阅读实践颠覆了权威论断，他通过对“草船借箭”进行细胞形态的解剖，推理出两位大家观点的偏颇，明确“《三国演义》是大手笔，不但在中国小说史，就是在世界小说史上都堪称具备伟大的艺术气魄”，显示出不一般的学术勇气。

四是文风上的通畅与晓白。孙绍振的文章，特别是学术论文，耐读，滋味绵长，他的创见结实有力，总是能给人以耳目一新之感。从舒婷的记述可以看出，孙绍振关心天下大事，并且是个性情中人。言为心声，文如其人。孙绍振的学术研究富有激情，时而汪洋恣肆，时而灵光乍现，正如他所言的“刹那主义”。他的论述环环相扣，例证丰富，用例精准，理性思辨的间隙穿插着品格、品位高级的“段子”，这些“彩蛋”释放的节奏张弛有道，形成阅读期待与阅读愉悦。他的学术研究，可以说是“文学化的学术论文”。在《口语交际是语文教育的短板》一文中，他论述有必要充分认识口语、书面语、古代汉语的区别时，举例说：“毛泽东在《别了，司徒雷登》中批驳美国白皮书，不用一般书面语说他们‘彻底失败’了，而用口语词汇，说他们‘完蛋’了，其间的豪情就不是‘失败’那样的书面词语所能承载的。”谈及口语可以彰显出个人特点时，举例是2011年两会期间，王岐山参加山东代表团讨论，当代表反映食品安全问题时，王岐山连称“惭愧”“不好意思”，并回忆起年轻时吃不饱，“现在刚吃饱，就出现了食品安全问题”“好东西多了，吃起来却有点不放心”“越白的面还越不踏实”。孙绍振点评道：“用了这么多的口头语言，其效果就不仅仅是有个人化的情感色彩，而且有普通人的个性，缩短了人与人的心理距离。其重要性就不仅仅是语言的运用，更是群众路线的落实。”孙绍振的为文形成了自己的个性化风格，这得益于他长期倡导的对中西经典小说、散文、诗歌个案进行手工式的微观分析，始终致力于建构中国式的文学文本解读学。他的学术实践多少证明一点：开展文艺理论研究和文艺批评，有必要具备文艺的思维和文学的才华。只有这样，研究本体与被研究对象之间才是匹配的，才是和谐的。

（作者单位：《光明日报》文艺部）

马克思主义美学家孙绍振

——从《演说经典之美》说开去

蔡福军

一

在孙绍振已出版的十几本著作当中，如果硬要我推荐一本，我会选择《演说经典之美》。这倒不是说这本书较之以往，体系多么严整，理论多么深刻，或者是其学术上多具代表性。这本书在形式上很有集大成的味道：他的文本细读功夫、诗歌理论、散文理论、美学理论、幽默理论都在这本书中得以集中体现。如果仅仅这样，还不是完整的、活生生的孙绍振。作为当了一辈子教师，口才极佳的他，只有在课堂上活脱脱带着体温的、现场的文字才是完整的孙绍振。推荐的理由还在于这本书特别好读，强烈的现场感和饱含激情、充满欢声笑语的互动让人一气呵成。演讲的幽默、思想的锐利、篇目的代表性使得这本书看点不少。在《文学性讲演录》里，也有不少现场的口语和听众的问答，但时常套在某一个理念之下，似乎为了证明某个理论预设，因此显得支支吾吾，有些放不开，还不到尽兴的时候戛然而止，让人感觉不够过瘾。在《演说经典之美》中，因为聚焦于细部，反而让内容得到更全面的展现，显得酣畅淋漓。

《演说经典之美》就是直接面对经典说话。按理说，经典是最难研究的。前人的相关研究著作浩如烟海，而且越是名著，前人研究的质量和数量就越高。孙绍振并不是不熟悉外国文学，他可以算得上俄罗斯文学的痴迷者兼半个专家。为了保持中国文学理论的纯粹，这本书的内容都是中国自己的经典：《三国演义》、《水浒传》、《围城》、唐诗、鲁迅小说……孙绍振并没有被前人的研究所吓倒，确切地说，孙绍振有足够的自信相信他的研究有前人无法察觉的许多东西。皓首穷经地找几条资料、考证作品的某些细节、全面立体地研究不是孙绍振的作风。他手上的材料往往极其普通，容易找到。这本书不是以材料的翔实、观点的缜密著称，而是以独特的发现、丰沛的才情取胜。孙绍振依然面对着文本，目光炯炯，拿着显微镜在辨析着字词句的好坏。孙绍振的批评是华丽的技术流，他的批评带着深邃的洞见，同时又充满激情和生命力。

可以说，这是一部“散文体”的学术著作：将激情、智慧与幽默融化在演说之中。将坚硬的、高不可攀的学术术语软化、磨碎，化成更加口语化的、生动活泼的语言。这不是一部摆着严肃的脸，正襟危坐传授艰深知识之作，而是包含着孙绍振的性情，自由挥洒的，带有即兴色彩的二次创造。有时候，他甚至牺牲某些结论的科学性、客观性而将他个人的趣味和立场充分发挥。必要的时候，他绝不刻意为了理性而败坏听众的胃口。这是介于学术论文与演说稿之间的文体。较之于传统的论文，语言更加幽默、通俗化、生活化，还带着理性的论文中不该有的性情；较之于普通的演说稿，这本书学理成分十分浓厚。这些文章大都是由不同时期发表在主流学术刊物上的论文改造而来，这些孙绍振不同时期的代表作品仍然保持思想的尖锐、新颖的创见。这类似于易中天的《品三国》，好懂，好玩，不失深度和高雅的学术品位。只是，《演说经典之美》在学术观点上更具前沿性。值得一提的是，孙绍振本身也是个幽默散文家。幽默散文集《美女危险论》获得不少好评。孙绍振散文中有难以抑制的叙事欲望和话语演说的偏好。孙教授一生曲折多艰的不凡经历和那爱放大炮的铁嘴成为他散文故事的最主要来源。孙教授的一批散文作品，干脆就是平日精彩演说的直接翻版，或者以演说片段为核心，并加以推演的文化解析。现场演说大段地植入散文创作，把第一手经过大量实践提纯的鲜活有趣的口语融进散文的艺术创作之中，是孙教授的创造，也是孙教授散文卓尔不群的艺术特色。孙教授是从言谈中的幽默激情到文墨上幽默激情的成功迁移者，是铁嘴与健笔的结合。他散文中的演说成分更多服从于散文整体的故事逻辑和氛围，演说是其中一个节点，重心围绕着生活。《演说经典之美》则是从严肃的学术对象入手，然后找到一个突破点超脱出来，大胆发挥。

二

我更感兴趣的是书中关于理论的部分。在我看来，孙绍振是个不折不扣的马克思主义者。对于什么才是马克思主义者，卢卡奇在《什么是正统的马克思主义》一文中认为："正统的马克思主义并不意味着无批判地接受马克思研究的结果。它不是对这个或那个论点的'信仰'，也不是对某本'圣'书的注解。恰恰相反，马克思主义问题中的正统仅仅是指方法。"[①] 这种方法在卢卡奇看来就是辩证唯物主义和总体论。死死抱住马克思一些结论的教条主义者不是合格的马克思主义者，真正消化了马克思的理论，能用马克思的思路、方法、眼光，做马克思未完成的任务才是具有创造性的马克思主义者。西方马克思主义阵营当中涌现了一批思想文化界的大师：卢卡奇、本雅明、阿多诺、霍克海默、阿尔杜塞、马尔库塞、哈贝马斯、詹姆逊、伊格尔顿……每个人都在各自的领域取得巨大成就，都有自己不同于马克思的开创性贡献。但是，他们都共同集结在马克思主义大旗之下，都遵循马克思的核心理念。西方马克思主义者主要围绕以下主题：对辩证法的运用，对社会经济状况、生产状况的分析，以经济为依托的政治理论，对总体论的信奉，对历史脉动的不懈思索，对阶级与革命力量的探究等。马克思理论本身的丰富性、多元性使得这些西方马克思主义者从不同的方面、不同的角度发展马克思的理念。马克思主义者还常常进行理论的"嫁接"，有结构主义的马克思主义者阿尔杜塞，有精神分析的马克思主义者马尔库塞。以至于战后法国，80%的知识分子认为自己是马克思主义者。在历史沉淀之后，仍然有20%的知识分子认为自己是马克思主义者。[②] 没有哪一个西方马克思主义者完全照搬马克思的结论，也没有哪个人能够在各个层面都完全遵从马克思主

① 〔匈〕卢卡奇：《历史与阶级意识》，杜章智等译，商务印书馆，1999，第47～48页。

② 〔美〕詹姆逊：《新马克思主义》，中国人民大学出版社，2004，第128页。

义。他们取马克思思路的一角，凿出自己的天地。

孙绍振长期生活在只有毛泽东、马克思、鲁迅等少数人的著作可以被充分阅读的时代，那个时代的理论家很难不受马克思的影响。但并不是每个人都能成为合格的马克思主义者。当时的不少文学史、文学理论教材、著作都充斥着马克思机械唯物论的痕迹。孙绍振不是照搬马克思的历史唯物主义理论，对文学生搬硬套，进行令人乏味的运用。孙绍振学习的是马克思的辩证逻辑："用逻辑的方法研究资本主义，马克思把早期资本主义的海盗、腐败、侵略等现象作为不纯粹状态的'杂质'排除掉，集中研究最平常、最常见、最一般的生产关系，形成抽象的（纯粹的）范畴：商品。"[①] 以商品为核心与逻辑起点延伸开去，商品的使用价值与交换价值的矛盾、等价交换与劳动力不等价的矛盾、商品生产的社会化与生产资料私有制之间的矛盾等接踵而至。围绕着商品产生许多组二元对立的矛盾，这些矛盾既是资本主义社会历史的动力，也是将资本主义推向灭亡的能量。这些矛盾最终引发经济危机——商品的过剩导致经济的崩溃，公有制的社会主义取代资本主义并最终走向共产主义。商品作为逻辑的起点也变成了终点。

孙绍振不是以商品，而是以形象（或形象的胚胎意象）作为逻辑的起点来建构他的形式美学体系。20 世纪 80 年代初期国内的理论家常常把形象与典型联系起来。例如杜书瀛的《论艺术典型》、蒋孔阳的《形象与典型》，他们的理论资源主要是新中国成立后占据主流的苏联现实主义——典型环境中的典型形象——他们都承认形象是主、客体某种统一形成的。将形象拆分为主、客体两方面分别进行论述，孙绍振也是这样的思路，形象是主体与客体的交织物，其中包含着主体与客体的矛盾。孙绍振的思考更为深入：在客体中，是主要特征与整体的矛盾；而主体中，又是主要感情特征与整体感情的矛盾。这个矛盾转化的条件，就是形式。以形象为中心，分化出主体、客体之间的矛盾与各自存在的矛盾，这些矛盾按照不同的性质，进一步演化成为诗歌、散文、小说的不同形式审美规范。

孙绍振认为：当主体的情绪特征占据绝对主导，对客观世界进行强制性同化、浓缩、简化，客观事实服从主观想象的时候，诗歌形式崭露头角；当

① 孙绍振：《文学性讲演录》，广西师范大学出版社，2006，第 4 页。

主体的情感不能够统摄一切客观，而是概括到个体特征的感受，主客观达成一定的平衡、只有单一情感线索的时候，散文形式展示其优越性；当生活的具体特征包含着多重的、复杂的情感层次的时候，小说形式脱颖而出。这些大致的划分、概括并不是本质意义上的断定，并不是说诗歌、散文、小说之间按照这个标准泾渭分明，谁也不能跨越雷池一步。这个理论也不是从起源上去考量这三种形式如何诞生、发展、变化的，而是在当下共时条件下的一种经验总结，在小说、诗歌、散文都已经高度发达的现状中的理论概括。孙绍振形式理论的前提就是：诗歌、散文、小说形式都已经产生，并且相当成熟、繁荣。这样的划分是在相对的比照之中彰显，成为一个统一的结构。马克思对历史时期的划分是历时的，孙绍振对这三种形式的思考既有共时性又有历时性。从整体的结构与彼此的区分来看，诗歌、小说、散文共同组成一个彼此依存的共时结构，以情感与生活之间的关系而不是历史精神的本质来区分；具体到每一种形式，又具有历时性，形式的积累、突变都有其自身的逻辑和演变的脉络。孙绍振拥有马克思式“大理论”的雄心壮志，试图用一套逻辑理念将阐释放入尽可能大的范围。在一些理论家小心翼翼地在诗歌、散文、小说的某个领域深挖细钻的时候，孙绍振的理论气魄涵盖了三者。尽管“大”理论家都存在某些细节上的瑕疵，甚至理论框架也会受到不同程度的诟病，但“大”理论家的好处在于宏大、全面、完整的理论视野。在对这三种最重要的文学形式进行深入的、极富创造性的开掘之后，晚年的孙绍振面对中学教材文本，驾轻就熟、信手拈来、左右逢源。孙绍振不存在理论短腿的现象，许多诗论家、小说评论家面对其他体裁的文本往往面露难色，轻易不敢下笔评论，或者敷衍地说些外行话。孙绍振却在文体的边界发现细微的奥妙，在不同文体的比照之中发现问题，深入阐发。以形象作为逻辑起点，以主观的情感与客观生活之间的复杂关系为逻辑划分依据，孙绍振的理论是逻辑的；每种形式内部以及矛盾的演化又都有各自的历史谱系，孙绍振的理论是历史的。这就是逻辑与历史的统一。

孙绍振并非想要用形式逻辑推演出各种形式发展的具体脉络，并不是说逻辑决定了形式的历史。各种形式本身的历史是非常复杂的，也无法用一套万能的公式穷尽。孙绍振没有在形式逻辑上花费太多的笔墨，在《文学创作论》中，“形式论”一章只用了区区 31 页，而诗歌、散文、小说审美规范用了471页。这意味着：孙绍振只是用31页给出主观情感、客观生活特征统一于形式审美规范这样一个命题，尽管这个命题的论证过程无法避免历史性。这个命题纠缠越多，越有可能对后面具体形式的研究产生压力。孙绍振很聪明地给出了个大概轮廓，赶紧罢手，然后在具体论述中印证、充实。与其说他的形式论推演出诗歌、小说、散文的审美规范，不如说他对后三者的论证过程极大地支撑了前面的理论。

受到马克思启发的美学理论家不只孙绍振。李泽厚研究美学也从一个细胞组织“美感”开始，围绕着美感产生了矛盾二重性——美的主观直觉性与客观社会功利性。从主观直觉的无功利性与客观社会功利性之间的矛盾中，李泽厚创建了美的本质的“客观社会说”。[①] 与李泽厚二元对立的逻辑演绎不同，孙绍振引入了第三个维度——形式。孙绍振的形式理论集中在作为体裁的形式上，体裁并没有单独被抽空，将诗歌、小说、散文的体裁形式分别研究。作为体裁的形式是一个制约因，一系列具有传统积淀的审美规范，一种等待被突破的成规。历史与形式之间的复杂关系为孙绍振所重视。李泽厚也重视形式的历史性，作为形式的美感直觉并不是任意的、永恒的，需要历史的积累、沉淀。不同的是，孙绍振将形式与情感、生活组合成一个动态而又相对稳固的三维结构，李泽厚则是在美感直觉性的内部思考形式的历史性。形式并不是作为第三个维度，而是在主观审美直觉无功利性分支下讨论这个问题。“如果形象可以思维的话，那就是主观特征与客观特征在自由想象中遇合的时候，又遇到形式特征的挟持。”[②] 孙绍振引入“形式”这个富有弹性的因素很大程度上避免了以往美学理论纠缠于主观的情感与客观的生活的尴尬。不论是强调美的客观性的蔡仪，还是突出美主观性、强调自由的高尔泰，或者是朱光潜提出的“美是主观与客观的统一”都陷入了二元内部封闭的思考，都有偏颇或者折中。形式一旦打入主客观对立的结构之中，理论视野就打开了一个全新的窗口，一批新的问题映入眼帘。如果对孙绍振的形式理论进行方法论的还原，就是矛盾论、总体论和以矛盾为逻辑动力的历史演化，这些都是马克思的核心理念。

① 李泽厚：《美学论集》，上海文艺出版社，1980，第4页。

② 孙绍振：《文学创作论》，海峡文艺出版社，2000，第302页。

三

西方马克思主义者詹姆逊区分了三种辩证法："第一是强调环境本身的逻辑，而不是强调个体意识的逻辑或诸如'社会'这样的异化了的实体的逻辑……第二，就所谓的哲学或历史辩证法而言，辩证法思维寻求不断地颠覆形形色色的业已在位的历史叙事，不断地将它们非神秘化……第三，是对矛盾的强调。只要你坚持以矛盾的方法看问题，你的思想就总会是辩证的，无论你自己意识得到还是意识不到。"[①] 孙绍振特别重视矛盾和特殊性的多重性，矛盾是孙绍振文学分析最直接的切入口。文本是一个新鲜的竹笋，矛盾则是竹笋内部的间隙，孙绍振总能游刃有余地发现竹笋看似完整外皮里潜藏的缝隙，然后层层剥离。矛盾是辩证法的精髓，一分为二，找到差异，发现问题。一般人面对文本哑口无言，如老虎咬天，不知从哪里下口。孙绍振则从矛盾中撕开第一道口子，然后逐步深入。孙绍振文本分析无法复制的奥秘就在这里。一个文本里存在着几乎无数的矛盾，关键是怎么发现这些矛盾，这些矛盾如何呈现出具体的、有价值的问题。这就需要精湛的眼光和深厚的功力。

在对小说的分析中，矛盾的出发点——人物，孙绍振研究人物的矛盾不是回归到人物的"典型"意义上。他无意让人物集中过多的社会、历史、政治的含量，而是将分析尽量聚焦在人物内部，从内部情节的发展来发现人物内心的奥秘。人物出现了哪些新的特征或者趋向并不是孙绍振关心的，孙绍振敏感于人物矛盾中的统一与统一中的矛盾：人物在两个极端摇摆，在错位中达成人物自身的丰富性和复杂性。在对曹操这个人物的分析中，孙绍振抓住了曹操最核心的矛盾——多疑和不疑：一旦有人可能对他生命产生威胁或者遇到不寻常的事情，他多疑的毛病就容易犯，而且一犯到底，哪怕一错再错也绝不回头。多疑也让曹操从一个敢于舍生取义的义士变成一个不计后果的杀人狂。由多疑到滥杀无辜的多恶到对恶的没感觉，曹操这个形象因为多疑而富有特色。孙绍振做出这样的概括："《三国演义》虚构的曹操形象

① 〔美〕詹姆逊：《晚期资本主义的文化逻辑》，张旭东译，三联书店，1997，第35～36页。

的伟大成就在于揭示了他的性格逻辑：从极疑到极恶，从极恶到无耻，从无耻到理直气壮。它把无耻无畏的生命哲学做这样的概括，把它渗透在虚构的情节之中。"[①] 然而这个多疑的曹操又有非常自信、毫不迟疑的时候。他对刘备才能的误判、误杀蔡瑁和张允之后的掩饰、义释关羽，甚至赤壁惨败之后，在华容道还要三笑以示自己短暂的、小小的、立刻被证明是多么错误的智慧优越感。他对智慧不如自己的陈琳等人十分大度，而对在智慧上可能对他造成威胁的孔融、杨修则毫不手软。"艺术上的曹操，非常复杂只是其一，他还非常统一，统一在多疑与不疑，爱才与智慧优越感的矛盾之中。历史上的曹操，就没有艺术上的心理这么有机。"[②] 这个多疑与不疑、爱才与智慧优越感之间的矛盾并不是《三国志》中历史的曹操，而是《三国演义》中虚构的曹操。孙绍振并不想考证哪个曹操更真实，而是有力地说明，哪个曹操更具有艺术魅力，不言而喻，虚构的曹操更令人倾心。孙绍振发现一层层的矛盾并不是故弄玄虚、刻意炫耀智慧，矛盾并不是指向杂乱无章的批判或者随意的褒贬，而是统合在一个良苦的用心之中，从矛盾中不断抽取出人物的丰富性、复杂性、统一性，发现艺术的奥秘，也就是文学性存在的秘密。

孙绍振的矛盾分析时常具有结构性：大到性格的矛盾、情感的矛盾、文体的矛盾、文化的矛盾，小到一个字与另一个字的矛盾，一个动作、一件首饰，孙绍振都能找到另一个参照系。孙绍振的文本分析是一个矛盾重重的世界，也正因为此，孙绍振的分析绝不拖泥带水，总是充满着转折和新意。孙绍振将一些细小的矛盾整合成为一个具有概括意义的大的矛盾。孙绍振的辩证法能够很好地将整体与部分安置妥当。孙绍振认为武松最大的矛盾在于英雄与反英雄的形象。这是最大的矛盾结构，再往下，具体拆分为三个二级概念：人性、神性、匪性之间的矛盾。英雄形象往往超出常人，更接近于神性，而匪性的残暴和人性的犹豫、软弱则是对英雄形象的伤害。武松形象的艺术性就在于他是这三者矛盾的统一体。对武松打虎的人性与神性之间矛盾的分析是孙绍振微观分析最为精彩的部分。这里，人性又拆分为几个更为具

---

① 孙绍振：《演说经典之美》，福建教育出版社，2009，第9~10页。

② 同上书，第27页。

体的三级概念：饮酒过量的“逞能”、不相信布告的“过于自信”、确认有虎后继续前进的“死要面子”、林中睡觉的“麻痹大意”、棒子打断的“惊慌失措”、看到另外两只“老虎”的“彻底放弃”。唯一体现他神性的就是将老虎打死的举动了。孙绍振从六个层面分析了武松打虎中充满人性的、曲折的、戏剧性的一面。这三个不同等级的矛盾形成一个结构，越来越深入、具体地将武松形象的生动性、丰富性呈现出来。这三个层面的概念都不是来自哪本权威文学理论教材或者哪个西方理论大家创造的概念，而是从文本中直接抽象、提炼出来。从矛盾开始，从矛盾结束，中间却有如此层次分明的界定、贴近体肤的赏析。孙绍振的评论像一棵树的根，从主干四散开去，用一根根根须直接触摸大地，自然可以收获最鲜活的生命。

矛盾分析在小说中能够得以直接应用，在诗歌中，矛盾则是潜在的，处处作为对应的，需要还原的存在。小说中，人物串起了情节，由人物引发的矛盾可以比较容易地贯穿全篇。在诗歌中，人物的分量明显地降低，代之以意象、情绪、情感等。微观分析最见功力的就是诗歌分析，尤其是古诗中绝句、律诗的分析。在区区几十个字中间发现艺术的奥妙并且恰到好处地阐释出来，更需要精致的艺术感觉。如果说评论一部长篇小说是在墙上作画，诗歌分析就是在头发丝上雕琢。一部长篇小说，似乎有无数个切入点可以大显身手，面对诗歌干巴巴的几个字，许多人要么哑口无言，要么说许多外行话，有真知灼见的不多。一篇二十八字的《下江陵》，孙绍振可以写出一万多字的分析来，这样“小题大做”的能力让人惊叹。矛盾只是砖头，由矛盾带出来的层次感才是真金足玉，这些层次感就是艺术的发现和秘密。孙绍振从四个层面分析了李白的《下江陵》：

> 第三句超越了视觉形象，转化为听觉。这不是诗中有画了，而是诗中有乐，这种变化是感觉的交替，是声画交替，此为第一层次。听觉中之猿声，从悲转为美，显示高度凝神，以致因听之声而忽略视之景，由五官感觉深化为凝神观照的美感，此为第二层次。第三句的听觉凝神，特点是持续性（啼不住，啼不停），到第四句转化为突然终结，美妙的听觉变为发现已到江陵的欣喜，转入感情深处获得解脱的安宁，安宁中有欢欣，此为第三层次。猿啼是有声的，而欣喜是默默的，舟行是动

的，视听是应接不暇的，安宁是静的，欢欣是持续不断的，到达江陵是突然发现的停顿，归心似箭的感知转化为安宁欣喜的感觉，此是第四层次。[①]

看到这样的分析我心里特别服气，孙绍振说出了我可能想到的和想不到的。这段分析没有看到“矛盾”一词出现一次，却处处都是由“矛盾”引发的发现。需要指出的是，孙绍振眼里的“矛盾”有时候并不是指互相对立的双方，而是差异、对比、参照、转折。矛盾是打破常规，从铁板一块的一元逻辑中发现问题。其目的是找到差异，不管这些差异是对立的、并列的，还是递进的。第一层，声画交替的背后是“静画”与“动画”之间的矛盾（或者差异）。孙绍振认为，诗歌呈现静态的画面（如杜甫的《绝句》）只是意象的叠加，未必就是上乘的艺术。而只有让画面动起来，鲜活起来，才更显美妙。一方面，行舟的画面本身就是动态的；另一方面，声画交替让声音和画面形成奇妙的交融。第二层，从五官感觉到凝神观照的美感。矛盾在于猿啼在许多诗人听来是悲的，而李白听起来却是喜。李白不是沮丧地听着猿啼而为之悲，而是凝神细听。第三层，“矛盾”来自两个方面：从专注于猿啼到发现内心欣喜的转换，从行舟、猿啼的持续不断到到达目的地戛然而止的静。第四层，除了综合前三层的矛盾分析之外，又有了新的“矛盾”：从归心似箭的感知到安宁欣喜的感觉。第一层的“矛盾”是差异，第二层的“矛盾”是对立，第三、四层的“矛盾”是转折。矛盾在孙绍振眼里已经不仅仅是二元对立的逻辑，而是从一元到二元甚至多元的矛盾，矛盾只是起点，一旦从牛身上切下第一刀，新的矛盾便如经络般纷繁地呈现，剩下的问题就游刃有余了。

孙绍振理论的灵活性就在于，始终把文本批评的有效性放在首位。一旦在文本中无法找到矛盾的元素，孙绍振就引入了“差异”概念，也就是还原分析法和比较分析法。比较法、还原法不是马克思主义体系内的方法，尤其是还原法的诸多细则，是孙绍振的创造。在我看来，这两种方法是对矛盾分析法的一种补充：从二元对立、统一走向二元或者多元不对立，不统一。

---

① 孙绍振：《演说经典之美》，第243页。

还原、比较的几个因素之间不是相互对峙的矛盾关系，而是相对平等、和谐的。这两种方法在《挑剔文坛》《孙绍振如是解读作品》的序言中，有比较完整的解释。矛盾一定要对立，差异则可以是并列关系。“还原法”与“比较法”在我看来其实是一种方法。孙绍振也常常混用这两个概念，“比较法”的说法更加晓畅明白而已。艺术感觉的还原、情感逻辑的还原、审美价值的还原是从感觉、情绪、道德三个层面还原作品“不应该”有的原貌，从艺术作品最精彩的、成功的地方返照出一般的、粗糙的写法。那些理性的、实用价值的、常态的写法恰恰是他需要还原出来的丑陋。就像在一个美女脸上思考增一分或者减一分所丧失的美丽。这是真正艺术的内行才能做的事情——孙绍振在反思作品潜在的失败可能性。这当然也是一种比较，与“比较法”不同的是，“还原法”把潜在的作品艺术失败的可能性投射出来，“比较法”把清晰、明确的流派、风格、历史、艺术形式等进行横向、纵向、同类、异类的比较。不管是潜在的还是明确的，其实质都是抓住问题，寻找差异，突出文学性的元素。还原法与比较法都有一个潜在的价值召唤系统：不怕不识货，就怕货比货。在分析孟浩然《过故人庄》的时候，他分析“待到重阳日，还来就菊花”的“就”字比“看”字有味，比“醉”字新颖、比“赏”字含蓄、比“泛”字确切、比“对”字自然。[①] 他挑选的可供对比的词并不是任意的，而是“就”的近义词。“就”字的艺术价值就是在与诸多更可能用、可以用，但是更不贴切的词的比较中显现出来。就比较分析法而言，以什么原因选择比较对象，这是问题的关键。有同类不同时期的比较，有不同类同时期的比较，还有不同类不同时期的比较等。比较法同样需要艺术眼光，从相互差异中突出、侧重、认可某些东西。孙绍振认为，钱锺书早期小说中过于辛辣的讽刺与过于直接的表露使得他散文家的才气盖过了小说家的才气，比较失败。而《围城》在这个方面节制得比较好，因此艺术价值更高。这样，孙绍振认可的艺术准则是：小说与散文不同，散文可以直接坦白，小说则是曲径通幽，以婉转、含蓄为上。鲁迅的一些并不太成功的小说恰恰是杂文思想影响了小说的纯粹性：《狂人日记》中，“吃人”的主题并不是通过小说情节发展暗含的，而是主人公用杂文的笔法自

① 孙绍振：《孙绍振如是解读作品》，福建教育出版社，2007，第47～48页。

己说出来："《狂人日记》里面杂文的力量更为强大，以致许多论者甚至是学者，只记得中国历史全部都是'吃人'的这个杂文式的辉煌结论。而作为小说，《狂人日记》是试验性的、探索性的、未完成的，是留下了遗憾的。"[①] 而鲁迅在艺术上更为成熟的小说诸如《祝福》《孔乙己》，则没有这样的问题。孙绍振的文体理论暗含一个前提——各种体裁都具有某种本质的属性，属性之间不可僭越，否则就是艺术的失败。这个前提依然值得探讨，否则跨体裁的形式实验则不被鼓励，但在操作层面上，许多时候十分有效。孙绍振分析诸多的差异正是为了突出文学性不断增强的过程，而不是完全中立的、冰冷的客观比较。不任意、有边界、突出文学价值正是还原法、比较法的独特之处。

四

矛盾分析法中的二元对立常常是孙绍振文本分析的入口，普通矛盾、特殊矛盾、矛盾的主要方面、矛盾的次要方面、矛盾的结构性等就可接踵而至。在矛盾分析法不奏效的地方，孙绍振用还原法、比较法这样二元或多元不对立的分析法进行补充，通过潜在的还原与显在的比较来敲打出更具有艺术价值的写法。当这些方法再失效的时候，孙绍振还有绝活——错位分析法。错位理论寻找一个点、一个面作为契合处或平台，寻找几个关系项，形成一个整体结构。在逻辑上，矛盾要么绝对对立，要么绝对统一，矛盾双方不存在既对立又统一的交集。还原法、比较法则是在若干条平行线上滑动，没有相合的可能，只有好坏的差别。错位法则既有统一的地方，又有各自区别之处。这四种方法彼此取长补短，几乎涵盖了逻辑分析的可能性，难怪孙绍振面对文本的时候如此从容不迫。将这些方法根据实际情况或交替，或同时使用，许多困难便迎刃而解。

可以说，孙绍振是一个逻辑美学的马克思主义者。他极其娴熟地运用马克思的辩证逻辑，同时又加以发展、创造。孙绍振不是辩证逻辑的教条主义者，在辩证逻辑无法有效阐释文本的时候，引入了还原法、比较法这样的二

① 孙绍振：《演说经典之美》，第99页。

元平行逻辑。孙绍振的错位理论不同于马克思的历史总体论，是一种逻辑的总体论。错位理论是孙绍振理论的核心，错位呈现层次感，揭示复杂性，又特别注重连接的点，因此富有整体感。错位理论拒绝简单，拒绝平面化，竭力阐释文本深层结构的丰富、复杂、多姿。错位理论是马克思主义辩证法与总体论的某种结合体：其一，错位理论受到辩证逻辑的启发，又从辩证法的二元逻辑中解放出来。错位依赖一个焦点，串起的关系项理论上有无数个。其二，错位又是一种总体论，不是历时的，而是共时结构意义上的总体论。其三，错位理论模型内部也是动态的，发展的，变化的。这也非常符合马克思的矛盾转化与历史变化的观点。孙绍振的错位理论主要用在美学理论、小说理论和幽默理论上。

孙绍振非常认同马克思认为科学的最高形态是数学的说法。孙绍振的错位理论同样有一种凝练的整体之美。他在审美价值论中的结论是：真、善、美之间不是对立的，不是非此即彼、你死我活的，而是错位的。在不脱离、不分裂的前提下，错位的幅度与审美价值成正比，在错位达到脱离的程度以后，审美价值就极限趋向于零。随着错位的幅度缩小，审美价值相应降低，当错位幅度消失，也就是完全重合之时，审美价值也趋近于零。审美价值论就是一个精致的、动态的总体模型。尽管谢有顺认为这个过于完美的模型有技术操作主义倾向，从孙绍振近些年对文本细读作品的不断受到欢迎来看，这个理论仍然具有生命力。

错位逻辑不似感性与理性、形式与内容这样过于森严的二元对立，而是在二元或者多元之间存在一个朦胧的、模糊的、暧昧的交错地带。这种统一不是辩证法中对立统一的绝对统一，而是有限的，有原则的契合。错位是在整体的不和谐之中的一个支点，一股平衡的力量。孙绍振发现了幽默的错位逻辑。虽然幽默的错位理论产生于美学错位理论之后，是孙绍振将文学理论迁移到幽默学上的一个意外收获。幽默错位逻辑更容易让人理解孙绍振的错位概念。幽默逻辑并非康德所言的“期待的落空”。期待落空只是在一元逻辑上断裂，这只是幽默的一个必要条件却不是充要条件。仅仅在一个层面上落空并不一定会带来幽默。期待中一个层面落空之后必须在另一个层面“顿悟”才能产生幽默：“思路被篡夺，是理性思维之大忌，但在幽默逻辑中，这不但没有造成混乱，人们反而发现有另一条思路，也就是另一条逻辑突然贯通了。原来落空了的期待忽然在新的思路——第二条逻辑上落实了。”① 在第一条落空逻辑与第二条逻辑落实之间，有一个交叉点，这就是错位。错位逻辑既不是一元理性逻辑也不是二元平行逻辑，而是二元错位。

反讽是幽默的近亲，在西方文学理论脉络里，克尔凯郭尔、施莱格尔、D. C. 米克、卢卡奇、罗蒂等人都对其进行文学意义上的阐释，反讽在美学中的分量要大于幽默。尽管反讽与幽默中一些方面有不同，在逻辑上却有一致性：都不是一元逻辑，需要不一致，同时形成一个内部结构，具有整体性。在卢卡奇看来，反讽，作为形式结构，恰恰是重新缝合总体性的方式。上帝死了，人与世界需要重新寻找归属，总体性破裂了。反讽将支离破碎的世界与分裂的人再次发生关联，脆弱的世界因为反讽结构而产生了有机的联系：“同时，创作主体则在基本迥异的元素的互相相对性中瞥见并造就了一个统一的世界。然而，这个被统一起来的世界不过是纯粹形式上的……在一个全新的基础——部分的相对独立和它们对总体的从属之间不可消解的联系——上，一种全新的生活观形成了。”② 错位，同样作为一个结构原则，整合了一批需要比较分析的对象，也具有整体性。幽默的错位逻辑往往是二元的，在具体的文本分析中，错位常常是多元的。虽然都具有整体性，孙绍振的错位理论在逻辑上超越了反讽，或者幽默的二元逻辑，可以走向多元，将更多的因素进行综合：“所谓错位感知，就是既非简单同一，又非绝对对立。拉开距离，远离真相，然而，又部分重合。所感大抵是似是而非，似近而远，似离而合，欲盖弥彰，无理而妙。”③

有必要简单比较一下孙绍振的错位理论与巴赫金的复调理论。不是我有意要把孙绍振跟西方理论家生搬硬套地对比，沾沾世界级大师的光，借此抬高孙绍振身价，而是严家炎在《复调小说：鲁迅的突出贡献》、吴晓东在《鲁迅第一人称小说的复调问题》中都认真分析了鲁迅小说中的“复调”特征。同样分析孔乙己，孙绍振认为“笑”是小说错位结构的焦点：“小说错位结构的焦点，显然就在这种‘笑’上。对弱者的连续性的无情嘲弄，不

① 孙绍振：《审美价值结构与情感逻辑》，华中师范大学出版社，2000，第227页。

② 〔匈〕卢卡奇：《卢卡奇早期文选》，张亮、吴勇立译，南京大学出版社，2004，第49~50页。

③ 孙绍振：《演说经典之美》，第102~103页。

放松的调侃，使得弱者狼狈，越是狼狈越是笑得欢了，而弱者却笑不出来。错位的幅度越是大，越是可笑，也越是残酷。残酷在对人的自尊的摧残。”[①]由“笑”引发的错位是多元的：一向在店内拘束的小伙计也可以开心地笑；旁人笑得越是厉害，孔乙己的狼狈、尴尬就越突出；笑有不予追究的宽容，又有识破孔乙己软肋的胜利喜感；笑的人越是喜欢戳孔乙己的伤疤，笑的背后人情的冷漠、麻木与孔乙己自尊受到的摧残就越强烈。总之，笑的范围越广、强度越大、频率越高、智慧含量越丰富，孔乙己的无助感就越强烈，旁人的残酷，残酷到连最后仅有的自尊都要彻底撕破，这样的情感反差就越明显，错位的幅度就越大。以“笑”作为错位结构的结合点，召唤那些似远而近、似是而非、似对立非对立的部分，将文本的丰富性充分地展开，这就是错位理论妙用之处。

孙绍振阐释完以“笑”为焦点的错位之后，进一步总结了鲁迅独特的错位感知美学：“在鲁迅独特的错位感知美学中，他人的感知和自我的感知形成一个有机的结构，变异了自我感知的功能，一元化的自我独立感知，失去了自主性。人物对自己的感觉，往往没有感觉，对他人的感觉却视为性命攸关。人物的自我感觉，取决于他人，主要是周围人的感知，好像是为了他人的感知而活的，最极端就是，人家不让她（祥林嫂）端福礼，她的精神就崩溃了，就活不成了。”[②] 将别人的感觉视为生命，他人的感觉可以击穿自己的感觉防线，致人以死命。这是鲁迅小说独特的美学逻辑和艺术创造。在我看来，这个发现在鲁迅小说美学研究上也是一个突破。汪晖精湛地分析了鲁迅“反抗绝望”的人生哲学和“历史中间物”的人生处境。这些偏向哲学、社会学角度的分析，对于鲁迅小说中“别人的感觉大于一切”，甚至可以杀人的说法，令人耳目一新，为之一震。而严家炎认为：“小说采用这样一个叙事者，在艺术上取得了特殊的效果：他有时可以用不谙世情的小伙计的身份面对孔乙己，把镜头推近，叙事显得活泼、有趣、亲切；但有时又可以把镜头拉远，回忆中带有极大的悲悯、同情，更易于传达出作者自身的感情和见解，甚至说出带点感叹的话：‘孔乙己是这样的使人快活，可是没

① 孙绍振：《演说经典之美》，第 103 页。

② 同上书，第 105 页。

有他，别人也便这么过。’暗中鞭打那些只把孔乙己当做笑料的看客们。这就是可以悄悄移位的叙事者的好处。”[①] 小伙计作为独特的叙述视角，将掌柜、孔乙己、看客、作者相区别，形成复调的关系。而小伙计恰恰以作为“间隔”的身份实现文本的丰富性。相形之下，我认为孙绍振对孔乙己的阐释，以及对鲁迅小说美学的发现更为精彩。

吴晓东这样用巴赫金的复调理论解释鲁迅的小说：“他的小说由此呈现出巴赫金所说的‘众声喧哗’的对话性。巴赫金的‘复调’理论，指的正是陀思妥耶夫斯基小说中话语杂陈的对话特征。陀思妥耶夫斯基的不同人物的声音都是自足的，往往都有存在的合理性，又都在与其他声音辩难，更重要的是与作者辩难。而作者则往往回避自己的价值倾向，因此你搞不清他到底赞成哪一个人物的立场，或者说人物的立场都是作者的立场。巴赫金认为这表明了作者其实是在内心深处进行自我辩难。这种辩难性和复调性标志着某种统一的一元性的真理被打碎了，没有什么人掌握唯一正确的真理。从复调性的角度看来，很难说小说中哪个人物代表作者的声音，称某个人物是作者的化身或者影子的说法是很难成立的。”[②] 与巴赫金的复调理论相同的是，错位论中各个错位的关系项之间也形成交互的、复杂的交响。但彼此之间是互相矛盾、责难的，也彼此相互区别，有自己的空间。错位论是一个整体结构，复调理论中的各个调子也形成统一的整体。不同的是，复调理论中的各个调子之间是平行的，彼此之间相互独立，都具有合理性，但是没有交结点。复调的整体性没有相互的交集，是几个相互独立的调子合奏形成交响的总体，而错位理论必须有一个支撑点，也就是彼此一致的落脚之处。另外，复调理论主要从人物入手。复调形成的基础是不同人物发出的声音。错位理论的对象则没有严格的限制，可以是人物，也可以是某种象征意义的行为，比如笑，或是某种性格，比如多疑。在这个意义上，复调理论与错位理论是具有可比性的理论体系。同样是一种总体性的理论，在逻辑上，巴赫金是平行的，强调各个声调之间的独立性，以及在独立性基础上的相互责难；孙绍振是错位的，错位项之间有一个坚固的集合点。孙绍振的还原法、比较法也

---

① 严家炎：《复调小说：鲁迅的突出贡献》，《中国现代文学研究丛刊》2001 年第 3 期。

② 吴晓东：《鲁迅第一人称小说的复调问题》，《文学评论》2004 年第 4 期。

是平行的逻辑，但是孙绍振没有将还原、比较组合成一个彼此呼应的整体。应该说，复调理论与错位理论在解读鲁迅不同小说的时候，展现出各自的优越性。吴晓东用复调理论将《孤独者》《在酒楼上》分析得颇有道理。但是在《孔乙己》《祝福》的解释上看，孙绍振的错位理论更显精湛。难得的是，孙绍振不是以西方大理论家的理论来套用到鲁迅小说的分析之中，以证明其理论的正确性。而是自己创造一种理论对本土的作品进行有效的解读。

孙绍振有根深蒂固的总体性观念，总体论是马克思主义的一个核心理念。卢卡奇认为："这种辩证的总体观似乎如此远离直接的现实，它的现实似乎构造得如此'不科学'，但是在实际上，它是能够在思维中再现和把握现实的唯一方法。"[①] 总体论具有某种"想象"的色彩，将一些因素以一定的逻辑前提召唤、组织起来，形成一个整体。正如利奥塔所言的"宏大叙事"。马克思将这种理论想象最终落实到实践——具体的实体经济上。在理论上，许多时候只是悬空的总体，并不是所有的总体理论想象都可以具体落实。詹姆逊认为："辩证写作的独特困难实际上是在于它的整体主义的、'总体化'特征。"[②] 在矛盾中展现总体性，在散乱的、彼此对峙的因素之间寻找总体，这需要足够的才智。利奥塔的《后现代状态》将对宏大叙事的怀疑看作"后现代"。宏大叙事的一个特征就是"按照一种包含元素可通约性和整体确定性的逻辑来管理这些社会性云团"。[③] 熟读黑格尔、马克思的福柯用他对疯癫、性经验等的历史研究向历史总体论开战：疯癫的历史并不是一个统一的、整体的、有规律的历史，而是理性不断地根据自己的需要定义疯癫。历史并非像黑格尔想象的那样分为艺术期、宗教期、哲学期，而是混乱的、无序的。疯癫也不是一个本质概念，而是游移的，不确定的。维多利亚时期性压抑假说是一个幌子。性话语在宗教忏悔仪式、医院、警察局、法院、学校等体制内被放大。性是什么不重要，重要的是，性如何被说出，如何在众多地方实现话语的爆炸。这是一个权力网络而不是总体性。德里达则认为，没有终极的所指，符号始终在能指与所指之间"延异"。中心消失了，确定性与总体性也消失了。后现代理论在文化研究上显示了蓬勃的生命

① 〔匈〕卢卡奇：《历史与阶级意识》，第 58 页。

② 〔美〕詹姆逊：《新马克思主义》，第 1 页。

③ 〔法〕利奥塔：《后现代状态》，车槿山译，三联书店，1997，第 3 页。

力，但这些并不是孙绍振的兴趣所在。孙绍振排斥后现代理论的理由是，无法启发他对艺术进行有效的思考和解读。我认为，孙绍振始终坚持总体性。

五

在写散文史的时候，孙绍振依然在用马克思的历史方法论。《当代作家评论》2009 年第 1 期发表的《百年视野中的当代散文》是他散文史观的总结之作。这篇论文是孙绍振多年、在多方面积累的一次爆发：多年给本科生讲授现当代散文积累的感性经验；早期美学理论中的诸如审美、审智这样的理论范畴；倾注了他多年精力的幽默理论；黑格尔、马克思的方法论……孙绍振一直在自己的领域里开拓。这篇以扎实的微观分析、文本细读为基础，又有宏大历史视野的论文立刻被“人大复印报刊资料”和《新华文摘》转载。孙绍振的散文史方法论来自两个方面：黑格尔哲学中逻辑与历史的统一和马克思《资本论》里从核心观念中演绎出历史过程的方法。马克思以商品作为核心概念，演绎出资本主义的兴起、危机以及走向灭亡的趋势。商品作为逻辑的起点，也是逻辑的终点。“在最普通、最平常的细胞形态形成的起始范畴，也是其逻辑推进的开端，它的发展不完全是靠外部力量推动的，而是由细胞形态本身包含着的矛盾推动着，按着黑格尔辩证法的模式走向自身的反面，否定之否定，向新的层次，作螺旋式上升的。这样逻辑的起点和终点，也就成了历史的起点和终点。这在马克思的总体方法论那里，叫做逻辑和历史的统一。”[①] 孙绍振的散文理论则以中国散文理论现代性过程中产生的新词汇入手。散文形式因为内部矛盾与外部影响，出现了新的概念范畴，孙绍振就是要梳理这些核心概念如何在中国语境中产生，在怎样的历史条件下怎样出现了分化，甚至产生了新的变体；散文逻辑演变的方向以及具有阶段性的过渡成果。孙绍振的散文史试图说明：中国现当代的散文发展不是无迹可寻、没有规律的、偶然的。孙绍振试图呈现一个散文从雏形到繁荣的逻辑与历史相统一的必然发展过程。必然性是马克思理论的一个要素，也是强调偶然性的后结构主义者排斥的东西。

---

① 孙绍振：《建构当代散文理论体系的观念和方法问题》，《当代作家评论》2010 年第 1 期。

周作人提出抒情和叙事的两大功能，这两大功能就是散文理论的细胞形态。从这里入手，看看中国散文理论是如何逐渐实现内部的自我否定，走向发展的。正因为是雏形、细胞，因此是不成熟的。孙绍振认为，抒情与叙事不能直接成为逻辑起点，因为二者是并列关系，二者不包含矛盾，缺乏发展的内在动力。福柯的历史学理论反对这种细胞形态的带有“起源”色彩的东西。福柯从三个方面拒绝起源：“因为首先人们总是在起源中收集事物的精确本质、最纯粹的可能性、被精心置于自身之上的同一性、静止并异于一切外在、偶然和连续性的东西的形式……历史同样学会了嘲笑起源的严肃性……起源的第三个公设是与前两个相联系的：它是真理之所在。先于一切实证知识的绝对回溯点，它是认知的先决，而认知却遮蔽它，并且在喋喋不休中一次次将它错认；它处在注定要被抛却的环节点上，在这点上，事物真理和话语真理相联系。”① 起源是总体性的源头和逻辑起点，福柯否认这个起点的合法性。否定起源，也就否定了连续性和统一性，甚至也否定了矛盾。福柯谱系学的狠劲在于将总体性在起源处就连根拔起，事物的发展、螺旋式上升都成了无源之水、无本之木。孙绍振显然不能接受这样的理论。孙绍振依然依据马克思的学说，在胚胎形态中寻找散文理论的逻辑起点，也就是散文逻辑的“起源”。尽管周作人的理论有一定的合理性，但无法担当起作为散文理论逻辑起点的重任。周作人在解释第一个十年的散文创作中，还是具有不错的阐释力的。作为并列意义的叙事与抒情都会让散文文体走向极端：强调叙事的极端就是，20 世纪 40 年代，以报告文学、通讯报告取代散文，到了 50 年代初期，魏巍的朝鲜通讯文章《谁是最可爱的人》成了散文典范。强调抒情的极端就是，杨朔把散文当作诗来写，这样的理论曾经风行无阻。孙绍振的分析是辩证法的、连续性的分析。在第一个十年可以较好解释散文状况的叙事、抒情说，在 40 年代之后走向了反面——叙事和抒情都在两个极端上伤害散文文体的正常、健康发展。这就使矛盾走向对立面，发展了，产生了新的形态。而且，这样的发展是从内部的、自律的。持意识形态论者常常把魏巍、杨朔的散文创作当作意识形态强力下的畸形产物。言下之意，错不在散文内部脉络自身，而是外部力量折

① 〔法〕福柯：《福柯集》，杜小真编选，上海远东出版社，2003，第 148 ~ 149 页。

损了散文的发展。孙绍振则脉络清晰地告诉我们，这是周作人散文理论两个极端的体现，是内部逻辑所致。

叙事和抒情之间没有矛盾关系，孙绍振却在“情”的内部发现了矛盾——激情与温情的矛盾。鲁迅与周作人这样的散文大家都在情理应该十分激愤的时候选择了节制，应该激情澎湃的时候自我降温，选择了温情。激情的控制成为散文的一种成功风格，与之相对的就是杨朔式情感的过度泛滥。而孙绍振批判散文“情”中的“真情实感”论也是来自矛盾——“真情”与“实感”无法成为一个具有内在统一性的词组，它们许多时候是矛盾的。情感作为黑暗的感觉，常常是“虚幻”的、“变异”的，而非实感。孙绍振不仅仅分析叙事、抒情在散文史上走向逻辑反面的过程，也分析抒情内部的逻辑。孙绍振从概念自身逻辑上，也从散文史上，不断地从正面、反面、内部、外部反复敲打这两个具有胚胎意义的概念，在矛盾与自我否定的历史进程中发现概念的发展，寻找最终具有承载散文理论逻辑起点的可能。

抒情泛滥走向反面，审美过度而产生审美疲劳的时候，诞生了新的散文理论范畴——审丑。审丑不拘泥于抒情，不强调美感的渲染，而是在表面不美的情况下，营造一种心灵默契感，一种心照不宣、心领神会的美。严格的审丑是情感的空白，幽默却含有情感。情的内部矛盾是激情与温情，情的泛滥、极端化之后的反面就是审丑。审丑的维度是一种逻辑的可能性，这种可能性被叙事、抒情所掩盖，却长期潜藏在幽默的名下。20世纪90年代以来的当代学者散文，从审美向审智方向突围。审智既不同于带着高尚情感而让人发笑的幽默，也不同于情感热烈的审美。在从审美到审智的散文转型中，余秋雨首先做出了贡献：余秋雨用他非凡的才华，将散文中主体的情感和客体的人文典故相结合。余秋雨在一次次旅途中，将自然山水熔铸为人文山水，并注入强烈的个人抒情色彩，达到审美与审智的统一。余秋雨将审美与智性结合，在通往智性散文的路途中走了第一步；王小波则实现将审丑与智性相辅相成，为纯智性散文的出现迈出了第二步。王小波将幽默的抒情与智性交融，在佯庸的表象背后藏着深邃的智慧。最终达到纯智性散文高峰的是南帆。南帆可以不用抒情、抛开幽默，将感性的话语重构，达到深邃的智性。表面上是智性的分析，其实是带着强烈的情感性和逻辑的片面性的“亚审美”逻辑。余秋雨、王小波的两种散文过渡形式正是传统的审美、审丑的散文逻辑向审智转化的见证："从宏观上看，从审美的叙事抒情散文，到亚审丑的幽默散文，再到超越审美审丑的审智散文，既是逻辑的展开，又是历史的发展，逻辑的起点和终点，也是历史的起点和终点。这就是马克思的在《资本论》中显示的逻辑的和历史的统一，这就是马克思的总体论。"①

孙绍振一方面延续传统的理论模型，但更重要的，孙绍振从文本阅读的经验着手，从文本中抽象出理论。孙绍振并没有被一些核心概念封死，而是在这些概念基础上，进行更为细致的区别、划分，创造性地运用一些新的子概念。在一个核心概念的周围、边缘，有一批坚实的创作作为支撑，这个概念也因此得以拓展。这样的拓展既是逻辑的，也是历史的。孙绍振散文理论的创造性毋庸置疑，但还是有令人感觉不足的地方：审美、审智、幽默成为解读散文的三个级别的核心概念。定义为 A。那么情智交融的幽默中，情与智则是幽默下面的子概念，是 a。在解释幽默（A）时，动用了情、智（a）。结论是：情、智既是 A 也是 a。在演绎一些核心概念的时候出现了概念不够用的现象，以至两个不同级别的概念之间出现了混用。孙绍振宁可出现概念的混用，也不放弃概念与历史的统一。

六

孙绍振遵循马克思的某些方法论，但是明显有别于西方的马克思主义者。西方马克思主义者更强调"宏观"分析，审美与历史、意识形态之间的关系成为他们最终的落脚点。孙绍振的长处在"微观"分析，为了追求分析的准确、细致，许多时候宁可停留在"审美"层面，也坚决不为"理论"而理论——而为文学创作服务。西方马克思主义中非常重要的"阶级"这个概念在孙绍振的理论中没有位置。历史或者意识形态只是孙绍振还原分析法的一个思考维度，如果文本本身无法为历史负责，不受到强大的意识形态干扰，孙绍振不会硬生生往这些方向靠。在审美与历史、意识形态之间，该独立的独立，该渗透的渗透，毫无关系的则弃之不管。总之，文本分析的

① 孙绍振：《建构当代散文理论体系的观念和方法问题》，《当代作家评论》2010 年第 1 期。

有效性才是孙绍振真正重视的所在。

如今，以伊格尔顿、詹姆逊为代表的西方当代马克思主义者都投向了后结构主义的怀抱。这是马克思主义者活跃的表现，他们不回避当下主流的理论话语，尽量用马克思的理念消化或者同化诸如结构主义、后结构主义这些理论。他们都尽量回避对文学“价值”的评判。詹姆逊在后结构主义语境中依然捍卫总体性。他的著名论文《晚期资本主义的文化逻辑》所给出的结论是西方处于后结构主义文化特征之中，但是对这些特征的总结本身也是建构总体性的一种尝试。伊格尔顿走得更远，根本不承认有永恒的文学定义，不承认文学的“文学性”：“而任何一种被视为不可改变的和毫无疑问的文学——例如莎士比亚——又都能够不再成为文学。”[①] 在接受不接受后结构主义理论上，孙绍振是一个经验主义者而不是理性主义者。理论上，没有永恒的文学性是站不住脚的。一个时代有一个时代的文学，但是根据阅读审美经验，孙绍振相信不同时代、不同国家的文学之间有一些共通的东西，也就是“文学性”，这些只在文学作品中充沛、丰满，在非文学类型之中含量稀薄。艺术形式的演变、发展、成熟的速度是缓慢的。这样，它就有了跨时代、跨历史的特点。这在文学形式上表现得特别明显，从春秋或者更早时期的四言诗《诗经》到魏晋时期由于佛经翻译带来的五言诗经历了一千多年。近体诗（律诗绝句）的产生到成熟经历了四百年。按照孙绍振的研究，小说从魏晋志怪《世说新语》的片断性事件算起，发展到唐传奇完整的故事也差不多用了四百年。再往后，从完整的故事到人物性格，也就是宋元话本和《水浒传》等，又过了差不多四五百年，至于到《红楼梦》，瓦解了故事，人物不以单纯的外部标志（绰号）为索引，又是四百年。动辄数百年才发生一次突变，突出转折、激荡的意识形态研究固然需要，数百年之间缓慢变化过程的研究更显出持久的分量。王朝的更迭、社会的巨大动荡之下，文学经受到一定的冲击，但是依然按照自己的规律缓慢前进。这种稳定性中呈现出来的艺术奥秘、艺术特征正是文学理论需要面对的难题。古典文学则更注重“守旧”，文学形式发展缓慢，形式转折时期的文学尽管不乏佳作，但是相关艺术形式的最高峰往往

① 〔英〕伊格尔顿：《二十世纪西方文学理论》，伍晓明译，北京大学出版社，2007，第10页。

不是在转折时期出现。意识形态研究特别注重变化、出新——文学的价值就在于敏锐地捕捉到这些变化，并且用艺术的方式记录下来。这与现代性息息相关。现代社会发展速度一日千里，文学相对滞后了。在如此迅猛的发展中，强调变化的理论显得十分突出。这个色彩斑斓、令人眩晕的世界拥有足够多的新鲜刺激等待文学家做出回应。人们如此疲于奔命地适应现实，甚至来不及向前远眺，更何况回头观望了。文学如何表达日趋变化的现代社会成为令人关注的问题。文化研究应运而生，突破学科界限、关注当下动态成为文化研究的焦点。奇怪的是，西方的理论家认为历史上没有永恒的文学性之后，忽视了这样长时段具有稳定性的文学的研究，甚至也忽视了对当下文学性的研究。他们宁可研究通俗小说、政治图码，对于什么作品更好，为什么更好却无动于衷。对文学“价值”的不懈追问和研究恰恰是孙绍振与当代西方马克思主义者最大的区别所在。

当文化研究的热潮有消退迹象的时候，国内理论界也进行了相应的反思。姚文放认为，文学理论从“理论”走向“后理论”了，“理论”与“文本”距离越来越分道扬镳。对文学本身的研究依然没有令人满意的、有突破性的进展，文学性的焦虑依然存在。法国是当代文学理论的出口大国，如今他们也在反省，自己的理论在解释文本上常常隔靴搔痒。此时，孙绍振的文论得到了重新的关注。他的理论无心插柳，却恰好与西方当下的理论危机形成了一种回应。“理论热”退潮之后，孙绍振这种“反理论”的文学理论显示出了独特的魅力。习惯了理论的引进和消化，不少人在宏观理论上尝试与西方接轨，孙绍振没有去跟风，他老老实实按照传统马克思的立场，继续自己微观理论的研究。创造了一套自己的，根植于传统、当下本土经验的理论。他对几百篇文学经典的微观分析已经得到了专业人士，尤其是广大中小学一线教师的热烈欢迎。文学理论转化为批评之成功，对经典作品的品评之细致、深刻，是罕见的。当后结构主义对文学理论都摸不着头脑的时候，当我们从西方那里找不到解决答案的时候，不妨回头看看我们自己的理论家做出的努力。在形式理论中，孙绍振用马克思从商品分析起的思路，以形象（意象）作为起点，区分出诗歌、散文、小说的形式规范；从分析方法上，孙绍振极其娴熟地运用辩证法的矛盾分析法，并延伸出还原法、比较法；错位论被孙绍振用在美学理论、幽默理论和小说理论中，错位论的核心是逻辑的总体论，而总体论是马克思主义的核心范畴之一；从散文史观上，孙绍振用马克思将核心概念进行历史演绎的方法，形成了以“抒情”“幽默”“审智”为中心的，强调历史必然性的散文历史演化理论。孙绍振是骨子里的马克思主义者，接受的不是马克思的教条，而是方法论的精髓。他始终以独立的人格，怀疑的眼光看待一切权威、假象，并且不遗余力地大声疾呼、批判；始终坚持文本，坚守经典，以艺术的眼光去发现；始终历史地、矛盾地看待问题，用总体性拒绝后现代理论不切合审美分析之处。这就是我们中国的马克思主义美学家——孙绍振。我大胆揣测：孙绍振的理论价值没有得到足够的重视，在回应文学性问题上，他的微观分析方法和相关的研究不仅具有全国性的意义，放眼世界也具有相当的分量。如今，韩国翻译的八卷本《孙绍振文集》已经出版，我相信，这只是一个开始。

（作者单位：福建省艺术研究院）

从语文教育的视角：试探孙绍振解读学对实践、理论的多维贡献

赖瑞云

一

从狭隘的、直接的意义上，孙绍振文本解读学是孙先生介入语文课改的产物。

在我国语文课改启动的21世纪初，孙绍振先生决定主编中学语文课本，随即获教育部立项。孙先生是大格局的智者，绝非事必躬亲之人。但孙先生当主编，绝不是挂名主编。他所主编的初中语文课本，最初版的289篇课文，每一篇选文、每一个单元组合，他都要亲自过目拍板。其中的传统经典选文，当然是编写团队全体成员，也是各版教材的共识，而大量的新选文（没有新选文，就无以区别不同版本的新教材）中的多数篇目，来自孙先生博闻强记的大脑，有不少篇目，编写团队成员是第一次接触。与他原有专业最无关的是每篇课文后的练习题，但他放下身段，几乎每一篇课文都去编练习，至少编写了数百道题，供团队集体讨论，最后定稿时，还一一审读，润色文字。与他原有专业最相关的是每篇课文的解读，相当于文艺学里的鉴赏、评论，团队成员望而却步，而我们当初的编写理念，最重要的就是希望编写出有水平、有特色的新颖解读，一改过去教学参考资料比较平庸、落后的状况。此事，团队成员都希望孙先生亲自动手，故取一他版教材所无之

名："主编导读"，孙先生二话不说，主动操刀，孙先生当时至少是技痒。结果，近290篇作品的解读，孙先生全扛下来，这至少在数量上，迄今为止是语文课本编写史上仅有的。他的解读，不是三言两语，而是一篇篇完整的论文，少则五六千字，长则七八千，乃至上万字。通常，一般人能发表五六篇解读，当小有得意；发表三五十篇，足有资本吹牛。孙绍振不仅完成了全套课本的解读，而且，从此一发不可收拾。当时语文界最缺最需要的就是有水平的课文解读，孙绍振文章的精彩，本就众所周知，自此，许多报刊、出版社向他约稿，其他语文教材也请他写解读。孙绍振发表的不重复的单篇作品解读到底有多少？就他近15年间出版的20余部解读专集及包含解读内容的理论专著在内，不完全统计，约550篇左右（其中以完整文章形态出现的约450篇）；如果加上某个章节、某篇论文涉及多个作品的，所解读作品不下800篇（部），包括长篇名著、诗词散文、论说时文，凡语文界所及文类，他都涉足了，现行十几种中学课本的约1/3的课文，他都解读了。孙先生还有相当多未成文的"口头解读"。近10年间，他经常被各地请去做学术报告，被请去评课，常年奔走于大江南北。每到一处，那精彩的即席点评，每每使听众倾倒、笑翻，然而，却很少能像不久前发表于《中华读书报》上轰动一时的《中华诗国》那样被及时整理成文。孙先生还有不断推出的解读新作，《语文建设》给他辟了个专栏，每期一篇；"两岸关系和平发展创新中心"聘他与台湾学者一起合作研究语文教材，又有许多新课文需要分析，照旧命名"主编解读"劳他动笔。孙先生有时开玩笑说，你们要榨干我的全部剩余价值。

谁叫他的文章那么受人热捧，粉丝那么多？他的解读专集，乃至他的理论学术专著，常是书市的畅销书，出版社一版再版，真正洛阳纸贵。其中的《孙绍振如是解读作品》，早几年网上统计的点击率就已高达12000万次。老一辈的著名特级教师于漪、钱梦龙向他讨书。福建省著名特级教师陈日亮、王立根是孙绍振主编的北师大版中学教材编写团队的成员，当年，每看完一篇孙绍振的解读，就一番赞叹。像对《孔乙己》的解读，近万字，孙绍振揭示说，给人带来欢乐的孔乙己，自己是没有欢乐，是笑不起来的，孔乙己全部的努力就是试图维护他最后一点残存的读书人的自尊，但却偏偏这一点可怜的自尊也遭到人们反复残酷的摧残、打击，而发出残酷笑声的人们却又并无多少恶意，只是为了打发无聊、寂寞的日子，而鲁迅是以没有描写、没有渲染的精简到无以复加的叙述笔调完成这部震撼人心的悲剧的，是一曲没有悲剧感的悲剧，没有喜剧感的喜剧，正所谓鲁迅自言的“不慌不忙的”“大家风格”。陈日亮、王立根从20世纪80年代初看过许多有关《孔乙己》的分析、解读，他们说，这篇是读过的解读中说得最好的。江苏省著名特级教师黄厚江说，孙绍振先生、钱理群先生的许多新颖解读是值得引入我们中学课堂的。年轻人更是追星族，或直接照搬，或活学活用，由此而胜出者不胜枚举。一位研究生，在教师招聘的面试上，将孙老师2010年发表在《文学遗产》上的解读《赤壁怀古》的长篇论文中的核心解读，“搬到”15分钟的片段教学中，评委听后，惊叹莫名，打出了很高的夺冠分数。一位2007年本科毕业的年轻人，在多次公开课中都运用孙老师教给的“还原法”“换词比较法”“矛盾法”解读课文，如解读《再别康桥》，他问，为什么是“雨巷”而不是“雨街”？为什么不是“巷子”而必须是“雨巷”？为什么只能是蒙蒙细雨而不是瓢泼大雨？他还直接引入了孙先生解读中说的“长的巷子才适宜漫步思考”。这位年轻教师的成功教学，使他获得了福建省荣誉极高的“‘五一’劳动奖章”。孙绍振的解读传到海峡对岸，台湾语文教师读后大开眼界、爱不释手，一位博士青年教师得到了孙老师赠送的《月迷津渡——古典诗词个案微观分析》，转手间就被大家抢去复印了。孙绍振解读在语文界形成的影响，已经有点近乎神话。山东省一次召开全省教师的课改工作会议，把他请去做大会学术报告，主持人介绍说：“传说中的孙老师，我们请来了！”全场热烈鼓掌。他的一位铁杆粉丝，不远千里给笔者挂电话描述现场的兴奋情景。

孙绍振解读在语文界引起的这种近乎风暴式的反响，有其深刻的渊源。语文教育长久以来不被人看好，课改前那场肇端于《北京文学》，持续近三年，连当时主管教育的国务院领导都参与其中的“大批判、大讨论”，人们记忆犹新。当时，最尖锐的话语是“天怨人怒”。其实，早在改革开放初，吕叔湘、叶圣陶就对语文教育花时最多却效率最低的现象提出过发人深省的追问。更早，在20世纪30年代就有过国文教育为何效率低下的讨论。这个问题的根本原因就是文本解读缺位。著名特级教师欧阳黛娜的形象描述是：新课本一到，90%以上的学生鸦雀无声看的是语文课本，因为课文中的美深深抓住了学生的心，但是随着教学的推移，学生们觉得语文“没劲”了，因为教师把原本课文中固有的美讲解得面目全非。因此她说语文教学艺术的第一个任务就是把原文中的美原原本本交还给学生。[①] 欧阳黛娜说的“交还”，就是孙绍振一直倡导并身体力行的揭示艺术奥秘的文本解读。当年语文界普遍存在的三种教学状态：第一是叶圣陶早年多次批评过的，把文言翻成白话，把白话翻成另一套说法的白话是最要不得的（拿孙绍振的说法，就是在一望而知之处表面滑行）教学。[②] 第二是种种低效、无效、负效的所谓“分析”，或为支离破碎的机械拆解，或为当年苏联“红领巾教学”遗传下来的背景、作家、分段、主题、写法的套路教学，或搬来平庸教参，不得要领讲解一通。当然，教学参考资料中也有收入精彩或比较精彩的评论文章，如叶圣陶的《背影》解读，但为数不多。第三是教学方法至上，错以为著名特级教师的成功之道就在于教学设计、教学技巧，殊不知钱梦龙多次提醒，首先是抓住作品特点，其次才是教学设计，于漪反复强调，最主要是讲出作品的语言奥妙、思想奥秘，甚至要穷尽其中的奥妙。[③] 上述三种状态，某种意义上，第三种影响最烈。教学方法无疑对教学效果有重要影响，在同一内容的条件下，甚至有决定性的影响，孙绍振讲课特有的犀利、雄辩、幽默所强化的轰动效果就是最好的证明。但无论如何，内容是第一位的，极端一点讲，如果学科教育的内容是正确的，不怎么讲究方法，哪怕照本宣科，也可凑合上完一堂课；如果内容是错误的，方法越佳，南辕北辙，离目标越远。这是“皮之不存毛将焉附”的皮、毛关系，“如虎添翼”的虎、翼关系问题。关于这二者之间关系的理论论争、语文界当时“方法至上”的实际状况以及“教学内容第一性”的详尽论述，语文教学论的第一位博士王荣生教授有专著专门论及，我想强调的是下述两方面。

其一，为什么这个从理论和实践上看来都比较明确的问题，在语文教育领域曾长时间造成盲点？根源是，真正的语文教学内容应该是揭示奥秘的文本解读，然而多数人并未认识到这一点，结果就产生了如上所述的第一、第二种语文教学，在碰壁之后就转而求助方法；少数意识到这一点的，又因为

① 欧阳黛娜等：《欧阳黛娜中学语文教学艺术初探》，山东教育出版社，1997，第11页。

② 中央教育科学研究所：《叶圣陶语文教育论集》上册，教育科学出版社，1980，第183页。

③ 见赖瑞云《文本解读与语文教学新论》，北京师范大学出版社，2013，第11～12页。

揭秘解读绝非轻而易举，就弃而转向方法。结果，不检讨内容而检讨方法成为当时语文界的主流。进一步的结果就是，明明是文本解读问题没有解决，却怪罪于著名特级教师的教学技巧是个性化的艺术，很难转化为一般教师的教学，为教学的普遍低效找到了冠冕堂皇的理由。再加上应试教育雪上加霜，于是，语文教学低效率的世纪难题就一直处于无解状态，乃至引来“天怨人怒”的责难。

其二，21 世纪初启动语文课改后，上述问题在课改前期仍继续存在，实际上仍然是从教育学、教学论的角度去解决问题。最明显的就是对钱梦龙“教师为主导、学生为主体”的批判、否定。批判者认为，一提教师主导，学生就不能真正成为学习的主人，于是引来西方的“平等对话”，一时间热闹的对话教学遍及各地。无疑，对话对于“满堂灌”的否定，对于调动学生积极性的作用，自不待言。然而吊诡的是，20 世纪八九十年代涌现的一批著名特级教师恰恰是最少满堂灌，最善于调动学生积极性的。阅读过钱梦龙数十个经典教学案例的人都知道，钱梦龙的课，与学生的对话最多，也最善于表扬、鼓励学生，学生的发言时间往往超过了钱先生，钱先生的发言总是少而精，但钱先生的“教师适时引导、指导的作用”从未缺位。“教师为主导、学生为主体”本来是很辩证的（2010 年制定的《国家中长期教育发展、改革规划》就明确写上这句话了，这是后话），但当时不少批判者并不真正了解 20 世纪八九十年代我国语文教学的状况，并未研读过钱梦龙的教例。而当一个不辩证的极端口号未在实践中撞墙时，往往会变本加厉呈现怪象：明知学生发言有错，也不敢纠偏指正；规定学生的发言必须保证多少分钟，限制教师的发言不得超过多少分钟；学生中心主义、教师尾巴主义，一时大行其道；表面热热闹闹，实质浪费青春的对话，一时充斥课堂；最匪夷所思的是，出现了诸如“愚公搬家不就得了”“焦母官司打赢了刘兰芝”“《皇帝的新装》中的骗子是‘义骗’”等脱离文本、亵渎文本的荒腔走板的对话教学。上述问题的持续时间不算太长，也不太短，但它的后果是严重的。温儒敏 2007 年、2008 年有过两次课改调查，结果之一是“语文仍然可能是最令学生反感的学科”，调查对象包括北大中文系的两届新生 200 人，温先生说，按理这些语文尖子生是最热爱语文的，又是经历课改后进大学的，这样的结果实在令人深省。[①] 我认为，最值得反省的就是上述极端的“平等对话”，就是仍然“方法至上”。其实，中学一线的许多教师一开始对此就有疑虑，但他们不敢随便发声，不知道问题的真正症结在哪里？出路在哪里？这个时候，孙绍振先生站了出来，在21世纪初于无锡召开的一次教学会议上，当着钱梦龙先生的面，提出了“保卫钱梦龙”的口号；随后又在多次重要会议上和多篇重要论文中，以其对西方教育理论、实践的深切了解，以鞭辟入里的学理分析和生动的案例，深入地对“批判‘教师为主导、学生为主体’”进行了反批判，对钱梦龙的正确教学观做出了有力的辩护。[②] 这个时期，也正是孙绍振大量文本解读的“喷发期”，接二连三解读专集盛销市面。人们在大开眼界的同时，亦醍醐灌顶，语文原来应该这么教！正如全国教育学会中学语文专业委员会理事长（民间俗称“中语会会长”）顾之川在福建省语文学会2014年年会上说的，文本解读已成为语文学科最重要的基本理念。鲁迅先生曾用“暗胡同”，叶圣陶先生曾用“暗中摸索”比喻过语文学习，个中之味，广大献身语文教育事业的探索者尤能体会。如今，这种漫长的黑暗中的摸索的结束，怎不令人欢欣鼓舞？

这就是孙绍振的解读论著受人热捧，在语文界引起热烈反响的深刻原因，也是孙绍振创建的文本解读学及其解读实践对语文实践领域的杰出贡献。

当然，推动这一变革的绝不仅仅是孙绍振一人。钱理群先生更早涉足这一领域，20世纪90年代初，他在《语文学习》上连发十几篇“名作重读”，对中学教学参考资料中的问题重炮猛轰，一时大快人心，争相传阅。嗣后，从解读的角度质疑语文教学的学界论文时有闪现。课改后，钱先生重放异彩，与孙先生南北呼应，发表了一篇又一篇的解读佳作。还有王富仁先生；还有北大、北师大、南大、华东师大等许多大学的深入参与课改、直接编写中学课本的大批学者；还有始终坚持自己正确教学实践与理念的于漪、钱梦

① 见《光明日报》2009年7月8日、《语文学习》2008年第1期。

② “保卫钱梦龙”口号见孙绍振未刊稿《钱梦龙的原创性：把学生自发主体提升到自觉层次》（此文为全国中学语文学会2015年12月19日召开的“钱梦龙教学艺术研讨会”论文稿），可参见孙绍振《批判与探寻：文本中心的突围和建构》中的《语文教学中的主体性和主体间性》《理顺传统、遵从实践，修正西方教育理念》等文，山东教育出版社，2012。

龙们及其他们的粉丝军团；还有语文界不计其数的立志改革者和探索者，包括20世纪末，为民族素质计，猛烈炮轰语文的各界各阶层的忧国忧民者；还要上溯至20世纪前期夏丏尊、叶圣陶等前辈大师试图一扫语文教学玄妙笼统状态的种种努力，包括叶圣陶的《文章例话》、朱自清的《文言读本》……所有这些的合力作用，渐行渐近，走到了这一历史的转折点。但孙绍振，无疑是近15年来，对文本解读，做出贡献的第一人，因为他不仅在解读的数量上遥遥领先、质量上令人拍案，而且他原创性地建构了体系庞大的“文本解读学”。

孙绍振备受语文界热捧的另一重要原因，是他作为文艺学的著名理论家，对最基层的语文教学的深深介入，使中学教师顿生“我辈岂是蓬蒿人”的美好愿望。过去，就语文学科而言，大学与中学双向脱节。孙绍振认为，主要的责任是大学，大学里主要的责任又是最上位的文学理论。过去，“语文课程与教学论”（旧称中学语文教材教法）不仅在综合性大学里被不屑一顾，就是在师范大学里也被边缘化，更不用说中学的语文学科，有多少理论家过问了。然而吊诡的是，所有的理论家，所有的作家、学者，除了少数例外，都经过了长达十二年的语文教育阶段，如果最接地的语文学科的土壤是肥沃的而不是贫瘠的，是否能整体上提升中国学界的素质？答案本来是很清楚的，当年叶圣陶、朱自清、陈望道等数十位大师级的学者、作家亲自操刀主编、编写中小学教材，就是最好的说明。过去，一篇篇中学课文的具体解读，不仅文艺学不太管，古典、现代等各专业学科也不太管，因为在众人的眼里这是“小儿科”。孙绍振曾说过一个故事：他最初动笔撰写中学课文解读时，心虚地询问一位造诣很深的古典文学学者：“这是不是小儿科？”不料这位学者脱口而出：“哪里？这是大学问，不是随便能写好的。”孙绍振说他大受鼓舞，从此乐此不疲，欲罢不能，以至他的诗歌界的朋友们说他都不关心他们了（其实这期间他照样写了不少诗歌评论，出版了诗歌选集和研究专著）。现在，在他的带动下，许多人，如他所在的福建师大文学院各专业的不少学者都分身投入了这项“小儿科”式的“大学问”工作。最高兴的自然是准语文教师的大学生们，孙先生在福建师大每周一次的文本解读课，是学生们最兴奋、期盼的课程之一，就像王光明先生在“孙绍振诗学思想研讨会”上形容的，是学生们的节日。

孙绍振文本解读学是行动型的学说（这“行动型”从另一个角度就是实践性，从更小的角度说，就是操作性）。它的内容不仅仅包括他和孙彦君的近作《文学文本解读学》，自当包括如上所述的数量庞大的作品解读，这是他行动型学说的首要意义。同时，还包括他 20 世纪 80 年代的名著《文学创作论》以来的大量相关著述，解读实际就是解“写”（后文将介绍孙绍振的有关论述），这既指导解读，也指导创作，这是他行动型学说的第二个意义。其行动型学说的第三个意义，是它对实践的贡献非常突出，明显区别于那些只能束之高阁的理论，它不仅以上述丰富的解读实践促进了语文教育、语文学科的重要变革，而且正在促进师范院校中文学科可能发生的课程变革。第四个意义，是它的理论贡献充满行动型，它创建了一门现实急需的理论学说。这个学说是马克思“人应该在实践中证明自己思维的真理性”[①] 以及恩格斯“社会一旦有技术上的需要，则这种需要就会比十所大学更能把科学推向前进”[②] 的生动写照；他像朱光潜特别肯定的歌德理论那样：“和一般的美学家从哲学系统和概念出发不同，歌德的美学言论全是创作实践与对各门艺术的深刻体会的总结。”[③] 孙绍振解读学从实践中来，又回到实践中去的鲜明特色，是其与那些基本上是演绎型而乏归纳法乃至是从概念到概念的理论的最大区别，而后者在当今文学理论领域并不少见，故前者这一鲜明特色本身，就是对我国文学理论建设的独特贡献。

孙绍振文本解读学是原创型的学说。《文学文本解读学》是该学说的完成形态，这是文学理论领域首次出现的体系崭新的关于文本解读的理论专著。如前所述，孙绍振的文本解读学应追溯到他的《文学创作论》，应涵盖他 30 多年研究中的所有相关著述，因此，《文学文本解读学》中具体的原创理论、观点，成形于他对文学理论的不断探索之中。这些具体的原创理论、观点主要如：鲜明批判了西方文论系统性出现的以解读无效为荣，甚至为敌的谬论；深刻阐释了揭示艺术奥秘是文本解读的根本任务；清晰阐明了创作论是文本解读的核心武器；系统论证了孙氏解读学的文本中心论，兼具作家论、读者论的辩证交织解读观；系统阐述了孙氏独到、有效的错位美

① 《马克思恩格斯选集》（第 2 版）第 1 卷，人民出版社，1995，第 55 页。

② 见新东方网《经典语录大全》。

③ 朱光潜：《西方美学史》（第 2 版），人民文学出版社，1979，第 401 页。

法、还原法、矛盾法、替换法等文本解读的系列操作方法；突出了专业化解读的重要性；等等。所有这些原创体系及其系列的原创理论、观点堪称独步一时的大美之作，对理论和实践领域都有创新性的贡献。

孙绍振文本解读学体系庞大、博大精深，概述其貌、探微索幽都非本篇拙文所能胜任，本文主要从创作论到解读学的历史演变的角度，并侧重于上述原创性和操作性的若干方面，侧重于语文教育的视角，略谈一二体会。

二

《文学创作论》是孙绍振文本解读学的理论源头，在孙先生尚未着意建构解读学的年代，我们要分析、解读文本，想从孙绍振的著作中汲取营养，就可从《文学创作论》的武库中，找到比同时期的其他许多著述有用得多的有效武器。它的最大的与众不同是：一是它强调艺术研究最根本的任务是探寻形象构成的奥秘，窥破那神秘的艺术创作规律，这给予了读者有力的解读。二是它由此提出的一系列艺术作品形成的具体规律，如形象与生活的矛盾性方案；形象是感情、生活、形式特征相结合的三维统一体；诗歌、散文、小说等艺术形式的各自具体详尽的审美规范、内部特征，等等——都可以转化为分析的武器、解读的方法。比如，小说的因果律及性格因果高于情节因果，就远比那些孤立分析人物性格、平面划分情节的“开端、发展、高潮、结局”更能发现、揭示作品的艺术奥秘。如《项链》的结局为什么会是令人震惊的假项链？这既与玛蒂尔德因虚荣丢失真项链有关，又与她在强烈自尊性格推动下，打落门牙往肚里吞，不诉苦、不求人，还清债务，还清后巧遇女友，自尊又推动她骄傲地告诉女友这一离奇磨难有关（才得知项链是假的）。三是《文学创作论》不是一般的文学理论，但其中不乏一般性的原理和知识，我们读当时的文学理论书籍，很难解决我们分析、解读作品的需求，而读其《文学创作论》，同样是“性格”“情节”的概念，却能成为分析的武器；书中也有引入一些西方文论和古代文论的知识，但它与创作论融洽无间，比孤立读它们时好懂得多。四是它有海量般的鲜活案例，远比枯燥、抽象的纯理论阐述好读、好理解，潜意识里也积累了分析、解读的范本。经过后来 30 年，特别是介入语文课改后的 15 年，孙绍振的解读学说有哪些积累、发展、演进呢？其解读学，特别是《文学文本解读学》与《文学创作论》相比，在哪些方面有发展呢？我以为，就上述四者可以从两方面展开讨论。

第一，“揭示艺术奥秘是文本解读的根本任务”，表述越鲜明，阐释越深刻，操作性越强。

（1）始终一贯强调这一核心观点，表述越为精炼鲜明。孙绍振说：“年青的时候，我对于评论家曾经有过相当热烈的期待，许多权威评论文章，我莫不细心研读再三，然而其结果不免是大失所望。我所期待于评论家的是艺术的奥秘，但是那些权威评论家常常对此毫无兴趣，每当涉及艺术特点之时，则以三言两语搪塞过去。”[①] “在阅读当代西方文论中，我很少享受到对百思不解的艺术奥秘恍然大悟的幸福。”[②] “任何一个文学理论家，必须有两种功夫，第一是对理论文本的理解力，第二是对文学文本的悟性，而这后一点，即对文学奥秘的洞察却更为重要。”[③] “自然科学或者外语教师的权威建立在使学生从不懂到懂，从未知到已知。而语文教师却没有这样便宜。他们面对的不是惶惑的未知者，而是自以为是的‘已知者’。如果不能从已知中揭示出未知……再雄辩地揭示深刻的奥秘，让他们恍然大悟，就可能辜负了教师这个光荣称号。”[④]

（2）用自然科学作比，形象、深刻地说明了揭示奥秘的根本性、艰巨性及揭秘的着力方向。在《文学文本解读学》里，孙绍振是这样比方的：“艺术的深邃奥秘并不存在于经典显性的表层……一切事物的性质在结果中显现的是很表面的，很片面的，而在其生成的过程中则是很深刻的，很全面的。最终成果对其生成过程是一种遮蔽，正如水果对其从种子、枝芽、花朵生长过程具有遮蔽性一样，这在自然、社会、思想、文学中是普遍规律。对于文学来说，文本生成以后，其生成机制，其艺术奥秘蜕化为隐性的、潜在

① 孙绍振：《挑剔文坛》，福建人民出版社，2001，第3页。

② 孙绍振：《审美价值结构与情感逻辑》，华中师范大学出版社，2000，第11页。

③ 同上书。

④ 孙绍振：《名作细读》，上海教育出版社，2006，自序，第1页。

的密码。从隐秘的生成过程中去探寻艺术的奥秘，就是进入有效解读之门。”[①] 两段话一比，显然后者更形象、清晰、深刻地阐明了艺术的密码、创作过程的奥秘如何被表层的文字所遮蔽，揭秘的根本性和艰巨性一目了然。同时，借此表明：关键是揭示艺术的隐秘生成过程，这才是进入有效解读之门。这就为揭秘指明了方向，更具操作性。书中举例说，《三国演义》中“草船借箭”，其原生素材在《三国志》里是孙权之船中箭，到《三国志平话》里是周瑜之船中箭，二者都只是孤立地表现孙、周化险为夷的机智，属于实用理性。到了《三国演义》中变成“孔明借箭”，并增加了三个要素：盟友周瑜对诸葛亮的多智的多妒；孔明算准三天以后有大雾；孔明拿准曹操多疑，不敢出战，必以箭射住阵脚。这就构成了诸葛亮的多智，是被周瑜的多妒逼出来的，而诸葛亮本来有点冒险主义的多智，因为曹操的多疑，取得了伟大的胜利，把本来是理性的斗智，变成了情感争胜的斗气，于是多妒的更多妒，多智的更多智，多疑的更多疑，最后多妒的认识到自己智不如人就不想活了，发出“既生瑜，何生亮”的悲鸣。本来是实用价值的故事，经过作家这样的改造、生成，升华为表现深层人性的审美经典，“草船借箭”的艺术奥秘就这样被揭示了。

（3）对歌德的“秘密三层说”进行了精致、准确，更具操作性的表述；运用孙氏的“秘密三层说”，当更明确揭秘的努力方向。歌德言：“内容人人可见，意蕴只有经过一番努力才能找到，而形式对于大多数人是一个秘密。”歌德这段话可说是对揭秘解读的根本性、艰巨性和方向性的很权威的论断，而孙绍振在2010年出版的《解读语文》和2015年出版的《文学文本解读学》中对此做出了更为精致、准确，操作性更强的表述。他的“三层说”为：第一层是一望而知的显性的表层内容和外部形式，如小说、诗歌、散文。第二层是隐性的意脉（按：“经过一番努力才能找到”显然也不是显性的，孙绍振点明这是“隐性”，表述精致而明确，也点明寻找意蕴也是揭秘的题中之意；“意蕴”变“意脉”也更准确，表明这意蕴不是局部的，而是贯通全文的内在有机联系）。第三层是最隐秘的艺术形式和风格特

① 孙绍振、孙彦君：《文学文本解读学》，北京大学出版社，2015，第5页。下述“草船借箭”例同此页。此段话更早见于孙绍振发表于《中国社会科学》2012年第5期的《西方文学理论的危机和文学文本解读学的建构》一文，但可能限于篇幅，水果生长过程的生动比方被删去。

点（按：加了“风格特点”，表明不要忘了揭示作品个性化的表现手段、表现艺术，表明这才是更为要紧也是更难实现的）。孙绍振举了一个例子：上海世博会上展出的《清明上河图》，这是一幅美术杰作，表现了宋代汴京市井的繁华，这样的表层结构，一般观众都能看懂。其第二层次隐含的意脉，则为北宋盛世的颂歌，在当时社会、政治、经济、军事危机之中，这样的艺术只是一种抒情，如缺乏一定的背景知识，这一内在意脉就不一定能看出来。第三层次的最为隐秘的艺术形式和风格特点，是指它是国画中的杰出作品、工笔画、长卷，和西洋画的焦点透视不同，它把中国特有的散点透视（艺术形式规范）发挥到极致（风格特点），视点可以顺序移动，但又不是杂乱无章。孙绍振指出，能够欣赏这种特殊规范形式的可能是凤毛麟角。也就是说，要掌握有关的背景文化知识，特别是要有一定的国画修养，才可能解读出其中的内在意涵和艺术风格奥秘。① 孙绍振近期与台湾合作研究语文教材时，解读《世说新语》中谢道韫《咏絮之才》的故事亦如是。这则故事中，谢安问“白雪纷纷何所拟?”答句的“未若柳絮因风起”胜过了“撒盐空中差可拟”，前者用飞絮比喻飞雪，更为形象、贴切，更富诗意，更具视觉美感。这些，一般都能分析出来。而孙绍振指出，更重要的是一样要抓住艺术形式和风格特点，也就是这不是孤立的修辞问题，这是诗的比喻，又与谢道韫的女性身份相“切至”，因而充满了雅致高贵的风格，如果换一个人，关西大汉，这样的比喻就可能不够“切至”，如古人咏雪诗曰“战罢玉龙三百万，残鳞败甲满天飞”，就含着男性雄浑气质的联想。这个例子告诉我们，哪怕是短小的艺术品，也和“草船借箭”这样的经典一样，隐含着艺术密码，也可运用最隐秘、最重要的艺术形式规范和风格特点去揭示它，也一样要有相关的知识文化（如关西大汉诗句）才更有利于揭秘。

第二，一系列可以转化为解读方法、武器的艺术表现形式的具体规律、知识有明显的发展和变化。笔者在这里先探讨语文界最急需的由孙绍振解读学中的“艺术表现形式的具体规律”发展而来的系列解读方法。

“形象与生活并不是完全统一的，而是有矛盾的”是孙绍振对艺术表现

---

① 以上材料详见钱理群、孙绍振《解读语文》，福建人民出版社，2010，序第6~10页；孙绍振、孙彦君：《文学文本解读学》，第27~28页，2015。其中的歌德言论为通俗译法，原文、原译及出处，见《文学文本解读学》，第28页。

形式具体规律的主要表述，在《文学创作论》中自有其完整体系，在解读学中则变身、发展为“以创作论为核心武器，解读文本”以及错位美法[①]等一系列解读方法。创作的本质问题，就是如何处理与生活的关系，孙绍振一向反对那种机械的反映论，但对主、客观的关系又有其独到的看法，在解读学的体系中，就产生了如上介绍的方法论。

（1）以创作论为核心武器，解读文本。孙先生在其《月迷津渡——古典诗词个案微观分析》的序言中，把自己长期以来的文本解读研究、解读实践归结为是从创作论进入的，认为这是他成功的奥秘。实际上，他一直是以创作论为核心武器解读文本的。这是他能较快进入解读，能发现很多人未能发现的文本奥秘的解读奥秘。如前所述，无论是孙绍振的创作论，还是解读学，“揭秘”实际上都是它的一个总纲，一个基本理念，但呈现的形式却“相反”。作家是要把这些秘密隐藏起来，“见解（即意蕴）越隐蔽，对艺术作品来说就越好”。[②]（恩格斯语）解读者则应把这些秘密揭示出来。在《文学创作论》的后记中，孙绍振用体育运动、教练作比，说要像一个知晓运动秘密的好教练，能指导他人提高运动水平那样，提高他人的创作水平。那么，在他的解读学中，他就像一个艺术品的鉴赏家那样，指导他人洞察艺术品的奥秘。正是孙先生掌握了这二者之间相通的本质，因而他能比一般人更快、更好、更多地写出高水平的解读。现在，孙先生把这个“解读奥秘”“公布”出来，并且将此武器进一步具体化：他在有关解读的多部论著，特别是《文学文本解读学》中指出，以创作论为武器解读作品，就是要“以作者的身份与文本对话”，亦即“把自己当作作者，设想其为什么这样写而不那样写”，即“把作品还原到创作过程中去”，“从隐秘的生成过程中去探寻艺术的奥秘”，“有了作为作者的想象，才有可能突破封闭在文本深层的生成奥秘”。[③] 孙绍振还引述了多位名家的言论，说明这一解读思想和“揭

① 这是孙绍振论著中的重要理论概念，一般表述为“错位”理论，因是审美理论，且为与日常的“错位”概念区别，常将其称为“错位美”，从解读方法的角度，称此法为“错位美法”或“错位美”均可。

② 《马克思恩格斯选集》（第2版）第4卷，人民出版社，1995，第683页。

③ 孙绍振、孙彦君：《文学文本解读学》，第5、35、36、38页。

秘”一样，具有根本性。如朱光潜先生说：“读诗就是再做诗。”[①] 克罗齐说：“要了解但丁，我们必须把自己提升到但丁的水准。”[②] 海德格尔说：作品“只有在创作过程中才能为我们所把握，在这一事实的强迫下，我们不得不深入领会艺术家的活动，以便达到艺术作品的本源”。[③] 孙绍振先生的许多论著中，包括他的早期著述中，引述得最多的，也是最能使人理解——为何站在文学创作的立场上，最可能发现艺术的奥秘——的言论，就是鲁迅在《不应该那么写》中的这段著名表述：

> 凡是已有定评的大作家，他的作品，全部就说明着“应该怎样写”。只是读者很不容易看出，也就不能领悟。因为在学习者一方面，是必须知道了“不应该那么写”，这才会明白原来“应该这么写”的。这“不应该那么写”，如何知道呢？惠列赛耶夫（亦译华西里耶夫）的《果戈理研究》第六章里，答复着这问题——“应该这么写，必须从大作家们的完成了的作品去领会。那么，不应该那么写这一面，恐怕最好是从那同一作品的未定稿本去学习了。在这里，简直好像艺术家在对我们用实物教授。恰如他指着每一行，直接对我们这样说——‘你看——哪，这是应该删去的。这要缩短，这要改作，因为不自然了’。在这里，还得加些渲染，使形象更加显豁些”。[④]

《文学文本解读学》中，引完鲁迅这段话后，书中介绍了惠列赛耶夫的《果戈理研究》第六章里分析果戈理写《外套》的过程。原始素材是彼得堡的小公务员，节衣缩食，终于买了一枝猎枪，结果在芬兰湾打猎时被湾边的芦苇把横在船头的枪带到水底去了。从此他一提此事面如土色。果戈理为突出其悲剧性，并形成喜剧性与悲剧性的交融，把猎枪改成了“外套”（即大

---

① 朱光潜：《谈美》，《朱光潜美学文集》第一卷，上海文艺出版社，1982，第 497 页；转引自孙绍振、孙彦君《文学文本解读学》，第 35 页。

② 见朱光潜《克罗齐哲学述评》，《朱光潜全集》第四卷，安徽教育出版社，1988，第 337 页；转引自孙绍振、孙彦君《文学文本解读学》，第 35 页。

③ 海德格尔：《艺术作品的本源》，《海德格尔选集》（上），上海三联出版社，1996，第 297 页；转引自孙绍振《文学的坚守与理论的突围》，第 41 页。

④ 文载《且介亭杂文二集》，见《鲁迅全集》第 6 卷，人民文学出版社，2003，第 321 页。

衣，在寒冷的彼得堡，大衣是必要的行头，而猎枪则是奢侈品），虚构了一连串的情节。小公务员失去了大衣以后，先是向大人物申请补助，遭到呵斥，郁郁而死。小公务员的阴魂，一直徘徊在彼得堡卡林金桥附近，打劫行人的大衣。直到呵斥小公务员的大人物被这个幽灵抢走了大衣，幽灵才销声匿迹。孙绍振通过这个创作过程的实例，指出了上文列举的以创作论为武器的解读观——“这就要求读者，把作品还原到创作过程中去”，“理想的读者则是把自己当作作者设想其为什么这样写而不那样写”。前文提到的“草船借箭”的创作过程也是这样的例证。这些例证还表明，“以创作论为武器，解读文本”不仅是指导思想，而且也是解读的具体方法，但它同时涉及一个重要问题，即创作过程是不会或很少在作品中呈现的。于是，孙绍振指出：“这时文献资源就显得十分必要。”换句话说，“以创作论为武器的指导思想+文献资源”，或“引入相关文献，还原创作过程”本身就是解读的重要方法，方法的含义也更为明显。孙绍振包括《文学创作论》《文学文本解读学》在内的许多论著中大量的解读案例，都是运用了这一方法进行解读的。这里又分二类：一类是像鲁迅提出的用未定稿与定稿对比及惠列赛耶夫《果戈理研究》中的创作过程研究资料，但这些文献资源很少，尤其未定稿在中国作家的留存资料中更少，所以运用这类方法的解读不多。另一类是如“草船借箭”的分析，自己搜集有关资料，研究、推理创作过程，这种情况较多；孙先生论著中的多数案例，如郭沫若《凤凰涅槃》解读、《隆中对》及与《三顾茅庐》比较解读、郦道元《三峡》解读、《花木兰》解读，等等，都属于运用这种方法的案例。此外，运用文献资源解读又涉及后文将提到的孙先生一再强调的专业化解读的问题。

针对文献资源“十分有限”这一问题，孙绍振又推出了错位美法、还原法、矛盾法、替换法等一系列解读方法。

（2）错位美法、还原法、矛盾法、专业化解读法、替换法等一系列解读方法。首先要说明的是，在孙绍振的学说中，由于其理论是行动型的，实践性、操作性强，基本上许多概念、表述都具有方法论的意义，如上所述的“以创作论为武器，解读文本”就属这种情况；又如“揭示艺术奥秘”以及“秘密三层说”是总纲，是基本理念，是指导思想，同时也可视为方法，依次也可解读文本，只是其比“创作论武器”有更为高度的概括性，仅凭此探索，难度很大。反之，由于其学说中许多概念所具有的普遍意义，反映了某种客观规律，即使称“法”的，如“还原法”，也同时是一种基本理念、解读的一种指导思想，也因此，其著述中显性称“法”的概念少。“错位”理论更是如此，它首先是孙绍振学说中的基本理论、核心理论概念，此处称为“错位美法”就是从操作性的角度命名的。

其次，由于概念的伸缩性、弹性，孙绍振解读学中可以作为方法用于解读的概念，即使限定在操作性较强的角度考虑，也是数量可观。比如，在《文学文本解读学》中，最明显冠以方法、方法论含义的是最后六章（第11至16章），分别称为“具体分析之一：隐性矛盾”“具体分析之二：价值还原”“具体分析之三：历史语境还原”“具体分析之四：隐性矛盾的分析”“具体分析之五：流派与风格”“具体分析之六：想象在创作过程中与作者对话”。但是，绝不止这六类方法，每一章（类）里差不多都是一个小系列，如第11章里的“原生态还原”“逻辑还原”乃至“无理而妙”，第13章里的“关键词还原”，第16章里的“心口错位”……都是操作性很强的解读方法。这六章之外的其他章节也还有颇多可视为方法的东西，特别是有关小说、诗歌、散文的章节中涉及具体形式特征、形式规范的各种方法。如关于小说的第9章，标题中“常规和情感错位”两个概念就是两个解读方法。该章中关于“因果律”的系列概念，几乎每一个都可作分析的切入口，如“荒谬性因果”。还有，该章中深入阐述时出现的一些更具体的术语，都可以当作一种解读方法，如其中第2节和第4节中对《项链》的玛蒂尔德做了深入分析，用到了左拉“试剂法分析感情”，意即通过项链的得失变化，把人物内心潜藏的另一面（英雄气概、自尊性格）揭示出来，而“试剂法”照样可以用来解读《范进中举》中胡屠夫情感的变化。甚至，在一些比较理论性的章节中，也有一些精彩的术语，具有成为解读方法的可能，如第4章在批判西方文论中过分极端的“意图谬误”（《文学文本解读学》中指出，新批评最初提出此说时，并未走向极端）时，孙绍振提出了“意图无误”“意图升华”说，即作家的意图在作品中得以实现（无误），乃至在创作的过程中得以提升，他以此解读了《岳阳楼记》《醉翁亭记》的奥秘。这两个孙氏术语，同样可以用来解读其他作品，如《游褒禅山记》等古文经典。以下就语文界比较熟悉的上述五法，谈一些体会。

错位美法。“错位”或“错位美”理论是孙绍振20世纪80年代中期，提出的理论观念，在80年代中后期有多篇重要论文对这一理论进行了详尽的阐述。孙绍振在《文学文本解读学》中介绍这一理论时，是用他1987年的《美的结构》一书的表述。该书把真、善、美三者的关系归结为“错位”，“亦即既非完全统一，或者只有量的差异，亦非完全脱离，而是交错的三个圆圈，部分重合，部分分离。在不完全脱离的前提下，错位的幅度越大，审美价值越高，反之错位幅度越小，则审美价值越小，而完全重合则趋近于零”。[①] 孙先生在《审美价值结构与情感逻辑》一书的自序中回顾说，“从此，‘错位’就成了我日后整个学术思想的核心范畴”。它在孙绍振学说的体系中，既运用于解释、分析一般的文学现象，更运用于创作论和解读学。这一理论范畴提出后，在学术界产生了很大的影响。在孙绍振的文本解读实践中，到处都能看到他在运用这一理论分析艺术的奥秘，因此它是一种可以操作的解读方法。正因为它的可操作性，它在语文界也很有影响。人们最熟悉的就是他关于《背影》的解读以及就“父亲爬月台违反交通规则”所引起的二次论争。一次是某省中学生因这交通规则问题要求把《背影》从课本中撤下来，另一次是某大学一位副教授仍然发文表达这一看法。人们虽然知道这一看法是错误可笑的。但是，道理在哪里？许多人都说不清楚。孙绍振运用错位美的分析法为此写了多篇文章。他指出，遵守交通规则、考虑安全是实用价值（善），父爱是情感价值、审美价值（美），美与善在这里出现了错位、矛盾，还有，就实用价值来说，老父亲去为年轻的儿子买橘子，还不如儿子自己去买，父亲去买，比儿子费劲多了，但是，正是父亲执着地要自己去买，不考虑儿子去更合算，不顾交通规则，不考虑自己的安全，越是这样无功利的行为，就越是显示出深厚的父爱。还有一次，有文章说，父亲当时的穿戴很朴素。孙绍振指出，父亲的长袍马褂是当时的礼服，有如今天的西装，穿着礼服攀爬月台也是未从实用价值出发，心中只有儿

① 见孙绍振《美的结构》序，人民文学出版社，1987；又见《审美价值结构与情感逻辑》，华中师范大学出版社，2000，第126页。

子。孙先生用错位美法解读《背影》还不止这些，不能一一尽述。[①]

还原法。还原法是操作性更强、应用更广的解读方法。上举各案例，很多都用到了还原法。如前文所述，还原法也是一个小系列，细分还有种种，这里主要谈语文界最熟悉、应用最多、也是最基础的原生态还原法，也称感知还原法。此法的表述见孙先生多部论著，各表述略有差异，现以《文学文本解读学》第 11 章中表述为主，参照孙绍振《挑剔文坛》等书的表述，综合如下：即把构成艺术形象的原生状态还原出来，看看作家对原生态如何选择排除，有什么变异，发现二者之间的差异或者说矛盾，从而进入分析，揭示作家创造了怎样的情感世界，怎样的审美境界。孙绍振说，在感情冲击下对事物的感受"'形质俱变'是相当普遍的规律"，如"情人眼里出西施""月是故乡明""海内存知己，天涯若比邻"等。[②] 这实际上是美与真、美与善错位的体现。孙绍振经常举到的例子如李白的《早发白帝城》（综合上述两书以及孙绍振发表于《文学遗产》2007 年第 1 期上的《评〈下江陵〉》等著述）。他分析说，"千里江陵一日还"，还原一下，即使船行可能这样高速，在三峡的急流礁石中是很凶险的，越是快速越凶险。他指出，有人引以为据的郦道元《三峡》说的"朝发白帝，暮到江陵"恰恰是例外情况，那是在夏天发洪水，江水暴涨（夏水襄陵），一方面流速较快，一日千里可望实现；另一方面更凶险，因此已封航（沿溯阻绝），但在"王命急宣"的特殊情况下，传递王命者不得不冒险行船，李白在平日里正常情况下，既无这个可能，更无这个必要。孙绍振指出，"一日还"与真实是矛盾的（美与真错位），但正如此表达，突显了李白遇赦后无比轻快的心情，故写进诗中的只有快，把凶险（实用价值）排除了。原生态还原法更易掌握（孙先生说，因为"道理并不神秘"），又很具普遍意义，某种意义上是理解孙绍振解读方法体系的一个切入口，一把钥匙。我们再举一例，仍说《背

① 孙绍振有关《背影》的解读论文如孙绍振著《直谏中学语文教学》（南方日报出版社，2003）中的《个案分析 2：背影》，《解读语文》（与钱理群等合著，福建人民出版社，2010）中的《〈背影〉背后的美学与方法问题》，《审美、审丑与审智》（广东人民出版社，2014）中的《爱的隔膜与难言之隐》，《孙绍振解读经典散文》（中华书局，2015）中的《〈背影〉解读的理论基础审美价值和历史语境》等。

② 孙绍振、孙彦君：《文学文本解读学》，第 361 页。

影》。叶圣陶说，父亲送儿子上火车，半天的逗留，一路上父亲一定说了很多话，但写进文中的只有四句话，因为这四句表现了父爱，叶圣陶说这叫“取舍”。台湾语文教学设计说，为什么不写父亲的脸貌而两次说他体胖？体胖更显攀爬月台吃力，而脸貌是无关紧要的。陈日亮出道题：按流水账的顺序，父亲的穿戴，儿子应该早已看到，但开头都不写，为什么直到攀爬月台时才点明父亲穿了棉袍？这就是体胖的老父亲，再加上棉袍（还是长袍），攀爬月台就更显笨重吃力。[①] 这些都是还原法的例证，就是在作者情感作用和艺术形象塑造的需要下，把原生态中不那么突显父爱的因素排除了，变异了。按孙先生就还原法的更为深刻的说法是：“就第一个层次的最小单位（指前文提到的孙氏“三层秘密说”的一望而知的表层）来说，不要说是抒情作品，就是叙事作品，都不可能是绝对客观的描绘。一切描绘表面上是物象，是景象，但是，事实上是作者的心象在起作用。”[②] 用这样的还原法去思考解读，更能高屋建瓴，可能一次性发现上述有趣的问题，而且还能解决一些不易解释的现象。比如，上述“棉袍”例，讨论中有人说，也可以这样解释：开头，儿子对父亲陪自己去车站厌烦，没有太注意父亲，父亲买橘子上下月台时特别辛苦，才注意到父亲还穿了厚重的长棉袍。这说法有道理，而这种主观感觉的选择性记忆，就是心象作用下产生的物象。而最需要用这一心象说去解释的，就是攀爬月台这一最核心场面中最关键的“攀、缩”两字。我们想象一下：“攀”的动作，表明月台墙体比人高，而如果墙体上没有脚踩、脚蹬的着力点、着力处，或者没有这个动作，就是年轻人，没有经过体能锻炼的，都恐怕上不去，何况一个身子如此笨重的老年人。所以，这是有矛盾的。要不就是“攀、蹬”，要不就是“撑、缩”，才上得去，但这样一来，吃力感就减弱了，只有“攀、缩”两字，尤其是“攀”字最显吃力感，最令人感动。实际情况可能是，有其他辅助动作或辅助物，或者就是还加上了脚踩或脚蹬才上去的，但是作者的心象排除了这些他认为不吃力的东西，也不宜写进文章，写进去，就干扰了吃力感。这就是文学创作不是“绝对客观描绘”，而是心象、情感引导他呈现了现实中的物

① 见叶圣陶《文章例话》（三联书店，1983），台湾初中康熹版第二册、翰林版第一册课本及《教师手册》；大陆北师大版初中第一册《课本》及《教师教学用书》。

② 孙绍振、孙彦君：《文学文本解读学》，第 179 页。

象。至于读者如果一定要追究科学合理，可以由读者的想象去“补充填空”。

矛盾法。矛盾法，是孙绍振解读学的一个基本观念，是解读的一个指导思想。“矛盾”这个词，充满孙绍振解读学的各种论著中。如在《文学文本解读学》绪论介绍各种具体分析的操作方法时，孙先生说：“一切事物观念都是对立的统一体，都包含内在矛盾，形象自然也不例外。具体分析的对象，乃是矛盾和差异，然而文学形象是有机统一的，水乳交融的，天衣无缝的。矛盾是潜在的，因而，任何称得上是经典文本的作品，都是隐含着内在矛盾，问题在于把它还原出来，才进入具体分析的操作层次。”[①] 正文部分第 11 章开始，准备阐述各种解读方法前，也有类似的大段表述。在比较不同形式的不同规范时，他也说：“毫无疑问，具体分析形象的深层结构的难点是，揭示其内在矛盾，但是，内在矛盾是隐秘的。”[②] 在具体解读文本时，“矛盾”一词常跳跃而出，如上述《早发白帝城》案例。在批判西方文论时，“矛盾”一词更未缺席，如他那篇发表于《中国社会科学》的著名论文，就是以形而上的超验追求与形而下的文本解读之间的矛盾切入论述的。即使没有用“矛盾”一词，表现的也是对内在矛盾的分析，如前述的错位理论、秘密三层说、“草船借箭”案例等。另外，矛盾法本身就是一种可操作的分析方法。孙绍振把它分为两类。一类是显性的，“有些矛盾直接存在于作品的词句之中”。[③] 如《再别康桥》，他分析道，“在星辉斑斓里放歌”，接下来，矛盾出现了：“但我不能放歌，悄悄是别离的笙箫；夏虫也为我沉默，沉默是今晚的康桥！”这是理解这首诗的最为关键的矛盾，既是美好的，就值得大声歌唱，但是，又是不能唱；悄悄是无声的，而笙箫则是有声的，在英语中，这属于矛盾修辞（paradox）。孙绍振指出，无声是回忆的特点，是独享的、秘密的特点，而独享的、秘密的才是最美妙最幸福的音乐，胜过有声的笙箫，和中国古典诗歌中“此时无声胜有声”是一类的效果，构成的意境就是：诗人默默地回味，自我陶醉，自我欣赏。孙绍振认为，正是这种不能公开的，不能和任何人共享的幸福的自我体悟才是这首诗的艺术

---

① 孙绍振、孙彦君：《文学文本解读学》，第 38 页。

② 同上。

③ 同上书，第 38、360 页。《再别康桥》例出处同。

奥秘。孙绍振主编的北师大版初中语文教材，十年前在实验区使用时，他就教初中教师先从显性的矛盾入手学会分析。如《从百草园到三味书屋》，矛盾很明显，文中反复说，这是只有几根野草的、人迹罕至的荒园，但文章又强调说，那是“我”儿时的乐园，这表明，只要孩子无拘无束的自由天性不受约束，哪怕野草、荒园也乐在其中。所以“我”对百草园恋恋不舍，对三味书屋里照样能捉蚂蚁、偷画画的儿时岁月充满了怀念，所以主题并不只是对古板的旧式教学的批判。实验区教师逐步掌握了这个方法，他们上《社戏》，就懂得抓住结尾两句“再也没有吃过那夜似的好豆，也再也没有看过那夜似的好戏”的矛盾话语（戏明明是不好看的，野地里没有佐料的豆也不见得是最好吃的）切入分析。另一类是隐性的，这就需要结合各种具体操作的解读方法，如前述的还原法和本文提到的《文学文本解读学》所列的六类方法，找到矛盾，切入分析。

专业化解读法。先看看孙先生关于《隆中对》的解读：《隆中对》作为史书，非绝对是有实必录，而是有文学匠心的。如，文中诸葛亮说的话很有文采，但文中明明白白交代刘备“因屏人曰”，两个人关在密室里对谈，没有第三者在场，刘备和诸葛亮说的话，文献依据在哪里呢？作者陈寿所根据的，最可靠的就是诸葛亮在《出师表》中所说的：“三顾臣于草庐之中。”但其中并没有三次谈话的具体内容。陈寿本是蜀汉的官员，耳濡目染，有比较丰富的见闻，可能听到过当时的一些故事传闻，也可能还解读过蜀汉某些官方文献，但是，这类官方文献很少，陈寿曾经批评过诸葛亮主治蜀国却不曾立史官，故《三国志》中《蜀书》最单薄。这就说明，二人对话，其实是陈寿替他们说的，但是，说得丝毫不亚于文学作品。陈寿让诸葛亮这样分析荆州：“荆州北据汉沔，利尽南海，东连吴会，西通巴蜀，此用武之地，而其主不能守。”陈寿让诸葛亮以这种高瞻远瞩、视通万里的气势和骈句的排比表述以局部统摄全国的策略，实在是情理交融。在骈体文尚未成为主流话语之时，居然大量运用骈句与散句结合，达到骈散自如的境地，把史家散文的文学性发挥到了时代的前沿。四个排比句，每句中间都有一个动词（据、尽、连、通），本来意思是一样的，说的就是便于联系，取其便利，但用词有变化，同中求异，成为序记性散文经典模式，为后世散文经典所追随。如，《滕王阁序》：“星分翼轸，地接衡庐，襟三江而带五湖，控蛮荆而引瓯越。”王勃几乎亦步亦趋地追随陈寿的“以一地之微，总领东南西北，雄视九州”的风格，以天地配比三江五湖，甚至连骈句和动词对称（襟、带、控、引），也不避其似。在骈体文尚未充分成熟之时，这种用一类动词，关联起局部和全局的修辞手法，完全是陈寿的修辞原创。上述孙绍振这个解读，研究了那么多文献资料，并且把它们贯通起来，这就叫专业化解读。孙绍振在另一篇解读《隆中对》的论文中说，缺乏专业准备的外行，面对这样的经典文本，解读只能是两眼一抹黑。[①] 孙绍振关于郦道元《三峡》的解读更是这样。他引入袁山松《宜都记》和盛弘之《荆州记》等文献，进行详尽的比较分析，最后说：“从袁山松（？～401）的审美情趣经过盛弘之《荆州记》（成书约于432～439年间）的积累，再到郦道元（约470～527）的《水经注·江水》，古代中国作家呕心沥血，前赴后继，竟然不惜化了上百年工夫，才成就了这一段经典在情感上的有序和语言上的成熟。正是因为这样，《三峡》，或者以《三峡》为代表的《水经注》中的山水散文，成为中国散文史奇峰突起，得到后世的极高的评价，将其成就放在柳宗元之上。明人张岱曰‘古人记山水，太上郦道元，其次柳子厚，近时袁中郎’（《琅嬛文集》卷五）。”[②] 孙先生的许多文本解读都如此，所以才会发现经典文本的那么多精彩之处，我们每每读之，惊叹莫名。专业化解读，不是仅仅看相关文献，其他相关的艺术知识、相关的解读方法都应有所掌握，如《隆中对》解读，就涉及骈体文知识和还原法。

替换法。孙绍振说，替换法是朱德熙先生在北大讲授语法时提出的。它源于前述的鲁迅那篇《不应该那么写》，包括鲁迅说的未定稿与定稿，同一素材写成优、劣不同作品的比较。《文学文本解读学》第十六章专门谈了这个问题。孙绍振将其分为二种。第一种是个别关键词句的优劣比较。该章第二节里举了古代诗话、词话中的大量例子，如著名的“推敲”“春风又绿江南岸”，如“疏影横斜水深浅”“暗香浮动月黄昏”是从“竹影横斜水深浅”“桂香浮动月黄昏”改动一字成经典的。第二种是大段文字的变动，包括其中的结构、手法、词句，比较其未定稿与定稿，见出定稿的改动之妙，

① 钱理群、孙绍振、王富仁：《解读语文》，福建人民出版社，2010，序，第14页。

② 孙绍振、孙彦君：《文学文本解读学》，第488～496页。

如该章及其他相关章节举到的《红楼梦》《水浒传》《复活》《安娜·卡列尼娜》《静静的顿河》，以及其他单篇诗文中的修改名例；或同一素材写成不同作品的优劣比较，如该章第二节提到的《三国演义》与《三国志评话》之比。上述二种都涉及未定稿等相关文献。没有文献，可以凭想象，想象出一个较差的表述，与原文相比，现在语文界大量流行的换词法即属此例，当然，主要为第一种，而想象大段文字去比较的第二种，难度较大，但仍有人为之。如钱梦龙《驿路梨花》课，原文用了插叙，显得情节跌宕，想象出一个顺叙写法，变得平淡无奇，可见，只要努力实践，第二种替换法亦可在语文界开花结果。

三

孙绍振先生从《文学创作论》到《文学文本解读学》的演进中，重要的发展远不止上述这些。这些重要发展都极有益于语文教育，主要表现在四个方面。

第一，孙绍振有关诗歌、散文、小说等艺术形式的审美规范、内部特征的研究，又有丰富和发展，其中最突出的有：（1）散文理论明确建构了“审智”的范畴体系，是散文及散文理论研究史上的一大突破，《新华文摘》2009年第9期转载了他有关的长篇论文。（2）完成了绝句内部特征的体系化表述，在学术界首次全面揭示了绝句这一形式规范的艺术奥秘，《文学遗产》2007年第1期发表了他有关的长篇论文。（3）在学术界第一个深入分析了《阿Q正传》中鲁迅杂文元素的优缺点，为小说艺术形式的规范与突破提供了很有意义的启示，《新华文摘》2009年第17期转载了他有关的长篇论文。这些研究成果，都可转化为文本解读的武器。

第二，在《文学创作论》中，孙绍振就艺术表现的具体规律，还提出了“形象是感情特征、生活特征、形式特征骤然遇合的三维统一体”。它本身就是解读文本、分析作品的操作性极强的方法，如前述的《早发白帝城》，就是李白遇赦后心情无比愉快的感情特征、三峡水流迅疾的客观生活特征（当然，在诗中已被诗人放大、夸张为“一日千里”）、绝句中全为流水句式的最自由的形式特征骤然遇合的三维统一体。“三维论”又是创作论、解读学、文艺学的基本理论范畴。在理论研究方面，它的新发展主要有两方面。(1) 由于审智范畴的出现，感情特征改为主体特征，这就将审智也包含进去了，相应的，将生活特征改为客体特征。(2)“形式特征”这一范畴的研究进展最明显，主要又有两方面：其一，在20世纪80年代研究成果的基础上，对这一范畴做了更为系统深入的阐释，其中，形式规范的有限性，形式规范与内容的可分离性，形式规范具有可重复性地积累审美历史经验的功能，主体（特征）和客体（特征）并不能直接相互发生关系，而是同时分别地与规范形式发生关系等观点，是学术界首次提出的，首次见于孙绍振发表于《中国社会科学》2012年第5期的重要论文上。其二，在同篇论文及《文学文本解读学》中，他向“内容决定论”的流行观点挑战，引入席勒的“通过形式消灭（或译为“消融”）素材”的观点，系统阐述了艺术的规范形式，可以扼杀与之不相容的内容，可以强迫内容就范，可以预期并诱导内容向预留空间生成等重要新见。这些新颖、深刻、丰富的见解，都极有助于揭示艺术奥秘中最大的“形式秘密”。

第三，与解读学及解读实践相关的文学理论研究方面取得的成就、影响并不逊色其解读方面。主要为四方面。(1) 西方文论方面：其一，在肯定西方文论在理论建构方面的种种强项优势的同时，集中批判了长期以来西方文论存在的不以具体文本的解读为务，以追求抽象的哲学化体系建构为荣，热衷于超验的演绎和理论混战，致使文学理论陷入了空对空的自我循环、自我消费的封闭怪圈的荒诞现象。其二，在肯定俄国形式主义、美国新批评理论重视文本内部研究等优长的同时，深入批判了它们单因单果的二元对立思维模式。其三，批判了我国文学理论界在上述西方文论荒诞现象影响下，产生的在解读具体文本方面的无效。(2) 古代文论方面：在深入、系统研究古代评点理论的同时，孙绍振将大量古代文论的精彩观点运用于解读实践，融入以《文学文本解读学》为标志的解读学建设，形成了有别于《文学创作论》的学术体系特色。(3) 建构文本中心论方面：在上述研究的基础上，在雄辩剖析西方读者理论中的绝对相对主义错误思潮的症结和危害的基础上，在深入研究古代文论重视文本、警惕主观成见的理论资源的基础上，在辩证分析东西方文论的作家主体、读者主体、文本主体理论的优点与局限的基础上，在全面分析语文界存在的脱离文本的混乱“多元解读”的成因的基础上，在自身丰富解读实践的基础上，在作者和读者世代更迭、唯有经典永恒、经典文本的解读是时代智慧的大视野下，孙绍振首次明确提出建构立足本土的兼及作家论、读者论的文本中心论解读学体系；在近几年的各种论著中对此作了详尽阐述，在国家社科基金和《中国社会科学》的支持下，在《文学文本解读学》中系统表述了该文本中心论的原创体系。（4）孙绍振以其丰富的解读和创作实践、深入的理论研究基础、广博的学术资源和开阔的学术视野背景，一再阐明：文学理论的基础是文学创作论和文本解读学，解读学的基础又是创作论。他建议在开拓文本解读学的建构、研究的同时，探索在大量的个体文本的解读基础上的文学理论内容的变革。孙先生身体力行，以其智慧、勤奋，在三大领域均有斩获，出版了原创性的《文学创作论》，出版了开拓性之作《文学文本解读学》以及可视为一般文学理论的《文学性讲演录》。这三部著述，套用孙先生常用的一句用语：既遥遥相对，又息息相通。这是孙绍振先生作为著名文学理论家和实践家对我国理论界的奉献。当然，一般文学理论内容的变革和重建，还仅仅是开始，《文学性讲演录》还只是孙绍振有意建构创作论、解读学之余的“无意”之作，体系尚不完备，而要建构体系完备、内容崭新的文学理论，还有待包括孙先生在内的业内有识之士的努力。

第四，孙绍振的理论著述保留并发展了《文学创作论》以海量般鲜活案例为基础的，便于学习者理解、积累范本的理论著述的鲜明特色，改变了过去囿于例证型、局部形态使用实例的模式，以单一作品的完整解读为融入理论体系，创建了理论例证表述的崭新模式。

2015 年 10 月 16 日初稿

2015 年 11 月 24 日二稿

2015 年 12 月 4 日三稿

（作者单位：福建师大文学院　福建师大海峡两岸文化发展协同创新中心）

文学解读学与文学情感学

余岱宗

一

孙绍振先生新著《文学文本解读学》中，关键词之一是“唯一性”，这“唯一性”不是指只有一种审美观念或只有一种解读路径，而是说文学解读应该无限逼近文学文本特殊性。这种特殊性还不是作家风格的特殊性，而是文本篇章的唯一的特殊性。或者说，提交一部文学作品区别于另一部文学作品的审美密码是文学解读学的基本任务。《文学文本解读学》中，不乏针对某一文本的“唯一性”进行解码的案例。应该留意的是，孙绍振先生对于“唯一性”解读的追求，许多时候，是通过对人物情感编码的唯一性的解读。但是，又不宜认为孙绍振先生只关注人物的情感，情景、意境、环境、文化成规和社会制度，不也在其具体分析中频繁介入，成为分析文本重要依据之一。当然，孙绍振先生特别关注文本中人物的情感的特殊生成方式，这也是事实，只不过这种关注不是孤立的评价，而是密切结合具体文类和具体文本来进行定位。诗歌、散文或小说如何表现人的情感，这仅仅只是初步的分析，具有相当可比性的散文作品中在作家是如何表达其于某种情境中的某种感情，从而让这种感情的特殊性发挥到什么程度；同样，在小说作品中，一个具有相当可比性的作品群落中，某位作家于某部作品于某种关系或情境中在处理某种情感之时如何让人物情感的特殊性因其创造性而特殊，等等。这样的分析方法，实际上是强调一种前提，文学的情感表达方式，于不同的文类中，乃至于不同的篇章，是千差万别的。解读者的本领，不仅要指出殊异的情感表现方式，最好还能在相似性极强的文本比较中提取出作家或诗人处理某种情感的独特创造力。这就要求，不仅仅要识别情感的特殊性，更在甄别文体所提供的表达方式上去为这种创造力做辨析。同时，若能提供时代环境的某种特别的依据，为这种创造力的呈现再添一依据，那自然是更值得肯定。可见，关注情感，第一层是关注文学创造中的情感，第二层是定位文学创造中具体文类的情感，第三层是具体篇章中具体情境中的情感发现和表达。其他的要素，都是佐证文学符号才可能提供的情感表达的特殊审美力。如此看来，孙绍振先生的文本解读学，是情感审美符号的微观诊断学。这种微观诊断学是对无声文字的情感意脉的灵巧捕捉，这种诊断学是对文学作品进行同类相比的超敏感辨析，这种解读更是发现之前诠释的误区与盲区之后对篇章的审美独特性的孜孜以求。追求审美的独特性，在孙绍振先生的文本解读学分析系统中，最终是要落实在审美符号对情感探察和书写的“唯一性”上，无论这种“唯一性”是如何被文体、文化、时代、个体际遇等因素影响，打开一篇散文文本中一个细微的“情感褶皱”，放大诗歌文本中的一个“情感瞬间”，贯通长篇小说中的一系列“情感复合交织体系”，透视短篇小说中种种“情感落差”翻转出的内心真相。文学的表达的“情感丰富性指数”在孙绍振解读学系统中呈现出斑斓的意义色彩。

文学如何艺术地探察情感、表达情感，是孙绍振先生文学研究一以贯之的研究思路。孙绍振在《新的美学原则在崛起》中就已经论及：“他们不屑于作时代精神的号筒，也不屑于表现自我情感世界以外的丰功伟绩。他们甚至于回避去写那些我们习惯了的人物的经历、英勇的斗争和忘我的劳动的场景。”他们“不是直接去赞美生活，而是追求生活溶解在心灵中的秘密”。[①]此处，所谓“他们”即当时的先锋诗人，即写朦胧诗的那些诗人。而“自我情感世界”“心灵的秘密”当然作为被呼唤、被赞赏的对象。在那个启蒙时代，自我，特别是自我的情感的自由抒发，无疑是一批争取思想解放的文

① 孙绍振：《新的美学原则在崛起》，《诗刊》1981 年第 3 期。

学启蒙者极力争取的美学权力。多年的思想禁锢，的确让人发现思想和情感的自由呼吸，不但是珍贵的，也是可能的。

对文学系统中情感自由表达的向往，一直是孙绍振先生文学观念的重要出发点，也是他所认定的文学价值的重要依据。孙绍振先生是将文学当成人的情感艺术学来看待。

孙绍振的早期著作也是他的重要代表作《文学创作论》中的任何一个篇章都与人的情感有关。事实上，在《文学创作论》这个系统性著作中，无论是作家的感受力、观察力，还是作家的形式感、表达力，都是紧紧地围绕着文学如何表达人的情感这个主线展开的。他强调观察与感受要落实在人的情感层面上，关注人的情感世界是如何波动、如何莫名其妙地变化的，作家应该善于捕捉人的情感电光火石般变化的瞬间。至于形式与表达，则侧重于人的情感如何在不同的“容器”中，即不同的形式规范中获得各自别致的表述，比如小说是如何对应于“复合情感”，而诗歌又是如何亲近于诗歌的情感的“同质性”，等等。

孙绍振的主要理论著作，最具“纯理论”色彩的著作《美的结构》与其说是论述美的内在结构，其骨子里则是捍卫作家情感言说的可能性，在“同化”与“顺应”的矛盾运动的过程中，作为理论家的孙绍振显然意在鼓励作家能够突破生活和形式规范的限制，以自由的情感表达去展现文学的才华。

至于孙绍振的《论变异》一书，事实上说强调情感的表达在叙事作品中不能太抽象，情感应该依靠感觉世界的开发来获得文学性的言说。在这部精致的文学理论小册子里，主要论述情感如何通过感觉去“外化”，情感应该通过千变万化的人的感觉知觉世界展开神奇的文学之旅，而不能让情感“骨架”暴露：感觉比情感的直接呈现更微妙也更丰富。读这部著作最有趣味处，在于通过种种文学案例，通过微观剖析，让读者识得文学中“变异的感觉”如同百变女郎，乔装打扮着人的情感。破译情感的编码，首先要识破人物的感觉秩序，即解码五彩斑斓的“感觉流”之内在脉络——这内在脉络即裹挟着秘而不宣的情感波动。感觉与情感的关系，是《论变异》的主题。我至今认为《论变异》是孙绍振将心理学与文学结合得最好的一部书。现代心理学关于人的感觉的论述在这部文学论著中化为对文学人物的心灵奥秘的幽深探索。在这部书中，孙绍振告诉我们，其实人是不能完全理解自我感觉的，感觉联系着情感，情感冲击着人的感觉系统，而感觉系统又是千变万化的。五光十色、绚丽多彩的文学感觉世界成就了文学对人的情感世界最富有想象力的书写。《论变异》对审美的感觉世界的遍地开花般的生动辨析，让读者通过感觉的肌理扫描文字的断层，让读者明白，文学在这个世界上存在的理由之一，就在于文学能创造出一种迥异于日常语言的万花筒般的审美地域。当然，《论变异》的独特发现还不止于此。该著作中，孙绍振提供的多种文本微观分析表明，情感终究是充当了感觉的牵引者，感觉变化了，人未必知道自我的感觉为何变得如此的莫名其妙。这事实上是由于人未能识破自我情感的悄然流变，人是被感觉包围着，也被感觉裹挟着。在此，我们发现，感觉是次，情感是主，情感比感觉更具归向性，感觉可以是凌乱的，情感却暗中规定着感觉的性质和走向。论述审美感觉的《论变异》，事实上讲的是情感如何左右感觉。感觉比情感更具直觉性和审美性，情感只有深植感觉的血肉之中才可能存活，才可能获得艺术的创造性表达。无疑，这样的研究大大深化了笃信文学是人的情感学的孙绍振文学理论的表意深度。《论变异》是心理学与文学的一次小型“会战”，也许，这部著作让具有无限可能性的文学人物的感觉在某种情感的规约之下变化多端。不过，感觉的特异性还无法穷尽文学，因为文学还要受到文学自身形式的规范性的影响，于是，探求文类形式对于表达情感和感觉的特别规定性就成了下一步的探究目标。

二

在孙绍振先生的一系列著作中，非常强调“强烈而奇异的情感”对于创作的重要性。情感，还有情感幻化出的感觉，都是一个作家创作必备的条件。如果肯定作家具有天才的一面，那么，所谓文学天才，就是以思想与情感的独异性吸引读者。独特的情感体验和表达甚至可以大大降低生活积累的重要性。事实上，在孙先生代表作《文学创作论》中“智能论”这个章节中，他就一再强调洞察幽微的心理素质和强烈奇异的情感在作家创作中的智能权重。然而，我们同时又发现，整部《文学创作论》大量的篇幅又是在讨论文学创作如何为各种因素所规范。对于艺术形式，孙绍振甚至使用了形式方面的“强制性”这样的用词。

对于作家对自我情感的把握，孙先生有如下论述：

> 作家之所以是语言的艺术家，就在于他能为那以朦胧的模糊的飘渺的思维定性、定量、定位。给情感的幽灵以血肉之躯，这就是作家的自我观察的任务……作家的自我观察，不但依赖语言，而且更依赖逻辑。因为心灵的隐秘活动是混乱的，非逻辑的，光有语言是不足以清晰地描述好，因而还需要一定程度的逻辑的归纳、分类，才能理清其来龙去脉，辨析其内在的层次。①

这段文字，首先肯定了“朦胧的模糊的飘渺的思维”“情感的幽灵”的存在，接着说要依靠“语言”和“逻辑”为情感理清来龙去脉，辨析层次。在此部著作中，孙先生以相当精彩的案例出色地显示了给情感定性定量定层次是一个非常有趣的解读工作。然而，疑问在于，除了依靠语言来归纳、分类和梳理情感外，其他的手段又在哪里呢？在目前，除了语言之外，还有哪些事物可以把握住情感？是否存在着语言遗漏掉、忽略掉、扭曲掉的情感？凭直觉是如此。但我们又不能不告诉自己，语言和逻辑之外的情感其实是无法认识的。我们只能说在某些语言系统中，某些情感的表意特别发达，某些语言系统中，关于某种情感的符号表达特别雷同。至于还没有说出来的情感，最终也要返回语言本身，不信，你试说一段不依靠语言表达的情感看看？事实上，你一说话，就要依赖语言了，你一表达情感，同样依赖语言。所以，语言化的情感是目前我们唯一能认识到的情感，而一旦用语言说出来，这种情感就不见得是非理性的。语言闪电犁过情感素材，这个情感幽灵事实上就显形了。语言对情感的命名，已经多少包含着理性化的成分。哪怕作家将情感的过程放大，哪怕是意识流，也是存在被解读出内在的线索的可能。潜意识如梦者，通过“释梦”，不也被逻辑化了吗？如果你不同意某种“释梦”的解读途径，那么，意味着你有另一套理由，你拿出说法来，照样

① 孙绍振：《文学创作论》，海峡文艺出版社，2004，第73页。

意味着你对梦进行另一种逻辑阐释。

这就构成了某种矛盾，一方面，表达情感的风云变幻，是文学这一媒介的强项。情感越奇特越诡谲，越能吸引读者；另一方面，情感的叙述又不能信马由缰。毫无来由的情感，完全找不出依据来的情感变幻，通常会被视为作者对文本失去控制。哪怕是情感呓语，依然在召唤着某种逻辑解读的可能。这表明，情感的非理性存在，是一个充满诱惑的“空缺”，文本制造这种“空缺”，却要邀请理性的语言和逻辑参与维护情感的非理性的面目。这就是文学情感学的悖论。

这表明，要想捕获某种貌似非理性的情感世界，依赖的是语言的理性表述。“意识流”作品事实上就是非理性的情感诱惑和理性的文字书写之间的一次殊死交锋。文学的读者需要非理性的情感“奇观”，但又需要语言和逻辑的理性导入。非理性的情感奇观的“神话”终究依赖可理解的语言与逻辑的支持。许多先锋文学家，他们的使命，不就是在创造新奇独特的情感世界，同时寻求对“蛮荒状态”的情感思考的理性“点化”。

对此，孙绍振先生已经意识到：“情感本身并不是都能意识到的，大量的情感，是处在无意识领域中。因而，作为情感的选择包括一种无意识的选择。但是，尽管是无意识的选择，仍然不是没有逻辑性的。失去逻辑性就可能使性格不统一，陷入混乱与重复交叉。蹩脚的推理小说、武侠小说就是这样。严肃的文学与通俗文学在人物性格情感的描绘上最大的区别就在于逻辑性的有无。”①

这种对情感特别是对无意识层面上情感逻辑性的强调，让我觉得孙绍振表面上强调弗洛伊德的无意识的无秩性，内里却更像弗洛伊德的继承者也是修正者拉康，认为无意识不能不被结构化和逻辑化。

的确，情感的汹涌翻腾或出其不意不能不争取语言与逻辑的循循善诱。如果缺乏了语言和逻辑，文学中的情感又如何喷薄而出或娓娓道来呢？说得更极端一点，情感不符号化和象征化，就没有了情感。

由此可见，孙绍振先生的文学成就的重要部分就在于从其他人无法或无力对文本的情感或感觉进行逻辑化的地方开始他的探索。孙绍振先生一再强

① 孙绍振：《文学创作论》，第504页。

调潜意识的情感能力的无秩化和碎片化，然而，在他的诸多论著中，他的文学的论述和辨析，都紧紧地跟踪非理性的情感能量如何在文学场中得到规约和定向。自由的情感能量，如何穿上文学形式的紧身衣舞之蹈之，是孙先生的研究重点所在。因此，孙先生文艺理论观念的最有价值的贡献之一，就是对各种文类、文本的情感与感觉微观差异的逻辑化研究。

三

当然，孙绍振对文体规则的论述是充满弹性的。孙绍振对文类规范的论述是充满伸缩性的，所归纳的规律也是一种运动式的文类规范。

比如，孙先生对小说中情节对性格特征潜在的强化递增与深化拓展的功能，就有不少精彩而富有伸缩力的论述：

> 单因单果从强化到极化是线性的，也是很单调的。如果作家的想象只是在这种直线上运行，就不能避免单调和重复，读者的想象也不可能不因单调的重复而疲倦。因而与性格高度统一的情节力求避免一因一果，或者是从强化到极化的线性递增因果，而是追求在曲折中拓开性格的多方面因子，尽可能地容纳多因、多果。情节的每一次突转，不但外在动作上不能重复；在内在性格特征的显示上，也不能重复，而是要逐步增加派生的性格特征。让派生的性格特征与主要特征一起决定后续的动作和情绪……派生的因并没有起到动作上的回头的作用，对于动作不起多大作用的被淹没的原因，对于性格却有极大的价值。[①]

这里需要提醒的是，这样的论述是孙先生在论述一个案例的过程中总结抽象出来的。从这样的论述语言中，不难发现，他对于文类特征的论证，并非以模块或某种固定的模型为入手的对象。孙绍振先生的研究，是与传统的结构主义背道而驰的。结构主义讲的是纯粹的共时性状态下的文学的类的结构，而孙绍振求证的是在结构的演变过程中，为什么会发生差异，为什么有

① 孙绍振：《文学创作论》，第539页。

的文学规律能超越前人的规范，并获得审美能量的进一步释放，而有的规定性则走向没落。如果一定要与结构主义挂上钩，那么，孙绍振式的结构主义是一种价值感特别鲜明的结构主义，是在左右上下比较过程中求解最佳模式的“好人物好作品结构主义”。比如，他在猪八戒形象为什么比沙僧生动的分析上，就是“好人物好作品结构主义”分析的典型。他说：“在对待白骨精的问题上，猪八戒有他自己的潜在动机。他自己感到平时老受孙悟空的欺压，此时乘机刁难一下。而且这种刁难又不纯系恶意报复，其中还包含着猪八戒意识不到的愚蠢在内。他为难孙悟空，并非出于对唐僧取经事业的忠诚。他那猪耳朵中藏着二分银子，随时随地都准备在取经队伍一旦散伙时，当作路费回到高老庄去当女婿，由于有了这样的潜在的朦胧的深层的动机，猪八戒就有了更加不同于孙悟空和唐僧的想象、梦幻、判断，乃至思维的逻辑，而且这种与唐僧、孙悟空拉开距离的感知和情感还相当饱和，相当强烈。而沙僧之所以缺乏艺术生命，就是因为他在任何事变面前，都没有自己的不同于上述三个人的动机、幻觉、情感和逻辑推理。在关键时刻，吴承恩不是把沙僧忽略，留在叙述的空白中，就是把他拉出来作无感知、动机的跑龙套。”[①] 这样的见解，是认为小说具有一种结构，即在同一事件面前，不同人物的感知拉开距离才能丰富小说的感知层次，调动出不同的人物动机和感觉过程，才会让小说显示出不同人物心理存在的必要性。这种“拉开心理距离”的结论无疑是具有价值判断性的，而不仅仅是某种刻板的模式演示。孙先生认为猪八戒的心理动作比较“饱和”“强烈”，更是注明了这种模式中的处理得较佳之时，人物应该是个什么样子，而沙僧则成了反例。类似的分析，在孙的理论著作中俯拾即是，他是非常习惯于“臧否人物”的。孙的理论不是好好先生式的中立的模式的抽象，而是具有他强烈的个人主观之审美判断的价值偏向。当然，这种对文学排序的方式，绝非正统的结构主义文论所能体现的。所以，再强调一点，孙的结构主义是以作品的优劣判断为出发点的“好作品结构主义”。哪怕是在历史性的论述中，他也在探索着“好作品”是从何种模式中孕育而出，一种新的书写方式，“种子”是从父亲那里来的，还是从叔父那里传来，兄弟姐妹中最优秀的是哪位，差点的又

① 孙绍振：《怎样写小说》，海峡文艺出版社，1992，第149页。

是什么原因造成。孙的批评家气质注定了他的理论架构不是四平八稳的谱系描述，而是层次鲜明的价值判断。

四

由此可见，孙先生对于文类特征的探索，不是出示固定的模式，而是将文类特征通过文本的流变的方式铺展开来。不是让文学去对应一副僵化的文体模式图表，而是潜入文本内部，寻找其最活跃、最具有关键性的因素，看看这个因素是如何与周围的其他因素发生作用，因素是如何转化，转化的条件又是什么，转化的条件又是从何处传导过来。如此，看孙先生研究文体形式，你会发现他谈论的是一个活动的生命体，剖析的是一次情感的审美历险。文类的主脑、神经、骨骼和肌肉，在孙氏的理论语言系统中，都是在环环相扣的论证中导出，而不是勾勒生硬的文学因素关系图。

娓娓道来的论述历来是孙先生的理论语言风格，事实上，这种风格本身也是在将文学现象逻辑化。比如，孙先生提出一个问题：《三国演义》缺乏精细描写，其长盛不衰的艺术魅力在何处？孙先生《赤壁之战的魅力的奥秘》一文就是关于《赤壁之战》的个案研究。一般人都知道三国的故事多是"斗智"，孙先生认为单写"斗智"的三国故事并不生动，三国故事有魅力的地方在于写"斗气"，这是分析的第一层面。周瑜的"斗气"不是针对共同的敌人曹操，而是针对盟友诸葛亮，孙先生认为罗贯中的艺术魄力就在于写战争小说将情感上的胜负放在军事的胜负之上，这是分析的第二个层面。三国写非凡人物的失误常常大笔浓墨地展开，包括失街亭，都是表现超人的内心软弱，所以鲁迅评价孔明"多智而近妖"并不全面。这是分析的第三层面。第四层面，次要人物如鲁肃的忠厚、呆气、狐疑和担忧成为周瑜和诸葛亮之间一面多重的心理折光镜，次要人物在小说中如何增加主要人物的心理层次感成为小说叙事中的一个重要元素。由此又推导出第五层面，即小说作为人物之间的心理关系的结构艺术，需要将人物放在人物与人物的心理结构中去考察，才能全面揭示人物创造的成败。最后，孙先生认为《三国演义》中，凡大手笔处，罗贯中往往不自觉地排除了正统王朝观念和历史事实的约束而获得想象的自由。而罗贯中想象的最生动之处就是他对人物情感世界的想象。这就是令人称叹的孙氏“层次分析法”。孙先生运用的“层次分析法”所提问题的角度和其“解题思路”最能显示出他的才气和他的批评逻辑的严密性。

在此，我们终于能领会到，文类特征在孙氏理论的话语中，不是围墙和栅栏，不是某种“标准”图式，不是某种平面的特征描述，而是情感能量流在某个特定书写方式中假以各种因素相互冲撞、交汇的关系网络。情感的褶皱、情感的裂罅、情感的流向、情感的停顿处、情感的奔泄点、情感的交合点、情感的复合处，等等，都显示着文类各自的特异点。具体而言，认定文学的特殊使命是以文字书写的方式展开言说的孙氏文学理论系统，对不同的文类以何种手段修辞表达情感，才是其兴趣所在。那么，其探索的主攻点就不是静态的文类规则，而是在时间流变过程中检讨某个新的特征如何发育成熟而旧的因素如何趋于死亡，所以，孙先生其实谈的是文类的生命史，从单细胞状态开始，从简单到复杂，从幼稚到成熟，这种变化过程的探索，目的还在于看清楚所谓复杂成熟是用什么因素从什么途径依什么条件变化而来的。

从 20 世纪 80 年代初的诗评家，到今天的文学文本解读学开创者与倡导者，孙绍振先生总是在他的感兴趣的领域中获得他的论述的自由和论述的严密。以严密的逻辑逼出尖锐的、独特的、“唯一性”的观点，这是孙绍振先生学术品格富有魅力的所在。

（作者单位：福建师范大学文学院）

论孙绍振“文学文本解读学”的构成、来路与去处

赖彧煌

在孙绍振先生几十年的学术求索中（如果从1958年左右他领命参与撰写《中国新诗发展史》算起，已将近60年），从为朦胧诗鼓呼到“文学创作论”的构造，从幽默学理论的纾解到当代散文类型的命名与辨析，从为语文教育把脉到文本微观分析的实践，他的学术疆域有变化亦有集中，学术兴趣有迁移亦有延续。此间交织的多向度关切，在学术史层面，则是他与当代中国的文学理论、美学等分支学科，不断拟议学术命题、调整研究范式。保持深刻关联与互动；从孙先生个人的思想进展看，最值得关注的，则是他巨大学术跨径中一条贯穿有年，虽有调适却逐渐推进、极具创设面向的线索，几乎首尾一贯地牵连着其根本的思想进路，并彰显在穷年累月建构而成的“文学文本解读学”（以下简称“解读学”）中。

很大程度上，进入“解读学”，即进入了他的整个学说起承转合的要津。尽管“解读学”的整体“图谱”仅在新近出版的《文学文本解读学》得到比较集中的呈现，不过，无论作为学说还是实践的“解读学”，均非一蹴而就。这部集束式的著述既铺设了新的体系、体例，进而总结和消化了较晚近的《名作细读》《月迷津渡》《审美阅读十五讲》等，又出示了其来有自的牵连，30年前《文学创作论》、《美的结构》（第一编）业已展开的美学构拟和运思方式。不唯如此，近年来（2000年前后以来）不断反思文学理论所得的进展，亦第一次全面置入“解读学”架构，这使得反对与申张、

悬搁与新建之间的对峙尤为尖锐紧张，并含有某种整体性的美学重设和挑衅意味。

不过，其中某些关键的思想拟议，映射的美学光谱却隐而不彰。或许，孙先生为更直接地反抗理论惯于展开删削的傲慢，多少忽视或低估了以“解读学”对垒某些理论时独具的理论意义，他的反理论（准确地说是反对那些在他看来放逐或误识了文学的理论）使得他更多属意于“解读学”的可操作性，以及“解读”和文本互为照亮的丰富性和具体性。这也使得“解读学”本身迫切而激进的理论关切，多少隐没于暗晦未明的美学身份中。在我看来，《文学文本解读学》虽醒目“自显”在实践和具体分析的向度，毕竟主要只属于思想的末梢（固然亦为落脚点和归宿），但就思想的前端、缘起和诉求而言，有待再“命名”的“解读学”却得在理论的辨析中推定其位置——这是难以逾越的，因为它仍被悬拟于或远或近的形而上学激励和牵引之中，并自觉不自觉地汇入某种思想或话语的区间。这意味着，再“命名”将进行相应的抽象和概括，描画出“解读学”的内在构成。

一 申张文学文本的“确实性”

在包括文学在内的几乎所有人文学科以收缩的信心，徘徊不定的目标，向暧昧不明的领地、命题，做出或谨慎或茫然探询的背景下，孙绍振以近乎倔强的态度申说，文学文本有确定无疑的综合、交错的质性，应该并且能够得到推定。当然，“确实性”终归是在解读实践中现身的，它奠基于 20 世纪 80 年代以来构拟的审美价值论等美学创设基础上，再假以近年来有针对性的、繁富且多角度的文本分析，进而得到全面、确实的呈现。在此，不能仓促地奔赴他的核心思想的美学区位，更不能直接滑到“解读学”所具体关涉、整合的理论框架，而应从此种申说关联的思想起点入手，以便为下一步的任务更好地奠基。

孙绍振不遗余力地申说“确实性”，一方面出自论辩的动机（这是毋庸置疑的，如果考虑到 20 世纪以来某些文学理论兴趣的转移和转折，他流露的急迫性则更显醒目）；另一方面，当然是主要的方面，作为动机牵引着的逻辑必然，下一步他唯有以相应的解读实践作为根本论据，以证明这种质性的维护活在理论争辩之外的实践中，此为“解读学”的落脚点。不过，尽管建造“文本解读学”的主要目的是从理论的“抽象”逃逸，但是，从解读“文本解读学”的逻辑起点看，则必须首先投身到论辩所围绕的理论焦虑内部，把握论辩的焦点，为再解读本身设定探析路径的开端，此为通达“解读学”的第一个视窗。

对他而言，文学文本是开启文学研究时最可靠的具有物质性的直接亦有精神性的充盈之肉身，它决不能被抽象在诸种理论的演绎和消弭之中。就近地看，他的不无激进的反应，与一段时期以来的文学理论宣称本质性耗尽、其边界不断向更广阔的理论话语移动和“投降”有关，这使得孙绍振必须为他心目中不可删减、不可改头换面的“文学性”（姑且笼统地使用这一他赋予了新意却与俄国形式主义的“文学性”不尽相同的名称）辩护。而从时序上看，他对何谓文学文本之“确实性”的申张，已更早地表现在对粗陋反映论的抨击上。

稍加留意《文学创作论》和《文学文本解读学》，可以看到，这是孙绍振编织“解读学”的学术生涯里两部最重要的前后呼应的著述，但它们展开理论关切的起点未有重叠，不如说，两部著述分别承担了申说“确实性”的两个不同面向。《文学创作论》主要着力指陈的是，旧有的观物模式对文本复杂性和间接性带来的戕害，因而，作者在全书的开头置入不可或缺的“文学的真实性来自假定”即“假定论”作为第一章。在20世纪80年代的氛围中，“假定论”纾解的命题意义，甚至较大地超拔于当时文学理论从工具论到价值论艰难转轨的努力之上，因为它坚决地因应了为整个西方古典美学着重关注的一个困惑，即自古希腊以来已不断回旋在柏拉图、亚里士多德诸子思想中的关于艺术之合法性何在的命题——文学艺术到底是这个世界的虚假造像还是可靠证言。同时他又带着高度的敏觉（其时他当然尚未能系统、清晰且自洽地将之变现为更高级的美学构造），约半出自本能的判断：文学艺术的真实性必须到间接的、曲折反应的“错觉”中去寻找。据此，孙绍振迅速地跳到了为主—客对应困扰的“错觉”之外，全面展开其摆脱了浅陋认识论束缚的建构。这是他申张的“确实性”第一个面向，也是最初的一步。

及至《文学文本解读学》的构造，某种更显复杂、多义，与一段时期以来的思想状况密切相关的焦灼牵引着作者，他必须对此做出有效的反应，才能从理论上为他进入"解读学"的天地搭建第二步的重要"引桥"。大约自2000年前后，他撰有《西方文论的引进和我国文学经典的解读》《从西方文论的独白到中西文论的对话》，直至近年引起广泛反响（亦可能包括严峻的质疑）的《文论危机与文学文本的有效解读》，延续其间的核心关切是，不少文学理论不仅漠视了文本内部牵连的丰富性（此种潜藏于内的丰富性，在孙绍振这里，极大地超越了俄国形式主义、新批评等主要以语言学规则或"技术主义"指涉的"纯粹"，还包括来自"现实"和意识形态的诸种"杂音"。从思想旨趣看，一定程度上亦可视其为对文学研究中"内部"和"外部"长期分治的某种反应。不过，或许源于作者的剖解和暗示主要分列在《俄国形式主义"陌生化"批判》《美国新批评"细读"批判》等文中，这多少模糊了他本应更自信、更自觉张扬的"内外勾连"，因为，据此才能更具说服力地击碎绝对唯心地向内沦陷的幻觉），而且干脆自我放逐到仅与文本似有若无地牵连着的意义丛林之中。就后一种情形来说，孙绍振认为，伊格尔顿、乔纳森·卡勒等人"执著于意识形态，追求文学、文化和历史等的共同性，而不是把文学的审美（包括审丑、审智）特性作为探索的目标"。①

值得注意的是，与他奋勇地抨击文学理论内部研究表现了"类型化"（譬如新批评抽取的几种模式实质是一种抽象）、外部研究追求着"共同性"（笼统归入为"外部研究"的诸种面向有待在更多维的语境和问题链中推定，是否均以"共同性"为旨归或可再做进一步探讨）一脉相承，孙绍振还从思维方式和致知路径的高度，批判了文学理论追逐哲学化的歧途："哲学以高度概括为务，追求涵盖面的最大化，在殊相中求共相；而文学文本却以个案的特殊性、唯一性为生命，解读文本旨在普遍的共同中求不同，普遍中求特殊。"②

人们业已看到，孙绍振以绝大的勇气，向被他认为曲解（反映论纠缠于"真"）、闭抑（深具语言论转向背景的俄国形式主义、新批评几乎以

---

① 孙绍振：《文学文本解读学》，第3页。

② 同上书。

公式除尽了文本的复杂性）和放逐（伊格尔顿们错误地由内而外中舍弃了内，是为舍本逐末）了文学文本真义的诸种学说猛烈开火。固然，内中或亦有某些偏差在所难免，但这大部分源于立场的偏侧而非认识的盲视。实际上，他的“解读学”无需向理论的严密性讨生活，他要坚持的是，虽一时难以正面具形的文本之质性存有的绝对性，树立为确凿的信念，而后以实践和可操作性为根本标识，步步为营地触及和拥抱这种“确实性”。这像极了康德的“物自体”，它无法在认识论框架中显影，人们只能在悬拟中领会它的牵引和无所不在的氛围，在根本上，从道德实践中得到征显。

面对这种非道德领域的“物自体”，孙绍振的作为是，借着对文学作品的高度敏感与信任，一方面与诸种学说形成有张力的对话性关联，另一方面则以经由考量的架构铺设面向实践的“解读学”。至此，他毫不含糊地追寻文学文本内含的“确实性”作为信念，业已得到初步推定。这也引人期待，在更具体的理论归属上，他必定有相应的思想和话语作为资源，断然地逆时风而动。其间最值得关注的是，由来已久但有待进一步确认的美学准备支援着他的“解读学”，这些或许部分来自美学前辈的启发，部分则来自个人的创造或改造。

二　分区和构型：美学创设的两步

孙绍振曾谦逊地坦承，早年他对康德美学思想的理解未必系统，“尽管当时（按：20 世纪 80 年代初）我刚刚从文学创作的直觉中解脱出来，还不善于用康德的‘鉴赏判断’这样的术语讲话，我甚至还没注意到表示‘审美’的话语”。[①] 一般来说，对于 80 年代中期前后（其时有轰轰烈烈的“语言年”“方法论年”等）任何参与或鼓动理论体系的建构者，困扰他们的，除了与对象常相扞格，则是理论资源的不足乃至运用相关学说时的生涩、隔膜，对包括康德在内的诸多大家吸纳上的“不系统”，将严

① 孙绍振：《我的桥与我的墙（自序）》，《审美价值结构与情感逻辑》，华中师范大学出版社，2000，第 2 页。

重制约个人的“再论述”适时、准确地相机援用。但是，孙绍振是为数不多的例外，“不系统”乃至偶有理解的偏差不仅没有构成障碍，相反，或可视为某种“幸运”。这与他的个人气质，更重要的是与他独特的运思方式有关，孙绍振并无太多的耐心在先贤的圈地中亦步亦趋，不如说，他更愿意在若即若离以至有意无意地违抗中改造对象或自创学说。这意味着，下文虽时时将孙绍振与他人的思想话语并置，决非草率地从影响或师从的层面断言，而更多从类比甚至对峙的关系入手，在“互训”中推定可能的美学面向。的确，具有典型孙氏特点的挪移或创设，虽非一目了然，但有迹可循。

在孙绍振的所有著述中，长篇论文《审美价值结构及其升值和贬值运动》① 有极其独特的位置，它的重要性不在于作者思想表述的明晰与准确，而在于其中的思想进路汇合成相互衔接、彼此呼应的两个步骤的美学创设，并深刻地显示了他以精准的直觉性推动思想创生的能力。作者此后一系列与“解读学”有关的论述，只要牵涉思想架构背后的美学取向，均可以从中找到源头：诸如被反复申说的“真善美”三维关系、审美价值即为估测文学作品水准高下的标的、美并非统一于主观—客观之中而只有当主观—客观统一于相应的形式规范时才得以征显，等等。乍一看，其归宗或可类比的美学谱系似乎只是康德式的，譬如强调审美价值的独特性，而与黑格尔式的美学类型了无关联。不能忽视的是，此中有悄然萌生扎根，后来或因部分被内化、部分细化而愈发显得隐而不彰的关键致思路径，这就是，作者不仅以康德式的分区观念确定对象和范围，而且以黑格尔式的构型方式（此处指美学类型而非黑氏的思辨方式）分疏和评判对象的具体展现（特别是第二个步骤，作者也许在当时甚至时至今日仍过分忽略或低估了）。

众所周知，孙绍振反复重申的“真善美”三维关系在其理论架构中具有突出的重要性，不过，此间强调的“三维错位”思想，与康德的关系尚待更全面地厘清，这也丝毫无损于他独创性的一面，不如说，在重建与康

① 这篇雄文写于 1987 年，最初收录于《美的结构》（人民文学出版社，1988），后来亦重刊于《文艺理论研究》1998 年第 2～3 期。

德的有限关联中将更好地突出他的新创。在我看来，该论断的重大意义不在于它对错位的“发明”，而在于对错位的专注、运用和发挥。对康德而言，在批判哲学框架中“生出来”的“第三批判”，他要处置的核心是，鉴赏判断在运用反思性判断力时，其运用规则是否如认识领域中的知性能力亦有先天原则。康德最终推定人的三种心意状态（即分别对应通俗所言的真善美三个区间的认识能力、欲求能力、愉快或不愉快的能力）之间的勾连是，它们以“欲断还连”的方式体现错综性[①]（此即为“错位”，设若它们不表现为部分交叠的关联性，批判哲学的大厦必定坍塌无疑，这也是《判断力批判》处于桥梁和中介地位的根本所在——在这里，他的美和崇高的二分法分别侧重关联着认识论和伦理学）。康德毕竟是在哲学大厦中“顺便”论及了他后来被追认的“美学”思想，且对艺术本身的问题并不特别会心，他无暇或也无能从真善美的差异性中细细玩味精微的美或艺术。在这一点上，孙绍振以他对文学作品内质的高度敏感，富于启发性地道明并且坚持——这后来更成了他展开解读实践的根本准绳：“（只有在错位关系中，）错位幅度越大，审美价值越高；三者完全重合或完全脱离，审美价值则趋于零。”[②]

倘若孙绍振的思想仅停留于此，不过说明了他仅以艺术的敏感性超越了那些主要以美或艺术来验证哲学的思想家，不过说明了他只是认同了文学作品作为一种特殊的“客体”，它的构成及把握方式区别于别的“客体”而已，只是奠定了“解读学”美学归位的第一块基石。在这篇文章中，他还以独特的运思将“审美价值”落实为具体的构型，此为他触及并创造性地构建的黑格尔式美学类型。正是假以康德式的分区和黑格尔式的构型为两翼，当他把主、客观统一于“形式规范”时，未来的“文本解读学”开始

① 关于真善美的分疏，在启蒙运动前后，除了康德已有诸多哲学家、思想家论及外，譬如英国经验主义的夏夫兹博里、艾迪生等从感觉的亲密性和异质性入手，力图给“美（感）”予以差异性的归位，更遑论经验论的怀疑主义者休谟——他论辩知觉能力中的感性如何决绝地“挣脱”理性的召唤，故而奉行不可知论，这极大地震撼了康德必须为“认识如何可能”重设坚实的哲学地基——他所言的趣味（即“美感”）几乎为无政府主义，决裂性地和一致的认同、认知（此通常视为“求真”的认识论的领地）背道而驰。

② 孙绍振：《文学文本解读学》，第25页。

孕育并生长，灵魂与肉身。[①] 这是因为，只有在由文本出示的形式规范中，与读者牵连的主体性才能展开可能和有效的运作，与“内容”关涉的客体才能找寻到折射自身的肉身。在这里，孙绍振终于以关键的一跃和伟岸的康德拉开必要的距离——《判断力批判》中“美的分析”这个重要环节，关切主体运用反思性判断力的“反应”，属于主体的感觉方式和感觉的可能性问题（康德的整个哲学因而名正言顺地属于主体哲学的重建），更进一步说，康德在“审美”领域对“客体”、对艺术的“物性”不仅不感兴趣，且倍加警惕——至此，他腾挪至黑格尔式的构造。

作为天命般地将对整个西方古典哲学予以总结的哲学家，黑格尔架设美学也终究是为了推衍他的哲学观念，哲学天地不可能给艺术腾出太多的空间（他顺理成章地遵循绝对精神的指引，几乎不容置辩地宣称艺术让渡自身，被宗教和哲学取代）。但是，从美学上而言，较之康德，有绝对的客体等待追寻的黑格尔必须为艺术（美）织造更易触及的肉身，美故而名正言顺地命为“理念的感性显现”，艺术类型故而也名正言顺地一分为三（这亦符合辩证法自身节律的要求）：象征型、古典型和浪漫型。把艺术作为理念之征显的载体，使理念与形式（形象）之间的关系得到相对生动的展现：象征型艺术体现为形式压倒理念，浪漫型艺术反之，而古典型艺术则表现出理念与形式的协调。在这里，无须对哲学家黑格尔高度概括的霸道表示惊讶，倒

① 我以为，从审美的维面，作者雄辩地推翻主观—客观统一于真的二维预设，而把二维置于加入了形式规范的第三维（在孙先生的话语构造中，除了有错位的真善美三维外，亦有主观、客观和形式规范的三维），他的勇气与创造均是毋庸置疑的，这在多数人普遍或以怯生生的摸索或以冒进的“创造”，估测理论和思想之可能性的20世纪80年代，尤为难得。固然，从今日的知识积累看，内中的言说进路或可略作周延的修正。因为，哲学史上，主—客观二元模式一般只在认识论的框架中使用，且主要进出于古典哲学的论证系统，但在现代哲学里，譬如分析哲学或存在哲学的运思方式中，主—客观二元的模式几乎已被彻底冲决和变构。但是，孙先生申说的两套三维结构，却有更可贵的启迪：作者将康德式和黑格尔式这两种原本在美学上颇相扞格的致思路径予以并置、捏合，《审美价值结构及其升值和贬值运动》的理论创生能力因而值得特别瞩目。这点对比阿多诺在20世纪中叶前后遭遇的疑难即可见一斑。后者在《美学理论》中努力回到改进后的康德，试图重申和再造某种艰难的主体性，却以更激烈的方式抵制了黑格尔的客体化的美学，而未有将他更早期从反总体性的言路发展出的“非同一性”的架构（这既是对黑格尔式的同一性辩证法的抛弃，亦是以移花接木式的手段令它曲折地还魂——因为“辩证地综合”终究是阿多诺不愿彻底否弃的目标，这事关形而上学的悬设在聚合的面向上不致“散架”），作为一种可能的支撑，“支援”审美主体在安放自身、进入“世界”时，更生动地具形。

是他试图以理念—形式（形象）为纽结，将古典型艺术的美学特性凝结为某种典范、稳定且可感的感性外观的努力值得注意，这是康德未曾梦想的艺术之“物性”的呈现。对黑格尔来说，典范的古典型艺术譬如古希腊雕塑之所以典范，乃在于“它把理念自由地妥当地体现于在本质上就特别适合这理念的形象，因此理念就可以和形象形成自由而完满的协调”。[①] 尽管黑格尔紧接着强调，此种协调“不能单从纯然形式的意义去了解为内容和外在形象的协调”，但在另一处，他仍旧倾向于作为结果、作为效果的“定型”：“（古典型艺术家）的任务一部分在于消除传统材料中凡是无形式的、象征性的、不美的、奇形怪状的东西，一部分在于突出精神性的东西，使它个性化，替它找到适合的外在表现。”[②]

这种“物性”的呈现与“定型”，可以恰切地命为艺术对象构型的美学。固然黑格尔的形式与孙绍振的形式不尽相同，前者的形式或是更为混融无从分解的“形象”，而后者的形式丰富多样乃至呈为复杂的异质性，是为可进一步分疏的语言的策略与体制。当然，在更一般的、原生性层面，形式亦为“定型”的同义词。孙绍振曾把形式规范首要功能命为对美的“捕捉”，并如此批评克罗齐：“他并不理解形式对于真向美转化的伟大潜在能量。”[③] “捕捉”也好，“转化”也好，形式规范既是内在机制也是具体载体，美因而得以从中“构型”和显现。不过，他终归不愿只从抽象的层面，以“构型”的诉求证明其艺术（文学）观实为黑格尔式的向“物性”“定型”展望即可了结，他以充盈的艺术机敏宣称：“主观与客观的统一，是统一于具体艺术形式的审美规范，审美价值量的增值取决于具体形式的特殊审美规范的精确定位。”[④] 显而易见，对“美”的生动“捕捉”必须进入到可分解、可细化的形式（不同文类之间、同一文类内部），才能作更细密的探究。但反观黑格尔对三种艺术类型分疏，他压根就对艺术门类之确立的起点不感兴趣，或者说，他轻蔑地抛掉了必要的分疏，不无傲慢地迈向涵盖着任何艺术门类（譬如浪漫型艺术的代表或为诗，但绘画、雕塑乃至建筑若征

① 黑格尔：《美学》第一卷，朱光潜译，商务印书馆，1997，第97页。

② 同上书，第223页。

③ 孙绍振：《审美价值结构及其升值和贬值运动》，《美的结构》，第64页。

④ 同上书，第69页。

显为形式压倒理念，亦可归于浪漫型艺术）的笼统的艺术类型，说到底，黑格尔只关注理念—形式最外在的平衡性上的外观。①

于此，人们业已看到，孙绍振在上述可参照的两种类型中有步骤地推进，并雄辩地镌上孙氏本人的标签：他在康德式的分区中维护差异性的为“错位”支持审美价值，并毫不迟疑地为这种暂且只划定了对象和范围，仍悬拟在“意识”领域的“精神”（关于“精神性”，和康德美学的主体构造有关）寻找肉身，运思方向因而转向黑格尔式的“构型”，不过，作为终将向“解读学”运作推进的致思，孙绍振必须进入到构造着形式规范的多样单元中求解、离析，以此为文学文本的“肉身”验明正身。

需要强调的是，无论从个人天性还是学术理路的进展看，孙绍振的思想特质不会青睐分析哲学巨子怀特海所言的“分析”，他不愿过多地沉溺在概念、范畴的精密性之中，纠缠在语言哲学森严划定的诸规则中，而只愿服务于尚待触及的文学文本“确实性”问题，为此，他才会“冒险”并独具创造性地将致思路径几乎截然相反的“康德”“黑格尔”冶于一炉，实现必要的美学创设。这种方式亦一脉相承地隐含在“解读学”对文学理论的关切与反应中，即试图弥合文学理论谱系由来已久的分裂，重整内部研究和外部研究似乎心照不宣的分治局面。

三　弥合内部与外部的分裂

如果走马观花式地浏览孙绍振的“解读学”，极易得出草率的结论，即他似乎只对物化的、仅凭语言学启迪即可诉诸单纯技术分析的文本感兴趣，只热衷于玩味文学作品的形式技巧。这种面向通常划归至文学研究的内部。

① 《审美价值结构及其升值和贬值运动》作为孙先生个人美学取向的理论定位，不可能耗费过多的精力去举证具体艺术形式规范在表征“美”时的多样生动的表现，但他在别处，譬如1977年的《绝句的结构》中，不仅已经饱含为“美”之呈现描画“定型”这一关键概念的意识，也富于对不同形式规范的各异的结构方式的举证。而更密切地衔接着作为实践的“解读学”的，则见于近十几年来的以文本微观分析为中心的系列著述，包括《文学文本解读学》。在这里，出于本文的基本目标，仅需论证他拟设了形式规范内在的具体性与多样性，进而区别于黑格尔“构型”的混融性即可。

实际上，细加审视即会看到，尽管分析形式技巧是“解读学”重要的甚至最主要的构成——对于以语言媒介来征显世界的文学，除了把世界写进语言的折光还能如何呢，但他深知，文学文本内含的“确实性”，并不会静态地“自呈”在按相应语言规则“规划”的区位中。为此，恰当地重组各种必要的察看向度以敞开关涉的错综性，在多元的构成中复现“确实性”，实属必要并且必然。这不仅事关“解读学”操作层面的运作，而且事关“解读学”的学理依据。

他当然无意于建构某种文学理论，相反，“解读学”甚至以差异性的面向定位在文学理论之外：“文学文本解读和文学理论虽然有联系，但是，也有重大的区别。从某种意义上说，乃是一门学科的两个分支。”[①] 对孙绍振而言，为了擦亮被某些文学理论遮蔽的文学文本，他的根本任务是发现和捍卫文学文本的“确实性”。也正是在这里，在面向可操作性的探讨中，“解读学”一方面激起了意味深长的直接的理论对峙；另一方面又间接地，要让“确实性”在相应的“言路”现身，以弥合文学的内部研究与外部研究之间的鸿沟。

这种弥合，从20世纪以来文学理论内部的分化以及潜藏背后的思想状况看，虽并非绝无可能，也是困难重重，因为常见的是内部研究和外部研究分而治之的局面。哪怕在博学多思的韦勒克及其搭档沃伦那里，影响深远的《文学理论》的架构也以“内部”和“外部”相互隔绝地并置而成，他们似乎暗示，沟通内部与外部的可能性之所以渺茫，既受制于文学以语言指涉世界的间接性，又受限于语言系统本身难以逾越的规则——这一点和索绪尔的部分思想进路一致，后者一劳永逸地划定了不能僭越的“语言—言语”的内循环系统（至于后结构主义乃至后现代主义发挥了索绪尔的另一个思想进路，即世界也可能在符号的任意性中逃逸和生发，则另当别论）。这是对限度的体认，所以韦、沃二人无悬念地倾向于文学的内部研究（即如海德格尔重审何谓存在的哲学，也理所当然地属于有限性的哲学，譬如他的关于“人的必死性”命题即此种运思的证言）。毋庸讳言，一段时期里，孤悬于各自之外的“内—外”分治在文学理论中业已成为等待或梦想被克服的

① 孙绍振：《文学文本解读学》，第4页。

疑难，这或许源于任何重整研究框架的努力，似乎都难以摆脱恢复业已碎裂的总体性的符咒。

艾布拉姆斯虽未以内—外框架织造他的文学理论命题，但他从文学研究关涉要素的角度分疏，实质也是对限度的体认，暗示某种整体性的研究格局已无必要更无可能。在他看来，艺术作品（文学作品）关涉着的四个要素：世界（作品的底本或“内容”）、艺术家（作家）、受众（读者）和作品，在批评架构中难以尽收囊中且全面评议，“尽管任何像样的理论都考虑到了所有这四个要素，然而我们将看到，几乎所有的理论都只明显地倾向于一个要素”。[①] 很大程度上，企图展开较为全面建构的诸种文学理论均审慎地恪守着上述规则。

有趣的是，内部和外部的扞格并未困扰孙绍振，早在《文学创作论》中，他即以作家心理诸层面的特点作为本书的重要一章“智能论”，面向创作主体；又以总的核心“形式论”统摄诗、散文、小说三种文类的形式结构特性，面向作品（客体），在他看来，作家的心理表现和作品的形式呈现并置一块相安无事再自然不过了。显而易见，从“纯粹”的文学理论类型学角度，“创作论”难以归类。在这里，他似乎仅仅无意中打破或挑战了艾布拉姆斯四要素的界线和秩序。

更自觉的努力当然是在《文学文本解读学》中。又有人或许会说，这部新近出版的集大成之作，体系的“不纯粹”被已然克服，不唯作家的心理表现不是单列的论述对象，而且如书名宣示的，而后以“从读者中心论突围：文本中心论”（第四章）着重强调的，他似乎开始“规矩”地响应艾布拉姆斯，只选择其中一个要素作深度开掘。然而，这绝非意味着孙绍振为舍弃《文学创作论》的“混杂性”，逃逸至“文本”单一、纯粹的维面梦想体系的纯粹性。不如说，从《文学创作论》到《文学文本解读学》，论题更集中、考量更周全，文学文本（诚如《文学创作论》中已然成为重心）不过更进一步地成了汇聚作家、读者维面的终点。

正如上文已经论及的，在孙绍振看来，文学文本有毋庸置疑的“确实

---

① M. H. 艾布拉姆斯：《镜与灯：浪漫主义文论及批评传统》，北京大学出版社，2004，第 4 ~ 6 页。

性”，它摆脱了“美是生活”这一摹本—底本的粗糙性，也摆脱了“主—客观统一于美”这一为认识论钳制的直接性，而融汇成形式规范中具体可感的、为审美价值充盈的物性——据此，他毫不留情地抨击舍本（亦为文本）逐末（在他看来，放逐“文学性”的最偏执做法是取消文学本身，文学成了意识形态等领域的跑马场，因而，“末”含有虚无主义的意味。《文学文本解读学》的第三章为“文学虚无主义在基本学术方法上的企图”）的做法。毕竟，“确实性”的征显未必条理分明，如公式化的指引牌可轻易在文本的肉身找到，他重新串联互为关涉的各个组件、串联文本内质的混杂性，终而破除文学理论森严的壁垒，为“确实性”架设起可无滞碍流溢的内外勾连的言路。

因而，当人们看到他对俄国形式主义和新批评的抨击，自会明了，将文本完全按语言学的规则孤立为“客体”的这两种进路，必定滑向极端的内部研究，源于陌生化或修辞学剥离了关键性的维面——审美情志：“作为细读的对象，我们把它当作人的精神艺术化的结晶来看待，而新批评仅仅把它当作客观的文本。把文本绝对客观化，其实也就是非人化。”[①] 无论创作主体还是接受主体，其心理层面的反应实际已和物化的文本交叠混杂，绝没有自得的纯洁“客体”，能够按形式主义或新批评的方式予以隔绝。这不妨视作对韦勒克-沃伦放逐在“外部研究”中的“心理”诸要素的拯救，是为将被剥离的“外”重置于“内”的努力。

这就意味着，譬如艾布拉姆斯所言的读者一维，在揭示“确实性”时同样不可能凭不断变得混杂的“主体性”独担重任。为此，孙绍振还对文学理论中几已约定俗成的“终端”即读者中心论展开犀利的批评。作为一种始终有待发现和丰富的“客体”，“主体”的召唤不可能一呼百应，主体本身却可能被诸种意识形态，如种族、阶级和性别镌刻下异己的标记——无须否认这些异质性的因素在揭示和反思权力的运作时意义重大——但是，作为主要面向为语言和形式层层包裹的审美价值的主体，就得为音乐预备有音

① 孙绍振：《文学文本解读学》，第287页。需要指出的是，孙先生对俄国形式主义和新批评的批判以“文学感染力来自审美情志还是语言”为题作为单列的两章收入在本书中。

乐感的耳朵，就得在心理图式的同化与调节之间葆有张力。[①] 显而易见，这是孙绍振将可能过度游离、漂浮到文本之外的主体，向“客体”、向作为目标的“确实性”挽留的努力。从更大的背景看，这也是为现代以来屡屡受挫（主体性的黄昏曾被19世纪以来的思想一遍一遍涂抹）于今不断异军突起却面目可疑的主体性（现时代的媒介机制或亦在以不无幻相的方式助长似是而非的“视听”自由）降温的努力。[②]

无论用审美情志矫正俄国形式主义、新批评向“内”的沦陷，还是以文本包裹着的“确实性”牵制读者中心论向“外”的逃逸，文学文本在孙绍振的“解读学”中或许可以恰切地界定为，它牵连着潜隐其间的作家的气质或精神，也折射着整个外部世界的多样性，且预备了读者去发现、与形式规范密切关联的独特“物性”，它显现为物理和美学特征的错综构造。

四　从特殊性可祈望的……

让文学研究中相互隔绝的内和外、艾布拉姆斯几乎各自为政的四要素，在“解读学”的架构中重又有了相互流通的可能，乍一看，这种包容性近乎是总体性的残余。因为，进入20世纪以来，深受语言论转向和21世纪独有的怀疑主义——索绪尔们只在语言系统中揣度世界的肉身、胡塞尔们“面向实事本身”的决绝探求、弗洛伊德们对并不那么确定的“意识”暗区的质询、辨认和重设等影响的文学理论，最具探索性亦有历史连续性进展的部分，实质上仍旧是对维特根斯坦所言的“凡是能够说的事情，都能够说清楚；而凡是不能说的事情，就应该沉默”的“边界”的警觉与谨慎试探，因而部分地转向齐格特·鲍曼概括的从“立法者”向“阐释者”的转变。对于许多理论家来说，抛弃“确实性”的幻觉，在现时代似乎是必然乃至

① 《文学文本解读学》第三章“读者心理的开放性与封闭性”共五节，分别为“心里图示（scheme）的同化（assimilation）和调节（accommodation）”“《愚公移山》：颂歌和反讽的统一”“马克思：对于没有音乐感的耳朵来说，最美的音乐毫无意义”“主流意识形态和思维模式的霸权同化”“花木兰：是英雄还是英‘雌’”。

② 语文教育专家赖瑞云教授强调的文学阅读应“多元有界”，实质上亦和孙先生“压制”“读者中心论”的思想遥相呼应。参阅赖瑞云《混沌阅读》，福建教育出版社，2002，第274~282页。

决裂性的选择，总体性的崩溃、语言本身既是意义生产机制又是自身牢笼，作为崭新的“意识”，均不可逆转地预示了阐释策略的相对性，因为文学指涉自身亦被权力染指，碎片般地、难以具形地漂浮在诸种意义混杂的洋面已势所必然。

较之“总体性”或者“非总体性”的争辩，尤为值得注意的，“解读学”主要以具体的实践发掘特殊性，之后或者才向未知的论域展望，它终极的理论面向或许是总体性的，也可能是“物自体”的——作为一种必要的悬拟，这或许是文学研究中的某种理论祈向挥之不去的雄心，惜乎孙先生本人不愿过多地付诸笔墨、表露心迹。确定无疑的是，他的致思路径接上了现代以来某些重要的思想进展，即对可能性的追寻。这亦可视为对限度的确认。

无论在《文学创作论》还是《文学文本解读学》抑或其数量颇丰、类型各异的单篇文本解读（部分堪称典范的文章亦收录在《文本细读》《月迷津渡》等著述）中，突出的特点是，几乎所有的文本解读均力戒雷同化和类型化。毫无疑问，这是对特殊性的坚持。它们反映的致思路径，实质是阿多诺式的“非同一性”构拟。尽管这一思路在《文化工业：作为大众欺骗的启蒙》（阿多诺、霍克海默）已鲜明闪现，但更集中、明晰地见于阿多诺最重要的哲学著作《否定的辩证法》。对它的适度评述，或有助于本文从“特殊性”入手为“解读学”的非总体性辩护，并为后面的必要的形而上学悬拟作相应的奠基。

阿多诺试图拯救黑格尔同一性的辩证法，进而为既被先验幻相预想也被先验幻相空心化的本体论和形而上学重设可能的地平线。他有限地恢复了莱布尼茨的“单子”论，并戒除了后者“先定和谐”的估计，构设出独特的“星丛”这一涵纳异质性的概念：“客体向一种单子论的主张敞开内心，向对它置身其中的星丛的意识敞开内心。对内部的专心的可能性需要这种外在性。但个别事物的这种内在的一般性像积淀的历史一样是客观的。这个历史既在个别事物之中又在它之外，是个别在其中找到自己位置的包围性的东西。”[①] 显然，阿多诺要从个别性、差异性开始，而后才谨慎地召回曾在同

① 阿多诺：《否定的辩证法》，张峰译，重庆出版社，1993，第161页。

一性辩证法中几已不知所踪的“总体”。他还恰当地强调，表象特殊的异质、杂多正是哲学痛改形式上流畅的起承转合幻觉的契机：“极力模仿艺术的哲学、使自身变成艺术品的哲学会自取灭亡。它会提出同一性的要求：通过赋予它的方式一种至上性，让作为内容的异质的东西先验地服从这种至上性，以此来穷尽它的对象。对真正的哲学来说，和异质东西的联系实际上是它的主旋律。艺术和哲学共有的东西不是形式或构造的过程，而是一种禁止假象的行为方式。”① 相应地，“解读学”奋力剖解、确认特殊性的作为，尤为值得褒扬，它或可视为一种独特的摧毁假象、幻相的方式。据于此，“解读学”本质上亦不是可模具化使用的操作，与其说可以借此进行文本解读的铸模，不如说，它弘扬一种理解文学的“意识”。

迂回地以阿多诺在复杂时势中的反应作参照，也为了强调，固然从一个方面看，孙绍振似乎并不先锋（此先锋指的是对文化和思想现状的触及），甚至比较保守（他更心仪的杰作几乎是完美地体现黑格尔所言的理念—形式两相调谐的作品），但是从另一方面而言，他却是激进的，因为将文学文本包蕴的特殊性、差异性敞开在阅读和阐释中时，又是以不可就范的来自审美的诸种反应，因应着被理性、被现代的技术与媒介机制不断缩减的世界。

然而，或许正如阿多诺终将不无忧虑地意识到，在运思方式上，为单子论、为星丛欢呼，必得与非同一性辩证法的绝对贯彻相互支持，当杂多的、自由的、欢快的事物重又跃出地表，非同一性辩证法是否足以牵连起已然坍塌，而今正颤颤巍巍重建的新世界？设若某种更强硬的逻辑已不由分说地冲决它的地基和支柱——正如不断推演翻新的工业化逻辑未必能绝对地被狙击在依凭幻相组成的审美领域之外——那么，祈向更有力也更大胆的悬设是否必然，固然也疑难重重？当后现代症候中的“碎片”（此亦为特殊性的表象）几已难以遏制地日渐强化为变构了的形而上学时，对此做出更富裕自如的因应？与此相类，在“解读学”正确地眷恋着特殊性之后，是否应当做出必要且重要的形而上学悬拟，进而为文学理论致思的完备性面向奠基？

（作者单位：福建师范大学文学院）

① 阿多诺：《否定的辩证法》，张峰译，第14页。

对朱光潜、叶圣陶、朱自清的师承与超越

——孙绍振文本解读的历史地位

孙彦君

20世纪初王国维根据康德的学说，提出美育和德育、智育并列的纲领[①]，其中美育涉及语文教育的核心。而在不久以后，五四新时期，语文课本从文言改为白话，承担美育的语文（国语）教师却长期反映“语体文没有什么可教的”。[②] 接下来，夏丏尊以语、修、逻以及文章学等的知识体系为纲，每个知识点有两篇选文对应，用这些选文作例子去阐明那些知识点，这无疑有其合理性，甚至可以说具有开创性意义，但是许多知识并不可靠，在实践中发生曲折甚至退化，和夏丏尊有过很多次合作的叶圣陶后来意识到，这种知识，不是无效，就是在实际的精读教学中大部分落空了。原因是，用这种静态的、共性的、先入为主的知识点去解说非常个性化的选文，往往是缘木求鱼。从根本意义上说，距离王国维先生提出的美育理想还相当遥远。

一

真正把文本解读的问题提高到美学理论上的，乃是朱光潜，那已经是20世纪30年代的事了。

---

① 王国维：《论教育之宗旨》，《教育世界》1906第1期，第56页。

② 叶圣陶：《叶圣陶语文教育论集》（上册），教育科学出版社，1980，第276页。

朱光潜按照康德的《判断力批判》最先把文学的审美价值观念带到文本分析中来。在1932年的《谈美》[①] 的第一篇《我们对于一棵古松的三种态度——实用的、科学的、美感的》提出对于一切事物，科学的理性的真并不是唯一的价值。他很生动地以一棵古松为例说，同样一棵古松，不同的人所感知的却有真善美的差异：木商和植物学家追求的是理性价值，而画家追求的则是审美价值。[②]

20世纪50年代，孙绍振在大学时期，机械唯物论和狭隘功利论霸权话语占统治地位，认识论是唯一的价值观念。孙绍振从朱光潜的文章中，接近了康德的真善美三元价值，感受到审美价值相对的独立性。

当时，正逢中国美学大论战的高潮。主流派认为“美是客观的”，以车尔尼雪夫斯基的《艺术与现实的审美关系》为经典，此文乃车氏1860年的大学毕业论文，为周扬所翻译，被周扬简化为“美是生活”的核心命题。作为大学生的孙绍振，一直着迷于艺术本身的特殊规律，此等线性因果的机械唯物论，当然不能满足他的求知欲。孙绍振当年曾公开提倡“大学生要有叛逆性格”[③]，虽然受到团小组内的批判，但他在文学理论中的反思的本性一以贯之。他的朋友张毓茂回忆，周扬1959年在北大做报告，讲到“美是生活”的命题，面对这样的专家加行政权威，孙绍振本性毕露，事后“加以嘲笑”：“什么美是生活，什么形象是生活的反映，花是由土壤培育的，酒是粮食酿造的，我们能说花是土壤，酒是粮食吗？我看，‘美不是生活’，可能更深刻些。”[④] 后来在1985年，他还把这样的意思写在他的论文《形象的三维结构和作家的内在自由》的开头。[⑤]

在当时的美学论战中，孙绍振的美学业师蔡仪属于主流派，不过蔡仪对显然简单化了的“美是生活”命题，加上一个限定“美是典型”，也就是典型的、本质的生活的反映，孙绍振当然更是难以接受。他尖锐地评论说，美

① 《谈美》作于1932年，同年作为作者第一本著作《给青年的十二封信》之后的“第十三封信”，由开明书店出版，作者自称该书是《文艺心理学》的“缩写本”。但是，朱自清以为此书有些是《文艺心理学》不够详尽的，比之要丰富的。因而可称为朱先生相当重要的代表作。

② 朱光潜：《朱光潜美学文集》（第一卷），上海文艺出版社，1981，第448页。

③ 2015年10月谢冕在孙绍振诗学研讨会开幕式上的发言《在一个美丽的地方开一个美丽的会》。

④ 张毓茂：《〈灵魂的喜剧〉序》，孙绍振《灵魂的喜剧》，辽宁大学出版社，2000，第3页。

⑤ 孙绍振：《形象的三维结构和作家的内在自由》，《文学评论》1985年第3期。

是典型，黄金是美的，因为黄金光泽在金属中是最典型的，说给鬼也不相信。他心仪的是朱光潜先生，不过由于政治原因当时朱先生还不能上课，只能在英语系给学生改英语作文。在1957年“大鸣大放”之初，他曾经致信系领导，要求让朱光潜先生讲授美学，结果当然是杳无音信。虽然如此，他还是潜心阅读朱光潜的著作。通过朱光潜的《谈美》等著作，他接近了康德，又从文学作品的阅读得到了审美感染的印证。在十年浩劫的学术空白以后，他差不多已经忘记了当年阅读的具体篇目，却在参加了南宁诗会之后，在应《光明日报》之约所写的《诗与小我》文章，不知不觉地把同样一棵树在诗人眼中和在科学家眼中的不同写了进去，以后又把同样的意思写到《文学创作论》中去。直到1985年，在中国社会科学院文学研究所做报告时，一个很有修养的听众认真地告诉他，他所讲的就是“康德的体系”。[①]过了很久，他从克罗齐的著作中读到，这个树的例子原来是克罗齐阐释康德审美价值论的。他没想到这个意象在他心中生命力那么强盛，以至成了他日后文学创作论和文学文本解读论的种子。这不但在当时使他得到心智的启蒙，而且影响了他五六十年学术追求，包括把经过朱光潜阐释的康德的真善美的学说带到《文学文本解读学》中来。当他回顾往事时，他不能不怀着感恩之情赞叹朱光潜先生的旷世之功。

二

孙绍振对于自己的学术师承和发展是有过总结的，1999年底他在《审美价值结构与情感逻辑》自序中这样总结自己全部理论中的四种成分：康德的审美价值论、结构主义、弗洛伊德的心理分析，和使之成为系统化的黑格尔、马克思《资本论》的正反合螺旋式上升的辩证法。[②]

这个总结只能代表他当时的自我认识，从理论上来说是不够完全的。他忽略了自己一个很强大的优长，那就是他作为一个作家的创作经验。结合着创作经验，他提出了作品的生命在于其“唯一性”，不可重复性。文学理

① 孙绍振：《审美价值结构与情感逻辑》（自序），华中师范大学出版社，2000，第1页。

② 同上。

论，文本解读的生命取决于对这种唯一性的理性概括和具体分析。

他这样的追求并不完全是纯理论的思辨。他初中时代就钻研过叶圣陶的《文章例话》。叶圣陶的文章和朱光潜的文章在直接分析文本方面是一致的，在文风方面却又可以说遥遥相对。叶圣陶的分析切中肯綮之处比比皆是。但他不是学者，他的长处不同于朱光潜那样引经据典，讲究学术源流，他的文本分析可以说是一种经验论，全凭作家的感性洞察文本深层的奥秘。

叶圣陶和朱光潜一样给了孙绍振很深刻的启蒙，这种影响也是终生性的，他后来的文本分析，也常常得力于把创作经验溶入解读，以作者的身份和作品对话。

叶圣陶是一个实践家，并不是一个理论家，显然他不奢望从理论上一揽子解决系统理论建构，他选择了对有限的文本个案加以分析，以期对有志者收触类旁通之效。我国的传统诗文评点，皆不求全面，每每是以印象语言，开门见山，兔起鹘落，戛然而止，鲜有对全篇——特别是散文——作系统评论。而叶圣陶却在《新少年》开辟“文章展览”专栏，到 1936 年底先后对 27 篇文章作了整篇的评论，后改名为《文章例话》，于 1937 年由开明书店出版。他的分析完全不管他原来的着重字词句的系统，讲什么句法、主旨、修辞、结构等，而是以作家的创作过程中的取舍为务，故《文章例话》的副标题为“叶圣陶的二十七堂作文课”。

给孙绍振印象最为深刻的是叶圣陶对《孔乙己》《背影》等作品的分析，第一次展示了如何突破一望而知的表层白话，揭示出表层以下作者未曾明言，但是又形象生动的精彩。

叶圣陶对《背影》的分析，从一望而知的“背影”中提出问题：文章以父亲的“背影”为主脑，背影是作者常常看到的，并没有非常感动。文章中为父亲的背影而感动有两回，一回是看到父亲爬月台，为自己买橘子，勉为其难。第二回，看到父亲送别自己后混入人群中去。叶圣陶揭示，其动人之处在于“父亲不让自己去买橘子，仍旧把自己当小孩子看”，“这中间含蓄着一段多么感人的爱惜儿子的深情！”而眼看父亲的背影消失在人群中，作者感到父亲对自己的爱是“无微不至的”。叶圣陶指出，“这些意思本来当然是可以写在文章里头”，可写下来就“多余”了，却写了“我的眼泪很快地流下来了”[①]，这才是精彩之处。叶圣陶对文章的分析往往结合写作，不仅仅分析文章已经写出来的，而且指出没有写出来的东西的重要性不在写出来的东西之下。《文章例话》如此这般的分析起码向最敏感的读者显示了解读文章的原则：文章的动人之处，往往不完全在写出来的东西，而是没有写出来的东西。这一点和鲁迅的说法“不应该那样写”异曲同工：

> 凡是已有定评的大作家，他的作品，全部就说明着“应该怎样写”。只是读者很不容易看出，也就不能领悟。因为在学习者一方面，是必须知道了“不应该那么写”，这才会明白原来“应该这么写”的。这“不应该那么写”，如何知道呢？惠列赛耶夫的《果戈理研究》第六章里，答复着这问题——“应该这么写，必须从大作家们的完成了的作品去领会。那么，不应该那么写这一面，恐怕最好是从那同一作品的未定稿本去学习了。在这里，简直好像艺术家在对我们用实物教授。恰如他指着每一行，直接对我们这样说——‘你看——哪，这是应该删去的。这要缩短，这要改作，因为不自然了’。在这里，还得加些渲染，使形象更加显豁些。”[②]

叶圣陶的阅读鉴赏观虽然以个案的分析和感性语言表现，没有上升到理论作普遍的概括，这并不等于不蕴含着理论价值。这种方法从理论上说，并不是建立在文学理论、美学的基础上，而是建立在创作论的基础上的。这种创作论的启蒙，使孙绍振日后不自觉地疏离了西方文学理论抽象演绎的传统，高度评价了我国诗话、词话、戏曲和小说评点的创作论为基础的传统。[③]

孙绍振特别欣赏叶圣陶分析《孔乙己》时集中分析“笑”的没有写出来的言外之意。若用西方文论家伊瑟尔“空白”说，就抽象、复杂甚至神秘得多。孙绍振意识到叶圣陶并不以理论上描述为追求，而是以文章优劣的

---

① 参见《叶圣陶语文教育论集》（上册）中分析《背影》一文，教育科学出版社，1980，第228～233页。

② 鲁迅：《不应该那么写》，《鲁迅全集》第6卷，人民文学出版社，2003，第321页。

③ 孙绍振：《中国诗话词话的创作论性质和十七世纪的突破》，《文学遗产》2012年第5期。

评价为宗旨。他的感觉有着不亚于“空白”饱满的内涵，那就是没有写出来的东西，是文章的灵魂，一写出来反而“多余”，而且煞风景了。既然读文章要看出作者没有写出来的，就不能仅仅把文章当作事与情的被动记录，而是要将之当作剪裁、加工、创造的产物。解读就是要分析其中被省略（淡化）的和被突出（强化）之间的关系。在这一点上，他认为要依靠想象、联想发挥主观能动性。省略（淡化）和突出（强化）的准则是什么呢？在白话文的表层以下，作者要表现的情感的脉络，孙绍振把这叫作“意脉”。就《背影》而言，动人之处在于父亲的无微不至，勉为其难而不知难，儿子从公开不领悟到被感动而不流露。[①] 要达到这样深邃的分析，达到这样主动的境界，关键在于，不能被动地仅把自己当作读者，只有设想自己和作者处于写作过程中：为什么反复四次提到背影？而不强化其正面？为什么不写内心的感动，而只写流泪？这是为了突出朱氏亲子之爱的特殊性。

就文本解读而言，20 世纪 30 年代和 40 年代是奠基期，可以分为两大流派。一个是朱光潜的学理派，一个是叶圣陶的经验派。孙绍振文本解读的学术个性，微观与宏观结合的风格，就是在这两种流派的熏陶猝然遇合中获得的学术生命。

三

在文本深层解读的过程中，叶圣陶并不是孤独的，他的朋友朱自清有过五年左右的中学教育经验，在 1925 年进入大学工作，仍然对语文教学投入了相当的精力。朱自清和叶圣陶一样是有成就的作家，和朱光潜一样，又是功底深厚的学者。他的贡献主要是把叶圣陶的感性观念向理论上提升，可以说是把朱光潜的理性化和叶圣陶的经验论结合起来，把文本解读带到了世界学术文学理论的前沿，大大提高了白话文本解读的质量。

孙绍振特别赞赏朱自清反对只给作品作“美”“雅”“精致”“豪放”之类感性的评语。朱自清受到美国新批评瑞恰慈和燕卜荪的影响，强调“细读”，致力于建构起自己的细读理论，提出在诗歌的解读上应该是多义

① 孙绍振：《〈背影〉背后的美学问题》，《语文世界》2010 年第 3 期。

的，他特别关注的是文义、情感、口气、用意的影响。朱自清的结论是：欣赏是建立在透彻的了解基础上的，透彻的了解之中就有着欣赏，强调在语文教学中要一字一句不放松，要咬文嚼字，即使是了解思想内容，也“不止于要了解大意，还要领会那话中的话、字里行间”[①] 的意味。

朱自清将他的细读法贯彻到具体文本解读中，亲自编写了多种中学语文读本，包括练习在内的各种解读设计，力图将文章中隐含的语言奥妙、艺术奥秘一一揭示，是同时期乃至大陆此后的诸种语文教材中极少见到的。《开明文言读本》中收入《桃花源记》，此文常被冠以“简洁凝练、通俗流畅”的感性评语，但对朱自清来说，这样的评价必须上升到学术理性上去。

朱先生揭示了《桃花源记》不像正统文言文那样满篇“之乎者也矣”的语助词，却又多了正统文言很少出现的口语词。[②] 朱自清很有学术修养地回答了语体文没有什么可讲的问题，注意到了这么细微的区别，再参照他在《开明文言读本》的导言中介绍的关于汉语书面表达的发展史，“导言”中着重介绍了近200个文言虚词和实词与现代汉语的语义差异，将这些内容一一对应落实到相关的课文中。他是以如此厚重的专业知识背景解读《桃花源记》的语言奥妙，事实上是以作者的身份和作品对话，不但提出这样写的好处，而且提出不这样写的缺失。他解读的精华在于，指出《桃花源记》少了那么多“之乎者也”为什么会向日常表达靠拢，原来这是汉语言发展历程中向语体靠拢的重要作品，原来“也”“矣”等是感叹、抒情词，而人们的日常说话是很少随便密集地发出这些感叹、抒情词语的。除了细读出“之乎者也”比正统文言少，日常口语比其他文言文多外，朱自清还注意到了《桃花源记》“多用短句，三个字四个字的最多”，并为此设计了相关的练习、讨论，而这也正是日常口语的鲜明特点。在所有这些专业性的解读、细读下，“简洁凝练、通俗流畅”才不至于流于感性的空泛。

朱自清把美国新批评的一些观念引入了文本解读，对中国古典诗歌作学术性的解读。叶圣陶的感性话语到了朱自清笔下提升为理性，他提出对作品的分析可能有两种情况。一是背谬的解释，应该以作者的本意为标准，二是

① 叶圣陶：《〈国文教学〉序》，《叶圣陶语文教育论集》（上册），教育科学出版社，1980，第53页。

② 朱自清、吕叔湘、叶圣陶：《开明文言读本》（第一册），开明书店，1947，第91页。

作者与评论家意见不一，但是可以互补。[①] 他在解读鲁迅《秋夜》开头“在我的后园，可以看见园外有两株树，一株是枣树，另一株也是枣树”时就抓住了特殊的句子的形式，突破白话文章表层，揭示出了言外之意的精彩在于“特殊的情感”:“厌倦”“腻厌”已达到比较深层的审美特征了。但是，孙绍振并不满足朱自清这样的解读，他认为就朱氏全文而言，其真正有见解的部分十分之一都不到，其他部分几近重复作品的描述。不过他承认这样的粗疏很可能是中国文本解读学科草创时期的特点。

和朱自清、朱光潜相比，叶圣陶在学术上非其所长，但在叶圣陶经验性中，蕴含着相当深沉的理论价值。第一，叶圣陶的阅读理念始终是以作者、作品、读者之间的互动为基础。三者之间的关系是互动交流的。第二，叶圣陶以自己的阅读经验强调读者在阅读过程中的主动性，摆脱被动地接受的关键是不仅把自己当作读者，同时也当作作者。第三，仅仅把这一切概括为读写结合，免不了经验性的狭隘甚至误读，从理论上说，应该是读者不仅仅和现成的文本对话，而且是和作者对话，想象自己和作者在写作过程中对话。第四，《文章例话》有一个副标题“叶圣陶的二十七堂作文课”。这说明，作者并不纯粹是在做文章分析，而是把阅读的深化和学生的写作结合起来，以作者的身份和作品对话，在这一点上，叶圣陶和朱自清是殊途同归的。在叶圣陶看来，单纯的阅读欣赏意义还是有限的，解读最雄辩的效果应该落实在写作上，学生解读文本素养的最雄辩的证明应该是写作。

正是因为这样，叶圣陶除了写作《文章例话》以外，还和夏丏尊合作了《文章讲话》，明白宣告此书就是以教人怎么写作为目的，这与《中国诗话》是教人写诗的传统是一脉相承的。[②] 正是在这种创作论雄厚的传统基础上，叶圣陶几乎可以说是自发地将解读方法与西方的阅读和鉴赏学追求向形而上的提升拉开了距离。

在叶圣陶的经验论、朱光潜的学理性和朱自清的经验与学理结合三个流

---

① 孙玉石：《朱自清与中国现代解读学》，北京大学出版社，2007，第 1 ~ 14 页。其实还有一种可能，作者所说的只是主观意图，实际并未在作品中实现。美国新批评认为这是规律，叫作“意图谬误”（intentional fallacy）。

② 梁章钜《退庵随笔》把“教人作诗之言”作为诗话和词话的理想。梁章钜：《退庵随笔》卷二十一，江苏广陵古籍刻印社重刊《笔记小说大观》第十九册，1983，第 227 页。

派共同的熏陶下，孙绍振形成了他学术理性和经验感性的解读风格。

在孙绍振看来，20 世纪二三十年代语文教育中文本解读思想非常活跃，白话语文解读也已经积淀了相当的基础，经验型的作者有创作实践性解读，学者型的作者有学术性的解读。虽然，由于理论上不够自觉，解读的水准，常常并不平衡。这两种解读，好似风格各异，时而井水不犯河水，时而又有所交融。两种风格都有过个案文本的分析，孙绍振并不忽略他们的精致之处，同时，他也敏锐地感到他们对于个案文本的分析往往有粗略甚至流于表面滑行之处，特别是他们并无意建构起一种文本解读的独立学科（叶圣陶在《文章例话》的序中坦言自己的解读不求系统）。[①] 有时，他们的追求在具体分析中，也常常不能实现。如，朱自清在学术上表述过“必须贯通上下文才算数”。[②] 可在分析上，朱自清事无巨细，眉毛胡子一把抓，这样的“贯通上下文”反而烦琐。不管是叶圣陶对《孔乙己》，还是朱自清对《桃花源记》相当独到的分析，在孙绍振看来，从严格的文本解读学意义上来说，内涵和形式均不够深刻。所有这三位前辈理性和实践的终点，正是孙绍振前进的起点。

四

孙绍振在这一点上，努力地向经验和学理结合的道路上前进。不得不说孙绍振所取得的成绩已经大大超过了前辈。从量上讲，身为一个学者，他并不像今天的很多理论家那样，不屑于做草根性的个案分析工作，经过多年的累积，他解读过的文本个案已达 500 多篇，集为著作者有《名作细读》《月迷津渡：古典诗歌微观个案分析》《孙绍振如是解读作品》《孙绍振解读经典散文》《经典小说解读》《解读语文》（与钱理群、王富仁合作）六本，他也因此被称为“草根教授”。

从文本解读的质上说，孙绍振比之前辈有了根本的突破。如，朱自清曾经在解读《唐诗三百首》中，发现绝句的第三句往往有“否定”的性质。

① 叶圣陶：《文章例话》，辽宁教育出版社，2005，第 4 页。

② 《朱自清全集》第八卷，江苏教育出版社，1992，第 208～209 页。

孙绍振在1961年从《光明日报》上得到这个信息，十多年一直放在心头。在“文化大革命”期间写了可能是他第一篇具有真正学术性的论文《论绝句的结构》[1]。他发展了朱先生的见解，提出绝句的特点，乃是第三句的语气转折。前两句是肯定陈述语气，后两句若再肯定陈述就单调了。故后两句常常是非肯定陈述句。他引述了元朝诗人杨载在《诗家法数》中谈到诗的起承转合的“转”：

> 绝句之法……要句绝意不绝，多以第三句为主，而第四句发之……承接之间，开与合相关，正与反相依，顺与逆相应……大抵起承二句困难，然不过平直叙起为佳，从容承之为是。至如婉转变化工夫全在第三句，若于此转变得好，则第四句如顺流之舟矣。[2]

孙绍振并不满足于引经据典，他甚至提出，吾人皆认同诗大序的“情动于衷”，陆机《文赋》的“诗缘情”，然而千年来，几无人追问，情之特点为何。他认为情的特点，就是“动”，故汉语有“动情”“动心”“感动”“激动”“触动”之语；反之则无动于衷。古人在实践中之所以感到第三、四句的“转”，乃是为了古典抒情的情的变动。他甚至认为绝句的结构，其特点乃在于情绪的瞬间转换。[3] 绝句在古代是不分行的，近代以来，受西方诗歌影响，分为四行。其实，按西方十四行诗的书写方式，是分层次的：或三行一节，或四行一节，最后则是四行一节。如果严格按这个原则，则绝句的现代分行书写，分为笼统的四行一节，似乎并不妥当。因为第三句是开合、正反的转折，故当为两节，每节两行。

孙绍振还从反面研究这个情动的特征，他比较了杜甫的《绝句》（两个黄鹂鸣翠柳）和李白的《下江陵》，指出杜甫的四句都是陈述句语气缺乏变化，故在历代诗评家笔下，杜甫绝句评价甚低，甚至有“断锦裂缯”之讥，而李

---

① 见《诗探索》创刊号，后来孙绍振的这个意思在《绝句：瞬间转换的情绪结构》（《文艺理论研究》2010年第6期），《论绝句的结构：兼论绝句的纵深结构》（《名作欣赏》2012年第7期）中发挥得更彻底。

② 杨载：《诗家法数·绝句》，见何文焕《历代诗话》（下），中华书局，1981，第732页。

③ 孙绍振：《绝句：瞬间转换的情绪结构》，《文艺理论研究》2010年第6期。

白的诗句不但有语气和句法上的变化（从陈述变为否定再到感叹和疑问），而且从写客体之景转化为感兴，也就是抒主观之情，内部的丰富变化是李白比杜甫的绝句胜出的关键。[①] 孙绍振由此提出绝句之三、四两句的“转”起到至关重要的作用，绝句中第三句一般需要有开合、正反的转折，是语气和句式的变化，实质上乃是情感的“动”。这种“动”，不仅仅如朱自清所说的否定，而是否定、疑问、感叹、祈使等诸多变幻。孙绍振并不满足于对绝句的分析，他还分析了绝句与律诗和古风作为亚形式，在情感之动上的区别：如果说绝句倾向于瞬间的情绪转换，而律诗和古风则时常表现为情绪的持续。[②]

受过黑格尔哲学深刻影响的孙绍振，再次从反面研究了唐诗中存在的另一种形态，那就是“无动于衷”。他以柳宗元的《江雪》为例，虽然，从形式上看“孤舟”和“独钓”微小的“有”否定了大面积的“无”，以极其细微的形象，衬托出原本的空寂更加空寂。但是，从情绪上观之则显然是“无动于衷”。无动于衷而成为诗，而且是神品，原因乃在于此诗并非抒情，他批评袁行霈把诗中的“钓雪”解读为“钓鱼”之说大谬。原因在于，此诗的精神不抒情，而在哲理：这种哲理义，乃属中国特有的禅宗，其最高的第四境界，与抒情的动心、动情相反的“定心”，也就是不动心（无动于衷）的境界。[③]

事实上，孙绍振对于古典诗歌的解读，已经建立了自己的系统的范畴意象、意脉和意境的体系，在“情动于衷”和“无动于衷”之间，他还细分了

---

① 孙绍振：《唐人绝句何诗最优》，《月迷津渡》，上海教育出版社，2015 年修订版，第 378 ~ 387 页。

② 同上书。

③ 禅宗境界分为初禅、二禅、三禅、四禅四个层次。《释禅波罗蜜次第法门》卷七说，众生常被欲火所烧，热恼不安，当由修习禅定而进入“初禅”，此时喜乐由超离五欲等而生，其心恬然，安稳快乐。进入二禅，其心豁然明净，皎洁定心，与喜俱发，喜乐由“定心”而生。初禅喜乐依触、觉观而生，心难免为身体触觉扰动；二禅喜乐则不从视触外来，只从自心生起，唯属意识。三禅超越二禅喜的扰动，其乐与“定心”同时生起：从内心而发，心乐美妙。三禅之乐，被称为“世间第一，乐中之上”。然而，有乐终究是一种扰动。四禅以上，超越了喜乐的扰动，不苦不乐，心如明镜止水，心灵处于极深的寂静、放松状态，进入“正定”，能制伏欲界的贪嗔等烦恼，不被声色货利所惑，《江雪》的“钓雪”所表现的正是这种无欲的，“不苦不乐”之境。如果是“钓鱼”就陷于五欲（物质功利）的境地了。参阅《摩诃止观》卷八，《大正藏》卷四六，110a，《杂阿含经》卷十七，《大正藏》卷二，123c，《杂阿含经》卷十七，《大正藏》卷二，123c，《释禅波罗蜜次第法门》卷七，511c，《释禅波罗蜜次第法门》卷七，513b。原文发表于《文艺争鸣》2015 年第 5 期。收入《月迷津渡》，上海教育出版社 2015 年修订版。

一系列的层次。限于篇幅，此处不能详述。这种系统的建构和个案分析是朱自清先生未能达到的，他在古典诗话的基础上大大推进发展了意境说。对他来说，意境说是古典诗歌的“普遍性”，而他则抓住了绝句与不同形式古诗的特点，而这正是他一直追求的“特殊性”。他通过对大量绝句的研究，得出绝句是长于表现心灵微观瞬间、刹那变化见长的艺术。这种变化是多样的，有的绝句表现的是顿悟式、从持续到猛醒，有的则表现的是从层次潜隐的动情转入短暂的凝神。若换作律诗又是另一种表现。孙绍振理论的彻底性还在于，指出意境并不是中国诗歌唯一的境界，在直接抒情的诗歌中，例如骚体，古风歌行，情感以直接抒发，淋漓尽致为务，与意境艺术是对立统一的。他还指出这种直接抒发与西方的直接抒情的不同之处，在理论上以中国古典诗话之“无理而妙”为纲领，可以说是对王国维的境界说，以及被长期以来以偏概全的意境说的一种全面补正。

同样对于叶圣陶先生的经验论的解读，孙绍振也有很大的突破。例如他对叶圣陶对《背影》的解读，就提出把大学生当小孩子的父爱并不完全。根据他的意脉说，他提出，文章的动人在于情感的变动。对于父亲的爱，起初儿子不但不领情，而且是公然顶撞。直到父亲勉为其难地翻爬月台，儿子被感动得流泪，可是又不让父亲知道，日后想起来就流泪。孙绍振指出，在这种意脉中，显示出来的是“爱的隔膜：亲子之爱，并不是像冰心那样诗化的，而是散文的。《背影》之所以不朽，就是因为写出了亲子之爱的特殊性，唯一性：儿子爱得很惭愧，很后悔，很沉重”。[①]

孙绍振之所以取得如此的突破，原因在于，他在建构中国式的文本解读中，把朱光潜的审美价值论发挥到理论的系统性上，把李泽厚、王元化的“情本位”加以推进，原创性地提出情动说。他认为，情之动，在文章中，在诗歌中，当为意象之间的情感变幻的“脉络”，他为之命名为“情意脉”简称为“意脉”。正是在这个意义上，在他建构的中国文本解读学中，意象群落是第一层次，意脉是第二层次。这个第二层次，是决定情感特殊性、唯一性的关键。当然，如果不是抒情文学，而是智性的，则情可以不动。如柳宗元的《江雪》，其蓑笠翁就是在冰天雪地中“无动于衷”的。他指出这是中国特有

① 孙绍振：《〈背影〉背后的美学问题》，《语文世界》2010 年第 3 期。

的禅宗第四层次的最高境界。[①]

孙绍振的理论创造，还在于他没有孤立地分析情感之动与静，而是更深入地将以情感的审美价值与科学的真和实用的善的关系进行彻底的分析。虽然孙绍振的理论基础来自朱光潜的对于一棵古松的三种态度：实用的、科学的和审美的。但是，他并不满足此真善美三元的并列，更不同意占据主流的真善美统一论。早在1988年，他就提出了三者既非并列，亦非脱离，而是交错的，用他的话来说，是“错位”的。[②] 审美价值与三者的错位幅度成正比，三者绝对统一，就可能变成道德的、政治的说教；三者的脱离，可能变成诲淫诲盗；在三者不脱离的前提下，错位的幅度越大，审美价值越高。他曾经迷恋过马克思所说的一切科学最高的境界是数学，以至他当时用数学的语言表述他的发现：错位的幅度与审美价值成正比。错位幅度趋近于零时，审美价值亦等于零，错位幅度达到完全脱离时，审美价值亦趋近于零。正是因为这样，他认为周朴园作为负面形象，不在于他的道德上的虚伪，而在于他情感上的空洞，而虁漪的道德上的恶，却由于与情感的超越，使之成为艺术的“恶之花”。[③]

五

对传统的经验派和学理派的如此这般的超越，他仍然不觉满足，他认为要从根本上解决文本解读的问题，他的雄心是从理念上建立中国原创的解读体系。他目睹在当前文学批评和文学教学中，前苏联陈腐的机械反映论和政治道德教化工具论虽然在哲学美学界遭到批判，然而在中学语文教学，特别是个案文本分析中仍然“百足之虫，死而不僵”，甚至在许多权威的解读和多数教学参考资料中仍被奉为天经地义的标准答案。更令孙绍振痛心疾首的是在当前阅读教学中，这种僵化的机械反映论和工具论，表面上流行于中学，

---

① 孙绍振：《中国古典诗歌的意象和意脉：评袁行霈古典诗学观念和文本解读》，《文艺争鸣》2015年第5期。

② 孙绍振：《审美价值的错位结构》，《文艺理论研究》第3期；《真善美三维错位结构不同于主客观对立统一的二维结构》，《文艺理论研究》第6期。

③ 孙绍振：《薛宝钗、安娜·卡列尼娜是坏人吗》，《名作细读》，上海教育出版社，第295~301页。

实际上根子在大学课堂和陈腐的教科书。在大学里，文本阅读教学理论的贫血不仅由于洋教条的迷信，而且由于对中国古典文学丰厚的阅读传统的背弃。虽然有识者如钱中文先生早在20世纪90年代初就提出中国古典文学理论的当代转化，但是将中国古代文话、诗话、词话、小说评点，鲜活的审美感悟、体验提升为当代中国式的阅读理论话语，至今是有待突破的艰巨课题。

为了完成这个历史性的任务，他对西方前卫文论做了系统的批判。

他对西方理论有相当长期的钻研，但对于西方理论并不迷信，甚至可以说在很大程度上表现出并不完全买账的姿态，西方理论的相对真理性，在他看来，是历史优化的台阶，并非终点。正因如此，他认为对之唯命是从，其结果却画虎类犬，对之挑战和质疑，才是进步的起点。孙绍振无疑受到黑格尔的辩证法和康德的审美价值论的深刻影响，可他并不满足于亦步亦趋，而是力求进取，早在20世纪80年代中期，他就确立了真善美三维“错位”、“文学形象的三维结构”的理论基础，其代表作《文学创作论》就以老子的“一生二，二生三，三生万物”的基本思想，对黑格尔美学传统的对立统一的二维思维模式和康德的真善美三元分立有所突破。至于对西方当代前卫文论来说，他更是取质疑甚至挑战的姿态。就整个学术个性来说，他从不沉迷于西方理论的演绎，常常以经验的直接概括对之进行丰富和突破，甚至颠覆。这一点，被叶勤和吴励生称之为“立足本土的原创性”。[①] 正是因为这样的自觉，他坚持文学的审美价值毫不动摇，反对把阅读当作解构的、无本质的、能指和所指的游戏。他主张文本解读就是“文本解密”，而且是深层解密，而不是任意解构。“回到文本的深层奥秘的分析中去”也就是文本中心论，是他一贯的思路。

基于此，他指出西方阅读学的缺失还在于：让读者和现成的文本对话，在这样的对话中读者的主体性只能是被动的甚至僵化的主体性，构不成主体间性的结构，只有让读者按创作论的想象与作者的创作过程对话，也就是设想自己在与作者对话，或设想自己也是作者，如何处理客体对象、提炼主体情感，使主体客体与形式之间的矛盾达到高度融洽，深入到文本、读者和作者三重的主体间的矛盾错位统一，深度的同化和调节中，才能对作者的匠心、

① 吴励生、叶勤：《解构孙绍振》，福建人民出版社，2008，第229页。

文本的奥秘进行解密，只有这样，读者的主体性才能得到充分的提升。

为解决当前文本解读的危机，孙绍振在前人的基础上，通过多年大量的文本解读实践，逐步建立起了自己的文本解读学。当中国清醒的学人感到西方文论不足以解决文学文本解读的任务，提出百年来引进的根本不是文学理论①，更有人提出以文学批评为“枢纽”建构中国的文学理论②，其目的都在建构对于文学阅读和文学创作有效的文学理论。孙绍振则在2015年出版的《文学文本解读学》中提出以作者身份和作品对话。③ 这就不但把叶圣陶的作家经验论提升到理论上，而且把西方文论中最精华的精神与之结合起来。他引用了海德格尔的话：

> 作品的被创作存在只有在创作过程中才能为我们所把握。在这一事实的强迫下，我们不得不深入领会艺术家的活动，以便达到艺术作品的本源。完全根据作品自身来描述作品的作品存在，这种做法业已证明是行不通的。④

西方文论在阐释审美唯一性方面的无效的根源正是海德格尔所指出的“完全根据作品自身来描述作品的作品存在”，孙绍振在数百篇的文本解读方面，用中国诗话、词话、戏曲、小说评点和作品在千百年、几代人的改造和提升过程中，为阐明其艺术的奥秘打开了一条新路。从郦道元的《三峡》，到《草船借箭》，从白居易的“回眸一笑百媚生”到林和靖的“疏影横斜水清浅”，从托尔斯泰对玛丝洛娃形象的修改到海明威对《永别了，武器》结尾的三十九次修订，都有极其细致的历史资源。这就把他在20世纪的《文学创作论》到21世纪的《文学文本解读学》统一为一个有机的系统。在此基础上，他提出，应该从创作实践和阅读实践为基

① 张江：《强制阐释论》，《文学评论》2014年第6期。

② 九西林：《以文学批评为枢纽的文学理论建构》，《文艺理论研究》2015年第3期。

③ 孙绍振：《文学文本解读学》，北京大学出版社，2015，第474页。

④ 马丁·海德格尔：《艺术作品的本源》，《海德格尔选集》（上），上海三联书店，1996，第297页。此引文为编辑所遗漏，后来孙绍振将之放在自选集《文学的坚守和理论的突围》中，该书为人民出版社出版，2015，见第8页。

础，而不是从西方美学为前提的演绎中，建立中国的文学理论，这样的思路是建设性意义的。

2015 年 11 月 29 日

（作者单位：福建师范大学海外教育学院）

方法与范畴：建构当代散文理论的可能性

——论孙绍振的散文研究

陈剑晖

尽管在古代，我国的散文理论和诗论一样享有崇高的地位，其成就和影响远超小说理论。但自近代以降，随着梁启超“小说界革命”的提出，尤其是西方文学理论的大规模介入，我国的传统文论特别是散文理论可以说是江河日下，不仅研究散文的从业人员无法与小说与诗歌相比，其研究观念的保守陈旧，研究视野的逼仄狭窄，研究方法的单一粗糙更是有目共睹。当然，中国现当代散文理论研究的薄弱，还表现在散文没有像小说、诗歌那样，建构起属于自己的散文理论话语。虽然自21世纪以来，散文研究出现了一些转机，一些有志于散文革新的中青年研究者开始了清理地基，搭建散文脚手架的工作，并出版了一批较有质量、产生了一定影响的专著。但从总体来看，散文研究仍远远落后于小说和诗歌，其前景仍不乐观。

正是在这个时候，孙绍振出场了。他的散文研究应运而生、横空出世，虽未能与当年《新的美学原则在崛起》那样万众瞩目，并成为文学史的经典，但作为“我最后关注的形式”①，孙绍振的散文理论研究与他的新诗理论、小说理论、幽默理论和中学语文教学改革一样，都是独树一帜、不可替代的。他的研究，不仅预示着散文“从文学理论的边缘向中心发出了一种生机勃勃的挑战”②，而且以观念、方法与范畴建构为引领，以其富于生命激情的原创

① 孙绍振：《灵魂的喜剧》，辽宁大学出版社，2000，第329页。

② 孙绍振：《中国现当代散文的诗学建构：理论建构的突破和前景》，《文学评论》2006年第5期。

性、独特性的研究，拓展了散文研究的视野，提升了当代散文研究的地位和声誉。

一 散文研究的方法问题

当代的散文研究，主要经历了三个阶段：第一阶段为20世纪60年代前后，《人民日报》等报刊以“散文笔谈”的形式讨论散文的“形散神不散”，散文的“诗化”以及散文是“匕首”“轻骑兵”还是“美文”等问题，这阶段关于散文的讨论基本上是印象式、随感式的，并没有触及散文的理论纵深问题。第二阶段为20世纪80年代，这一阶段主要是整理和发掘现代散文理论，出版了《中国现代散文理论》（俞元桂等编）等资料汇编。从80年代中期开始，还出版了《散文创作艺术》（佘树森）、《散文艺术理论》（傅德岷）、《散文天地》（范培松）、《散文技巧》（李光连）等著作。这些著作大都偏重从传统文章学的角度，探讨散文的立意构思、裁剪艺术、结构经营、景物描写和语言运用等散文创作技巧。尽管这时期的散文研究者均有良好的艺术鉴赏力，也试图寻找出属于散文的特征和规律，但由于观念较为保守陈旧，研究方法较为单一，加之缺乏现代的研究视野以及学理修养不足，他们的研究往往收效不大。第三阶段为21世纪的第一个10年，这阶段的散文研究者以学院派中青年学者为主，他们一方面有较好的学理修养；一方面有理论的自觉，尤其对构建当代散文理论话语表现出极大的兴趣。这一阶段出版了《中国现当代散文的诗学建构》（陈剑晖）、《真诚与自由——20世纪中国散文精神》（王兆胜）、《用生命拥抱文化——中华20世纪学者散文的文化情怀》（喻大翔）、《现代散文的建构与阐释》（黄科安）、《嬗变的文体》（李林荣）、《中国散文理论的现代性想象》（蔡江珍）等专著。这些著作，虽有较强的理论自觉和学术的雄心，也敢于挑战既定的散文成规，但因其学术的立足点还不够高，视野还不够宽广，尤其是散文研究的观念和方法还存在某些局限与欠缺，因此从整体看，这批有志于散文理论革命的学者尚未抵达他们设定的学术目标。

孙绍振的散文研究对现有散文秩序的超越，或者说他的独树一帜之处，首先在于他特别重视散文研究的方法。他有一种与生俱来的相对主义思维和怀疑气质，加之长期受黑格尔正反合思维模式和波普尔证伪说的影响，同时谙熟西方文学理论的各种流派和风格，所以他在进行散文研究时总能站在哲学和西方文化的高度，运用爱因斯坦所倡导的“两面神”的思维方法，将散文问题放在正反两极中检验。大体来说，孙绍振的散文研究，在方法论上有四个特点。

一是回归散文的历史，从原点上寻找散文的生长点和创新点，对散文进行原则性的抽象。在《世纪视野的当代散文》中，孙绍振先从哲学切入，运用哲学的方法来研究散文：“马克思说，人体解剖是猿体解剖的钥匙，这就是说，只有从当代高级形态俯视，才能发现低级形态的结构。应该补充的是，猿体解剖也是人体解剖的钥匙。只有解剖出历史胚胎（低级形态）的遗传密码，当代发展的必然性才能得到说明。”[①] 而后，他一方面从当代散文理论建设的高度，具体分析五四时期的散文理论建构，考察周作人提出“叙事与抒情”散文的时代背景，以及传统和西方散文的影响等因素，由此认为抒情性散文文体成为20世纪散文创作的主流，实乃历史选择的结果；另一方面，孙绍振又从钟敬文的“情绪与智慧”“超越的智慧”[②]，特别是从郁达夫的“散文是偏重在智的方面”[③] 的阐述，发现并抽象出了智性散文，使其成为中国当代散文的另一个理论基点。应该说，回归历史原点，从“五四”散文的经典文献中解释当代散文发展内在的、必然的逻辑，尽管过去有人涉及，但迄今为止，尚没人像孙绍振这样，既深入全面，又从方法论的角度，揭示出中国现当代散文历史发展的整个逻辑演绎过程。

二是从整体思维出发，将散文置于文学的整个系统之中，在散文与小说、诗歌的比较、联系和转化中来探究散文的奥秘。孙绍振认为，散文和其他文学形式一样，在表现人的心灵世界时，只能表现其局部的侧面，或某一方面的特征。因此，只有在文学的系统中考察它们的同与不同，才有可能洞悉其深层的玄机。为此，他分析了李白的诗歌和他的散文《与韩荆州书》、柳宗元的《江雪》和《小石潭记》在表情写景上的不同，并比较了散文和小说在叙事和塑造形象上的区别，由此得出结论：“如果诗由于形而上，故

① 孙绍振：《文学的坚守与理论的突围》，人民出版社，2015，第451页。

② 钟敬文：《试谈小品文》，扬哲编《钟敬文生平、思想及著作》，河北教育出版社，1991，第463页。

③ 郁达夫：《文学上的智的价值》，《现代学生》1933年第2卷第9期。

其形象乃是概括的、普遍的，意象是没有时间、地点，甚至没有性别的，那么散文则由于形而下，形象是特殊的，也就是有具体的时间、地点、条件的。”[①] 至于散文和小说，则主要是动态的错位和相对静态的统一：“散文和小说的错位之所以如此不同，是由于小说构成情节的法门乃是把人物放在动态中，也就是人物打出常规，揭示其潜在的、深层的奥秘，而散文则基本上是把人物放在静态的环境中，显示人物的心态，即人物与人物之间有所错位，也是在和谐统一的制高点上俯视的。”[②] 这种通过与小说、诗歌的比较、联系和转化，探究散文的特殊规律和内在奥秘的研究方法，与以往那种孤立的、静态的散文研究相比，不但显示出一种原创性的理论深度，而且能有效推进散文这一学科的理论建设。

三是归纳法。传统的散文研究之所以陷入困境，盖在于因循守旧和故步自封，研究视野过于狭小逼仄。此外，采用单一的社会政治批评方法，过于信奉机械反映论、狭隘功利论和内容决定形式论，也是散文研究裹步不前的原因。新一代的散文研究者试图引进当代西方的文化哲学、生命哲学和形式诗学，为当代散文理论带来新的突破和前景。不过他们所使用的逻辑方法，主要是演绎法。演绎法虽是普遍的逻辑方法，但它只能从已知到已知，不能从已知推及未知。它不能产生新知识，也不容易获得原则性的独到见解。所以，孙绍振更看重的是归纳法，即不是从推论开始，从概念定义出发，而是从事实出发，从个别的、具体的、特殊的感性上升为普遍的抽象。当然，孙绍振也清醒地看到归纳法的局限，即归纳法过于仰仗个人的经验，因而有可能带来某种狭隘性。而作为理论，它的基本要求是普遍性和普适性。这显然是一对矛盾。为了调和这种矛盾，孙绍振一方面最大限度地掌握经验材料，对个案进行精到细致的分析解读；一方面又以演绎法作为互补，这样就较好地避免了归纳法的局限。孙绍振散文理论研究中的许多思想含量丰盈、富有启示意义和学术发现的观点和结论，大多都是这两种逻辑方法相辅相成、相互作用的产物。

四是艺术分析的“还原法”。这一研究方法的特点是变被动为主动，不

---

① 孙绍振：《审美、审丑与审智——百年散文理论探微与经典重读》，广东人民出版社，2014，第42～43页。

② 同上书，第45页。

单要分析作品的外在形式和形象，还要将作家故意忽略，或故意排除，即将作家感知世界以外的东西还原并挖掘出来。比如在朱自清的《荷塘月色》中，作者营造了一个宁静安谧、幽雅孤寂的艺术世界，但这并不是清华园的全部。实际上，朱自清先生排斥了蝉声和蛙鸣的喧闹，才获得了这样的艺术效果。那么，朱自清为什么要排斥蝉声和蛙声？这种忽略或排除揭示了一种什么样的心境？表现出了一种什么样的矛盾状态？孙绍振认为，“这时候最热闹的，要数树上的蝉声与水里的蛙声；但热闹是它们的，我什么也没有”这一句，便是这篇看似和谐统一、自洽完整的作品的一条缝隙，只有抓住这句话展开分析，并还原作者故意排除的成分，才算是找到艺术分析的切入口，掌握了分析的主动权，并抵达解读的深度。孙绍振正是运用这种情感逻辑和思想艺术价值的“还原法”，解读了古今中外大量的散文、诗歌和小说，从而形成了另辟蹊径、独具一格的孙氏“文本解读法”。

以上谈的是孙绍振散文研究的方法问题。当然，科学有效、有可操作性的方法的采用离不开观念的更新，更离不开观念的引导。就孙绍振来说，我认为深厚的哲学功底、敏捷的思维、前卫的姿态、良好的艺术感受力，以及永远年轻的思想，是他天然的优势；同时不容忽视的一点是，他拥有一种现代意识的散文研究视野，而这是大多数传统的散文研究者所欠缺的。正因拥有这种开阔的现代意识，所以他不满于传统散文研究那种谨小慎微、安于“静态”的平衡格局，敢于打破散文的华严秩序，抛开定义、本质、创作技巧，以及叙事、抒情、议论的僵硬划分，并对“形散而神不散”“诗化”“真情实感”等散文观念发起挑战。同时在挑战中结合散文创作的发展，建构起新的散文理论范畴。可见，孙绍振的散文观和方法论不是封闭孤立、僵硬静止的，而是在否定之否定、在不断寻找差异和矛盾、在开放流动中前进的。唯其如此，他的研究才如此丰富多彩，而且富于生命的活力。

二 质疑批判精神的注入

过去散文研究之所以遭到诟病，原因正是“话语抚摸式”的溢美评论太多，而真正的独立见解，有质疑批判精神的散文批评太少。当然，此前林贤治曾写过十几万字的批评长文《五十年：散文与自由的一种观察》，对新中国成立后50年的散文进行了全面的质疑与重估。林贤治以冷峻的思考和批判的激情，横扫50年特别是“17年”的散文。他的文章贯穿着一股反对平庸专制、歌颂与载道的自由精神，在分析中不乏真知灼见。但是，林贤治的思维方式仍摆脱不了“匕首”与“投枪”的定势，有非此即彼的二元对抗局限。他对许多散文作家作品的判断过于片面、武断和绝对化，经常以个人好恶作为评定作家作品价值的标准，其批判的学理性也明显不足。相较而言，我更能接受孙绍振的质疑批判。在我看来，孙绍振的质疑批判，既高屋建瓴、雄辩滔滔，使论辩对手几无还手之力，又摆事实、讲道理，没有自以为是、真理在胸的盛气凌人。他的质疑批判，尽管尖锐犀利，一针见血，不留情面，但又没有片面、武断和绝对的偏执，而是遵循一个批评家的责任伦理和学理规范，并融进了相对主义的元素和庄禅智慧的机锋，同时体现出丰盈、强健的人格色彩。这样的质疑批判，其批评的立足点是坚实的，而其建立在逻辑和历史的统一，学理和文本细读之上的感性与理性，智慧与激情的融合，则充分显示了孙绍振作为一个优秀学者和批评家的专业素养。

孙绍振的质疑批判，贯穿于他的整个散文理论研究过程中。他对“文学史”或文学现象的批判，这类批判往往高屋建瓴，带有寻找规律的总结性意味。

作为理论，周作人的“叙事与抒情”，虽然并非散文的特点，但是，却感性地接触到散文“最简单、最普通、最基本、最常见、最平凡、碰到过亿万次”的“细胞形态”和“纯粹状态”，但是，这个观念带着感性的粗浅性，还不能直接成为逻辑起点，因为叙事与抒情二者是并列的，之间的关系是游离的，其中并不包含矛盾，也就缺乏发展的内在动力。在叙事过程中，情感居于何等地位，是不是存在着某种抒情之外的叙事？周作人没有来得及考虑。①

在指出周作人的“叙事与抒情”理论的不足后，孙绍振又从历史实践的角度，论证抒情和叙事是如何既矛盾又统一的。他以汉语“事情”的构词为例，指出在汉人的原始思维中，事中有情，二者是不可分割的。因此，

① 孙绍振：《审美、审丑与审智——百年散文理论探微与经典重读》，第16～17页。

抒情常常是渗透在叙事，包括静态的描述式叙事之中，即情事交融。当然，“情”作为叙事的主体，无疑处于主导的地位，以情为纲，情为事脉，主体情感的意脉决定了叙事的倾向。情的抒发，不取决于事的过程。相反，事的过程，往往由情的特征来定性，以情的曲折为事的过程的纲领，以情的深化为事的详略定量、定型，以情的意识，定空白，定节律，定结构，定文采。从另一个方面来说，纯粹的抒情，毫无叙事成分，除了在散文诗那样特殊的亚文类中，很难取得长足的发展。经过了一番论证后，孙绍振进一步指出：

> 正是由于对事和情二者互相制约的关系在理论上的模糊，导致了以后，在某种政治气候的作用下，散文文体的两度危机。一度是，孤立地强调叙事，以致于四十年代，以报告文学/通讯报告取代散文，到了五十年代初期，魏巍的朝鲜通讯《谁是最可爱的人》，巴金的《我们会见了彭德怀司令》成了最好的散文。而纠正这个偏向，把散文从实用文体解放出来的杨朔，又把抒情强调到极端，把每篇散文都当作诗来写的主张风靡一时，散文又一次作茧自缚。①

这一切都在说明，散文历史性的大发展和文体的衰弱，内在的原因在于散文文体的抒情和叙事的两个要素之间的矛盾平衡和失衡。外部政治环境，仅仅起推动作用而已。因为将叙事与抒情作为现当代散文的逻辑起点和主流，加上外部政治环境的影响制约，结果导致了散文文体的两度危机。又由于对智性的背离，使得现当代散文一方面迷信抒情；另一方面又放弃抒情，将散文等同于通讯或报告文学。在这里，孙绍振将他的质疑批判与清醒独到的历史观和史识结合起来，从而达到历史的发展过程和逻辑演绎过程的统一。

孙绍振的质疑批判，更多的是集中在个案身上。这一类质疑批判不但尖锐犀利，不留情面，甚至有点挑剔苛刻。比如对周作人，中国现代文学史一直将他奉为神明，不论是他的散文创作，还是他的散文理论，一概顶礼膜拜、赞美有加。然而孙绍振偏偏要反抗权威，打破迷信，甚至怀疑“周作

① 孙绍振：《审美、审丑与审智——百年散文理论探微与经典重读》，第17页。

人的散文大师称号是否名副其实？”请看他如何质疑：

> 由于历史的原因，我年轻时很少接触到周作人的散文。直到80年代初，上海古籍书店影印了一本薄薄的《知堂散文》，我邮购了一本。但翻阅之余，十分失望，觉得没有什么可看的，名噪一时的《乌篷船》，好像是一篇平淡的说明文。
>
> ……
>
> 然而，当我细读他的散文时，仍然觉得枯燥无味者多，尤其是他后期一些散文，绝大多数都是援引书面历史资料，说明性多于趣味性。就拿早期名著如《乌篷船》来说，我虽反复排除一切先入为主的成见，研讨再三，仍然觉得水平不过尔尔。周作人追求的不是朱自清式的浓郁抒情，他所追求的是“平和冲淡”的风格，在可以强化情感的地方，他却抑制情感，在可以铺张排比的地方，他却十分吝啬笔墨。但是我总觉得他的这种吝啬笔墨并未恰到好处。实在说，他的全部功力是叙述，他所回避的是一种西方现代文学所嫌弃的滥情主义（Sentimentalism），他所向往的则是西方现代叙述学所推崇的抑制性的叙述。但抑制过分，则要付出代价，那就是枯燥。周氏早期已有此弊端，晚年则更甚。[①]

对周作人的散文创作评价甚低，对钱锺书同样不客气。在《钱锺书的幽默缺乏宽容》一文中，孙绍振认为“在散文中，他是一个过度张扬的智者，他的幽默常常失去幽默家视为要义的宽容。钱先生的幽默，过分富于进攻性，属于硬幽默，与林语堂、梁实秋、余光中散文中自我调侃的软幽默正成对照。当钱先生的尖刻发挥到极端的时候，读者虽能莞尔而笑，但又不免叹息：何其毒也！”类似这样的质疑批判，在孙绍振的散文研究中，可谓是不胜枚举。比如，他认为“周国平是审智散文的代表性作家，但有时审智与感性、与抒情处于割裂状态，这就影响了周国平在散文创作上取得更高的成就”。而“梁衡全凭二手材料，从居里夫人到伽里略，从周恩来到瞿秋白，从辛弃疾到李清照，如此跨度的人文历史大大超出了他的才情和智力。

---

① 孙绍振：《挑剔文坛》，福建人民出版社，2011，第16～17、53页。

知识性的罗列，常常使人想起新闻记者笔法，而且，不免有‘硬伤’”。[①] 当然，在批判质疑的层面上，火力最集中、最猛烈的是对于林非的“真情实感”论的批判。

“真情实感”论是著名散文家、散文研究者林非先生于20世纪80年代提出的散文范畴。在《散文创作的昨日和明日》中，他认为：“散文创作是一种侧重于表达内心体验和抒发内心情感的文学样式，它对于客观的社会生活或自然图像的再现，也往往反射或融合于对主观感情的表现中间，它主要是以从内心深处迸发来的真情实感打动读者。”[②] 以后，林非又在《关于当前散文研究的理论建设问题》《散文研究的特点》《散文的使命》等文中，反复强调散文的“真情实感”这一理念，并将其定位为散文创作的基石，甚至提升到本体论的地位。应当说，作为对当时及之前散文界“假大空”之风的拨乱反正，以及对巴金的“说真话”“抒真情”的呼应，林非的“真情实感”论的提出不仅是及时的，而且是必要的。它对于散文创作和理论研究的推进可说是功不可没，其意义是当时的其他散文理论所不能比拟的。然而，“真情实感”论的确还存留着特定时代的理论痕迹，它的理论形态和内涵界说还有不少漏洞。所以，楼肇明在其主编的《繁华遮蔽下的贫困》一书中便率先发难，指出这一散文的基本观念存在着三方面的问题：其一，“真情实感”是一切文学创作的基础，不独只适合于散文，因而不能视作对散文文体的规范。其二，“真情实感”过于宽泛，不可避免会将一切非文学、非艺术的因素包括进来。其三，“真情实感”应有多个层次，不能笼统地一概而论。[③] 尽管楼肇明只是提纲挈领地指出“真情实感”论的不足，没有进一步展开分析，但我认为楼肇明的确击中了“真情实感”论的软肋，他的批评可谓切中肯綮，对我们进一步思考“真情实感”大有助益。

由于意识到“真情实感”论对于散文创作具有举足轻重的意义，同时，建构新的散文理论也需要清理地基，所以从2008年在《当代作家评论》发表《散文：从审美、审丑（亚审丑）到审智》开始，孙绍振连续发表了《世纪视野中的当代散文》《建构当代散文理论体系的观念和方法问题》

① 孙绍振：《审美、审丑与审智——百年散文理论探微与经典重读》，第108页。

② 林非：《散文创作的昨月和明日》，《文学评论》1987年第3期。

③ 楼肇明：《繁华遮蔽下的贫困》，山西教育出版社，1999，第5页。

《“真情实感”论在理论上的十大漏洞》《从文体的失落到回归和跨越》等一系列长文[①]，对中国现代散文史、当代散文理论体系，尤其是散文的“真情实感”进行了系统的反思、建构与犀利的批判。孙绍振认为，“真情实感”这个雄踞文坛几十年的散文“霸权话语”，其实是一个十分粗糙、笼统、贫困的概念。因为它“既没有逻辑的系统性，又没有历史的衍生性”。它之所以成为一种没有衍生功能的概念。就是因为，首先，它是一种抽象混沌，没有内部矛盾和转化。而实际上，情和感，并不是统一的，而是在矛盾中转化消长的。其次，“它号称散文理论，却并未接触散文本身的特殊矛盾。……揭示散文的真情实感与诗歌、小说的不同”。如果说，《散文：从审美、审丑（亚审丑）到审智》仅仅是批判“真情实感”论的开始，那么在以后有关散文的文章中，孙绍振不断增强了批判的火力，其文辞也越来越尖锐。在《世纪视野中的当代散文》一文中，他指出，从心理学来说，真情实感是矛盾的，与其说“真情实感”，还不如说“虚实相生”，比如范仲淹的《岳阳楼记》中所描绘的洞庭湖，便不是“实感”，而是“虚感”，而《荷塘月色》《背影》等散文中情感和感知的关系，也应该是虚实相生的关系，在这里，作者将“这些实感坚决地虚掉”了。而在《“真情实感”论在理论上的十大漏洞》中，孙绍振更是罗列了“真情实感”的十大罪状，即从范畴上违背了心理学的起码规律，与情感的审美价值背道而驰；漠视了真情与实感的矛盾和转化；以实用价值遮蔽了审美价值，机械地看待真情实感；无视真情实感和语言之间的矛盾；没有在审美和审丑中区别真情实感；真情实感论对阅读经验缺乏应有的自觉；存在着内容与形式单向决定论的不足；尚未粗具学科范畴的严密性和衍生性；等等。正由于存在着如此多的理论漏洞却享有如此高的权威，所以孙绍振认为：“真情实感”论在相当时期拥有无上的权威，至今仍得到学界人士的广泛认可，“只能说明这并不是林非先生的个人现象，而是国人思维的历史的局限。在这背后隐藏着一个思维模式，那就是线性思维”。[②]

孙绍振对“真情实感”论的批判不仅尖锐犀利，切中要害，而且佐以

① 孙绍振批评“真情实感”论的文章，分别见《当代作家评论》2008 年第 1 期、2009 年第 1 期、2010 年第 2 期；《江汉论坛》2010 年第 1 期；《名作欣赏》2008 年第 23 期。

② 孙绍振：《“真情实感”论在理论上的十大漏洞》，《江汉论坛》2010 年第 1 期。

文本分析和大量文学史材料。因而从总体看，这批文章立论鲜明，有理有据，论证充分，且才气横溢，富于哲学的思辨。然而，在赞同孙绍振的大部分观点的同时，我对他的批判立场、批判态度和一些观点并不完全认同。首先，我认为从总体来看，我们应历史地、客观地来看待“真情实感”论。这一理论产生于20世纪80年代中期，其时中国散文的上空正弥漫着“假大空”的迷雾，严重阻碍了当代散文的发展。在此情况下，林非感应着思想解放和反思大潮的脉动，适时地提出了“真情实感”论这一理论，这在当时的确具有“划时代”的意义。它不仅起到了拨乱反正、正本清源的作用，而且是散文界思想解放的标志。不错，由于时代的局限和认识水平的制约，林非的确没有将“真情实感”说得很全面和深入，这无论如何是一个遗憾。正因考虑到时代的因素和散文范畴的稀缺，我认为我们应像呵护眼睛那样来维护“真情实感”论，而不应对其过分苛求，甚至斥之为“连草创形态都很勉强”，是“极其粗鄙”的理论。在我看来，我们今天重新审视“真情实感”论，是因时代历史发展了，散文的语境也发生了极大的变化。因此，我们一方面不能死抱住某个散文观念当成永远不变的金科玉律；另一方面应立足于今天的高度，用现代的意识和发展的眼光来重新审视这个散文核心范畴，并在细致梳理的基础上将范畴学科化。其次，林非先生的“真情实感”论之所以得到普遍的认同，是由于他的理论既高屋建瓴、切中肯綮，又注重散文的审美性，贴近散文的本体。这正如林非先生在20年后反思“真情实感”论时所说：“觉得当时确实是没有将问题说得很全面和深入。在我自己的潜意识里面，应该始终都是注意文学创作的审美作用和艺术魅力的，然而在阐述自己具体的论点时，却偏偏没有明确地强调这一点，回想起来确实是觉得颇为遗憾的。”① 林非这段话，有两点使我感触颇深：一是他不是那种“唯我独尊”，自恃“一贯正确”，因此“死不认错”的所谓大家。他有自省意识、谦虚的君子风度和宽阔的胸襟，因此他勇于自责、敢于坦然地承认自己的研究“没有将问题说得很全面和深入”。二是他在提出“真情实感”论时，始终都是紧扣“文学创作的审美作用和艺术魅力”这一关节点。他既谈“真情”，也谈主体；既谈“感情”，也谈“人格”；既尊重“传统”，

① 林非：《对于中国现当代散文本体的深入探索》，《文艺争鸣》2006年第6期。

又强调“独创”；既注意到研究的“点”，更倾向于对“面”的把握，尤其是他将“真情实感”论的提出与作家创作的使命感，与整个民族的文化建设联系起来，这样就大大提升了我国当代散文研究的学术含量。这一点，我们在批判“真情实感”论时无论如何也不能忽视。

从上面的评论可见，林非的“真情实感”论不是一种浅层的、显露的感情传达，而是建立在“真诚”基础上的深层感情，而且他还一再强调这种感情的流露必须与自由自在的表达，必须与特殊性和独创性结合起来。我认为，我们只有用历史的眼光，同时从多元的角度考察“真情实感”，我们才能全面认知“真情实感”的理论价值，而不会认为它只是一个孤立的、零碎的，缺乏衍生性和自洽性的散文观念。

以上是对孙绍振质疑批判精神的一点异见，尽管可能有冒犯之嫌。不过，本着吾爱吾师，但吾更爱散文的原则和理念，我还是坦率、毫无保留地阐明了我的观点。

三　建立散文的“审智”范畴

如果说，广阔活跃的思维，现代意识的批评视野，对研究方法的重视，以及建立在学理上的质疑和批判，显示了孙绍振作为一个优秀散文研究者的气度和极为可贵的一面；那么，对散文理论范畴的建构，则体现出孙绍振不满足于现状，力图开创散文研究的大场面、大气象的学术雄心。

孙绍振不是那种满足于狭隘经验的学者，他的散文范畴的建构既有哲学资源的支持，又有历史的坐标。就哲学资源来说，他将康德的审美情感论与黑格尔的“美是理念的感性显现”结合起来，提出散文的“审智”范畴。就历史坐标而言，孙绍振认为，现代散文“审智”的源头可追溯到20世纪30年代。1933年，发生了关于幽默散文的论争，郁达夫写了《文学上的智的价值》一文，提出散文幽默需“以先诉于智，而后动及情绪者，方为上乘”。郁达夫特别强调散文的评论均以个人、个性为准则。在这里，他提出个人、个性需有一种约束，那就是“智的价值”。他甚至断言：“散文是偏重在智的方面的。”难能可贵的是，他指出智的价值，并不等同于理性价值和实用价值。他明确说智的价值“不在解决一个难问题（如国家财政预算书之类），也不在表现一种深奥的真理（如哲学论文之类）”，“而是要和情感的价值和道德的价值等总和起来”。[①] 可惜在以后的散文发展中，郁达夫的散文的“智的价值”被人们忽视了。从 20 世纪 30 年代中期至 80 年代，占据中国散文主导地位的一直是抒情散文。不过到了 20 世纪 90 年代，随着大量学者的介入，当代散文出现了一个明显的趋势，这就是智性的递增，与之相应的是抒情的消退。孙绍振的“审智散文”研究范式，正是在这样的背景下提出的。

在这样的历史背景下，孙绍振进一步指出，在散文写作中，感情与智性，是缺一不可的，它是达到散文内在平衡的需要。散文艺术不一定要用感情来打动读者，冷峻地从感觉越过感情，直接深入智慧，进行审智、审丑，同样也可以震撼人心。比如余秋雨、南帆、王小波的散文就是这样。

散文的审智，主要是指散文的思辨，它和纪实一起构成了散文区别于其他文学形式的独特现象。它使散文中拥有大量逻辑思辨的手段。一方面，把那些本来与形象的构成相矛盾的议论和那些抽象的概念分散在散文中，不以形象的辉煌摄动读者，而是以深邃的智性思维启动读者的智慧；另一方面，散文的审智理念必须借助或者依附于具体的特殊的审美形象。当然，应当看到，“在理论上，在实践中，感情与智性是矛盾的、有冲突的，智性需要冷峻，而情感则以热烈为特点。从思维规律来说，抒情逻辑是极端化的，带上情绪就意味着片面，与理性的全面性相冲突，思辨的深度就受到限制；而智性则容易滑向抽象性与全面性”。[②] 因此，在感性和智性的重新建构中，必须经历一个从审智到审美的转化过程。

也就是说，在孙绍振的“审智散文”研究范式中，审智不是单纯的智性写作。“审智”之所以属于美学范畴，就是它不完全是抽象的，它的出发点是感性的，与审美诉诸感情的不同是：它不但不诉诸感情，而且是有意超越感情，直接从感觉诉诸智性，对智性作感性的深化。对抽象的智性，具有

① 郁达夫：《文学上的智的价值》，《现代学生》1933 年第 2 卷第 9 期。

② 孙绍振：《世纪视野中的当代散文》，《当代作家评论》2009 年第 1 期。

某种“审视”或“审思”和话语更新的过程。“审”是一个过程，智性由于“审”，有了过程，而微妙更新了，“视”的感觉也强化了，向抽象向具象作某种程度的转化，也就有了可能。关键的是，把智性观念形成、产生、变异、转化、倒错乃至颠覆的过程在读者的想象中展示出来。缺乏这样的才力，有智而不审，就失去了从抽象到具象，从智性到感性，到审智升华的机遇。

审智功能本来是散文所特有的，散文本身就是智性和感性，实用和审美的两栖文体。孙绍振将“审智”引入到散文分类研究中，无疑带动了研究路径的改变，而他创造性的“审智散文”的命名，则拓展了散文的疆界和研究领域。它必将吸引一些勇敢的散文作家到文体的边疆作艺术的探险。尽管这是一个充满风险的领域，且缺乏必要修养的作家，很难避免牺牲在抽象的说教之中。但从余秋雨、南帆、王小波的散文中，我们已看到了成功的范例，也感受到了“审智散文”的魅力。

孙绍振的散文“审智”范畴，是从“审美、审丑”发展而来的。他考察了“审美”散文的历史选择和文体演变，“审丑”散文的主要特征、构成要素，以及从抒情的审美到幽默的审美的逻辑和历史的转化。在此基础上，他结合 20 世纪 90 年代以来当代散文的创作实际，即抒情的消退、智性的递增，并以余秋雨、南帆、王小波为重要观察点，以此来建构他的“审智”散文范畴。也就是说，从宏观、从历史坐标看，在孙绍振的散文谱系中，“从审美的叙事抒情散文，到审美的幽默散文，再到超越审美、审丑的审智散文，既是逻辑的展开，又是历史的发展，逻辑的起点和终点，也是历史的起点和终点”。[①] 尽管其间有自相矛盾之处，但这并不妨碍我们从总体论的高度来评判孙绍振“审智”范畴的理论价值。

无可讳言，孙绍振面对的是一个学术难题，一项艰巨的挑战，因散文理论的建构比之小说和诗歌要复杂、困难得多：其一，散文是一种宽泛无边、难以界定、不易把握的文体；其二，自现代以降，散文的理论在总体上相当贫弱；其三，散文不像小说、诗歌那样，有大量的外来理论可供依傍。尽管如此，孙绍振仍坚定相信：一张白纸、可以画出最新最美的图

---

① 孙绍振：《审美、审丑与审智——百年散文理论探微与经典重读》，第 39 页。

画。散文的理论建构，是大有可为的。而建构散文理论的当务之急，乃是思想的突围，即“积百年之教训，国人当自强不息，破除弱势文化自卑的文化奴隶心态，于西人束手无策之处，在建构散文理论中大展宏图”。[①]而要做到这一点，第一，须具备比前人更加宏大的气魄，熔古今中外于一炉，在错综复杂的外延中，以第一手的资料、原创性的概念，确立基本的范畴，并赋予范畴以内在的丰富性和有序自洽性。第二，在方法上，突破二元对立的思维模式，辅之以相对主义的三分法。第三，摒弃以机械的、静态的眼光对散文史做孤立直观的表层描述，而以动态的历史视野，将逻辑范畴与历史发展结合起来。正是基于上述的相对主义辩证法，孙绍振在文学性散文“审美”“审丑”的基础上，原创性地归纳、概括、抽象出“审智”散文的范畴。“审美”“审丑”与“审智”三个范畴既是自洽的、有序的范畴系统，又是一个在矛盾转化中互动的历史流程：“前一个流程蕴含着矛盾和不足，导致后一个流程的产生，弥补了前一个流程的缺陷，又产生了新的矛盾和不足，从而导致新的流程的产生。”[②] 这就是孙绍振的逻辑范畴与历史发展相结合的辩证法，也是他试图填补世界性的散文理论空缺的一个初步尝试。

四　中国学派的文本解读学

考察孙绍振散文理论研究，不能绕过、不容忽略的另一个问题，就是他的文本解读。

注重文本分析，这是孙绍振一贯的治学之道，是他学术安身立命的地方，这也是他区别并超越同时代许多学者之处。为什么孙绍振如此重视文本分析，因为他很早就意识到：“文学理论对文学文本解读的低效和无效，威胁着文学理论的合法性，这不但是中国，而且是世界性的现象。”[③] 不仅如此，孙绍振还直指问题的症结：我坚信文学理论基础是创作论，而百年以来的文艺理论，包括西方和中国的，都是哲学本源论和本体论为主导

① 孙绍振：《散文理论：审美和审智范畴的有序建构》，《学术研究》2015 年第 6 期。

② 同上。

③ 孙绍振、孙彦君：《文学文本解读学》，北京大学出版社，2015，第 5 页。

的，可以说离创作论越来越远。他从源头上追溯造成文本分析贫乏的原因，认为从柏拉图超验的理念开始，西方文学理论便具有美学化、哲学化的倾向。西方文学理论这种形而上、超验的追求，实际上使得文学文本解读与哲学的矛盾激化了："从方法来说，他们几乎不约而同地从概念（定义）出发，沉迷于从概念到概念的演绎，越是向抽象的高度、广度升华，越是形而上，与文学文本距离越远，越被认为有学术价值。对这样的文学理论，根本就不指望其具有文学文本解读的功能。文学文本解读追求对审美的感染力，文本的特殊性、唯一性，不可重复性的解释。它所需要的是与文学理论恰恰相反，越是具体、特殊，越是往形而下的特性方面还原，越是具有阐释的有效性。"[①] 西方文学理论的另一个偏执，就是过分执着于知识谱系的研究：许多西方理论家"不从创作和解读中寻求建构的基础，而是偏执于把文学理论当作一种知识的谱系，从知识谱系中建立理论，由于知识谱系相对于文学创作和文学阅读经验的不完全性，以及其抽象的普遍性与文本的无限丰富性和特殊性存在永恒的矛盾，因而，造成理论的架空"。[②] 孙绍振还对英伽登、尹瑟尔、德里达、尹格尔顿等西方文论大家的文学理论进行了尖锐的批评。这些批评既体现出了孙绍振坚定的批评立场，还体现了他独立思考，不跟风、不人云亦云的批评个性。他不像时下的许多中国学者那样，唯西方文学理论的马首是瞻。他们不是从中国的传统文学宝库，或从当下的创作中发掘建构具有中国学派的文本解读学，而是用西方的美学、哲学理论去硬套，好像不上升到美学、哲学就不是学问。事实上，文学研究一旦陷入一种理论预设，只剩下一些宏观的、概括性的理论，那么它的文本解读一定是无效的。在这一点上，孙绍振看得很清楚，他在这方面也有不少相关论述，所以他的文学理论包括散文研究从来都不会因崇洋媚外，或线性思维而自我窒息，陷入空对空的自我循环、自我消费的怪圈。

正因不唯西方文学理论的马首是瞻，有中国的立场和独立批判精神；同时，又看到西方文学理论的致命伤："就文学文本解读的要求而言，西方那

① 孙绍振：《文学的坚守与理论的突围》，第 7 页。

② 孙绍振：《西方文学理论危机和文学文本解读的建构》，《中国社会科学》2012 年第 5 期。

些纯粹从理论到理论的文学理论就算是没有偏颇，也是空洞的，无血肉的骨架。”[①] 这样，孙绍振便有足够的勇气和底气来建构他的中国学派文本解读学，以及开辟他的散文研究。概括来说，孙绍振的文本分析，具有三方面的特点：其一，理论应该是开放的、应该从文本解读的深化中获得生命。一味封闭，则不可避免地要面临李欧梵先生所说的“理论破而城堡在”[②] 的结局。其二，理论只有与文学创作结合起来，并以创作论为基础，在独到细致的文本解读的过程中才能获得血肉和灵魂。其三，在这样的前提下，具体问题具体分析，将在普遍概括过程中牺牲掉的特殊性、个别性的东西挖掘出来。为此，孙绍振采用了比较法、隐性矛盾分析法、艺术感知还原法、古典情景与现代情理映衬交融法、历史语境与母题互补法，等等。关于孙绍振在建构中国学学派文本解读学方面所采用的方法，我在前面谈观念和方法时已有所涉及，此处从略。下面重点谈他在散文文本的解读方面的实践。

孙绍振对散文文本的解读，大致上可分为两类。

一类是对当代著名散文作家作品的解读，如对余秋雨、王小波、南帆、舒婷、周晓枫等作家的研究。这一类的文章不是很多，但在孙绍振的散文研究中有着不容忽视的价值。如以余秋雨为研究对象的《余秋雨：从审美到审智的“断桥”——论余秋雨在中国当代散文史上的位置》[③] 就是一篇不可多得的散文作家论。文章首先将余秋雨置于散文史的背景下进行考察，充分肯定了余秋雨“为当代散文作出了历史性的贡献”，认为“他为中国当代散文开拓了一个新的艺术天地，提供了一种广阔的视野，从文化历史的画卷中展示文化人格的深度”。而后从抒情逻辑和学术“偏见”两方面，对余氏的散文创作包括某些所谓“硬伤”进行有理有据的辨析。当然，这还不是这篇文章的重点。这篇文章的亮点，它的最值得称道之处，是通过对余秋雨的《一个王朝的背影》《这里真安静》《沙原隐泉》等作品独到而精细的文本解读，指出余秋雨的不同凡响，是善于借助自然山水

---

① 孙绍振、孙彦君：《文学文本解读学》，第 11 页。

② 转引自孙绍振《文学的坚守与理论的突围》，第 3 页。

③ 孙绍振：《余秋雨：从审美到审智的“断桥”——论余秋雨在中国当代散文史上的位置》，《当代作家评论》2000 年第 6 期。

和传统的人文意象，以有别于流行的话语内涵和方式，建构起了一种“余秋雨式的话语”。这种话语方式的特征是：第一，它“是文化诗性的，同时也是哲理诗性的”。第二，它的“表层是文化的阐释，而在其深层，则是生命哲理的崭新概括”。第三，这种话语有着“激情与冷峻的内在张力”。而更为可贵的是，余秋雨的散文尽管偶尔有滥情、矫情，有“硬伤”和感情失去控制的时候，但总体来看，“他的智性追求和他的诗情在话语的重构上取得了某种平衡”。正是这种文化想象和艺术平衡，给余秋雨的散文带来了新质：“他的文化散文不是传统的性灵小品，更不是‘匕首和投枪’所暗示的轻型艺术话语，他的散文是货真价实的大散文话语。‘五四’以来，中国现代散文除了极少数篇章以外，还没有他这样熔思想、智慧、情感于一炉的大容量和大深度的话语。”总之，余秋雨的散文，是在历史的难题面前应运而生的。在孙绍振看来，他在当代散文史上的功绩，就是从审美的此岸架设了一座通向审智的桥梁。尽管由于余秋雨并不愿放弃审美和抒情，因此这座桥梁有可能是“断桥”，但余秋雨在中国当代散文史上应占有重要的地位。文章气势恢宏，元气充沛，行文雄辩，而且理论坚实，见解独到，论证充分，富于原创。而这些富于原创性的独到见解，都是从具体细致的文本分析中抽象出来的。也正因此，我在一篇总结新时期以来30年散文研究的文章中，认为孙绍振此文“是一篇代表了当代散文作家作品研究水准的文章”。[①] 值得指出的是，不仅评论余秋雨的文章是这样，孙绍振研究其他散文家，比如评论南帆、王小波、舒婷、周晓枫等的文章，也都具有将学术眼光、文本分析、感性与学理性相交融的特点，体现出相当高的学术水准。

第二类是对入选中学语文教材的散文文本进行的解读。由于孙绍振长期关注中学语文教学与教改，并为之倾注了不少心血，所以这一类的文本解读特别多。如《反讽和抒情的统一——解读阿长与〈山海经〉》《在曲折逻辑中深化的杂文式抒情——解读〈记念刘和珍君〉》《爱的隔膜和难言之隐——解读〈背影〉》《超出平常的自己和伦理的自由——解读〈荷

① 陈剑晖、司马晓雯：《星垂平野阔，月涌大江流——新时期散文三十年》，《中国社会科学》2009年第2期。

塘月色〉》《悲凉美、雅趣和俗趣的交融——解读〈故都的秋〉》《听出整个生命的文化记忆——解读〈听听那冷雨〉》等等，举凡有几十篇之多。这些文章大抵以微观为基础，采用了具体分析的方法。不过，这里所说的“具体”，不是通常所说的感性意义上的具体，而是建立在对隐性矛盾直接分析，有多重的层次和规定性，内涵十分丰富的“具体”。举例说，在传统的中学语文教学中，一般都以叶圣陶对《背影》的评论为依据，认为《背影》全文“以背影为主脑”，采用简洁朴素的叙述方式，含蓄表达了儿子对父亲的深情。这样的分析当然没错，但过于简单表面，在方法论上属于直观概括的方法。孙绍振自然不会满足于此。他不但抓住“背影”这个聚焦点进行具体细致的分析，而且从“我赶紧擦干了眼泪，怕他看见，也怕别人看见”这句话中，发现了儿子对父亲的爱和父亲对儿子的爱的不平衡，正是这种爱的不平衡或者爱的错位，导致了爱与被爱的隔膜。这是第一层。第二层，从这样的矛盾缝隙中，孙绍振进一步发现：“《背影》的动人，不但在于刻画了父子之情，而且在于父子之情的动态转化”，即不是静态地，而是动态地将原来不平衡的父子之情转化为平衡的父子之情，这样的感情转化，特别容易引起读者的共鸣。最后一个层次，孙绍振还结合《背影》的结尾，以及朱自清父亲的道德失范及朱家生活的窘迫，分析作为儿子的“我”从隔膜、懊悔到忏悔的心理历程。的确，这样从矛盾入手的具体分析，应该说是深刻独特、内涵相当丰富的。它的奇妙之处就是把被理论抽象掉的血肉还原，让其焕发出独特的光彩。毫无疑问，这样的分析，既是对传统语文教学的深化和超越，也是对余光中先生批评《背影》流了四次眼泪，因而“失之伤感”、失之浅薄的回应。而像这样精彩的经典文本解读，在孙绍振的散文研究中还可举出许多。限于篇幅，在这里就不一一举例。

孙绍振的散文研究，是他诗学思想的重要组成部分。尽管涉及较晚，其影响力尚不及其他方面，但孙绍振在这方面的研究具有标杆性的意义，值得我们认真加以梳理和总结。当然，对于孙绍振来说，散文研究既不是起点，也不是静态的终点，而是奔向终点的动态过程。在这个过程中，独特性、创造性和开放性永远是它的生命。我坚信：凭着孙绍振先生的学术理想和学术信仰，凭着他对散文的热爱，他一定能为中国当代散文做出更多的贡献。这样的期待对于一般散文研究者可能是一种苛求，但对孙绍振这样学养深厚、富于生命激情和创造力的大家，这样的期待也许不是奢望。

（作者单位：华南师范大学文学院）

寻找“新的美学原则”

——孙绍振散文理论批评体系的建构

王炳中

散文在中国古代文学史上曾有着显赫的地位。五四以后，由于“人的文学”的提出以及自我的发现，散文也迎来了新的转机和考验。纵观过去一百年，散文创作虽说不上繁荣，但也名家辈出，作品风格林立，思潮跌宕起伏，并与小说、诗歌、戏剧并立为四大文类。与此不相称的是，20 世纪的中国散文理论建设却显得较为滞后和短缺，没有建构起一套有别于小说、诗歌的理论话语，基本上处于一种集体“失语”的状态。散文理论建构的滞后，既缘于散文文体自身的不确定性，也与研究者观念的陈旧保守和对散文认识的偏差有关。尽管如此，仍有不少学者迎难而上，希冀为散文理论研究开辟一片新天地。孙绍振就是其中的佼佼者。孙先生有言：“散文是我最后关注的形式”，“对于散文，我觉悟得相当晚”。但是他以独到的原创性思维和方法，确立了散文理论的新范式，拓展了散文理论批评研究的空间，是独树一帜的。因此，对孙绍振的散文理论批评进行一番梳理和述评显得很有必要。

一

曾有人感叹：“散文领域几乎是一个丧失了艺术标准的领域。”“散文界差不多成了歧义最多的一个文学领域。”① 这事实上指出散文文类边界的模

① 祝勇：《一个人的排行榜·序》，《一个人的排行榜》，春风文艺出版社，2003，第 2、7 页。

糊和尴尬，尽管长期以来，理论界也试图建立某种文类标准，希望“散文门户的独立，属于小说的还给小说，属于诗歌的还给诗歌”。[①] 但问题在于散文如何在与其他文类的比对中凸显自身的形式美学？此类问题的解决，无疑均须在深入把握散文形式审美规范的基础上进行。在这方面，孙绍振有着自己独到的认识，他对散文文类形式的强调，对文类之间的越界及其危险的警醒，都是他散文理论建构的起点。

孙绍振认为，散文理论的贫困与混乱，“究其始终，是准则的混乱，是由于理论的混乱，而理论的混乱，则根本上是由于思想方法的混乱，甚至幼稚”。[②] 他认为，散文文体（文类）界定的混乱源于其自身成立之初的草率，因此，他依据恩格斯“只有从当代高级形态俯视，才能发现低级形态的深层结构”的观点，对“五四”以来散文理论建设的得失做了一番正本清源的梳理。孙绍振认为，周作人的《美文》作为现代散文理论建设的经典文献和出发点，给中国现代散文的发展留下了诸多后患。周作人提出“美文”写作只要“抒情叙事”，这人为地限定了散文文体的美学内涵。因为不论从中国传统散文来说，还是从西方文学历史来说，散文除了抒情叙事，还有更重要的智性议论。也就是说，除了情趣，还有智趣。其次，周作人还强调“美文”写作须“真实简明”便好，这又造成了散文美学内涵的模糊不清，因为真实简明并不是散文的特点，而是许多文类写作的基本要求。孙绍振认为，现代散文长期沦为抒情“小品”，或者如鲁迅所忧虑的“小摆设”，缺乏宏大的思想容量和高贵的精神品位，周作人难辞其咎。理论上的幼稚和混乱，使得散文隐藏着阵发性的文体危机，其严重性威胁到散文的生命，造成了中国散文特有的基因残缺。[③]

孙绍振所说的危机就是散文叙事和抒情失去了平衡。首先是叙事压倒抒情。中国现代散文在20世纪30年代受到政治风潮的影响，尤其是苏联的巨大影响，产生了一个报告文学创作的高潮。这时候，周作人、林语堂等人提倡闲适、性灵小品失去了合法性。到了40年代，抗日民族危亡时期，这一

① 贾平凹：《散文研究·序》，《散文研究》，河北大学出版社，2001，第2页。

② 孙绍振：《散文：从审美、审丑（亚审丑）到审智——兼谈当代散文理论建构中历史的和逻辑的统一》，《当代作家评论》2008年第1期。

③ 孙绍振：《警惕散文的第三次文体危机》，《文学报》2011年10月13日。

趋势更加明显。而在解放区，纯抒情性的散文几乎毫无立足之地，相反的是通讯报告一枝独秀。这一情况一致延续到50年代，当时被广为推崇的是魏巍的朝鲜通讯《谁是最可爱的人》、巴金的《我们会见了彭德怀司令员》等。至此，散文的叙事走向了极端。作为对这一危机的纠弊产生了另外一种倾向：抒情化。那就是杨朔、刘白羽等人倡导把散文当成诗来写，把散文从通讯报告的实用价值观念中解放出来，但同时又将其纳入到诗的牢笼。[①] 但诗与散文各有自己的审美属性，把散文变成诗和把散文当成报告文学来写，在思维方法的片面性上一样有害，特别是因为有诗的外衣，散文的诗化更有隐蔽性和欺骗性，当多愁善感失去智性的节制，感伤就随之而来，导致滥情、矫情者比比皆是。直至20世纪80年代，抒情散文还热闹了一番，报刊上充斥了“小女子散文”“小男人散文”。

严格来说，孙绍振将20世纪散文自身发展的种种挫折和弊端归之于周作人“美文”留下的隐患，显得有点绝对，而且将几十年来散文的发展简化成叙事与抒情两种审美方式的变更，与周作人将中国文学简化为载道与言志两股潮流交替运行一样，忽视了散文史发展的丰富皱褶。但另一方面，站在文体史的高度，他对20世纪散文发展得失的清醒认识，特别是对于五四散文理论话语只停留于印象随想式，缺乏必要的理论论证和系统建构，导致此后的散文在叙事与抒情中徘徊的论证，却也抓住问题的另一个要害，为我们考察20世纪散文创作提供了一个新的视角。更为可贵的是，孙绍振在理论的建构上有破有立，凭借其深厚的美学修养，重新创制了一套散文文体理论。

孙绍振对散文文体特质的提炼往往是在与其他文类的比较中完成的，他认为：“孤立地讲散文，是很难总结出散文的特征来的。”[②] 因此，他通过对经典性文本的精彩分析，从形象、情感特征方面对散文、诗歌、小说作了充分的比较，在归纳出各自基本特征的基础上，彰显散文的本体特征。就散文与小说而言，其形象都产生于生活特征的个体化和情感的个体化，但二者之间在情感特征及其构成上有所不同。就情感的特征来说，散文主要表现已经

① 孙绍振：《世纪视野中的现当代散文》，《当代作家评论》2009年第1期。

② 孙绍振：《文学性讲演录》，广西师范大学出版社，2006，第333页。

意识到的情感，而大量的情感是在潜意识中，而小说却是常打破常态心理结构，把潜在的意识、人格挖出来，揭示人性的奥秘。就情感的形态来说，散文的情感层次最多是双重的，而小说往往包含“多层次复合情感”。散文与诗的比较是孙绍振文类比较的重点。诗与散文都侧重于主观表现，都是主情的，因此在创作实践上，曾长期把散文当作诗来写。虽然“杨朔式”诗化散文模式在理论、实践两个方面均已被打破，但在许多人的潜意识、显意识中，还是有着对所谓诗化的迷信迷恋，变相或类似的散文理论、散文作品依然广泛存在。孙绍振对此有清醒的认识：“就文学形式的审美规范的特殊矛盾来看，散文与诗有根本的区别，诗与散文属于不同的文学性别，这一界限是不可混淆的。”① 并一再强调：“我觉得当前最重要的就是不要让诗变成散文，也不要把散文变成诗，否则，只能使诗与散文两败俱伤，诗不像诗，散文又不像散文。”② 孙绍振还着意辨析既是诗人又是散文家的作者在诗与散文中的不同，同一作家同一内容作品在散文与诗中的不同，同一内容在散文与诗中的不同表现形态等，得出了散文与诗在审美规范上的诸多不同之处。就形象而言，而散文的对象则是具体的、特殊的。就情感特征而言，散文与诗虽然都可以抒情，但散文的情感表达是在常轨以内的，细致而又现实；而诗的情感则相当概括和超脱，往往越出常轨，并使感觉产生变异。基于这种认识，孙绍振对散文创作、散文理论中的激情滥情、独尊抒情等主张进行了批判。因为这种做法会导致汪曾祺所说的：“过度抒情，不知节制，容易流于伤感主义。我觉得伤感主义是散文（也是一切文学）的大敌。”而孙绍振则进一步指出：“感人并不一定抒情，不一定要美化、诗化。……我们要防止一种迷信，或者防止一种误解，以为散文只能是抒情的。”③

从文体比较的角度互相照亮各自的异质性，此前已有研究者做了尝试，但大多是浅尝辄止，或者泛泛而谈，无法触及散文的本质，像孙绍振那样依托个人深厚的美学修养，通过对具体作家作品精微的品鉴，深入比照各种文体的形式因素，进而确定散文固有的美学特质，并将之系统化、理论化，这

---

① 孙绍振：《文学创作论》，海峡文艺出版社，2007，第 376 页。

② 孙绍振：《文学性讲演录》，第 344 页。

③ 孙绍振：《文学性讲演录》，第 340 页。

样的研究，在目前的学术界少之又少。

二

散文文类的规范，首当其冲的是散文理论范畴的厘定。散文理论范畴是散文研究的逻辑起点，虽然近百年来散文理论界曾提出了许多概念范畴，如“美文”“絮语散文”“性灵散文”“大散文”“纯散文”“在场散文”等散文概念，又提出了“匕首”“投枪”“轻骑兵”“形散而神不散”“讲真话”“真情实感”等美学范畴，但这些概念范畴要么没有统一的标准，缺乏严密的逻辑，失之于简单和宽泛，要么脱离创作实际，成为一种空洞的口号。对此，孙绍振提倡从逻辑与历史相结合的角度建构起有序的散文理论范畴。在他看来，所谓的逻辑与历史的结合，犹如资本论中高度抽象的逻辑范畴：商品，它既是资本主义的逻辑的起点，也是资本主义的历史的起点。这个范畴不是静止的，而是有着内部矛盾的、运动的，是在不断地转化与衍生的。依据这样的理论，他将文学性散文归纳为“审美”“审丑”“审智”三大范畴，在他看来，这三个审美范畴既是逻辑的有序演化，又符合历史的发展进程，是散文自身内部矛盾所引起的转化与衍生的结果。

审美散文指追求美和诗意的抒情散文。但孙绍振对这种拘于审美价值散文的自我遮蔽却采取批判的态度。他认为从散文的胚胎形态开始，其审美价值与实用理性是错综交错在一起的。但正如上文所说的，从周作人开始，排除了散文的智性（理性），只追求它的“叙事与抒情”。理论上的自我遮蔽，致使散文曾经过度关注审美抒情，画地为牢，影响了后来者的散文理论范畴的建构。在此，孙绍振着重批判了20世纪80年代以来流行最广的“真情实感论”。这一理论主张“散文创作是一种表达内心体验和抒发内心情感的文学样式”。“它主要是以内心深处迸发出来的真情实感打动读者”。显然，真情实感论对于冲破散文机械反映论和狭隘功利论，把散文从认识论和狭隘功利的枷锁中解放出来具有重要的意义。但孙绍振却以其积淀深厚的美学修养和运用自如的辩证分析法，揭露了“真情实感论”的理论漏洞。他认为，真情实感并不是散文的特点，而是一切文学共同的性质。对它的强调，只是一种历史的偶然，它最初出现在五四时期，是对“瞒和骗”的文学传统的反拨，后来在新时期，是对“假、大、空”政治图解的颠覆。因此，把这种理念从具体的历史语境中抽象出来，作为散文的永恒的性质，实质上是以抒情为半径为散文画地为牢。[①] 此外，孙绍振还指出“真情实感”论是一种抽象混沌，没有内部的矛盾和转化。而实际上，情和感并不是统一的，而是在矛盾中转化消长的。[②] 由此可见，孙绍振反对的并不是创作上正常的文学抒情，这从他对《荷塘月色》《故都的秋》等众多经典抒情散文的赞赏即可见出，他反对的是苍白、空洞的理论范畴在指导散文创作上带来抒情失范的危害。因此，在散文理论范畴的建构上，孙绍振主张从历史的丰富和复杂中，寻求总体的和个案的深邃奥秘，显示了自觉的理论原创意识，正是如此，近十年来，他不懈地宣扬“审丑”和“审智”散文。

孙绍振所说的“审丑”散文不是指写作对象的丑，而是指情感上的冷漠。冷漠是最根本意义上的丑。因此，“审丑主要集中在反抒情、反煽情、反滥情上。因为在很长一段历史时期，抒情是通用手法，抒情滥了，成了套路了，为文而造情了，虚情假意了，抒情变成俗套了，也就引起厌倦，结果走向反面，干脆不动情”。[③] 但孙绍振又认为，中国当下还没有真正意义上的审丑散文，只有以幽默散文为代表的亚审丑散文。在孙绍振看来，幽默散文与抒情散文相反，不追求美化与诗意，它把表现对象写得很煞风景，甚至令人恶心，但它又并不冷漠，它有感情，不过不是诗意的感情，而是一种调侃的感情。因为它的情感并不冷漠，也就不是绝对意义上的丑，而是亚审丑的。孙绍振的审丑理论是他从众多的创作实践中总结出来的，又是他多年研究的幽默理论在散文领域的演绎，因而是独树一帜的，是他对散文理论的贡献。

孙绍振所说的审智散文是指尽量逃避情感，不审美也不审丑，而以睿智为主，以智性为特点的散文。孙绍振认为，审智散文的出现是历史的必然，也是逻辑的必然。抒情太滥，幽默太油，走向极端，走向反面，必然要逼出反审美、反抒情、反幽默的审智散文来。学术界历来对学者散文等审智散文的探源说法不一，但大多是从外部因素来进行观照，孙绍振却反其道而行，

---

① 孙绍振：《散文：从审美、审丑（亚审丑）到审智》，《当代作家评论》2008 年第 1 期。

② 孙绍振：《“真情实感”论在理论上的十大漏洞》，《江汉论坛》2010 年第 1 期。

③ 孙绍振：《文学性讲演录》，第 359 页。

从文体自身的发展规律加以探讨，摒弃了社会反映论的隔靴搔痒，这也正是他“历史与逻辑”这一方法论的自觉应用。

关于散文的“智性”问题，前人早有关注，钟敬文就提出过散文须有“情绪和智慧”，郁达夫也提出“情智合一”的观念，台湾散文也有感性散文与知性散文之分。但是，上述种种，意在强调智性之于散文的重要，强调散文中智性成分之于提升散文的层次，避免肤浅滥情的意义，并非散文的理论范畴。而孙绍振的“审智”则是感觉、情感、智性三个层次、三位一体的研究。他眼中的审智散文并不会放弃或放低文学性标准，在他看来，“审”是关键，抽象的智性与文学性是有矛盾的，但在“审视”的过程中智性得以延长，“视的感觉也强化了”。“关键的是，把智性观念形成、产生、变异、转化、倒错乃至颠覆的过程在读者的想象中展示出来。一般作家没有意识到这一点，缺乏这样的才力，因而就造成了有智而不审的现象。这就失去了从抽象到具象，从智性到感性，从审智到审美转化的机遇。”[①] 艺术既是感性的，又是理性的。“审智”排除情感，但必须保持足够的感觉和智趣，“讲道理你可以没有感情，但你得有趣味”。而正是“散文的情感和趣味决定了散文的感染力，即审美价值”。[②] 所以，最终这种智趣的获得，感染力的增强，促使其向审美价值转化。这就将审智散文与一般应用性议论文、学术评论、学术论文区别开来，也避免因绝对的“审智”而导致的“滥智”，这也是孙绍振对潘旭澜、周国平等人散文有所保留的原因。

三

与散文理论建构相得益彰的是，孙绍振在散文批评实践方面也做出了独到的贡献，特别是他对众多散文经典名篇的重新解读，以及由此提炼出来的一套可操作性文本细读法，不仅改写了阅读史，而且对于散文教学甚至写作都具有重大的指导意义。

孙绍振的文本细读法的核心是还原分析法。还原分析法并非孙绍振的原

---

① 孙绍振：《散文：从审美、审丑（亚审丑）到审智》，《当代作家评论》2008 年第 1 期。

② 孙绍振：《文学性讲演录》，第 341、342 页。

创，古今中外的许多阅读鉴赏理论中都可以发现他的影子，这一点孙绍振自己也承认过。但是另一方面，能像孙绍振先生这样重视还原，深化还原，并把它发展成文本分析的一种具有可操作性的系统方法的，只有孙绍振。孙绍振还在还原的基础上进行细致入微的比较、分析，并“由此建构起系统分析层次：第一，价值观念（真善美）的还原和比较；第二，艺术感觉和科学实用感觉的还原和比较；第三，情感逻辑和理性逻辑的还原和比较；第四，历史的还原和比较；第五，文体的还原和比较；第六，流派的还原和比较；第七，风格的还原和比较”。[①] 在这一意义上，孙绍振是唯一的、创新的。

孙绍振对众多散文作品的阅读和分析，充分体现了对其理论方法的自觉运用。孙绍振认为伟大的作品都是天衣无缝的，所谓还原分析就是要把原本统一的对象加以剖析，这就不应该从统一性出发，而应该从差异性或者矛盾性出发。散文是一种自我与个性表现最为直接的文体，在看待散文作家与作品的关系时，以往的批判鉴赏往往用一种“同一”或者“统一”的思维，将现实社会中的作者和作品中的作者画上等号，这就掩盖了两者的差异或者错位。孙绍振认为，一切形象与表现对象和作者心态并非是同一的，而是经过心灵和形式同化了，和原生的状态相比，是发生了质的变化的。只有将原生的状态，也即没有经过同化的状态还原出来，揭示二者之间的差异，也就是矛盾，进行分析才有可行性。如在分析《醉翁亭记》时，孙绍振就批判了那种认为欧阳修政治上不得意，在写作中也必定充满苦闷情绪的思维。他认为在分析《醉翁亭记》的时候，应该从“醉翁之意不在酒而在乎山水之间也”入手。“醉翁之意”在现实中是很难实现的，但因为有“醉”，摆脱了现实的政治压力，就进入了超越现实的、想象的、理想的与民同乐的境界，享受了精神的高度自由。因此，文章强调的应是山水之乐、四时之乐、民人之乐、太守之乐。如果拘执于欧阳修的现实政治遭遇与心情的统一性，就是用现实境界来压抑艺术，形而上淹没了复杂的、多变的结构。[②] 应该说，孙绍振在文本内外寻求作者差异的方

① 孙绍振：《微观分析是宏观理论的基础》，《福建论坛》2006 年第 2 期。

② 孙绍振：《文本分析的七个层次》，《语文建设》2008 年第 3 期。

法，为摆脱传统庸俗的社会反映论，创设一种新的文学外部分析研究提供了一条可行的路径。

在文本内部的分析鉴赏上，还原法也显示出了巨大的理论穿透力。孙绍振认为，艺术之所以成为艺术，就是因为它不等同于生活，而是诗人的情感特征与对象的特征的猝然遇合，这种遇合不是现实的，而是虚拟的、假定的、想象的。这种真与假的矛盾就成为还原分析的入口。在分析朱自清的经典名篇《荷塘月色》中，他指出朱自清在《荷塘月色》中创造了一种宁静、幽雅、孤寂的境界，但清华园一角并不完全是寂静的世界；相反，喧闹的声音也同样存在，不过朱自清将其排除了。因此，他特别指出原文中“这时候最热闹的，要数树上的蝉声与水里的蛙声；但热闹是它们的，我什么也没有”一句话的重要性，忽略了这句话，也就失去了分析的切入口，也就看不出《荷塘月色》不过是朱自清在以心灵同化清华园一角宁静景观的同时，又排除了其喧闹的氛围而已。如此，分析就无从进行，就不能不蜕化为印象式的赞叹。在这里，我们可以发现孙绍振的自觉方法论意识事实上沉淀着传统与现代美学理论。一方面，他对作品里面情感特征与对象特征真假矛盾的揭示，当然是来源于他对黑格尔逻辑理论和辩证法的熟稔运用；另一方面，他指出朱自清心灵同化宁静景观、排除喧嚣氛围的观点，实际上是对中国传统散文“文气说”的无形化用，“文以气为主”，气之所至，万象归一，这一凝聚力量的生成也是创作对象不断地被选择、删削的过程，孙绍振在多篇文章中谈到的“意脉”及其同化作用，也即这一原理。

孙绍振的文本分析，还善于将散文文本与诗歌、小说文本作比较，从文体形式的差异入手，特别是从相同题材内容、不同形式的作品对比入手，揭示散文文本的独特性。这既有同一作家不同文体创作的比较，也有不同作家不同文体创作的比较。他以柳宗元为例，指出其散文《小石潭记》中，虽对自然景观发出真诚的赞赏，但那种美，是远离尘世、超凡脱俗的，“寂寥无人，凄神寒骨，悄怆幽邃”，“其境过清”，欣赏则可，“不可久居”。于是，柳宗元就坦然地离开。孙绍振认为，柳宗元性格的一个侧面是比较执着于现实，这在《小石潭记》等散文中得到了自如的表现，而在诗歌中表现出来的则是另外一面，那里充满了不食人间烟火的气息。诗歌《江雪》强调的是生命的“绝”和“灭”，一个孤独的渔翁，在寒冷、冰封的江上，是“钓雪”，而不是钓鱼，不要说“其境过清”，就连寒冷的感觉都没有，孤独本身就是一种享受。这和散文中“其境过清，不可久居”的境界大不相同。[①] 抓住散文里的柳宗元和诗歌中柳宗元的差异，加以分析比较，比之一味承认只有一个统一的柳宗元要深刻得多。孙绍振认为，不仅内容可以决定形式，形式也可以迫使内容规范。以上形式差异的美学分析，正是他这一观念的践行。

四

毫无疑问，不管是散文理论的建构还是散文的文本分析学，孙绍振的理论都是系统的、自洽的、周延的，相比当下的文学理论界一味地对西方文论亦步亦趋，丧失自身话语权的做法，显然高明得多。众所周知，散文理论的贫困是一个世界性的问题。西方文论中，没有与中国“散文”相对应的概念，甚至散文不是作为一种文体而存在，遑论有系统的理论建构。因此，当西方各种小说、诗歌、戏剧理论源源不断涌入中国，并被学术界拿来放在中国文本上操练的时候，散文理论界却显得冷冷清清，散文本体理论的述说仍重复着“五四”以来的那些老话，散文文本的批评鉴赏依旧在重复着几千年来的印象感悟式评点。这时候，孙绍振散文理论的横空出世，对长期以来散文理论存在的一些积弊做了彻底的清理，将散文研究本土化的同时，也赢得了学术研究的主体性。一方面，不管是对散文文类规范的重新制定，还是散文理论范畴的提炼，还是文本的还原分析，他都是立足于具体的散文文本，文本永远都是他理论的逻辑起点和终点，即使援引外来理论，如黑格尔的逻辑学和辩证法，他也是在文本中将之化为自己的血脉，成就他历史和逻辑的展开。这与那些只会机械地图解西方理论的研究者们大相径庭。另一方面，孙绍振的理论概括和分析，永远都有一个活跃的“读者主体”。他的理论来源于他的精微细致的阅读，他总是在阅读中发现自己，在文本中发现自己。譬如他所提出的“还原分析”阅读法，通过俯视、平视、仰视，深入

① 孙绍振：《文本分析的七个层次》，《语文建设》2008 年第 3 期。

作品进行灵魂探险，感觉是他的，分析和概括也是他的，一切都是发前人所未发，道时人所未道。有论者指出："在所有的中年理论家当中，我以为，孙绍振是最有理论建树的一位。他在向传统、向权威挑战的勇气上，在思维的广阔、敏捷和深度上，在强大的艺术感受力和理论体系的自足上，在抽象思辨的能力和对不同文体经验的积累和比较上，所表现出来的综合理论素养，在他那一代人中间无人能出其右。"[①] 这实在是中肯之言。

（作者单位：福建师范大学文学院）

① 谢十架：《智者的理论——孙绍振的思想风度》，《当代作家评论》1996 年第 4 期。

典范已立：把情感逻辑原则贯彻到底

——读孙绍振最新著作《月迷津渡》

吴励生

坦率地说，在全球化视野中关注和推动中国现代文论的发展与创新，文论界一些学人的主张和努力颇值关注。最流行的当然还是与西方文论的最高水平接轨的说法，而最前沿的说法当是：中国学者基本无法在世界文论前沿发出自己的声音（王宁）①；相对重要的则是，中国传统的感兴批评文论的再生（王一川）。王宁先生文化学术批评成就颇高，但在世界文论前沿“发出自己的声音”恐怕并非仅仅就是在外国号称“权威刊物”发几篇论文，若跟那种最流行的说法和主张一样，缺乏中国自身的“实体性”建设支持和起码的互动平台，所谓“世界最高水平”就可能变成“世界最低水平”。其实，笔者最关注的还是王一川先生的主张和努力，而且已经关注多年。遗憾的是，王一川先生本人虽然著述颇丰，可究竟“如何再生”本身却始终没有特别有说服力的成果，尤其是“可操作性”让人心存犹疑。

而今孙绍振新著《月迷津渡》出版，就给人以可靠的说服力的同时还具有很强的“可操作性”，尽管孙氏本人很长时间以来一直存在有某种程度上的“弱国心态”，并跟近年因“中国崛起”而形成的没有来由的“自我膨

① 王宁具体这样表达：“具有反讽意味的是，在国内，我们所从事的是西方语言文学教学和研究，而到了国外，我们则被看作是来自中国的代表，即使想发言也只能就中国问题发言，或者就与中国问题相关的话题发言，否则你的权威性就是大可怀疑的。”见王宁《国际人文社会科学研究中的中国话语权》，载《中国社会科学辑刊》2009 年冬季卷（总第 29 期）。

胀”形成了极大反差，对此，笔者始终持有保留意见。在笔者看来，无论是“弱国心态”还是“强国心态”，其基本依据均在于“现代性”之消长——事实上，“现代性”是个开放性概念，并非像人们曾经简单以为的那样是传统与现代二分，同时也并非像人们以为当下所谓（经济）中国崛起便“信心满满”，就意味着现代性的可能实现。表现在文学领域，特别是“五四”时期伴随着“文学革命”的同时，便是“整理国故”思潮，五四作家的文学实践则更是中国“史传传统”与“诗骚传统”的内在转化与创造（陈平原）[①] 和“晚明小品”与（英国）“幽默小品”的内在演化与超越（孙绍振）[②] 等。更为重要的是，在全球化语境之中，由全球化所不断激化和塑造的本土性始终处于对立统一之中，现代“后发”国家就像早年（1500 年以前）穷困潦倒的欧洲在发现新大陆以及新历史那样，在建立现代先发国家的“镜像”并与其不断“对话”中重新建构自身。这一点，在孙氏的文论创造中其实一开始就表现出极大的自觉，从他最早的对来自苏俄的“美是生活”命题的激烈批判直至延伸到当下的对西方文论的某种程度上的坚决清算等，均是如此。尤为难得的是，《月迷津渡》一跃而开出新境，在对美国“新批评”以降的西方形式主义文论予以迎头痛击，并转身接续了中国感兴批评的文论传统，同时还颇为雄辩地继续把他自己形成于 20 世纪 80 年代的美学原则贯彻到底。

一

不好说《月迷津渡》的写作是否为了回应某些读者在读过孙氏著作《名作细读》之后发出的“孙氏‘细读’者，得力于‘美国新批评’者也”的幼稚言论。孙氏在新旧世纪之交强力介入中学语文教育以来，差不多与 20 世纪 80 年代的理论创新与推动反向而行。他曾吃惊地发现，中学语文教学的知识结构严重落伍——“落后当代文学理论三十年”，于是他毫不犹豫地、不遗余力地为中学语文教师们提供出了大量鲜活的教案：除了应教育部

① 请参阅陈平原《中国现代小说叙事模式的转变》，北京大学出版社，2003。

② 请参阅孙绍振《建构当代散文理论体系的观念和方法问题》，《当代作家评论》2010 年第 2 期。

之邀重编中学语文课本之外，更是奉献出了如《名作细读》（上海教育出版社，2006）、《孙绍振如是解读文本》（福建教育出版社，2007）等大面积文本细读个案。需要特别指出的是，这些文本细读，尤其是收入第一本《名作细读》中的诸如“为什么吴敬梓把心理疗法改为胡屠户的一记耳光”“薛宝钗、安娜·卡列尼娜和繁漪是坏人吗”“祥林嫂死亡的原因是穷困吗”“关公不顾一切放走曹操为什么是艺术的”“海明威修改了三十九次的对话有什么妙处”“为什么猪八戒的形象比沙僧生动”等，其间贯穿着的本来就是他早在《文学创作论》中即已形成的特有的情感逻辑原则和错位的美学原则。然而，多年过去以后，孙氏除了对仍有人以为其细读“得力于‘美国新批评’”表示遗憾[①]之外，对“许多第一线的老师，很喜欢我的文本解读，却忽略了我的解读理论基础”[②]只有苦笑，至于说“20世纪末，我批判人民教育出版社一套以‘新’为标榜的课本，曾经指出其理论落后当代文学理论三十年。当时，许多人质疑是否言过其实。今天看来，在情节这一理论上的落后可能已经超过了千年，而不是三十年”，就不能不说有些悲愤了。略加细究，我们当然可以找出众多的原因，但最重要的恐怕还是对艺术真理的漫不经心之故，不要说多为“稻粱谋”的教师们了，即便是所谓学者们不也以没有理论的“文艺理论家”竞相标榜么？孙氏所谓落后“超过了千年”也许确实有点言过其实——君不见，即便是五四大师们创建的学术传统我们也差不多丢个七零八落。

当然，孙氏说法是有根据的。他通过对《孔雀东南飞》的文本解读提出：“五个人物，从五个方面，出于五种不同的动机把压力集中在刘兰芝和焦仲卿身上……从这五个方面的情感因果统一为完整的情节结构可以看出，长诗的情节是非常成熟的。要知道，当时甚至稍后的叙事作品，包括具备了小说的雏形的《世说新语》、魏晋志怪，都还只是故事的片段，因果关系并不完整，即便那些完整的故事（如周处除害、宋定伯捉鬼），也只限于理性的，或者超自然的因果，其规模也只是单一因果。而这里，却是多个人物、

---

① 孙绍振这样表示他的遗憾：“说者全系一片美意，殊不知本人不但难以领情，反而颇有委屈。对于美国新批评的所谓‘细读’，我只能用在《新的美学原则在崛起》中引起极大震动的‘不屑’来形容。”见孙绍振《月迷津渡》“自序之一”，上海教育出版社，2012，第1页。

② 孙绍振：《月迷津渡》，第29页。

几条线索的情感逻辑把主人公逼到别无选择的死亡上。”说到该长诗的“伏笔”匠心，他说道：“这一点不可小觑。这种为最后的结果埋伏原因的手法，出现在早期叙事诗中，可以说是超前早熟的。要知道，在叙事文学中，这种手法的运用，差不多要到《三国演义》时才比较自觉。在短篇小说中，即便宋元话本中，都还不普及，通常采用‘补叙’的手法……”[①] 奇怪的是，当下流行的却仍然是开端、发展、高潮、尾声的“情节四要素的弱智理论”，这就不能不让孙氏感到悲愤了。问题是在此平面狂欢的时代，又有几个真的愿意去理解孙氏总是出于历史与逻辑的辩证追求的那种高度与深度呢？按笔者的主张，与其慨叹“人心不古”不如重新确立自己的学术传统——顺便说一句，孙氏在对“美国新批评”以及西方文论的批判时总是喜欢引用李欧梵的一段精彩说法，但恕我直言，无论李氏还是孙氏，其实都忽略了人家的学术传统，自启蒙运动以来，无论是启蒙还是反启蒙，人家追求真理的理性精神从来就没有断裂过，至于不同学派究竟有多少存在的合理性另当别论，其间最为可贵的则是不同学派的互为推动集腋成裘，成就一个又一个的辉煌时代——而在中国，“曲学干禄”“浮说惑人”在当下常常有更大的市场。因此，我更愿意回到孙氏所奠定的逻辑传统和美学原则中去，继续探究孙氏理论的内在合理性和超越性。

特别不可思议的是，介于古稀和耄耋之间的孙绍振，居然可以在理论上更上层楼而又开出新境，居然可以继续展示其早已自洽的逻辑体系之中的“未尽之才”。尽管如所周知，历史与逻辑的双重辩证统一的追求，孙氏最早开始于《文学创作论》写作期间的教学与科研活动，而且几乎一开始他即采用了“六经注我”的立场与方法，不管他所坚执的“六经注我”是否有“六经皆史”的变相说法。事实上，中国文学史上的许多经典现象在孙绍振那里始终颇受重视，更不用说中国古典文论的相关范畴尤其是吴乔的“诗酒文饭”之说一开始就得到了创造性转化，《论变异》一书即可视为代表性成果。但可能是“为学次第”的原因，最后打通文学史、文学理论和文学评论“三驾马车”的，却是这部最新著作《月迷津渡》。熟悉孙氏文论

① 此处几段引文均引自《〈孔雀东南飞〉：情节的情感因果关系》一文，见孙绍振《月迷津渡》，第28～32页。

的人，一定清楚他在许多文论创造中存在着的一种惊人的直觉能力，或者毋宁说早期的苏俄文论和后期涌入中国的西方文论，在许许多多地方扭曲甚至强奸了他的这种艺术直觉和理论直觉，从而让他常常感到恼怒。因此孙氏文论的草创阶段就是以巨大的反弹乃至以“冲决罗网”的勇气著称的，更是以借用诸如马克思《资本论》中的从“细胞”形态出发进行研究和分析的方法却并不采用其研究的结果，从而完全区别于他的前辈们和后辈们要不倒向苏俄文论之果为因要不倒向当代西方文论之果为因，形成他的体系性创新理论。在之后的勃发以至不断蓬勃起来的文论创造中，他又跟中国最早接触西方的晚清一代学人有着巨大不同，一是现实语境不同：晚清学人引进西方观念意在促进中国的现代化，孙绍振所面临的语境则是中国的现代化本身出了大问题。二是知识背景不同：晚清学人仍然是义理、考据、辞章三合一，孙绍振面临的则是文史哲不仅分家而且各自为政的知识状况，即便是局限于文学领域也早已是文学史、文学理论、文学评论“三驾马车”各说各话，已经很难重新整合并提供出系统的解释理论。在此意义上，《月迷津渡》对“三驾马车”的打通具有重大的时代意义和理论价值。

二

现在我们再来看孙绍振对自己几十年的文论所做的一些总结。除了大家耳熟能详的部分之外，在该书封底第一次赫然宣称：“从根本上说，我的细读，是中国土生土长的。我的追求，是中国式的微观解读诗学，其根本不在西方文论的演绎。其实践源头在中国的诗话词话和小说戏曲评点，师承中国文论的文本中心传统。”孙绍振如此宣称当然有他的道理。孙绍振几十年左冲右突，便是为了冲破许许多多的话语障蔽，揭示艺术的真理，解开艺术本真的奥秘，又由于历史和现实的乃至个人的原因，尚有千古未发之覆有待完成。

陈一琴先生的《聚讼诗话词话》一稿邀请孙绍振“每题后作评”成了孙绍振阐发自我理论的重要契机，“为陈君试作数篇，蒙陈君首肯，书稿乃改称《聚讼诗话词话辑评》。值此《月迷津渡》付梓之际，又蒙陈君慨然应允，将我执笔之《古典诗歌中的情理矛盾和“痴”的范畴》《古典诗论中的

“诗酒文饭”之说》《古典诗歌中的情理矛盾和“无理之妙”的范畴》《古典诗话情景矛盾中的宾主、有无、虚实、真假》编入第一章相应个案分析之后。另一部分，系对古典诗话千百年来一些争讼的试答，《唐人绝句何诗最优》《唐人七律何诗最优》，则编入最后一章。如此，余建构中国式微观解密诗学，乃更有学术基础。陈君惠我如此，非感激二字可以尽意也”。[①]这倒是大实话。在以往的孙氏文论中，虽然时有可见其对文学史的经典现象以及文学作品阅读史（包括小说戏曲评点）的检测与检阅（比如《文学性讲演录》《演说经典之美》等），但毕竟“六经注我”的才子派头太大，终究显得支离。更为紧要的是，当年打扫理论战场的任务繁重，似乎只有在某种程度上的理性凯旋之后，方能迎来一个新的契机，而且这样的契机还是那样的可遇不可求（天不作美、难尽其才倒是众所周知的常态），于是就出现了孙氏个人“为学次第”上的前后奇观。

我不敢肯定孙氏在21世纪之后是否重新确立了新的研究典范，但我能肯定在《月迷津渡》里确实出现了全新的贯通。这个贯通逻辑仍然是他几十年一以贯之的情感逻辑的前后打通，用孙氏自己的话说，其采用马克思《资本论》中的从“细胞”形态出发进行的分析的方法，也即人体解剖是猿体解剖钥匙的方法也即从最高级的阶段回溯过去的方法，既不是从低到高也不是从高到低而是从中间截取较为典型的形态进行研究的方法。[②]《月迷津渡》仍是围绕往日中学语文教育以及课本所选经典文本的话题展开，但其理论话语本身的贯通则已远远超出了以往的话题范围。他从《诗经》的经典性表达讲起，也即从中国情感原则的源头讲起，尽管“典型的形态”分析仍是唐诗。

也许应该特别指出，这里最重要的贡献在于对传统“意境”理论范畴的全面超越。如所周知，自从晚清王国维“然沧浪所谓兴趣，阮亭所谓神韵，犹不过道其面目，不若鄙人拈出‘意境’二字，为探其本也”[③]，从而“引得无数英雄竞折腰”，在王国维之前与之后文论中，“意境”和“境界”的术语不断勃发起来并越来越广泛使用，相关研究文献更是汗牛充栋。遗憾

① 孙绍振：《月迷津渡》“自序一”，第3页。

② 参见孙绍振《演说经典之美》，福建教育出版社，2009，第277～278页。

③ 王国维：《人间词话》，上海古籍出版社，2004，第11页。

的是，相关理论终究含义漂浮尤其在文本分析上一直存在难以深入下去的痼疾。不能说王国维不高明，也许恰是王国维先生太过高明，因此不免仍带有传统词话的印象式、感受式的点评方式——尽管他在《人间词话》的“总论部分”已经采用了尼采的“醉境”“梦境”去对接佛家的“境界说”，在西学东渐的语境下对传统诗歌做出了新的体认，同时采用“主观/客观”“有我/无我”“理想/写实”等西方概念又做了进一步阐发，但是，在后面篇幅很大的“具体批评”里，却仍然缺乏具体分析——如果不能有王国维先生同等的艺术修养，很难体会到他所表达妙处，这样就给众多后来者似是而非、众说纷纭乃至层层话语障蔽留下了巨大空间。孙绍振的高明也众所周知，但他的高明与王国维的高明颇为不同，这就是从“诗酒文饭”之说独拈出“变异”二字来探其本，从而形成雄辩的情感逻辑并进入广泛而深入的文本分析。而《月迷津渡》所做出的“全面超越”就是从历史和逻辑的双重视角，重新凸显了中国人的情感表达并更彻底地贯通了他的情感逻辑变异原则。

我们先看一下孙氏“全面超越”的具体例子。他分析曹操的《短歌行》，把“宏大的气魄就隐含在若断若续的意脉中”并把“揭示意脉连续的密码”，作为解读任务。窃以为，“意脉”二字是《月迷津渡》一书的关键词，王国维说“‘红杏枝头春意闹’，著一‘闹’字，而境界全出。‘云破月来花弄影’，著一‘弄’字，而境界全出矣”。[①] 这种感受性虽然很深刻，却毕竟是一种悟性的深刻，很难也基本无法是理性的分析。孙绍振说“对酒当歌，人生几何？譬如朝露，去日苦多。慨当以慷，忧思难忘。何以解忧？唯有杜康”，“‘苦’作为‘脉头’，其功能是为整首诗定下基调。从性质上来说，是忧郁的；从情感的程度来说，是强烈的。‘慨当以慷’，把二者结合起来，把生命苦短的‘慨’变成雄心壮志的‘慷’慨。这就从实用理性的层次，上升到审美情感的层次。苦和忧本是内在的负面的感受，而慷慨则是积极的、自豪的心态。将忧苦上升为豪情，这在中国诗歌史上，是一个突破”。[②] 之后他对传统文学母题做了诗歌史意义上的检测，如从屈原

① 王国维：《人间词话》，第 9 页。

② 孙绍振：《月迷津渡》，第 19 页。

《离骚》的“豪情”、《文心雕龙》讲的“建安风骨”，到《古诗十九首》的主题转化（感情的性质从悲凄转向豪迈）等，又对《短歌行》阅读史做了辨析：“在《短歌行》的阅读史上，苏东坡可能是最早读出了其中的雄豪之气的……这种化忧苦为慷慨、‘享忧’的主题，日后成为古典诗歌的核心母题，到唐代诗歌中，特别在李白的诗歌中，发扬光大，达到辉煌的高峰。”[①]就在这反复交替的诗歌史检测与阅读史辨析中，更是如鱼得水般地展开他一贯的出神入化的文本分析，他把《短歌行》的意脉衍生分析出了一系列节点：“关键应该在情感的逻辑的‘偏激’，意脉的衍生、曲折和起伏。首章的悲怆慷慨，末章的浪漫乐观，构成了一个二元对立的转化。主题在多个节点的呈示、展开中盘旋升华。第一个‘脉头’是‘苦’和‘忧’；第二个，是感叹悲怆，变成雄心壮志的‘慷’慨；第三个，是‘解’（‘何以解忧’），寻求解脱期望；第四，是‘沉吟’；第五，‘不可断绝’的忧心；第六，‘鼓瑟吹笙’的欢庆；第七，‘契阔谈宴、心念旧恩’的温馨；第八，‘何枝可依’的怜悯；第九，‘天下归心’的浪漫，这也是意脉的脉尾，与首章对比，构成一个完整的情感过程。其间情感的衍生、变化特别丰富。”[②]这里我省略了其精致分析的过程，仅仅把分析结果端出即已足见其分析魅力，从而与包括王国维在内的传统诗话（词话）偏于感受与印象的评论彻底拉开距离，尽管其“实践源头在中国的诗话词话和小说戏曲评点”，确实是“师承中国文论的文本中心传统”。

当然，最为关键的还是孙氏本来就是个经验论者而并非唯理论者，否则这个“师承”就可能被打折扣，而不是相反被发扬光大。也正因此，他才能毫不费劲地一下子就又“话说从头”，从《诗经》《楚辞》开始重新探讨中国人的情感表达方式。比如从阅读史的角度分析了《诗经》中名篇《关雎》《蒹葭》，关于前者他说：“政治道德教化观念在《关雎》的阅读史上曾经拥有雄踞数千年的经典性，如今看来，不过是历史云翳，其学理价值，还不如孔夫子的‘乐而不淫，哀而不伤’以及注家们的‘怨而不怒’”（之后指出其与“愤怒出诗人”以及浪漫主义总结的“强烈的感情的自然流泻”

① 孙绍振：《月迷津渡》，第20页。

② 同上书，第23页。

西方文论的各执一端的不同源流）。[①] 关于后者他还做出了比较和推进：“一开头的‘蒹葭苍苍，白露为霜’表面上和‘关关雎鸠，在河之洲’这样从环境写起的写法异曲同工，但是，实际上很不相同，《关雎》是兴而比，而这里却既不是兴，也没有比喻的意味。它是典型的‘赋’，可谓直陈其景。八个字中，‘蒹葭’、‘白露’两个意象，加上衍生属性也只有‘苍苍’、‘为霜’，就提供了一幅图景。‘蒹葭’加上‘苍苍’，构成了视野开阔的图景，得力于‘苍苍’与茫茫的潜在联想；而‘白露为霜’，不但在色调上与苍苍形成反差，而且由芦苇之苍苍隐含着广阔的水面，又提示着秋晨的清寒和邈远。所有这一切表面上都是景语，实际上都是氛围的烘托，其中蕴含着某种清净空灵之感。这一切都是为了和“伊人”的阴性气质高度统一”（之后他纠偏“伊人”可以是贤才、友人、情人乃至功业、圣境等阅读史上的误读，突出了《蒹葭》的核心审美价值，指出其艺术的生命当然集中在爱情的朦胧缠绵、捉摸不定）。[②] 我们不该忘记，情感变异和感觉变异是孙绍振文论和解读文本中最为活跃也最为精彩的“灵视”因子，不能稍不留神就被他牵着鼻子走，尤其不能忘记的是在其解读的背后始终存在有潜在的“美的结构”，尽管这个结构常常会被他自己的这种活性因子所冲击并产生审美规范的变化。

也就是说，艺术变异和理论变异才是孙绍振文论始终如一的关键，至于理论以及理论范畴则可能会经常发生变化或者被推进。比如“乐而不淫”（孔子）、“发愤以抒情”（屈原）、“以天下大义之为言”（邵雍）、“诗有别趣、非关理也”（严羽）以及感性的诗话词话在情与理之间凝聚出的一个新范畴——“痴”，还有“诗言志”“文载道”，直至“把情志艺术化解放出来”等。他说：“‘痴’，建构成‘理（背理）—痴—情’的逻辑构架，这是中国抒情理念的一大突破，也是诗歌欣赏对中国古典诗学的一大贡献……‘痴’这个中国式的话语的构成，经历了上百年，显示了中国诗论家的天才，完全不亚于莎士比亚把诗人、情人和疯子相提并论。”[③]“诗酒文饭”之说和“无理之妙”的范畴，是孙绍振文论的最早理论生长点，在这里也出

① 孙绍振：《月迷津渡》，第 7 页。
② 同上书，第 11 ~ 14 页。
③ 同上书，第 39 页。

现了一些新的变化，除了跟西方自亚里士多德以降的诗与哲学和历史的关系的三分法相区别的中国传统的诗与散文的（言志与载道）二分法，他后来仍然强调诗更接近哲学（也即形而上）的概括之外，他继续指出："吴乔这个天才的直觉，在后来的诗词赏析中没有得到充分的运用。如果把他的理论贯彻到底，认真地以作品来检验的话，对权威的经典诗论可能有所颠覆。诗人就算如《毛诗序》所说的那样心里有了志，口中便有了相应的言，然而口中之言是不足的，因而还不是诗，即使长言之，也还不是转化的充分条件，至于手之舞之，足之蹈之，对于诗来说，只是白费劲，如果不加变形变质，也肯定不是诗。"[①] 在"无理之妙"范畴中，他除了发扬往日即已做出的现代解释和推进之外，如："理性逻辑，遵循逻辑的同一律，以下定义来保持内涵和外延的确定。情感逻辑则不遵循形式逻辑同一律……苏东坡和章质夫同咏杨花，章质夫把杨花写得曲尽其妙，还不及苏东坡的'似花还似非花'，'细看来不是杨花，点点是离人泪'。从形式逻辑来说，这是违反同一律和矛盾律的。闺中仕女在思念丈夫的情感（闺怨）冲击下，对杨花的感知发生了变异。变异是情感的效果，变异造成的错位幅度越大，感情越是强烈。"并指出："在这方面，我国古典诗话有相当深厚的积累。贺裳《载酒园诗话》卷一并《皱水轩词筌》，吴乔《围炉诗话》卷一提出的'无理之妙'的重大理论命题，不但早于雪莱所提出的'诗使其触及的一切变形'，且比艾略特的'扭断逻辑的脖子'早好几个世纪，而且不像艾略特那样片面，把'无理'和'有理'的关系揭示得很辩证。"之后更是直指美国"新批评"把一切归诸修辞的局限："其实，修辞不过是用来表达情感的手段。千百年来，众说纷纭的李商隐的《锦瑟》在神秘而晦涩的表层之下，掩藏着情感的痴迷。'此情可待成追忆，只是当时已惘然'，是很矛盾的。'此情可待'，说感情可以等待，未来有希望，只是眼下不行，但是又说'成追忆'，等来的只是对过去的追忆。长期以为可待，可等待越久，希望越空，没有未来。虽然如此，起初还有'当时'幸福的回忆，但是，就是'当时'也明知是'惘然'的。矛盾是双重的，眼下、过去和当时都是绝

① 孙绍振：《月迷津渡》，第 74 页。

望，明知不可待而待。自相矛盾的层次越是丰富，就越显得情感痴迷。”[①]

也许应该指出，无论是艺术的变异还是理论的变异，在孙绍振那里总是以情感逻辑和形式规范的相对独立存在为前提的。相对于思想观念、政治经济以及社会历史可能容易发生变化，情感逻辑和表现方式的变化则缓慢得多，这就为孙氏讨论各种各样的问题提供了相当程度的自由，加上孙氏的经验论色彩，始终主张以创作检验理论而不是相反，因此他的“美的结构”问题也就始终处于不断演化状态，并在任何时候任何状况下讨论任何哲学问题、美学问题和文学问题都能做到进退有据而且挥洒自如，在任何时候讨论任何问题也都是为了文本分析的有效性：他发明了诸多“还原的”解读方法如此，眼下回到创作史、阅读史乃至理论话语史的方法则更是如此。《月迷津渡》除了经典诗词个案研究之外，单列了古典诗词常见主题分析、古典诗词常见意象分析、古典诗词常见主体情感体验分析等，从不同的主要侧面对传统文学母题的历史演变、演化乃至演进进入了系统评析，而古典诗词美学品评和古典诗歌宏观解读，则是孙氏文论经典的再现，后者干脆就是发“千古未发之覆”。当然，笔者最喜欢也最推重的仍然还是他细胞意义上的经典文本分析。如前所述，他的理论变化或者推进也即常出现在他的分析的发明当中，这回所做的情感逻辑的前后左右打通当然也不例外。

我们再来看一下孙绍振的最新发明：“在读者和作者文本之间，文本无疑是中心。文本由表层意象、中层意脉和深层文学形式的审美规范构成，其奥秘在千百年的创作时间中积淀。一般读者一望而知的只能是表层，教师、论者的使命乃是率领读者解读其中层和深层密码。”[②] 如他分析曹操《短歌行》提出的多个意脉的节点时还说道：“显性的跳跃（断）与隐性的衍生（连），形成了一种反差、一种张力，构成了一种‘象’断‘脉’连，若断若续，忽强忽弱，忽起忽伏的节奏……不同性质、不同强度的情致交替呈现，显示了诗人心潮起伏的节律，本来有点游离的意象群就此得以贯通。”（这便是孙氏所说揭示密码的方法）然后他分析出了意脉衍生的十个节点又有点犹豫地说：“敏感的读者可能要质疑，这是不是太繁琐了？可能是的。

① 上述几段引文均引自《古典诗话中的情理矛盾和“无理之妙”范畴》一文，见孙绍振《月迷津渡》，第 148 ~ 153 页。

② 见孙绍振《月迷津渡》扉页。

但这是必要的。曹操所运用的诗歌形式是四言。这种形式有《诗经》的经典性，节奏非常庄重、沉稳。但是，也有缺点，那就是从头到尾，一律都是四言，其内在结构就是二字一个停顿。全诗三十二行，六十四个同样的停顿，是难免单调的，在《诗经》里也是这样的。但《诗经》的章法采用在复沓中有规律地变化，在对应的节奏上改变字句的办法。曹操没有采用这样的格式。原因是他的精神内涵比之《诗经》要复杂得多。"[①] 事实上，孙氏基本没有多少必要犹豫或者质疑，如果读者们记得孙氏的"美的结构"在起着潜在作用就够了：忘记了它就可能常常因为太过精彩而被弄得晕头转向，记住了它我们就能反复领略孙氏揭示艺术密码的太多精彩。如所周知，孙氏解读文本精彩之处实在太多，并有不少范例确已成为经典，如收入此著的《早发白帝城：绝句的结构和诗中的"动画"》等，其中关于绝句的感觉变异和第三句的句式转换的讨论，早在《文学创作论》中就起到了"美的结构"和审美规范的建构性作用，而"诗中有画"乃"动画"和"情画"的讨论，孙氏几乎延续了二十多年，出现在他后来一系列著作当中，诸如苏东坡的权威、明人张岱的怀疑以及西方莱辛对《拉奥孔》的讨论，还有西方诗歌的情理交融与中国诗歌的情景交融的平行发展以及 20 世纪美国人庞德向中国学习而形成"意象派"等，其间许多讨论的引人入胜早为人们所熟知。

在此另举几例以说明孙氏"新发明"中"情感与形式"内涵的一些新变化，比如对张若虚的宫体诗《春江花月夜》的解读。孙绍振指出："这首诗之所以成为杰作，就是因为既师承古意，又把宫廷趣味和华丽的片段变成了具有整体性的平民趣味，这里的'意境'美就是整体之美。"孙绍振把张诗与隋炀帝的宫体诗做过比较后分析道："张若虚统一的魄力，表现在让江海连成一片。在前述宫体诗作中，明月只与江、与潮水联系，构成'流波将月'的景象。张若虚对之做了变动：第一，明月不但与江而且与海连接起来，视野就大大开阔了，视点提高了。第二，让明月与海潮共生，平远'不动'的'暮江'和明月互动，获得了'潋滟随波千万里'的宏大景观。这就不仅仅是江海相连的平衡静态，而且隐含着微微的动态。这既是客观可

① 孙绍振著《月迷津渡》，第 21 ~ 23 页。

视的景象，又是主观可感的心态，二者的统一，蕴含着高视点、广视野，这不仅是视境，而且是意境。第三，让月光普照，把春、江、花、月、夜这五个平列的意象，变成由月光主导的意象群落。用月的特征（光华）来统一江、海、花的大视野。第四，用月光把这个广阔的景观透明化。‘空里流霜不觉飞，汀上白沙看不见。江天一色无纤尘，皎皎空中孤月轮。’一连四句都集中在透明的效果上，月光同化了整个世界，不但江是透明的，而且天也是透明的（“江天一色无纤尘”），不但天空是透明的（“空里流霜不觉飞”），而且江岸也是透明的（“汀上白沙看不见”），而花的意象，已经不是‘夜露含花气，春谭养月辉’，而是‘江流宛转绕芳甸，月照花林皆似霰’。这里强调的是，月色不但同化了‘江’，而且同化了‘花’，花因月照而变得像冰珠一样透明。‘春’、‘江’、‘花’、‘月’、‘夜’五个意象，外在性状的区别被淡化，而以月光透明加以同化。这就构成了意境的整体美。”之后他似乎意犹未尽，自己设问道：“意象群落的透明性来自景观的透明性吗?”并自答，当然不是。这是情致意念的、精神的透明性。随之对王国维的“一切境语皆情语也”做出精致修改：“但王国维的说法在这里似乎还不太完美，应该补充一下，一切境语被情感同化，发生质变，才能转化为情语，从而使现实环境升华为情感世界，才可能构成‘境界’的整体之美。没有情感统一，不发生质变的意象群，构不成统一的‘境界’。”① 这就是笔者一再强调孙氏“美的结构”之潜在作用，他的结构与形式总是存在着不同程度上的错位式“统一”乃至“和谐”，至于具体怎么统一怎么和谐则随着不同形式的探索而千变万化，而且由于情感逻辑的强大穿透性以及情感主体的不可重复性，又总是冲击着“美的结构”和形式规范的可能变化，由此循环往复，推进着一个又一个具体的理论范畴。

三

对李白的经典文本《梦游天姥吟留别》的解读甚至有点惊心动魄，李

① 此处数段引文均引自《〈春江花月夜〉：突破宫体诗的意境》一文，见孙绍振《月迷津渡》，第51～55页。

白的天才和想象力显然也让孙绍振感到过瘾。他由衷赞叹李白的艺术表现力，读出这首游仙诗"天姥和'仙境'的联想，这是一开始就埋伏下的意脉"，同时具有多重之美：由壮美与优美相交融转向朦胧之美，之后又突转而为惊险之美，并产生了神仙境界之美等。跟魏晋以来盛行的游仙境界相比，他以为："李白的创造在于，一方面把游仙与现实的山水、与历史人物紧密结合，另一方面又把极端欢快的美化和相对的'丑化'交织起来……李白以他艺术家的魄力把凶而险、怪而怕、惊而惧转化为另一种美，惊险的美。接下去，与怪怕、惊险之美相对照，又产生了富丽堂皇的神仙境界之美……这个境界的特点是，第一，色彩反差极大，在黑暗的极点（不见底的"青冥"）上出现了华美的光明（"日月照耀金银台"）。第二，意象群落变幻丰富，金银之台、风之马、霓之衣、百兽鼓瑟、鸾凤御车、仙人列队，应接不暇的豪华仪仗都集中到一点上——尊崇有加。意脉延伸到这里，发生一个转折，情绪上的恐怖、惊惧，变成了热烈的欢欣。游仙的仙境，从表面上看，迷离恍惚，没头没尾，但是，意脉却在深层贯通，从壮美和优美到人文景观的恍惚迷离、惊恐之美，都是最后华贵之美的铺垫，都是为了达到这个受到帝王一样尊崇的精神高度。"这样的分析文字，很容易让人想起他以前为余秋雨散文做辩护的文章，比如："用文化景观的特点去解释自然景观，不仅仅是抒情，而是在激情中渗透了文化的沉思，把审美的诗化和审智的深邃统一了起来。这就叫作气魄，这就叫才华。"① 这就是说，他的理论范畴本来就是在古今中外的文学文本解读中不断拓展的，比如"审丑""审智"范畴等是如此，而他的解读因子的"灵视"活性常常冲击着形式规范的情形更是无所不在。

比如通过与李贺的《梦天》的比较，孙绍振说："李白和李贺不同，他的追求并不是把读者引入迷宫，他游刃有余地展示了梦的过程和层次。过程的清晰，得力于句法的（节奏的）灵动，他并不拘守于七言固定的三字结尾，灵活地把五七言的三字结尾和双言结尾结合起来……灵活地在这两种基本句法中转换，比如：'云青青兮欲雨，水澹澹兮生烟。'以'欲雨'、'生烟'为句尾（"兮"为语助虚词，古代读音相当于现代汉语的"呵"，表示

① 孙绍振：《演说经典之美》，第200页。

节奏的延长，可以略而不计），这就不是五七言的节奏了，双言结尾和三言结尾自由交替，近乎楚辞的节奏。把楚辞节奏和五七言诗的节奏结合起来，使得诗的叙事功能大大提高。增加了一种句法节奏，就在抒发的功能中融进了某种叙事的功能……就不用像李贺那样牺牲事件的过程，梦境从朦胧迷离变成恐怖的地震，过程就这样展开了……”关于此，显然可以把收入该书带有文献性质的《我国古典诗歌的三言结构和双言结构》做对照阅读，如：从古典诗歌的节奏基础发展而出的词和曲的杂言句法，尤其是作为规律发展的一种“衬字”的方法，在调性的和谐与不和谐问题上，从四言诗向五七言过渡和从五七言诗行向四言诗行过渡，有自由与不自由之分；后来新诗的发展中“对称与不对称”手法的普遍运用，以为“这种对称与不对称统一的原则，无疑是从律诗当中两联对仗、首尾两联不对仗的原则演化而来，因而这个在新的‘基础’上产生出来的诗行或多或少打上了民族形式的烙印”[①] 等。简括地说，其形式的规范与创造常常具有一体两面的内在演化和流变性质，并总是处在一种辩证的对立统一的不断转化之中。

这种“转化”在孙绍振那里确实常常出奇制胜，那种解读的快感甚至与创造的快感成正比。比如李白在游仙诗临结束时突然又来了个句法转换，这就让他解读与创造的快感双重来临：“句法的自由，带来的不仅仅是叙述的自由，而且是议论的自由。从方法来说，‘世间行乐亦如此’，是突然的类比，是带着推理性质的。前面那么丰富迷离的描绘被果断地纳入简洁的总结，接着而来的归纳（“古来万事东流水”）就成了前提，得出‘安能摧眉折腰事权贵，使我不得开心颜’的结论就顺理成章了。这就不仅仅是句法的和节奏的自由转换，而且是从叙述向直接抒发的过渡。这样的抒发，以议论的率真为特点。这个类比推理和前面迷离的描绘在节奏（速度）上，是很不相同的。迷离恍惚的意象群落是曲折缓慢的，而这个结论却突如其来，有很强的冲击力。节奏的对比强化了心潮起伏的幅度。没有这样的句法、节奏、推理、抒发的自由转换，‘安能摧眉折腰事权贵，使我不得开心颜’这样激情的概括、向人格深度升华的警句就不可能有如此冲击力。”他甚至为

① 孙绍振：《月迷津渡》，第 393 ~ 400 页。

此热烈地宣布其是“思想”“诗歌结构艺术”“人格创造”的三重胜利。[①]

如前所述，孙绍振解读文本精彩的地方实在太多，除了挂一漏万之外，对其方法的有效性的概括也实属不易。但笔者的理解却非孙先生所说的“授其鱼不能授其渔，其憾何如”，而是认为只要是有心的读者能够认真读过孙绍振先生对传统文学母题包括主题（边塞诗、田园诗、乡愁诗、送别诗以及秋、冬的悲与颂等）、意象（月、花、楼、湖以及渔父等）和情感体验（孤独、悲愤和女性的隐忧等）等的深入剖析，同时也能在每篇经典细读文章中领会种种“还原”以及最新的文学史、阅读史上的比较分析以及美学品评，并深入于领会其对中国诗话词话传统话语系统的内在梳理，便能欣赏其勾连文学史、文学理论和文学评论的真正穿透力，这样，在“月迷之中寻找津渡”的同时还未必真的就“雾失楼台”，难说自能融会贯通。因为在我看来，无论是哪方面的贯通，在孙氏那里起最大作用的仍然还是情感逻辑的变异原则，同时就是细胞意义上的典型形态的深入研究与具体分析了。不用说唐诗中的绝句与律诗是孙氏长期以来最为用心的部分，而且也是公认的中国文学高峰时期的典型形态。限于篇幅，也鉴于人们对孙氏自《文学创作论》问世至今对这个典型形态的细胞研究很熟悉，并深知其情感逻辑原则早已贯穿于诗歌、小说和散文等不同形式的理论探索之中，而今又从唐诗的“典型形态”往上一伸近千年，往下一按一千多年，上至《诗经》情感形式、孔子以降“乐而不淫”诗学，下迄当下现代派诗歌、后现代小说和当代幽默、审智散文等全然贯通，端赖的仍是这个情感变异原则——因此，这里仅略举其以往并不很深入的律诗的情感变异方式，来看看他又是如何发那千年“未发之覆”的。

《唐人七律何诗最优》仍是在传统诗话讨论语境中展开，所不同者，并非经典文本解读中常见的规律性的发现或者具体细化归类（如意脉的瞬间转换型、结束持续型、结束递增型等），而是在历代纷争的“压卷之作”千年纠结之中发力颠覆并举重若轻地发出洞见的。孙绍振从沈佺期的《独不见》的众说谈起，对崔颢的《黄鹤楼》和李白的《登金陵凤凰台》文本做

① 此书数段引文均引自《〈梦游天姥吟留别〉：游仙中的人格创造》一文，见孙绍振《月迷津渡》，第64～69页。

出比较分析（指出李白之优在于“意象的密度和意脉的统一和有机”），之后引出杜甫的《登高》等讨论。尽管在《沉郁顿挫与精微潜隐》一文中对杜甫的美学风格已经做出了精致的品评，但在这里孙氏又做出了重要的发挥，他说：“律诗的好处，就好在情绪的起伏节奏，情绪的多次起伏与最好的绝句一次性的‘婉转变化’（开合、正反）的最大不同就在于此。”他分析了杜甫律诗在情绪上的起伏变化，即并不以一味浑厚深沉下去，而是由大到小、由开到合，情绪从高亢到悲抑，有微妙的跌宕：“杜甫追求情感节奏的曲折变化，这种变化有时是默默的，有时却是突然的转折。沉郁并不是许多诗人都能做到的，顿挫则更为难能。而这恰恰是杜甫的拿手好戏，他善于在登高的场景中，把自己的痛苦放在尽可能宏大的空间中，但是，他又不完全停留在高亢的音调上，常常是由高而低，由历史到个人，由洪波到微波，使个人的悲凉超越渺小，形成一种起伏跌宕的意脉。”但杜甫并不更多关注“登高”，即杜甫即便不写登高，也会不由自主地以宏大的空间来展开他的感情。

以《秋兴八首·之一》为例，孙绍振分析道：“第一联，把高耸的巫山武侠的‘萧森’之气，作为自己的情绪载体，第二联，把这种情志放到‘兼天’、‘接地’的境界中去。萧森之气，就转化为宏大深沉之情。而第三联的‘孤舟’和‘他日泪’使得空间缩小到自我个人的忧患之中，意脉突然来了一个顿挫。第四联，则把这种个人的苦闷扩大到‘寒衣处处’的空间中，特别是最后一句，更将其夸张到在高城上可以听到的、无处不在的为远方战士御寒的捣衣之声。这样，顿挫后的沉郁空间又扩大了。丰富了情绪节奏的曲折。”孙氏的举重若轻在于，紧跟着陡然一转：“古典七律，大都以抒写悲郁见长，很少以表现喜悦取胜。而杜甫的七律虽然以沉郁顿挫擅长，但是其写喜悦的杰作如《闻官军收河南河北》，并不亚于表现悲郁的诗作。浦起龙在《读杜心解》称赞其为老杜‘生平第一首快诗也’。但是它在唐诗七律中的地位，却被历代诗话家忽略了。”他认为此诗“通篇都是喜悦之情，直泻而下。本来，喜悦一脉到底，是很容易犯诗家平直之忌的。但是杜甫的喜悦却有两个特点，第一，节奏波澜起伏，曲折丰富，第二，这种波澜不是高低起伏的，而是一直在高亢的音阶上的变幻”。说安史之乱八年杜甫难得一“狂”，可这一狂却狂出了比年轻时更高的艺术水平。前两联抒发感情用的是描写夫妻喜悦的不同的外在效果，后两联直接抒发难度更大，但白首放歌、纵酒还要青春作伴，看似矛盾实则双关，甚至能够想象孙绍振先生为之击节的情形。尽管孙绍振没有直白告诉我们《闻官军收河南河北》是否应为压卷之作，但从他激赏并引用霍松林先生评论“即从巴峡穿巫峡，便下襄阳向洛阳”的文字并补充发挥的情形看，是没有问题的：“律诗属对的严密性本来是容易流于程式的，流水对则使之灵活，杜甫的天才恰恰是把密度最大的‘四柱对’（句内有对，句间有对）和自由度最大的‘流水对’结合起来，在最严格的局限性中发挥出了最大的自由，因而其豪放绝不亚于李白号称绝句压卷之作之一的结句‘两岸猿声啼不住，轻舟已过万重山’。”①

四

笔者曾指出，孙绍振文论的创造性比照任何一位现当代西方文论大家的水平毫不逊色②，除了各自不同的思想道路以及所面对的问题之外，孙氏的经验论者的特殊气质也决定了其特殊的优势：往日可以对机械唯物论者予以迎头痛击，跟唯理论者展开从容讨论，今日也可以对后现代文论者进行有效拒斥和批判，而不时彰显出自身文论创造带有的某种程度上的经验色彩。因此从某种意义上讲，并非仅仅是演绎法还是归纳法的问题（如所周知二者各有擅长也各有局限），关键在于问题讨论的有效并且确实能够经得起历史与实践的双重检验。在我看来，情感逻辑原则是孙氏文论的关键，他的错位美学原则其实是建立在情感的变异逻辑基础上的，而他对所有文学问题的哲学讨论以及理论批判也完全是围绕这个基础展开的，眼下他对美国“新批评”的批判也当作如是观。

比如对“新批评”把一切反讽与悖论一概当作诗并由此引发的理论与方法上的局限的揭示，对“逻辑的非关联性”和“意图谬误”的批判等，其间所贯穿的也无一不是他的情感逻辑变异原则以及经验论者立场（如

① 此处数段引文引自《唐人七律何诗最优》一文，见孙绍振《月迷津渡》，第373~381页。

② 参见吴励生、叶勤《解构孙绍振》，福建人民出版社，2008年。

“把文本还原到历史母题中去”和“文学本体论还是文学创作论”等）。具体如：“在情感冲击下的感知‘变异’是无限丰富的，而新批评却将其硬性纳入以‘悖论’‘反讽’‘张力’为核心的，包括‘隐喻’‘结构’‘机理’‘含混’等近十个范畴中，狭隘的理论预设造成了大量盲点。把平常的现象写得不平常并不是诗的全部。中国的山水诗歌中就有把平常景象写得平凡甚至平淡的风格：‘明月松间照，清泉石上流’‘江流天地外，山色有无中’……都是以在平淡的景象中显出结构性和谐的意韵而取胜。”[①] 至于用中国古典诗话中的“无理之妙”“入痴而妙”应对于新批评的“逻辑非关联性”，超越性本身不用说，这里仅指出其对艾略特的反抒情主张并把价值定位在智性上，认为如果仅仅阐释现代派诗作“可以说是理所当然”，窃以为应该跟孙氏本人解读现代派诗歌并拓展到“审智”理论范畴结合起来，其间重要的关联则是包括感觉、灵魂、思想等内在变异的情感逻辑原则的延伸。而对“以中国传统细读的理论扬弃西方当代诗歌理论，进行中西接轨。这越来越成为我自觉的追求”[②] 的孙氏最新说法，笔者却不敢苟同，一如文章开头即说，单方面的接轨而缺乏起码的互动平台是不可能奏效的。

因此有必要重申，我曾经写作有《孙绍振的美学之“酷”与经典之“眼”》[③] 一文以强调孙绍振的美学之“酷”，现在显然可以进一步指出：眼下的《月迷津渡》把早在20世纪80年代末即已确立的研究典范中的重要原则（以情感逻辑变异原则为基础，以错位的美学原则为核心）贯彻到底，在文学的维度上而今孙绍振美学已有足够理由更“酷”。

（作者单位：《社会科学论坛》杂志社）

① 孙绍振：《月迷津渡》，第6页。

② 同上书，第2页。

③ 请参阅拙文《孙绍振的美学之“酷”和经典之“眼”》，《社会科学论坛》2010年第14期。

“其师”孙绍振

陈希我

师母曾经对孙老师说：“你的学生神经都不正常！”至少是很多不正常吧！至少我，就不正常。那一年，还是大学三年生的我被孙老师推荐参加一个笔会，我竟在会上打起架来了。文人相聚，应该流觞曲水、弦歌盈耳，竟然动粗，简直斯文扫地。据说，笔会组织者因此给了孙老师一句评语：“有其师必有其徒！”

孙老师至今还喊冤枉，说他再怎么也不至于去动拳头。但据说孙老师跟人辩论，也曾经辩到挽起袖子的。即使不动拳头，他的语言也如子弹，他的思想锋芒更是咄咄逼人。有人说那仍属于斯文范畴，我却以为，一切的力量都是相似的。

身为“其徒”，孙老师对我的魅力首先是尖锐。我想，这也是他身边聚集着众多弟子的主要原因吧！他的弟子虽未必都传承他的学术领域，但几乎都传承了他的精神：敢于质疑，不信权威。我想，这是最重要的，这就是所谓的“传道”。曾经发生过这样的情形，因为他参加各种会，每每言语尖锐、滔滔不绝，人家就不请他了，改请他的学生，不料他的学生们上场，也不差乃师。对体制来说，超出规范是危险的，所以孙老师欣赏的学生，每每没能如愿留校。有了一个孙绍振，再加上他那些学生，还不闹翻天了？领导有领导的考虑。

我大概算是孙老师学生中最不正常的。这些年，越来越多人说我的发型也像孙老师了。我知道一是指卷曲。看孙老师年轻时照片，也是一头卷发，这让我曾经对自己的卷发洋洋自得。卷即是乱，头发乱，则昭示思想乱。什么是乱？乱就是不循秩序，乱才能发现逻辑破绽。若非如此，当年孙老师就不可能质疑几乎已经成为天条定律的“文学是时代精神传声筒”。二呢，是指稀疏吧。孙老师的头发是稀疏了，我的“野草”也正在荒芜。在中国，很多知识分子老了，成了从内到外光溜溜的好老头，但孙老师的思维却不荒芜。我总想，我到了孙老师这种年纪，是否能有这样的状态？

初识孙老师，他的外表就给我很深的印象。那时候粉碎“四人帮”不久，百废待兴，知识分子的外表也“待兴”，我常为我的老师们不像大学老师而感觉泄气。至少我觉得，一个教师，如果外表不佳，乃至猥琐，再如何学问渊博，也不会让人愿意接近。那时候孙老师颇有点玉树临风的样子，皮肤白皙，五官锐利。虽然也是一身中山装，但是尼的，黑色，笔挺。他来上课，在讲台上站住，就开始解纽扣。从最下面一颗解起，直到最上面的风纪扣。中山装敞开了，更像是西服。把严谨的中山装穿成洒脱的西服，是怎样一种境界呢？就是后来所说的“酷”吧？抑或就是现在的“混搭”？我在中学时就迷恋西裤“混搭”工服，那时候还没有引进牛仔服，工服就像极了牛仔服。但是裤子必须是笔挺的，否则就真是“大老粗”了。美就在于“破”与“不破”之间。

印象中孙老师的课总是敞着中山装讲的，他的思想也从初露锋芒，到汪洋恣肆。他言语犀利，能够破开常规，说出不一样的东西来。那时他教的是文学写作，另有一个教新闻写作的，众所周知的原因，新闻写作就是那么回事。当然也未必只由于客观原因，即使是文学，至今还仍然有人讲得没南味没北味的，关键还是讲课人的思维。孙老师讲课时，时而讲起他们间的思想分歧，说完，他说：“人家是共产党员么！”大家哈哈大笑。

孙老师的课总是让人期待，即使我满脑子反骨，他讲的内容也常令我震惊。我们毕竟是经过了长期僵化教育，并且合格到了能考上大学的程度。他讲“五官通感”，我惊异艺术居然可以这样搞的。我就在脑子里把五官乱搬动，恶作剧地让它们乱串通。大学毕业后，我被弄到一所中学，一次，在学校一再恳求下，我为墙报写了一篇“五官通感”的文章，其实就是直接截取孙老师的课堂笔记。他们看了，大跌眼镜，说竟然写眼睛能嗅，鼻子能看，这要让语文老师来改病句了。某领导还在背后说我："什么才子，简直是神经病!"这是领导又一次说我是神经病，最初一次是因为我睡懒觉，不去上课。那时候我还比较脆弱，赶忙辩解，说这是我大学老师孙绍振说的。他们说："你的老师也不正常!"我哈哈笑了。

在我的词典里，不正常是绝对褒义的。庸者的贬毁，恰是给智者的勋章。其实孙老师具有极精密的思维，听他说话，常感觉醍醐灌顶。曾经，学生陈成龙看了一本书，断断续续记了17个问题来请教，孙老师说：XX问题其实就属于XX的问题，XX的问题是属于XX的问题，用XX的理论一分析就清楚了。三下五除二，17个问题就解决了，出乎意料。出乎意料，是否也算是不正常？关于孙老师，有许多出人意料的事。据说那篇《新的美学原则在崛起》的原稿是不分段的，整篇只一个自然段，《诗刊》编辑抓在手里，说："这个孙绍振，怎么这样写论文!"后来我自己也写作了，常想，如果当初孙老师留心分段了，可能就没有那么汪洋恣肆的文章了。很多时候形式决定了内容。据说孙老师早年写作，很多时候不是坐在书桌前写的，而是在床头柜上、饭桌乃至卫生间，这里写写，那里写写。那是真写作。真写作的写作，假写作的摆谱。有时候内容就是形式。前一段时间，一个媒体拍我写作的地方，其实我写作的地方是极其简陋的黑屋子，换成我家的书房，宽敞而已，没啥好拍的。据说他们去拍作家阎连科的书房，也感觉单调。相比之下，某诗人的书房简直是博物馆，秦砖汉瓦，什么都有。这是诗人吗？这是马未都。我想，媒体要是去孙老师的书房，也是要失望的。总觉得像他这样的大知识分子，书房应该很阔绰，弄个大班桌什么的。实际上，他的书房很小。没有秦砖汉瓦，没有名人字画，没有高山流水，但有堆得像山一样的书。这些书还不允许别人整理，一整理就乱了。他书房之外也到处是书。但是，一个书房，有书就是美；一个学者，他的思想就是世界。

不摆谱的人是自由的人，所以不摆谱，是因为足够自信；有自信，无论是主义自信还是道路自信，就理所当然会给别人自由。接触过孙老师的人，应该都会感觉跟他在一起没有压力。用师兄谭华孚的话说：跟孙老师在一起，可以没大没小。曾经，我带上一个写作的朋友去孙老师家，那人紧张得要命，见我跟孙老师瞎扯，以为我了不得。我说，哪里是我了不得？要是换成别人，我也扯不起来。当然我也不会去那种人家里，何苦自投囚笼？

我是个不守规矩的人，至今想想，孙老师帮了我不少，我也没怎么答谢过他。这里难免有觉得他既然自由，我就趁机也自由了去的心理。但有一次，因为我儿子的事请孙老师帮忙，想来想去，自己也老大不小了，不能再装不懂世故了，就提了水果去，结果被孙老师批评了：“你这个人不讲规矩，怎么也搞规矩这一套！”不讲规矩，是我在孙老师心中的定评了。我想，当年正是我的不讲规矩，才被孙老师瞄上了。他看了我的小说，很惊异，怎么十几岁年纪，就把世界看得如此黑暗？他当着全班同学说：“我在北大读书时没有这样。”这似乎是实话。北大，即使是当年的“右派”，也大多是希望这个社会好的。我印象中他还说了另一句，说我“天生就是作家”。我虽然天生狂妄，但也不敢认为我就天生是作家。孙老师给学生打成绩，是会打超常分的，比如在100分制里打105分。他认为看准了，就该充分肯定。这使得我当老师后，也常给学生打高分。道限高的老师鼓励学生，道限低的老师吓唬学生。其实，好孩子是鼓励出来的，贬压孩子只为了抬高自己。孙老师的肯定，极大地激发了我，我也就越来越越矩，越来越狷狂了，用我父亲的话说：你越来越像孙老师了！

后来想起来，我很幸运在青春时代遇到了孙老师。他是一盏灯，让我在下水文学之初就看到航线，这使得我能够在写作上走得很远。对学生，孙老师常是一座灯塔。很多老师可以给学生知识，但不能给学生方法；可以给学生方法，但是不能给学生思想。没有思想的人只能在黑暗中摸索。前不久，因为偶然的际遇，我谈起我30年前的一篇小说，对方说：那可是比“先锋小说”更早的“先锋”。其实对我来说，“先锋”根本不是问题，前方有灯，必然向前。难道会弃明投暗？一切的写作都应该是“先锋”的，难道有“后锋”的写作？先锋是正常的，不先锋才是不正常。

当然这是写作，不是生活。这里有个问题：写作和生活不一样。不正常让写作得益，但却让生活致祸。国家不幸诗家幸，幸了诗歌祸诗人。那时候因为写作，我的生活更加凌乱起来。我父亲担心了，告诫我不能用文学方式过日子，但是我已经九头牛也拉不回来了。大概孙老师也觉得不妙了，把我找了去，对我说：“这世界还是有美好的东西的！”我简直惊异，这怎么可能是孙老师说的话？他竟然劝我也要用美好的眼光来看待这个世界。后来我才知道，那时候孙老师收到来自多方的爱意，不管他是否接受，但是被爱就已经足够了，爱能把人的心变得柔软。真理是冷酷的，但是爱却高于真理。许多年后我自己也尝到爱，我这个魔鬼甚至有当圣徒的冲动。我想，那时候孙老师对我也是转换了角色了，从一个教师，转换成了父亲。教师对学生，期待的是杰出；父亲对儿子，首先想的是安妥。许多年后我自己也有了儿子，并且我这儿子，用孙老师的话说是“报应地像我当年一样”，我深刻理解了当年孙老师的一片苦心。当然，当时我是不能理解的，孙老师怎么变得如此正常？我甚至觉得他的观点庸俗，他在妥协、投降。他跟我说如何为人处世，我反击他一句：“你会说，你也做不来！”是的，其实即使是孙老师自己，也未必能践行得了他说的那种世俗的道理。几年后，他的我行我素还招致了批判。那种世故，我们不是不懂，只是做不来。做不来，就守住了底线。

不知孙老师曾经多少次为了他的学生，回归到常态。曾听林茂生说过这样一件事，林茂生是他留校留成的为数不多的学生之一，对学校体制不满，就在自己宿舍门上贴对联反抗，跟校方剑拔弩张。一个小助教，明显要吃亏，孙老师去劝，索性自己上去把对联揭下。对学生，孙老师就像一棵大树。有的老师学问不错，但为人苛刻，甚至不肯拔一毛以利学生。在孙老师70岁大寿时，四面八方来了许多学生，包括从广州和北京，我想很多教师虽然桃李满天下，却未必能做到。有时候他是犀利的老顽童，有时候他是通达的长者。他是学者，是老师，是名人；又是儿子，是丈夫，是父亲。大多数人不是能两类身份都做得好的。其实，某种意义上说他是属于传统的，他的批判与颠覆武器是启蒙话语，他的手术刀是辩证法，他的美学结构是古典的，他的“危险美女”只在纸上。其实，关于孙老师当年在讲台上的情景，我并没有描述完整：课上完了，他又将扣子扣上。从最上面风纪扣扣起，扣到最下一颗，然后走出课堂。

毕业20多年后，孙老师对无法无天的我又做了一次矫正。我考上了他的博士。我一直思维天马行空，言论上自然也无所顾忌。我是写小说的，小说家就是自己小说的王。但搞研究不是。这么一个疯子竟然读博，让一些人疑虑。孙老师明显也担忧了，第一次给我上课，他就严肃告诫我：从今往后说话要有根据，不能自说自话，你的观点得建立在资源上。我质问：“孔子呢？”“孔子可以，亚里士多德可以，你不可以！”他说得斩钉截铁。我知道他是在给我下猛药。那以后跟孙老师说话就辛苦了，我说出什么，他都要进行推敲。但他是对的，作家不是可以到处撒野的。既吃这碗饭，就得有吃这饭的本事；即使是反对，也得有对手的本事。

孙老师告诉我，其实他最初也毫不在意什么规范不规范的。20 世纪 80 年代的学术是不讲究这些的，那是一个倚仗才情的时代。90 年代以后，才情被豢养，讲究规范了，老老实实也可以当学者了。孙老师的文章也规范了，但仍然才华横溢。这里有个问题：规范不是囚禁，接受不是投降。他的文章不同于"学院派"，他没有兴趣亦步亦趋。这是需要真功夫的，别拉大旗做虎皮，别耍嘴皮子，真刀真枪上来干干。他俨然是学院的"异类"，但这恰是研究文学的正常之道。

长期以来，霸占学院殿堂的阅读理论在解读文学文本上显得十分无能，近年来，孙老师又开始了新的探索：文本细读。美国"新批评"派有文本细读理论，最初可追溯到 20 世纪西方文论中的一个流派：语义学。顾名思义，就是将语义分析作为文学批评的最基本的方法和手段，其中文本细读是语义学对文本进行解读的重要方法。但这种方法有明显的弊端：拘泥在文字的隐喻、含蓄这些方面，用孙老师的话说："只是把目光集中在人家已经写出来的东西上面，而没有注意到，文章的妙处，每每是文章省略了的、回避了的地方。"也许有人会想到海明威的"冰山理论"，但孙老师恰恰鄙视挟洋自重。如果一定要联系到西方理论，与其是海明威，毋宁是弗洛伊德。在与布罗伊尔合作发表的《歇斯底里研究》里，"冰山理论"是基于人格研究的。弗洛伊德所谓的"冰山"，就是人格在海面上露出来的一部分，即有意识的那个层面，剩下的绝大部分是处于无意识之中，而这绝大部分却在某种程度上决定着人的发展和行为。毫无疑问，这种心理结构的分析也适合于作家。某种意义上，正因为这种心理结构，才产生了文字呈现上的"冰山结构"。这种心理结构所指涉的不仅仅是表达出来的，还有没有表达出来的，包括不愿表达出来的、无法表达出来的、"犹抱琵琶半遮面"的，还有类似于爱伦·坡《泄密的心》里的不可遏制的遮蔽与暴露，当然，还有怀着恶意坚决要表达的，即创作动机。作为创作者，我深知这些才是创作的脉搏，才是文本的内部景象。就文本谈文本，是谈不清楚的，必须把视野延伸到文本之外。受孙老师影响，我开设的课程是"作品生成"，试图还原文本生成的原生态。当然，也许我又矫枉过正，走火入魔了。

我觉得，许多人所以无法深入解读文本，因为有着不可克服的原因：解读者自己不懂创作。而孙老师同时也是创作者，他早年的《文学创作论》就是基于丰富的创作实践研究出来的理论著作。正因为如此，他才能让文本“还原”：艺术感觉的“还原”、情感逻辑的“还原”、审美价值的“还原”，“还原法”还跟“比较法”相结合，派生出历史的“还原”和比较、风格的“还原”和比较、流派的“还原”和比较。比如对“二月春风似剪刀”的艺术还原，孙老师分析道：

> 不能大而化之地说“比喻十分巧妙”，而应该分析其中的矛盾。首先，这个比喻中最大的矛盾，就是春风和剪刀。本来，春风是柔和的，怎么会像剪刀一样锋利？冬天的风才是尖利的。……因为这是“二月春风”，春寒料峭。但是，我们还可以反问：为什么一定要是剪刀呢？刀锋多得很啊，例如菜刀、军刀。如果说“二月春风似菜刀”“二月春风似军刀”，就是笑话了。为什么呢？这是因为前面有“不知细叶谁裁出”一句话，里边有一个“裁”字，和后面的“剪”字，形成“剪裁”这个词组。这是汉语特有的结构，是固定的自动化的联想。

我记得最初看到这段文字，心里一个脆响。了不起的创作，就是写出了读者感觉到的，却无法表达出来的东西；了不起的阅读，就是发出脆响——就该是那样的响源，就该发出这种的响声。直到现在，每当我心生希望，我就会不由自主地外化成一把剪刀。对，就是剪刀，不是我《带刀的男人》里的菜刀。

（作者单位：福建师范大学文学院）

孙老师点滴

苏七七

一

福建师范大学的仓山老校区前有一条路，路的一边是校门，一边是康山里新村，好多老师都住在那里。那个时候，大学没有被统一发配到叫“大学城”的地方，老师也不是只在上课时才出现在校园，学生与老师的生活，还在一个物理距离不太远的共同体里——这其实对于“教育”来说，是非常重要的事。

学校依山而建，山脚边最重要的一幢楼是文科楼。那时候的福建师范大学的大部分建筑都是四五层，文科楼因为有十一层，是福建师范大学的标志性建筑。我们的大课，都在文科楼一层的阶梯教室上。

刚入学的那一年，中文系 95 级有一门重要的课，叫作“作品导读”，它包括三个部分，由孙绍振老师授课的散文导读，颜纯钧老师授课的电影导读和王光明老师授课的诗歌导读。这门课真是太重要了！它的重要性其实是在上过课很多年以后，我才越来越明白的……

二

孙老师来给大家上第一堂课前，大教室里坐得满满当当的，一则因为大一的孩子还没学会逃课，二则有小道消息在嗡嗡嗡地小声议论中流传：“这是福建师范大学最有名的老师啊!”然后上课铃响了，一个穿西装的、非常精神的老师走上讲台。——现在记忆中的孙老师的第一课，肯定已不再是某种“真实的”第一课，而是他后来许多形象的叠影的交融吧?

当时他61岁，完全没有老年人的样子，也没有文科知识分子常有的萧条气质，他音频偏高，语速很快，目光锐利，语言幽默。他的举止神情有一种真正的潇洒，这是头脑极为聪明而内心极为明亮的人拥有的特质。那时候他已经谢顶了，只在额前还有比较长的一些头发，讲到高兴的时候，他就非常潇洒地把那部分头发往后捋一下，这个动作简直像列宁一样，像卡拉扬一样，有一种激情洋溢的感染力。

但我记得我自己在上孙老师的课时，是极为严肃的。我总是早早去占了一排正中的位置，然后带着一点紧张地坐在座位上，甚至他讲一个精彩的笑话时我都很少放松地哈哈大笑。这大概是一个少女被一个心智远比自己高明的人所折服时的状态，但又不是迷恋，我从未迷恋过孙老师，因为他待人太好，真正能让人迷恋的东西里必须得有一点恶或恶意。

三

他给我们上一课——我们早已在高中熟读背诵的文章：朱自清的《荷塘月色》，示范了一种阅读者与写作者之间的平等关系，如何进入语言细节，以及如何还原出情感逻辑。文字是能建构出一个世界的，但确实绝大多数人一生也没有进入过这个世界，中学教育的课文分析不是带学生进入这个世界，而是造出一个障壁来放在学生面前，让人止步去记住虚假的伪劣的二手分析。而孙老师把带我们过境的方式命名为“还原法”：还原事物的原样，与文本进行对照，在矛盾中发现“文学之美”的发生机制。

这个方法，现在看来是特别有现实意义的一种做法，让误入歧途的欣赏者重新学会观察事物的日常形态与文本的变异形态。但对我来说，这个方法我学会后并不经常去用它，至少不从矛盾分析与逻辑分析的层面上使用。而是在形成了一个观察生活与观察文字的习惯后，尽量不去还原，而保持某种丰富性与混沌性加入自己的经验库。这大概是一个有点创作爱好的人对还原法的天然防御机制。

在这个课上孙老师问了一个问题，问那句“峭楞楞如鬼一般”是删了好还是不删好。我记得自己当时还回答了这个问题，觉得删了好，不然这句话很破坏整体的情境。孙老师不以为然，但也没有打压我的观点。现在我再看这句，几乎可以肯定这句话对于作者来说是必须的：朱自清是一个情感浓烈的写生者，他跟随着眼前的景物写下每一个涌起的感受，甚至不避开过于直白的比喻，只为了尽量保持客观状态与心理状态的真实与同步，在这个描写里，“真的”发生过“峭楞楞如鬼一般”的感受，他是一定要写下来的。那才是对某种“存在性”的文字留存。而不是一篇借物咏怀的文字。

孙老师的方法带给学生的，与其说是这个方法本身，不如说是这种方法可能像胡兰成说张爱玲的“开了我的聪明”，它像敲门砖一样把大家带到了文字世界后，大家就走向了自己的方向。而孙老师在这一点上是极为开明的，他把问题带给你，也教给你一个解法，但他绝不强调那是唯一解，就像在大一课堂上的这个问题，我学过了孙老师的解法，但问题还一直伴随着我，让我不时地还去观察它。而这种观察，已经远不止是一个文学问题，而参与塑形一个人的思想状态乃至生活状态。

四

大一课程结束后，照例有个考试，我领到成绩单时，看到“作品导读”这门课得了100分。我绝对没有完全按照还原法来答题，虽然当时压根也没有什么更好的方法，但还是尽量将自己的文学视野与感受思考呈现给孙老师看。

寒假过后新学期开始，辅导员老师告诉我说孙老师觉得我的卷子答得很好，叫我有空去一下他家。这真是激动人心的一件事！我到了康山里新村找到他家所在的楼，当时还没见过语音门禁系统，在楼下困惑了一会儿不知道怎么上去。孙老师的家，当时可算是面积很大的公寓，孙老师的书房是一个小房间，书已经从书房漫溢到客厅，到处都是成摞的书，茶几上放着许多还没来得及拆封的杂志报纸。显然，孙老师不需要一个特别宽敞整洁的写作环境，而要有一个很大的公共交流空间。

我的师兄余岱宗，当时就大马金刀地坐在沙发上，还把脚架在茶几上。用一种非常平等，简直过于平等的态度和孙老师聊天——当时孙老师可是福建师范大学最大牌的教授，全国著名的文艺理论家啊！我非常震惊，老老实实地找了个角落坐下，出发前为了一壮行色，我给自己戴了顶红毛线帽子，但现在因为又震惊又激动而直冒汗，但头发肯定被帽子压翘了，我不好意思摘下来，只好头脑发热地坐着。

孙老师问我都读什么书，有没有写什么文章，如果写了文章可以给他看看，然后他送了一本他的散文集《面对陌生人》给我，在扉页上他的题字是：松妹，有空请翻翻。绍振。

那是一本很好看的书。多年之后我回想起来，觉得那个签名给我的影响是巨大的。他是一个著名的教授，我是一个刚刚开始读点书的小姑娘。但在孙老师身上，有一种奇妙的平等心，这种东西我想他自己根本没有在意，这是一种天赋。像他这样一个非常聪明的人，却对不够聪明的，或者一点都不聪明的学生从未有过一句嘲讽。他对普通人表现出一种超乎平常的善意，但从另一个角度，他又对那些看上去很重要的，听上去很厉害的人或事情表现出一种洞察力，那种发酵出来的光环在他那里是无效的，他因此也从不会成为一个思想上与世俗生活中的追随者、站队者。

平等对于孙老师来说，不是一种道德需求，也不是一种形而上的追求。他像是天生就有这种东西，接近他的人也能感受到这种东西。它成为一种氛围，从他的内在天性，外化为一个朋友圈，一个师生的小集体，一种亲密美好的关系。这种东西有感染力，有时也成为一种抗体，接近过了，然后对于森严的阶层，对于权力的压制或询唤，会有敏感与批判，也会发生抗议与斗争。

五

从这个起点出发，孙老师给出的是一种非常特别的方法论。他不是一个革命烈士型的抗议者、斗争者。我想这是因为他有另一种天赋，他总能从生活中发现美好之处，不管是书籍还是写作，是友谊还是亲情，虽然是一个批评家，但他其实是以一种智者的高度与气度去看待世界与命运的。许多人喜欢孙老师，是因为他的幽默感。他的幽默不是毒舌，而是一种建立在悖论前提下的出乎意料，是对单向度的思维方式的背后袭击。他与这个世界不是一种二元对立的关系，而是对各种场景与细节发生的丰富性的理解，不论是文本中的，还是现实中的。幽默感产生于其中，同时又取得了一个制高点。

在我读完本科时，因为孙老师那年刚好要开始招博士生，就不招硕士研究生了，我于是成为颜纯钧老师的学生，学电影美学。再后来，我去读博，再再后来，我没有在学术道路上坚持下来，而成了一个散漫的写作者。

有一回他到杭州来开个会，我们一起吃的饭，然后就散步回住的地方，孙老师就跟我聊起天来，然后他忽然就开始讲植物的向阳性问题，又讲起植物茎里头的导管与筛管的构造与功能，还回忆起他是什么时候弄明白这个事情的，多么高兴。——我当时在边上听着，觉得他真的是非常可爱。这个事情过去有半个多世纪了，他还记得一清二楚，而且那种求知与得知的快感，在他身上鲜明得就像刚刚发生。他身上永远有一种童心，不把自己放在高高在上的位置，因此也不孤单，不画地为牢。他总还有一点儿贪玩，有了孙辈后，他还会研究下小朋友的一个玩具的玩法，他的那个郊区的房子，对于他来说也是个大玩具，种点植物，养点小动物，然后邀大家去那儿聊天，那大概也算是一个好玩的事儿。

六

一个学生在成长期遇到孙老师是一生的幸运。

我记得孙老师当时给我改文章，给我介绍发表文章的渠道；记得他当时给我找活干，让我给教材做校对赚生活费……当在孙老师的荫庇下成长的时候，我们就像所有青春期的孩子，都大大咧咧地享受了命运的最好的礼物，一直到成年以后，才知道那是多么的珍贵。

我至今还记得，有一回我失恋了。我到孙老师的家里去，我坐在他对面的沙发上泪流满面。

孙老师在我哭完时对我说："你要知道，圣经里有一句话，叫：不要只看到别人眼里的刺，没看到自己眼中的梁木。"

这句话陪伴我走过了那些困难的成长时光，就像一盏灯一样。

有一些人是让这个世界的"好"的值变高的。孙老师就是这样的人。

（作者单位：北京第十一文化传媒有限公司）

孙绍振著作年表[①]

冀爱莲

一　论文部分

1959 年

与谢冕、刘登翰、孙玉石、殷晋培、洪子诚等编写《中国新诗发展史》，其中《女神再生的时代》《无产阶级革命诗歌的高涨》《暴风雨的前奏》《民族抗战的号角》四个部分作为《新诗发展概况》之一、二、三、四部分，发表在该年《诗刊》第 6、7、10、12 期上。

孙绍振执笔的部分《唱向新中国》，后来发表在《回顾一次写作》，北京大学出版社，2007。

1960 年

《评光未然的〈五月花〉》，《诗刊》1960 年第 12 期

1975 年

《在革命样板戏的光辉启示下——读〈福建文艺〉一九七四年的诗歌》，《福建文艺》1975 年第 2 期

① 本年表主要收论文、学术著作及散文集。由于孙氏文学作品（小说、诗歌、散文）数量较多，且涉及港台报刊，资料一时难以收集齐全，部分作品目录暂且空缺。

1976 年

《群众诗歌创作的可喜收获——读〈红日照霞山〉》，《福建文艺》1976年第2期

1978 年

《谈谈艺术辩证法：比喻的矛盾——读诗随记》，《福建文艺》1978年第1期

《漫谈诗的描绘》，《福建师范大学学报》（哲学社会学版）1978年第1期

1979 年

《论〈女神〉的时代精神》，《福建师范大学学报》（哲学社会学版）1979年第1期

《阮章竞的艺术道路（谈〈漳河水〉）》，《福建师范大学学报》（哲学社会学版）1979年第4期

《英雄是人》，《福建文艺》1979年第7期

《生活的真实与艺术的真实》，《福建文艺》1979年第11期

1980 年

《我国古典诗歌节奏的历史发展及其它》，《诗探索》1980年第1期

《论绝句的结构》，《榕树文学丛刊》1980年第2辑

《要懂一点现代派诗歌》，《广西日报》1980年5月11日

《诗与"小我"》，《光明日报》1980年7月30日

《论新诗的民族传统和外来影响——新诗基础论之二》，《福建师范大学学报》（哲学社会学版）1980年第4期

《恢复新诗根本的艺术传统——舒婷的创作给我们的启示》，《福建文艺》1980年第4期

《给艺术的革新者更自由的空气》，《诗刊》1980年第9期

1981 年

《新的美学原则在崛起》，《诗刊》1981年第3期

《新诗的民族传统和外国影响问题》，《新文学论丛》1981年第1期

《争取高度的精神文明——试评张洁对美的探求》，《当代文学研究丛刊》1981年第2期

《墙和桥》,《榕树文学丛刊》1981年第4辑

《怎样让想象展开翅膀》,《诗刊》1981年第9期

1982年

《诗的想象和科学的想象》,《诗探索》1982年第1期

《文学形象的构成——〈文学创作教程〉第二章》,《春风》1982年第3期

《散文和散文家的自我修养》,《福建文学》1982年第2期

《诗的比喻和想象的距离——〈文学创作教程〉第四章第三节》,《诗探索》1982年第4期

《思想解放的战斗号角——从〈女神〉看五四时期思想解放的历史经验》,《新文学论丛》1982年第3期

《李季的艺术道路》,《文学评论》1982年第3期

《细节、整体、感情》,《电大语文》1982年第10期

1983年

《为人物性格设置环境》,《福建文学》1983年第2期

《论散文诗》,《福建师范大学学报》(哲学社会学版)1983年第3期

《论诗的想象》,《文学评论》1983年第5期

《诗的散文和散文的诗——读陈志泽的散文诗》,《福建文学》1983年第5期

1984年

《对创造性智能的考核(毕业作业讲座)》,《电大文科园地》1984年第9期

1985年

《论科学抽象的动态深化——学术研究和方法论(之一)》,《福建师范大学学报》(哲学社会学版)1985年第3期

《客体本质和自我本质的有限统一》,《文艺理论研究》1985年第3期

《把人物情感放在试管里做动态检验》,《文学自由谈》1985年第3期

《作家的观察力(上)——〈文学创作论〉第五章第三节》,《当代文艺探索》1985年第5期

《作家的观察力(下)——〈文学创作论〉第五章第三节》,《当代文

艺探索》1985 年第 6 期

《形象的三维结构和作家的内在自由》,《文学评论》1985 年第 4 期

《论对话中的“心口误差”》,《小说评论》1985 年第 5 期

《诗的审美直觉的误差和审美感觉的更新》,《文艺研究》1985 年第 5 期

《辩证逻辑的论证原则》,《写作》1985 年第 7 期

《作家的心理素质》,《当代文艺探索》1985 年创刊号

《复合的抒情风格与寻根的主题——读唐敏的小说和散文》,《福建文学》1985 年第 8 期

《小说观念更新笔谈:纵向的探索和横向的检测》,《福建文学》1986 年第 9 期

《诗歌研究方法笔谈:从基本概念和基本方法的科学化开始》,《诗刊》1985 年第 12 期

1986 年

《审美价值与认识价值、实用价值的矛盾》,《文艺争鸣》1986 年第 1 期

《作家的感受直觉》,《批评家》1986 年第 2 卷第 2 期

《对近年来文艺理论及其方法论探讨的思考:逻辑的局限性和历史的局限性》,《批评家》1986 年第 2 卷第 4 期

《论文学形式的规范功能》,《福建论坛》(文史哲版)1986 年第 3 期

《论科学的本质和艺术的本质之间的“误差”》,《文艺评论》1986 年第 3 期

《审美价值结构及其运动规律》,《文学研究参考》1986 年第 8 期

《关于形象思维三维结构的思考(上)》,《语文导报》1986 年第 9 期

《关于形象思维三维结构的思考(下)》,《语文导报》1986 年第 10 期

《加强写作科学的基本理论建设》,《写作》1986 年第 10 期

《西方现代派诗歌和中国新诗》,《文汇报》1986 年 5 月 12 日

《格式塔的完形趋向律与艺术形式的多样统一律中外文艺理论概览》,全国第一次中外文艺理论信息交流会 1986 年

1987 年

《知觉结构的变异:〈论变异〉之一节》,《克山师专学报》(哲学社会学版)1987 年第 1 期

《人物心理结构调节变幻的奇观：谈安娜探看儿子》，《名作欣赏》1987年第1期

《论实践主体性、精神主体性和审美主体性》，《文学评论》1987年第1期

《论性格的构成》，《安徽大学学报》（哲学社会学版）1987年第1期

《论小说形式的审美规范》，《文艺理论研究》1987年第1期

《审美知觉的变异和更新》，《当代文艺思潮》1987年第2期

《典型的和例外的》，《文论报》1987年4月11日

《艺术知觉的时空变异和知觉换位》，《文艺理论家》1987年第4期

《审美意象合逻辑的超越与回归（上）》，《文论报》1987年8月11日

《审美意象合逻辑的超越与回归（下）》，《文论报》1987年8月21日

《应该是实践性更强的文艺理论》，《文汇报》1987年8月31日

《作家的智能结构与非智能结构》，《当代文艺探索》1987年第5期

《审美知觉的变异》，《文艺理论研究》1987年第6期

《现代意识和古典的意境——论范方的现代诗追求》，《当代文艺探索》1987年第6期

《审美意象的超越性》，《批评家》1987年第3卷第6期

《感知的变异和情感逻辑的变异》，《福建论坛》（文史哲版）1987年第6期

《艺术知觉的量变和质变》，《文艺争鸣》1987年第6期

1988年

《散文领域的一颗希望之星——论唐敏的散文》，《当代作家评论》1988年第1期

《审美价值的错位结构》，《文艺理论研究》1988年第3期

《审美价值取向和理性因果律的搏斗——刘心武论》，《当代作家评论》1988年第4期

《真善美三维错位结构不同于主客观对立统一的二维结构》，《文艺理论研究》1988年第6期

《打破被动接受西方文化的恶性循环》，《福建文学》1988年第8期

1989 年

《关于情节强化和淡化》，《小说评论》1989 年第 1 期

《从反映论到价值论——〈孙绍振集 · 自序〉》，《福建论坛》（文史哲版）1989 年第 2 期

1990 年

《渗透着个性的理论——读张德林〈现代小说美学〉》，《当代作家评论》1990 年第 1 期

《从艺术感觉走向哲理的概括——读张方的诗》，《福建文学》1990 年第 7 期

1991 年

《演讲和现场感觉交流效果（上）》，《演讲与口才》1991 年第 1 期

1992 年

《陈仲义的〈嬗变与整合〉》，《文学自由谈》1992 年第 1 期

1993 年

《我的幽默观》，《文学自由谈》1993 年第 2 期

《论〈爱你没商量〉的历史性突破》，《福建艺术》1993 年第 2 期

《只有创造的文学，才是有价值的文学》（合著），《文艺理论研究》1993 年第 2 期

《探索小说形式的潜在可能性：长篇小说〈声音世界的盲点〉》，《文学自由谈》1993 年第 3 期

《喜剧的形式感和亚形式感》，《文艺理论研究》1993 年第 5 期

1994 年

《梨园戏〈董生与李氏〉和当代文艺的审美价值观念》，《福建艺术》1994 年第 1 期

《为当代散文一辩》，《当代作家评论》1994 年第 1 期

《学院评论与大众文化评论》，《福建论坛》（文史哲版）1994 年第 1 期

《作品分析的还原法》，《名作欣赏》1994 年第 2 期

《〈土楼梦游〉序》，《文学自由谈》1994 年第 3 期

《徐志摩的情书和中国的男性沙文主义》，《福建师范大学学报》（哲学社会学版）1994 年第 3 期

《小说内外——小说与现实》，《小说评论》1994 年第 3 期

《顺境中的阿 Q》，《文学自由谈》1994 年第 5 期

《郭风感知世界中的亮点和盲点》，《当代作家评论》1994 年第 5 期

《在古典的和现代的思绪中探险：读林登豪诗集》，《通过地平线》《厦门文学》1994 年第 5 期

《建设中国当代写作学的操作性理论体系》，《福建论坛》（文史哲版）1994 年第 6 期

1995 年

《人格勇气与艺术眼光：关于文学批评》，《广州日报》1995 年 1 月 18 日

《病态的牺牲惨重的二十世纪文学》，《文艺争鸣》1995 年第 2 期

《在悖论中："文学理论"》，《书与人》1995 年第 3 期

《传统理论的当代意义：评张德林的〈审美判断与艺术的假定性〉》，《当代作家评论》1995 年第 6 期

1996 年

《在工笔法度中找到自己恬淡娴静的心灵》，《福建艺术》1996 年第 1 期

《如何引进西方文论》，《中外文化与文论》1996 年第 1 期

《抒情和幽默冲突：当代华人散文考察》，《当代作家评论》1996 年第 1 期

《"西风东渐"：关于"第五代"电影变化的评说》（合著），《电影艺术》1996 年第 1 期

《孤独的喜剧》，《江南》1996 年第 2 期

《散文当以非诗的追求为上》，《信息经济与技术》1996 年第 3 期

《小说内外之十三——没有流派的文学时代》，《小说评论》1996 年第 3 期

《肖军的绿林气》，《信息经济与技术》1996 年第 4 期

《舒婷性格的注解》，《信息经济与技术》1996 年第 5 期

《钱锺书的幽默：歪喻与刻薄》，《书屋》1996 年第 4 期

《从新的美学原则到幽默逻辑学》，《当代作家评论》1996 年第 4 期

《探索者的进展：马建荣诗歌近作析》，《青年文艺家》1996 年第 4 期

《论幽默逻辑的二重错位律》，《文学评论》1996 年第 5 期

《操作性与哲理的统一：读马正平〈写的智慧〉》，《写作》1996 年第 6 期

《超越审丑，超越抒情：楼肇明的散文对当代散文的意义》，《当代作家评论》1996 年第 6 期

《论台港和大陆散文中之软幽默和硬幽默》，《文艺理论研究》1996 年第 6 期

《王蒙成不了诗人》，《信息经济与技术》1996 年第 6 期

《〈白鹿原〉在艺术上的破产》，《信息经济与技术》1996 年第 7 期

《鲁迅和〈三国演义〉》，《信息经济与技术》1996 年第 8 期

《在悬浮的意象群中沉思》，《福建文学》1996 年第 9 期

1997 年

《福建诗坛的希望——阅读闽东诗人群》，《福建文学》1997 年第 1 期

《关于演讲稿的写作》，《写作》1997 年第 1 期

《崇高形象和生命哲学：评季仲的长篇小说〈沿江吉普赛人〉》，《当代作家评论》1997 年第 2 期

《宋省予花鸟画的民间文化性格》，《福建艺术》1997 年第 2 期

《论雄辩》，《福建师范大学学报》（哲学社会学版）1997 年第 2 期

《范畴和话语的断裂和自洽》，《文艺理论研究》1997 年第 3 期

《对话与肖像》，《书屋》1997 年第 4 期

《〈西部生命〉和文化人格的建构》，《当代作家评论》1997 年第 4 期

《从工具论到目的论》（孙绍振、夏中义），《文艺理论研究》1997 年第 6 期

《生命原始形态的翔舞》，《福建艺术》1997 年第 6 期

《读安琪诗集〈奔跑的栅栏〉》，《诗刊》1997 年第 8 期

《解读古典诗魂：读林登豪的〈与古典灵魂如约〉》，《福建文学》1997 年第 12 期

1998 年

《后新潮诗的反思》，《诗刊》1998 年第 1 期

《关于真善美之间的错位：从繁漪是否是坏女人谈起》，《名作欣赏》

1998 年第 1 期

《新潮诗应该反省了》，《厦门文学》1998 年第 1 期

《宏观理论建构和微观分析》，《当代作家评论》1998 年第 2 期

《论幽默逻辑的空白和错位》，《漳州师院学报》1998 年第 12 卷第 2 期

《不可多得的散文气质》，《文学报》1998 年 5 月 14 日

《赋予自己的色彩：读谢春池〈寻找那棵橡树〉》，《文艺报》1998 年 7 月 21 日

《抒情和幽默的统一：评舒婷的复调幽默散文》，《文艺报》1998 年 9 月 8 日

《论宋江形象的悲剧性质：兼论电视剧〈水浒传〉的改编》，《通俗文学评论》1998 年第 3 期

《宋江的悲剧性格和审美价值》，《名作欣赏》1998 年第 3 期

《在历史机遇的中心和边缘：舒婷的诗和散文在当代文学史上的地位》，《当代作家评论》1998 年第 3 期

《王小波杂文的佯谬和佯庸》，《书与人》1998 年第 4 期

《在悬浮的意象中深思：读叶玉琳诗集〈大地的女儿〉》，《南方文坛》1998 年第 4 期

《理性因果和审美因果：小说情节欣赏》，《名作欣赏》1998 年第 4 期

《论幽默逻辑》，《文艺理论研究》1998 年第 5 期

《向重拍〈水浒传〉者进一言》，《文论报》1998 年 10 月 8 日

《炮轰全国统一高考体制》，《粤海风》1998 年第 10 期

《历史的选择：纪念朦胧诗二十周年》，《文学报》1998 年 12 月 3 日

1999 年

《实用价值和审美价值要拉开距离》，《名作欣赏》1999 年第 1 期

《关于所谓“脱离人民”的理论基础》，《诗探索》1999 年第 2 期

《当代中国诗歌现状》，《东南学术》1999 年第 2 期

《揭示当代诗艺探索的风险：介绍一种到位的当代诗歌批评》，《扬子江诗刊》1999 年第 3 期

《什么是艺术的文化价值：关于〈白鹿原〉的个案考察》，《福建论坛》（文史哲版）1999 年第 3 期

《人物的心理结构分析问题：以赤壁之战为例》，《龙岩师专学报》1999年第17卷第4期

《把人物打入第二环境》，《名作欣赏》1999年第4期

《走任何一个极端都不会成为好作品》，《当代电视》1999年第4期

《历史的选择：纪念朦胧诗二十周年》，《当代文学研究资料与信息》1999年第4期

《西方文论的引进和我国文学经典的解读》，《文学评论》1999年第5期

《审美与政治》（孙绍振、毛丹武），《江苏社会科学》1999年第6期

《学科开放与文艺理论建设》（王光明、南帆、孙绍振），《山花》1999年第6期

《雄浑与温情的交响：评徐南鹏诗集〈城市桃花〉》，《福建文学》1999年第7期

《智性和幽默统一：学者散文的一条出路，从王小波散文谈起》，《文艺报》1999年7月27日

《在现代文明与传统文化之间：读谢宜兴诗集〈留在村庄的名字〉》，《文艺报》1999年10月26日

《揭示当代诗艺探索的风险：介绍一种到位的当代诗歌批评》，《福建文学》1999年第11期

2000年

《我的桥和我的墙：从康德到拉康》，《山花》2000年第1期

《一种境界：蔡飞跃散文集〈紫陌行吟〉序》，《散文百家》2000年第1期

《新诗的现状与功能》（南帆、王光明、孙绍振），《当代作家评论》2000年第1期

《从审智话语向审美转化：读南帆的〈叩访感觉〉》，《中华读书报》2000年2月16日

《超越流行的感觉，找到自己：介绍中学生黄黎静的散文》，《散文天地》2000年第2期

《女权主义和文字考古的幽默感：在美国俄勒冈大学的对话》（孙绍振、桑德拉），《粤海风》2000年第1～2期

《南帆：迟到的现代派散文——兼论学者散文的艺术出路》，《福建论坛》（文史哲版）2000 年第 2 期

《当代学者散文的出路：从南帆的散文兼论审视散文的审美逻辑转化》，《文艺报》2000 年 5 月 2 日

《重建文学理论学科是时候了》（孙绍振、陈良运、南帆），《文艺报》2000 年 7 月 4 日

《当代智性散文的局限和南帆的突破》，《当代作家评论》2000 年第 3 期

《质疑英语全国分级统考体制》，《东方文化》2000 年第 5 期

《20 世纪人文科学的回顾与新世纪的展望》（孙绍振、毛丹武），《福建论坛》（文史哲版）2000 年第 3 期

《审智散文中的亚审美逻辑：南帆散文研究》，《福建师范大学学报》（哲学社会学版）2000 年第 3 期

《答美丽的主持小姐——关于主持人的幽默感问题》，《教育艺术》2000 年第 7 期

《市场时代的小说：关于九十年代中国小说的对话》（王光明、南帆、孙绍振），《山花》2000 年第 4 期

《漫谈张毓茂的散文〈这团火，这阵风〉》，《当代作家评论》2000 年第 4 期

《抄袭与摹仿的历史纷争》，《中华读书报》2000 年 8 月 16 日

《余秋雨现象和超越文学的批判：从余秋雨散文和妓女的手提袋谈起》，《福建文学》2000 年第 5 期

《原创性：唯理论与经验论的互补》，《文艺争鸣》2000 年第 5 期

《自由思想的遨游与微观的观念辨析——评戴冠青的〈文艺美学构想论〉》，《泉州师范学院学报》2000 年第 5 期

《余秋雨：从审美到审智的“断桥”——论余秋雨在中国当代散文史上的地位》，《当代作家评论》2000 年第 6 期

《超现实的第二环境和心理氛围》，《名作欣赏》2000 年第 6 期

《原创性的追求：回顾我的学术道路》，《福建文学》2000 年第 8 期

2001 年

《学术良性竞争和消极平均主义》，《东方文化》2001 年第 1 期

《力量和成就的检阅》（孙绍振、南帆），《文学自由谈》2001 年第 1 期

《在文化突围中宁静地审智：论麦城的诗》，《当代作家评论》2001 年第 1 期

《从西方文论的独白到中西文论对话》，《文学评论》2001 年第 1 期

《审美历史语境和当代文学史研究》，《文学评论》2001 年第 2 期

《新编中学语文课本批判（初评第一册）》，《粤海风》2001 年第 2 期

《迟到的现代派散文：论南帆在当代散文史上的意义》，《南方文坛》2001 年第 3 期

《画面和文字必要的错位》，《文艺报》2001 年 3 月 30 日

《改革力度很大，编写水平很惨：初评新版初中、高中语文课本第一册》，《北京文学》2001 年第 3 期

《审智散文：迟到的艺术流派——评南帆在当代散文艺术发展史上的意义》，《福建文学》2001 年第 4 期

《中国早期新诗的象征派：从闻一多到戴望舒》，《福建论坛》（人文社科版）2001 年第 5 期

《2001 年全国高考语文卷批判》，《粤海风》2001 年第 5 期

《标准答案还是荒谬答案》，《中华读书报》2001 年 12 月 12 日

2002 年

《质疑全国高考语文试卷及其评价体系》，《师道》2002 年第 1 期

《质疑全国高考语文试卷及其评价体系（续）》，《师道》2002 年第 2 期

《从冷峻到宁静——另外一个伊路》，《福建文学》2002 年第 2 期

《赤壁之战的魅力的奥秘：兼谈小说人物形象的心理结构分析方法》，《名作欣赏》2002 年第 1 期

《“五四”新诗：胡适与胡先骕》，《江苏行政学院学报》2002 年第 1 期

《假定论在指导学生写作训练中的运用》（孙绍振、曾道荣），《三明高等专科学校学报》2002 年第 19 卷第 1 期

《诗歌和高考试卷》，《中国文化报》2002 年 5 月 8 日

《浪漫主义和象征主义的互相渗透：新诗的第一个十年研究之一》，《东南学术》2002 年第 3 期

《论新诗第一个十年的流派畸变》，《文艺理论研究》2002 年第 3 期

《关注孩子的美丽心灵——孙绍振先生访谈录》（林荼居、孙绍振），《新作文》（高中版）2002 年第 6 期

《诗歌与高考试卷》，《新作文》（高中版）2002 年第 6 期

《师承与创新》，《中华读书报》2002 年 7 月 3 日

《文化批评的文学视界》（孙绍振、林焱、余岱宗），《社会科学报》2002 年 7 月 11 日

《师承与创新》，《福建日报》2002 年 7 月 13 日

《标准答案还是荒谬答案？——全国高考语文试卷研究点滴》，《名作欣赏》2002 年第 4 期

《高考话题作文之路为什么越走越窄?》，《厦门教育学院学报》2002 年第 9 期

《当代汉语散文流变论》，《当代作家评论》2002 年第 9 期

《根本在于心灵的丰富——读两篇中学生的作文》，《新作文》（高中版）2002 年第 10 期

《审美和审智的交融：读丹娅的散文》，《福建文学》2002 年第 5 期

《历史小说的当代性》，《文艺报》2002 年 11 月 9 日

《中国当代写作学走向成熟的标志性建筑：评马正平主编〈高等写作学教程系列〉》，《西南民族学院学报》（哲学社会学版）2002 年第 23 卷第 12 期

《审美散文的新秀》，《光明日报》2002 年 12 月 5 日

2003 年

《审智散文的双子星座：从南帆到萧春雷》，《福建文学》2003 年第 1 期

《人性底蕴的理性透视》，《福建日报》2003 年 1 月 27 日

《迷离恍惚的寓言——读萧春雷的小说》，《福建文学》2003 年第 4 期

《文学史的写法和文学批评的写法》，《光明日报》2003 年 5 月 8 日

《从价值层面上审视〈荷塘月色〉》，《语文教学通讯》2003 年第 6 期

《一千个哈姆雷特还是哈姆雷特：读赖瑞云〈混沌阅读〉》，《文汇读书周报》2003 年 7 月 11 日

《段落大意的教学必须缓行》，《师道》2003 年第 3 期

《让学生对语文着迷》，《语文教学通讯》2003 年第 8 期

《〈直谏中学语文教学〉自序》，《语文教学通讯》2003 年第 8 期

《解读文学经典的意义》，《名作欣赏》2003 年第 4 期

《微观分析是宏观理论的基础》，《北京大学学报》（哲学社会科学版）2003 年第 9 期

《中国现当代文学课程教学改革笔谈》（温儒敏、黄修己、孙绍振），《北京大学学报》（哲学社会学版）2003 年第 40 卷第 5 期

《微观分析、理论独创和教条主义》，《文艺理论研究》2003 年第 5 期

《语文高考研究：标准化选择题即将终结》，《中华读书报》2003 年 11 月 5 日

《突破现成话语》，《福建师范大学学报》（哲学社会学版）2003 年第 6 期

《超出平常的自己和伦理的自由：〈荷塘月色〉解读》，《名作欣赏》2003 年第 8 期

《以〈背影〉为例谈方法问题》，《名作欣赏》2003 年第 10 期

《解读南帆的“酷”》，《山花》2003 年第 12 期

2004 年

《推荐王小波的〈椰子树与平等〉》，《语文建设》2004 年第 2 期

《中国高等学校入学考试与美国托福改革》，《书屋》2004 年第 3 期

《作文只占 60 分是天经地义的吗》，《语文教学通讯》2004 年第 3 期

《〈散文学综论〉序》，《安徽日报》2004 年 3 月 19 日

《〈祝福〉：祥林嫂死亡的原因是穷困吗?》，《名作欣赏》2004 年第 2 期

《为什么“‘轻心’已过万重山”就不行？——李白的〈下江陵〉》，《中文自学指导》2004 年第 2 期

《案例：二月春风为什么不能似菜刀?》，《福建论坛》（社会科学教育版）2004 年第 5 期

《“胆子再大一点，步子再快一点”》，《中华读书报》2004 年 7 月 7 日

《文学评论及其话语的腐败》，《福建师范大学学报》（哲学社会学版）2004 年第 4 期

《审视我们的人文审美教育》，《广东教育》2004 年第 8 期

《再谈“还原”分析方法：以〈再别康桥〉为例》，《名作欣赏》2004

年第 8 期

《还原分析和微观欣赏》，《名作欣赏》2004 年第 10 期

《深刻的警策——推荐福州一中高三林蓥同学的文章》，《中学生时代》2004 年第 10 期

《长长短短“闽派”文学》，《羊城晚报》2004 年 11 月 27 日

2005 年

《见证中国当代文学话语变革：序陈晓明〈解构与文学的现代性〉》，《当代作家评论》2005 年第 1 期

《关键词还原和分析——以〈阿长和《山海经》〉为例》，《语文学习》2005 年第 2 期

《幽默得起来和幽默不起来的故事》，《泉州文学》2005 年第 2 期

《贴近生活还是贴近自我？——读〈飞扬的个性〉》，《中学生时代》2005 年第 3 期

《中国语文教育改革对谈》（温儒敏、孙绍振），《书屋》2005 年第 9 期

《2007，高考能否与新课程同行？——关于课程改革与语文高考的讨论》（温儒敏、方智范、雷实、孙绍振、巢宗祺、王土荣、苏盛葵、郑国民），《人民教育》2005 年第 10 期

《文本分析的“还原”方法和教师的主体性问题（上）》，《福建论坛》（社会科学教育版）2005 年第 6 期

《〈最后一片叶子〉解读——词典语义与文本情景语义》，《语文学习》2005 年第 6 期

《命题高考作文日薄西山：2005 高考作文题综述》，《中华读书报》2005 年 7 月 20 日

《李白的三个幻想》，《语文教学与研究》2005 年第 7 期

《文本分析的“还原”方法和教师的主体性问题（下）》，《福建论坛》（社会科学教育版）2005 年第 8 期

《高考作文题的感性和智性含量问题——2005 年高考作文命题综评》，《语文学习》2005 年第 8 期

《花木兰是英勇善战的“英雄”吗——兼谈多媒体与文本分析的关系》，《语文学习》2005 年第 9 期

《主体性和主体间性问题——兼评教师“首席”论》,《广东教育》2005 年第 9 期

《中学语文教育改革对谈》(钱理群、孙绍振),《书屋》2005 年第 9 期

《〈故都的秋〉:悲凉美、雅趣和俗趣》,《语文学习》2005 年第 10 期

《八种春天和八种诗情》,《福建论坛》(社会科学教育版)2005 年第 10、11、12 期

《渺小的人物和崇高的主题——从心理结构看〈最后一课〉》,《语文学习》2005 年第 11 期

《逆境美感和古典话语的当代转化——〈沁园春·雪〉和〈卜算子·咏梅〉》,《语文学习》2005 年第 12 期

《语文教学中教师的主体性问题:兼评教师“首席”论》,《语文建设》2005 年第 12 期

《两种不同的春天的美——读朱自清的〈春〉和林斤澜的〈春风〉》,《河南教育》2005 年 12 月版

《2005 年教科书选文:谁上?谁下?》,《中华读书报》2005 年 12 月 7 日

《跨越时代的童诗》,《人民日报》2005 年 12 月 22 日

2006 年

《杜牧〈山行〉的个性解读》,《中学语文》2006 年第 1 期

《从蛙声里迸出的童诗:解读王宜振〈适宜朗诵的 100 首童诗〉》,《文艺报》2006 年 1 月 5 日

《读中国古典诗词中秋的主题——兼谈作品分析中的同类比较方法》,《现代语文》2006 年第 1 期

《八种春天和八种诗情(续)》,《福建论坛》2006 年第 1 期

《微观分析是宏观理论的基础》,《福建论坛》(社会科学教育版)2006 年第 2 期

《面对秋天的多种不同情感(一)》,《福建论坛》(社会科学教育版)2006 年第 2 期

《面对秋天的多种不同情感(二)》,《福建论坛》(社会科学教育版)2006 年第 3 期

《面对秋天的多种不同情感（三）》，《福建论坛》（社会科学教育版）2006年第4期

《“霜叶红于二月花”好在哪里？——兼谈“贴近自我”》，《语文学习》2006年第4期

《可欣赏而不可久居——〈小石潭记〉的诗意境界和散文现实的矛盾》，《语文学习》2006年第5期

《面对秋天的多种不同情感（四）》，《福建论坛》（社会科学教育版）2006年第5期

《飘逸·情趣·分寸感：读黄征辉的散文》，《文学报》2006年5月25日

《〈皇帝的新装〉中的人物为什么没有个性》，《语文学习》2006年第6期

《面对秋天的多种不同情感（五）》，《福建论坛》（社会科学教育版）2006年第6期

《〈游园不值〉教学评点》，《福建论坛》（社会科学教育版）2006年第6期

《面对秋天的多种不同情感（六）》，《福建论坛》（社会科学教育版）2006年第7期

《把目光更多地投向乡村教育》（钱理群、孙绍振、张文质），《福建论坛》（社会科学教育版）2006年第7期

《一本有强烈冲击力的书——〈读写一体化学习〉》，《作文成功之路》（高中版）2006年第8期

《〈流金岁月〉序》，《中学生时代》2006年第8期

《感性命题和智性“潜在量”问题——评2006年高考作文题》，《语文学习》2006年第8期

《面对秋天的多种不同情感（七）》，《福建论坛》（社会科学教育版）2006年第8期

《面对秋天的多种不同情感（八）》，《福建论坛》（社会科学教育版）2006年第9期

《必须高度重视经典文本的个案分析》，《语文学习》2006年第9期

《评陈剑晖〈中国现当代散文的诗学建构〉》,《文学评论》2006 年第 5 期

《面对秋天的多种不同情感(九)》,《福建论坛》(社会科学教育版)2006 年第 10 期

《读王之涣的〈凉州词〉》,《福建论坛》(社会科学教育版)2006 年第 11 期

《解读王维的〈使至塞上〉》,《福建论坛》(社会科学教育版)2006 年第 12 期

《论说文的智趣和层次——解读贾祖璋的〈花儿为什么这样红〉》,《语文学习》2006 年第 12 期

《李白的政治幻想和艺术想象》,《河海大学学报》(哲学社会学版)2006 年第 8 卷第 4 期

2007 年

《〈十八岁出门远行〉解读》,《语文建设》2007 年第 1 期

《沉郁顿挫与精微潜隐——杜甫诗二首赏析》,《语文学习》2007 年第 1 期

《突破理论与审美阅读经验为敌的困境:〈论文学性〉课堂实录之一》,《渤海大学学报》(哲学社会学版)2007 年第 29 卷第 1 期

《论李白〈下江陵〉:兼论绝句的结构》,《文学遗产》2007 年第 1 期

《把整个的生命和修养用耳朵听出来——读余光中〈听听那冷雨〉》,《福建论坛》(社会科学教育版)2007 年第 1 期

《评〈程少堂教育理论与实践探索〉》,《语文教学与研究》2007 年第 1 期

《歪理歪推的智慧——〈说不尽的狗〉写作体会》,《语文学习》2007 年第 2 期

《〈醉翁亭记〉赏析》,《福建论坛》(社会科学教育版)2007 年第 2 期

《花木兰是英勇善战的“英雄”吗——兼谈多媒体与文本分析的关系》,《云南教育》(中学教师)2007 年第 2 期

《〈夜雨诗意〉解读》,《福建论坛》(社会科学教育版)2007 年第 3 期

《名作的细读慢品》,《文汇读书周报》2007 年 4 月 13 日

《贴近发现“愧怍”的自我》，《语文学习》2007年第4期

《〈登岳阳楼〉赏析》，《福建论坛》（社会科学教育版）2007年第4期

《也说“华丽”与“朴实”》，《语文建设》2007年第5期

《现实而又荒诞的孤独英雄——解读鲁迅〈铸剑〉》，《语文学习》2007年第5期

《在灾难面前的深度沉默——读汪曾祺的〈跑警报〉》，《福建论坛》（社会科学教育版）2007年第5期

《从封闭走向开放的曲折历程》，《中华读书报》2007年6月13日

《踏上人生的旅途，寻找精神的“旅店”——读余华的〈十八岁出门远行〉》，《语文学习》2007年第6期

《〈新诗发展概况〉写作前后》（谢冕、孙绍振、孙玉石、刘登翰、洪子诚），《文艺争鸣》2007年第6期

《〈醉翁亭记〉用了那么多“也”有什么妙处》，《语文建设》2007年第6期

《从语文高考变革看课外阅读的趋势》，《中华读书报》2007年7月11日

《关键词的多义性问题——2007年：命题作文的复兴》，《语文学习》2007年第7期

《欧阳修为什么不像范仲淹那样忧愁？——读〈醉翁亭记〉》，《名作欣赏》（文学鉴赏版）2007年第7期

《在自由的生命和龌龊的脓疮之间——读沈从文的〈箱子岩〉》，《福建论坛》（社会科学教育版）2007年第7期

《以进攻中的姿态表现军民之间的亲密感情：读〈山地回忆〉》，《语文建设》2007年第7~8期

《从感性诗化向智性分析深化：评2007年高考作文题》，《语文建设》2007年第7~8期

《让学生在寻求矛盾中品悟课文——北师大版语文教材(7-9年级）特点解析》，《基础教育课程》2007年第8期

《动荡的中年世界和多元的精神光谱——读何葆国的长篇小说〈同学聚会〉》，《闽台文化交流》2007年第8期

《“自主”学习：绝对还是相对》，《中学语文教育》2007年第9期

《没有外物负担和没有心灵负担的境界——读陶渊明的〈饮酒〉、〈归园田居〉和孟浩然的〈过故人庄〉》，《语文学习》2007年第9期

《可欣赏而不可久居：〈小石潭记〉的诗意境界和散文现实的矛盾》，《语文建设》2007年第9期

《余秋雨和南帆的距离》，《羊城晚报》2007年9月15日

《梦一定能圆的——读季羡林的〈荷塘清韵〉》，《福建论坛》（社会科学教育版）2007年第9期

《分析方法的可操作性（上）》，《中学语文》2007年第9期

《分析方法的可操作性（下）》，《中学语文》2007年第10期

《武松的神性和人性》，《语文学习》2007年第10期

《我学语文的经验：着迷》，《新语文学习》2007年第10期

《五种岳阳楼》，《名作欣赏》（文学鉴赏版）2007年第10期

《五种岳阳楼（续）》，《语文建设》2007年第11期

《刘白羽和徐志摩的“日出”赏析》，《河南教育》（基础教育版）2007年第11期

《无人悲哀的死亡——读〈孔乙己〉》，《语文学习》2007年第11期

《徐迟〈黄山记〉赏析》，《福建论坛》（社会科学教育版）2007年第11期

《〈范进中举〉的双重喜剧性》，《语文学习》2007年第12期

《用图画来回答期盼——读李商隐的〈夜雨寄北〉》，《语文建设》2007年第12期

《武松打虎和李逵杀虎》，《名作欣赏》（文学鉴赏版）2007年第12期

2008年

《散文：从审美、审丑（亚审丑）到审智——兼谈当代散文理论建构中历史的和逻辑的统一》，《当代作家评论》2008年第1期

《论新诗第一个十年》，《文艺争鸣》2008年第1期

《把文学审美熏陶落实到词语上》，《文学教育》（上）2008年第1期

《猜到的为什么比看到的更动人——读李清照的〈如梦令〉》，《语文建设》2008年第1期

《我读〈春夜喜雨〉》，《语文教学与研究》2008年第1期

《“以丑为美”的艺术奥秘——读闻一多〈死水〉》，《语文学习》2008年第2期

《道德忏悔和历史反思》，《文艺争鸣》2008年第2期

《无处可寻、无处不在、无可奈何的忧愁——读李清照〈声声慢〉》，《语文建设》2008年第2期

《我读〈咏柳〉》，《语文教学与研究》2008年第2期

《文本分析的七个层次》，《语文建设》2008年第3期

《我读〈游园不值〉》，《语文教学与研究》2008年第3期

《王道话语和霸道话语——读〈隆中对〉》，《语文学习》2008年第4期

《文本分析的七个层次（续）》，《语文建设》2008年第4期

《我读〈钱塘湖春行〉》，《语文教学与研究》2008年第4期

《朗诵不可滥用》，《中学语文教学》2008年第4期

《真切而蒙眬的叙述胜于抒情——读〈桃花源记〉》，《语文学习》2008年第5期

《最不实用的最美——解读〈麦琪的礼物〉》，《语文建设》2008年第5期

《我读〈江南春〉》，《语文教学与研究》2008年第5期

《中年世界的精神光谱》，《文艺报》2008年6月3日

《一个人物的两个自我——读〈项链〉》，《语文建设》2008年第6期

《平等对话和教师心理图式的深化》，《课程·教材·教法》2008年第28卷第6期

《高考作文命题之盲区》，《中华读书报》2008年6月25日

《我读〈山行〉》，《语文教学与研究》2008年第6期

《两种刚柔相济的严酷美——读毛泽东〈卜算子·咏梅〉和〈沁园春·咏雪〉》，《名作欣赏》2008年第7期

《我读〈玉楼春〉》，《语文教学与研究》2008年第7期

《我读〈鹧鸪天·代人赋〉》，《语文教学与研究》2008年第8期

《朗诵不可滥用》，《云南教育》（中学教育）2008年第9期

《我读〈渔家傲〉》，《语文教学与研究》2008年第9期

《高考作文命题之盲区：2008年全国高考作文题述评》，《小说家选刊》

2008 年第 10 期

《礼教的三重矛盾和悲剧的四层深度——〈祝福〉解读》，《语文学习》2008 年第 10 期

《我读〈天净沙 · 秋思〉》，《语文教学与研究》2008 年第 10 期

《从高考作文命题看我国语文培养目标缺失》，《中国教育报》2008 年 10 月 31 日

《从橡树到神女峰》，《名作欣赏》2008 年第 11 期

《对大地的形而上的感恩》，《名作欣赏》2008 年第 11 期

《音乐的连续之美和中断之美——白居易〈琵琶行〉解读》，《语文建设》2008 年第 11 期

《我读〈秋词〉》，《语文教学与研究》2008 年第 11 期

《穿越图画和音乐之美——〈琵琶行〉的艺术奥秘》，《中学语文》2008 年第 12 期

《红黑境界中的顺道无为：一个东方艺术家对西方现代与后现代艺术思潮的回应与挑战》，《福建艺术》2008 年第 12 期

《一个人物的两个自我——读〈项链〉》，《语文学习》2008 年第 12 期

《从文体的失落到回归和超越——当代散文三十年》，《名作欣赏》2008 年第 12 期

《在灾难面前的超然幽默——读汪曾祺〈跑警报〉》，《名作欣赏》2008 年第 12 期

《从细节上颠覆历史的宏大话语——读南帆〈戊戌年的铡刀〉》，《名作欣赏》2008 年第 12 期

《抒情和幽默的奇妙结合——读周晓枫〈小地主〉》，《名作欣赏》2008 年第 12 期

《我读〈登高〉》，《语文教学与研究》2008 年第 12 期

2009 年

《另眼看曹操（一）——孙绍振演讲实录》，《名作欣赏》2009 年第 1 期

《读杜甫〈月夜〉》，《语文建设》2009 年第 1 期

《百年散文史识：文体建构的曲折和辉煌——评范培松〈中国散文

史〉》，《文学评论》2009 年第 1 期

《高考作文题：中国与西方之差距——评 2008 年高考作文题》，《福建基础教育研究》2009 年第 1 期

《世纪视野中的当代散文》，《当代作家评论》2009 年第 1 期

《另眼看曹操（二）——孙绍振演讲实录》，《名作欣赏》2009 年第 2 期

《“清风半夜鸣蝉”是以动衬静吗》，《语文学习》2009 年第 2 期

《另眼看曹操（三）——孙绍振演讲实录》，《名作欣赏》2009 年第 3 期

《经典阅读：审美价值和人文价值的结晶》，《山东教育》2009 年第 3 期

《关于树的诗文赏析（一）》，《中学语文》2009 年第 3 期

《解读萧红的〈回忆鲁迅先生〉》，《语文学习》2009 年第 3 期

《李白〈月下独酌〉赏析》，《语文建设》2009 年第 3 期

《杂文家鲁迅和小说家鲁迅的矛盾（一）》，《名作欣赏》2009 年第 4 期

《关于树的诗文赏析（二）——〈三棵树〉苏童》，《中学语文》2009 年第 4 期

《从“贴近自我”到“超越自我”——“贴近生活说”质疑》，《语文学习》2009 年第 4 期

《关于树的诗文赏析（三）——〈悬岩边的树〉（曾卓）》，《中学语文》2009 年第 5 期

《杂文家鲁迅和小说家鲁迅的矛盾（二）》，《名作欣赏》2009 年第 5 期

《苏轼〈水调歌头〉（明月几时有）赏析》，《语文建设》2009 年第 5 期

《从厚土里生长出来的小说——〈山坳上的土楼〉读后》，《闽台文化交流》2009 年第 5 期

《关于树的诗文赏析（四）——茅盾〈白杨礼赞〉》，《中学语文》2009 年第 6 期

《趣谈演讲语言》，《发现》2009 年第 6 期

《杂文家鲁迅和小说家鲁迅的矛盾（三）》，《名作欣赏》2009 年第 6 期

《为什么偷来的豆最好吃——读〈社戏〉》，《语文建设》2009 年第 6 期

《从文化的情智差异看高考作文命题嬗变》，《中国教育报》2009 年 6 月

26 日

《在“关系场域”里建构新诗自主性》，《诗歌月刊》2009 年第 7 期

《颂歌和反讽的统一——读欧·亨利〈麦琪的礼物〉》，《中学语文教学》2009 年第 7 期

《名作细读——微观分析个案研究》（修订版），《语文学习》2009 年第 7 期

《静悄悄的变革：作文加到八十分》，《福建基础教育研究》2009 年第 7 期

《钱锺书的酷幽默》，《发现》2009 年第 7 期

《分值和题型：静悄悄的实质性突破——评 2009 年高考作文题》，《语文学习》2009 年第 7 期

《钱锺书：对浪漫爱情的颠覆（一）》，《名作欣赏》2009 年第 7 期

《抒情景观中的悲剧氛围——读〈三顾茅庐〉》，《语文建设》2009 年第 7 期

《关于树的诗文赏析（五）》，《中学语文》2009 年第 8 期

《多元解读和一元层层深入——文本分析的基本理论问题》，《中学语文教学》2009 年第 8 期

《对话 2009 年高考作文》，《广东教育》（综合版）2009 年第 8 期

《钱锺书：对浪漫爱情的颠覆（二）》，《名作欣赏》2009 年第 8 期

《钱锺书：对浪漫爱情的颠覆（三）》，《名作欣赏》2009 年第 9 期

《情理交融，骈散结合——解读〈岳阳楼记〉》，《语文学习》2009 年第 9 期

《从厚土里生长出来的小说——何葆国长篇小说〈山坳上的土楼〉读后》，《福建文学》2009 年第 9 期

《开放性与限定性的统一——孙绍振访谈录》（孙绍振、艾永芳），《语文教学与研究》2009 年第 10 期

《武松的痞性、匪性和人性》，《名作欣赏》2009 年第 10 期

《刘备的野心和诸葛亮的浪漫——读〈隆中对〉》，《语文建设》2009 年第 10 期

《在审俗和审熟中从容审美——读老铁的诗》，《扬子江评论》2009 年

第 10 期

《刘备的野心和诸葛亮的浪漫（续）——读〈隆中对〉》，《语文建设》2009 年第 11 期

《宋江形象的悲剧性质——兼论中国古典文学中的四种英雄形象》，《语文建设》2009 年第 12 期

《在历史和诗神的祭坛上》（孙绍振、谢冕），《诗探索》2009 年第 12 期

《论说文的析理与抒情——〈送东阳马生序〉和〈马说〉对读》，《语文学习》2009 年第 12 期

2010 年

《解读聂绀弩的〈我若为王〉》，《语文世界》（教师之窗）2010 年第 1 期

《历史幽愤的现代回响——〈记念刘和珍君〉课堂实录》（文勇、孙绍振），《中学语文》2010 年第 1 期

《中国古典文化中的英雄观念（一）》，《名作欣赏》2010 年第 1 期

《“真情实感”论在理论上的十大漏洞》，《江汉论坛》2010 年第 1 期

《去蔽：闽派语文根本精神》，《福建基础教育研究》2010 年第 1 期

《抓住情节的情感因果关系——以〈孔雀东南飞〉为例》，《语文学习》2010 年第 2 期

《解读梁晓声的〈慈母情深〉》，《语文世界》（教师之窗）2010 年第 2 期

《人性的绞索与祥林嫂的死——〈祝福〉与〈绳子〉的比较阅读（课堂实录）》（文勇、孙绍振），《中学语文》2010 年第 2 期

《中国古典小说：英雄无性——中国古典文化中的英雄观念（二）》，《名作欣赏》2010 年第 2 期

《建构当代散文理论体系的观念和方法问题——在大连“散文理论创新研讨会”上的发言》，《当代作家评论》2010 年第 2 期

《在审俗与审熟中从容审美（上）：读老铁的诗》，《昆山日报》2010 年 2 月 25 日

《在审俗与审熟中从容审美（下）：读老铁的诗》，《昆山日报》2010 年

3 月 11 日

《轻轻的我走了——〈再别康桥〉课堂实录》（文勇、孙绍振、文艳艳），《中学语文》2010 年第 3 期

《〈背影〉背后的美学问题》，《语文世界》（教师之窗）2010 年第 3 期

《杂文式抒情：在曲折的逻辑中深化——读〈记念刘和珍君〉》，《语文建设》2010 年第 3 期

《古诗词经典之三问三答（一）》，《名作欣赏》2010 年第 3 期

《〈使至塞上〉赏析》，《新语文学习》（初中版）2010 年第 3 期

《以丑为美，以傻（呆）为美和喜剧性》，《福建论坛》（社会科学教育版）2010 年第 3 期

《读者主体和文本主体的深度同化和调节》，《课程·教材·教法》2010 年第 30 卷第 3 期

《我读〈记念刘和珍君〉》，《文学教育》（上）2010 年第 3 期

《古诗词经典之三问三答（二）》，《名作欣赏》2010 年第 4 期

《孙绍振访谈：我与“朦胧诗”论争（上）》（孙绍振、张伟栋），《当代文学研究资料与信息》2010 年第 2 期

《在游仙中的人格创造——〈梦游天姥吟留别〉解读》，《语文建设》2010 年第 4 期

《刘玉：让语文课堂如此美丽》，《语文世界》（教师之窗）2010 年第 5 期

《专制奴役的整体性隐喻——〈促织〉的一种解读》（文勇、孙绍振、文艳艳），《中学语文》2010 年第 5 期

《古诗词经典之三问三答（三）》，《名作欣赏》2010 年第 5 期

《读李商隐〈锦瑟〉》，《语文建设》2010 年第 5 期

《〈背影〉的美学问题》，《语文建设》2010 年第 6 期

《孙绍振访谈：我与“朦胧诗”论争（下）》（孙绍振、张伟栋），《当代文学研究资料与信息》2010 年第 3 期

《在反思历史中不断前进——孙绍振访谈录》（孙绍振、陈青山），《语文教学与研究》2010 年第 7 期

《从偏重感性抒情走向理性分析——评 2010 年高考作文题兼论主题概念的严密和统一》，《语文学习》2010 年第 7 期

《着迷——学好语文的捷径》，《山东教育》2010 年第 7 期

《古诗词经典之三问三答（四）》，《名作欣赏》2010 年第 7 期

《从〈春江花月夜〉看意境之美》，《名作欣赏》2010 年第 8 期

《对立统一命题模式的突围和退守——2010 年高考作文命题纵论》，《语文建设》2010 年第 8 期

《论曹操〈短歌行〉的“意脉”和“节点”》，《语文建设》2010 年第 8 期

《贯通传统，遵照国情，修正西方教育理念》（孙绍振、孙彦君），《课程·教材·教法》2010 年第 30 卷第 8 期

《评论：近而不可得的恋情——〈蒹葭〉的单一意境和多元象征》，《中学语文》2010 年第 9 期

《〈宣州谢朓楼饯别校书叔云〉：无理而妙》，《语文建设》2010 年第 9 期

《谈〈长恨歌〉的“恨”》，《名作欣赏》2010 年第 9 期

《其人虽已没，千载有余情——〈荆轲刺秦王〉课堂实录》（文勇、孙绍振），《中学语文》2010 年第 10 期

《“错位”的幽默》，《人民政协报》2010 年 10 月 18 日

《“疏影横斜水清浅，暗香浮动月黄昏”好在哪里？——古诗词经典问答（四）》，《名作欣赏》2010 年第 10 期

《就〈背影〉谈审美价值和历史语境——兼与丁启阵先生商榷》，《语文建设》2010 年第 10 期

《没有外物负担又没有心灵负担的境界——读陶渊明〈饮酒（其五）〉〈归园田居（其一）〉》，《名作欣赏》2010 年第 11 期

《论〈长恨歌〉的“恨”》，《语文学习》2010 年第 11 期

《绝句：瞬间转换的情绪结构》，《文艺理论研究》2010 年第 11 期

《2010 年新版〈幽默谈吐〉序》，《语文建设》2010 年第 12 期

2011 年

《在游仙中的人格创造——〈梦游天姥吟留别〉解读》，《语文学习》2011 年第 1 期

《唐诗七绝“压卷”之争》，《名作欣赏》2011 年第 1 期

《王道话语与霸道话语（上）——读〈隆中对〉》，《名作欣赏》2011 年第 2 期

《从〈春江花月夜〉看意境的整体美》，《语文建设》2011 年第 2 期

《新编中学语文课本批判》，《语文教学与研究》2011 年第 2 期

《历史地理解散文的“真情实感”》（孙绍振、陈剑晖），《名作欣赏》（下旬）2011 年第 2 期

《当代散文：流派宣言和学理建构》，《文艺争鸣 · 上半月》2011 年第 2 期

《多智、多妒、多疑的审美循环》，《人民日报》2011 年 2 月 22 日

《王道话语与霸道话语（下）——读〈三顾茅庐〉》，《名作欣赏》2011 年第 3 期

《从冷峻到宁静，从形而上到草根——伊路的两个侧面》，《诗刊》2011 年第 3 期

《雅俗交织，悲欢交集，人神共享——读李贺〈李凭箜篌引〉》，《语文建设》2011 年第 3 期

《觉醒自由人生的标志性文本——〈赤壁赋〉课堂实录（第一节）》（文勇、孙绍振），《中学语文》2011 年第 3 期

《跨文化研究的扛鼎之作：毛翰〈中国周边国家汉诗概览〉序》，《安徽理工大学学报》（社会科学教育版）2011 年第 13 卷第 3 期

《唐人七律何诗最优》，《福建师范大学学报》（哲学社会学版）2011 年第 4 期

《红杏枝头之“闹”和法国象征派》，《语文建设》2011 年第 4 期

《觉醒自由人生的标志性文本——〈赤壁赋〉课堂实录（第二节）》（文勇、孙绍振），《中学语文》2011 年第 4 期

《美国新批评“细读”批判》，《中国比较文学》2011 年第 2 期

《出世的钟声对落第者的抚慰——读〈枫桥夜泊〉》，《语文建设》2011 年第 5 期

《情景之真实、变异和相生》，《名作欣赏》2011 年第 5 期

《抒情诗：中国“痴”和西方“疯”的范畴》，《名作欣赏》2011 年第 6 期

《反常合道——关于柳宗元〈渔翁〉的千年争议》，《语文建设》2011年第6期

《在审俗和审熟中从容审美——读老铁的诗》，《诗探索》2011年第6期

《诗酒文饭说和李白的双重人格》，《名作欣赏》2011年第7期

《从抒情文体到议论文体导向的重大进展——从2011年高考作文题看命题的历史走向》，《语文建设》2011年第8期

《余光中的四种乡愁》，《语文建设》2011年第8期

《情趣与理趣——中国古典诗话中情感的矛盾和统一（一）》，《名作欣赏》2011年第8期

《从抒情文体向议论文体的历史过渡——2011年高考作文题目纵横谈》，《语文学习》2011年第8期

《现当代散文两次文体危机的理论根源——在常熟理工学院“东吴讲堂”上的讲演》，《东吴学术》2011年第8期

《议论文写作：寻找黑天鹅》，《语文建设》2011年第9期

《“见”南山还是“望”南山？——谈陶渊明〈饮酒〉（其五）的诗眼》，《语文建设》2011年第9期

《“名言之理”与“诗家之理”——中国古典诗话中情感的矛盾和统一（二）》，《名作欣赏》2011年第9期

《议论与情韵——中国古典诗话中情感的矛盾和统一（三）》，《名作欣赏》2011年第10期

《〈春江花月夜〉：突破宫体诗的意境》，《语文学习》2011年第10期

《月和酒使生命虽短而无忧——读李白〈把酒问月〉》，《语文建设》2011年第10期

《警惕散文的第三次文体危机》，《文学报》2011年第10、13卷

《长风边月：豪爽的悲凉——读李白〈关山月〉》，《语文建设》2011年第11期

《遵照实践，理顺传统——中国本土阅读理论的建构》，《教育研究与评论》（中学教育教学）2011年第11期

《另眼看曹操：一个不朽的审美形象》，《新华日报》2011年12月28日

2012 年

《民国初期的国语课本》，《今晚报》2012 年 1 月 18 日

《瞬间性和持续性：古典诗歌的两种意境——以咏雪诗为例》，《名作欣赏》2012 年第 1 期

《情理交融的“寂寞”之美——读梭罗〈瓦尔登湖〉片段〈寂寞〉》，《语文学习》2012 年第 2 期

《中国古典诗歌之咏物寄托与西方诗之直接抒情》，《名作欣赏》2012 年第 2 期

《“寂寞”之美——读梭罗〈瓦尔登湖〉片段〈寂寞〉》，《语文建设》2012 年第 2 期

《论绝句的结构——兼论意境的纵深结构》，《名作欣赏》2012 年第 3 期

《小说对话中的心口“错位”——以〈贾芸谋差〉和〈李逵见宋江〉为例》，《语文学习》2012 年第 3 期

《比喻和诗》，《语文建设》2012 年第 4 期

《最不实用的最美——〈麦琪的礼物〉解读》，《语文学习》2012 年第 4 期

《诗歌的现在与未来》（谢冕、孙绍振、徐敬亚），《当代文学研究资料与信息》2012 年第 2 期

《文论危机与文学文本的有效解读》，《中国社会科学》2012 年第 5 期

《沈从文〈箱子岩〉解读》，《语文建设》2012 年第 5 期

《追寻文化历史人物精神的潜在矛盾——读李辉的散文》，《学术评论》2012 年第 5 期

《震撼和回味》，《文艺报》2012 年 6 月 20 日

《用雨珠子穿起来多种多样的“好”——读琦君〈下雨天，真好〉》，《语文建设》2012 年第 6 期

《超越抒情，突出理性分析——2012 年高考作文评析》，《语文建设》2012 年第 8 期

《理性分析：立论的基础——2012 年高考作文题目纵横谈》，《语文学习》2012 年第 8 期

《读汪曾祺的〈跑警报〉》，《语文建设》2012 年第 8 期

《诗话词话的创作论性质及其在17世纪的诗学突破》，《文学遗产》2012年第5期

《隐性抒情意脉和叙述风格——读杨绛〈老王〉》（孙绍振、孙彦君），《语文建设》2012年第9期

《作文批改也须借助文本细读——关于一篇学生作文修改的对话》（孙绍振、周向军），《语文学习》2012年第9期

《用具体分析统率“三要素”》，《语文建设》2012年第9期

《孙绍振谈古典诗歌分析基础：意脉·意境篇》，《现代语文》（教学研究版）2012年第9期

《庸雍淡定，以理节情——评〈兰亭集序〉》（孙绍振、孙彦君），《语文建设》2012年第10期

《谈议论文立论的严密和层次的深化——以两篇高考作文为例》，《语文学习》2012年第10期

《孙绍振谈古典诗歌分析基础：情理境篇》，《现代语文》（教学研究版）2012年第10期

《中国古代思维方法和语言模式的源头——读〈季氏将伐颛臾〉》（孙绍振、孙彦君），《语文建设》2012年第11期

《片面立论和语录堆砌——从一篇高考作文“高分卷”谈“名人开会，名言荟萃”应试作文模式的弊端》，《语文学习》2012年第11期

《世纪视野中的现当代散文》，《华夏文化论坛》2012年第12期

《我国古典诗歌超稳态的基础：双言结构和三言结构》，《名作欣赏》2012年第11期

2013年

《一把钥匙开一把锁——评改一篇中学生的作文》，《语文学习》2013年第1期

《对话背后的个性和难得的抒情——读〈子路、曾皙、冉有、公西华侍坐〉》，《语文建设》2013年第1期

《服装·符码》（孙绍振、朱立立、管宁），《学术评论》2013年第2期

《论述严密：关键词统一贯串》，《语文学习》2013年第2期

《审智散文和线性的开放结构——读周晓枫〈斑纹〉》，《语文建设》

2013 年第 2 期

《郦道元〈三峡〉：壮美豪情、秀美雅趣、凄美悲凉的三重奏》，《语文建设》2013 年第 3 期

《莫言获诺奖和洋人的政治标准唯一》，《长江文艺》2013 年第 3 期

《真语文拒绝“豪华包装”》，《语文建设》2013 年第 4 期

《“优卷”中的“靡靡之音”》，《语文学习》2013 年第 4 期

《自然景观与人文景观的相互阐释——读余秋雨的〈三峡〉》，《语文建设》2013 年第 4 期

《赋体铺陈的写景杰作——读徐迟〈黄山记〉》，《语文建设》2013 年第 5 期

《在骈体的约束中抒写情志——读〈与朱元思书〉》，《语文建设》2013 年第 6 期

《真语文拒绝“伪对话”》，《语文建设》2013 年第 7 期

《从检测理性思维到考察语文素养——2013 年全国高考作文题总评》，《语文学习》2013 年第 7 期

《漫谈现当代散文的本体建构和审美范畴》，《创作与评论》2013 年第 8 期

《高考作文命题呼唤理性思维》，《语文建设》2013 年第 9 期

《三峡形象现代化的千年历程——从郦道元到刘白羽、楼肇明、南帆、余秋雨》，《名作欣赏》2013 年第 9 期

《建构文学文本解读学》，《文艺报》2013 年 9 月 6 日

《雄辩艺术的不朽经典——读〈过秦论（上）〉》，《语文建设》2013 年第 10 期

《〈风筝〉：寓含人生哲理的散文诗》，《语文建设》2013 年第 11 期

《草原之美，因人而迥异》，《语文建设》2013 年第 12 期

《语文课本中鲁迅作品问题》，《名作欣赏》2013 年第 12 期

2014 年

《同题而异趣的警示——评袁氏兄弟两篇〈游高粱桥记〉》，《语文建设》2014 年第 1 期

《〈梦游天姥吟留别〉：游仙中的人格创造》，《中华活页文选》（教师

版）2014 年第 1 期

《不同凡响》，《中学语文》2014 年第 1 期

《演讲稿的写作》，《语文学习》2014 年第 1 期

《理直气壮发表散文诗之“独立宣言”》（孙绍振、箫风），《文学报》2014 年 1 月 30 日

《俄国形式主义“陌生化”批判》，《文艺争鸣》2014 年第 2 期

《王昌龄〈出塞（其二）〉：唐人七绝第一》，《语文建设》2014 年第 2 期

《以作者身份与文本对话》，《语文建设》2014 年第 3 期

《在学生原有的基础上有效地提高——评刘春文老师的一堂作文课》，《语文学习》2014 年第 3 期

《审美与生命的交融》，《文艺报》2014 年 3 月 10 日

《〈林教头风雪山神庙〉：“雪”在情节中的功能》，《语文建设》2014 年第 4 期

《专家评点与亮分》，《语文教学与研究》2014 年第 4 期

《〈变色龙〉：喜剧性五次递增》，《语文建设》2014 年第 5 期

《赋体铺陈的写景杰作——读徐迟〈黄山记〉》，《四川文学》2014 年第 5 期

《“凤凰涅槃”：一个经典话语丰富内涵的建构历程》，《中国现代文学研究丛刊》2014 年第 5 期

《挣不脱精神“套子”的悲喜剧——〈装在套子里的人〉的主题和副主题》，《语文建设》2014 年第 6 期

《雄辩艺术的不朽经典——读〈过秦论（上）〉》，《中华活页文选》（教师版）2014 年第 6 期

《〈文化苦旅〉读书笔记选摘（之一）》，《学术评论》2014 年第 6 期

《〈林黛玉进贾府〉：妙在情感错位的互动起伏脉络》，《语文建设》2014 年第 7 期

《以作者身份与文本对话》，《名作欣赏》2014 年第 7 期

《〈香菱学诗〉：诗话体小说》，《语文建设》2014 年第 8 期

《理性思维导向及其对抒情性思维的超越——2014 年高考作文题纵评》，

《语文学习》2014 年第 8 期

《〈文化苦旅〉读书笔记选摘（之二）》，《学术评论》2014 年第 8 期

《审美“故乡”的必然失落和“新的生活”的无望向往——兼谈〈故乡〉中的一点疏漏》，《语文建设》2014 年第 9 期

《阅读的主体并不是绝对自由的》，《江苏教育》2014 年第 9 期

《口语交际是语文教育的短板》，《人民日报》2014 年 9 月 9 日

《从抒情审美的小品到幽默“审丑”“审智”的大品》，《光明日报》2014 年 9 月 29 日

《以无序的自由联想揭示思想的不自由——〈墙上的斑点〉解读》，《语文建设》2014 年第 10 期

《名家六十讲》，《语文建设》2014 年第 10 期

《沉郁顿挫与精微潜隐——从〈登高〉等诗看杜甫的抒情意脉》，《语文建设》2014 年第 11 期

《反思西方文论审美缺失，重建文本解释学》，《中国社会科学报》2014 年 11 月 7 日

《山村缩影中镌刻的史诗——〈圳边村纪事〉序》，《闽北日报》2014 年 11 月 17 日

《爱情在美与丑反差的递增中极端化——回答〈我愿意是急流〉中一个关键问题》，《语文建设》2014 年第 12 期

《昆中的“江南水乡文化”课程基地》，《昆山日报》2014 年 12 月 3 日

《美国语文和中国语文：“核心价值”和“多元价值”问题》，《名作欣赏》2014 年第 12 期

《〈墙上的斑点〉：以无序的自由联想揭示思想的不自由》，《语文学习》2014 年第 12 期

2015 年

《演讲的现场感和互动共创——以〈我有一个梦想〉为个案》，《语文建设》2015 年第 1 期

《名家六十讲》（钱理群、孙绍振、蔡义江、童庆炳），《语文建设》2015 年第 1 期

《系统化、立体化构建“江南水乡文化”课程基地》，《江苏教育》2015

年第 1 期

《独具特色的校本课程》，《语文学习》2015 年第 1 期

《娜塔莎的爱与美：自形而下向形而上的升华——读〈娜塔莎〉（上）》，《语文建设》2015 年第 2 期

《〈文化苦旅〉读书笔记选摘（之三）》，《学术评论》2015 年第 2 期

《西方结构主义叙事模式批判》，《创作与评论》2015 年第 2 期

《娜塔莎的爱与美：自形而下向形而上的升华——读〈娜塔莎〉（下）》，《语文建设》2015 年第 3 期

《〈一只特立独行的猪〉课堂节录及评点》（熊芳芳、孙绍振、潘新和），《语文教学通讯》2015 年第 3 期

《古典诗歌欣赏的基础范畴（一）：比喻》，《语文建设》2015 年第 4 期

《真语文拒绝伪主体——兼谈学生主体和教师主导》，《语文建设》2015 年第 5 期

《中国古典诗歌的意象和意脉——评袁行霈古典诗学观念和文本解读》，《文艺争鸣》2015 年第 5 期

《散文理论：审美、审丑和审智范畴的有序建构》，《学术研究》2015 年第 6 期

《古典诗歌欣赏的基础范畴（二）：意象》，《语文建设》2015 年第 6 期

《论“中华诗国”》，《中华读书报》2015 年 6 月 24 日

《古典诗歌欣赏的基础范畴（三）：意脉》，《语文建设》2015 年第 7 期

《关于文本分析的层次》，《文学教育》（上）2015 年第 7 期

《古典诗歌欣赏的基础范畴（四）：意境》，《语文建设》2015 年第 8 期

《〈春怨〉不朽的原因：喜剧性的抒情》，《语文建设》2015 年第 9 期

《研究透了天地人，才能写出有意境的散文》（贾平凹、孙绍振、谢有顺），《文学报》2015 年 9 月 10 日

《〈师说〉：作为文体的“说”》，《语文建设》2015 年第 10 期

《〈左忠毅公逸事〉：桐城派“雅洁”之珍品》，《语文建设》2015 年第 11 期

《琦君的〈髻〉》，《语文建设》2015 年第 12 期

二 著作部分

1.《文学创作论》，春风文艺出版社，1996；2000 年修订，海峡文艺出版社。

2.《论变异》，花城文艺出版社，1986。

3.《美的结构》，人民文学出版社，1987。

4.《孙绍振如是说》，香港三联书店，1994。

5.《挑剔文坛》，福建人民出版社，2001。

6.《当代中国文学的艺术探险》，福建教育出版社，1998。

7.《怎样写小说》，海峡文艺出版社，1992。

8.《审美价值与情感逻辑》，华中师范大学出版社，2000。

9.《幽默逻辑揭秘》，福建人民出版社，1998。

10.《你会幽默吗》，香港镜报出版社，1991。

11.《幽默学全书》，海峡文艺出版社，1998。

12.《直谏中学语文教学》，南方日报出版社，2003。

13.《孙绍振幽默文集》（三卷本），广东旅游出版社，2002。

14.《对话语文》（与钱理群合著），福建人民出版社，2005。

15.《名文细读》，上海教育出版社，2006。

16.《孙绍振如是解读作品》，福建教育出版社，2007。

17.《解读语文》（与钱理群、王富仁合作），福建人民出版社，2010。

18.《如何读名作·诗歌散文篇》，香港商务印书馆，2010。

19.《如何读名作·小说篇》，香港商务印书馆，2010。

20.《月迷津渡》，上海教育出版社，2012。

21.《文本中心的突围和建构》，山东教育出版社，2012。

22.《玉泉书屋审美沉思录》，凤凰出版社，2012。

23.《演说经典之美》，福建教育出版社，2009。

24.《审美阅读十五讲》，北京大学出版社，2013。

25.《新的美学原则在崛起》，语文出版社，2019。

26.《新的美学原则在东方崛起》，海峡文艺出版社，2015。

27.《孙绍振解读经典散文》，中华书局，2015。

28.《文学的坚守与理论的突围》，人民出版社，2015。

29.《文学文本解读学》（与孙彦君合作），北京大学出版社，2015。

30.《幽默心理与幽默逻辑》，首都经济贸易大学出版社，2009。

31.《漫话幽默谈吐》，首都经济贸易大学出版社，2008。

32.《榕荫问月》，北京师范大学出版社，2013。

33.《孙绍振文集》（八卷），韩国学术情报出版社，2009。

34.《孙绍振文集》（十九卷），语文出版社，将于2016~2017年出版。

35.《回顾一次写作》（与谢冕、孙玉石、洪子诚、刘登翰、殷晋培合作），北京大学出版社，2007。

三　散文集

1.《面对陌生人》，福建人民出版社，1995。

2.《美女危险论》，知识出版社，1999。

3.《美女危险论》，作家出版社，2003。

4.《满脸苍蝇》，广东旅游出版社，2002。

5.《灵魂的喜剧》，辽宁大学出版社，2000。

6.《愧对书斋》，中国青年出版社，2011。

7.《孙绍振演讲体散文》，海峡书局出版社，2015。

（作者单位：福建师范大学文学院）

附　录

学术自述：我的桥和我的墙

孙绍振

《新的美学原则在东方崛起》即将出版，本“文丛”主编之一吴子林要我写个序言，讲讲自己的学术道路。对于我的所谓学术研究，如果要从1959年和谢冕、孙玉石、刘登翰、洪子诚等写作《新诗发展讲话》时说起，跨度长达50余年，真有说来话长之感。正为难之际，发现2000年，在钱中文先生主编的一套丛书中有我的《审美价值结构和情感逻辑》，那时我写过一个序言，总结了从20世纪80年代写作《新的美学原则在崛起》到当时的学术源流。如今读起来，还是比较切实的。全文如下：

> 将二十年来的学术论文浏览一通以后，我第一次看清楚了自己全部理论其实只有四种成分。第一，作为美学观念基础的是康德的审美价值论；第二是作为具体方法的结构主义；第三是作为内容的弗洛依德的心理层次分析。而将这三者统一起来，使之成为系统的则是黑格尔的正反合螺旋式上升的辩证法模式。[①]
>
> 除了黑格尔的哲学，我是有意识地花了两年的工夫对原著进行过钻

① 这个说法今天看起来，还不够完全，应该加上第五点，我作为作家的对于小说、诗歌和散文创作的直接经验。

研以外，其它两方面，却是无心插柳柳成荫。

第一次得知自己和康德的思想有联系，是在1985年的某一天，我在中国社会科学院文学研究所的一个讲习班，作了一次讲座，人民文学出版社理论编辑室的李昕先生听后对我说："你的文艺思想，属于康德的体系。"

我不禁大吃了一惊。把我的名字和这样的大师联系在一起，实在不但有点愧不敢当，而且惶惑莫名。

那时我还没有认真地念过康德的原著。康德那从概念到概念的玄虚演绎，和我的天性不太相容。康德的三个《批判》一直放在我的书架上，连封面的灰尘都轻易不敢造次去拂拭。读康德的书所要下的决心，可能不亚于参加喜马拉雅山登山队。多少比我刻苦的朋友，都感叹康德的原著有如"天书"。康德对于概念细部微妙关系像科学家对于原子核中的微粒子那样着迷。大师在概念的演绎的迷宫中流连忘返，享受创造的满足，完全不管演绎法的局限，丝毫没有露出以实证、归纳来弥补演绎法不足的苗头，连稍带感性的例子都懒得举一举，除了一个名不见经传的小鱼小虾一样的诗人以外，甚至对同时代的歌德、席勒都不屑一顾。他的神秘和抽象，他的经院哲学的繁琐，把作为大学生的我吓住了。读这样的天书，不拿出生命的几分之一。不可能有任何成效作这样生命的赌注，真是太奢侈了。

我告诉李昕先生，我对于康德一向有一种敬而远之的谦卑，生命于我只有一次，与其奉献给康德去折磨，不如痛饮一些令人心旷神怡的学术的甘露。但是李昕的微笑中含意十分明显，过份谦虚恰恰是美德的反面。他以不容分说的坚定宣布：约我为他们这样的权威出版社写一本书，就以我演讲中康德的价值观念为中心。如果没有足够的新著，也可以将已经发表的论文，按一个主题系统地编起来也行。

临行他补充说：这不是他个人的意见，而是编辑部的计划。虽然明知可能要亏本，但编辑部一致的意见是："要亏就亏个值。"

反正，和康德这样的大师联系在一起除了增加我名字的含金量以外，没有什么坏处，我也就横下一条心答应了下来（值得庆幸的是，这本《美的结构》后来并没有导致人民文学出版社亏本）。

接着，我比较系统地阅读了我的绝大部分的论文，我不得不承认，我对自己的了解不如李昕准确。在我的论文里的确充满了康德的审美价值观念。白纸黑字，无可否认。

从写那篇《崛起》的时候开始，我就非常坚定地相信文学的特殊价值和政治的、实用理性价值的区别，在稍后的《论诗的想象》中，就发展到集中揭示文学（诗歌）在想象和逻辑上与科学和实用功利价值之间的不同。尽管当时，我刚刚从文学创作的直觉中解脱出来，还不善于用康德的“鉴赏判断”这样的术语讲话。我甚至还没有注意到表示“审美”的话语，在宗白华的译本中叫做“鉴赏判断”，而朱光潜先生却坚持把它翻译成“情趣判断”。

我不得不硬着头皮读了一点康德的原著。

这个过程，在现在的回忆中是“亲切的怀恋”，但是在当时，为那艰涩的话语而弄得痛不欲生的体验却至今历历如在目前。康德的确是博大精深，走进他的庄严的哲学大厦，我只有眼花缭乱的感觉，哪里来得及分析。但是我却是一个不可救药的无神论者，对他头上的星空，胸中的道德律，尤其是他的宗教观念，却不甚了了。

但是这绝不妨碍我沉醉在他的文艺美学中，享受着醍醐灌顶之感。

我读任何学术著作，都没有像读康德这样，感到智商不足，就是我反复钻研过的《判断力批判》，至今也只能算是一知半解，读到艰难处，我不能不几度颓然长叹，几度自怨自艾。但是，这并不妨碍我把康德当作经典，根据我自己文学创作和欣赏的经验，对他采取为我所用的立场，凡他的神秘体系中，与我不合的地方，我决不歪曲自己，而是公然地采取“六经注我”的方法，用我的文学经验和理解去填充乃至修改它。

康德在审美价值论中对于非功利性、非认识性、非逻辑性的论述，为我的思想提供了强有力的经典根据。我终于有信心把我长期酝酿的《审美价值结构及其升值和贬值运动》写了出来，对传统的真善美统一的传统说法发出挑战，我没有像康德那样让真善美三者在一般层次上处于对立的地位，而是让它们处在互相交叉的关系中，提出了真善美三维“错位”的观念。从此，“错位”形成了我日后整个学术思想的核心范畴。由此延伸出去，不论是我的小说，还是幽默理论，都是以“错位”范畴为基础。小说（与散文和诗歌的区别）拉开人物与人物心理的感知的错位，而人物对话的深层规律是人物与人物之间以及人物心理的表层和深层的感知“错位”。

九十年代初，鉴于西方现代和当代的幽默学研究大都集中在心理学方面，我力图从幽默逻辑学方面获得突破。幽默在心理学上的特点，康德、叔本华、柏格森等已经说了不少，而在逻辑学方面的特殊性西方理论家的成果却并不太丰富。我得出的结论是：西方大师，往往囿于西方强大的一元理性逻辑，连康德也不例外。其实，幽默在逻辑上的特点，就是超越了一元理性逻辑，但是它并没有陷入二元逻辑，而是在中途滑入另一重逻辑。我把它叫作“二重错位逻辑”。我指出康德的“背理—预期—失落”说和叔本华的对象与概念不一致说、柏格森的机械镶嵌说之所以不完善，其原因都在于陷入二元理性逻辑而不能自拔。其实，康德在《判断力批判》中“美的分析”的第一节就有一句很重要的话：“鉴赏判断是审美的……从而不是逻辑的。”可惜他没有往非一元逻辑上发挥。

正是在这样的文献系统研究的基础上，我完成了从《崛起》以来整个学术思想系统化。

有很长一段时间，我不太明白，为什么康德的价值观念和我的一拍即合。

细想起来，这可能是因为当时我在北京大学读书的时候，受到了朱光潜先生的重大影响。虽然在五十年代中期，朱先生由于众所周知的原因，他失去了讲授理论的权利，只能在西语系教英语作文。有好几次，由于不满足于蔡仪先生的课堂上反复强调“美是典型”，我很想跟随我的朋友，英语专业的一个班长，一起去到朱先生家里，借交英语作文之机向他请教。后来，我的一个好朋友还成了朱先生的助教，走访的条件更加成熟，但苦于对权威的矜持，历史的机遇随着念头的一闪而一去不返。

朱先生在五十年代中期，尤其是反右时期的沉默过去以后，已经活跃起来了。对于当时朱先生和蔡仪、李泽厚的美学大辩论的每一进展，我都是紧紧追随的。尤其是朱先生的文章，包括那些“批判”康德的和批判从康德系统出来的克罗齐学说的文章，还有那具体分析中国经典作品的小品（如《谈美：给青年的十二封信》），我广为涉猎。现在想来，朱先生的观念就是这样深深地塑造了我最初的美学观念。

最近，我在《新的美学原则在崛起》中发现一段话，谈到同样的一棵树在诗人、科学家和木材商人的眼光中是不一样的。这就是康德的科学的真与实用的善与艺术的审美之间的区别的观念，恰恰是朱先生的一些谈美文章的意思的翻版。严格地把政治的实用和认识的真区别开来，是朱先生对我最大的影响，也因此使得我与蔡仪先生的“美是典型”、周扬所本的车尔尼雪夫斯基的“美是生活”（的真），长期格格不入。

朱光潜的文章，对我从五十年代就开始了潜移默化的过程。到了八十年代初，审美价值观念可能已经根深蒂固，正因为这样，我才敏感到朦胧诗的艺术价值，不能用传统的时代精神等社会功利的价值去解释，相对于传统的美学原则来说，它是一种“新的美学原则”。

当时我还不能从艺术上正面去回答它究竟是什么样的价值，直到我写出了《文学的三维结构和作家的内在自由》和《审美价值结构及其升值和贬值运动》，对于康德学说的零碎的知识，系统化起来，并且加以发展，在康德那里，真善美三者是并列的，而我则认为三者不是分离的而是交错的，我给了它们一个范畴：错位，以此为核心范畴构成了真善美三维错位的系统自洽。

我的说法是，在文艺美学中，真善美不是统一的，而是三维错位的。在不完全脱离的前提下，三者的错位幅度越大，则审美价值递增，反之则递减。朱光潜先生所谓主观与客观的统一，既不能统一认识的真，又不能统一道德的善，只能统一于美，由于认识价值和道德的实用价值均是理性的，在人类社会生活中（通过学校教育和社会教育）占有优势，所以只有通过艺术形式的审美规范，才能保证超越理性，统一于情感的审美，在这种统一中，审美价值的与认识价值、道德的实用理性的错位是和艺术的审美形式规范的定位结合在一种张力结构中的。

而在审美的形式规范中，人物与人物的心理关系如果是统一的，也就是说心心相印的，则形成诗性，如果人物与人物之间的心理是相错的，则形成叙事文学的，尤其是小说的特性。而幽默逻辑结构的特点则是，它不是认识论的一元逻辑的贯通，也不是二元逻辑的分裂，而是二重错位逻辑。亦即，在一元逻辑行不通而导致失落的时候，另一重逻辑突然贯通了，达到了顿悟。

现在看来，在系统化的过程中，所依仗的不仅仅是康德的审美价值论，还有另一个要素，那就是结构主义。

这一点，也不是我自己首先感觉到的。

九十年代初，我的研究生陈加伟不止一次对我说，我的文艺思想核心是结构主义。

这种说法给我的震动，不亚于李昕所说的我是属于康德体系。

我虽然零零碎碎的读过一点结构主义的著作，可是从来没有认真读完过任何一本。我所关注的结构范畴，大都是属于自然科学和心理学的。至于文学流行一时的符号学、语言学和结构主义，我并没有十分用功地钻研过原著。

为了编辑论文选集，我又一次浏览了我的学术论文。我不能不承认，我的学生说得比我想的要更正确些。在我最重要的学术论文中，有那么多文章是分析艺术文本的内部的、深层的结构和层次的。不论是对中国古典诗歌节奏，还是对于绝句结构的分析；不论是对小说的艺术形式规范、人物心理的错位结构，还是对于幽默的逻辑结构的二重错位结构的分析，都明显带着早期结构主义的特点。

对结构分析的爱好，似乎是自发的，但是并不是从娘胎里带来的，而是在五十年代语言学老师对我耳濡目染的结果。我指的主要是王力老师、高名凯老师和朱德熙老师。王力、高名凯都是从法国语言学院留学归来的，在他们的讲授和课本中，德·索绪尔是经常提到的名字。显然，当时，他们不能不把德·索绪尔符号学说披上一层社会交际工具的主流话语的外衣。但是他们研究语言的方法，却充分强调了语言超越逻辑、约定俗成的性质。在这方面，朱德熙先生尤其令人难忘，他的理论基础是结构主义的，从他那里我知道了美国结构主义者布龙非尔德。他在课堂上分析现代汉语的语法结构，完全抛开了内容，醉心于语法内在结构的剖析。他好像不是一个教师，而是一个古希腊罗马的雄辩家。他的课程是北大中文系最为叫座的，去得稍晚就难找到座位。往往是连走廊上、暖气管上都坐满了人。现在看来，我在“文化大革命”浩劫期间为了自娱而写作的《论绝句的结构》和《我国古典诗歌节奏的结构》（原名）在方法上几乎是对他的亦步亦趋的模仿。

虽然我对于现代汉语语法毫无兴趣，但是朱先生那种把自我肯定与自我非难结合起来，推进论点深化的思考方式，魅力四射的雄辩，却深深地迷住了我，只能用如痴如醉来形容。和许多教授着重于结论的宣布加例子的“证明”不同，朱先生并不着重结论，他把主要精力放在得出结论的曲折过程中。从他那里我第一次体会到学术研究要有如打乒乓球一样，要左推右挡地防守，作理论上的免疫的工夫，才能自由地拓开思维的空间，获得自由创造的前提，得出可靠的结论。从他那里，我明白了，为什么大多数同学厌恶流行的文风：引用某种权威话语作为大前提，举几个相应的例子，就算完成了论证。朱先生习惯于在材料的基础上，得出初步的结论，以正例说明，接着又以反例限制，甚至动摇这个论点，把论点也就是语言深层结构的研究，推向新的层次。如此反复再三，最后得出自己的结论。但是他并不以为这就是真理的终结，常常又举出新的材料，说明自己的学说的局限，目前对于这些材料，还不能作恰当的阐释。他跟着又指出，如果不用这种阐释，而改用其他学者（包括当时很权威的苏联学者——如龙果夫、鄂山荫教授）的说法，虽然能够解释这些例子了，但是却有更大的漏洞。他举些例子，引起了我们的微笑。这种微笑不但是对他的赞赏，而且是体验到自己心智成长的喜悦。

许多权威的教授，虽然令我肃然起敬，但是，他们只有证明，却没有证伪，只有正例，而没有反例，连黑格尔的正反合的模式都很少能遵循。他们传授的知识启迪了我的心灵，奠定了我最初的学术信息的基础，但是，他们却不能给我以思考问题的方法。虽然，他们习惯于把结论当作终极真理，却不能让我无条件信仰，而朱德熙先生却并不是要求我信仰，他的全部魄力就在于逼迫我们在已经有的结构层次上，进行探求，他并不把讲授当作一种真理的传授，而是当作结构层次的深化。他特别强调的是：如何攀越重重障碍，而不是回避无处不在的绊脚石。

我的心智得到了最大的满足，如今想来，正是这样的满足，养育了我最初的追求形象内在结构奥秘的学术信仰。

五十多年过去了，当我重读关于绝句的结构，古典诗歌节奏的动态和稳态结构的文章，深深感到朱先生的精神烙印和他的学术遗传基因。

正是这样的结构主义的语言学基础的深刻影响，使我对于俄国形式主义、布拉格学派、法国结构主义者，叙述学的许多文本分析，一见钟情。

这种一见钟情，有一点奇特的地方，那就是：很少是先从他们那里得到理论，然后作文本的验证，更多的是，我自己先对文学形式有了一定的体悟，形成了观念，甚至已经在写作论文了，才发现了他们的一些说法，完全可以成为我的佐证。这在我写《论小说的审美规范》（后改为《论小说的横向结构和纵向结构》）时，最为明显。我在论文的写作过程中，得出小说与散文和诗歌的区别在于即使相爱的人物之间心理错位的结论时，中途去天津参加文学观念的学术讨论会，从一个精通法语的青年学者那里，得知托多罗夫研究法国爱情小说得出一个模式：当A爱上B，B并不爱A，A设法让B爱A时，A却发现他已经不爱B了。我不禁兴奋莫名，立刻请他从法文翻译出来，并且把它写在了我的论文里，作为一个学术佐证。等到文章登出来，书也印出来了，我才知道，这并不是托多罗夫的发明，而是俄国形式主义者什克诺夫斯基的首创[①]。

现在看来，对于结构主义和俄国形式主义和布拉格学派文献的涉猎不足，是一种不幸，但是，从另一方面来说，也是一种幸运。因为，结构主义者力图从文学的文本概括出某种公约的通式，这与文学的不可重复的创造性是不相容的。

使得我逃避了这种致命的弱点的，还有两个原因。

第一就是上面已经提到过的我对于西方许多文论，采取的并不是系

① 〔俄〕什克诺夫斯基：《故事和小说的构成》，见《小说的艺术——小说创作论述》，社会科学文献出版社，1995，第69页。

统接受的方式，而是根据我对于文学特殊性的理解，能为我所用则留之，不能为我所用则弃之。在我看来，最重要的不是结构主义文论中许多深层的模式的揭示，而在于对于艺术特殊性阐释的深度。我有过从事创作的体验，文学特殊性，是生命的生命。结构主义乃至叙事学对于叙事模式的揭示，不可能满足我对于文学特殊奥秘的追求。如果屈服于结构主义的权威，就不能忠于我自己对艺术形象的体验。在克服结构主义抽象通式的不足这一点上，弗洛依德、荣格的心理学说帮了我很大的忙。结构主义探索的叙事模式，是空洞、抽象的，但是，弗洛依德和荣格的无意识和人格面具的心理学说却帮我把这个空白填充了。

当然，我认真地钻研现代心理学的著作的时候，也并没有忘记心理学作为一种学科，它探求的人类心理的共同性，而文学则相反，它的目的是揭示每一个人物内心的独特的、不可重复的密码。我却并不想委屈文学，把它当作心理学原理的例证。我不过是把弗洛依德和荣格的学说，作为一种方法来加以吸收，把多层次意识和结构主义结合起来，如果结构是形式，而心理的复合层次则赋之以纵深的内涵。

我的文论里充满了那么多的心理学的内容，这使得我和当代西方的语言转向，尤其是权力话语学说和某种意义上的现象学发生了矛盾。因而，在这方面，我时常怀疑自己，是不是显得保守了一些？我的朋友南帆先生也不倦地向我灌输福柯的学说，我当然也时时为之怦然动心。在南帆先生的大量学术文章的软性的包围中，我不能不认真对待当代文论的语言转化问题。我被迫去读读现象学文论，读福柯的著作，但是，不知道为什么，收效不是很大。这也许是因为，现代心理学对于人的心理深层的分析，早在五十年代读鲁迅翻译的《苦闷的象征》时，就深深渗透进了我的灵魂，它帮助我理解文学的许多奥秘，然而，现象学却是排斥心理分析的。我非常困惑，既然把文学当作召唤结构，但是，如果读者没有任何艺术的心理储存，你能召唤出多少深厚的东西来呢？至于权力话语学说，太过于把意识形态当作研究的中心，把文学形象的特殊性看得太不重要，对我说来就不能不显得不可亲近了。

最能调和我的心理学倾向和西方文论语言学转向的矛盾，莫过于拉康了。他把精神分析学与结构主义语言学结合起来的考察，用语言符号学来解释精神分析学的经典命题，用能指与所指的关系重新阐释了弗洛依德的无意识。这使我备受鼓舞。他认为无意识不像弗洛依德所说的那样是混乱的，而是和语言一样是有组织、有结构的，语言的作用正是对欲望加以组织。他把无意识的研究从弗洛依德的心灵内部解放出来，而放到了人们外部网络关系中去。他认为，能把这种复杂网络关系说清楚的只有语言。这就是拉康所谓的“语言革命”。但是他的一个相当武断的命题又阻挡了我和他的沟通。他宣称，不是无意识先于语言，而是语言先于无意识，至少是二者几乎同时出现，无意识事实上是语言的产物。这种学说，在我看来，类似于先有鸡还是先有蛋的伪问题，与我长期以来对文学的欣赏和创造惊心动魄的体验相冲突。创作的痛苦常常是明明有一种微妙、精彩的感觉，然而，可意会而不可言传。歌德就曾说过，艺术家就是能够把别人说不出来的潜在的感觉用恰当的语言说出来的人。我国古典文论关于言与意之间的论述向来就是以二者的矛盾为基础的。古典诗话和文论中留下了那么多“苦吟”和“推敲”的经典范例，都是为了一种可意会不可言传潜在的感觉寻找恰当语言的。按拉康的理论这一切都无法解释。

这也许是我的传统语言观念的顽固性作怪罢。在我年青的时候，就形成了语言是“思想的物质外壳”的观念，当无意识还没有孕育成意念的时候，从哪里来的语言呢，如果有了明确的语言，无意识就成了意识了。

拉康的“语言革命”对我是有冲击的，然而，似乎却没有强烈到促使我在理论上作根本调整的程度。正是由于这样，其它的一些西方文论，包括福柯和罗兰·巴尔特，虽然在意识形态的深刻上，我对他们十分敬佩，他们的文学思想也有令我惊叹不已之处，但是却没有把我打动到调整自己去适应他们的体系的程度。

使我逃脱了结构主义抽象模式的第二个原因是，我的许多文学观念并不是首先从某种文论中得到的，而是从作品的欣赏、解读中慢慢体悟到的，在形成观念以后，才用黑格尔的正反合模式和螺旋式层次上升的方式转化为逻辑系统的。在西方文论中，我很少享受到为某一种观念所迷，对百思不解的文学现象突然有了恍然大悟的幸福。我的许多比较深刻的思想，大都是自己读经典文本中体悟到的。西方文论中许多精彩的东西，如果没有这样的文本体悟作现象学者所说的“预结构”，肯定是不能达到皮亚杰所说的那样“同化”的，很有可能如水浇鸭背，在思想中留不下任何痕迹。

我想，任何一个文学理论家，必须有两种工夫。第一当然是对理论文本的理解力，第二就是对文学文本的悟性。我觉得，前者虽然经常在发挥作用，可是后者却更加重要。直接从文本中洞察文学的奥秘，抽象出观念来，形成自己的话语。这种直接抽象的工夫，正是一切理论原创性的基础。这种工夫太难了，并不是每一个人都能直接构成自己的话语的，大多数人才不得不采取间接的办法，借助西方的和中国古典文论和现成话语，不是从文本出发，而是从权威的话语出发。当我读到中国和西方的理论大师的经典之作中的精辟的语言的时候，兴奋是自然的。从这里我们看到了人的才气、人的原创力。不接受大师的熏陶是不行的。即使是充满原创性的天才人物那里，生命也是有限的，人不能指望自己像祖先那样在理论上作从猿到人的进化，一切从零开始，人类文明的积累性，迫使我们不能不把生命中最大部分时间投入在接受经典理论成果的钻研上。

显然，这里包含着风险。

用伽达默尔的说法，权威的话语既是思想的桥梁，又是阻隔心灵视觉的墙。任何权威的话语的澄明作用和障蔽作用是互相渗透的。所以，在接受任何权威、大师的话语的时候，不能忘记：接受不是为了重复，而是为了把他们当作自己思考的桥梁。忘记了这一点，大师和权威就可能变成横在自己心灵视觉前面的黑色的墙。不管经典理论是多么的优秀，总是有其障蔽的成分。因而，发现其障蔽，就和接受其澄明成了同样重要的任务。否则，就不能完成自己的创造的天职。从这个意义上来说，我深深赞赏福柯的权力话语学说，正是他从理论上揭示了人们在无意识取消自己思考权力的秘密。但是目前，我觉得最值得忧虑的是一种倾向，接受了大师的观念，往往却忘记了大师的精神的根本：即使是桥，也不能停留在桥上，花上一辈子时间，看人家的学术风景。造物主赋予我们只有一次的生命的意义如果仅仅消耗于此，那就是太大的奢侈。

正是在这种意义上，自然科学理论家波普尔的只有证伪才能发现新的真理的学说对我具有特别的鼓舞力量。我佩服西方文论学者，他们一般并不以师从某一大师为荣，相反以向大师提出挑战和怀疑为荣。正是因为这样，我才在《西方文论的引进和中国经典文本的解读》中提出，以中国经典文本检验西方文论，在检验的过程中，光是满足于证明他们的有效适应范围，是没有出息的。从这个意义上来说，证伪高于证明，以证伪来推动学术的发展，是一种规律。

当然，这种“六经注我”的方法，有利于我充分发挥想象，开拓了思维的空间，赋予我在话语和范畴上创造和放达地将自己的观念体系化的自由，甚至让我有勇气在字里行间保留某种情感的冲动。但是它也使我在文献的系统化上，在对基本范畴、概念的内涵的界定上比较薄弱。因而，我的文论虽然有比较强的可读性，但却缺乏严格的、积极意义上的学院气息。

当然，我可以安慰自己，一切学术不可能完美。但是，我要弄明白的是，目前根据自己的气质和学养作出的选择，是不是宿命的？是不是还有一些自由的空间被我自己习惯的话语障蔽了？我想，回答是肯定的。在今后的岁月里，我所能够做的只是，在历史和遗传气质给我划定的圈子里，发现并解脱任何自我遮蔽。

以上文章发表于《山花》2000 年第 1 期，从那以后的十多年里，我以手工业式的方式，对四百余篇文学文本做出个案审美分析，分别出版几本书，出乎意料受到读者的热烈欢迎，其中《名作细读》已经重印 10 次。这使我更自信，不再对西方文论，尤其是当代西方文论一味洗耳恭听，我的取向不再是在人家取得胜利的地方学步，而是在他们失足的空白中，在他们宣告无能为力、徒叹奈何的审美阅读方面做出自己系统的建构。其总结性成果就是北京大学出版社的《文学文本解读学》。这本书的序言在《中国社会科学》一发表，文艺报的熊元义先生就以令人感佩的敏感，在《文艺报》发表了一整版对我的访谈。这个访谈又引起了解放军艺术学院的朱向前教授的注意，他在《解放军艺术学院学报》2013 年第 4 期上发表了《超越“更有难度的写作”》，其中谈到学院派理论与文学本体的问题，西方文论和中国文学批评、文学理论的生命问题时，谈到了我：

> 今天人们把80后批评家称为“学院派”，当然是褒义，是肯定，如前所引的“博”、“专”、“后”的概括等等，放眼当下的理论批评阵地和队伍，也几乎都成了清一色的“学院派”（曾经所谓的“作协派”批评家大概也只剩下雷达、白烨、贺绍俊等三五人了），总体反映了当代文学理论批评队伍素质的专业化提升过程。但我的意见却是要反其道而行之，越是在学院派一统天下的情况下，越要对学院派的弊端保持警惕。
>
> 记得近30年前——1984年秋，由于我的引荐，徐怀中先生特邀福建师大的孙绍振教授北上首届军艺文学系，讲述他那本即将问世的洋洋60万言的填补当代文学理论批评空白的开山巨作《文学创作论》。在我看来，孙著是一本“在森严壁垒的理论之间戳了一个窟窿的于创作切实有用的好书”，为此还应《文学评论》之邀撰写了万字书评《“灰”与“绿”——关于〈文学创作论〉的自我对话》（载《文学评论》1986年第1期）。孙绍振亦籍此创造了一个在军艺文学系讲课最系统持久（一连5个半天）的纪录，至今无人企及（一般情况下，任何专家、教授、作家都只给每届讲一堂课），而且深受学员好评。此后多年，莫言等人都曾著文忆及当年听孙先生讲课时所受到的震动和启发。而孙先生，就是一位当代文学理论前辈中为数不多的才子型且西学修养极为深厚的资深学院派，他与谢冕、张炯等同为北大同班同学，但又操得一口流利的英语。1982年冬，我有幸与孙先生同为福建省文学奖评委，入住鼓浪屿某宾馆比邻而居一礼拜，每天清晨听他在阳台上面对大海用英语朗读西方经典原著一小时，那份优雅的做派真真把我佩服死了。结果他却摇摇头，淡然道，当年我是我们班英语最好的，再不捡捡就真要忘光喽。
>
> 然而，就是这位孙先生，数十年来，立足本土，鹰视前沿，及时追踪西方文论英美诸学派，“入乎其里，出乎其外”，始终对学院派坚持一种扬弃的姿态。恰巧，半个月前——2013年6月17日的《文艺报》“理论与争鸣”整版发表了《建立中国特色的文学批评学——文艺理论家孙绍振访谈》，文中观点一以贯之，他认为，带着西方经院哲学传统胎记的“西方文论一味从概念（定义）出发，从概念到概念进行演绎，

越是向抽象的高度、广度升华，越是形而上和超验，就越被认为有学术价值，然而，却与文学本体的距离越来越远。文学理论由此陷入自我循环、自我消费的封闭式怪圈”。“归根到底，这使文学理论不但脱离了文学创作，而且脱离了文本解读”。他具体指出其根本软肋——

“第一，号称‘文学理论’却宣称文学实体并不存在，伊格尔顿在《二十世纪西方文学理论》、乔纳森·卡勒在《文学理论导论》中坦然如此宣称。这样的危机对2000多年来西方文学理论来说如果不敢说是绝后的，至少可以说是空前的。第二，他们几乎不约而同地宣称，对于具体文学作品的解读的‘束手无策’是宿命的，因为文学理论只在乎概念的严密和自洽，并不提供审美趣味的评判。第三，他们绝对执著于从定义出发的学术方法，当文学不断变动的内涵一时难以全面概括出定义，便宣称作为外延的文学不存在。第四，他们的理论预设涵盖世界文学，可是他们对东方，尤其是中国古典文学和理论却一无所知，他们的知识结构和他们的理论雄心是不相称的。”

孙绍振的结论是：“西方文论失足的地方，正是我们的出发点，从这里对他们的理论（从俄国形式主义到美国新批评，从结构主义到文学虚无主义的解构主义，从读者中心论到叙述学）进行系统的梳理和批判，在他们徒叹奈何的空白中，建构起文学文本解读学，驾驭着他们所没有的理论和资源，和他们对话，迫使他们与我们接轨，在文学文本的解读方面和他们一较高下。也许这正是历史摆在我们面前的大好机遇。”

我觉得，如果由我来总结从20世纪80年代的《文学创作论》到今年的《文学文本解读学》的学术探索，头绪如此纷繁，虽苦心孤诣，亦难以提纲挈领，不免陷于烦琐，不如引用他的论述，可能比较客观、中肯，这样讨巧的事，何乐而不为？

是为序。

2015年1月15日

全文原载《新的美学原则在东方崛起》（福建人民出版社，2015）

（作者单位：福建师范大学文学院）

新的美学原则在崛起

孙绍振

《诗刊》按：这里发表的孙绍振同志的《新的美学原则在崛起》一文，是本刊自1980年8月号开展问题讨论以来一篇较为系统地阐明作者理论观点的文章。作者在评价近一二年某几个青年诗歌作者及其作品时说："与其说是新人的崛起，不如说是一种新的美学原则的崛起"。他认为这个崛起的"新的美学原则"有如下特点：1."他们不屑于作时代精神的号筒"；"不屑于表现自我感情世界以外的丰功伟绩"；"回避去写那些我们习惯了的人物的经历、英勇的斗争和忘我的劳动的场景"；"不是直接去赞美生活，而是追求生活溶解在心灵中的秘密"。2.提出社会学与美学的不一致性，强调自我表现，理由是："既然是人创造了社会，就不应该以社会的利益否定个人的利益，既然是人创造了社会的精神文明，就不应该把社会的（时代的）精神作为个人的精神的敌对力量……"3."艺术革新，首先就是与传统的艺术习惯作斗争"。作者向青年诗人指出"要突破传统必须有某种马克思讲的'美的法则'，必然在从传统和审美习惯中吸取某些'合理的内核'"，但又认为他们当前面临的矛盾，主要方面还在于旧的"艺术习惯的顽强惰性"。

编辑部认为，当前正强调文学要为人民服务、为社会主义服务，以及坚持马克思主义美学原则方向时，这篇文章却提出了一些值得探讨的问题。我们希望诗歌的作者、评论作者和诗歌爱好者，在前一阶段讨论的基础上，进一步对此文进行研究、讨论，以明辨理论是非，这对于提高诗歌理论水平和促进诗歌创作的健康发展都将起积极作用。

在历次思想解放运动和艺术革新潮流中，首先遭到挑战的总是权威和传统的神圣性，受到冲击的还有群众的习惯的信念。当前在新诗乃至文艺领域中的革新潮流，也不例外。权威和传统曾经是我们思想和艺术成就的丰碑，但是它的不可侵犯性却成了思想解放和艺术革新的障碍。它是过去历史条件造成的，当这些条件为新条件代替的时候，它的保守性、狭隘性就显示出来了，没有对权威的传统挑战甚至亵渎的勇气，思想解放就是一句奢侈性的空话。在当艺术革新潮流开始的时候，传统、群众和革新者往往有一个互相摩擦甚至互相折磨的阶段。

当前出现了一些新诗人，他们的才华和智慧才开出了有限的花朵，远远还不足以充分估计他们未来的发展，除了雷抒雁之外，他们之中还没有一个人出版过一个诗集，却引起了广泛的议论，有时甚至把读者分裂为称赞和反对的两派。尽管意见分歧，但他们的影响却成了一种潮流，在全国范围内，吸引了许多年轻的乃至并不年轻的追随者。在他们面前，他们的前辈好像有点艺术上的停滞，正遭到他们的冲击。

如果前辈们没有新的发展和突破，很可能会丧失其全部权威性。谢冕把这一股年轻人的诗潮称为“新的崛起”，是富于历史感，表现出战略眼光的。不过把这种崛起理解为预言几个毛头小伙子和黄毛丫头会成为诗坛的旗帜，那也是太拘泥字句了。与其说是新人的崛起，不如说是一种新的美学原则的崛起。这种新的美学原则，不能说与传统的美学观念没有任何联系，但崛起的青年对我们传统的美学观念常常表现出一种不驯服的姿态。他们不屑于作时代精神的号筒，也不屑于表现自我感情世界以外的丰功伟绩。他们甚至于回避去写那些我们习惯了的人物的经历、英勇的斗争和忘我的劳动的场景。他们和我们 20 世纪 50 年代的颂歌传统和 60 年代战歌传统有所不同，不是直接去赞美生活，而是追求生活溶解在心灵中的秘密。梁小斌说：“我认为诗人的宗旨在于改善人性，他必须勇于向人的内心进军。”他们在探索那些在传统的美学观看来是危险的禁区和陌生的处女地，而不管通向那里的道路是否覆盖着荆棘和荒草。正因为这样，他们的诗风有一种探险的特色，也许可以说他们在创造一种探索沉思的传统。徐敬亚说："诗人应该有哲学家的思考和探险家的胆量"，这倒是我国当前的一种现实，迷信走向了反面，培养了那么多的哲学头脑，闪耀着理性的光辉。他们的这种思考和传统美学观念的不同之处乃是徐敬亚所说的诗人甚至"应该有早于政治家脚步的探讨精神"。从习惯于文艺从属于政治家的文坛看来，这不免有点"异端"了。当革新者最好的诗与传统的艺术从属于政治的观念一致的时候，他们自然成了受到钟爱的候鸟。正因为这样，舒婷的《这也是一切》、梁小斌的《中国，我的钥匙丢了》，等等，得到异口同声的赞许。但是，他们有时也用时代赋予他们的哲学的思考力去考虑一些为传统美学原则所否决了的问题，例如个人的幸福在我们集体中应该占什么地位、人与人之间的和谐如何才能达到等，分歧和激烈的争辩就产生了。它集中表现为人的价值标准问题。在年轻的探索者笔下，人的价值标准发生了巨大的变化，它不完全取决于社会政治标准。社会政治思想只是人的精神世界的一部分，它可以影响，甚至在一定条件下决定某些意识和感情，但是它不能代替后者，二者有不同的内涵，不同的规律。例如政治追求一元化，强调统一意志和行动，因而少数服从多数，而艺术所探求的人的感情可以是多元化的，不必少数服从多数。政治的实用价值和感情在一定程度上的非实用性，是有矛盾的，正如一棵木棉树在植物学家和在诗人眼中价值是不相同的一样。如果说传统的美学原则比较强调社会学与美学的一致，那么革新者比较强调二者的不同。表面上是一种美学原则的分歧，实质上是人的价值标准的分歧。在年轻的革新者看来，个人在社会中应该有一种更高的地位，既然是人创造了社会，就不应该以社会的利益否定个人的利益，既然是人创造了社会的精神文明，就不应该把社会的（时代的）精神作为个人的精神的敌对力量，那种人"异化"为自我物质和精神的统治力量的历史应该加以重新审查。在传统的诗歌理论中，"抒人民之情"得到高度的赞扬，而诗人的"自我表现"则被视为离经叛道，革新者要把这二者之间人为的鸿沟填平。即使从社会学的角度来看，社会的价值也不能离开个人的精神的价值，对于许多人的心灵是重要的，对于社会政治就有相当的重要性（举一个极端的例子：宗教），而不能单纯以是否切合一时的政治要求为准。个人与社会的分裂的历史应该结束。所以杨炼说："我永远不会忘记作为民族的一员而歌唱，但我更首先记住作为一个人而歌唱。我坚信：只有每个人真正获得本来应有的权利，完全的互相结合才会实现。"我们的民族在十年浩劫中恢复了理性，这种恢复在最初的阶段是自发的，是以个体的人的觉醒为前提的。当个人在社会、国家中地位提高，权利逐步得以恢复，当社会、阶级、时代，逐渐不再成为个人的统治力量的时候，在诗歌中所谓个人的感情、个人的悲欢、个人的心灵世界便自然地提高其存在的价值。社会战胜野蛮，使人性复归，自然会导致艺术中的人性复归，而这种复归是社会文明程度提高的一种标志。在艺术上反映这种进步，自然有其社会价值，不过这种社会价值与传统的社会价值有很大的不同罢了。当舒婷说："人啊，理解我吧。"她的哲学不是斗争的哲学，她的美学境界是追求和谐。她说："我通过我自己深深意识到，今天，人们迫切需要尊重、信任和温暖。我愿意尽可能地用诗来表现我对'人'的一种关切。障碍必须拆除，面具应当解下。我相信：人和人是能够互相理解的，因为通往心灵的道路总可以找到。"从理论的表述来说，这可能是有缺点的，离开了矛盾的同一，任何事物都是不存在的。但在创作实践上，作为对长期阶级斗争扩大化造成的人与人之间关系的恶化的一种反抗，它正是我们时代的一种折光。从美学来说，人的心灵的美并不像传统美学原则所限定的那样只有在斗争中（在风口浪尖）才能表现，谁说斗争能离开统一，矛盾不能达到和谐呢？因为据说有百分之五的阶级敌人，就应该对百分之九十五的人瞪着敌视的目光，怀着戒备的心理，戴着虚虚实实的面具，乃至随时准备着冲入别人的房子去抄家、去戴人家的高帽吗？在舒婷的作品中常有一种孤寂的情绪，就是对人与人之间这种反常畸形的关系的一种厌倦，而追求真正的和谐又往往不能如愿，这时她发出深情的叹息，为什么不可以说是一种典型化的感情？为什么只有在炸弹与旗帜的境界中呐喊才是美的呢？不敢打破传统艺术的局限性，艺术解放就不可能实现。一种新的美学境界在发现，没有这种发现，总是像小农经济进行简单再生产那样用传统的艺术手段创作，我们的艺术就只能是永远不断地作钟摆式单调的重复。梁小斌说："'愤怒出诗人'成为被歪曲的时髦，于是有很多战士的形象出现。一首诗如果是显得沉郁一些，就斥为不健康。愤怒感情的滥用，使诗无法跟人民亲近起来。"他又说："意义重大不是由所谓重大政治事件来表现的。一块蓝手绢，从晒台上落下来，同样也是意义重大的，给普通的玻璃器皿以绚烂的光彩。从内心平静的波浪中，觅求层次复杂的蔚蓝色精神世界。”这些话说得也许免不了偏颇，多少有些轻视战士和愤怒的形象在某种条件下不可替代的作用，但是他们的勇气是可惊叹的。他们一方面看到传统的美学境界的一些缺陷，一方面在寻找新的美学天地。在这个新的天地里衡量重大意义的标准就是在社会中提高了社会地位的人心灵是否觉醒、精神生活是否丰富。与艺术传统发生矛盾，实际上就是与艺术的习惯发生矛盾。在生活中，要提高人的地位，自然也有习惯的阻力，但是艺术的习惯势力比之生活中的习惯势力要顽强得多。因为在生活中，人们是以自觉的意识指导着人的思想和实践的，以新的自觉意识去克服旧的自觉意识，虽然也需要一个过程，但总是属于理性范畴，总是比较单纯。而在艺术中则不完全是理性主宰一切，它包含着感情。泰纳在《艺术哲学》中说：“在一般赋有诗人气质的人身上，都是不由自主的印象占着优势”，“若要下一个明确的定义，就得肯定其中有个自发的强烈的感觉”。艺术的感情色彩使它有一种“不由自主的”“自发的”一面，这一面有时还“占着优势”。长期的大量的艺术实践不但训练了艺术家的意识，而且训练了他的下意识或者潜意识。这样，使他的神经在感情达到饱和点的时候，依着一种“不由自主的”“自发的”习惯，达到一种条件反射的程度。习惯，就是意识与下意识的统一。不论是一个人还是一个民族，养成自己独创的艺术习惯都是艰难的。意识和潜意识都是建立在长期经验基础上的。个人、民族、时代的美学独创性，都渗透在这种习惯之中。年轻的革新者要克服一种习惯的拘束，同时，要确立一种新的习惯。不论克服还是确立，光凭自觉意识是不够的。光凭自觉意识就是光凭概念，它同时要和那“不由自主的”“自发的”潜意识打很久的交道。自觉意识不能完全战胜下意识，正如法国的语音学家可能读不好英语的重音一样，又如吴语区的语音学家可能说不好普通话中的卷舌的辅音一样。因为习惯是一种条件反射，形成了一种潜意识，是自觉意识不能管束的，它的存在就是反应固定化的结果，是很难变化的。恩格斯所说的传统的惰性在这里可以找到一部分注解。艺术革新，首先就是与传统的艺术习惯作斗争。顾城在《学诗札记二》中说：“诗的大敌是习惯——习惯于一种机械的接受方式，习惯于一种‘合法’的思维方式，习惯于一种公认的表现方式。习惯是感觉的厚茧，使冷和热都趋于麻木；习惯是感情的面具，使欢乐和痛苦都无从表达；习惯是语言的套轴，使那几个单调而圆滑的词汇循环不已；习惯是精神的狱墙，隔绝了横贯世界的信风，隔绝了爱、理解、信任，隔绝了心海的潮汐。习惯就是停滞，就是沼泽，就是衰老，习惯的终点就是死亡……当诗人用崭新的诗篇、崭新的审美意识粉碎了习惯之后，他和读者将获得再生——重新感知自己和世界。”也许把重新感知自我和世界当成革新者的任务并且痛快淋漓地宣告要与艺术的习惯势力作斗争，这还是第一次，因而它启发我们思考的功绩是不可低估的。但是作为一种理论的表述，我们还是要禁不住吹毛求疵一下，这里多少有些片面性，透露出革新者美学思想上的弱点。因为习惯，即使过时的习惯，也不光是停滞的沼泽，它还包含着过去的成就和经验。当革新者向习惯扔出决斗的白手套时，应该像梁小斌那样：“我必须承认‘四人帮’的那些理论也在哺育我，它也变成阳光，晒黑了我的皮肤。”自然，我们可以说“四人帮”的理论不是我们的传统的习惯，但也不可否认它是我们传统和习惯的畸形化，人总是要在前人积累的思想材料和艺术经验的基础上前进的，前人提供的不可能都是正面的、积极的、健康的，但人类正是在这并不绝对完美的阶梯上攀登的。光凭一个人的才华，光凭自己的生活积累是成不了艺术革新家的。《儒林外史》中写了一个王冕，孤独地反复画了好多年荷花，没有任何学习与参考的资料便卓尔成家，有了惊人的创造，从艺术理论上讲，这是不科学的。王冕的方法是从零开始的原始人的方法，用这样的方法是不可能创造出新的艺术水平来的。在创作实践中人们总是既要从生活出发，又不能完全排除从艺术出发的。西洋画从写生开始，中国画从临摹开始，都是反映了规律的一个侧面，二者是可以结合起来的。马克思说：人是按着美的法则创造的。就是说人在客观现成材料（素材）面前不是像动物那样被动的。美的法则，是主观的，虽然它可以是客观的某种反映，但又是心灵创造的规律的体现。在创作过程的某一阶段上，美的法则是向导，是先于形象诞生的。它又不是抽象的理念，而是活在传统的作品和审美习惯之中的。要突破传统必须有某种马克思讲的“美的法则”，必然在从传统和审美习惯中吸取某些“合理的内核”。习惯只能用习惯来克服，新的习惯必须向旧的习惯借用酵母。不是借用本民族的酵母的一部分，就是借用他民族的酵母的一部分。只有把借用习惯的酵母和突破习惯的僵化结合起来才能确立起新的习惯，才能创造出更高的艺术水平，否则只能导致艺术水平的降低。目前年轻的革新者们自然面临着旧的艺术习惯的顽强惰性，但是如果他们漠视了传统和习惯的积极因素，他们有一天会受到辩证法的惩罚。不过问题的复杂性在于，他们似乎并没有忽略继承，只是更侧重于继承他民族的习惯。但是这种习惯与我国本民族的习惯的矛盾有时是很深的。虽然新诗史上大部分有独创性的流派，都和外民族独异的艺术刺激分不开，但是，即使其中的大诗人也还没有解决两个民族艺术习惯的矛盾，当这种矛盾激化到一定的程度，就会走向反面，产生闭关自守或者全盘西化的倾向。新诗的革新者如果漠视这样的历史经验，他们的成就将是比较有限的。不过，我们并不悲观，因为我们看到他们中的优秀代表并不像我们中的一些人认为的那样，以为自己已经掌握了历史发展的全部蓝图。他们有自知之明，他们知道自己还幼稚，舒婷在《献给我的同代人》中说：

为开拓心灵的处女地
走入禁区，也许——
就在那里牺牲
留下歪歪斜斜的脚印
给后来者
签署通行证。

探索既是坚定的、不怕牺牲的，又是谦虚的，承认自己的脚步是孩子气的。我们可以毫不迟疑地说，他们肯定会有错误，有失败，有歧途的彷徨，但是，只要他们不动摇，又不固执，即使他们犯了错误，也是可以像列宁所说的那样，得到上帝的原谅的。同时，又会给后来者和他们自己留下历史的经验。——但是，这些经验是不是会浪费，就要看我们善于不善于总结使之上升到理论的高度，并为他们所接受了。

1980 年 10 月 21 日至 1981 年 1 月 21 日

原载《诗刊》1981 年第 3 期

（作者单位：福建师范大学文学院）

散文：从审美、审丑（亚审丑）到审智

——兼谈当代散文理论建构中历史的和逻辑的统一

孙绍振

一

中国当代散文，有着一种悖论性质的奇观。一方面是，严肃文学的主体，如小说、诗歌，乃至话剧，遭受大众文化空前挤压，阵地相继陷落，走向边缘；另一方面，散文创作却有勃兴之势，作者队伍空前扩大，成为小说家、诗人、理论家乃至文化官员的“客厅”，风格样式异彩纷呈，突破了抒情和诗化审美的成规。但是，与这种态势极不相称的是散文理论的贫困，其学术积累，不但不如诗歌、小说、戏剧，而且连后起的、暴发的电影，甚至更为后发的电视理论都比不上。当然，毕竟散文创作实践的推动力是巨大的，散文理论，尤其是散文批评、散文理论史的研究开始了众声喧哗的繁盛期。但是，由于在基本理念上缺乏共识，对散文成就的评价，陷入全面混乱。全国唯一的《散文选刊》，所选作品之离谱，其目光之低下，每每令人莫名惊诧。不同出版社照例推出年度“最佳散文选”，篇目往往南辕北辙，互相重合者凤毛麟角。即使成就卓著的散文作家，在不同地区的年度的总结性论文中，所列品位相当悬殊。现象的杂陈，评价的任意，成为“中国当代散文史”的顽症。更令人气短的是，一些散文家地位的显赫，不是由于作品的质量，而是缘于其在行政机构、散文学术团体或重要报刊中的权力。

全国的散文评奖（除了少数以外），品评之失衡，人情之腐败，更是有目共睹。现代散文史论的学术研究，鲜有从当代散文发展制高点上提出问题，常常是分不清当年作家低水平的感想和真知灼见，眉毛胡子一把抓，满足于在历史资料的迷宫里打转，造成准学术垃圾与日俱增。在另一个极端上，则是一些照搬西方文化哲学术语的大块文章的喧嚣。从创作到理论如此混乱，导致散文在中国文坛上的处境十分尴尬。一度把散文视为“文类之母”的学者，也发出它沦为“次要文类”的哀叹，甚至称之为“不成为文体的流浪儿”。台湾散文学者郑明娳更是哀叹散文成了“残留文类”。

从表面看来，散文理论似乎相当热闹。从 20 世纪以来，散文界像走马灯似地提出种种观念，“大散文”、“纯散文”（“净化散文”）、“复调散文”、“文化散文”、“生命散文”、“新散文”，还有以作者身份划分的“学者散文”、“小女子散文”之类。但是，众多的主张，大都成为过眼烟云、纸人纸马，除了“大散文”，由于贾平凹和南帆等身体力行，以杰出的作品，产生一些号召力以外，其他的“理论”，作家似乎都不予理睬，众多的理论变成理论家各自的独白。对这种现象，楼肇明先生用“繁华下的贫困”来概括，是很有道理的。究竟贫困在什么地方？究其始终，是准则的混乱，而准则的混乱，是由于理论的混乱，而理论的混乱，则在根本上是由于思想方法的混乱，甚至是幼稚。

二

这些年学术界非常强调“学术规范”，诚然，为反对游言无根，是十分必要的，但什么是学术规范的精神呢？粗浅的理解就是无一字无来历，引文要有原生的出处。如果这也算是规范的话，就太低级了。引述文献，是为了发挥自己的独创见解。但是，借助权威的、文献的装饰的套话、“陈言”，甚至是“蠢言”、学术假货，却在学术规范的幌子下泛滥成灾。

风行一时的理论，带着感觉、经验的繁杂性，严格说来，缺乏理论所必须具备的抽象力度和严密的内涵。其次，概念不成系列，大抵是孤立的、零碎的，缺乏衍生的观念的依托，充其量只是口号或者宣言而已。理论要成为理论，应该具备自洽的概念范畴体系，衍生概念处于自洽的逻辑的起点和终点之中。文化散文成立的前提是对应非文化散文，内涵是什么？纯散文，如果是艺术散文，那么“艺术”的内涵，是什么？大散文，大在哪里？新散文，和旧的有什么不同？系列概念的内涵，本该相互补充，相互支持才有理论的生命，互相干扰、交叉，互相游离的概念，与理论无缘。

当然，流行的散文观点，多多少少，还依托某些现成的常识性的经验，例如，抒情散文、叙事散文，还有说理散文，诸如此类。但细究起来，这些常识性观念，与其说是支持，不如说是对学术逻辑的消解。抒情、叙事、说理，在逻辑上属于划分，而划分的起码要求是：第一，标准要一贯；第二，划分不得剩余和越出，亦不得交叉。抒情、叙事、说理，三者表面上并列，但这是从贫乏的抽象的意义上来说的，在实际作品中，抒情、叙事、说理，三者经常是交错的。在叙事中抒情，比比皆是；借叙事说理，早在先秦散文寓言中取得了很高成就；至于在抒情中说理，情理交融，都是常识。理论可以批判常识，但不能违反常识。

所有这一切，都在说明，流行的散文理论，从思想方法来说，连起码的逻辑规律的关注都是不足的。许多颇有影响的散文理论，号称理论，却连起码的经验都不能全面涵盖。在这方面，散文理论界影响最大的“真情实感论”，可以说是代表。连《中国大百科全书》散文条，都采用了这个说法。当然，这种理论历史价值不可忽略，把这定位为散文理论冲破了机械反映论走向审美价值论的一座桥梁是不为过的。对于这一点，我在《评陈剑晖〈中国当代散文的诗学建构〉》中已经给予充分的肯定，此处不赘。[①]

这种理论的思维水准，在一个时期可以代表中国散文论界，因而，其思维方法，就很值得严格审视。其中的著名论述是：“散文创作是一种表达内心体验和抒发内心情感的文学样式。”“它主要是以内心深处迸发出来的真情实感打动读者。”不难看出，事实上把散文的特殊性定性在“真情实感”，也就是抒情性上。当然，也看到了抒情性的狭隘：“狭义散文以抒情性为侧重融合形象的叙事与精辟的议论。”[②] 他很有分寸感地用了一个“侧重”，带出了“议论”，不过议论当然是为抒情服务的。这种“真情实感论”在相当

---

① 孙绍振：《评陈剑晖〈中国当代散文的诗学建构〉》，《文学评论》2006年第6期。

② 林非：《关于当前散文研究的理论建设问题》，《散文论》，华中师范大学出版社，1992，第5页。

一个时期中，拥有相当的权威，至今仍然得到学界并不敏感的人士的广泛认同。

但这样的理论是极其粗陋的。首先，楼肇明早就指出了，真情实感，并不是散文的特点，而是一切文学共同的性质。其次，真情实感的强调，并非永恒现象，而是一种历史现象，最初出现在五四时期，是对“瞒和骗”的文学传统的反拨，后来，是在新时期，是对“假、大、空”政治图解的颠覆。把这种理念，从具体的历史语境中抽象出来，作为散文的永恒的性质，实质上是以抒情为半径为散文画地为牢。首先，中国散文史、西方散文史上，并不全以抒情为务，不以抒情见长的散文杰作，比比皆是。不管是蒙田还是培根，不管是博尔赫斯的《沙之书》，还是罗兰·巴特的《艾菲尔铁塔》，甚至是苏东坡的《赤壁赋》、诸葛亮的《出师表》，都不仅仅是以情动人的，其中的理性、智性，恰恰是文章的纲领和生命。

这样的散文理论之所以独步一时，最根本的原因在于，话语霸权遮蔽了思维方法上的漏洞。第一个疏漏，把一种历史条件下的散文观念，当作永恒不变的规律。在追求某种超越历史的、放之四海而皆准的宏观理论时，对于否定超越历史的、统一的、普遍的文学性、散文性的西方文论，并未进行过任何批判，这就使得理论处于后防空虚的危机之中。第二个疏漏，比之第一个漏洞更加严重，那就是，从未将超越历史的理论做系统的历史检验，对于理论遮蔽历史的危险，毫无觉察。理论，本来应该是，对于研究对象的现状和历史的抽象，由于直接抽象有极大的难度，理论才不得不借助前人的思想资源，在批判历史的思想资料上突破。离开这一切，仅仅凭借有限的感性，任何理论都不能不是先天不足。

这并不是说，在西方相对主义盛行的今天，就应该放弃对于文学的、散文的普遍规律的追求。事实上，对西方文论是应该分析的，西方前卫理论以绝对的相对主义为特点：一切都是相对的，世界上没有绝对的东西，但是，相对主义却是绝对的。本来，相对主义作为一种思想方法，和一切思想方法一样，应该有绝对的一面，也应该有相对的一面。绝对的相对主义，一旦使之“自我关涉”，也就是用来检验相对主义自身，就不能不陷入尴尬的境地：从理论上来说，它应该是包含在相对之中的，但它却又宣称自身是绝对的。这是一切批判性理论的不可避免的悖论。

正是因为这样，应该找到一种与绝对的相对主义对话的方法，这就是逻辑的方法。逻辑的方法和历史的方法在马克思和恩格斯那里，是相对而又互补的。逻辑方法，正是把历史的偶然性和繁复性（包括历时的和共时的特殊性）加以纯粹化，这正是社会科学研究所要求的纯粹的抽象。正像在《资本论》中，马克思并没有研究资本主义历史发展的种种事变，没有论述资本主义的海盗、贩卖奴隶、侵略、腐败、暴力、革命、复辟等等，而是，提出了一个高度抽象的逻辑范畴：商品。简单的商品生产，正是资本主义的逻辑的起点，也是资本主义的历史的起点。这个范畴，不是静止的，而是有着内部矛盾的，运动的。其中，使用价值、交换价值、等价交换、劳动力、不等价、剩余价值、生产过剩、经济危机等等系列范畴，都是在商品范畴的内部矛盾和转化中衍生的。这一切不但是逻辑的演化，而且是历史的转化，自由资本主义走向反面。故商品既是逻辑的起点，又是历史的起点，既是历史的终点，又是逻辑的终点。这说明，逻辑和历史的方法，不是绝对矛盾的，相反，是可以达到逻辑的和历史的统一的。

问题在于，流行的真情实感论，既没有逻辑的系统性，又没有历史的衍生性。它之所以成为一种没有衍生功能的范畴，就是因为，第一，它是一种抽象混沌，没有内部矛盾和转化。而实际上，情和感，并不是统一的，而是在矛盾中转化消长的。情的特点是，动，所以叫作“动情”“动心”；但是，情是一种“黑暗的感觉”，情之动，是看不见、摸不着的，它要借助感觉，才能传达，所以叫作“感动”。感有一个特点就是，它是在情感冲击下发生“变异”的。[①] 情人眼里出西施，月是故乡明，贾宝玉第一眼看到林黛玉，说：这个姑娘见过的。王维在散文中感到深巷寒犬，“吠声如豹”；余秋雨觉得，三峡潮水声中有两个主题，一个是对大自然的朝觐，一个是对山河主宰权的争逐，那日日夜夜奔流的江涛，就是这两个主题在日夜不停地争辩。这种在真情冲击下变异了的感觉，明显不是“实感”，而是“虚感”。通过这种“虚感”传达出来的感情是真情还是假情呢？任何一个研究，对这样的矛盾实际视而不见，还能成为理论吗？

看不到内在矛盾，也就看不到运动发展、变化，从而，对情与感的历史

① 参阅孙绍振《论变异》，第四章《知觉在情感冲击下变异》，花城出版社，1987，第71～98页。

的消长视而不见。在散文历史的最初的阶段，散文实用理性占着绝对的优势，情在散文中，是被排斥的，周诰殷盘，全是政治布告、首长讲话，充满教训，甚至是恐吓。至少到了魏晋以后，抒情才从实用理性中独立出来。真要从理论上，把个性化的感情当作散文的生命，还要等上一千多年。晚明小品中提出独抒性灵，五四散文继承了这个传统，鲁迅甚至认为，散文取得了比小说和诗歌更高的成就。散文的抒情主潮，其深层的矛盾，其实不仅在于感，而且在于理。主情的极端就是用变异的感觉来抑制理性，走向极端，就是情感的泛滥，变成了滥情、矫情、煽情。故到了20世纪中叶，西方产生了抑制抒情的潮流，在诗歌中，干脆就提出“放逐抒情”。sentimentlism，五四以降，一直翻译为“感伤主义”，近来就变成了“滥情主义”。在我国，先锋诗人和小说家中，跳过情感，直接从感觉向审智方面深化，追求冷峻的智性成为主流。而散文却停留在真情实感的抒情中。就在这个时候，余秋雨出现了，他把诗的激情和文化的智性，水乳交融地结合在一起，散文的新阶段，也就是从主情到主智的历史过渡。一批年轻的甚至并不年轻的散文作家成了他的追随者。可是就在这个时候，余秋雨却引发了空前的争论。除开某些人事因素以外，主要还在于，余秋雨的散文，是从审美情感到审智散文之间的一座“断桥”。[①] 从真情实感，也就是审美情感论来看，他的文章有过多的文化智性，而从先锋的、审智的眼光来看，又有太多的感情渲染，被视为滥情。

真情实感论，如果真要成为一种严密的学科理论基础，起码要把情与感之间的虚和实，情与理之间的消和长，做逻辑的、同时又是历史的展开。但真情实感论的代表人物缺乏这种学科建设的自觉，故真情实感论难以成为学科逻辑的起点。如果真情实感论的缺失，仅仅限于此，那还只是缺乏上升为学科理论的前景，可惜的是，它最大的缺失在于，它号称散文理论，却并未接触散文本身的特殊矛盾。就算马马虎虎以真情实感为逻辑起点吧，那么摆在面前的首要任务是，揭示散文的真情实感与诗歌、小说的不同。

而按照逻辑与历史统一的学术规范，这种不同，不应该是脱离了情与

① 孙绍振：《余秋雨：从审美到审智的“断桥”》，《当代作家评论》2000年第6期；《当代智性散文的局限和南帆的突破》，《当代作家评论》2000年第3期。

感、情与理、虚与实、真与假的现存范畴，而是从这些范畴中衍生出来的。同样的“真情实感”，在诗歌里和散文里有什么重大的区别？其实，这并不神秘，只要抓住情与感，彻底分析就不难显出端倪。真情实感，事实上就是内情与外感的结合，不管是内情还是外感，都得是有特点的，一般化的、普遍性、老一套的情感，是缺乏审美价值的。情感作为文学形象胚胎结构，只是艺术形象的一种可能性，要真正成为艺术的形象，内情和外感的特点还有待于形式规范。在诗歌中，内情具有特殊性，不成问题，但其外感是不是同样要特殊呢？无数诗歌经典文本显示，在诗歌中的外物的感受却可以是普遍的，没有具体时间、地点条件的规定的。舒婷笔下的橡树、艾青笔下的乞丐、雪莱笔下的西风、普希金笔下的大海、里尔克笔下的豹，都是概括的，并不交代是早晨的还是晚上的，是城市的还是农村的。这是一种普遍的类的概括。外感越是概括，诗歌的想象的空间越是广阔，情感越是自由。如果盲目追求具体特殊，要追问，艾青笔下的乞丐，究竟是男是女，究竟是老是少？越是具体特殊，越是缺乏诗意。越是缺乏诗意，也就越是向散文转化。这也就是说，散文的艺术奥秘在于，同样是特殊的情感，它的外感，越是特殊越好。[①] 从这里，我们可以看到杨朔把“每一篇散文都当作诗来写”，之所以造成模式化、概念化，当时的历史条件只是外部原因，混淆了文学形式的审美规范，则是其内在原因。这种区别，本来应该是常识性的，但是，竟弄得连高考试卷上都出错，说明问题严重到什么程度。林肯总统被刺，惠特曼写过《船长啊，我的船长》，只写一艘航船到达口岸，船长突然倒下的场景。这个场景，没有具体的时间，没有地点，连船长倒在什么人身上，都没有交代。然而只有这样，才有诗的想象的单纯集中，也才有在单纯集中中展开丰富想象的难度，这才是诗。但惠特曼，在同样题材的散文中，写林肯被刺，就明确写出了具体的时间：1865 年 4 月 14 日晚间；地点：在华盛顿的一家剧院；当时的气氛是，观众都沉浸在欢乐之中，凶手突然出现在舞台上，观众来不及反应，沉默。凶手向后台逃走。群众情绪震惊、愤激、疯狂，几乎要把一个无辜的人打死。这一切都说明，诗的真情实感，和散文的

① 参阅孙绍振《文学创作论》，第五章《生活特征的普遍化和类型化》，海峡文艺出版社，2005，第 236～242 页。

真情实感，遵循着的形式规范是多么的不同。

不是矛盾的普遍性，而是矛盾的特殊性，才是学科研究的对象。

传统散文理论之所以陷入困境，原因在于，机械反映论和线性表现论，狭隘功利论和内容决定形式论。新一辈的散文理论家中，喻大翔的《用生命拥抱文化》和陈剑晖的《中国当代散文的诗学建构》以西方当代的文化哲学和生命哲学为基础，为中国当代散文理论带来了新的突破和前景。可以说是在更高的学术视野上，居高临下地对真情实感论进行了犀利的批判。陈剑晖先引用了楼肇明的论述：真情实感，是一切文学创作的基础，不独为散文所专美。即使真情实感，也有艺术与非艺术之别，流氓斗殴，泼妇骂街，不能说没有真情。学术的难点无疑在散文形式的特殊性上。陈剑晖看得很清楚，真情实感论不过是一种印象，而不是严密的学理，孤立地研究散文是不得要领的，作为一种艺术形式的特殊性只有在和小说诗歌的系统比较中才能看得清楚。[①] 陈剑晖的价值，与其说在见解方面，不如说在文学形式的比较方面。这是因为，他虽然提出了某些见解，但是作为一种理论，不免单薄。原因在于，他所用的方法，主要是演绎法，而他所依据的理论，主要是西方的生命哲学。虽然这是一种精深的学理，把当代散文理论研究带到新的制高点，但是，这种学理毕竟只是文化哲学；就其本身来说，正如反映论一样，并不包含散文的特殊规律。而用演绎的方法，把生命哲学直接推演到散文中去，提出散文的特殊性乃“生命的本真”，显然，还是不能到达散文的特殊矛盾。这不是生命哲学的局限，而是演绎法的局限。生命本真作为大前提，必须是周延性的：

> 大前提：一切文化（文学）都是生命的表现，
> 小前提：散文是一种文化（文学）现象，
> 结论：散文是生命的表现。

这个推理完全符合小逻辑的三段论的规范。但这里却隐含着形式逻辑的内在的悖论。演绎的目的是为了从已知的大前提引申出未知结论（散文

---

① 孙绍振：《评陈剑晖〈中国当代散文的诗学建构〉》，《文学评论》2006 年第 6 期。

是生命的表现)，表面上是从已知演绎出未知来；但是，这个本来尚未知的结论早就隐藏在已知的大前提中了。当我们说，一切文化文学都是生命的表现的时候，是不是已经把散文包含在内了呢？如果不包含在内，那么，就不能说，一切的文化文学现象都是生命的表现。不能说一切，只能是这样：

大前提：一切文化（文学，除了散文以外）都是生命的表现，
小前提：散文是文化（文学）现象，
结论：无法推出。

大前提不周延，就不能推出结论，因而在大前提和小前提之中，有一个共同的中间“项”，这个中间项，如果不是周延的、毫无例外的，在逻辑上叫作“中项不周”，是不能进行三段论的演绎推理的。只有大前提是周延的，也就是毫无例外的，也就是：

大前提：一切文化文学现象（包括散文）都是生命的表现，
小前提：散文是文化文学现象，
结论：散文是生命的表现。

这就产生了一个悖论：为了证明散文是文化（文学）现象，必须先肯定散文是文化（文学）现象。这在逻辑上，就犯了同语反复的错误。正是因为这样，恩格斯说了，演绎法的最大局限，就是结论早已包含在大前提中了。因而，演绎法只能从已知到已知，并不能从已知到未知。所以说，演绎法是不能产生新知识的。这是人类思维的局限，正如人类的语言符号有局限性一样，人类思维的逻辑，也是有局限的。在这一点上不清醒，就可能导致迷信。不管用西方的还是中国的权威的、普遍的哲学文化理论作为大前提，都不可能把文学性、散文性、诗性演绎出来。还因为普遍的大前提里，没有小前提里的特殊性。演绎法的特点，恰恰是不能无中生有。但以为演绎法是完美的思维方法，这是迷信。当然，人类并未因此而束手无策，和演绎法相对，和它互补的，就是归纳法。归纳法不是从推论开始，而是从具体的、特

殊的感性上升为普遍的抽象。当古希腊式的以权威的、经典的观念为大前提，进行演绎，遇到了危机时，文艺复兴时代的大师，以培根为代表，致力于观察和实验，像蜜蜂一样收集经验事实。这就产生了以经验的归纳为主的时代潮流，为近代科学、文学的发展开拓了新的历史阶段。当然，归纳法也有局限，那就是作为理论，基本的要求是普遍，但不管是个人的，还是时代的，经验毕竟是有限的，经验的狭隘性和理论的普适性，是一对永恒的矛盾。但是，作为演绎法的一种互补形式，归纳法有显而易见的优越性，那就是，不是从概念定义出发，而是从事实出发，不但有相对可靠性，而且可以在实证的基础上，提供超越于普遍理念的特殊知识。人们不能从水果（普遍）演绎出苹果（特殊）的味道，但却可能从苹果（特殊）归纳出水果（普遍）的性质来。正是因为这样，要真正建构可靠的、严密的散文理论，不能单纯依赖演绎法，有必要从经验的归纳去寻求其特殊奥秘。在这方面，其实陈剑晖已经有所进展了，例如他提出散文和诗歌相比，是比较日常的，而诗歌是比较形而上的。可惜的是，这种吉光片羽的论述没有得到充分的论证和阐释。如果陈剑晖在方法上更加自觉，用归纳法，也就是文本解读，直接从文本进行第一手的归纳，他应该是可以发挥得更为深邃的。

三

归纳法的难点在经验的有限性、狭隘性，因而要求最大限度地掌握经验材料。可是生也有涯，经验也无涯，以有涯，求无涯，是生命本身的悲剧。但如果不是一味追求理论的全面性，从片面的经验开始，像邓小平所说的那样，摸着石头过河，像胡适所主张的那样，在有限的经验中，进行“大胆的假设”，又像波普尔所提倡的那样，不断地“试错”，反复排除经验狭隘性的局限，进行“小心的求证”，可能比之演绎法，从普遍的概念到特殊的概念，成功的概率要高得多。归纳法还有一种特殊的形态，那就是个案分析，也就是所谓从一粒沙子中看世界，从一滴水中看大海。不一定要把全世界所有的水，都收集到自己的实验室里。在我看来，把归纳和比较结合起来，更是一个讨巧的办法，就是把既是诗人又是散文家的作品拿来加以比较，因为，这里有现成的可比性。

在诗歌中李白是反抗权贵的，不能忍受向权贵摧眉折腰的，而在散文中，尤其是那些“自荐表”中，李白向权贵发出祈求哀怜是一点也不害臊的。在《与韩荆州书》中，以夸耀的口吻说自己从十五岁起就“遍干诸侯”。阅读李白的全部作品，会发现有两个李白：一个在诗里，是颇为纯洁而且清高的；一个在散文里，是非常世俗的。在舒婷的散文和诗歌中也可以见到同样的分化。在诗歌中，她是形而上的，好像在精神的象牙塔里，为人与人之间的难以沟通而感到哀伤、失落，为美好的人情和爱情而欢欣。诗人好像是不食人间烟火的。而在散文中，她又作为妻子、母亲，为婆婆妈妈的家务事而操劳，发出“做女人真难，但又乐在其中”的感叹。在余光中的散文中和诗中，他的乡愁，也是不尽相同的。在诗中，是超越了现实的、虚拟的、展示了单纯的精神境界，只需几个意象（邮票、船票、坟墓、海峡）就足以凝聚起大半生的生命乡愁体验。在这种象征的、空灵、纯粹情感境界的升华中，抒情主人公的经历，已不是他一个人的，而是许多类似的居住在台湾的人的概括。而在散文《听听那冷雨》中，恰恰相反，乡愁就贴近了他的具体的、特殊的、唯一的经历，他从金门街到厦门街，长巷短巷，基隆的港湾的雨湿的天线，台北的日式的瓦顶，在多山的科罗拉多对大陆的想往，甚至还有一点“亡宋的哀痛”的政治失落感，还有他青春时代和爱人共穿雨衣的浪漫。散文中的余光中是一个现实中的余光中。理解了这一点就不难理解诗人柳宗元和散文家柳宗元的重大分化了。他在《小石潭记》中把他所发现的那个自然境界描写得那么空灵，那么美好。虽然是很“幽邃”的，远离尘世、超凡脱俗的，但是“其境过清”，太冷清，太寒冷了，欣赏则可，却不适“久居”，只能弃之而去。尽管如此，还是要记录在案，把同游之人的名字都罗列了一番。而在诗歌里，则充满了不食人间烟火的境界，如《江雪》：

千山鸟飞绝，万径人踪灭。孤舟蓑笠翁，独钓寒江雪。

开头两句，强调的是生命的“绝”和“灭”，与此相对比的是，一个孤独的渔翁，在寒冷、冰封的江上，是“钓雪”，而不是钓鱼，也就是不计任何功利，是一点也不怕冷，也不怕孤独的，相反，孤独本身就是一种享受。这和散文中“寂寥无人，凄神寒骨，悄怆幽邃”“其境过清，不可久居”的境界大不相同。散文中的柳宗元，还是不能忘情现实环境、居住条件，小而至于为了买到一块便宜地，大而至于国计民生，乃至于朝廷政治；而诗歌则可以尽情发挥超现实的形而上学的空寂的理想，以无目的、无心的境界，超越一切功利，体悟大自然和人达到高度的和谐统一。这是诗的意境，而这在散文中，作者是可以欣赏的，但却是受不了的。

两种文学形式，微妙而重大的区别，从文本归纳出来，是并不太困难的，但是，要从西方东方任何宏观的理论中演绎出来却是不可能的。

因为理论只能揭示文学形式的普遍性，而散文研究的任务却是，揭示散文作为一种形式的特殊性。实际上，在阅读过程中，普遍理念的召唤结构，随时随地都在吸纳、澄明、同化着特殊审美体验。但这种吸纳澄明和同化，是充满矛盾的。理论的空疏和审美体验的饱和性，是时时刻刻在冲突着的。理论所难以吸纳、澄明、同化的，必然遭致窒息、扭曲、扼杀。故理想的理论不应该是封闭的，而应该是开放的，概念和范畴，不应该是僵化的，而应该是在内涵上可以做弹性阐释的，可以衍生出从属的系列范畴来的。光是理论的开放还不够，还需要读者审美主体的自觉。但是，由于理论的权威性，再加上一般读者审美主体的自卑，则理论歪曲、麻痹审美阅读经验，就导致教条主义横行，甚至在一个漫长历史时期中，具有法律、道德和学术体制的霸权。这种荒谬，在中国文学史上比比皆是。把《诗经》中的爱情诗解读为“后妃之德”，李后主的词被贴上了“爱国主义”标签，把中国文学史当成“现实主义和反现实主义的斗争史”，把曹丕与曹植的矛盾看作儒家与法家思想的斗争，把陶渊明和王维都当成地主阶级的没落和腐朽，把宋江当作投降主义路线的代表，把《红楼梦》当作阶级斗争史，把《阿Q正传》说成属于“死去了的”“时代”。如此种种，皆是封闭的理论与自卑的读者，使理论走向了自身的反面，不但不能帮助读者阐明作品的深邃内涵，相反，强制读者放弃审美阅读的丰富体验。这样就产生了一种情况，就是理论与审美经验为敌，理论窒息审美体验。

特殊审美感性的丰富和普遍理念的狭隘，二者之间的矛盾是绝对的。特殊性所包含的属性，大于普遍性，普遍性所包含的属性，只是特殊性的一部分，这是列宁在《哲学笔记·谈谈辩证法》中，早已宣示过的。这就注定了理论与文本的审美阅读永远处于搏斗之中。某些流行一时的权威理论，其森严结构先入为主，造成理念对审美经验进行扼杀。如果理论有充分的开放性，而阅读者又有高度自觉的审美主体性，则特殊审美经验和普遍理念，可能猝然遇合，特殊的审美体验因为有了普遍理论而得以升华。理论的狭隘在这个时候，必然遭到挑战，发生突破，就在这种搏斗之中，才智的灵光，衍生的观念，甚至颠覆性的语素，挟着神韵的电击，纷至沓来。这种感受的风云氤氲，虽然可能充满灵气、丰富多彩，但无序而紊乱，注定会不成型的。因为没有现成的话语，隐隐约约、飘飘忽忽，带着一种初感的灵性，但又带着虚幻，在意识与无意识的边缘沉浮，处于随时都可能被遗忘的情境中。这时，最关键的就是把朦胧的感受转化成词语，这个语词转化，就是归纳。一旦归纳成话语、观念，云蒸霞蔚的体验，就因词语而从潜在的变成稳定的、闪烁的灵感，在词语中投胎，感觉变成了观念，就闪出才智的光华来。如果没有及时被语词同化，瞬息即逝的感受，就会像流星一样永远熄灭，永远被自己遗忘。要抵抗这种遗忘，这种精神的水土流失，保证审美阅读经验体验的优势，必须有原创和归纳能力。

形成独立的审美判断的前提条件，从心理上来说，就是审美心理的优势，也就是胡风所说的主观战斗精神。从逻辑方面来看，则是语词化能力，也就是创新性的归纳。这种能力，包括两方面，一是冲破现成的、权威的、流行的、潜在的陈规，电光火石般地冒出来的话语；二是把朦胧的意念、无序的感受、飘浮的印象，提炼为准确的范畴。归纳凝聚的过程，和演绎法是不一样的，演绎法是依傍一个抽象的前提进行攀升，而归纳法则直接抽象，直接在客观对象和主观感受的搏斗之中，内情和外感猝然遇合。

从第一手直接抽象、直接归纳出来的观念，往往带有原创性。

这样就回到我们前面所提出的问题上来：学术研究，光凭演绎法，比较难以突破，更难以有原创性。从学术规范来说，演绎法，最容易做到无一字无来历，学术资源中规中矩，可在很大程度上，是从已知到已知。而从思想的新锐、学术的突破来说，归纳法虽有经验狭隘性的不足，却比较能够实事求是，显出原创性，至少是亚原创性的。虽然在哲学史上，唯理论和经验论的争议非常复杂，非本文的题旨所在，但是，至少目前，论坛对于原创的归纳的价值，有所忽略，这可能是不争的事实。

四

事实上不管是拘守于僵化的“真情实感”，还是从西方生命哲学文化哲学中去演绎，都超不出普遍大前提已知的属性。还不如回到散文浩如烟海的文本中来，一旦发现现成理论所不能解决的问题，就死抓住不放，对之进行直接归纳，上升为理论。真情实感论，把散文归结为“美文”，顾名思义，美文就应该是美化的、诗化的，既美化环境，又美化主体精神的。这种普遍得到认同的理论，遇到并不追求美化和诗化的文章，就捉襟见肘了。例如，对于三峡风光，我们已经见到过许多美化、诗化的经典诗文了。但楼肇明先生从三峡的自然景观中看到了什么呢：

> 不成规划的球形、椭圆形、圆锥形、圆柱形，你挤我压，交叠黏合，隆起上升，沉落倾斜，那经过生命和死亡的大轮回、大劫难的一堆堆岩石的云团、岩石的羊群和牛群，被排闼而来的长江水挤开，在两边站立……岩石被送上旋风的绞刑架，从地质年代的墓坑里被挖到阳光下，让苍天去冷漠地阅读……①

如果真情实感论的美文观，是放之四海而皆准的统一规律，那么，我们能把这样的散文列入美文之列吗？这里，三峡不是壮丽的河山，而是很丑陋，而作者的真情，是什么呢？冷漠——整个苍天对这一切无动于衷，他自己也无动于衷。这里有什么真情实感呢？真情实感论，所描述的情感是什么样的呢？

> 古今中外，多少优秀的散文，都充分地流露和倾泻着自己的情感，有的像炽热耀眼的阳光，有的像奔腾呼啸的大海，有的像壮怀激烈的咏

① 楼肇明：《三峡石》，《第十三位使徒》，中国对外翻译公司出版社，1995，第213页。

叹，有的像伤疤欲绝的悲歌，有的又像欢天喜地的赞颂。当然也有与此很不相同的情形，那就是异常含蓄地蕴藉地表达自己的感情，从表面看来似乎并不强劲猛烈，但在欲说还休的抑扬顿挫之中，可以让读者感受到这股情感潜流的曲折回旋，因而产生更多的回味，值得更充分的咀嚼。①

真情实感论者笔下所描述的感情，实质上就是两种，一是强烈的、浪漫的激情，二是婉约柔和的温情。抒发这两种感情的，无疑都属于诗化、美化的散文之列。但是，我们却碰到楼肇明式的冷漠，他既没有热情，也没有温情，整个儿，他就以无情为务。这时候，如果我们迷信演绎法，只能是成全它，说，这也是一种真情实感（“佯情”、“隐情”?）但，这显然强词夺理，因为这里没有美文的诗化和美化。这样的思路，显然会进入死胡同。这条路走不通，就只能走相反的道路，就是从有限的经验材料，从有限的文本进行直接归纳，这明明不是美文，不是美化，不是诗化，那么是不是可以大胆地假设——“丑化”。李斯特威尔在《近代美学史述评》中这样说道：“广义的美的对立面，或者反面，不是丑，而是审美上的冷漠，那种太单调、太平常、太陈腐或者太令人厌恶的东西。”是不是可以把这种散文，列为和审美散文相对的，在情感价值上相反的散文，是不是可以把它叫作“审丑”的散文。这种“审丑”，不但是逻辑的划分，而且是历史的发展。抒情、美化、诗化，长期成为流行的潮流，成了普及的套路，达到可以批量生产的程度，抒情就滥了，为文而造情，变成矫情、虚情假意了。抒情变成俗套，也就引起了厌倦，就走向反面，干脆不动感情。不动感情也可以写成别具一格的散文。台湾有一个散文家叫林彧，他的一篇散文《成人童话》，创造出了一个荒谬而无情的境界：

——我的甲期爱情到期了吗?

——你的爱情签账卡来了吧?

① 林非：《关于当前散文研究的理论建设问题》，《散文论》，华中师范大学出版社，1992，第5页。

——爱情可以零存整付。

——幸福可以分期付款！

——真理换季三折跳楼大拍卖！[①]

把爱情变成一种交易，变成银行的账户，变成单据，变成程序性的金钱来往。真理也不是什么精神追求的高尚境界，而是商店里的生意经。真理怎么能换季呢？跟衣服一样，这个真理不流行了，要换一个新的真理，那还能称为真理吗？这就是一种冷漠。幸福不是一种情感的共享和体验，而是非常商业化的，完全没有了情感的价值，有的是一种交换的实用价值。这是对浪漫爱情温情的一种反讽、否定、不抒情、反抒情，没有感情就不能说是美文，而是美文的反面。

我们直接把这种散文归纳为"审丑"散文。

审丑，不一定是对象丑，而是情感非常冷，接近零度。冷漠是最根本意义上的丑。

爱情、友情、亲情、热情、滥情的反面不是仇恨，是冷漠，因为仇恨还不失为感情，而且是强烈的感情，哪怕是丑的，在美学领域，"丑"不"丑"无所谓，只有无情才是"丑"，外物的"丑"所激起来的，如果还是强烈的、浪漫的感觉，那还算是审美。审丑和对象的关系并不太大，不管对象是美是丑，只要有强烈、丰富、独特的感情，就仍然是审美的。因为英语的 aesthetics，美学，讲的本来就是和理性相对的情感和感觉学。表现强烈的感情，婉约的感情，叫作审美，那么表现冷漠，无情呢？应该叫作审丑。

从总体上说，严格意义上的审丑散文，在中国散文领域，作为一个流派，或作为一种思潮，还没有成熟起来，没有一个完整的作家群体。有的则是不成熟的探索，如得到某些评论家赞赏的刘春的散文：

农村的厕所其实就是公用的化粪池，人类猪牛粪便都混在一块儿，不结块，反而显得挺稀的，这归功于蛆虫。粪便经过发酵，稀释，浇到园子里，即使不怎么长了的菜株也晃着脑袋蹿一蹿。沼气发出致命的气

---

① 郑明娳：《现代散文现象论》，台湾大安出版社，1992，第 63～64 页。

味，只有最强壮的苍蝇才可以呆得住，它们图的是随时享受“美味”。踏板彻底地朽掉了，黑漆漆的，如炭烤。野地里的茅房偶尔会有死婴浸泡在屎中，他们无分男女，五官精细，体积小得出奇，比妈妈从城里给我买的第一只布娃娃还要小，骨殖如一副筷子，脸上和四肢挂着抑扬过的痕迹。我低头看他们，感到童年的无力和头晕。有一只死婴都瘦成了皮包骨，可是他依然保留着人的样貌。我记得他正好挂在树枝上，就好像一脚踏在生命的子午线上，那树显然是人们有意为之的，位置那么恰好。[①]

这里描绘的景象，显然很丑陋，很肮脏，很悲惨。在诗化美化的真情实感论的散文家笔下，这种可能引起生理的嫌恶的现象，肯定是要回避的，但作家却津津有味地详加展示，目的就是要刺激读者产生恶心的情绪。作者的笔墨给人一种炫耀之感，炫耀什么呢，在丑恶面前无动于衷，丑之极致，不觉其丑，转化为无情之丑，转化为艺术的“丑”。这就是审丑散文家所追求的。

当然，这种审丑散文还是比较幼稚的，不成熟的，因为审丑虽然无情，但在丑的深层，还有理念。林彧的“爱情可以零存整付”，其中有深邃的讽喻。刘春突破审美的、真情实感的勇气引起了一些评论家的欢呼（如祝勇），刘春的不成熟、浮浅、精神性欠缺，也引起了另一些散文专家的愤慨，斥之为“恶劣的个性”。[②]

审丑，是艺术发展的普遍思潮，中国散文的审丑，相对于小说、戏剧而言，相对于绘画、雕塑而言，是有点落后了。最早的象征派诗歌，代表性诗人如李金发的审丑创作几乎和郭沫若同步开始。连浪漫主义的闻一多，都不乏审丑的作品，如《死水》。奇怪的是，在诗歌、小说突飞猛进地更新流派的时候，散文却一直沿着抒情审美的轨道滑行近80年。审丑的散文，到目前为止，还不能说已经成了气候。

但是，毕竟也有大量与审丑相接近的散文，那就是幽默散文。它不追求

① 见陈剑晖《新散文往哪里革命》，《文艺争鸣》2005年第5期。

② 同上。

诗意、美化，它把表现对象写得很煞风景，甚至令人恶心，有某种不怕丑的倾向；你说他审丑吧，它又并不冷漠，它有感情，不过不是诗意的感情，而是一种调侃的感情。所以，不能笼统叫“审丑”，只是接近于审丑，叫它“亚审丑”，可能比较合适。

鲁迅的《阿长与山海经》写一个保姆，晚上睡觉，她本该照顾孩子，反而占领全床，摆上一个“大”字。鲁迅的母亲给了她暗示，以后更加糟糕，不但摆上“大”字，而且把手放在鲁迅的脖子上。她还会讲非常恐怖、荒唐的、迷信的故事：说像她这样的妇女要被掳去，敌人来进攻的时候，长毛就让她们脱下裤子，站在城墙上，外面的大炮就炸了。这是非常荒谬的，按理说，鲁迅批评一下她迷信、胡说，是可以的，但那就太正经了。鲁迅并不正面揭露，而是采取一种将错就错、将谬就谬的方法，说她有“伟大的神力”。幽默感就从这里产生了。幽默恰恰是在这些不美的、有点丑怪的事情中。显而易见的荒谬和十分庄重的词语之间产生一种叔本华所说的：不和谐、不统一（incongruity），用我的话来说，就是“逻辑错位”。[①] 长妈妈愈是显出丑相，鲁迅愈是平心静气，愈是显示出宽广的胸襟，悲天悯人的精神境界。

幽默致力于“丑”化，“丑”加上引号，不完全是丑，是表面的丑而不是丑，因为长妈妈并不怀自私的、卑劣的目的，不是有意恐吓小孩子，自己是非常虔诚地相信这一切的。她很愚昧，但心地善良。鲁迅的内心状态并不是冷漠的，也不是无动于衷的，而是表面上沉静，内心感情丰富的：一方面“哀其不幸”，另一方面“怒其不争”。从结构层次上分析，表层是愚昧的、丑的，深层的情感是深厚的、美的，这就是幽默在美学上的“以丑为美”，这就是我们所说的“亚审丑”。

张洁在一篇散文中这样写：在一条清洁的街道，看到一个孩子，随便吐甘蔗皮。就告诉孩子，不可以这样的。孩子看了好久，吐了一口甘蔗皮来回答。张洁后来发现所有的大人都买了一根甘蔗，两尺来长的，一边咬一边走，以致城市的街道都是软软的。再看，这个城市没有果皮箱，环保部门也

---

① 孙绍振：《论幽默逻辑的二重错位律》，《文学评论》1996 年第 4 期；《论幽默逻辑》，《文艺理论研究》1998 年第 5 期。

没有尽到责任。这种正面批评，不是幽默的，而是抒情的。用幽默风格来写怎么写呢？梁实秋的散文："烈日下彳亍道上，口燥舌干，忽见路边有卖甘蔗者，急忙买得两根，才咬了一口，渐入佳境，随走随嚼，旁若无人，随嚼随吐，人生贵适意，兼可为'你丢我捡'者制造工作机会，潇洒自如，不亦快哉。"① 这完全是破坏环境卫生，他却心安理得，还要说出两条堂堂正正的理由：一是人生贵适意，上升到世界观的高度；二是为清洁工人创造就业机会。这完全是逻辑颠倒，正话反说，因而好笑。表面上是贬低自己，实质上是批评一种普遍存在的恶习。不以居高临下的姿态批评世人，却把这些毛病写成是自己的，这是荒谬的，又显而易见是艺术假定。读者不会真的以为这是梁实秋缺乏公德心，在会心一笑时，与梁实秋的心灵猝然遇合了。李敖善于以玩世的姿态写愤世之情：

> 得天下之蠢材而骂之，不亦快哉！
>
> 仇家不分生死，不辨大小，不论首从，从国民党的老蒋到民进党的小政客、小瘪三，都聚而歼之，不亦快哉！
>
> 在浴盆里泡热水，不用手指而用脚趾开水龙头，不亦快哉！
>
> 逗小狗玩，它咬你一口，你按住它，也咬它一口，不亦快哉！
>
> 看淫书入迷，看债主入土，看丑八怪入选，看通缉犯入境，不亦快哉！②

李敖故意把自己写得很不堪（看淫书）、很顽劣（以快速和慢速放影碟）、很无聊（和小狗咬来咬去）、很散漫（用脚趾开水龙头），但就是在这种无聊和顽皮中，显示了他在政治上和学术上的原则性和坚定性，并为自己极其藐视世俗的姿态而自豪。他的幽默好就好在亦庄亦谐，以极庄反衬极谐。

贾平凹在散文《说话》里，说自己说不好普通话，这没什么了不起，普通话嘛就是普通人说的话，毛主席都说不好普通话，那我也不说了，好像有点阿 Q。这种心态，在中国是常见的。他又说，说不好普通话，就不去见

① 梁实秋：《不亦快哉》，《梁实秋雅舍小品全集》，上海人民出版社，1993，第 153 页。

② 李敖：《李敖幽默散文赏析》，漓江出版社，1993。

领导、见女人。好像见领导就是为了去讨好领导，让领导留下好印象一样；和女人在一起，有什么不纯的动机。这些本来都是隐私，但作者公然袒露。这明显是虚构，不是写实，显而易见是借自己来讽喻世人、世风。他说普通话说不好，但他会用家乡话骂人，骂得非常棒，很开心。表面看来，这是有点丑，有点恶劣，但从深层来说，他非常天真，非常淳朴。对幽默而言，丑化是表层的，深层隐藏着感情的美化，自己很坦然，无所谓，不拘小节，表现宽广的心胸，并不是用虚荣心来掩盖自己的本性；同时，所写的缺点并不是个人的，往往是人类普遍的弱点。以丑为美就美在这里。

五

中国现当代散文艺术积累最为丰厚的是抒情和幽默，作家进入散文的艺术天地最为方便的入门就是抒情和幽默。但不管抒情的审美还是幽默的“亚审丑”，在逻辑上，都存在着无可否认的局限。钱锺书把某些文学评论家讽刺为后宫的太监，只有机会，而无能力，是很片面偏激的；王小波对中国传统的消极平均意识的批评，以诸葛亮砍椰子树作类比，从严格理性的角度来看，也还失之粗浅，从逻辑上来说，类比推理是不能论证任何命题的。这就促使一些把思想、文化深度看得特别重要的散文作家，在抒情和幽默的逻辑之外寻求反抒情、反幽默的天地。

从美学上说，把情感和感觉的研究归结为“审美”是不够严谨的。比较深刻的文学作品，不光是情感和感觉的，还是有着自己独特的理念的。不论是屈原还是陶渊明，不论是古希腊悲剧还是安徒生的童话，都渗透着作家生命的甚至是政治的理念。大作家都是思想家，应该把与情感联系在一起的理念结合起来。智慧理性的追求，在 20 世纪 50 年代以后西方现代派文学中形成潮流，加缪甚至宣称，他的小说就是他的哲学的图解。对这种倾向，我在《从西方文论的独白到中西文论的对话》中，把它叫作“审智”。[①]

把情感归结于审美价值，来源于康德。但是，20 世纪 80 年代以来，人们片面理解了康德，把审美仅仅归结于情感，过分强调他情感价值的美独立

① 孙绍振：《从西方文论的独白到中西文论的对话》，《文学评论》2001 年第 1 期。

于实用理性的善和真，而忽略了康德同时也强调三者的互相渗透，特别是美向理性的善的提升这一点，是康德审美价值观念的一个重要支点。康德的"美"和理念，实际上是一种"美的理想"，存在于心灵中，比之现实中的具体事物，它具有一种"范型"的意味，"圆满"的意蕴，催促祈向的主体向着最高目标不断逼近，又令祈向着的主体"时时处于不进则退的自我警策之中"[①]，美的超越性，超越感官，使美向善的理念提升。康德虽然把美与善当作不同的价值观念，但他强调在更高的层次上，美与善可以达到统一，甚至最后归结到"美是道德的象征"。从这个意义上讲，康德的审美价值论兼具"审善"和"审智"的双重取向。自然会产生一种"零缺陷的，最具审美效果的极致状态下的事物"，有一种"祈向至善之美"的"最高范本"。[②] 而这种范本，在康德看来，"只是一个观念"，"观念本来就意味着一个理性概念，而理想本来就意味着符合观念的个体的表象"。[③]

从这个意义上讲，康德的审美价值论在表面上是强调感性的审美，但，其深层，兼具"审善"和"审智"的双重取向。但，这一点，被我们长期忽略了。对于大量的智性文章往往以审美的"真情实感"论去演绎，其结果是窒息了审智流派，散文理论长期处于跛足的落伍状态。其实只要不拘于演绎，用经验材料来归纳，既不抒情又不幽默的散文大量存在，除了直接抽象为审智散文以外，别无出路。

20 世纪八九十年代，在中国，学者散文成了气候，产生了一种以智取胜的倾向。这是历史的必然，也是逻辑的自然。抒情太滥，幽默太油，走向极端，走向反面，必然要逼出反审美、反抒情、反幽默的审智散文来。余秋雨之所以重要，就是因为他成了这个历史关键的过渡桥梁，他在抒情散文中水乳交融地渗入了文化人格的思考，达到了情智交融的境界，但他并没有完成从审美向审智美学的过渡，他只是突破了审美抒情，并没有到达完全审智的彼岸。具有鲜明的智性倾向的散文，周国平的作品可以作为代表之一。他在《自我二重奏·有与无》中这样写道：

---

① 黄克剑：《心蕴——一种对西方哲学的读解》，中国青年出版社，1999，第 111 ~112 页。

② 陈峰蓉：《祈向至善之美》，《东南学术》2006 年第 3 期。

③ 康德：《判断力批判》上卷，宗白华译，商务印书馆，1995，第 70 页。

庄周梦蝶，醒来自问："不知周之梦为蝴蝶与，蝴蝶之梦为周与？"这一问成为千古迷惑。问题在于，你如何知道你现在不是在做梦？……这是个哲学命题，现实世界是不是虚幻的？就像我在这里教了几十年的书，是不是另外一个人做了几十年的梦，"我的存在不是一个自明的事实，而是需要加以证明的，于是有笛卡儿的命题：`我思故我在。"……但我听见佛教教导说："诸法无我，一切众生都只是随缘而起的幻相。"……从佛教的角度来讲，周国平也是一种虚幻，当他在为他的存在苦苦思索的时候，电话铃响了，电话里叫着他的名字，他不假思索地应道："是我。"

从抽象的意义上来讲，我的存在与否，是个大问题；但，从感性世界来说，我的一声回答就把这个问题解决了。周国平的自我二重奏、我的苦恼，从哲学上来说，是很深刻的智者的散文。但读周国平的散文，有时觉得它不像散文，也不像审智的散文。这有两个原因：首先，审智散文，虽然排斥抒情，但，并不排斥感性，感性太薄弱，就显得很抽象，与艺术无缘。在这里，感觉是感性的关键。现代派诗歌也排斥感情，但紧紧抓住了感觉，从感觉直接通往理念。而周国平几乎完全忽略了感觉。因而，从理性到理性，是纯粹的哲学思考，而不是完全审智的散文。其次，智性形成观念直截了当，尽情直遂，缺乏审视心灵变幻的层次，不足以把读者带到观念和话语的形成和衍生的过程中去。只有在过程中，智性方由于"审"，而延长了，"视"的感觉也强化了，向审美作某种程度的接近，也就有了可能。关键在于，把智性观念、话语形成、产生、变异、转化、倒错乃至颠覆的过程，在读者的想象中展示出来。一般作家没有意识到这一点，也缺乏这样的才力，因而造成了有智而不审的现象。这就失去了从抽象到具象，从智性到感性，从审智到审美渗透的机遇。李庆西引宋代周密《齐东野语》曰：

一道人于山间结庵修炼。一日，坐秘室入静。道人叮嘱童子："我去后十日即归返，千万别动我屋子。"数日后，忽有叩门者，童子告知师父出门未还。其人诈称："我知道，你师父已死数日，早被阎王请去，不会回来了。尸身不日即腐臭，你当及早处理。童子愚憨，不辨其诈，见师父果真毫无气息，便将其投入炉火中焚化。旋即，道人游魂归来，已无肉身寄附。其魂环绕道庵呼号："我在何处？"喊声凄厉，月余不绝，村邻为之不安。一老僧游经此地，闻空中泣喊，大声诘道："你说寻'我'，你却是谁？"一问之下，其声乃绝。[①]

这是个悖论，既然"我"没有了，那么谁来问"我在哪里"。这就提出了一个相当深奥的问题："我是不是我？"那么真我究竟在哪儿？李庆西引用的文章显然比周国平的文章更富有感性，更具有审视的过程性。他把"我"这个抽象的观念，与老和尚的尸体联系在一起，这就有了感性（当然，没有抒情），把思索过程用故事的形式展开，智性的观念就有了一个从容审视的过程，也就有了审智散文的特点。而周国平的文章，除了最后电话来了，他不由自主地答"是我"以外，其余都是抽象的演绎，哲学家式的阐释。智性散文不同于纯粹的智性抽象。它必须有感性，就是讲思想活动，也要有感觉、感受的过程，要有智性被审视的过程。它往往要从纷纭的感觉世界作原生性的命名，衍生出多层次的纷纭的内涵，作感觉的颠覆，在逻辑上作无理而有理的转化，激活读者为习惯所钝化了的感受和思绪；在几近遗忘了的感觉的深层，揭示出人类文化历史和精神流程。

在中国当代最早集中出现的审智散文，是南帆的《文明七巧板》。[②] 它既不幽默也不抒情，既不审美也不"审丑"，他所追求的是智性和感知的深化，还有话语内涵的"颠覆"。

在他最好的散文中，他层层演化、派生出的观念，超越了现成理性话语的无形的钳制，对智性话语的内涵加以重构，使得智性话语带上审美感性逻辑。在此基础上，他创造了一种"南帆式"的话语，在审智向审美的转化中，使本来熟悉到丧失感觉的词语发出陌生的光彩。光是描述"枪"这样一个普通的器械，他就让许多被用得像磨光了的铜币一样的词语焕发出新异的感觉："拉动枪栓的咔哒声如同一个漂亮的句号""一支枪的扳机在食指轻轻勾动之中击发，一个取缔生命的简洁形式宣告完成""躯体与机器（指

① 参阅孙绍振《文学性演讲录》，广西师范大学出版社，2006，第379页。

② 南帆：《文明七巧板》，上海文艺出版社，1994。

枪）的较量分出了胜负，这是工业时代的真理”“枪就是如今的神话”。他还非常严肃地将枪和男性的生殖器相类比：“两者都隐藏着强烈的侵略性、进攻性；射击的快感与射精的快感十分类似”“男性的性器官制造了生命……枪的唯一目的是毁灭生命……是对于男性器官的嘲弄”。[①] 他的关键词语基本上是普通的书面语，如“句号”“取缔”“真理”“神话”“快感”“嘲弄”等，他并没有像余光中那样广博地采用从古代书面雅言到日常口语，乃至现代诗歌和复杂修辞话语，但这些普普通通的词语不但获得了新异的感觉，而且有新异的智性深度。

他在论述了躯体是自我的载体和个人私有的界限以后，接着说，传统文化总是贬低肉体而抬高灵魂。在审智话语的逻辑自然演绎中，他做着翻案文章：肉体比灵魂是更加个人化的。肉体只能个人独享，不能忍受他人的目光和手指的触摸；而精神可以敞开在文字中，坦然承受异己的目光的入侵。从这个意义上说，“躯体比精神更为神圣”。只有爱人的躯体才互相分享，互相进入肉体。他得出结论说，“爱情确属无私之举”。“私有”“神圣”“无私”，原本的智性意义大部分被颠覆、解构的同时，新的智性就带着新的感性渗透进来了，这是一种智性和感性的解构和建构的同步过程。

这还只是他的话语成为一种智性话语结构的表面层次。更为深刻的层次是：在感性和智性的重新建构中，他完成了从审智到审美的接近。他在重新建构话语的时候，常常摆脱智性的全面和严密，引申出任性的话语。例如，从纯粹智性来说，爱人、情人，允许对方共享肉体，这是无私的、神圣的，这种说法并不是客观的、全面的，而是相当片面的，甚至可以说是“不智”的。不言而喻，肉体的共享，还有绝对自私和不神圣的一面，这一切被南帆略而不计了（也就是颠覆了），由于颠覆的隐蔽性，读者和他达成了一种临时的默契。这种默契就是以“不智”为特点，这种“不智”意味着一种“南帆式”的潜藏的审美感性，也就是审美的理趣。他接着说：一旦爱情受到挫折，躯体就毫不犹豫地恢复私有观念，“他们不在乎对方触碰自己的书籍、手提包或者服装”，而在争吵时尖叫起来：“不要碰我！”如果没有感情，却仍然开放躯体，就是娼妓行为。其实，没有感情仍然开放肉体，有着

① 南帆：《枪》，《叩访感觉》，东方出版社，1999，第291页。

许许多多的可能性，例如，许多没有爱情的家庭，性生活并没有停止，没有爱情的偷情乃至美国式的性开放，相当普遍地存在。但南帆的“不要碰我”和“娼妓”的话语阐释，具有智性的启示性和感性的召唤性，读者与其斤斤计较，不如欣赏他难得的任性。从审智到审美感知也就完成了其转化的任务。

原载《当代作家评论》2008 年第 1 期

（作者单位：福建师范大学文学院）

文论危机与文学文本的有效解读

孙绍振

20 世纪 80 年代以来，西方文论尤其是其研究方法被全面、系统和细致地介绍到中国，从而改变了中国文学的研究格局与思维模式，这是中国当代文学及其研究得以快速、健康发展的关键。然而，在世纪之交，特别是进入 21 世纪，西方文论之于中国文学研究的局限性、低效或无效逐渐暴露出来，且有愈演愈烈之势，这在文学文本解读上表现得尤为突出。究其因，一方面与中国学者唯西方文论是从有关：另一方面也与西方文论自身的局限有关。显然，欲更好地研究中国文学必须考虑中国语境、中国特色、中国立场、中国方法，建构文学文本解读的科学理念是提高解读有效性的途径。关于这一点，以往学术界较少给予关注，更缺乏深入的研究和探讨。

一

对文学文本解读的低效或无效，正威胁着文学理论的合法性，这是世界性的现象。早在 20 世纪中期，勒内·韦勒克和奥斯汀·沃伦就曾宣告："多数学者在遇到要对文学作品做实际分析和评价时，便会陷入一种令人吃惊的一筹莫展的境地。"① 此后 50 年，西方文论走马灯似地更新，但情况并未改

① 勒内·韦勒克、奥斯汀·沃伦：《文学理论》，刘象愚等译，江苏教育出版社，2005，第 155 ~ 156 页。

观，以至有学者指出：西方文论流派纷纭，本为攻打文本而来，旗号纷飞，各擅其胜。结构主义、解构主义、现象学、读者反应派，更有“新马”——新批评、新历史主义、女性主义等，“在城堡前混战起来，各露其招，互相残杀，人仰马翻”，“待尘埃落定后，众英雄（雌）不禁大惊，文本城堡竟然屹立无恙，理论破而城堡在”。[①] 在此，李欧梵只指出了严峻的问题，但未分析其原因。

探究其深层原因，对于提高文学文本解读的有效性十分必要。应清醒地看到，西方文论在获得高度成就的同时也深藏着一些隐患。首先，是观念的超验倾向与文学的经验性发生矛盾；其次，因其逻辑上偏重演绎、忽视经验归纳，这种观念的消极性未能像自然科学理论那样保持“必要的张力”而加剧；最后，由于对这些局限缺乏自觉认识，导致20世纪后期出现西方文论否定文学存在的危机。

这一切的历史根源是西方文论长期美学化、哲学化的倾向。西方美学作为哲学的一个分支，其源头就有柏拉图超验的最高“理念”，后来的亚里士多德虽倾向于经验之美，但西方文化源远流长的宗教超验（超越世俗、经验、自然）传统使得美学超验性跨越启蒙主义美学而贯穿至20世纪。从早期的奥古斯丁到中世纪的托马斯·阿奎那，他们都将柏拉图超验的理念打上了神学的烙印，认为最高的美就是上帝，一切经验之美的最大价值就是作为超验之美——上帝的象征。从内容上看，中世纪的神学美学不完全是消极的，也有一定的积极意义，它至少是脱离了自然哲学的束缚，以神学方式完善和展现自己。神学不过是被扭曲和夸大的人学，或是以异化形式呈现的人学，体现在美学上，就是把超越了自然的上帝，或将人类总体当作思维总体，由此主体出发去探求美的起源和归宿。这种美学的许多范畴，如本体意

① 李欧梵：《世纪末的反思》，浙江人民出版社，2000，第275页。其实，李欧梵此言似有偏激之处，西方学者也有致力于经典文本分析者。如德里达论《尤利西斯》《在法的门前》，罗兰·巴特论《追忆似水年华》《萨拉辛》，德·曼论《忏悔录》，米勒评《德伯家的苔丝》，布鲁姆评博尔赫斯等，但他们微观的细读往往旨在演绎出宏观的文化理论，德里达用2万多字的篇幅论卡夫卡仅800字左右的《在法的门前》，解读象征寓言的同时从文类、文学与法律等宏观方面进行后结构主义的延异书写，其主旨在超验的文化学，并不在审美价值的唯一性。

识、创造意识、静观意识、回归意识等大都为近现代美学所继承。[①] 也许正因如此，虽然在文艺复兴强调经验之美的启蒙主义思潮中，神学美学被冷落，但在康德的学说中，经验性质的情感审美与宗教式的超验之善仍在更高层次结合。德国古典哲学浓郁的超验的神学话语和以审美或艺术代替宗教的倾向，也曾遭到费尔巴哈和施莱尔马赫感性实践理念的批判。此外，它还受到克尔凯郭尔的论说以及车尔尼雪夫斯基的"美是生活"的反拨，但康德式的超验的哲学美学思辨仍是西方文论的主流形态。虽然超验美学在灵魂的救赎上至今仍有其不可忽视的价值，但超验的思辨形而上的普遍追求，却给文学理论带来致命的后果。卡西尔曾对此反讽道："思辨的观点是一种非常迷惑人的解决问题的方法，因为好像通过这种方法，我们不但有了艺术的形而上的合法根据，而且似乎还有神化的艺术，艺术成了'绝对'或者神的最高显现之一。"[②]

西方文论这种美学、形而上、超验的追求，实际上使得文学文本解读与哲学的矛盾有所激化。第一，哲学以高度概括为要务，追求涵盖面的最大化，在殊相中求共相，而文学文本却以个案的特殊性、唯一性为生命，解读文学文本旨在于普遍的共同中求不同。文学理论的概括和抽象以牺牲特殊性为必要代价，其普遍性原理中并不包含文学文本的特殊性。由于演绎法的局限（特殊的结论已包含在周延的大前提中），不可能演绎出文学文本的特殊性、唯一性。第二，这种矛盾在当代变得更加尖锐，是由于当代西方前卫文论执着于意识形态，追求文学、文化和历史等的共同性，而不是把文学的审美（包括审丑、审智）特性作为探索的目标。即使是较为强调文学"内部"特殊性的韦勒克-沃伦和苏珊·朗格，他们的《文学理论》和《情感与形式》，也是囿于西方学术传统而热衷于往哲学方面发展。苏珊·朗格指出：她的著作"不建立趣味的标准"，也"无助于任何人建立艺术观念"，"不去教会他如何运用艺术中介去实现它"。所有这些准则和规律，在她看来，"均非哲学家分内之事"。"哲学家的职责在于澄清和形成概念……给出明

---

① 参见阎国忠《超验之美与人的救赎》，《学术月刊》2008 年第 5 期；阎国忠：《美是上帝的名字：中世纪神学美学》，上海社会科学院出版社，2003，第 79~83 页。

② 卡西尔：《语言与艺术》，张法译，刘小枫选编《德语美学文选》上卷，华东师范大学出版社，2006，第 400 页。

确、完整的含义”。[1] 而文学文本的有效解读恰与此相反，要向形而下方面还原。第三，长期以来，西方文论家似未意识到文学理论的哲学化与文学形象的矛盾，因为哲学在思维结构和范畴上与文学有异。不管是何种流派，传统哲学都不外乎是二元对立统一的两极线性思维模式（主观与客观、自由与必然、形式与内容、道与器等），前卫哲学如解构主义则是一种反向的二元思维；文学文本则是主观、客观和形式的三维结构。哲学思维中的主客观只能统一于理性的真或实用的善，而非审美。而文学文本的主观、客观统一于形式的三维结构，其功能大于三者之和，则能保证其统一于审美。二维的两极思维与三维的艺术思维格格不入，文学理论与审美阅读经验为敌，遂为顽症。

20世纪80年代以来规模空前的当代西方前卫文论，堂而皇之地否认文学的存在，以至号称“文学理论”的理论公然宣言，它并不准备解释文学本身。乔纳森·卡勒宣称，文学理论的功能就是“向文学……的范畴提出质疑”。[2] 伊格尔顿直截了当地宣告，文学这个范畴只是特定历史时代和人群的建构，并不存在文学经典本身。[3] 号称文学理论，却否认文学本身的存在，还被当成文学解读的权威经典，从而造成文学解读和教学空前的大混乱，无效和低效遂成为顽症。问题出在哪里？很大程度上是文学理论的学术规范使然。西方文论一味从概念（定义）出发，从概念到概念进行演绎，越是向抽象的高度、广度升华，越是形而上和超验，就越被认为有学术价值，然而，却与文学文本的距离越来越远。文学理论由此陷入自我循环、自我消费的封闭式怪圈。文学理论越发达，文学文本解读越无效，滔滔者天下皆是，由此造成一种印象：文学理论在解读文本方面的无效，甚至与审美阅读经验为敌是理所当然的。文学文本解读的目标恰恰相反，越是注重审美的感染力，越是揭示出特殊、唯一，越是往形而下的感性方面还原，就越具有阐释的有效性。

归根到底，文学理论不但脱离了文学创作，而且脱离了文学文本解读。苏联的季莫菲耶夫和美国的韦勒克－沃伦都主张将文学研究分为三部分：一

---

① 苏珊·朗格：《情感与形式》，刘大基等译，中国社会科学出版社，1986，第1～2页。

② 乔纳森·卡勒：《文学理论入门》，李平译，译林出版社，2008，第16页。

③ 参见伊格尔顿《二十世纪西方文学理论》，伍晓明译，北京大学出版社，2007，第11页。

是文学理论，二是文学批评，三是文学史。这是有一定道理的，但这三部分的基础首先应是文学创作。

理论只能来自实践，文学理论的基础只能建立在文学创作实践上。创作实践不但是文学理论的来源，而且应是检验文学理论的标准。创作实践，尤其是经典文本的创作实践是一个过程，艺术的深邃奥秘并不存在于经典显性的表层，而是在反复提炼的过程中。过程决定结果、高于结果。从隐秘的提炼过程中去探寻艺术奥秘，是进入解读之门的有效途径。如《三国演义》中的“草船借箭”，其原生素材在《三国志》里是“孙权的船中箭”，到《三国志平话》里是“周瑜的船中箭”，二者都是孤立表现孙权和周瑜的机智。到了《三国演义》中则变成“孔明借箭”，并增加了三个要素：盟友周瑜多妒；孔明算准三天以后有大雾；孔明算准曹操多疑，不敢出战，必以箭射住阵脚。这就构成了诸葛亮的多智是被周瑜的多妒逼出来的，而诸葛亮本来有点冒险主义的多智，因曹操多疑而取得了伟大胜利，三者心理的循环错位，把本来是理性的斗智变成了情感争胜的斗气，于是多妒者更妒，多智者更智，多疑者更疑，最后多妒者认识到自己智不如人，发出“既生瑜，何生亮”的悲鸣。情感三角的较量被置于军事三角上，实用价值由此升华为审美经典。这样的伟大经典历经一代代作者的不断汰洗、提炼，耗费时间不下千年。这一切奥秘全在于文学文本潜在的特殊性，无论用何种文艺理论的普遍性对之直接演绎，只能是缘木求鱼。

此外，文学作品的价值和功能最终只有在读者阅读过程中实现。文学文本解读以个案为前提，它关注个体而非类型。由于文学作品的感性特征往往给读者一望而知的感觉，但这仅是其表层结构，深层密码却是一望无知甚至是再望仍无知的。因此，文学需要解读，深刻的解读就是深层解密。让潜在的密码由隐性变为显性，并化为有序的话语，这是提高文学文本解读有效性的艰巨任务。

理论的基础及其检验的准则来自实践，理想的文学理论应是在创作和阅读实践的基础上作逻辑和历史统一的提升。然而，西方文论家大都是学院派，相对缺乏创作才能和体验（这和我国古典诗话词话作者几乎都是文学创作者恰成对照）。本来，这种缺失当以文学文本个案的大量、系统解读来弥补，但学院派却将更多精力耗于五花八门的文学理论（如“知识谱系”）

的梳理。[①] 这些文论家的本钱，恰如苏珊·朗格所说，只有哲学化的“明晰”和“完整”的概念。他们擅长的方法也就是逻辑的演绎和形而上的推理。这种以超验为特点的文学理论可批量生产出所谓的“文学理论家”（学者、教授、博士），但这些理论家往往与文学审美较为隔膜。这就造成一种偏颇：文学理论往往是脱离文学创作经验、无力解读文学文本的。

在创作和阅读两个方面脱离了实践经验，就不能不在创作和解读的迫切需求面前闭目塞听，只能是从形而上的概念到概念的空中盘旋，文学理论因而成为某种所谓的“神圣”的封闭体系。在不得不解读文学文本时，便以文学理论代替文学文本解读学，以哲学化的普遍性直接代替文学文本的特殊性。这就导致两种倾向：一是只看到客观现实、意识形态和文学作品间的直线联系，抹杀文学的审美价值和作家的特殊个性；二是以文学批评中的作家论，以作家个性与作品的线性因果代替文学文本个案分析，无视任一作品只能是作家精神和艺术追求的一个侧面和层次，甚至是一次电光火石般的心灵的升华，一度对形式、艺术语言的探险。即使信奉布封“风格就是人”的著名命题，以文学批评中的作家论代替文学文本分析，也不可避免会带来误导。用鲁迅的国民性批判思想去解读《社戏》中对乡民善良、诗意的赞美，就文不对题；用“哀其不幸，怒其不争”解读《阿长与〈山海经〉》也不完全贴切，因为文中另有“欣其善良”的抒情。

在某种意义上，即使是黑格尔所说的“这一个”，也是一种普遍性追求的表现，而文学文本个案只是作家的这一次、一刻、一刹那（如我国的绝句和日本的俳句）体验与表达。在文学作品中，作家的自我并不是封闭、静态的，而是以变奏的形式随时间、地点、文体、流派、风格等处于动态中。作品的自我，并不等于生活中的自我，而是深化了艺术化了的自我。余光中将此叫作“艺术人格”。他在《井然有序》的序言中说，“我不认为‘文如其人’的‘人’仅指作者的体态谈吐予人的外在印象。若仅指此，则

① 知识谱系的学术方法以理查德·罗蒂为代表，参见理查德·罗蒂《哲学、文学和政治》，黄宗英等译，上海译文出版社，2009。这种知识谱系方法常常表现为对“关键词”在不同历史语境中的内涵的梳理，在西方有雷蒙·威廉斯的《关键词》，在中国有《二十世纪中国文学批评99个词》（南帆主编，浙江文艺出版社，2003）、《当代文学关键词》（洪子诚、孟繁华主编，广西师范大学出版社，2002）。

不少作者其实‘文非其人’。所谓‘人’，更应是作者内心深处的自我，此一‘另己’甚或‘真己’往往和外在的‘貌己’大异其趣，甚或相反。其实以作家而言，其人的真己倒是他内心渴望扮演的角色，这种渴望在现实生活中每受压抑，但是在想象中，亦即作品中却得以体现，成为一位作家的‘艺术人格’”。[①] 正是因为这样，朱自清《荷塘月色》中的“我”，并非“平常的我”，那是“超出了平常的我”，是超越了伦理、责任压力，享受校园中散心的“独处的妙处”的“我”，那是短暂的“自由”的自我。当回到家中，看到熟睡的妻儿，“我”又恢复了“平常的我”。有时，文学作品中的“我”还是复合的，既是回忆中当年的自我，又是写作时的自我。鲁迅《阿长与〈山海经〉》中的“我”，并不完全是童年鲁迅，同时还有以宽容心态看待长妈妈讲太平军荒诞故事的中年鲁迅。文中故作蠢言，说长妈妈有“伟大的神力”，对她有“空前的敬意”，这种幽默的谐趣是中年的，却又以童年的感知来表现。有时，作家自由地进行自我虚拟，在刘亮程《一个人的村庄》中，不但环境是虚拟的，人物和自我也是虚拟的。更不可忽略的是，同一作家在不同文体中也有不同表现。在追求形而上的诗歌中，李白藐视权贵，在表现形而下的散文中，李白则“遍干诸侯”“历抵卿相”。[②] 因此，文学文本解读不仅应超越普遍的文学理论，而且应超越文学批评中的作家论。

追求普遍性而牺牲特殊性，这是文学理论抽象化的必要代价。从某种意义上说，文学理论越普遍，涵盖面越广，就越有价值。然而，文学理论越普遍，其外延越大，内涵则相应缩小。而文学文本越特殊，其外延递减，内涵则相应递增。不可回避的悖论是，文学文本个案以独一无二、不可重复为生命，但文学理论是对无数唯一性的概括。在此意义上，二者互不相容。文学理论的独特性只能是抽象的独特性，并非具体的唯一性。文学文本个案的唯一性，与理论概括的独特性构成永恒的矛盾。

当然，这并不仅是文学理论，也是文学文本解读理念的悖论，甚至是一切理论都可能存在的矛盾。但是，一切理论并不要求还原到唯一的对象上

① 余光中：《为人作序——写在〈井然有序〉之前》，《书屋》1997 年第 4 期。

② 《李太白全集》第 3 册，中华书局，1957，第 1251 页。

去。对于万有引力，并不要求回到传说中牛顿所看到的苹果上去；对氧气的助燃性质，也不用还原到拉瓦锡的实验中去。就是马克思在经济学中对商品的基本范畴的还原，也不用追溯到某件具体的货物中去。所以，马克思在《资本论》中，主要采取英国的数据，所得出的结论也同样符合德国，因为理论价值不在特殊性，而在普遍的共性。文学文本解读则相反，个案文本的价值在于其特殊性、唯一性。由此可知，文学文本解读学与文学理论虽不无息息相通，但又是遥遥相对的。

追求个案的特殊性正是文学文本解读的难点，也是它生命的起点；但是，对于文学理论来说，局限于文学文本的特殊性却可能是它生命的终点。理论的价值在于作“文本分析”的向导，但是，它对所导对象的内在丰富性却有所忽略。水果的理念包罗万象，其内涵并不包含香蕉的特殊性，而香蕉的特殊性却隐含着水果的普遍性。文本个案的特殊内涵永远大于理论的普遍性。因而，以普遍理论（水果）为大前提，不可能演绎出任何文本个案（香蕉）的唯一性。因此，文学理论不可能直接解决文学文本的唯一性问题，理论的“唯一性”“独特性”只能是一种预期（预设）。说得更明确些，它只是一种没有特殊内涵的框架。文学文本的特殊性、唯一性只有通过具体分析才能将概括过程中牺牲的内容还原出来。这是一个包括艺术感知、情感逻辑、文学形式、文学流派、文学风格等的系统工程。

二

文学文本解读力欠缺的文学理论之所以如此盛行，不能不说与人们对西方文论的局限缺乏清醒的反思和认识有关。固然，西方学术有不可低估的优长，也是在此意义上，五四时期我国学术界才放弃了诗话词话和小说评点的模式，采用西方以定义严密、逻辑统一和论证自洽为特征的范式。应该说，这是文学研究的一种进步。定义的功能是：第一，保持基本观念的统一性，防止其在内涵演绎过程中转移，确保范畴在统一内涵中对话的有效性；第二，稳定的定义是长期研究积淀的结果，学术成果因之得以继承和发展。中国古典文学理论就是因其基本观念（如道、气）缺乏严密的定义，长期在歧义中徘徊。但西方文论又过于执着定义，所以难免西方经院哲学超验烦琐造成的许多荒谬（如中世纪的神学辩论竟然在探讨，一个针尖上能站几个天使）。一味地对概念作抽象辨析，既容易把本来简明的事物和观念说得玄而又玄，又容易脱离实践而陷入空谈。一些被奉为大师的西方人物，其权威性中到底隐含了多少皇帝的新衣，是值得审视的。以米克·巴尔为例，她曾为其核心范畴“本文”下了这样一个定义：“本文（text）指的是由语言符号组成的一个有限的、有结构的整体……叙述本文（narrative text）是叙述代言人用一种特定的媒介，诸如语言、形象、声音、建筑艺术，或其混合的媒介叙述（讲）故事的本文。”[①] 在此，定义的对象是文学艺术，但其内涵中并无文学艺术的影子。以这样的定义作大前提，根本就不可能演绎出任何文学艺术的特殊内涵。然而，许多理论大家对定义的局限和功能缺乏审思，在概念的迷宫中空转者更是代不乏人。

在定义的文字游戏中，最极端者是解构主义者，他们的所谓文学理论权威著作堂而皇之地宣布文学的不存在，把文学理论引向灾难性危机。其根源在于，他们把追随定义的演变视为一切，而不是从定义（内涵）和事实（外延）的矛盾提出问题。

其实，严格意义上说，一切事物和观念都具有不可定义的丰富性：第一，由于语言作为声音象征符号系统的局限，事物和思维的属性既不可穷尽，又不能直接对应，它只能是唤醒主体经验的“召唤结构”。第二，一般定义都是抽象的内涵定义，将无限的感性转化为有限、抽象的规定，即使耗费千年才智，也难达到普遍认同的程度。第三，一切事物和观念都在发展中，不管多么严密的定义都要在历史发展中不断被充实、突破和颠覆，以便更趋严密。一切定义都是历史过程的阶梯，而非终结。在学术史上，并不存在超越时间的绝对的定义。即使是西方前卫文论用来替代“文学”的“文化”，其定义也多至百种。由此观之，定义不应是研究的起点，而是研究的过程和结果。若一切都要从精确的定义出发，世上能研究的东西就相当有限。如萨义德的“东方学”这个论题本身就无法定义，从外延上说，东方不是一个统一的实体；从内涵上说，它也不能共享统一的理念。

---

① 米克·巴尔：《叙述学：叙事理论导论》，谭君强译，中国社会科学出版社，2003，第3页。

自然，离开严密的定义，文学研究也难顺利、有效地展开。在此关键问题上，马克思主义文论的经典作家具有相当深刻的认识，普列汉诺夫在《论艺术》中说过，研究不能没有“严格地下了定义的术语”，但是，一个“稍微令人满意的定义，只有在它的研究的结果中才能出现”，所以，研究就面临着为“还不能够下定义的东西下个定义”的难题。对此，他提出“暂且使用一种临时的定义，随着问题由于研究而得到阐明，再把它加以补充和改正”。[①]

严密的定义实际上是内涵定义。不完善的内涵定义与外延（事实）的广泛存在发生矛盾。轻率地否认对象的存在就放弃了文学理论生命的底线。西方文论家也强调问题史的梳理，但他们的问题史只是观念、定义的变幻史，亦即定义和概念（知识）的历史。这就必然造成把概念当成一切，在概念中兜圈子的学术。成功的研究都只能是先预设一个临时定义，然后在与外延的矛盾和历史发展中继续深化、不断丰富它，最后得出的也只能是一个开放的定义，或曰“召唤结构”而已。观念和定义的变幻是一种显性结果，它的狭隘性与对象的丰富性及历史发展变幻的矛盾，正是观念谱系发展的动力。谱系不仅是观念和定义的变幻系统，更是观念与对象的矛盾不断被丰富、颠覆和更新的历史。

片面执着于观念演变梳理的失误还在于，对“理论总是落伍于创作和阅读实践”这一事实的忽视。与无限丰富的创作和阅读实践相比，文学理论谱系所提示的内容极其有限。同样是小说，中国的评点和西方文论都总结出了“性格”范畴，但我们却没有西方文论的“典型环境”范畴。这并不意味着中国小说创作没有“环境”因素，《水浒传》的“逼上梁山”为其一，只是尚未将之提升到观念范畴。同为诗歌，中国强调“意境”“乐而不淫，哀而不伤，怨而不怒”，西方文论却强调“愤怒出诗人”“强烈感情的自然流泻”。其实，许多中国古典诗歌也注重强烈感情的表现，如屈原“发愤以抒情”，并有相关实践，如“长太息以掩涕兮，哀民生之多艰”；西方的文学中也有非常节制情感的诗歌，如歌德、海涅、华兹华斯的一些诗作。因而，仅梳理理念只能达致概念的完整性和系统性，实际上与复杂对象及其

① 普列汉诺夫：《论艺术》，曹葆华译，三联书店，1973，第3页。

历史性相比则不成谱系。

中国现代散文史正是历史实践突破观念定义的历史。最初，周作人在《美文》中为散文定性时只称“叙事与抒情”“真实简明”[①]，这实际上是指审美抒情。此定义很有权威性，但与实际不符，鲁迅、林语堂、梁实秋、钱锺书的幽默或审丑散文就不在其列。定义的狭隘性导致了现代散文的解读长期在抒情和叙事间徘徊。在20世纪30年代，叙事被孤立强调，散文成为政治性的“文学的轻骑队”。到了40年代的解放区，主流意识形态提倡“人人要学会写新闻”。[②] 50年代最好的散文就成了魏巍的朝鲜通讯《谁是最可爱的人》。文学散文成为实用性的通讯报告，由此造成散文文体的第一次危机。后来，杨朔强调把每篇散文都当作诗来写[③]，把散文从实用价值中解脱出来，却又认为散文的唯一出路在于诗化。此论风靡一时，无疑又把散文纳入诗的囚笼，由此造成散文文体的第二次危机。以后，散文的主流观念为“形散而神不散”之类。[④] 如果一味作谱系式研究，则此谱系将十分贫乏；但如果将之与创作和阅读实践的矛盾作为出发点，对二者的矛盾进行直接概括，就不难发现，创作和阅读实践不断在突破狭隘的抒情叙事（审美）理论。严格地说，幽默散文属于亚审丑范畴，如王小波、贾平凹、舒婷的谐趣散文，审美的狭隘定义被突破，有着审丑的倾向。余秋雨的功绩为，在抒情审美的小品中带有智趣，把诗的激情和历史文化人格的批判融为一体，使散文恢复了传统的大品境界，但他只是通向审智的断桥。南帆的散文，既不审美抒情，也不审丑幽默，而是以冷峻的智慧横空出世，开拓了审智散文的广阔天地。从审美抒情的反面衍生出幽默审丑，继而又从二者的反面衍生出既不抒情又不幽默的审智。

可见，推动知识观念发展的动力是创作实践，而非知识观念本身。文学理论的生命来自创作和阅读实践，文学理论谱系不过是把这种运动升华为理

---

① 周作人：《美文》，《晨报》副刊1921年6月8日。

② 胡乔木：《人人要学会写新闻》，《解放日报》1946年9月1日。

③ 原文是“我在写每篇文章时，总是拿着当诗一样写”。杨朔：《〈东风第一枝〉小跋》，《杨朔散文选》，人民文学出版社，1978，第220页。

④ 语出肖云儒《形散神不散》，《人民日报》1961年5月12日，但这是秦牧在《海阔天空的散文领域》和《思想和感情的火花》中提出的“一个中心”说和“一线串珠”的翻版。（参见秦牧《秦牧论散文创作》，张振金编，暨南大学出版社，1990）

性话语的阶梯，此阶梯永无终点。脱离了创作和阅读实践，文学理论谱系必定是残缺和封闭的。问题的关键在于，文学理论对事实（实践过程）的普遍概括，其内涵不能穷尽实践的全部属性。与实践过程相比，文学理论是贫乏、不完全的，因而理论并不能自我证明，实践才是检验真理的准则。对此，马克思早在《关于费尔马哈的提纲》中说过："人的思维是否具有客观的真理性，这并不是一个理论的问题，而是一个实践的问题。人应该在实践中证明自己思维的真理性，即自己思维的现实性和力量，亦即自己思维的此岸性。关于离开实践的思维是否现实的争论，是一个纯粹经院哲学的问题。"①

在此意义上，一味梳理观念谱系的方法即便再系统也带有根本缺陷，这表现在：从概念到概念，从思想到思想，脱离了实践的推动和纠正机制，带着西方经院哲学传统的"胎记"。当然，观念史梳理的方法也许并非一无是处，它所着眼的并不是文学，而是观念变异背后社会历史潜在的陈规。但无论是在性质还是功能上，它与文学解读最多也只能是双水分流。

西方阅读学最前卫的"读者中心论"，是经不起阅读实践的历史检验的。作家在完成作品后会死亡，读者也不免代代逝去，然而文学文本却是永恒的。文本中心应顺理成章。"读者中心论"带着相当的自发性，其症结在于将读者心理预设为绝对开放的机制。

其实，读者心理并不是完全开放的，也不像美国行为主义所设想的那样，外部有了信息刺激，内心就会有反应。相反，按皮亚杰的发生认识论，外来信息刺激，只有与内在准备状态——也就是他所说的"图式"（scheme）相一致，被"同化"（assimilation）后才会有反应。② 读者心理具有一定的封闭性，这是人性的某种局限。中国古典文献早有"智者见智，仁者见仁"之说。黄宗羲在《明儒学案》中说："仁者见仁，知者见知，释

① 《马克思恩格斯全集》第 3 卷，人民出版社，1960，第 3～4 页。

② 皮亚杰：《发生认识论原理》，王宪钿等译，商务印书馆，1981，第 60 页。他完整的意思是："一个刺激要引起某一特定反应，主体及其机体就必须有反应刺激的能力。"每一个人的大脑中都有某种认识客体的格局（shame），当外界刺激能够纳入人的已有"格局"中时，用皮亚杰的术语来说，就是刺激能被固有的"格局""同化"时，它才能做出反应，否则，就不能做出反应。

者所以为释，老者所以为老。”[1] 张献翼在《读易纪闻》中说：“惟其所禀之各异，是以所见之各偏。仁者见仁而不见知……知者见知而不见仁。”[2] 李光地在《榕村四书说》中说：“智者见智，仁者见仁，所秉之偏也。”[3] 仁者的预期是仁，就不能看到智；智者的预期是智，就不能看到仁；智者仁者，则不能见到勇。预期是心理的预结构，也是感官的选择性，感知只对预期开放。马克思说：“对于没有音乐感的耳朵说来，最美的音乐也毫无意义。”[4] 由于读者主体的心理图式本身有强点和弱点，有敏感点和盲点，因而其反应是不完全的。罗曼·英加登也承认：“读者的想象类型的片面性会造成外观层次的某些歪曲；对审美相关性质迟钝的感受力会剥夺了这些性质的具体化。”[5] 文学作品各层次和形式的奥秘极为复杂丰富，读者要同时进行毫无遗漏的注意、理解和体验，几乎是不可能的。“一千个读者就有一千个哈姆雷特”，这种“读者中心论”的名言，不断遭到有识者的强烈质疑，赖瑞云曾提出“多元有界”与之抗衡。[6] 读者以具有封闭性的主体图式解读经典文本，常产生一种与文本内涵相悖的情况。提到《红楼梦》，鲁迅说过：从中“经学家看见《易》，道学家看见淫，才子看见缠绵，革命家看见排满，流言家看见宫闱秘事……”[7] 显然，这种看法是针对主观歪曲的混乱和荒诞而言的，可谓语带讥讽。阅读心理存在主体同化（在此是歪曲）规律。读者一望而知的往往不是文本深层的奥秘，而是主体已知的先见。如囿于英雄的“雄”为男性的偏见，许多学者解读《木兰辞》时，几乎众口一词地把花木兰看成和男英雄一样的英勇善战，鲜有明确指出其文本的独特性在于：勉强可称为正面书写战争之诗的只有“将军百战死，壮士十年归”，全诗的主旨为：作为女性的木兰，她主动担起男性职责，立功不受赏，并以恢复女儿身为荣。

---

① 黄宗羲：《明儒学案》，《四库全书》第457册，上海古籍出版社，1987，第141页。

② 张献翼：《读易纪闻》，《四库全书》第32册，第548页。

③ 李光地：《榕村四书说》，《四库全书》第210册，第14页。

④ 《马克思恩格斯全集》第42卷，人民出版社，1979，第126页。

⑤ 罗曼·英加登：《对文学的艺术作品的认识》，陈燕谷等译，中国文联出版公司，1988，第93页。

⑥ 赖瑞云：《混沌阅读》，福建教育出版社，2010，第286页。

⑦ 鲁迅：《〈绛洞花主〉小引》，《鲁迅全集》第8卷，人民文学出版社，2005，第179页。

三

建构文学文本解读理念的关键在于，必须认识到文学文本解读无效或者低效，是由于读者的心理预期状态的平面化，以表层的一望而知为满足。其实文学文本是一种立体结构，它至少由三个层次组成。一是表层的意象群落，包括五官可感的过程、景观、行为和感性的语言等，它是显性的。在表层的意象中渗透着情感价值，这就构成了审美意象。正如克罗齐所说："艺术把一种情趣寄托在一个意象里，情趣离开意象，或是意象离开情趣，都不能独立。"[①] 需要说明的是，意象中的情趣并不限于情感，更完整地说应是情志，趣味中包含智趣。意象派代表人物庞德给意象下的定义是："在一刹那的时间里表现出一个理智和情绪复合物的东西。"[②] 表层的意象是一望而知的，但其潜在的情志往往被忽略。如柳宗元的《江雪》："千山鸟飞绝，万径人踪灭。孤舟蓑笠翁，独钓寒江雪。"如果把"钓雪"解读为"钓鱼"，就是被显性的感知遮蔽，把意象当成细节，消解了隐性的审美情志。其实，表层意象不仅是对客体的描绘，而且也是主体的表现，是主体的情志为之定性，甚至使之发生变异的，如清代诗评家吴乔所说，如米之酿为酒，"形质尽变"。[③] 此诗表层的形而下的钓鱼，为深层的形而上的精神境界所改变。前两句是对生命绝灭和外界严寒的超越，后两句是对内心欲望的消解。诗人营造的氛围是，不但对寒冷没有感觉和压力，而且并不在意是否能钓到鱼。这是一种内心凝定到超脱自然、社会功利，自我与大自然浑然一体的境界。

意象不是孤立的而是群落式的有机组合，其间有隐约相连的情志脉络，这是文学文本的第二个层次，可称之为意脉（或为情志脉）。其特点为：第一，意脉以情志深化表层的意象。第二，在形态和性质上对表层的整体意象

① 参见朱光潜《美学文集》第2卷，上海文艺出版社，1982，第54～55页。

② 参见彼德·琼斯《意象派诗选》，裘小龙译，漓江出版社，1986，第5页。庞德并不绝对地反对情感，只是坚持情感不能直接抒情，情感和智性浑然一体。故他在《严肃的艺术家》中对于诗与散文的区别这样说，"在诗里，是理智受到了某种东西的感动。在散文里，是理智找到了它要观察的对象"。（参见杨匡汉、刘福春编《现代西方诗论》，花城出版社，1988，第54～55页）

③ 吴乔：《答万季野诗问》，丁福保编《清诗话》上册，上海古籍出版社，1978，第27页。

加以同化。第三，意脉所遵循的不是实用理性逻辑，而是超越实用理性的情感逻辑。这在中国古典诗话叫作“无理而妙”[①]，其具体表现为情感的朦胧性，不遵循形式逻辑的同一律、排中律，情感的主观独特性更使它超越充足理由律：情感强烈时，往往是无缘故的。情感逻辑有时还以片面性与辩证法的全面性相对立：不管是爱是恨，都是非理性和片面的。遵循逻辑规律是人同此心、心同此理，实用理性准则是唯一的；而超越逻辑规律则是人心不同、各如其面，情感的可能性是无限的。第四，在具体作品中，不管是小型的绝句，还是大型的长篇小说，意脉都以“变”和“动”为特点。故汉语有“动情”“动心”“感动”“激动”“触动”之说。（在英语中“感动”（move）也是从空间的移动中转化而来）在长篇小说中，事变前后大起大落的精神曲折和变异，乃是意脉的精彩所在。在绝句中，最动人处往往就是意脉的瞬间转换。[②] 意脉是潜在的，可意会而难言传。要把这种意味传达出来，需要在具体分析中具有原创性的话语。缺乏话语原创性的自觉和能力，往往会不由自主被文学文本外占优势的实用价值窒息。在中层的意脉中，最重要的是真、善、美价值的分化。与世俗生活中真、善、美的统一不同，文学文本是真、善、美的“错位”。它们既不完全统一，也非完全分裂，而是部分重合又有距离。在尚未完全脱离的前提下，三者的错位幅度越大，审美价值就越高。三者完全重合或脱离，审美价值就趋近于无。[③]

保证审美价值最大限度升值的是文学的规范形式[④]，这是文学文本结构的第三层次。形式对于文学文本解读学极其关键，但学术界大都囿于黑格尔的“内容决定形式”说，把形式的审美功能排除在学术视野外。历代美学

---

① 贺贻孙在《诗筏》中提出“妙在荒唐无理”，贺裳和吴乔提出“无理而妙”“入痴而妙”。沈雄在《柳塘词话》中说：“词家所谓无理而入妙，非深情者不办。”

② 参见孙绍振《绝句：瞬间转换的情绪结构》，《文艺理论研究》2010年第6期。

③ 参见孙绍振《美的结构》，人民文学出版社，1987，第48页；《文学性讲演录》，广西师范大学出版社，第55~65页。

④ “规范形式”的范畴，最先是笔者在《文学创作论》第6章第2节“文学形式的审美规范作用”（沈阳春风文艺出版社，1987，第337页）中提出的，后在论文《审美价值的错位结构》（《文艺理论研究》1988年第3期）中有所发挥。本文在前二文的基础上对审美规范形式作了更系统深入的阐释，如，其有限性，其与内容的可分离性，其有可重复性地积累审美历史经验的功能，以及主体特征和客体特征并非直接发生关系而是分别与规范形式发生关系等观点，则是本文第一次提出的。

家出于哲学思维的惯性，总在主观和客观里兜圈子。睿智者如朱光潜、李泽厚、高尔泰等，都未能超越二元对立的思维模式，未能意识到主观情感特征和客观对象特征的猝然遇合只是胚胎，没有形式就不能化胎成形，更不能达到审美的艺术层次。[①] 未经形式规范的情感，哪怕是真情实感，也可能是“死胎”。作家的观察、想象、感受及语言表达，都要受到特殊形式感的制约和分化，主观和客观并非直接发生关系，而是同时与形式发生关系。只有当形式、情感和对象统一为有机结构后才具备形象的功能。只有充分揭示主观、客观受到形式的规范制约，文学理论才能从哲学美学中独立出来，通向独立的文学文本解读学。

克罗齐曾提出，一切直觉都是抒情的，“只要经过形式的打扮和征服就能产生具体形象”，他又说，“形式是常驻不变的，也就是心灵的活动”。[②] 此说的缺陷在于，一是自相矛盾，形式是“常驻不变的”，而心灵却瞬息万变；二是形式并非常驻不变，而是随着历史从草创走向成熟。因而，他所指的形式，与黑格尔所说的均是自发的原生形式。只是黑格尔说的是生活的原生形式，克罗齐说的是心灵的原生形式，与此相似的还有中国《毛诗序》所谓的“在心为志，发言为诗”。三者均混淆了原生形式与文学的规范形式之间的差异。

原生形式与文学的规范形式有根本的不同。第一，原生形式是天然的，随生随灭，无限多样，与内容不可分离；文学的规范形式是人造的、有限的（就文学而言不超过十种）、不断重复的，与内容是可分离的。第二，原生形式并不能保证审美价值超越实用理性的自发优势，规范形式则通过对漫长历史过程中审美经验的积淀，化为某种历史水准的相对稳定的形态（如小说从片断情节的志怪到情节完整、环环紧扣的传奇，到以情节表现性格的话本，到性格为环境所逼出常规的变化，到生活的横断面，再到非情节的场景组合），从而对形象的主客体特征进行规范。规范形式是人类文学活动进步的阶梯，没有规范形式，文学活动只能进行原始的重复，有了规范形式，文学活动才能从历史的水平线上起飞。第三，规范形式不但不是由内容决定，

① 参见蔡福军《马克思主义美学家孙绍振》，《东吴学术》2011 年第 3 期。

② 克罗齐：《美学原理 · 美学纲要》，朱光潜译，人民文学出版社，1983，第 11 ~ 12 页。

而是可征服内容、消灭内容，强迫内容就范，并且衍生出新的内容。如同席勒所谓的“通过形式消灭素材”。[①] 没有规范形式的视角，哲学化的文学理论就往往处在文学文本静态的表层，而形式从草创到成熟的曲折历程，风格、流派对形式的冲击，流派对规范形式的丰富、发展和突破，乃至颠覆和淘汰（如大赋、变文、六言绝句、弹词、宝卷）等动态结构则一概成为空白。值得注意的是，形式的稳定性与内容的丰富发展是一对永恒的矛盾。内容是最活跃的因素，它不断冲击着规范形式，规范与冲击共生，相对稳定的规范形式在积淀历史经验时也不能不开放，不能不随着历史的发展而突破和更新。

无可讳言，任何一种理念或理论的建构，都是共同性的概括，不能不以个案文本特殊性的牺牲为代价，而文学文本解读的任务却是把独一无二的特殊性还原出来。这是文学文本解读不可回避的矛盾。至于如何对个案文本作具体分析。鲁迅在《不应该那么写》中提出了一个很有价值的思路：“凡是已有定评的大作家，他的作品，全部就说明着‘应该怎样写’……在学习者一方面，是必须知道了‘不应该那么写’，这才会明白原来‘应该这么写’的……‘应该这么写，必须从大作家们的完成了的作品去领会。那么，不应该那么写这一面，恐怕最好是从那同一作品的未定稿本去学习了。’”[②] 有了正反两面，就有了差异或者矛盾，具体分析就有了切入口。传统的文学理论大都并不正面提供这样的差异和矛盾，没有可比性，因而分析难以着手。正因如此，涉及这正反两方面的文献就显得分外珍贵。贾岛《题李凝幽居》中，“推”字好还是“敲”字好的佳话，王安石《泊船瓜洲》“春风又绿江南岸”在“绿”“到”“过”“入”之间的选择，孟浩然《过故人庄》最后一联“待到重阳日，还来就菊花”，一度“就”字脱落，后人有“对”字还是“赏”字的猜测。西方也不乏其例，莎士比亚根据意大利故事创作了诗剧《罗密欧与朱丽叶》，果戈理听到一则故事：小公务员省吃俭用购置了猎枪划船去打猎，在芬兰湾丢失猎枪，以后一提及此就脸色发白。果戈理将猎枪改为上班必须穿的大衣丢失，导致悲剧性死亡，又加上荒诞的喜剧结

① 席勒的原话是：“艺术大师的独特的艺术秘密就是在于，他要通过形式来消灭素材。”参见席勒《美育书简》，徐恒醇译，中国文联出版公司，1984，第114～115页。

② 鲁迅：《不应该那么写》，《鲁迅全集》第6卷，人民文学出版社，2005，第321页。

尾，写成经典小说《外套》。这些素材的意义在于，为具体分析提供了现成的可比性。此外，鲁迅说着重在“写”，这也就是创作的实践性，旨在把读者带入创作过程。

注重文学文本的创作过程，文学文本将不是静态、不可更改的成品，而是一个生成、发展的过程。读者不是被动地接受成品，而是洞察其萌芽、生成、扬弃、排除、凝聚、衍生、建构的动态进程。世界文学史上有着许多经典的作品有待开发。列夫·托尔斯泰写《复活》前后十年，草稿、修改稿为具体分析达到唯一性提供条件。在《复活》中，聂赫留朵夫公爵到监牢去探看被他糟蹋沦为妓女又横遭冤案的玛丝洛娃，身为陪审员的他忏悔之余要求和她结婚。最初手稿上写的是：“玛丝洛娃认出了他，说：‘您滚出去。’”并严词拒绝和她结婚的要求。[①] 在《复活》的第五份手稿中，改成玛丝洛娃一下没有认出他来，可是高兴有衣着体面的人来看她。对聂赫留朵夫的求婚和忏悔，她答道：“您说的全是蠢话……您找不到比我更好的女人吗？您最好别露出声色，给我一点钱。这儿既没有茶喝，也没有香烟，而我是不能没有烟吸的……这儿的看守长是个骗子，别白花钱，——她哈哈大笑。”两者相比，显然后者把人物从外部感觉到内心近期经验和远期深层记忆的层次立体化了。但是，这样的直接归纳是粗浅的，因为它没有涉及小说审美规范的深度。归纳法在此显示了它的优越性，同时也和演绎法一样不可避免地具有局限性，那就是归纳要求周延，而将文学文本感性的内涵归纳为抽象的话语符号，是不可能绝对周延的。这是人类思维和话语的局限，但是并非人类的思维和语言的宿命。自然科学理论在这方面提出把归纳法和演绎法结合起来，保持“必要的张力”。[②] 正因如此，从个案直接归纳出来的观念，要在理论的演绎中加以检验和证明。直接归纳唯一性不能不从普遍性的理论演绎中得到学术的支持。就上述列夫·托尔斯泰的修改过程而言，对规范形式作理论的考察不可或缺。

人的心灵极其丰富，没有一种文学形式能给以全面表现。因而，在数千年的审美积累中，文学分化为多种结构形态，以表现心灵的各个层次和方

---

① 符·日丹诺夫：《〈复活〉的创作过程》，雷成德译，内蒙古人民出版社，1982，第22页。

② 参见托马斯·S. 库恩《必要的张力——科学的传统和变革论文选》，纪树立等译，福建人民出版社，1981年。

面。诗歌的意象乃在普遍性的概括，不管是林和靖笔下的梅花，还是辛弃疾笔下的荠菜花，不论是华兹华斯笔下的水仙，还是普希金笔下的大海，不论是艾青笔下的乞丐，还是舒婷笔下的橡树，都是没有时间、地点、条件的具体限定的普遍存在。在诗里，得到充分表现的往往是心灵的概括性，甚至是形而上方面，在爱情、友情、亲情中，人物都是心心相印的，具有某种永恒性，故从亚里士多德到华兹华斯，都以为诗与哲学最为接近。而在叙事文学和戏剧文学中，个体心灵在不同的时间、地点、条件下表现差异性则是绝对的，而且处于动态之中。情节的功能在于，第一，把人物打出常规，显示其纵向潜在的深层心态，列夫·托尔斯泰在《复活》中说“他常常变得不像他自己了，同时却又始终是他自己”。[1] 第二，不管是爱情还是友情、亲情，心心相错才有个性，才有戏可看。俄国形式主义者维·什克洛夫斯基说：“美满的互相倾慕的爱情的描写，并不形成故事……故事需要的是不顺利的爱情。例如 A 爱 B，B 不爱 A；而当 B 爱上 A 时，A 已不爱 B 了……可见，形成故事不仅需要有作用，而且需要有反作用，有某种不相一致。”[2] 故在白居易的《长恨歌》中，李隆基与杨玉环的爱情不但超越空间（在天愿作比翼鸟，在地愿为连理枝），而且超越时间和生死（天长地久有时尽，此恨绵绵无绝期），而在洪升的戏剧《长生殿》中，两人的爱情则要发生情感错位，故杨玉环两次吃醋，李隆基两次后悔迎回最为精彩。《复活》的修改稿也表现了两个人特殊的错位。初稿的局限在于，玛丝洛娃对聂赫留朵夫从心灵的表层到深层只有仇恨、斩钉截铁的对立。定稿的优越在于，玛丝洛娃以妓女的眼光看待来人，在感知上已有错位。公爵真诚地求婚，她却认为这是蠢话；公爵想用钱来帮助她，并拯救自己的灵魂，她却用来买香烟。这也正显示了玛丝洛娃虽已认出聂赫留朵夫，但深层记忆并未完全被唤醒，纯情少女的记忆被表层的妓女职业心态封冻，从而让其深厚的痛苦显露无遗。

在此，规律的普遍性（深化心灵层次和心理错位）是用来阐明文学文本的唯一性的，并未以牺牲其独一无二性为代价，而是对文学文本的唯一性做出更加深邃的阐释。

---

① 列夫·托尔斯泰：《复活》，汝龙译，人民文学出版社，1984，第 263 页。

② 维·什克洛夫斯基：《故事和小说的构成》，乔·艾略特等《小说的艺术》，张玲等译，社会科学文献出版社，1999，第 86 页。

然而，要把潜藏在水乳交融、天衣无缝的文学形象之下的矛盾揭示出来，还需借鉴现象学的“还原”方法，把文学形象“悬搁”起来。当然，与现象学不同的是，这不是为了“去蔽”，而是把未经艺术化的原生形象想象出来，分析其与审美形象的差异或矛盾。

就规范形式本身而言，它也不是某种纯粹形式，而是与内容息息相关的。因而在具体分析时，既要注重形式，也要关注内容；既要注重逻辑，也不能偏废历史。

就形式方面而言，在具体分析时可借助流派的还原和比较。规范形式是相当稳定的，难免与最活泼的内容发生冲突。因而，发生种种变异是正常的，当某种变异成为自觉或不自觉的潮流和共同追求时，就形成了流派。不同流派在美学原则上有不可忽略的差异甚至反拨。浪漫派美化环境和情感，象征派以丑为美，把徐志摩的《再别康桥》的潇洒审美和闻一多的《死水》的以丑为美混为一谈，无异于瞎子摸象。但流派仍是众多作品的共性，要达到作品的唯一性，还要从风格的还原和比较中入手。注重同一流派中不同的个人风格，尤其注重同一作家笔下不同作品不可重复的风格。如徐志摩《再别康桥》中的潇洒温情不同于《这是一个怯懦的世界》的激情。最可贵的风格并不是个人的，而是篇章的，越是独一无二、出格的，越是要成为阐释的重点。有时连统计数字都可能成为必要的手段，如在写战争的《木兰辞》中，通篇真正涉及木兰参战的只有“将军百战死，壮士十年归”；在被视作叙事诗的《孔雀东南飞》中，对话却占了压倒性优势；《醉翁亭记》中，用了21个“也”字等。这类出格的表现，很难不对普遍的形式有所冲击、突破和背离。这种背离是一种冒险，同时又可能推动规范形式的发展。

就内容方面而言，可通过母题的梳理进入具体分析。在某种意义上，任何后世杰作的主题都是对历史传统的继承和发展：李白的《将进酒》使传统的生命苦短的悲情母题变成了豪迈的“享忧”；“武松打虎”使得“近神”的英雄变成了“近人”；《简·爱》把英国小说传统中美人与高贵男性的爱情变成了相貌平平的女子和一个失明男人的终成眷属。其中，对母题的突破和发展是文学文本唯一性的索引。

对文学文本特殊性、唯一性的探查不是一步到位的，而是在层层具体分析中步步逼近。第一层次具体分析后得出的结论有如普列汉诺夫所说的暂时定义，后续每一层次的分析，都使其特殊内涵递增，也就是定义的严密度递增。层次越多，内涵就越多，直至最大限度地逼近文学文本。只有凭借这样系统的层次推进，才可能逼近文学文本的特殊性、唯一性，从而提高解读的有效性。不论是反映论还是表现论，不论是话语论还是文化论，不论是俄国形式主义的陌生化还是美国新批评的悖论、反讽，都囿于单因单果的二元对立的线性哲学式思维模式，文学文本解读上的无效、低效似有难以挽回之势。西方对之无可奈何的时间已长达百年，如今我们应抓住机遇发出自己的声音，以寻求新的解决方案和道路。

原载《中国社会科学》2012 年第 5 期

（作者单位：福建师范大学文学院）

学界的一棵不老松（代跋）

汪文顶

2015 年 10 月 23 日，黄山南麓，奇墅湖畔，诚如谢冕先生所云，我们“在一个美丽的地方开一个美丽的会”。这美丽的地方是大自然的恩赐，也是诗人骆英慷慨提供的，为举办“孙绍振诗学思想研讨会”营造了诗意的美景氛围。大家虽然无暇登临玉屏天都诸峰，饱览峭崖奇松胜景，却在潜心研讨之中领略着学界一棵不老松的苍翠活力和挺拔雄姿，收获了更为美丽的诗意灵光和诗学硕果。

孙绍振先生公认是学界的一棵不老松。他从 1955 年考入北京大学中文系，就开始在文学沃土上生根发芽，历经风霜而茁壮成长，扎根本土而傲视群峰，如今年届八十，依然潜心学术，笔耕不懈，思如泉涌，健笔如飞，富有理论常青树的创造活力，无愧于黄山不老松的形象比拟。

孙先生祖籍福建长乐，与郑振铎、谢冰心诸前辈同一籍贯，也同样易地生长于通都大邑，领受现代文化的哺育熏陶。但因缘际会，他于 1961 年从北大被贬回福建泉州刚创办的华侨大学任教，又于 1973 年从下放地戴云山区调回省城刚复办的福建师范大学，迄今服务桑梓半个多世纪。他是福建师范大学最受学生欢迎和敬佩的文学教授，又是为我校学术建设和人才培养做出巨大贡献的著名学者。他培养和关爱学生，不仅启人心智，还体贴宽容，有如陈希我、苏七七所回想的点点滴滴。更重要的是，他乐育英才，授人以渔，引导和带出颜纯钧、王光明、陈晓明、谢有顺教授等一批拔尖人才，连诗学家陈仲义教授也认他为“编外导师”。他早就誉满天下，却一直坚守讲台，甘为地方高校奉献毕生的学养才智，这是我们福建学子的极大荣幸，也是本人首先要代表我校和同人，向我们敬爱的孙绍振老师致以崇高的敬意和衷心的感激！

孙先生的学术素养源于北大。北大中文系1955级是新中国教育史上的一个奇迹，培养出诸多领域的大师和精英，引领当代中文学科的风气和走向。当年的“孙猴子”就是班上的才子之一，不仅个性张扬，才华横溢，而且饱读诗书，潜心问学，从朱光潜、朱德熙等大师学到治学方法。这在本书所辑录的其学术自述有所告白。其同窗好友谢冕、张炯、阎国忠三先生之作，对此又有传神写照和精到论评。他们对老同学知根知底，又心怀坦诚，评说“孙猴子”的功夫和造诣，自然比我们后学者明达和深刻，这是本次会议和这部论集特别“美丽”之处。

孙先生的学术生涯起步于北大，成就于福建。他在“文革”受难期间，因祸得福，刻苦钻研《资本论》等经典的辩证思维，似把诗性腹笥投入思辨熔炉淬炼一番，炼就了“七十二变”的硬功夫，回到大学讲坛，走上“降妖伏魔”的学术征程。他从心爱的诗学出发，为“朦胧诗”开道而被人拿去“开刀”，以《文学创作论》探究艺术奥秘而赢得作家的信服，在创作思维、审美结构、文类特性、幽默逻辑、文本解读和语文教育诸多领域提出许多创新性和原创性的学术观点，建构孙氏文艺美学的话语体系和治学方法，而自立于当代文艺论坛，传播广泛，影响重大。首先受益的自然是我校亲聆教诲的师生，颜纯钧、王光明、赖瑞云、陈希我、陈晓明、余岱宗、庄伟杰、谢有顺、伍明春、赖彧煌等及门弟子的各自论述就带有切身体会。其他学者如吴思敬、朱向前、俞兆平、陈仲义、黄怒波（骆英）、陈剑晖、王国平、吴励生、连敏等，从各个角度评论孙先生的学术贡献和治学风范。这又汇聚为本次会议和这部论集的“各美其美”的互动复合之美。

如果说，当代中国文艺学界有个“闽派”，那么在福建本土掌旗的无疑是我们的孙老师。他的学术影响早已超越区域，跨越两岸，位居前沿，走向世界。他的理论之树常青，根源于他深厚的中外文化学养，厚植于他对文学创作和文本解读的深耕细作，内发于他独立思考、追求真理的创造活力，凝结为思辨清明、神采飞扬的学术风度，越来越焕发出理论创新的光彩和魅力。

对于孙先生学术成就的奇美壮丽，大家都想分享，遂有研讨会之举。此会由谢冕先生和骆英、王光明、郑家建等倡议筹办，由北京大学中国诗歌研究院、首都师范大学中国诗歌研究中心和福建师范大学文学院三家联合举办，承蒙张炯、阎国忠、陈素琰、骆寒超、吴思敬、朱向前、南帆、俞兆平、陈仲义等四十多位与会专家学者的热诚支持，并获骆英及其中坤集团的慷慨赞助，还有劳景立鹏、王炳中等博士认真操办会务和汇编论文，总之是在大家的共同努力下，办成了这个“美丽的会”。社会科学文献出版社也乐意出版这部论文集，责任编辑还精心校订各篇论文。在此，一并向有关方面和各位学者的大力支持表示由衷的感谢！

二〇一六年春于福建师范大学

图书在版编目(CIP)数据

孙绍振诗学思想研究文集 / 汪文顶，王光明，骆英主编. -- 北京：社会科学文献出版社，2016.11
ISBN 978-7-5097-9537-8

Ⅰ.①孙… Ⅱ.①汪… ②王… ③骆… Ⅲ.①孙绍振-诗学观-研究 Ⅳ.①I207.22

中国版本图书馆 CIP 数据核字(2016)第 182551 号

孙绍振诗学思想研究文集

主　　编 / 汪文顶　王光明　骆　英

出 版 人 / 谢寿光
项目统筹 / 宋月华　杨春花
责任编辑 / 刘　丹

出　　版 / 社会科学文献出版社 · 人文分社 (010) 59367215
地址：北京市北三环中路甲 29 号院华龙大厦　邮编：100029
网址：www.ssap.com.cn
发　　行 / 市场营销中心 (010) 59367081　59367018
印　　装 / 北京盛通印刷股份有限公司

规　　格 / 开　本：787mm × 1092mm　1/16
印　张：28　字　数：455 千字
版　　次 / 2016 年 11 月第 1 版　2016 年 11 月第 1 次印刷
书　　号 / ISBN 978-7-5097-9537-8
定　　价 / 148.00 元

本书如有印装质量问题，请与读者服务中心 (010-59367028) 联系